言者我也

——《文心雕龙》批评话语分析

王毓红　著

商务印书馆

2011年·北京

图书在版编目(CIP)数据

言者我也:《文心雕龙》批评话语分析/王毓红著.—北京:商务印书馆,2011

ISBN 978-7-100-07496-4

Ⅰ.①言… Ⅱ.①王… Ⅲ.①文心雕龙—话语语言学—文学评论 Ⅳ.①I206.2

中国版本图书馆 CIP 数据核字(2010)第 227948 号

本著作为广东外语外贸大学外国文学文化研究中心及广东省"211 工程"三期重点学科建设项目"人文学中心建设"研究成果

言者我也

——《文心雕龙》批评话语分析

王毓红 著

商 务 印 书 馆 出 版
(北京王府井大街 36 号 邮政编码 100710)
商 务 印 书 馆 发 行
三河市尚艺印装有限公司印刷
ISBN 978-7-100-07496-4

2011 年 5 月第 1 版 开本 880×1230 1/32
2011 年 5 月北京第 1 次印刷 印张 16 1/4

定价:36.00 元

序

党圣元

王毓红教授新近完成了她的又一部《文心雕龙》研究专著:《言者我也——〈文心雕龙〉批评话语分析》。在书稿杀青之后，她传给我征求意见，我拜读之后，也曾提出了一些自己的拙见，以供她参考。现在，书稿被商务印书馆接受，并且即将付梓，毓红又向我索序。由于自感学识浅陋，故向来惶恐于作序之事，视之为畏途，因而一直拖延至今。然几经推辞而不得，便只好就我拜读过书稿之后的若干粗浅认识，以及对毓红多年来在《文心雕龙》研究方面的学术追求和研究特点，及其成就的一些了解，略陈己见，以不负所望。

王毓红的这部书稿，是她在中国社会科学院文学研究所博士后流动站工作期间的研究报告之基础上，历经数载，扩展、修改而成的。据我所知，这一扩展、修改过程，毓红可以说是孜孜以求，从全书的框架结构、问题清单，到一些具体的细节问题的考辨、阐述，无不审慎推敲、精益求精，可以说是历尽学术艰辛，足见她对该著之重视程度。

毓红在刚刚进入文学所博士后流动站之时，杜书瀛先生和我曾与她有过一次长谈，了解到她在硕士、博士学习阶段，便一直选定《文心雕龙》为自己的研究领域，她的硕士和博士学位论文便均以《文心雕龙》研究为选题，在“龙学”方面具有相当的学术造诣，成就突出，在“龙学”新生代中属于佼佼者。因此，我和杜书瀛老师便建议她在站内继续以《文心雕龙》研究为选题，在不重复自己已有的研究之前提下，另辟蹊径，充分发挥自己擅于中西古典文论比较研究，尤其是中西古典修辞学、文类学、批评话语分析比较研究的学术专长，针对以往之《文心雕龙》研究中的薄弱环节，确定新的论域，力求在学术上取得新的突破。

多年来，王毓红潜心研读中国古代文论典籍，熟悉中国古代文学理论批评发展史，一部《文心雕龙》了然于心，在《文心雕龙》理论系统的整体把握，具体的文本解读和章句考辨，以及《文心雕龙》研究史等方面，基础扎实，积累了较为丰厚的学术实践经验。同时，她对于西方文学理论，尤其是对于以亚里士多德为代表的西方古典文体理论、文学修辞学，以及西方现代语言哲学、文体学、修辞学和话语理论，也曾进行过系统而深入的研读，在这方面亦具有相当的理论造诣。尤为可贵的是毓红能充分发挥自己的这一知识结构方面的优长，从中西比较文论研究的视角，对《文心雕龙》进行文类学、修辞学、批评话语类型分析等方面的深入探究。迄今为止，她已经出版了两部“龙学”著作，其中之《跨越话语的门槛：在〈文心雕龙〉与〈诗学〉之间》（学苑出版社 2002 年 3 月出版），以中西两部经典文本——《文心雕龙》和《诗学》为研究对象和切入点，分三编十四章，全面系统深入地比较研究了以它们为代表的中西文学理论中的文体概念、文学本原理论，特别是文学体裁理论，认为中西诗学语境中的文体概念貌合神离，中西体裁理论就研究范畴和分类空间而言是历时和共时两种不同形态的理论，追求本原是刘勰与亚里士多德诗学理论的共同逻辑起点，他们的文学本原理论本质上是一种形而上的理论，这种理论体现了整个中西诗学话语中人们对最高本体的关怀。除了专著以外，她还发表了“龙学”论文二十余篇，其中选题具有开拓性，体现了学术创新意识的论文便有《〈文心雕龙〉喻言式批评话语分析》（《文学评论》2007 年第6 期）、《〈文心雕龙〉的互文性解读》（《中国文化研究》2009 年秋之卷）、《〈文心雕龙〉的时间性》（《中外文化与文论》第 19 辑）、《刘勰与亚里士多德形而上文学本原理论之比较》（《江西社会科学》2004 年第4 期）、《〈文心雕龙〉》对偶句法研究》（〈文心雕龙研究〉第八辑）、《五音比而成声文：〈文心雕龙〉语音修辞探析》（《福建师范大学学报》2008 年第 6 期）、《论中西体裁理论在分类空间上的差异》（《文学评论丛刊》2003 年第2 期）等十余篇。我们知道，关于从中西比较文论的角度对《文心雕龙》进行研究，近二十年来学界屡有倡导，但是更多地仅只流于喊口号的层面，系统、具体、深入的专题性研究成果一直被人们所期待，其原因概出于“龙学”营垒的学人们在治学方面可能于中西文论比较研究较为生疏隔膜，以及对其学术价值之认同度低，而比较文学研究界则生疏隔膜于《文心雕龙》文本、章句，虽亦有一些比较研究的论文出现，但是大多是以西解中，将《文心雕龙》

作为西论之注脚和佐证，隔靴搔痒，隔岸观火，终难以深入《文心雕龙》之堂奥。如果仔细品读毓红的这些论文，可以说她所进行的比较研究，一是讲究考量对象的可比性，并且将打量的眼光尽量落实到实处，落实到真实的细节上来；二是在阐释过程中明训、析疑、辨析，同处说同，异处说异，不穿凿附会，不妄事糅合。因此，笔者以为，毓红的这些研究，在中西比较文论研究方面，尤其是《文心雕龙》的中西文论比较方面，具有填补学术空白的意义。

我们还是把话语回到王毓红的这部新著《言者我也——〈文心雕龙〉批评话语分析》上来吧。笔者认为，毓红在这部新著中以《文心雕龙》的批评话语分析为研究对象，体现了敏锐的学术眼光。首先，研究《文心雕龙》的“批评话语”，给《文心雕龙》乃至整个中国古代文论研究开辟了一个新的问题域。正如毓红在该著之《导论》中所言，从实质上来讲，文学批评是一种话语实践活动，作为一种特殊的言语事实，文学批评话语是一种符号系统构成，是由能指和所指两项要素联合构成的双重东西，而《文心雕龙》作为最具代表性的中国传统文论样本，也毫不例外。我们要透彻地研究《文心雕龙》的文学理论批评之实质和特点，不但要准确地认识《文心雕龙》到底说了些什么，说的对不对，同时对于《文心雕龙》到底是怎么说的，也要深入追究。这一追究实际上就是从能指研究的层面，对《文心雕龙》作批评话语分析，其除了可以使我们对《文心雕龙》的文学理论批评特点更加明了而外，对于我们认识《文心雕龙》的所指，即内容实质，也是不可忽略的一道工序。由于批评话语分析是新近若干年来文学理论界才兴起的一种研究路数，在以往的研究中因缺乏理论和方法方面的自觉而不被重视，对于《文心雕龙》研究而言，情况也不例外。因此，关于《文心雕龙》的批评话语分析，便一直没有得到很好的开展，从而致使《文心雕龙》批评话语分析这一重要的问题域基本上处于遮蔽状态。从这一意义上来讲，毓红的这部新著，不但对于《文心雕龙》研究而言，具有开辟了一个新的问题域之学术创新意义，而且其积极性可以影响到整个中国古代文论研究领域。

由于国内文论界的批评话语分析研究，主要是受西方现代文论影响而兴起的，用此方法来研究中国古代文论批评话语的可资借鉴的个案还极为少见，因此其学术难度可以想见。但是，这并不意味着这项工作不可为，在从事《文心雕龙》的批评话语分析时，王毓红给自己确定了两条原则：一、排除把任何随意的观念和教条的方法运用到这种分析中；二、避免把那些未经存在论考察的先行的概念、范畴等强加给《文心雕龙》批评话语。之所以如此，其意旨正如该著《导论》所言："我们选择的这样一种解释《文心雕龙》批评话语的研究方式，必须要允许《文心雕龙》批评话语能够从其本身显示出来，也即这种研究方式应当能在《文心雕龙》批评话语的现实存在状态中描述出这种存在者。假如我们能着眼于《文心雕龙》批评话语的现实存在的基本状态，我们就有可能分析出这种存在者的存在。……这一分析旨在把《文心雕龙》批评话语本真的存在状态描述出来，并借以展示一种解释《文心雕龙》批评话语的视域。这一视域要求我们要在更本真的存在论基础上分析《文心雕龙》

批评话语。”除此而外，王毓红在该著《导论》中的另外一段话，更集中地体现了她的学术理念与治学思路：

> 正视并准确地描述《文心雕龙》批评话语的言语事实，并从这一言语事实出发阐释言语是《文心雕龙》批评话语的一种存在样式，是本课题的重心。它以静态的语言结构描述为基础进入对《文心雕龙》批评话语的动态考察，既重视语义、上下文、话语各个成分和层次的联系，又注意话语的生成和理解，强调整个社会文化语境、说话者刘勰以及其他话语在《文心雕龙》批评话语形成中的作用。这种研究把批评文本内在的言语结构作为研究对象，以语言描述为开端，考察刘勰的表述形式及其功能意义是什么？他如何使用语言进行文学批评、阐述文学理论，特别是他怎样为读者建构语言信息，读者如何依照这种语言信息解释它。尽管从方法论上本课题是一个文学批评与语言结合领域的研究，在解释过程中，作者不可避免地会从文学批评、语言学相关的文学理论、符号学、文体学、修辞学、叙事学等领域获得洞悉《文心雕龙》批评话语分析的视界，但基本的兴趣是传统语言学家的关怀：给被使用中的语言形式以解释。

这一理念和思路，在该著具体的分析过程中得到了很好的贯彻。除《导论》而外，该著分5章，每一章又分若干节，根据批评话语分析的学理逻辑而渐次展开，就生成和体现了《文心雕龙》批评话语特点之声韵音律、对偶句法、事类用典、叙事议论、象喻托比等，进行了分门别类、细致入微的剖析，从而对刘勰以骈文这一“美文”形式书写出来的堪称体大思精、弥纶群言、剖裂玄微之文论巨著的批评话语特色，作出了梳理、归纳、建构，以及具有理论穿透力的深度解析。

关于该著对于《文心雕龙》批评话语之具体分析，以及其中所体现出的学术创新意识和创新性学术观点，这里不一一列叙，相信熟悉《文心雕龙》文本和《文心雕龙》研究学术史的行内读者自会明了并且有所认同。当然，即如前面所言，《文心雕龙》批评话语分析这一工作，在一定意义上来讲还是一个新的尝试，就《文心雕龙》研究学术史这一范围而言，可资借鉴的学术资源还非常稀缺，因此不可能一下子就达到圆熟的境界，偏失之处恐怕难以避免，就王毓红的这部著作而言，情况也不会例外。

总之，我个人认为，王毓红的《言者我也——〈文心雕龙〉批评话语分析》这部新作，是一部富有开拓精神和创新意识的为《文心雕龙》研究别开生面的著作。这部著作的问世，对于推动《文心雕龙》研究的深化和学术创新所可能产生之积极意义，是值得我们期待的。

是为序。

目　　录

导　论

概述《文心雕龙》批评话语存在的意义问题

一、语言·言语·话语

语言是最切近人的本质的。中国人很早就在“言”与“我”之间取得了认同。《尔雅·释诂下》云：“卬、吾、台、予、朕、身、甫、余、言，我也。”[①]“我”者，施身自谓也；“卬”、“吾”、“台”、“予”、“朕”、“身”、“甫”、“余”、“言”，皆“我”之别称也。《诗经·周南·葛覃》“言告师氏，言告言归”和《庄子·山木》“回曰：‘敢问无受天损易。’仲尼曰：‘饥渴寒暑，穷桎不行，天地之行也，运物之泄也，言与之偕逝之谓也”里的“言”即“我”也。[②] 西方人亦常常透过语言追问人的存在、审视人的本质。亚里士多德声称：“人是唯一具有语言的动物。”[③]海德格尔认为：“唯有言说使人成为作为

---

① 阮元校刻：《十三经注疏》十二《尔雅注疏》，中华书局1980年版，第2573页。

② 上述引文里的“言”字，郑玄、孔颖达、陆德明分别笺、疏、释为“我也”。参见阮元《十三经注疏》上册，第277页；郭广藩：《庄子集释》，中华书局1961年版，第691页。

③ 〔古希腊〕亚里士多德著，颜一、秦典华译：《政治学》，《亚里士多德全集》第九卷，中国人民大学出版社1994年版，第6页。

人的生命存在。”[①]瑞士语言学家费尔迪南·德·索绪尔最早明确探讨了个体人的语言与作为人本质属性的一般语言之间的关系。他称前者为言语,后者为语言,认为言语和语言活动不能混为一谈:言语是个人的意志和智能行为,它是某种语言中的规约在个人语言中的具体运用;语言则具有社会性,它是由一系列约定俗成的规则和有意义特征的系统构成的总的抽象体系。两者互为前提:要言语为人所理解,并产生它的一切效果,必须有语言,但是要使语言能够建立,也必须有言语[②]。与索绪尔相比,美国语言学家诺姆·乔姆斯基更加重视对言语,尤其是使用语言的个体人的内在机制的研究。20世纪中后期,他提出了一组相互区别、相互依存的概念,即语言能力和语言行为。前者指说话人—听话人所具有的一般语言知识,后者指他们在具体环境中对语言的实际使用。如果说前者关涉的是抽象的语言规则的话,那么,后者则是使用语言的人,也即说话人—听话人自身的记忆、兴趣和精神等个体因素。[③]

20世纪70年代,随着认知心理学的发展,乔姆斯基所说的语言能力和语言行为受到了人们的普遍关注,以研究语言的使用为宗旨的应用语言学得到了迅速发展。该学科研究的主要对象是言语行为和话语。“话语”最初只是西方语言学界的一个术语。

---

① 〔德〕海德格尔著,彭富春译:《诗·语言·思》,文化艺术出版社1991年版,第165页。

② 〔瑞士〕费尔迪南·德·索绪尔著,高名凯译:《普通语言学教程》第三、四章,商务印书馆1980年版。

③ 〔美〕诺姆·乔姆斯基著,黄长著等译:《句法理论的若干问题》,中国社会科学出版社1986年版,第2页。

它指述一个大于句子的语言单位。口头或书面上语言的任何扩展使用以及正式的讲解或学术演讲等都被称作“话语”。英文“话语”(discourse)一词的引申义指实际应用中的语言。此意义上的“话语”被广泛运用于众多学科,并很快进入包括文学批评在内的社会生活中的各个领域。“一般来说,现当代文化理论中不断使用这个术语,源于人们对具有相当固定和抽象意义的另一个术语‘语言’的不满。”[①]法国当代文学评论家茨韦塔·托多罗夫解释说:“话语概念是(语言)‘应用’之功能概念的结构对应物。为什么此概念是必要的呢?因为语言根据词汇和语法规则产生句子。但句子只是话语活动的起点:这些句子彼此配合,并在一定的社会文化语境里被陈述。它们因此变成言语事实,而语言则变成话语。”[②]这种“话语”显然与“言语”一样,指述的都是运用中的语言。而人们之所以在有了“言语”一词之后又大量使用“话语”,是因为与言语相比,“话语”一词更好地突出了说话人,特别是听话人和语境在言语事实中的重要地位。当人们以“话语”一词指述言语事实时,他们往往是从语言的交际功能出发,认为只有当句子在一定语境中被陈述,也即被使用,成为一种言语事实,它才成为话语。这种话语活动的实现既同时涉及说者与听者,又有赖于他们的言语行为,准确地说是对话行为。如果说在话语活动之前,说者和听者分别属于各自不同的世界的话,

---

① Chris Baldick, *Oxford Concise Dictionary of Literary Term*, Foreign Language Teaching Press,2000,p. 59.

② 〔法〕茨韦塔·托多罗夫著,蒋子华等译:《巴赫金、对话理论及其他》,百花文艺出版社 2001 年版,第 17 页。

那么，诚如巴赫金所言：在话语活动中，“他们相逢于新的第三世界，交际的世界里，相互交谈，进入积极的对话关系。”[①]因此，“话语”一词更好地指明了历史产生的语言运用中的各种具体语境和关系。它提醒我们在分析言语时，要充分考虑到语言使用过程中说者与听者所处的上下文特别是社会文化语境。此意义上的“话语”因此也被称为话语实践（即社会文化语境中的一种语言使用形式），指述一种更加私人化、个性化的特殊言语。与“言语”相比，它既明确了指称对象（如说话者、听话者、语境、话题等）和界限（它总是指连贯的、相对独立完整的一段语言运用），又暗示了任何言语事实中说话者与听话者之间本质上存在着的一种对话关系。

二、文学批评是一种话语实践活动

人是语言人。人总是在表达（说话），也就是说创造文本（也可能是潜在的）。话语的表达即形成文本（texts）。[②] 因此，与其说人文科学研究的客体是人，毋宁说是文本的生产者，亦即表现的和说话的存在。无论是在中国还是西方文学理论语境中，文学批评本质上是批评者对批评客体的一种理解活动。作家和文本是文学批评的主要客体。很显然，我们不可能把说话

① 〔前苏联〕巴赫金著，白春仁等译：《文本　对话与人文》，河北教育出版社1998年版，第191页。

② Gillian Brown and George Yule, *Discourse Analysis*, Foreign Language Teaching and Research Press, 2000, p. 5.

者及其表述形式文本作为一种纯粹客观存在的、无声音的物质或一种自然现象来批评。任何说话的人和他的话（文本）都是具体个别的存在。因此，严格说来，在文学批评里，批评者批评的不是客体而是主体。被批评的作家是我们与之探讨人类价值问题的对话者。同样，被批评的作品不是客观存在的事物，而是批评家所遇到的话语。为了了解一个作家或文本的意义，达到批评的目的，批评者对这两个主体的认识只能是对话性的。因为“看到并理解作品的作者，就意味着看到并理解了他人的另一个意识及其世界，亦即另一个主体。”①在这一理解过程中，批评者不可能纯客观地对作为说话人的作者和他的话（文本）采用严格实证主义式的冷静、客观的描述和剖析，也不可能一味主观地依据一套至高无上的理论思想对它们任意评判，他们总是在与批评对象的对话过程中，形成自己的文学观以及有关文学、社会等方面的理论。“批评思维因此通过他人思想的自我意识，在他人身上把握自我。”②这样的文学批评当然是一种话语。因为它不是单纯批评者个人的事，而是在对作者及其文本的能动反应中与其相互对话的结果。

批评家的批评话语也正是在与另一主体的对话中（讨论、争辩、认同或反对）理解对方、批评对方形成的。这种批评话语在现实中存在的形式，只能是各个批评主体的具体表述——口头的

① 〔前苏联〕巴赫金著，白春仁等译：《文本　对话与人文》，第314页。

② 〔比利时〕乔治·布莱著，郭宏安译：《批评意识》，广西师范大学出版社2002年版，第32页。

(Spoken texts)或书面的文本(Written texts)[①]。换言之,作为言语事实,文学批评总是构成表述,在表述形式之外它是无法存在的。而这种表述又属于特定的一个言语主体。文学批评由此保留着批评主体自己特殊的内在特性。这不仅使它成为一种创造性的话语实践活动,而且把这一批评与那一批评区别开来,使文学批评成为一门富有个性化的、独立完整的学科,使每个批评家拥有自己的批评话语——"每一位批评家都有(或应该有)她或他自己所喜欢的批评主题"[②]、批评对象和批评形式。正是在这一点上,它与文学创作有着本质的相似。诚如美国当代文学批评家 T. S. 艾略特所说:"每个国家,每个民族,不但各有创作的也各有批评的气质。"[③]中外很多批评家通过自己的批评实践活动证明了这一点。特别是"20 世纪以来,文学批评第一次试图与自己的分析对象文学作品平分秋色"[④],批评家的个性得到了前所未有的彰显。许多批评家,从夏尔·杜博到罗兰·巴特,同时又是杰出的作家。除引用各种各样的文献资料外,他们总免不了还要从自己的经历中寻找一些合适的材料。如此,他们的文学批评往往诞生于批评

---

① Gillian Brown 和 George Yule 把文本分为 Spoken texts 和 Written texts 两种。前者指以录音磁带形式记录的语言交际行为中的话语,后者指以文学文本为代表的借助于纸张印刷记录的书面话语表述形式。详见 Gillian Brown and George Yule。*Discourse Analysis*, pp. 5—10。

② 〔美〕哈罗德·布鲁姆著,吴琼译:《批评、正典结构与预言》,中国社会科学出版社 2000 年版,第 120 页。

③ 〔英〕T. S. 艾略特著,卞之琳译:《传统与个人才能》,《新批评文集》,中国社会科学出版社 1988 年版,第 25 页。

④ 〔法〕伊夫·塔迪埃:《20 世纪的文学批评》,百花文艺出版社 2003 年版,第 1 页。

者与批评对象的双向反复对话过程中。罗兰·巴特说，当他解读恋人絮语时，不仅他将其自身的文化素养赋予这个恋人，而且，恋人也向他回赠了自己纯洁的想象——跟学识的正确使用毫不相干的想象。[①] 这种不回避个性，甚至"目既往还心亦吐纳"、"情往似赠兴来如答"[②]的文学批评，与其说是一种评判、解释，不如说是一种创造。于是，我们得以看到罗兰·巴特模拟演示式的戏剧化批评文本《一个解构主义的文本》。

总之，文学批评本质上是一种话语实践活动。批评家在与批评对象的平等对话交流中共同探讨着真理，实现着相互理解。因为为了回答另一主体而写作，所以批评家自己也成了拥有一定话语形式的作者，成为后来某一读者对话（批评）的对象，成为人类对话历史链条中的一个环节。当然，他的话语里必须包含着个性化和创造性因素才能得以存在，并在后人不断与之对话的活动中获得永久的生命力。

三、《文心雕龙》批评话语在存在论上的突出地位及研究它的必要性

作为一种特殊的言语事实，话语是一种符号系统。文学批评

---

① 〔法〕罗兰·巴特著，汪耀进等译：《恋人絮语——一个解构主义的文本》，上海人民出版社 2004 年版，第 7—8 页。

② 《文心雕龙·物色》语，见黄叔琳辑注，纪昀点评：《文心雕龙辑注》，中华书局 1957 年版，第 403 页。本书以下引刘勰或《文心雕龙》语，如不详注，均出自此书。在引用过程中，除将原繁体字和异体字改为简体字、删除衍字、用常用字替换同于原文中的生僻字外，其余均忠实原文。

话语亦不例外。这是由能指(Signifier)与所指(signified)两项要素联合构成的双重的语言符号系统。用来指述某些对象和某些意义的表示成分是能指,主要包括语音、语词、句法和篇章结构等;而被表示成分,也即能指所指述或表达的内容、意蕴就是所指。[①] 一般来说,由于批评自身的性质,批评者努力追求的是所指优势,也即识高见远、判微析理。读者亦如此。知道、了解并理解批评者的观点、文学理论思想,是他们阅读批评文本的主要目的。

《文心雕龙》改变了我们的这种常识。作为一部"弥纶群言"[②]、剖裂玄微的文学批评著作,《文心雕龙》批评话语存在的意义并不止于此。气远韵高、才藻独构的它同时拥有让人叹为观止、几近完美的能指形式!这是任何一个初次接触它的人所不可能漠视的。尽管以骈偶论文学并非刘勰首创[③],但是,《文心雕龙》在中国文章学尤其是骈文史上具有十分重要的地位。清人认为刘勰实乃"晋以下骈体之大宗"[④],六朝时期"宏文雅裁,精理密

---

① 关于能指、所指,索绪尔和R.巴特有详尽的论述,参见《普通语言学教程》和《符号学美学》,辽宁人民出版社1987年版。

② 《文心雕龙·序志》语。

③ 晋代陆机、潘岳等句法工整。吴讷《文章辨体序说》曰:"至晋陆士衡辈《文赋》等作,已用排体。"然而,严格来说,它并不能称为骈文。明代王志坚《四六法海》原序云:"魏晋以来,始有四六之文,然其体犹未纯","大抵四六与诗相似。"逮及南北朝,擅长用骈体写作的作家层出不穷。清代钱大昕在论述骈文创作时指出:"骈俪之文,宋人或谓之四六。谢伋《四六谈麈》,王铚《四六话》是也。考《文心雕龙》章句篇有云'笔句无常,而字有常数。四字密而不促,六字格而非缓,或变之以三五。盖应机之权节也。'则梁时文笔已多用四六字矣。"

④ 刘开:《书〈文心雕龙〉后》语,见张相撰录《古今文综》第七册,丙辰孟春中华书局锓版,第45页。

意，美包众有，华耀九光”的骈文惟有《文心雕龙》。[①] 因此，如果说存在着创造性、个性化的批评话语的话，那么，这一问题在《文心雕龙》那里显得格外突出，因为它同时在中国文学批评领域创造了一种相对稳定的美的表述形式——骈文。无论是刘勰博大精深的文学理论思想，还是其“擘肌分理，唯务折衷”（《序志》）的文学批评，都寓于骈文这一相对稳固的、美的整体建构形式之中。这是《文心雕龙》批评话语在现实中存在的形式。事实上，《文心雕龙》只能是言语主体刘勰的具体表述。在这一表述形式之外，《文心雕龙》批评话语是无法存在的。刘勰批评话语的意图，首先表现在选择骈文这一特定的表述形式。其次，他的批评主旨、全部思想以及个性等应用于所选的这种表述形式之中，适应于这一表述形式，并在这一表述形式里形成和发展。这一表述形式本身具有生存论和存在论上的价值。

然而，历代“龙学”研究主要聚焦于发掘、阐释《文心雕龙》的所指，也即刘勰说了些什么，以及他说得对不对。至于刘勰是怎样说的，也即他如何说出《文心雕龙》则很少有人关注。即便是涉及到此问题，人们集中探讨的也是《文心雕龙》的字句训诂以及刘勰的文学批评方法。因此，严格说来，存在论意义上的《文心雕龙》批评话语分析这一问题基本上处于遮蔽状态。虽然目前“话语”是一个热门术语，人们推崇个性化的言语，但这里所提到的问题仍被忽略了。人们似乎认为无须把理论性批评话语的能指（也

① 刘开：《与王子卿太守论骈体书》语，见张相撰录《古今文综》第七册，丙辰孟春中华书局锓版，第39页。

即表述形式本身)作为实际探索的专门课题。

处于遮蔽状态的《文心雕龙》批评话语分析这种情况的出现也与对这一现象的阐释所面临的困难有关。这些困难根源于这一专题性研究对象的存在方式本身,根源于专题化研究活动的存在方式本身。《文心雕龙》批评话语寓于骈文这种表述形式之中,确切地说寓于话语中。《文心雕龙》批评话语与《文心雕龙》在生存论上同样源始。《文心雕龙》的可理解性作为话语显现出自身。尽管对刘勰批评话语的领会可以一般地属于批评学,而且随着批评角度的变化,可以对它作出文学批评、文学理论、文化学等多种解释,可以采用多种方法对它展开研究。这些解释和方法在阐释学上也许都是合理的,但问题在于:它们是否是从存在论上源始地得出?文学批评等其他种种解释同存在论上的解释虽然互不排斥,但也并不完全等同。文学批评等其他各种解释总是毫无例外地从各自学科的理论出发进行解释。而存在论上解释则要求我们直接面对《文心雕龙》批评话语存在本身,面对言语事实。唯有当我们从《文心雕龙》批评话语自身出发,制定研究目标,借以把这种批评话语的基本构成、具体特征和具体价值及其生成过程和运作方式等问题清理出来,《文心雕龙》批评话语分析工作才会在生存论、存在论意义上言之成理。

四、本课题的研究思路、主要内容和方法

因此,《文心雕龙》批评话语分析工作不得不做到以下两点:一是避免把任何随意的观念和教条的方式运用到这种分析中;二

是避免把那些未经存在论考察就先行描述出来的概念、范畴等强加给《文心雕龙》批评话语。毋宁说,我们选择的这样一种通达解释《文心雕龙》批评话语的研究方式必须要允许《文心雕龙》批评话语能够从其本身显示出来,也即这种研究方式应当能在《文心雕龙》批评话语的现实存在状态中描述出这种存在者。假如我们能着眼于《文心雕龙》批评话语的现实存在的基本状态,我们就有可能分析出这种存在者的存在。以解答存在问题为己任的《文心雕龙》批评话语分析工作由此表明了它的界限:它不打算提供一种完备的《文心雕龙》批评话语存在理论。这也许是哲学或人类学的任务。这一分析旨在把《文心雕龙》批评话语本真的存在状态描述出来,并借以展示一种解释《文心雕龙》批评话语的视域。这一视域要求我们要在更本真的存在论基础上分析《文心雕龙》批评话语。

至此,话语将被展示出来,作为批评话语这种存在者的存在意义。因为归根结底话语是一种言语事实,把话语道说出来即成为言语或语言。它是《文心雕龙》批评话语最本真的存在状态,对《文心雕龙》批评话语的生存具有组建作用。"话语分析必然是运用中的语言分析。"[①]清理《文心雕龙》批评话语的客观状态,是《文心雕龙》批评话语分析[②]工作中的一项基础任务。只有如此,

---

① Gillian Brown and George Yule, *Discourse Analysis*, p. 1.

② "批评话语分析"(Critical Discourse Analysis,简称 CDA),是西方人文科学与语言视界融合的学科,是话语分析的最新进展和主要方向之一。它既以语言学为出发点,侧重语篇分析,又广泛借鉴和吸收多种学说,从话语或符号学的角度来阐释社会,为研究和传授语言、分析和理解语言提供了一个全新的视界。

才有可能给《文心雕龙》批评话语的意义问题提供一个具体而微的答复。因此,正视并准确地描述《文心雕龙》批评话语的言语事实,并从这一言语事实出发阐释言语是《文心雕龙》批评话语的一种存在样式,是本课题的重心。它以静态的语言结构描述为基础进入对《文心雕龙》批评话语的动态考察,既重视语义、上下文、话语各个成分和层次的联系,又注意话语的生成和理解,强调整个社会文化语境、说话者刘勰以及其他话语在《文心雕龙》批评话语形成中的作用。这种研究把批评文本内在的言语结构作为研究对象,以语言描述为开端,考察刘勰的表述形式及其功能意义是什么?他如何使用语言进行文学批评、阐述文学理论,特别是他怎样为读者建构语言信息,读者如何依照这种语言信息解释它。尽管从方法论上本课题是一个文学批评与语言结合领域的一个探索性尝试,在解释过程中,作者不可避免地会从文学批评、语言学相关的文学理论、美学、符号学、文体学、修辞学、叙事学等领域获得洞悉《文心雕龙》批评话语分析的视界,但基本的兴趣是传统语言学家的关怀:给被使用中的语言形式以解释。

第一章　声韵抑扬，五音协畅

第一节　引　　言

南北朝时期，声律之说蜂起，寻声律而定墨成为文人创作中的自觉追求。《文心雕龙·总术》云："今之常言，有文有笔，以为无韵者笔也，有韵者文也。"若立足今天审视六朝，那么，在声律逐渐成为文与笔的界限过程中，刘勰扮演着十分重要的角色——他不仅提出了完整的声律理论，而且以韵文成就了《文心雕龙》。

声律是《文心雕龙》里的一个重要话题。除《声律》专篇外，刘勰几乎在论述所有问题时都涉及此问题。《练字》云："心既托声于言，言亦寄形于字，讽诵则绩在宫商，临文则能归字形矣"，汉字"斯乃言语之体貌，而文章之宅宇也。"因此，基于"声画妍蚩，寄在吟咏，吟咏滋味，流于字句，"（《声律》）以及"物沿耳目，而辞令管其枢机，枢机方通，则物无隐貌"（《神思》）的认识，刘勰断言："言语者，文章神明枢机，吐纳律吕，唇吻而已。"（《声律》）范文澜注此句云："'文章'下疑脱'关键'二字，言语，谓声音，此言声音为文章之关键，又为神明之枢机，声音通畅，则文采鲜而精神爽矣。”①而“文章”一词在《文心雕龙》里的指称对象是一切书面文本。这种“文”是在“错画也，象交文”②意义上而言的。《原道》云：“傍及万品，动植皆文，龙凤以藻绘呈瑞，虎豹以炳蔚凝姿；云霞雕色，有逾画工之妙；草木贲华，无待锦匠之奇。夫岂外饰，盖自然耳。至于林籁结响，调如竽瑟；泉石激韵，和若球锽：故形立则章成矣，声发则文生矣。”以表示各种事物外在形态和声音的“文”与“章”作类比思维，刘勰紧接着自问自答道：“夫以无识之物，郁然有彩，有心之器，其无文欤？！”因此，在黼黻而为文章的意义上，刘勰认为文章应该文质相附，“立文之道”便是形文、声文和情文的三位一体。《情采》云：

> 圣贤书辞，总称文章，非采而何？夫水性虚而沦漪结，木体实而花萼振：文附质也。虎豹无文，则鞹同犬羊；犀兕有皮，而色资丹漆：质待文也。若乃综述性灵，敷写器象，镂心

---

① 范文澜：《文心雕龙注》，人民文学出版社1958年版，第557页。

② 在刻画其身以为文的意义上，古象形“文”字被引申为“纹理”、“花纹”之义。《说文》“文”作亣、居延简甲六七六作文、熹·诗·思·济作文。《说文》云：“文，错画也。象交文。”王筠句读曰：“错者，交错也。错而画之，乃成文也。”徐灏注笺云：“文象分理交错之形。”《古今韵会举要·文韵》云：“文，理也。如木有文亦名曰理。”《易·系辞下》云：“物相杂，故曰文。”《左传·隐公元年》云：“仲子生而有文在其手。”《礼记·乐记》云：“五色成文而不乱。”孔颖达疏曰：“（五行之色）各依其行色成就文章而不错乱。”这样的纹理、花纹都位于事物外在的形态上，都是人可以看得见的。于是，此意义上的“文”通常泛指事物所呈现出来的外在形貌。《易·贲》云：“观乎天文，以察时变；观乎人文，以化成天下。”《庄子·应帝王》云：“壶子曰：‘乡吾示之以地文。’”陆德明释文：“崔云：‘文，犹理也。’”《淮南子·天文》云：“天文训。”汉高诱注：“文，象也。天先文，象日月五星及慧孛。”

鸟迹之中，织辞鱼网之上，其为彪炳，缛采名矣。故立文之道，其理有三：一曰形文，五色是也；二曰声文，五音是也；三曰情文，五性是也。五色杂而成黼黻，五音比而成韶夏，五情发而为辞章，神理之数也。

这里的“采”即“文”，其所指内涵具体包括三文，即“形文”、“声文”和“情文”，或三五，即“五色”、“五音”和“五性”。其中的“五音”即宫、商、角、徵、羽（即平上去入四声）。“五音比而成韶夏”里的“比”则与《史记·乐书》里的“协比声律”，以及《汉书·食货志上》里的“比其音律”之“比”义相近，谓调次之也。依刘勰之见：与形、音、义统一的表意汉字一样，用汉字书写下来的文章也应该是形、声、情的完美统一。作者要“刻镂声律”（《声律》），读者也要“观宫商。”（《知音》）诗、赋之类的文如此，章、表之类的笔亦如此。“诗声曰歌，声来被辞”（《乐府》），赋“极声貌以穷文。”（《诠赋》）章、表的写作则“必使繁约得正，华实相胜，唇吻不滞，则中律矣。”（《章表》）此处的“中律”既指声调的流畅，亦指韵脚的谐和。事实上，从声调和押韵两方面[①]制定一系列谐声的原则、方法和技巧是刘勰声律理论的核心。本部分我们将结合他的声律理论，在全面系统、精细地描述分析《文心雕龙》声、韵结构模式及其特点、生成的基础上，阐释它们的功能和意义，以期有助于我们对六朝声律理论及其实践的理解。

---

① 刘勰在《文心雕龙·声律》里明确把声、韵分开，论述了它们的特点、使用原则和技巧。

第二节　异音相从，顿挫浏漓：声有飞沈

声调在汉语语音中意义重大。单音词占绝对优势的古汉语声调其实指的是一字一声调的字调。[①] 从"四声"、"八病"理论以及创作实践来看，六朝时期人们最关注的问题是声调。当他们单独使用"韵"字时也兼指"声"。诚如阮元《文韵说》所云："梁时恒言所谓韵者，固指押脚韵，亦兼谓章句中之音韵，即古人所言之宫羽，今人所言之平仄也。"[②]刘勰也不例外。尽管《文心雕龙》"声律"、"声韵"概念里兼包"声"、"韵"两种涵义，但其主要指称的对象是声调。在以"声律"为标题的《声律》篇里，刘勰论述的基本问题是声调。"同声相应"的"韵"在他眼里不过是一种特殊的声而已。[③] 当然，最能证明刘勰重声调之旨的，莫过于《文心雕龙》批评话语本身：其声音系统里最耀眼的就是声调。

一、一句之内，音韵尽殊：两种最基本的声调结构模式

由于其书乃是鸿篇巨制，《文心雕龙》声调的结构系统很复杂。然而，通过对各篇言语事实的全面系统扫描和精细地查找，我们仍能

---

① 赵元任观点，详见其《中国言语字调底实验研究法》，载《科学》第七卷第九期。

② 阮元著，邓经元校点：《揅经室集》，中华书局1993年版，第1064页。

③ 《声律》里有"异音相从谓之和，同声相应谓之韵。韵气一定，故余声易遣；和体抑扬，故遗响难契"，以及"又诗人综韵，率多清切，《楚辞》辞楚，故讹韵实繁。及张华论韵，谓士衡多楚，《文赋》亦称知楚不易，可谓衔灵均之声余，失黄钟之正响也"之说。此篇的主要内容是声调的具体内涵及其来源、特点，以及一系列谐声的原则、方法和技巧等，刘勰通常明确以"声"、"音"、"宫"、"商"、"角"、"徵"、"羽"之类的语词论述声调。

发现两个复现率极高的、普遍存在的声调或平仄结构模式——四字本句和六字本句，其中四字本句主要有以下八种类型：

(1)平平仄仄[①]例句：辞生互体。(《隐秀》)

(2)仄仄平平　例句：志气盘桓。(《书记》)

(3)平平仄仄　例句：修辞必甘。(《祝盟》)

(4)仄仄平平　例句：隔代相望。(《诔碑》)

(5)平仄平仄　例句：雕缛成体。(《序志》)

(6)仄平仄平　例句：意深反骚。(《哀吊》)

(7)平平平平　例句：辞失其朋。(《章句》)

(8)仄仄仄仄　例句：吐纳律吕。(《声律》)

六字本句主要有以下六种类型：

(1)平平仄仄平平　例句：觇文辄见其心。(《知音》)

(2)仄仄平平仄仄　例句：莫不因情立体。(《定势》)

(3)平平仄仄平平(或平仄平仄平平)　例句：安国之辨匈奴。(《议对》)

(4)平仄仄仄平平　例句：则体制于宏深。(《定势》)

(5)仄平平平仄仄　例句：则循声而得貌。(《物色》)

(6)平仄仄仄仄平　例句：光采炜炜而欲然。(《夸饰》)

由以上例句可以看出：在一个四字句和六字句内部，平仄往往是交替出现的。它们既有某种比较固定的格式，又千姿百态。其中四字本句是最基础的声调结构模式。平平仄仄、仄仄平平是

---

① 本书对《文心雕龙》平仄的认定，依据的是广韵所代表的中古音系统。平仄字加下划线表示可平可仄，即平仄声可以通融互换：该用平的也可以用仄，该用仄的也可以用平。据此，这种格式还可以演变为平平平仄、仄平仄仄、仄平平仄三种形式。

四字本句里的基本格式,平平仄仄、仄仄平平、平仄平仄、仄平仄平不过是在基本格式的基础上略加变化而已。同理,平平仄仄平平、仄仄平平仄仄也是以平平仄仄、仄仄平平为基础的,平仄仄仄平平、仄平平平仄仄、平仄仄仄仄平、平平仄仄平平(或平仄平仄平平)则是在其基础上的错综变化。为更进一步证明这一点,我们把以上四字句里的八种声调结构模式中的第一、二两种称为正格,第三、四两种称为变格,第五、六、七、八四种称为例外,再对《文心雕龙》全书的句式进行统计并列表如下:

篇章	总句子	四字句	正格	变格	例外
原道	126	99	66	13	19(3/1)
徵圣	100	72	60	4	9(6/3)
宗经	133	96	54	27	33(5/10)
正纬	117	92	44	25	18(12/6)
辨骚	150	93	50	19	14(7/1)
明诗	192	147	84	38	25(3/7)
乐府	156	117	53	39	25(1/7)
诠赋	148	110	41	45	24(1/4)
颂赞	140	109	65	23	21(1/8)
祝盟	163	123	77	21	25(7/7)
铭箴	145	106	69	16	21(3/7)
诔碑	164	132	68	38	26(6/4)
哀吊	141	109	55	32	22(5/9)
杂文	144	110	61	26	23(1/14)
谐讔	136	93	46	19	28(8/9)

续表

篇章	总句子	四字句	正格	变格	例外
史传	284	171	81	50	40(4/20)
诸子	175	127	62	37	30(4/18)
论说	207	159	89	36	34(7/10)
诏策	195	128	68	34	26(3/14)
檄移	150	104	50	30	24(3/7)
封禅	135	93	58	15	20(4/4)
章表	164	124	58	37	29(1/14)
奏启	184	143	81	35	27(5/6)
议对	197	137	75	32	26(1/14)
书记	345	244	148	49	47(8/21)
神思	136	87	46	29	12(1/1)
体性	125	114	58	26	30(2/16)
风骨	121	99	54	25	20(4/3)
通变	137	94	52	20	22(5/5)
定势	143	97	52	21	24(3/8)
情采	131	93	52	27	14(全仄5)
镕裁	114	107	50	35	22(4/8)
声律	130	114	63	24	27(4/7)
章句	139	113	66	25	23(3/9)
丽辞	128	100	54	32	12(1/3)
比兴	121	75	42	19	14(2/8)
夸饰	101	63	32	20	11(2/2)
事类	166	98	44	31	23(2/11)
练字	177	142	75	33	34(1/19)

续表

篇章	总句子	四字句	正格	变格	例外
隐秀	134	97	68	17	12(2/5)
指瑕	142	110	47	39	24(3/10)
养气	101	70	31	20	19(3/6)
附会	118	91	51	26	14(2/7)
总术	124	94	43	36	15(2/8)
时序	305	210	117	46	46(6/12)
物色	123	88	53	26	9(1/4)
才略	282	197	91	56	50(3/13)
知音	142	89	48	26	15(1/4)
程器	117	74	49	14	13(12/1)
序志	171	115	57	44	14(9/5)

句子以标点符号为准,四字句包括纯四字句和以四字句为基础的句子。例外括号里的数字表示本篇中全平全仄的数目,1/5 表示本篇里全平的四字句是 1,全仄的是 5。

由表中的统计数字可以看出:四字句是《文心雕龙》全书各篇的基本句式,如果再去掉其他句式里的一些虚词和连词,如"夫玄黄色杂,方圆体分"(《原道》)里的"夫",那么,《文心雕龙》各篇里的绝大多数句子都是四字句。而且,在四字本句的平仄格式里,正格占多数,其次是变格,最后是例外,其中属于纯平纯仄的第七、八两种句子在各篇中所占的比例最小。因此,与六字本句相比,《文心雕龙》中四字本句最根本。平平仄仄、仄仄平平是各篇平仄结构的基础格式,平仄相间是全书声调结构模式的最大特点。

晋人挚虞《文章流别论》云："夫诗虽以情志为本，而以成声为节。"[①]《文心雕龙·章句》亦云："歌声靡曼，而有抗坠之节。"刘勰这样调节声调，足尽音节顿挫之旨。因为汉字声调丰富，各有特色。《声律》云："古之教歌，先揆以法，使疾呼中宫，徐呼中徵。夫商徵响高，宫羽声下[②]，抗喉矫舌之差，攒唇激齿之异，廉肉相准，皎然可分。"这里，刘勰以宫、商、徵、羽与人的不同发音部位相配，认为抗喉、矫舌、攒唇和激齿分别是喉音、舌音、唇音和齿音，由于发音部位不同，人的声音各有其调。宫商的声音高（其中宫声急），徵羽的声音低（其中徵声缓）。清人陈澧《切韵考》卷六通论曰："所谓宫商角徵羽，即平上去入四声，其分为五声者，盖分平声清浊为二也。"[③]平声清而扬上，仄声浊而抑下。假如一句之中纯用平声或仄声，读起来就不方便。正如《声律》所云："凡声有飞沈……沈则响发而断，飞则声飏不还。"此处的"飞谓平清，沈谓仄浊"[④]，前者比喻宫商响高，后者比喻徵羽声下。而"断"指短也，"不还"指不回，意思是仄声短，平声长。因此，刘勰指出：文中用之贵能相间，方能唇吻遒会、宫徵靡曼，恰似"古之佩玉，左宫右徵，以节其步，声不失序，音以律文，其可忘哉。"（《声律》）

而"左宫右徵，以节其步"自然会形成一定的节奏。这里所说

---

① 严可均辑：《全晋文》，商务印书馆 1999 年版，第 820 页。

② 据黄侃考证：此二句有讹字。当云："宫商响高，徵羽声下。"见其《文心雕龙札记》，华东师范大学出版社 1996 年版，第 149 页。

③ 陈澧：《切韵考》卷六，中国书店 1984 年版。

④ 黄侃：《文心雕龙札记》，第 150 页。

的"节奏,谓或作或止"[①],也即语言中语音的停顿。根据汉字一字一音的特点,只要让文章中的字在一定时隙中有规律地重复就会形成语言的节奏。平平仄仄、仄仄平平声调结构模式在《文心雕龙》中的普遍存在,充分表明刘勰对语言节奏感的自觉追求。在四字本句平仄格式里,无论是第一、二、三、四种,还是第五、六种,它们的节奏都是平仄交替,只是节奏点位置不同。第一、二两种(平平仄仄、仄仄平平)在第二、四个字上;第三、四两种(平平仄仄、仄仄平平)在第一、三个字上。如果把每两字一顿的第一、二、三、四种称为双音步,每一字一顿的第五、六种称为单音步,那么,其音步可以写作:

(1)平平—仄仄　例句:扬雄—讽味。(《辨骚》)

(2)仄—平—仄—平　例句:拟—容—取—心。(《比兴》)

《师友诗传续录》曰:"盖字有抑有扬,如平声为扬,入声为抑,去声为扬,上声为抑。凡单句住脚字,必错综用之,方有音节。"[②]例(1)平仄格式形成的是双音步的两扬两抑格(或两抑两扬格),它有两个节奏点,其节奏是二二;例(2)平仄格式形成的则是单音步的一抑一扬一抑一扬格(或一扬一抑一扬一抑格),它有四个节奏点,其节奏是一一一一。尽管如此,平仄两种对比因素在平平—仄仄(仄仄—平平)、平平仄仄(仄仄平平)和平—仄—平—

---

① 《礼记·乐记》曰:"节奏,足以感动人之善心而已矣。"孔颖达疏:"节奏,谓或作或止,作则奏之;止则节之。言声音之内或曲或直,或繁或瘠,或廉或肉,或节或奏,随分而作,以会其宜,但使会其宜,足以感动人之善心,如此而已。"见《十三经注疏》,第1544页。

② 王夫之等撰:《清诗话》,上海古籍出版社1999年版,第152页。

仄（仄—平—仄—平）里都是有规律地交替出现，抑扬顿挫。

《文心雕龙》六字声调结构模式的平仄格式亦如此。其节奏模式主要有以下两种：

（1）二二二式 例句：陆机—才欲—窥深。（《才略》）

（2）三三式 例句：故有时—而乖贰。（《声律》）

第一、二、三种六字本句平仄格式，即平平仄仄平平、仄仄平平仄仄和平平仄仄平平的节奏点主要落在第二、四、六个字上，形成了平仄平或仄平仄的二二二式。第四、五种六字本句平仄格式，即平仄仄仄平平和仄平平平仄仄的节奏是每三字一顿，形成了仄平或平仄的三三式。由于每两字一顿，第一种节奏模式也可写作二四式，即一个双音步和一个四音步，例句：略观—文士之疵（《程器》）。而在第二种节奏模式里，第四个字通常是虚词，因而，其节奏也可以划分为三一二式，例如：谢叔源—之—闲情（《才略》）。然而，不论是二二二式、二四式，还是三三式、三一二式，六字句声调结构模式都顿挫有致，节奏鲜明。通常，前两种第二、第四、第六字平仄相间，后两种第三个字与第六个字平仄相对。

总之，刘勰有意识地平仄相间用之，使高低、长短、缓急等不同的声调在一句之内几乎音韵尽殊，具有“抑扬抗坠之妙，古人所谓一片宫商也”①。

二、两句之内，角徵不同：四种对句平仄格式

刘勰认为协调声调的最高境界是“和”。《声律》云：“异音相从谓之和”，“和体抑扬。”这个“异”字不仅意味着一句之中，平仄

① 《师友诗传续录》，见王夫之等撰《清诗话》，第149页。

要交替成为节奏，而且两句之中的平仄也要两两相对。这里所说的“两句”指的是在一定上下文里，上下相连的两个意义相对完整的小句。为方便论述起见，我们以“对句”[①]称呼之。在以四字句、六字句为基本句式的《文心雕龙》里，这种对句主要由四字句和六字句结构而成。在下文中，通过描述其主要平仄格式和呈现形态，我们将剖析《文心雕龙》中两句声调结构模式及其特点。

（一）四字对句平仄格式

《文心雕龙》里最基本的两个小句是拥有平平仄仄、仄仄平平声调结构模式的纯四字结构。其平仄格式主要有以下两种基本形态：

1. 平起式

平平仄仄，仄仄平平　例句：文之制体，大小殊功。（《神思》）

2. 仄起式

仄仄平平，平平仄仄　例句：繁采寡情，味之必厌。（《情采》）

万变不离其宗。此两种形态实际是平平仄仄、仄仄平平两种基础声调结构模式首尾相衔形成的。在这种组合里，两句中上下相互对应的字平仄对立。特别是每句里的第二、第四个字之间往往有着固定的平仄相对格式（或者说规则）。至于每句里的第一、第三个字则可平可仄，也即它们没有必要非得平仄相对。这就是说它们可以完全是平声，也可以完全是仄声。在具体运用过程中，这种纯四字两句可以融贯变化。例如，只要上述两种平仄格

① 此处的“对”字含有“双”、“两”、“二”之意。“对句”既指“文之制体，大小殊功”（《神思》）这样的两个句子，也指“事丰奇伟，辞富膏腴”（《正纬》）这样相互对仗、句法结构一致的丽辞或骈句。

式的节奏点在第二、四个字上，那么，它们就可以组合成多种仍然和律的平仄格式。像仄起式里的仄平平仄，平仄仄平［例如：事丰奇伟，辞富膏腴。（《正纬》）］和仄仄平平，仄平仄仄［例如：韵响难追，郑声易启。（《乐府》）］，以及平起式里的平仄仄平，平平仄仄［例如：文果载心，余心有寄。（《序志》）］，一句中第二、四字平仄相反，两句中第二、四字平仄相对，曲尽变化之妙。《文心雕龙》里这样完美的两句不少，尤其是各篇最后四言八句的赞，更是声律和谐的诗。譬如：

（1）断章有检（仄平仄仄），积句不恒（仄仄仄平）。理资配主（仄平仄仄），辞忌失朋（平仄仄平）。环情草调（平平仄仄），宛转相腾（仄仄平平）。离合同异（平仄平仄），以尽厥能（仄仄仄平）。（《章句》）

（2）不有屈原（仄仄平平），岂见《离骚》（仄仄平平）？惊才风逸（平平平仄），壮志烟高（仄仄平平）。山川无极（平平平仄），情理实劳（平仄仄平）。金相玉式（平平仄仄），艳溢锱毫（仄仄平平）。（《辨骚》）

在这两篇赞里，不仅句句平仄相间，第二、四字平仄相对（除了《章句》里的第七句），而且上下句最后一个字亦平仄相对（除了《辨骚》里的第一句），可谓抑扬起伏，连绵不断，磊落如珠矣。

（二）六字对句平仄格式

完全由字数相同的句子结构的两句，除四字对句外，《文心雕龙》里比较普遍存在的是六字对句。与纯四字对句相比，六字对句平仄格式比较灵活，主要有以下六种类型：

1. 五字相对：指上下每小句里有五个字的平仄是相对的，主要有以下两种形态：

（1）一二三四六式：指上下句里的第一、二、三、四、六个字平仄相对。例句：流连万象之际（平平仄仄平仄），沈吟视听之区（仄仄平平平平）。（《物色》）

（2）一二四五六式：指上下句里的第一、二、四、五、六个字平仄相对。例句：可谓鉴而弗精（仄仄仄平平平），玩而未核者也（平平仄仄仄仄）。（《辨骚》）

2. 四字相对：指上下每小句里有四个字的平仄是相对的，常见的形态有下列三种：

（1）一三四五式：即上下句里的第一、三、四、五个字平仄相对。例句：所以百家腾跃（仄仄仄平平仄），终入环内者也（平仄平仄仄仄）。（《宗经》）

（2）一二三六式：即上下句里的第一、二、三、六个字平仄相对。例句：傲雅觞豆之前（仄仄平仄平平），雍容衽席之上（平平仄仄平仄）。（《时序》）

（3）一二五六式：即上下句里的第一、二、五、六个字平仄相对。例句：一叶且或迎意（仄仄仄仄平仄），虫声有足引心（平平仄仄仄平）。（《物色》）

例（2）里的一二三六式，也即仄仄平仄平平，平平仄仄平仄格式，还可以写作仄仄平仄平平，平平仄仄平仄。这就是说每小句里的最后一个字可平可仄，没有严格的规则。如《原道》里的“玉版金镂之实，丹文绿牒之华”也是第一、二、三、六个字平仄对立，其平仄格式为仄仄平仄平仄，平平仄仄平平。

3. 三字相对：指上下每小句里有三个字的平仄是相对的，主要形态有下列五种：

(1)一三四式：即上下句里的第一、三、四个字平仄相对。例句：可谓太山遍雨(仄仄仄平仄仄)，河润千里者也(平仄平仄仄仄)。(《宗经》)

(2)一四六式：即上下句里的第一、四、六个字平仄相对。例句：白鱼赤乌之符(仄平仄平平平)，黄金紫玉之瑞(平平仄仄平仄)。(《正纬》)

(3)一三六式：即上下句里的第一、三、六个字平仄相对。例句：庾以笔才逾亲(仄仄仄平仄平)，温以文思益厚(平仄平平仄仄)。(《时序》)

(4)二三六式：即上下句里的第二、三、六个字平仄相对。例句：圣哲彝训曰经(仄仄平仄仄平)，述经叙理曰论(仄平仄仄仄仄)。(《论说》)

(5)二五六式：即上下句里的第二、五、六个字平仄相对。例句：集雕篆之轶材(仄平仄平仄平)，发绮縠之高喻(仄仄仄平平仄)。(《时序》)

4. 两字相对：指上下每小句里有两个字的平仄是相对的，主要表现形态有以下五种：

(1)一三式：即上下句里的第一、三个字平仄相对。例句：酬酢以为宾荣(平仄仄平平平)，吐纳而成身文(仄仄平平平平)。(《明诗》)

(2)二三式：即上下句里的第二、三个字平仄相对。例句：张衡发其僻谬(平平仄平仄仄)，荀悦明其诡诞(平仄平平仄仄)。(《正纬》)

(3)三六式：即上下句里的第三、六个字平仄相对。例句：文蔚、休伯之俦(平仄平仄平平)，于叔、德祖之侣(平仄仄仄平仄)。(《时序》)

(4)四六式：即上下句里的第四、六个字平仄相对。例句：洒笔以成酣歌(仄仄仄平平平)，和墨以藉谈笑(仄仄仄仄平仄)。(《时序》)

(5)五六式：即上下句里的第五、六个字平仄相对。例句：伊挚不能言鼎(平仄仄平平仄)，轮扁不能语斤(平仄仄平仄平)。(《神思》)

5. 一字相对：指上下每小句里只有一个字的平仄是相对的。例句：观天文以极变(平平平仄仄仄)，察人文以成化(平平平仄平仄)。(《原道》)

6. 雷同：指上下每小句里的平仄格式完全相同。例句：所谓金相玉质(仄仄平仄仄仄)，百世无匹者也(仄仄平仄仄仄)。(《辨骚》)

上述六种类型里的第一、第五、第六种在《文心雕龙》里比较少见，我们常见到的是第二、三、四种平仄格式。这表明在《文心雕龙》六字对句里，一般至少都有两个或两个以上的字上下平仄相对。而平仄相对，一扬一抑或一抑一扬即是"和"。《文心雕龙》里这种协和的六字对句也常常连续使用。譬如：

(1)敕都督以兵要(仄平平仄平仄)，戒州牧以董司(仄平仄仄仄平)，警郡守以恤隐(仄平仄仄仄仄)，勒牙门以御卫(仄平平仄仄仄)。(《诏策》)

(2)征枚乘以蒲轮(平平平仄仄平)，申主父以鼎食(平仄仄

仄仄仄),擢公孙之对策(仄平平平仄仄),叹倪宽之拟奏(仄平平平仄仄)。(《时序》)

从语法结构上看,我们可以说组成例(1)、例(2)的分别是两个六字对句,更可以说是四个结构完全相同的六字本句。结构这些句子的字调在上下语境中往往存在着平仄对立的情形。若把例(1)、例(2)视作前后两个六字对句结构,那么,两例前一个对句里的平仄格式都属于第三种类型(即三字相对的三五六式、二三六式),后一个则分别属于第五、六种类型(即只有第三个字平仄相对、两小句平仄格式雷同)。然而,这样的平仄格式并不影响整个语段声调的和畅。因为若把组成整个例(2)语段的第二句与第三句视作一个对句,那么,它的平仄格式便是一二三四式,也即上下句里有四个字的平仄是相对的。同理,若把例(1)里的第二句与第三句视作一个对句,则其最后一个字两两相对。因此,整体来看,平仄对立、流韵绮靡是《文心雕龙》六字对句声调结构模式的一般特征。

(三)以四、六、七字为基础的对句平仄格式

整齐均匀、声调和谐的四、六句是《文心雕龙》里的基础句。然而,通篇用之,则流于凝重,更何况"四字密而不促,六字格而非缓。"(《章句》)所以,有必要或变之以三、五,或变之以七、八等等,方得流动之势。刘勰正是如此。在《文心雕龙》里,他首先以四、六本句为基础,结构了五、七、八字对句;其次,又在七、八字对句的基础上,再次结构出了九、十字对句。众多对句里,四、六、七字对句的平仄格式最基本。譬如:

1. 以四字句为基本句式结构的五字对句。这种对句有以下

两种形态：

(1)五五　例句：刚柔以立本（平平仄仄仄），变通以趋时（仄平仄平平）。（《熔裁》）

(2)五五五五　例句：然物有恒姿（平仄仄平平），而思无定检（平平平仄仄），或率尔造极（仄仄仄仄仄），或精思愈疏（仄平平仄平）。（《物色》）

结构这两例的每一个小句均由四字本句加一个字构成。例(1)是四字句中间插进一个虚词；例(2)是四字句的前面加一个虚词或连词。如果去掉虚词或连词，这两种格式其实是四四、四四四四句式。例(1)是一个五字对，例(2)则可以视作两个五字对的连用。两例里上下句平仄相对，辞自和畅。

2. 以六字句为基本句式结构的对句。这样的对句主要有以下七字对句和八字对句两种：

(1)七字对句。例句：规范本体谓之熔（平仄仄仄仄平平），剪截浮词谓之裁（仄仄平平仄平平）。（《熔裁》）

(2)八字对句。例句：驱前古于当今之下（平平仄平平平平仄），腾休明于列圣之上（平平平平仄仄平仄）。（《封禅》）

这两种对句实际上是在六字对句的基础上适当增加一个或两个虚字结构而成的。它们的添加并不影响整个句子声调结构的和谐。七字对句也好，八字对句也罢，它们都属于三字相对型（七字对里一三四相对、八字对里三五六相对），平仄铿锵。七、八字对句也常常连用。譬如：

1)相如含笔而腐毫（仄平平仄平仄平），扬雄辍翰而惊梦（平平仄仄平平仄），桓谭疾感于苦思（平平仄仄平仄平），王充气竭于

思虑（平平仄仄平平仄），张衡研京以十年（平平平平仄平平），左思练都以一纪（仄平仄平仄仄仄）。（《神思》）

2）陈政则与议说合契（平仄仄仄仄平平仄），释经则与传注参体（仄平仄仄仄仄平仄），辨史则与赞评齐行（仄仄仄仄仄平平平），铨文则与叙引共纪（平平仄仄仄仄平仄）。（《论说》）

例1）、2）穷变于声貌。无论是从单句还是双句（或对句）来看，皆律调不匮。就单句而言，例1）是由句法结构完全相同的六个七字句结构的语段，每句内部平仄交替，句与句之间平仄相间（每句末一个字的平仄相对，即平仄平仄平仄）；就双句（或对句）而言，它是三个七字对结构的语段，每对的两个小句之间的平仄往往对立，特别是最后两个字（第一对是仄平对平仄，第二对是仄平对平仄，第三对是平平对仄仄）。同样，我们可以把例2）视作由四个八字本句或者两个八字对句结构的语段，其间每句内音韵交错，每句间声调和谐。

3. 以七字句为基本句式结构的对句。这样的对句主要有以下两种形态：

（1）九字对句。例句：语瑰奇则假珍于玉树（仄平平仄仄平平仄仄），言峻极则颠坠于鬼神（平仄仄仄平仄平仄平）。（《夸饰》）

（2）十字对句。例句：或理在方寸而求之域表（仄仄仄平仄平平平仄仄），或义在咫尺而思隔山河（仄仄仄仄仄平平仄平平）。（《神思》）

这两例都是以七字句为基础再次结构出的对句。第（1）里添加了“则”和“于”字；第（2）里添加了“或”、“而”和“之”字。整个对句平仄相对，有抗坠之节。有时，刘勰还会在九字对句的基础上更进一步添加字数,结构出十字对句。例如,《才略》里的"路粹杨修颇怀笔记之工"(仄仄平平平平仄仄平平)和"丁仪邯郸亦含论述之美"(平平平平仄平仄仄平仄)。除去每小句里的"之"字,这是一个典型的九字对句。上下两小句里有四字平仄对立(即一二五九),轻重悉异。

(四)隔句对平仄格式

由于两个对句往往连用,《文心雕龙》里还存在着一种特殊的对句——隔句对。这是由四个字数相同或不相同的小句组成的一个大句子或者说语段,其间所有句子在句法结构和声调上都隔句相对。《文心雕龙》里的隔句对主要有以下八种:

(1)四五隔句对:指由四字句、五字句联合组成的隔句对。例句:事义浅深(仄仄仄平),未闻乖其学(仄平平平仄);体式雅郑(仄仄仄仄),鲜有反其习(仄仄仄平仄)。(《体性》)

(2)四六隔句对:指由四字句、六字句联合组成的隔句对。例句:吟咏之间(平仄平平),吐纳珠玉之声(仄仄平仄平平);眉睫之前(平仄平平),卷舒风云之色(仄平平平平仄)。(《神思》)

(3)四七隔句对:指由四字句、七字句联合组成的隔句对。例句:神居胸臆(平仄平仄),而志气统其关键(平仄仄仄平平仄);物沿耳目(仄平仄仄),而辞令管其枢机(平平仄仄平平平)。(《神思》)

(4)四八隔句对:指由四字句、八字句联合组成的隔句对。例句:研味李老[1](平仄仄仄),则知文质附乎性情(仄平平仄仄平仄

---

[1] 纪昀认为此处"'李'当作'孝','孝老'犹云'老易',六朝人多此生捏字法。"见刘勰撰,黄叔琳注,纪昀评《文心雕龙辑注》,第298页。

平）；详览庄韩（平仄平平），则见华实过乎淫侈（仄仄平仄仄平平仄）。（《情采》）

（5）七六隔句对：指由七字句、六字句联合组成的隔句对。例句：典雅者熔式经诰（仄仄仄平仄平仄），方轨儒门者也（平仄平平仄仄）；远奥者馥采典文（仄仄仄仄仄仄平），经理元①宗者也（平仄平平仄仄）。（《体性》）

（6）六五隔句对：指由六字句、五字句联合组成的隔句对。例句：庾元规之表奏（仄平平平仄仄），靡密以闲畅（仄仄仄平仄）；温太真之笔记（平仄平平仄仄），循理而清通（平仄平平平）。（《才略》）

（7）六六隔句对：指由两个六字句联合组成的隔句对。例句：文以辨洁为能（平仄仄平平平），不以繁缛为巧（仄仄平仄平仄）；事以明核为美（仄仄平仄平仄），不以深隐为奇（仄仄平仄平平）。（《议对》）

（8）七七隔句对：指由两个七字句联合组成的隔句对。例句：崔寔奏记于公府（平仄仄仄平平仄），则崇让之德音矣（仄平仄平仄平仄）；黄香奏笺于江夏（平平仄仄平平仄），亦肃恭之遗式矣（仄仄平平平仄仄）。（《书记》）

由以上描述可以看出：若除去每句里的虚词，四字句和六字句依然是结构隔句对的基本句式，其平仄格式也是隔句对里最基本的平仄格式。在每种隔句对里，平仄完全雷同的小句并不多，

① 按杨明照注："元"，元本、弘治本、活字本、汪本、佘本、张本、两京本、王批本、何本、梅本、凌本、合刻本、梁本、秘书本、谢钞本、别解本、清谨轩本、尚古本、冈本、四库本、崇文本作"玄"。见其《增订文心雕龙校注》，中华书局2000年版，第382—383页。

绝大多数小句内部都是平仄交替出现，小句之间尤其是隔句之间往往平仄对立，即句法结构和字数完全相同的第一句与第三句、第二句与第四句平仄相对的情形比较多。

（五）对句的基本节奏

在上述各种类型及其形态的对句里，《文心雕龙》里最普遍存在的是四、五、六、七、八字对句，以及四六、四七、四八隔句对。声调抑扬的四、六字句是结构它们的一种最基础的句式。然而，我们必须从意义的停顿上去看它们的节奏，然后才能欣赏它们。因为《文心雕龙》毕竟不完全是四言诗，而是句式不一的长篇论著。其间，虚词往往是不算在节奏之内的。如在上述三种类型的对句里，《文心雕龙》里比较普遍存在的是第一、二种，也即以四、六句为基础结构的对句，尤其是其中的五字对句和七字对句。它们和五言或七言诗的节奏不同。诗句的节奏一般是二三，如"从军度函谷，驱马过西京。"（曹植《赠丁仪王粲诗》）《文心雕龙》五字句的节奏一般是二一二或一四，如"（若）学浅而空迟，才疏而徒速"（《神思》）和"造羲皇之书，开鸿都之赋"（《时序》），必须分成"（若）学浅/（而）/空迟，才疏/（而）/徒速"和"造/羲皇之书，开/鸿都之赋"，方显出平仄相对的节奏来。同样，《文心雕龙》中的七字句也和七言诗的节奏不同。诗句的节奏一般是四三，如"几处早莺争暖树？谁家新燕啄春泥？"（白居易《钱塘湖春行》）《文心雕龙》七字句的节奏一般是二一四，二二三等等。例如：

（1）登山—则—情满于山，观海—则—意溢于海。（《神思》）

（2）嵇康—师心—以遣论，阮籍—使气—以命诗。（《才略》）

例（1）的节奏点落在第二第七字（"山"对"海"）上。例（2）

的节奏点落在第二第四第七字（“康”对“籍”、“心”对“气”、“论”对“诗”）上。如果是两种以上不同的句式杂揉在一起，也应如此分析它们的节奏。像“意翻空而易奇，言征实而难巧也”（《神思》），决不能割裂成为“意翻/空而/易奇，言征/实而/难巧/也”，而必须按照句子意义的停顿，分成“意翻空/（而）/易奇，言征实/（而）/难巧（也）”，以“空”、“实”为节奏点，然后以平对仄的节奏才能显露出来。隔句对亦如此。像“研味李老，则知文质附乎性情；详览庄韩，则见华实过乎淫侈”（《情采》），应该分成“研味/李老，（则）知文质/附（乎）性情；详览/庄韩，（则）见华实/过（乎）淫侈”，而且要按照隔句对平仄格式的原则，即研味/李老（平仄仄仄）对详览/庄韩（平仄平平），（则）知文质/附（乎）性情（平平仄仄仄平）对（则）见华实/过（乎）淫侈（仄平仄仄平仄），其平仄对立的节奏方能鲜明地显现出来。

总之，刘勰“左碍而寻右，末滞而讨前”（《声律》），基本上以四字句和六字句结构了《文心雕龙》里的主要对句，真正做到了“两句之中，轻重悉异”[①]，上下句之间平仄相辅相成、相反相成，具有和谐之美。

三、无定式中，亦有定式：三种语段平仄结构模式

如果说一句或两句之内声调尽殊、两句之间轻重悉异是比较容易做到的话，那么，一个比较长的语段或通篇要做到句子与句子之间声调和谐则是很难的。因为文章是由句子联缀成篇的，而

---

① 萧子显：《南齐书·陆厥传》，见《二十五史》，上海古籍出版社、上海书店 1986 年版，第 2004 页。

《文心雕龙》里的句子多种多样，从二字句到三字句不等，其组合形式更是千变万化。总体来看，《文心雕龙》语段句子与句子之间的声调结构比较复杂，其主要有以下三种模式：

第一，若前有浮声，则后须切响。这是指在一些相对完整的语段里，前后每个句子最后一个字的声调往往一平一仄地出现。除完全由四字句结构的赞部分基本上拥有这样的声调结构模式外，完全由其他字句或对句结构的语段中也存在着类似的情形。譬如：

> 相如窃妻而受金，扬雄嗜酒而少算，敬通之不循廉隅，杜笃之请求无厌，班固谄窦以作威，马融党梁而黩货，文举傲诞以速诛，正平狂憨以致戮，仲宣轻脆以躁竞，孔璋惚恫以粗疏，丁仪贪婪以乞货，路粹餔啜而无耻，潘岳诡祷于愍怀，陆机倾仄于贾郭，傅玄刚隘而詈台，孙楚狠愎而讼府。（《程器》）

我们可以把这段视作十六个七字句的组合，也可以视作八个七字对句的联合。若把此段里的最后一个字联结起来，则其平仄格式为：平仄平仄平仄平仄仄平仄仄平仄平仄。可见，除两处外，其他皆按照一平一仄、一扬一抑的节奏不断重复出现。这种现象也出现在一些句式长短不齐，复杂多变的语段里。譬如：

> 人文之元，肇自太极，幽赞神明，《易》象惟先。庖牺画其始，仲尼翼其终，而《乾》《坤》两位，独制《文言》。言之文也，天地之心哉！若乃《河图》孕乎八卦，《洛书》韫乎《九畴》，玉

版金镂之实，丹文绿牒之华，谁其尸之，亦神理而已。（《原道》）

这一段共十六句，句句末尾字一平一仄轮流出现，“宫羽相变，低昂互节，若前有浮声，则后须切响”[①]，宛转成章。

第二，平仄交错。这是指在一些相对完整的语段里，前后每个句子最后一个字的平仄声调往往间歇交替出现。譬如：

暨建安之初（平），五言腾踊（仄）。文帝陈思（平），纵辔以骋节（仄），王徐应刘（平），望路而争驱（平）。并怜风月狎池苑（仄），述恩荣叙酣宴（仄），慷慨以任气（仄），磊落以使才（平）。造怀指事（仄），不求纤密之巧（仄）；驱辞逐貌（仄），唯取昭晰之能（平）：此其所同也（仄）。乃正始明道（仄），诗杂仙心（平），何晏之徒（平），率多浮浅（仄），唯嵇志清峻（仄），阮旨遥深（平），故能标焉（平）。若乃应璩《百一》（平），独立不惧（仄），辞谲义贞（平），亦魏之遗直也（仄）。（《明诗》）

此段前后相续的二十六句句末尾字或句句平仄相对，或间隔一、两句后平仄相对。这种看似杂乱无章的声调结构模式中也存在着一定的规律。如若以四句为一个单位，此段内四句末（包括最后两句里的最后一句）并用仄声。因此，这依然是一个按照一定的方式错综地在每个句子末间隔地使用平声和仄声的字、令声

① 沈约：《宋书·谢灵运传论》，见《二十五史》，第1831页。

调在曲尽变化中尽显整齐划一之妙的语段。《文心雕龙》里拥有这样声调结构模式的语篇不少。如虽然《徵圣》和《明诗》全篇句末尾字平仄不断间歇出现，但是，它们或间隔两个平字后出现仄字，或间隔三个仄字后出现平字，三个以上末尾字平仄相同的连句很少。

第三，平仄雷同。这是指在一些相对完整的语段里，前后每个句子最后一个字的平仄声调往往是完全一致的。在齐梁时期的"八病"说里，第二种是上尾，即第一句末字和第二句末字不得同声；第四种是鹤膝，即第一句末字和第三句末字不得同声。相比之下，齐梁人更注重避免上尾。《文镜秘府论》里载有沈约"上尾者，文章之尤疾。自开辟迄今，多惧不免，悲夫"，和梁人刘滔"下句之末，文章之韵，手笔之枢要，在文不可夺韵，在笔不可夺声。且笔之两句，比文之一句，文事三句之内，笔事六句之中。第二、第四、第六，此六句之末，不宜相犯"[①]之语。弘法大师认为："此上尾，齐、梁已前，时有犯者。齐、梁已来，无有犯者，此为巨病。若犯者，文人以为未涉文途者也。"[②]然而，《文心雕龙》里的一些句子不仅犯上尾、鹤膝，而且还存在着连着三、五个，甚至七个以上句子与句子之间的末尾字完全相同的情况，譬如：

迄至后汉，稍有名品，公府奏记，而郡将奏笺。记之言

---

① 〔日〕弘法大师撰，王利器校注：《文镜秘府论校注》，中国社会科学出版社1983年版，第407—408页。本书以下凡引《文镜秘府论》语，如不详注，均出自此书。

② 同上书，第406页。

志,进己志也。笺者,表也,表识其情也。崔实[①]奏记于公府,则崇让之德音矣;黄香奏笺于江夏,亦肃恭之遗式矣。公干笺记,丽而规益,子桓弗论,故世所共遗;若略名取实,则有美于为诗矣。刘廙谢恩,喻切以至;陆机自理,情周而巧:笺之为善者也。原笺记之为式,既上窥乎表,亦下睨乎书,使敬而不慑,简而无傲,清美以惠其才,彪蔚以文其响,盖笺记之分也。(《书记》)

此段共三十二句,只有四个平声,在"故世所共遗"之前,连着十五句,每句后面一个字用的都是仄声。其实,就全书来看,与"哀而安"的平声相比,刘勰更喜欢连着用"厉而举"、"清而远"、"直而促"的仄声[②]。这使得《文心雕龙》整体音调宏壮。

总之,若把静止的、平面的句子放在言语实践活动中,也即放在具体语境中,放在更大一级的语言单位——语段中进行动态考察,则《文心雕龙》声调中亦有不合律处。事实上,除单个句子或对句里偶尔有纯平纯仄的现象外,《文心雕龙》不合律的声调主要出现在某个相对完整的语段中。这里说的"不合律"是相对而言的。因为《文心雕龙》中比较普遍存在的是平仄间歇出现的第二种语段平仄模式,第一、三两种少见。这充分表明:虽然连章结篇

---

① "实"当作"寔"。

② 即便是在一些比较工整的对句里亦如此。例如,《时序》里的"孟坚珥笔于国史(仄平仄仄平仄仄),贾逵给札于瑞颂(仄平仄仄平仄仄),东平擅其懿文(仄平仄仄仄仄),沛王振其《通论》(仄平平仄仄仄)"。《文镜秘府论·西卷》云:"然声之不等,义各随焉。平声哀而安,上声厉而举,去声清而远,入声直而促。词人参用,体固不恒"。

时，刘勰时有涩阻，但《文心雕龙》语段声调整体上亦做到了宫羽调音，相参而和。刘勰能于无定式之中，亦有定式，在基本上做到一句之内平仄相间、两句之间平仄相对的基础上，又注重平仄形式的多样化，使声调抑扬错综。

四、使气命篇，设情定音：三种基本的协声方式

在中国文学理论批评史上，明确以“气”论文始于曹丕。他在《典论·论文》中说：“文以气为主；气之清浊有体，不可力强而致。譬诸音乐，曲度虽均，节奏同检；至于引气不齐，巧拙有素，虽在父兄，不能以移子弟”[①]。这种“不可力强而致”、“虽在父兄，不能以移子弟”之“气”指的是作者与生俱来的生命之气、独特的内在气质。自此以后，魏晋南北朝时期以此意义上的“气”论文蔚然成风。如刘勰的“神居胸臆，而志气统其关键”（《神思》）、钟嵘的“骨气奇高，词采华茂”[②]，以及沈约的“子建仲宣以气质为体”[③]之说等等。而随着声律说的兴起，人们亦在声音意义上以“气”论文。《典论·论文》云：“徐干时有齐气，然粲之匹也。”这里的“齐气”是就文章中的语气、声音而言的。李善注云：“言齐俗文体舒缓，而徐干亦有斯累。《汉书·地理志》曰，故齐诗曰：子之还兮，遭我乎猺之间兮。此亦舒缓之体也。”[④]从曹丕所例举的徐干《玄猿》、《圆扇》、《橘赋》和《漏卮》，以及王粲《初征》、《登楼》、《槐

① 萧统编，李善注：《文选》，上海古籍出版社1986年版，第2271页。下面引《典论·论文》语，亦出自此。

② 钟嵘著，陈延杰注：《诗品注》，人民文学出版社1961年版，第25、37、64页。

③ 沈约：《宋书·谢灵运传论》，见《二十五史》，第1831页。

④ 萧统编，李善注：《文选》，第2270—2271页。

赋》和《征思》这些比较多地使用表音感叹虚字“兮”的作品，我们也可以看到他所说的“徐干时有齐气，然粲之匹也”里的“齐气”是就徐干和王粲作品中频繁使用语气词而言的。

人们之所以以“气”论文章中的声音，是因为两者之间有着内在本质的联系。刘勰在《声律》篇明确指出：“声萌我心”、“声含宫商，肇自血气”。声音不是某种外在的因素，而是与作者的生命之气和精神之气密切相关联的、有着一定声貌的心声。正因为如此，作者才能“谈欢则字与笑并，论戚则声共泣偕”（《夸饰》）。读者才可能“观风似面，听辞如泣”（《诔碑》）。因此，在论述声律问题时，刘勰经常与“气”联言，创造性地使用了“辞气”、“声气”、“韵气”等语词。如《章句》里的“若乃改韵从调，所以节文辞气”①、《附会》中的“宫商为声气。”有时，他甚至直接以“气力”论“和韵”问题，如《声律》云：“是以声画妍蚩，寄在吟咏；吟咏滋味，流于字句。气力穷于和韵。异音相从谓之和，同声相应谓之韵。韵气一定，故余声易遣，和体抑扬，故遗响难契。”因为“调有缓急”（《章句》），为了更好地表达内容，刘勰认为作者应当根据不同的体裁安排语气，如檄文“插羽以示迅，不可使辞缓”，其“必事昭而理辨，气盛而辞断。”（《檄移》）

从《文心雕龙》言语事实来看，刘勰主要通过下列三种方式，

---

① 这里“辞气”一词指述的具体对象就是同声相应的韵和异音相从的调。《论语·泰伯》曰：“君子所贵乎道者三：动容貌，斯远暴慢矣；正颜色，斯近信矣；出辞气，斯远鄙倍矣。”朱熹注曰：“辞，言语。气，声气也”（详见朱熹注，顾美华标点：《四书》，上海古籍出版社 1995 年版，第 124 页）。《易·干》曰：“同声相应，同气相求”。孔颖达疏云：“同声相应者，若弹宫而宫应，弹角而角动是也。同气相求者，若天欲雨而础柱润是也。此二者声气相感也”（详见《十三经注疏》，第 16 页）。

令文气流转畅达:

第一,因声求气:指借助于谐和声律令文气连贯通畅。声、气一也,“气因律而生,节假律而明,才得律而清焉。”①《文心雕龙》讽咏流靡与刘勰善用四声密切相关。其声调结构主要由三大部分构成:就一句而言,各篇里的主要声调结构模式是由属于正格的四字句结构而成的;就二句而言,各篇里的主要声调结构模式是由以声律和谐的四字句和六字句或以它们为基础的对句结构而成的;就篇章而言,各篇里的绝大多数句子与句子之间的末尾字都不同程度地平仄交替出现。因此,整体来看,《文心雕龙》“杂言芬葩,顿跌起伏”②,其铿锵的声调足以助文章之行气。至如每一个特定的语篇亦文气很盛。例如,《知音》全篇里的绝大多数句子与句子之间的末尾字都不同程度地平仄交替出现。在由一百四十二句结构的篇章里,四字句和以它为基础的句子(去掉虚词和连词)有八十九句,其中属于正格的有四十八句、变格二十六句、例外十五句。除字字全仄的“意亦见矣”、“二主是也”、“谬乃若是”、“异我(则)沮弃”和字字全平的“(于是)桓谭之徒”,以及文章开头六个句子末尾连续六个平声外,全篇一句之内平仄相间、句句之间平仄交错,鲜明的节奏于起伏顿挫之中尽抑扬反复之义,读来辞气流靡,罕有挂碍。

第二,因气求声。刘勰认为:“气形于言”、“盛于笔”、“阮籍

---

① 殷璠:《河岳英灵集叙》,见〔日〕弘法大师撰,王利器校注:《文镜秘府论校注》,第 352 页。

② 陆时雍:《诗镜总论》,见丁福保辑《历代诗话续编》下,中华书局 1983 年版,第 1402 页。

使气以命诗。”(《才略》)“是以吐纳文艺，务在节宣，清和其心，调畅其气，烦而即舍，勿使壅滞。”(《养气》)从某种程度上说，“辞”、“气”一也。为了以自己内在的生命之气灌注文章，与因声求气相比，刘勰更强调因气求声，即借助于作者充盈的内在之气，使文章自然和律。段落清和句法严密是他因气求声的基本方法。段落清指的是文章层次分明。刘勰在《章句》篇指出：章句的次序是以情理为基础的，要是情理错乱了，章句也会颠倒。在《情采》篇论述“立文之本源”问题时，他更明确断言：“辞者理之纬”，“理定而后辞畅”，“理正而后摛藻”。而“理定”、“理正”皆需要作者以气实之。如《知音》篇从内容上可分为三部分。第一部分论述知音难逢的原因，第二部分阐述批评家的修养以及文学鉴赏和批评的方法，第三部分(赞)总结全文大意。全文“首尾圆合，条贯统序。”(《熔裁》)从论述次序上，前两部分又可以再次区分出先后两个层次。第一部分先指出知音难逢，然后论述其内外原因；第二部分先指出鉴赏者和批评者要博观，再指出批评的具体方法。这种界限明而血脉贯的论述缘于刘勰能以一气回旋。诚如韩愈所说：“气，水也；言，浮物也。水大而物之浮者大小毕浮，气之与言犹是也，气盛则言之短长与声之高下者皆宜。”①刘勰亦认为气是文章的根本：“气伟”“采奇”(《诸子》)，“气扬”“采飞”(《章表》)，作者只有“意气骏爽”(《风骨》)，文章才能义脉连贯清晰，因为“文理不清，则声节不亮。”②

① 韩愈：《答李翊书》，《韩愈全集》，上海古籍出版社 1997 年版，第 177 页。

② 殷璠：《河岳英灵集叙》，见〔日〕弘法大师撰，王利器校注：《文镜秘府论校注》，第 370 页。

句法严密是刘勰因气求声的第二个方法。出于表达思想的需要,他使用了大量结构严密的句子。例如:

> 傍及万品,动植皆文:龙凤以藻绘呈瑞,虎豹以炳蔚凝姿。云霞雕色,有逾画工之妙;草木贲华,无待锦匠之奇。夫岂外饰?盖自然耳。至于林籁结响,调如竽瑟;泉石激韵,和若球锽:故形立则章成矣,声发则文生矣。夫以无识之物,郁然有彩,有心之器,其无文欤?(《原道》)

此段句法严密,以一气贯注。特别是在最后一个无疑而问的反问句里,"夫以"与疑问语气词"欤"的中间有四个小句子。刘勰化整为零:以"夫以……欤"格式的大句把四个零星的小句结合成一个有机联系的整体,从而精炼了语言、增强了表现力。这个句子的声调也完全显示出了这一点。前三句末所以连着仄声,是因为其语气紧凑,一气直下,不就羁缚,非一口气读下去不可——唇吻之间,何其畅欤!因此,严密的句式,不仅使刘勰论述义理绵密深透,而且令他"气流墨中"(《奏启》)、语出自然。

第三,因情求声。气乃作者生命之气。《风骨》、《物色》篇分别有"情与气偕"、"辞以情发"和"属采附声,亦与心而徘徊"之说。《声律》亦云:在推敲声律时,作者不能仅仅用耳朵而必须用自己的内心去听它们是否和谐。因为"声萌我心",外听易为巧,而"内听难为聪也。故外听之易,弦以手定,内听之难,声与心纷;可以数求,难以辞逐。"刘永济高度评价了刘勰的这种"内听"说。他指出:"盖言为心声,言之疾徐高下,一准乎心。

文以代言，文之抑扬顿挫，一依乎情。然而心纷者言失其条，情浮者文乖其节。”[①]刘勰所倡导的这种声与情符，情以声显的用声原则，在《文心雕龙》批评话语中得到了充分的彰显。虽为理论文本，但于字里行间，刘勰的情感跃然纸上。如他在《知音》篇里以知音喻文学批评和鉴赏。纪昀评此篇曰：“‘难’字一篇之骨。”[②]对此，刘勰在文章开头一语叫破：“知音其难哉！音实难知，知实难逢，逢其知音，千载其一乎！”这五个四字句“突兀高远，如狂风卷浪，势欲滔天。”[③]由于“促节四言，鲜有缓句”（《哀吊》），为了更好地表达情感，刘勰主要使用顶真手法，用前一句结尾的字来做后一句的起头，使邻接的句子头尾蝉联、上下衔接。这样，看似五句话，其实从意义上说是一句。而且不论是作者有意无意，这五句末尾的字都是平声[④]，其平缓的声调[⑤]与作者对知音难逢的深深感慨是多么契合！这里，我们不仅不能离开声音来理解意义，而且恰恰相反，我们正是在声音中才能更好地理解它，懂得了声音是它的表现。萧子显《南齐书·陆厥传》云：“天机启则律吕自调，六情滞则音律顿舛也。”[⑥]由于刘勰“因情以发气，因气以成声，因声而绘词，因词而定

---

① 刘永济：《文心雕龙校释》，中华书局 1962 年版，第 124 页。

② 黄叔琳注，纪昀评：《文心雕龙辑注》，第 418 页。

③ 杨载：《诗法家数》，见何文焕辑《历代诗话》下，中华书局 1981 年版，第 729 页。

④ 孔颖达疏《礼记·王制》云：“平为发语之本，今古悉然。”

⑤ 安然《悉昙藏》曰：“平声直低。”唐《元和韵谱》云：“平声哀而安，上声厉而举，去声清而远，入声直而促”。顾炎武《音论》云：“平音最长，上去次之，入则诎然而止，无余音矣。”“其重其疾则为上，为去，为入，其轻其迟则为平。”

⑥ 萧子显：《南齐书·文学传》，见《二十五史》，第 2004 页。

韵”[①]，所以开头五句之间，虽拗但不觉拗。相反，它与整体和谐的声调结构形式相参，使全文文气跌荡起伏。

这与刘勰一贯主张的“情与气偕”（《风骨》）、诗人应该“为情而造文”（《情采》）的思想一脉相承。从整个《文心雕龙》来看，刘勰通常不以调害义、意到即用律。全书中严格遵守平仄格律的篇章并不多，且主要集中在每篇里的赞部分。事实上，悬搁起单个的句子和对句，在一个相对完整的段落里，我们最常见到的是类似下面的声调结构模式：

> 观夫后汉才林，可参西京；晋世文苑，足俪邺都。然而魏时话言，必以元封为称首；宋来美谈，亦以建安为口实。何也？岂非崇文之盛世，招才之嘉会哉？嗟夫！此古人所以贵乎时也。（《才略》）

此段放言落纸，气韵天成。活泼多样的句式（如设问句、感叹句、两字句、九字句等）和整个语段末尾字的声调结构（即平/平/仄/平/平/仄/平/仄/仄/仄/平/平/仄）表明刘勰并没有刻意协声。然而，“情动而言形，理发而文见，盖沿隐以至显，因内而符外者也。”（《情采》）刘勰深广的情理造就了此段“情韵不匮”[②]：看似无规则实则平仄相间、自然畅通。

至此，如果说《文心雕龙》全书外在的宫羽相变，低昂互节，让

① 徐祯卿：《谈艺录》，见何文焕辑《历代诗话》下，第765页。

② 刘勰在《诠赋》批评作家云：“景纯绮巧，缛理有余；彦伯梗概，情韵不匮，亦魏晋之赋首也。”

我们感知到了它的精美的话，那么它内在充盈的气势和澎湃的激情则让我们感受到了它的博大与深厚。刘勰使气以命篇，设情以定音，于多样中求整齐。与一首诗相比，与其说煌煌著作《文心雕龙》声律精严工整，不如说它气势宏壮、音节天成。夫“凡文不足以动人，所以动人者气，凡文不足以入人，所以入人者情也。气积而文昌，情深而文挚；气昌而情挚，天下之至文也。”[①]

第二节　言随意遣，浑然天成：韵有缓促

清人阮元认为：“声韵流变而成四六，亦只论章句中之平仄不复有押脚韵也，四六乃有韵文之极致。”[②]《文心雕龙》却是个例外：平仄和四声的规则固然是它格律的重要构成部分，但不是唯一的。任何时候，“韵脚应该认为是格律诗最基本的东西。”[③]尽管不是格律诗，但是分析《文心雕龙》，我们却发现这部理论著作不仅讲究平仄，也注重押脚韵，堪称“韵文之极致”里的极致！下面，我们将主要通过对《文心雕龙》韵律模式及其特点的描述分析，探讨韵律在其批评话语里的功能和意义。

一、音韵竞出，争奇斗巧：十种主要韵

在中国传统诗学语境中，人们一般把诗中的韵分为八种，即

---

① 章学诚：《文史通义校注》上，中华书局 1994 年版，第 220 页。

② 阮元著，邓经元校点：《揅经室集》，第 1064 页。

③ 王力：《中国格律诗的传统和现代格律诗的问题》，见《龙虫并雕斋文集》第 1 册，中华书局 1980 年版，第 419 页。

连韵、叠韵、转韵、叠连韵、掷韵、重字韵、同音韵和交锁韵[1]。《文心雕龙》里不仅存在着这八种韵，而且还存在着特殊的双声韵和双声叠韵韵。这样，《文心雕龙》里的基本韵就有以下十种：

（一）叠韵：指由叠韵词构成的韵。例如："惟首尾相援，则附会之体，固亦无以加于此矣。"（《附会》）这句以"矣"为韵，另配一"此"字，以成叠韵[2]，叠韵为韵。

（二）双声韵：指由双声词构成的韵。古代"双声亦可为韵。《小雅》'决拾既佽，弓矢既调。射夫既同，助我举柴'。'佽'、'柴'固韵，'调'、'同'双声，亦韵也。"[3]这种声韵在《文心雕龙》中大量存在。例如："然洽闻之士，宜撮纲要，览华而食实，弃邪而采正。极睇参差，亦学家之壮观也。"（《诸子》）这里以"实"为韵，另配一"食"字，以成双声，双声为韵。

（三）双声叠韵韵：指由双声叠韵词构成的韵。例如："至于思表纤旨，文外曲致，言所不追，笔固知止。"（《神思》）此句以"止"为韵，另配一"知"字，形成双声叠韵词，作为韵脚。

（四）连韵：一般来说，一首诗里第二句入韵，第一句可以不必入韵。其入韵者称为连韵，"为其与本韵相连也。"[4]也就是第一句与入韵的第二句连着相押。例如："形生势成，始末相承。湍回似规，矢激如绳。因利骋节，情采自凝；枉辔学步，力止襄陵。"（《定

---

① 〔日〕弘法大师著，王利器校注：《文镜秘府论校注》。

② 本书中有关双声、叠韵的确认以黄侃集韵声类表和《广韵》为准。

③ 钱大昕：《十驾斋养新录》，陈文和主编《嘉定钱大昕全集》（柒），江苏古籍出版社，第 429 页。

④ 王力：《龙虫并雕斋文集》第三册，中华书局 1982 年版，第 68 页。

势》）这里本韵平声“蒸”独用，一韵到底，“承”、“绳”、“凝”、“陵”押韵。而第一句“成”亦入韵。

（五）叠连韵：这种韵既是连韵，而每韵又为二叠韵。例如：“附理者切类以指事，起情者依微以拟议。起情故兴体以立，附理故比例以生。”（《比兴》）此处“指事”叠韵，“拟议”又叠韵，二叠韵相连以为韵，音韵流和，词调清丽。

（六）转韵：转韵也称为换韵，指作者在一首诗或相对长一些的语段里，变换使用一个以上的韵部的押韵方式。例如：“句司数字，待相接以为用；章总一义，须意穷而成体。其控引情理，送迎际会，譬舞容回环，而有缀兆之位；歌声靡曼，而有抗坠之节也。”（《章句》）此段连续转换三韵，韵脚很密。“字”与“义”、“会”与“位”隔句押韵，“体”与“理”则句句用韵。

（七）掷韵：这种韵“每句转韵，弃掷前韵而不用。”[①]例如：“可谓寿陵匍匐，非复邯郸之步；里丑捧心，不关西施之颦矣。”（《杂文》）去掉“可谓……矣”，这是一个骈句，它每两小句一意，合之实为二句，每句用韵，十字一换。亦即“匐”与“步”、“心”与“颦”押韵。“其意转换，即掷去原韵，而别安韵，随转随换，故曰掷韵也。”[②]它与转韵的最大区别就在于：虽然也转韵，但掷韵是句句都押韵，而转韵则不必如此。如上述例六里“字”与“义”奇数押韵、“会”与“位”偶数押韵。

（八）重字韵：重复的字（一般是两个）作为韵脚与语段中的

---

① 维宝之：《文镜秘府论笺》，见〔日〕弘法大师著，王利器校注《文镜秘府论校注》，第70页。

② 任学良语，见〔日〕弘法大师著，王利器校注《文镜秘府论校注》，第70页。

其他字相押，称为重字韵。例如："春日迟迟，秋风飒飒，情往似赠，兴来如答。"（《物色》）这里的重字"飒飒"与"答"押韵。

（九）同音韵：指"所谓同音而字别也。"[①]例如："夫才有天资，学慎始习，斫梓染丝，功在初化。"（《体性》）此处的"资"、"丝"音同而字、义别，用以为韵。

（十）交锁韵："交锁韵者，谓除本韵外，各句间复自有韵交锁于其中也。"[②]例如："若乃改韵从调，所以节文辞气。贾谊枚乘，两韵辄易；刘歆桓谭，百句不迁；亦各有其志也。"（《章句》）此段"气"、"易"、"志"为本韵，另又有"谭"、"迁"相押。

以上是《文心雕龙》里主要的十种韵。由于篇章多、篇幅长短不一，它们在以四六为主要形式的《文心雕龙》中的具体运用很复杂。下面，我们依次就《文心雕龙》各篇里的赞、正文部分，以及相对独立存在的五十个单篇篇章探讨这一问题。

二、持韵甚严，字不苟作：赞部分的韵例

韵例具体关涉什么地方用韵、什么地方不用韵以及怎样用韵的问题。《文心雕龙》五十篇，每篇后面都有一个"篇体促而不广"、"必结言于四字之句，盘桓乎数韵之辞"（《颂赞》）的赞部分，其用韵基本上可以划分为以下两种情形[③]：

（一）独用

上声董：孔总动董（《史传》）；去声送：弄恸控送（《哀吊》）

---

① 任学良语，见〔日〕弘法大师著，王利器校注《文镜秘府论校注》，第71页。

② 同上。

③ 王力在《范晔刘勰用韵考》里考证了《文心雕龙》49篇（漏掉了《时序》篇）赞部分的用韵情况。见《龙虫并雕斋文集》第三册。

上声纸：诡髓紫靡（《体性》）；去声寘：智易义寄（《序志》）

上声旨：轨水履美（《铭箴》）；上声尾：扆伟尾斐（《章表》）

去声未：纬贵沸蔚（《正纬》）；上声齐：体陛启礼（《乐府》）

去声卦：派画隘稗（《诠赋》）；去声怪：惫蒯诫坏（《谐讔》）

平声肴：包爻交匏（《隐秀》）；上声巧：饱巧昴搅（《杂文》）

去声效：教孝貌效（《原道》）；平声毫：骚高劳毫（《辨骚》）

去声号：诰好蹈号（《诏策》）；去声过：课懦和播（《议对》）

去声禡：驾谢化亚（《指瑕》）；去声径：定订听径（《知音》）

平声蒸：承绳凝陵（《定势》）；去声证：孕应兴胜（《神思》）

去声艳：验赡艳厌（《情采》）；平声登：恒朋腾能（《章句》）

去声嶝：亘邓赠懵（《事类》）；去声德：德北则国（《程器》）

去声宥：秀宙授囿（《诸子》）；平声幽：休彪幽虬（《封禅》）

上声寝：禀锦甚品（《才略》）；去声沁：禁酖浸任（《奏启》）

入声缉：立集泣戢（《诔碑》）；平声覃：含南参耽（《明诗》）

入声合：合纳飒答（《物色》）；平声谈：谈甘蓝惭（《祝盟》）

上声敢：览胆敢澹（《比兴》）；去声阚：瞰滥淡担（《熔裁》）

去声（古入声）夬：话败虿迈（《檄移》）；去声线：变倦选面（《时序》）

（二）合用

1. 同用两韵

上声麌姥：古五府祖（《宗经》）；上声贿海：宰采海在（《徵圣》）

去声队代：配载态珮（《丽辞》）；上声吻隐：近吻槿隐（《声律》）

去声问焮：训分运奋（《练字》）；去声翰换：赞烂旦玩（《颂赞》）

入声黠辖：札讷拔察（《书记》）；上声养荡：想养朗爽（《养气》）

上声琰忝：检渐琰玷（《夸饰》）；入声叶帖：叠叶接协（《附会》）

入声业乏：业乏怯法（《通变》）

2. 同用三韵

平声元魂痕：门源繁存（《总术》）；去声愿慁恨：论寸遁劝（《论说》）

上声梗耿静：并骋鲠炳（《风骨》）

独用一韵和同用一个以上的韵，这两种用韵模式昭示出《文心雕龙》赞部分韵例的两个鲜明特点：

第一，偶句入韵，一韵到底。从韵脚之间的距离来看，《文心雕龙》赞部分押韵都很有规则。与汉魏六朝其他韵文一样，以四言八句为形式的这些赞部分的韵例基本上继承了诗骚传统，一般是隔句为韵，也就是说偶句的末一字用韵。在《文心雕龙》五十篇赞里，独用一韵的共有三十六个；同用两韵的有十一个；同用三韵的有三个。其中，同用三韵里的平声元魂痕：门源繁存（《总术》）、去声愿慁恨：论寸遁劝（《论说》）和上声梗耿静：并骋鲠炳（《风骨》）三例，《广韵》里均明确标出它们可以同用[①]，而同用两

---

① 陈彭年：《钜宋广韵》，上海古籍出版社 1983 年版，第 232 页。以下引《广韵》语均出自此。

韵里除了去声问焮:训分运奋(《练字》)外,其余《广韵》里亦明确标出它们可以同用。因此,可以说五十篇赞里有四十九个拥有同韵。与格律诗一样,它们采取偶句入韵,奇句不入韵(首句可以例外)的形式,用韵密集:字字有敲金戛玉之韵,句句有移宫换羽之工,几乎无一字虚设矣。

第二,使用合韵。严格说来,《文心雕龙》五十篇赞里实际上只有一个落韵[①],即去声问焮:训分运奋(《练字》)。《广韵》里去声问、焮皆不同韵[②],刘勰在《练字》篇赞里却把它们合起来用。但这并不能说明他用韵较宽。因为若从合韵的角度审视,刘勰此例也不算是落韵。“此例都是问韵字。这里说问焮同用,是由上声吻隐同用推知。”[③]同理,《总术》篇赞部分的韵脚“门,源,繁,存”,也是平声元魂痕合韵,其中的“源”字是元部字。按先秦古韵,元寒桓仙为一部(元部),谆文魂为一部(文部);按《中原音韵》,元韵也应该和寒桓或先仙同韵,不能和魂痕同韵。然而,《广韵》把元韵放在魂痕的前面,确有元魂同用、阮混同用,愿慁同用、月没同用的情况,这就说明了元韵曾经与魂韵合流(上去入声准此)。[④]当然,《文心雕龙》里的合韵不是漫无标准的,它一般借用邻韵,扩

---

① 偶句末字不同韵的称为落韵。见魏庆之编,王仲闻校勘:《诗人玉屑》,古典文学出版社 1958 年版,第 160 页。

② 《广韵》明确标示出“独用”两字。

③ 王力:《龙虫并雕斋文集》第三册,第 345 页。

④ 其实,在格律初创的六朝时期,声律、韵律的运用并不十分严格,而且与后代有着很大区别。清代钱大昕曾提出“沈约韵不同于今韵”之说,《十驾斋养新录》云:“唐人韵以庚、耕、清同用,青独用,相沿至今,千有余年矣。然青之与清,实无分别,世谓今韵权舆周沈,而休文郊居赋,以星、平、形、经、成、坰、萦、青为一韵,则休文初未析清青为二也。”详见陈文和主编《嘉定钱大昕全集》(柒),第 376 页。

大韵字的选择范围,上述两例就是如此。

因此,且不说独用一韵,就是同用一个以上的韵,《文心雕龙》赞部分的用韵都严格规范,不同韵部之间的界畔往往很分明。即便是混用,也是触类而会通。这突出表现在五十篇赞里独用一韵的竟占去了三十六篇:刘勰于可得韵处(都在每句的结尾处)皆一以贯之,无所牵强、无所凝滞。这种虽各有音节,然通例用同样韵脚的赞,与其说是论文,毋宁说是四言八句的诗歌。

三、穷变声貌,转韵为本:正文部分的韵例

音节皆限于字数。如果说在八句四字的赞部分,刘勰易于求和韵的话,那么,在字无定数且长短杂糅的正文部分,他很难求用韵整齐。这突出表现在刘勰用韵不拘于句末和实词上。譬如:

(1)隐也者,文外之重旨者也;秀也者,篇中之独拔者也。(《隐秀》)

(2)今经正纬奇,倍擿千里,其伪一矣。(《正纬》)

(3)然绠短者衔渴,足疲者辍涂,非文理之数尽,乃通变之术疏耳。(《通变》)

(4)故情者文之经,辞者理之纬;经正而后纬成,理定而后辞畅。(《情采》)

(5)强志足以成务,博见足以穷理,酌古御今,治繁总要,此其体也。(《奏启》)

(6)洒笔以成酣歌,和墨以藉谈笑。(《时序》)

一般来说,《文心雕龙》里的虚字是不入韵的(如例(3)里的

“耳”字）。但例(1)里的“也者”、“者也”和例(2)里的“矣”则入韵，这“即《诗大序》所谓‘言之不足，故嗟叹之，嗟叹之不足，故咏歌之也。’屈、宋用兮及些字，亦即此旨。”[①]例(4)的押韵很独特，它以语义为单位，四句里的两个相互对仗的偶句中的上联入韵，而且上联里的前后一字都用韵，即“情”与“经”、“经”与“成”押韵。而例(5)是杂言，其中间两句里的前一字相互押韵。例(6)似无韵，但是每句里的倒数第二字“酣”与“谈”相应为韵。因此，以上六个我们从《文心雕龙》正文部分摘出的句子表明：若从韵在句中的位置来看，有的韵脚不一定在句末上；若从词性上来看，虚字词可以入韵、也可以不入韵。

以四言六言为主、杂以多言的《文心雕龙》正文部分的用韵虽然较之赞部分变化多端，但是，其间依然存在着下列三种比较普遍的基本格式：

第一，句句押韵：指每句末用韵。譬如：

(1)则心声锋起，夸过其理。(《夸饰》)

(2)光武加意于书辞，岂直取美当时。(《诏策》)

(3)盖写物以附意，飏言以切事者也。(《比兴》)

以上三例分别用上声止韵(“起”与“理”)、平声之韵(“辞”与“时”)、去声志韵(“意”与“事”)，句句用韵，自相谐应。

① 刘师培：《文说》，见陈引驰编校《刘师培中古文学论集》，中国社会科学出版社1997年版，第196页。

第二,隔句押韵:四句结构的语段里每隔一句或两句入韵谓之隔句押韵。譬如:

(1)若乃综述性灵,敷写器象,镂心鸟迹之中,织辞鱼网之上。(《情采》)

(2)吟咏之间,吐纳珠玉之声;眉睫之前,卷舒风云之色。(《神思》)

(3)是以括囊杂体,功在铨别,宫商朱紫,随势各配。(《定势》)

(4)至于寻繁领杂之术,务信弃奇之要,明白头讫之序,品酌事例之条。(《史传》)

(5)盖纬之成经,其犹织综,丝麻不杂,布帛乃成。(《正纬》)

例(1)、(2)、(3)是《文心雕龙》里最常见的两种隔句押韵方式。两个两两相对偶句结构的例(1)是偶句隔句入韵;四句隔句相对的例(2)和四个一般句式结构的例(3)是奇句入韵。例(4)是一个排比句,它奇句和奇句押韵,偶句和偶句押韵(即第一句"术"与第三句"序"押韵、第二句"要"与第四句"条"押韵[①]),可称为交韵。例(5)比较奇特,是隔两句入韵,即第一句和第四句末一字"经"与"成"押韵。

---

① "要"字有平声、去声两种声调,义不同调不同,此处取"要求"之意,平声调。按《广韵》:"条"属平声"萧"韵,与属平声宵韵的"要"同用。见陈彭年《钜宋广韵》,第81页。

第三，转韵（也称换韵）。如果从所用的韵数来看，《文心雕龙》可以分为两种：一种是像所有的赞一样几乎一韵到底；一种是像所有正文一样变换使用不同的韵部。由于篇幅较长且语句字数不一，所以，没有一韵到底的正文，转韵是其最基本的押韵方式。“转韵则气随之翕张，不至一往而竭故也。”[①]至于转韵的频率亦因文而异，没有定式。它们“或二语一转，或四语一转，或连转几韵，或一韵叠下几语。”[②]譬如：

（1）略观文士之疵：相如窃妻而受金，扬雄嗜酒而少算，敬通之不循廉隅，杜笃之请求无厌，/班固谄窦以作威，马融党梁而黩货，文举傲诞以速诛，正平狂憨以致戮，仲宣轻脆以躁竞，孔璋偬恫以粗疏，丁仪贪婪以乞货，/路粹铺啜而无耻，潘岳诡祷于愍怀，陆机倾仄于贾郭，傅玄刚隘而詈台，孙楚狠愎而讼府。/诸有此类，并文士之瑕累。文既有之，武亦宜然。（《程器》）

（2）故情者文之经，辞者理之纬；经正而后纬成，理定而后辞畅：此立文之本源也。昔诗人什篇，为情而造文；辞人赋颂，为文而造情。何以明其然？盖风雅之兴，志思蓄愤，而吟咏情性，以讽其上，此为情而造文也；诸子之徒，心非郁陶，苟驰夸饰，鬻声钓世，此为文而造情也。故为情者要约而写真，为文者淫丽而烦滥。而后之作者，采滥忽真，远弃风雅，近师

① 陈余山：《竹林答问》，见郭绍虞编选《清诗话续编》下，上海古籍出版社1983年版，第2235页。

② 沈德潜：《说诗晬语》，见王夫之等撰《清诗话》，第536页。

辞赋，故体情之制日疏，逐文之篇愈盛。故有志深轩冕，而泛咏皋壤，心缠几务，而虚述人外。(《情采》)

例(1)只用了两三个韵脚就转韵，转韵甚勤。有的句句用韵(如"类"与"累")，有的隔一句用韵(如"算"与"厌"、"怀"与"台")，有的隔两句用韵(如"诛"与"疏")。与转韵较快、用韵甚密的例(1)相反，例(2)转韵就比较慢，第一韵(平声清青合韵)甚至十个以上韵脚才转韵。

总之，《文心雕龙》正文部分虽然不像赞部分那样，采用偶句句末一字押韵的方式，用韵规范、整齐划一，但也不是杂乱无章：句句押韵、隔句押韵和转韵是其主要用韵格式，其中最基本的是转韵。

四、音韵相应，宛转流丽：最普遍的句尾韵

尽管赞和正文部分用韵的方式不同，但是，《文心雕龙》里最普遍的押韵形式是句尾韵，也即韵脚在句末。在以转韵为主要用韵格式的正文部分，其韵例主要有两种情形：一是隔句押韵的句尾韵(偶句末一字)；一是首句入韵而后隔句押韵的句尾韵(奇句末一字)。这表明韵出现的位置虽然有句首句中之别，但是，与一韵到底的赞部分一样，句尾韵同样是《文心雕龙》正文部分最普遍的形式。换言之，刘勰主要是在句子的尾字上用韵。这样，同一篇里几近相同的韵在同一个位置不断有规律地反复出现，就造成了特殊的音响效果。在这种情况下，重复本身就有一种审美作用。因为在中国汉语语境中，句末一字所处的位置通常是必须停顿的地方，因而也是音节上最需用力之处。假如最着重的一个音，没有一点规律，那它就是噪音，整个语篇的音节也会杂乱无章。反之，如果句末有规律地让同韵的字（主要元音和韵尾相同）在相对完整的语段里上下相生、首尾相应，就会形成回环复沓的旋律美。通过以下刘勰以韵协调音节的三种主要方法，我们可以更清楚地看到这一点：

第一，使用本韵。《文心雕龙》赞部分的用韵，以本韵为主。譬如：

（1）深文隐蔚，余味曲包。辞生互体，有似变爻。言之秀矣，万虑一交。动心惊耳，逸响笙匏。（《隐秀》）

（2）不有屈原，岂见离骚？惊才风逸，壮志烟高。山川无极，情理实劳。金相玉式，艳溢溜毫。（《辨骚》）

（3）毖祀钦明，祝史惟谈。立诚在肃，修辞必甘。季代弥饰，绚言朱蓝。神之来格，所贵无惭。（《祝盟》）

（4）伟矣前修，学坚多饱。负文余力，飞靡弄巧。枝辞攒映，嘒若参昴。慕颦之心，于焉只搅。（《杂文》）

（5）道心惟微，神理设教。光采元圣，炳耀仁孝。龙图献体，龟书呈貌。天文斯观，民胥以效。（《原道》）

以上五例都可称为近体诗。它们不仅偶句押韵、用韵工整，而且一韵到底，铿金锵石，文势排宕。前三例分别是平声肴韵、豪韵和谈韵，后两例分别是上声巧韵和去声效韵。特别是例（1）、（2）平声肴韵和豪韵分开使用，用韵精严纯正。

第二,使用通韵。“所谓通韵,指的是邻韵相通。”[①]因此,通韵也叫邻韵,指邻韵可以通用。这种韵基本上用于以转韵为主要押韵形式的正文部分。从《文心雕龙》各篇的实际情况来看,刘勰大致依《广韵》的次序,以排列相近而音又相似的韵为邻韵。所谓“相近”,不因上平声和下平声的界限而有所间隔。譬如:

(1)理形于言,叙理成论。词深人天,致远方寸。阴阳莫贰,鬼神靡遁。说尔飞钳,呼吸沮劝。(《论说》)

(2)标情务远,比音则近;吹律胸臆,调钟唇吻。声得盐梅,响滑榆槿。割弃支离,宫商难隐。(《声律》)

例(1)是去声愿慁恨同用,例(2)是上声吻隐同用。然而,同一段文字里相邻韵类的运用,并没有影响到声音的流丽。恰恰相反,它与使用本韵一样,押字浑成,音韵谐畅。

第三,使用主从通韵。在一段文字里,同时使用两种韵,其中以某一韵为主,另一韵为辅的,称为主从通韵。一般总是较宽的韵为主,较窄的韵为从。譬如:(从韵以·号为记)

寻诗人拟喻,虽断章取义,然章句在篇,如茧之抽绪,原始要终,体必鳞次。启行之辞,逆萌中篇之意,绝笔之言,追媵前句之旨;故能外文绮交,内义脉注,跗萼相衔,首尾一体。若辞失其朋,则羁旅而无友,事乖其次,则飘寓而不安。是以

① 王力:《汉语诗律学》,上海教育出版社 1979 年新 2 版,第 331 页。

搜句忌于颠倒，裁章贵于顺序，斯固情趣之指归，文笔之同致也。（《章句》）

《沧浪诗话》云："音韵忌散缓。"[1]特别是在相对长一点的语段里，音韵"散缓"则无韵矣。为避免此忌，这段以去声寘[2]为主韵，也即以"义"、"次"、"意"、"次"、"致"押韵为主，贯穿全段。以上声荠旨合韵为从，也即"旨"、"体"、"指"押韵为附。这样，去声寘韵犹如贯珠的串子，它"最大功用在把涣散的声音联络贯串起来"[3]，即令其和谐统一，又不使之板腐。

由于韵各有声响，不同的韵隐含有不同的意义（如"'东'、'真'韵宽平，'支'、'先'韵细腻，'鱼'、'歌'韵缠绵，'萧'、'尤'韵感慨"[4]），若在相当完整的一个语段里的相同位置，以完全或大致自相谐和的一韵相押，必然能形成宛转流丽的旋律美。以上诸例皆如此。虽然用韵规则不同，但是刘勰用韵的最普遍形式是句尾韵。在相对完整的一个语段里，他倾向于在句末使用几乎相同的韵脚。无论是使用本韵、通韵，还是主从通韵，刘勰均有意识地在不同语句中的相同位置，或者使用某些相同相近的声音，或者以一种声音为主，令整个语段声音具有相对的一致性。因此，如果说刘勰最关注的声律问题是如何避免雷同、让平仄不同的声音抑扬谐和的话，那

① 严羽：《沧浪诗话》，人民文学出版社1983年版，第122页。

② 《广韵》在"寘"韵下注曰："至志同用"。见陈彭年《钜宋广韵》，第81页。

③ 朱光潜：《诗论》，三联书店1984年版，第193页。

④ 周济：《介存斋论词杂著》附录，人民文学出版社1959年版，第12页。

么，他最强调的韵律问题就是如何用韵纯正、让相同或相近的声音相应合。《声律》云："异音相从谓之和，同声相应谓之韵。韵气一定，故余声易遣；和体抑扬，故遗响难契。"除声调外，《文心雕龙》批评话语声音一般的组合原则是重复，也即相同、相近或不同的韵在同一个位置有规律的反复出现。这一基本特征使以此结构的《文心雕龙》批评话语在声音系统上具有回环复沓的审美功能。

五、辞靡于耳，累累如珠：双声、叠韵和重言

篇篇皆入乐的《诗经》韵律表明中国人很早就大量使用双声、叠韵和重言。然而，总的来说，先秦两汉时期，人们并没有深入辨析汉语音节，尤其是对双声的区分不是十分精细。汉儒所谓声相近者，皆为双声。而"古书声相近之字，即可假借通用。"[①]这种情况随着六朝声律理论的兴起和发展逐渐减少。人们对汉语声音的了解愈来愈深入细致。《蔡宽夫诗话》云："声韵之兴，自谢庄、沈约以来，其变日多，四声中又别其清浊，以为双声，一韵者以为叠韵。"[②]文人在创作中也刻意运用双声、叠韵，甚至创作了双声体诗[③]。清人钱大昕《十驾斋养新录》认为："六朝人重双声，虽妇人女子皆能辨之。"[④]刘勰更是如此。他不仅在《文心雕龙》很多篇

① 钱大昕：《十驾斋养新录》，上海古籍出版社1983年版，第94页。

② 胡仔纂集，廖德明校点：《苕溪渔隐丛话》前集，人民文学出版社1984年版，第9页。

③ 以王融诗"园蘅眩红花，湖荇烨黄花。迴鹤横淮翰，远越合云霞"为例，钱大昕指出："双声之体始于此"。详见钱大昕《十驾斋养新录》，第374页。

④ 同上书，第94页。

章里直接论述了双声、叠韵和重言问题[①]，而且大量使用它们。譬如：

(1)盖纤瑕不能玷瑾瑜也。(《史传》)

(2)后之弹事，迭相斟酌。(《奏启》)

(3)然后能孚甲新意，雕画奇辞。(《风骨》)

(4)晓变，故辞奇而不黩。(《风骨》)

(5)轻靡者，浮文弱植，缥缈附俗者也。(《体性》)

双声、叠韵是指声母或韵母相同的两个字联言。这里，"叠韵二字，同在一韵；双声二字，同一字母。"[②]双声、叠韵词可以位于句子的开头、中间和结尾部分。尽管位置变动不居，但它们或者两两声母相同，或者两两同韵，重复是其共同的特点。

在《文心雕龙》里，这些相同的声音重组在一起的形式亦多种多样。有的用作押韵，如"故形立而章成矣，声发则文生矣"(《原道》)是叠韵词入韵；有的如"慷慨以任气，磊落以使才"(《明诗》)是双声对举；有的既是双声又是叠韵，如"而年世渺邈，声采靡追"(《原道》)等等。

而重言则是将音、义、形完全相同的字叠用，人们也称为双字、叠字。如"文史彬彬，隔世相望"(《书记》)里的"彬彬"就是重

① 如刘勰在《物色》篇以《诗经》为例详尽论述了重言在表情、状物上的巨大作用。纪昀认为他"论声病详尽于沈隐侯"。详见黄叔琳辑注，纪昀点评《文心雕龙辑注》，第307页。

② 纪昀语，见黄叔琳辑注，纪昀点评《文心雕龙辑注》，第307页。

言。一般来说，此类叠用字要用得自然，使其复而不乱很不容易。叶梦得曾以"无边落木萧萧下，不尽长江滚滚来"为例，说明"诗下双字极难"。[1] 然而，重言在《文心雕龙》这样的理论著作里却是一种比较常见的语词。刘勰时常把不同的重言对举，或者用以描述事理，如"光采炜炜而欲然，声貌岌岌其将动矣"（《夸饰》）；或者用来评论作家、作品，诸如"魏之元瑜，号称翩翩"（《书记》）、"魏文之才，洋洋清绮"和"张华短章，奕奕清畅"（《才略》）等等。

若从听觉美感的角度来看，《文心雕龙》里的双声、叠韵和重言皆"借声音的繁复增进语感的繁复，或借声音的和谐张大语调的和谐"[2]，宛转流丽是它们最大的功能。譬如：

(1)缥缈浮音，虽滔滔风流，而大浇文意。（《才略》）

(2)然后能经纬区宇，弥纶彝宪，发挥事业，彪炳辞义。（《原道》）

(3)写气图貌，既随物以宛转；属采附声，亦与心而徘徊。（《物色》）

(4)使味飘飘而轻举，情晔晔而更新。（《物色》）

(5)宛转附物，怊怅切情。（《明诗》）

刘勰在《声律》篇指出：双声、叠韵必连两字，因为"双声隔字而每舛，叠韵离句而必睽。"作者只有把它们放在一起连贯运用，

---

① 《石林诗话》，见何文焕辑《历代诗话》上，第410页。

② 陈望道：《修辞学发凡》，上海教育出版社1997年新2版，第175页。

才能获得“声转于吻，玲玲如振玉；辞靡于耳，累累如贯珠矣”的音响效果。以上五例读来委婉韵流。例（1）、（2）里的“缥缈”叠韵、“滔滔”又重言，“区宇”叠韵、“彪炳辞义”又双声叠韵。“叠韵如两玉相扣，取其铿锵；双声如贯珠相联，取其宛转。”①这种回环的声音美在例（3）这种对仗句式中显得更加突出：“宛转”是叠韵，“徘徊”又是叠韵，二叠韵相连，音韵流和，语调清丽。例（4）重言下得工妙，使构成整个语句的七言、六言两小句除去五字、四字外，精神兴致，全见于“飘飘”、“晔晔”两言。例（5）更奇妙：“宛转”叠韵，陈之上句之初，“怊怅”双声，放诸下言之首，再加上分别与之联言的“附物”和“切情”双声，可谓“双道二文，其音自叠；文生再字，韵必重来。”②

六、以诗生韵，意到即押：声萌我心

同声相应是押韵的基本原则。无论是使用本韵、通韵和主从通韵，还是宛转流丽的双声、叠韵和重言，刘勰均有意识地使某些文字的声音在历时性的进程中，有规则、有秩序地变化，特别是在同一位置上重复，形成共时性的回环和谐，产生旋律美。如果说刘勰在赞部分主要采用的是偶句押韵，一韵到底的方法的话，那么，他在正文部分则以“意到其间自然成韵者”③为上。这主要表现在以下四个方面：

---

① 李重华：《贞一斋诗说 · 诗谈杂录》，见王夫之等撰《清诗话》，第 935 页。

② 〔日〕弘法大师撰，王利器校注：《文镜秘府论校注》，第 245 页。

③ 清人王寿昌《小清华园诗谈》卷下云：“宜以诗生韵，不宜以韵生诗。意到其间自然成韵者，上也；句到其间韵自来凑者，次也；以句求韵尚觉妥适者，又其次也；若由韵而成诗，是诗由韵生而非由我作，诗之下者也。”见郭绍虞编选《清诗话续编》下，上海古籍出版社 1983 年版，第 1905 页。

第一,逐段转韵,变化波澜。由于韵转则气行且多峭折之致,因此,转韵是篇幅浩大的正文部分的基本韵例。然而"转韵最难,音节之间,有一定当转入某韵而不可强者。"[①]有的语段或数句或四句一转,始觉宛转有致,有的则完全相反。这主要依赖于作者的心营意造。以意为主,意转则韵换是刘勰转韵的一个基本原则。尽管有时也有意转而不换韵的,但《文心雕龙》里未有韵换而意不转者。如《通变》篇正文共四段[②],每段用二至六类韵,没有任何一类韵是跨段相押的。而在有几类韵的段落里,韵脚常常随所陈述内容的变化而转变,譬如:

> 黄歌《断竹》,质之至也;唐歌《在昔》,则广于黄世;虞歌《卿云》,则文于唐时;夏歌《雕墙》,缛于虞代;商周篇什,丽于夏年。至于序志述时,其揆一也。/暨楚之骚文,矩式周人;/汉之赋颂,影写楚世;魏之策制,顾慕汉风。

此段首先说明了历代诗歌的形式虽然随时代的变化而变化,但其"序志述时,其揆一也"。然后进一步举例说明历代文辞的变化都是继承前代的结果。从语义结构上来看,前五个排比句举例论述,其后两个小句既总结上文又引出话题,最后六句再次紧承前文展开论述。而韵脚的多寡缓急,亦皆意之所为,没有勉强。换言之,韵是依所论述内容的不同而变化的,即"至""世""时"、

---

① 薛雪:《一瓢诗话》,人民文学出版社 1979 年版,第 111 页。

② 此处以杨明照《增订文心雕龙校注》和范文澜《文心雕龙注》里的划分为准。

“墙”“年”、“时”“一”、“文”“人”和“世”“制”分别押韵[①]、层层掉换韵脚，“于转韵见宛转相生层次之妙。”[②]由于转韵一般与内容段落相一致，我们完全可以根据这一特点确定《文心雕龙》正文部分的层次。

第二，意到即押耳。至于一个韵类使用多少次才称得上最妙，刘勰认为惟务折中。《章句》云：“然两韵辄易，则声韵微躁；百句不迁，则唇吻告劳；妙才激扬，虽触思利贞，曷若折之中和，庶保无咎。”显然，这只是一般的原则。对作者来说何时用韵、何时改韵，刘勰认为最主要的是要以他表达思想感情的需要为其根本。他进一步举例论述道：“若乃改韵从调，所以节文辞气。贾谊枚乘，两韵辄易；刘歆桓谭，百句不迁；亦各有其志也。”（《章句》）从《文心雕龙》看，刘勰不以辞害志，不以韵害义。句句用韵有之，两韵即改有之，一个自然段落中有五、六句不用韵者，亦有十多句不用韵者。譬如：

凡用旧合机，不啻自其口出，引事乖谬，虽千载而为瑕。陈思，群才之英也，《报孔璋书》云：“葛天氏之乐，千人唱，万人和，听者因以蔑韶夏矣。”此引事之实谬也。按葛天之歌，唱和三人而已。相如《上林》云：“奏陶唐之舞，听葛天之歌，千人唱，万人和”。唱和千万人，乃相如接人，然而滥侈葛天，推三成万者，信赋妄书，致斯谬也。陆机《园葵》诗云：“庇足

---

① 刘勰在《文心雕龙》正文里用韵非常自由，他的押韵常在有意与无意之间，不受任何格律的约束，所以可以用不完全韵，如此处的“墙”、“年”，可以平仄通押。

② 叶燮：《原诗》，见王夫之等撰《清诗话》，第609页。

同一智,生理合异端。”夫“葵能卫足”,事讥鲍庄;“葛藟庇根”,辞自乐豫;若譬“葛”为“葵”,则引事为谬,若谓“庇”胜“卫”,则改事失真:斯又不精之患。夫以子建明练,士衡沉密,而不免于谬。曹仁之谬高唐,又曷足以嘲哉?夫山木为良匠所度,经书为文士所择,木美而定于斧斤,事美而制于刀笔,研思之士,无惭匠石矣。(《事类》)

此段只有两处押韵:一是最后结尾处连着三句入韵,一是中间两句“唱和千万人,乃相如接人”重押韵。这也许是刘勰旁征博引使得押韵变得困难的缘故。而重押韵显然也是为了反复申说一个问题的需要而造成的。这种一切以意为主、“意到即押耳”①,不足为病。事实上,此段以引证说理为主,作者意与言会,殆不见有刻意用韵之处,若不是仔细寻找,我们很难发现它还有入韵的地方。

第三,泛入傍韵,不拘于常格。刘勰这种言随意遣,浑然天成的用韵,最突出地表现在他从不强行押韵,亦即凑韵(趁韵),也不拘于韵这两点上。通观《文心雕龙》正文部分,其韵波澜层叠,变幻纵横,押与不押比较自由,譬如:

(1)至于草区禽族,庶品杂类,则触兴致情,因变取会,/拟诸形容,则言务纤密;象其物宜,则理贵侧附;/斯又小制之区畛,奇巧之机要也。观夫荀结隐语,事数自环;宋发巧谈,

① 魏庆之编,王仲闻校勘:《诗人玉屑》上,第161页。

实始淫丽；枚乘《菟园》，/举要以会新；相如《上林》，/繁类以成艳；贾谊《鹏鸟》，致辨于情理；子渊《洞箫》，穷变于声貌；孟坚《两都》，明绚以雅赡；/张衡《二京》，迅发以宏富；子云《甘泉》，构深玮之风；延寿《灵光》，含飞动之势。凡此十家，并辞赋之英杰也。（《诠赋》）

（2）周书论士，方之梓材，盖贵器用而兼文采也。是以朴斫成而丹雘施，垣墉立而雕杇附。而近代辞人，务华弃实，故魏文以为古今文人，之类不护细行，韦诞所评，又历诋群才，后人雷同，混之一贯，吁，可悲矣！（《程器》）

这两例用韵变化错综，生动波澜。其中的"类"与"会"押韵，"行"与"评"押韵，"材"与"采"、"施"与"实"以及"密"与"宜"押韵，"环"、"谈"、"园"押韵，"新"与"林"押韵，"艳"与"赡"押韵，"鸟"、"箫"、"貌"押韵，"泉"与"光"押韵。这里，刘勰气以运意，意以载韵，挣脱格律束缚主要体现在以下三点：一是平仄通押，如"密"与"宜"押韵，"鸟"、"箫"、"貌"押韵；二是押韵很不规则，有句句押（如"密"与"宜"、"行"与"评"）、有隔句押（如"类"与"会"）、也有隔两句才押的（如"施"与"实"）；三是频繁变换使用韵类，例（1）用了七个，例（2）句子字数长短不一，变化不定，很短的一段文字用了三个。总之，刘勰在这两段里，"波澜横溢，泛入傍韵，乍还乍离，出入回合，不拘于常格。"①

① 《细素杂记》，见魏庆之编，王仲闻校勘《诗人玉屑》上，第161页。

第四，不忌“重出”。刘勰意转而韵行还表现在他对当时文坛上流行的一些用韵规则的灵活运用上。六朝人所说的“八病”（或“八体”）里的前四病是同声调相犯[1]，后四病是双声相犯和叠韵相犯。关于叠韵相犯，有“大韵”、“小韵”二病。大韵指五言诗的韵脚和同联的其余九字任何一字同韵（连绵字不在此例），小韵指十字中任何两个字同韵（连绵字不在此例）。具体来说，凡有韵脚的句子，如果是五言，第二字不能和第五字同韵；如果是七言，第二字或第四字不能和第七字同韵。因此，六朝的文人诗一般是避免重押韵的，即同字重押。然而，《文心雕龙》中却存在着韵脚重复的现象，譬如：

（1）精论要语，极略之体；游心窜句，极繁之体。（《熔裁》）

（2）然非辞之难，处辞为难。后之君子，宜在殷鉴，忠信可矣，无恃神焉。（《祝盟》）

声音相同、意义相同的字都出现在这两例里。例（1）里的“极略之体”的“体”和“极繁之体”的“体”是同义、同音字入韵。例（2）里的“然非辞之难”里的“难”与“处辞为难”里的“难”亦是同义同音。然而，这并不表明刘勰不讲究用韵，而是因为他要重复上句末一字，而上句又是入韵的，不能不如此。

---

① 关于双声相犯，有“傍纽”、“正纽”二病（第七病和第八病）。傍纽指同句五字中不得用双声字（连绵字不在此例），正纽指同句五字中不得用同音不同调的字。详见《文镜秘府论》。

在《练字》篇,他一方面认为:"重出者,同字相犯者也","近世忌同",避免"重出";另一方面又举例指出:"《诗》《骚》适会","若两字俱要,则宁在相犯。故善为文者,富于万篇,贫于一字。一字非少,相避为难也。"①因此,与《诗》、《骚》一样,刘勰在《文心雕龙》里用韵灵活不避重复,一切视具体表意情景而定,所谓"声萌我心"(《声律》):得于心而发之乎声,则虽千变万化,如珠之走盘,自不越乎法度矣。

这也契合声音本身的特质。声音是语言的一个重要属性,也是修辞的一项重要内容。如果我们说严格遵循韵书押韵、且一韵到底的赞部分依照的是纯粹性原理的话,那么正文部分依照的就是"趣味性原理"。② 纯粹性原理对于声音的审美效果是基本的,它令人愉快。但是,完全整齐和谐的声音很快便会使人生厌。因此,纯粹性原理必须同趣味性原理相调和,也就是说美的声音必须同时具有足够的多样性和表现力来把我们的注意维持住一段时间,以广泛地唤起我们的情感。《文心雕龙》批评话语就拥有这样一种美的声音。它以参差错落、起伏跌宕为主,严整均齐、精确艳丽为辅,音节天然,自然流畅。刘勰遵循韵律,而不为韵所牵,能"易韵以就我"③,犹如"善驭良马者,通衢广陌,纵横驰逐,惟意所之,至于水曲蚁

---

① 纪昀对此点评道:"复字病小累句病大,故宁相犯"。见黄叔琳辑注,纪昀点评《文心雕龙辑注》,第 344 页。

② 〔美〕乔治·桑塔耶纳著,缪灵珠译:《美感》,中国社会科学出版社 1982 年版,第 48 页。

③ 王世懋:《艺圃撷余》,见何文焕辑《历代诗话》下,第 778 页。

封，疾徐中节，而不蹉跌。”①

第三节 六朝英蕤，韵文极致：声诗《文心雕龙》

一、正而能变，变而能化：六朝声律理论的完美实践者

《文心雕龙》声律的结构模式及其特点具有鲜明的时代特征。事实上，它是齐梁时期骈文创作的典范，是当时声律理论的完美实践者。

南北朝时期，沈约等人创立了四声理论并把它运用于文学创作实践。他提出的“文章当从三易”里，即有“易诵”之说。②《南史·庾肩吾传》云：“齐永明中，王融、谢朓、沈约，文章始用四声，以为新变，至是转拘声韵。”文人们对此心摹手追，“王元长创其首，谢朓、沈约扬其波，三贤或贵公子孙，幼有文辩。于是士流景慕，务为精密，襞积细微，专相陵架”③，形成了以刻镂声律为特色的永明体。《南史·陆厥传》云：“汝南周颙善识声韵，约等文皆用宫商，将平上去入为四声。以此制韵，有平头、上尾、蜂腰、鹤膝。五字之中，音韵悉异，两句之内，角徵不同，不可增减。世呼为永明体。”声律是“永明体”的特质。它以“音韵尽殊”、“轻重悉异”为标准，基本上只注重一句、两句中间的声律。如沈约《直学省秋卧》：“秋风吹广陌，萧瑟入南闱。愁人掩轩卧，高窗时动扉。虚馆

---

① 《细素杂记》，见魏庆之编，王仲闻校勘《诗人玉屑》上，第 161 页。

② 《唐音癸签》云：“沈隐侯曰，文章当从三易：易见事一也，易识字二也，易诵三也。”见《四库全书》1482 册，上海古籍出版社 2003 年版，第 523 页。

③ 钟嵘著，陈延杰注：《诗品注》，第 5 页。

清阴满，神宇暖微微。网虫垂户织，夕鸟傍檐飞。缨佩空为忝，江海事多违。山中有桂树，岁暮可言归。”此诗分开来看，句句都是律句（“愁人”句是律句的变格），合起来看，却未能做到多样化的妙处，因为不黏、不对的地方很多。[①] 后人模仿这种诗体，称为“齐梁体”。而为沈约《宋书·谢灵运传论》中所赞赏的“子建‘函京’之作，仲宣‘霸岸’之篇，子荆‘零雨’之章，正长‘朔风’之句”，四首诗中违反八病之处亦甚多。因此，齐梁时期，尽管声律理论已经比较齐备，诗的平仄逐渐有了定格，但是在创作实践中，不合律的诗很多。吴乔《围炉诗话》曰：“休文作韵，其时诗人亦不遵用。”[②]

诗既如此，文章要做到句句合律，更不容易。诚如沈约所言：“宫商之声有五，文字之别累万，以累万之繁，配五声之约，高下低昂，非思力所学，又非止若斯而已。十字之文，颠倒相配，字不过十，巧历已不能尽，何况复过于此者乎？”（《南齐书·陆厥传》）《唐音癸签》亦云：沈约自有言云，八病惟上尾鹤膝最忌，余病皆通。赋亦往往与声韵乖。是则其四声理论不可尽拘也。[③] 因此，南北朝时期，虽然基于“若以文章之音韵，同弦管之声曲，则美恶妍媸，不得顿相乖反。譬如子野操曲，安得忽有阐缓失调之声”（《南齐书·陆厥传》）的明确认识，沈约等人倡导作文要善用四声，但是，由于在篇幅较长的文章中，五音参差变动，所昧实多，故

---

① 王力曾分析过这首诗，认为其不黏、不对的地方很多，见《龙虫并雕文集》，第467页。

② 郭绍虞编选：《清诗话续编》，第471页。

③ 《四库全书》1482册，第523页。

此时完全曲尽声调之巧的文章非常罕见，即便是一些经典的文章，亦未能做到每句末平仄交错，譬如：

> 日暮途远，人间何世！将军一去，大树飘零；壮士不还，寒风萧瑟。荆璧睨柱，受连城而见欺；载书横阶，捧珠盘而不定。钟仪君子，入就南冠之囚；季孙行人，留守西河之馆。申包胥之顿地，碎之以首；蔡威公之泪尽，加之以血。钓台移柳，非玉关之可望；华亭鹤唳，岂河桥之可闻！

这是庾信《哀江南赋》序文里的一段。它以仄声为主，“申包胥之顿地”句及其后七句末尾一个字全是仄声。实际上，“直到唐代有了律诗，才有了严格的平仄规则。”[①]虽然齐梁体已经具备了律诗的雏形，但它只是“一简之内，音韵尽殊；两句之中，轻重悉异”，并没有通篇做到“若前有浮声，则后须切响”。[②] 因此，《文心雕龙》里有不合律的地方也就不奇怪了。

然而，与后代骈文相比，也许这正是齐梁时期骈文创作上的一大特色。其“无法而不离法，有定而仍善变”[③]，“但令清浊通流，口吻调利，斯为足矣。”[④]尤其是对以阐述文学理论思想、评品作家、作品以及各种文学现象为宗旨的《文心雕龙》这样的理论专

---

① 王力：《龙虫并雕文集》，第 421 页。

② 沈约《宋书・谢灵运传论》云：“夫五色相宣，八音协畅，由乎玄黄律吕，各适物宜。欲使宫羽相变，低昂互节，若前有浮声，则后须切响。一简之内，音韵尽殊；两句之中，轻重悉异。妙达此旨，始可言文”。

③ 刘永济：《文心雕龙校释》，第 134 页。

④ 钟嵘著，陈延杰注：《诗品注》，第 5 页。

著来说，假如其声韵模式真如后代律诗那样严格，恐怕会“使文多拘忌，伤其真美”①，造成书面语言的桎梏。清代翟翚在《声调谱拾遗》自序里指出：泥于声调和不娴于声调者不可以言诗。“以声调为诗，譬之土偶之为人，有形骸而无神气，神气不充，不可以为人；去声调以为诗，如樵唱牧笛之声，呕哑嘲哳，自谓悦耳。”②善用声律者应在有意无意之间，刘勰正是如此。由以上论述可以看出：由于句式参差不齐，《文心雕龙》各篇的声韵和节奏形式也多种多样的，然而这种多样性中又有统一性的一面。刘勰以声韵和谐的四字句和六字句结构了《文心雕龙》各个篇章的主体，基本上做到了南北朝声律理论所倡导的一句之内平仄相间，两句之中平仄相对。其语段第二种声调模式占绝对优势和句尾韵、双声、叠韵、重言的大量运用，以及刘勰的因声求气、因气求声、因情求声和以诗生韵、意到即押，都使得《文心雕龙》平仄格式和用韵“正而能变，变而能化，化而不失本调，不失本调而兼得众调，故绝不可及”③。即使有些篇章里的某些句子或段落声律不协（如连续使用纯平、仄字或不忌“重出”），但由于“篇幅阔大，气势灏瀚，则如长江黄河泥沙俱下，纵有病犯，不足为疵。”④

二、金科玉条，华耀九光：文笔区畛的恒久之律

以沈约、刘勰为代表的六朝人对主要用于诗歌表现（因而也成为其组成部分）的、可以大体归结为声律这个概念的一整套语

---

① 钟嵘著，陈延杰注：《诗品注》，第5页。

② 王夫之等撰：《清诗话》，第351页。

③ 胡应麟：《诗薮》，中华书局1962年版，第73页。

④ 郭绍虞：《照隅室古典文学论集》，上海古籍出版社1983年版，第225页。

音上的制约条件,诸如声调的组合、不同音节的交替、音节字数的限定、句末尾音节的同音以及音节组合规则(即音节在篇章组织内部的循环反复性)等都作了周密而细致深入的探讨,并制定了一些严格的、易于文人操作运用的具体规则(如四声、八病说)。这些规则为后人所遵循效法。如皎然虽批评拘于声律的文人,但不反对声律本身,他说:"乐章有宫商五音之说,不闻四声。近自周颙、刘绘流出,宫商畅于诗体。轻重低昂之节,韵合情高,此未损文格。""后之才子,天机不高,为沈生弊法所媚,懵然随流,溺而不返。"[①]宋人王直方亦云:"以声律作诗,其末流也,而唐至今谨守之。"[②]墨守成规、不求变通固然不好,但皎然和王直方的话也从反面说明了唐人对声律的热衷。苟非如此,何来唐代格律诗?实际上,从文人创作中对声律美的追求过程来看,"建安之作,率多平仄稳贴,此声律之渐。而后流于六朝,千变万化,至盛唐极矣。"[③]律诗之名的创始人沈佺期和宋之问就直接师法六朝人。欧阳修说:"魏建安后讫江左,诗律屡变,至沈约、庾信,以音韵相婉附,属对精密。及之问、沈佺期又加靡丽,回忌声病,约句准篇,如锦绣成文,学者宗之,号为沈、宋。语曰:'苏、李居前,沈、宋比肩'。"[④]明人胡震亨亦以徐庾为例,并通过对齐梁以来四声音韵之学的描述分析,指出:沈、宋之前,"虽未有律之名,已寖具律之体。"因此,

---

① 皎然:《诗式》,何文焕辑《历代诗话》上,第26、27页。

② 《王直方诗话》,郭绍虞辑《宋诗话辑佚》,中华书局1980年版。

③ 谢榛:《四溟诗话》卷一,丁福保辑《历代诗话续编》下,中华书局1983年版,第1134页。

④ 欧阳修:《新唐书》,中华书局1975年版,第5751页。

"律体虽成于唐，实权舆沈约声病之说。"[①]以四声为核心的永明体实乃古诗转变到律诗的关键。

其实不惟律体，后来的词、曲以及一般文章都讲究声律。宋代张炎声称："词之作必须合律。"[②]明代王骥德在《曲律·论声调》里指出："夫曲之不美听者，以不识声调故也。盖曲之调，犹诗之调。"故欲学曲调，"其法须先熟读唐诗，讽其句字，绎其节拍，使长灌注融液于心胸口吻之间，机括既熟，音律自谐，出之词曲，必无沾唇拗嗓之病。"[③]金人韩道昭则断言：大凡以文学为事者，"必以声韵为心；以声韵为心者，必以五音为本。"[④]事实上，明、清两代，人们对六朝声律说依然持肯定态度，并视为文学创作中的金科玉律。明人杨慎认为："沈约之韵，未必悉合声律。而今诗人守之如金科玉条。此无他。今之诗学李杜，李杜学六朝，往往用沈韵，故相袭不能革也。若作填词，自可通变。"[⑤]清人潘耒云："古无韵书，某字某音，莫得而考。自周颙、沈约着为韵谱，系之反切，而后字有定音，音有定韵。"[⑥]

虽然诗有诗律，文有文律。但是，声律在每一种体裁里的地位是不同的。在中国传统语境中，较之其他体裁，声律的合与不合几乎是衡量诗（尤其是律诗）、赋、词、乐府之类体裁优劣的首要尺度。刘熙载声称："赋不歌而诵，乐府歌而不诵，诗兼歌诵。""律

---

① 《唐音癸签》，见《四库全书》1482册，第521—522页。

② 张炎著，夏承焘注：《词源注》，人民文学出版1963年版，第26页。

③ 《中国古典戏曲论著集成》（四），中国戏剧出版社1983年版，第122—123页。

④ 韩道昭：《五音集韵自序》，见《改并五音集韵》卷首，明正德乙亥重刊。

⑤ 杨慎：《词品》，人民文学出版社1960年版，第60页。

⑥ 潘耒：《类音》卷一，康熙壬辰年莺湖苏啸堂藏版。

诗取律吕之义，为其和也，取律令之义，为其严也。”“乐府声律居最要。”[①]清人翟翚直接以“声诗”称中国古代诗歌，认为“不知声者，不可与言诗。”[②]而对于包括《六经》、司马迁《史记》、《文心雕龙》、曹丕《典论·论文》和韩愈《答李翊书》，以及辞命、序、书之类的“文”而言，则以识为主，因为“文之要，本领气象而已。本领欲其大而深，气象欲其纯而懿。”[③]清人陈廷焯一针见血地指出：“诗有韵，文无韵。”[④]其实，诚如黄侃所云：正是由于对文本语音形式的自觉意识和追求，才使得六朝人最终认清了声律是文与笔的界限。[⑤] 由于在以后漫长的文学创作实践活动中，不断被历代人们所仿效、继承、变通和丰富，六朝声律理论逐渐趋于完善，并最终被规范化、标准化、制度化为一种“律”。盖律者法也，偶也，有法则不可乱，有偶则不可孤。这种“法”之于诗歌为代表的韵文更是必须的。明人艾南英声称：“诗之有律，犹兵之有法也。其首尾结撰，浅深开阔之次第，抑扬点夺，有余不尽之态，与夫寄流动于排偶，不为律所缚而终归于律者，惟老于法者能之。而思之独造，韵之沉雄，皆依法以见，而后能传于世。”[⑥]因此，在漫长的文学创

---

① 刘熙载：《艺概》，上海古籍出版社 1978 年版，第 76、72、75 页。

② 《四声谱拾遗》，王夫之等撰《清诗话》，第 351 页。

③ 刘熙载：《艺概》，第 44 页。

④ 陈廷焯：《白雨斋词话》自序，人民文学出版社 1959 年版，第 1 页。

⑤ 黄侃云：“今案文笔以有韵无韵为分，盖始于声律论既兴之后，滥觞于范晔、谢庄，而王融、谢朓、沈约扬其波，以公家之言，不须安排声韵，而当时又通谓公家之言为笔，因立无韵为笔之说，其实笔之名非从无韵得也。然则属辞为笔，自汉以来之通言，无韵为笔，自宋以后之新说，要之声律之说不起，文笔之别不明。故梁元帝谓古之文笔，今之文笔，其源又异也。”（《文心雕龙札记》，第 269 页）

⑥ 艾南英：《张龙生近刻诗集序》，见《天佣子集》卷四，清艾舟重刊本。

作实践活动中，此“律”逐渐成为中国古代文学史上“文”与“笔”之间的，一个相对稳定的基本区别标准。之所以称它为基本的，是由于文与笔的其他一切特征——无论是语法、句法学特征（如将骈偶作为手法运用于任何文与笔中），或者修辞学上的特征（如把诗歌比兴手法运用于其他体裁中），或是纯属风格性的特征等等，不仅是变化不定的，而且在中国古代从来不像声律性制约条件那样被视为是强制性、决定性的特征。当然，从题材、表现对象等方面更无法严格区别它们。所以，后代文人在遵循六朝人四声理论写作的同时，也接受了他们有韵者文或辞（词），无韵者笔①的观念。《文镜秘府论·西卷》云：“制作之道，惟笔与文。文者，诗、赋、铭、颂、箴、赞、吊、诔等是也；笔者，诏、策、移、檄、章、奏、书、启等也。即而言之，韵者为文，非韵者为笔。文以两句而会，笔以四句而成。文系于韵，两句相会，取于谐合也；笔不取韵，四句而成，在于变通。故笔之四句，比文之二句，验之文笔，率皆如此也。”②

① 文笔，六朝人也称“辞（词）笔”。如《陈书·岑之敬传》云：之敬“博涉文史，雅有词笔”。“词”，通“辞”。《说文》云：“辞，说也”。《梁书·王筠传》曰：筠七岁能属文，年十六为《芍药赋》，“为文能押强韵，每公宴并作，辞必妍美。”钟嵘《诗品》云：“休文五言最优，辞密于范，意浅于江。”这两句里的“文”与“辞”对举，后者指述的对象显然都是文本中的言词。所以，六朝人以“辞”（或词）代“文”，指述有韵之“文”，突出了“文”与“笔”的分别重在言词，尤其是言词的声律方面。由于诗歌是韵文中最典型的一种体裁，六朝人因此又常以“诗”代“文”，有了“诗笔”之称。《南史·沈约传》云：“谢元晖善为诗，任彦昇工于笔，约兼而有之。”《南史·任昉传》里则有“昉以文才见知时人，谓任昉笔沈约诗”之说。对史书中这类“诗笔”之称，刘师培的解释是：“盖诗有藻韵，其类亦可称文；笔无藻韵，唐人散体概属此类。”见陈引驰编校《刘师培中古文学论集》，中国社会科学出版社 1997 年版，第 7 页。

② 〔日〕弘法大师撰，王利器校注：《文镜秘府论校注》，中国社会科学出版社 1983 年版，第 474 页。

以阮元为代表的清代学者对六朝人以声律划分文、笔的做法更是推崇倍至。[①]《文韵说》云：凡文者在声为宫商，在色为翰藻。韵者即声音也，声音即文也。然则今人所便单行之文，极其奥折奔放者，乃古之笔，非古之文也。[②] 因此，与其说以刘勰为代表的六朝声律理论的意义在于创制了以音律调韵的“四声”、“八病”，毋宁说在于划出了“文”与“笔”的界限。在中国文学史上，六朝人以是否恪守声律区别“文”、“笔”，以往及此后中国文学史上不断涌现的繁杂的体裁，被很容易地划分为有韵之文和无韵之文两大类。因为讲究不讲究声律就是一条决定性的、明明白白的区别标准。即使是在新诗兴起的近代，格律依然是诗与散文的鲜明界限。闻一多认为中国诗中的格律即英文 form（节奏），“世上只有节奏比较简单的散文，决不能有没有节奏的诗。”[③]从这个意义上说，《文心雕龙》就是中国文学批评史上的“声诗”。

---

① 据《揅经室续三集卷三》记载：当时学海堂中诸生如刘天惠、梁国珍、侯康、梁光钊等人都有《文笔考》，阮元诸人对文笔的界说基本上沿用的是六朝人的说法。详见阮元撰，邓经元校点《揅经室集》。

② 阮元撰，邓经元校点：《揅经室集》，第 1067 页。

③ 闻一多：《诗的格律》，《闻一多学术文化随笔》，中国青年出版社 2001 年版，第 177—185 页。

第二章　俳偶靡曼，句法栩栩

第一节　引言

任何文章都是由字造句，积句而成的。这种"句"最初被人们笼统地称为"言"。《论语》"子曰：'诗三百，一言以蔽之，曰：思无邪"里的"一言"即一句。"古者谓一句为一言，诗虽有三百篇之多，可举一句当尽其理也。"[①]两汉时期，众儒各为训诂，乃有句称。"一句为一言"充分说明句子乃言语中有意义的独立单位。它在人们的表义行为中占重要地位。诚如汉代王充所说："夫经之有篇也，犹有章句也；有章句，犹有文字也。文字有意以立句，句有数以连章，章有体以成篇，篇则章句之大者也。谓篇有所法，是谓章句复有所法也。"[②]因此，在

① 刑昺疏此句语，阮元校刻：《十三经注疏》，第 2461 页。

② 《论衡·正说》语，见黄晖撰《论衡校释》，中华书局 1990 年版，第 1129 页。

中国古代浩瀚无垠的有关“义法”或“法”[①]的论述里，人们谈论得最多的是句法。明代李东阳在《麓堂诗话》里声称：“唐人不言诗法，诗法多出宋，而宋人于诗无所得。所谓法者，不过一字一句对偶雕琢之工。”[②]有时人们直接以句法统称文法。如宋强幼安《唐子西文录》云：“凡为文，上句重，下句轻，则或为上句压倒。《昼锦堂记》云：‘仕宦而至将相，富贵而归故乡。’下云：‘此人情之所荣，而今昔之所同也。’非此两句，莫能承上句。《居士集序》云：‘言有大而非夸。’此虽只一句，而体势则甚重。下乃云：‘达者信之，众人疑焉。’非用两句，亦载上句不起。韩退之与人书云：‘泥水马弱不敢出，不果鞠躬亲问，而以书。’若无‘而以书’三字，则上重甚矣。此为文之法也。”[③]

中国诗学语境中以句法为核心的文章之法，即规则也，“譬诸

---

① 就批评内容而言，由亚里士多德奠定的西方诗学与哲学一直有着不解之缘，它注重研究文学的本质，具有浓厚的理论思辨色彩和系统性。与之相比，中国古代文学批评论述比较多的则是属文之法。《墨子·非命中》云：“凡出言谈，由文学为之道也，则不可而不先立义法。”《史记·十二诸侯年表序》亦云：“是以孔子明王道，干七十余君，莫能用，故西观周室，论史记旧闻，兴于鲁而次《春秋》，上记隐，下至哀之获麟。约其辞文，去其烦重，以制义法。”如果说前者“义法”一词所指称的对象（“言谈”）比较广泛的话，那么，后者则比较具体。方苞《又书货殖传后》释云：“春秋之制义法，自太史公发之，而后之深于文者亦具焉。义即《易》之所谓‘言有物’也，法即《易》之所谓‘言有序’也”。两者一方面相济为用，另一方面以义为本，义充则法自具。“义法”因此常被简称为“法”。它指述的是一些具体而微的作文之法。《诗薮》云：“孔曰：‘草创之，讨论之，修饰之，润色之。’千古为文之大法也”。《筱园诗话》云：“古人诗法最密，有章法，有句法，有字法。”而中国人最重视的是句法。

② 丁福保辑：《历代诗话续编》，中华书局 1983 年版，第 1371 页。

③ 何文焕辑：《历代诗话》上，中华书局 1981 年版，第 446 页。

规矩，规之形圆，矩之形方。而规矩所造，为椭、为臬、为眼、为倨句磬折，一切无可名之形，纷然各出。故曰规矩者，方圆之至也。"[①]"如以文言之，则大家之有法，犹弈师之有谱，曲工之有节，匠氏之有绳度，不可不讲求而自得者也。"[②]刘勰深通此理。在《文心雕龙》这部"言为文之用心"（《序志》）的论著里，他用大量篇幅论述了作文之法。除十三篇专论[③]外，在二十篇体裁论里，对所论述到的每一种体裁，刘勰都在体制结构上予以明确具体的规定。《定势》云："夫情致异区，文变殊术，莫不因情立体，即体成势也。""是以括囊杂体，功在铨别，宫商朱紫，随势各配。章表奏议，则准的乎典雅；赋颂歌诗，则羽仪乎清丽；符檄书移，则楷式于明断；史论序注，则师范于核要；箴铭碑诔，则体制于弘深；连珠七辞，则从事于巧艳；此循体而成势，随变而立功者也。"依他之见，每一种体裁在体制结构上都有它自己的规则，"虽无严郛，难得逾越"，恰似"圆"和"方"形，"圆者规体，其势也自转；方者矩形，其势也自安：文章体势，如斯而已。"通过例举近代辞人创作中"颠倒文句"之类"效奇之法"，刘勰在《定势》篇进一步指出：不依体成文的作家会"失体成怪"。因此，《总术》云："文场笔苑，有术有门。务先大体，鉴必穷源。"这里的"术"有"义法"或"法"之义，其所指内涵主要有以下两点：

第一，作文的一些基本原则。在把"术"作为一种体裁进行阐

① 魏禧：《陆悬圃文叙》，《魏叔子文集》上册，中华书局2003年版，第428页。

② 汪琬：《答陈霭公书》，《尧峰文钞》卷三十二，四部丛刊本。

③ 它们是《总术》、《定势》、《熔裁》、《声律》、《章句》、《丽辞》、《比兴》、《夸饰》、《事类》、《练字》、《隐秀》、《指瑕》、《附会》。

释时，刘勰指出："术者，路也，算历极数，见路乃明，《九章》积微，故以为术，淮南《万毕》，皆其类也。"(《书记》)《熔裁》亦云："是以草创鸿笔，先标三准：履端于始，则设情以位体；举正于中，则酌事以取类；归余于终，则撮辞以举要。然后舒华布实，献替节文，绳墨以外，美材既斲，故能首尾圆合，条贯统序。若术不素定，而委心逐辞，异端丛至，骈赘必多。"显然，此处"术"的具体内涵主要指的是"设情"、"酌事"、"撮辞"和"舒华布实，献替节文。"这种意义上的"术"刘勰有时也以"数"或"方"代称。如《附会》里的"夫才量学文，宜正体制，必以情志为神明，事义为骨髓，辞采为肌肤，宫商为声气，然后品藻玄黄，摛振金玉，献可替否，以裁厥中：斯缀思之恒数也"，以及《养气》里的"常弄闲于才锋，贾余于文勇，使刃发如新，凑理无滞，虽非胎息之迈术，斯亦卫气之一方[①]也。"

第二，作文的一些具体技巧。《附会》云："扶阳而出条，顺阴而藏迹，首尾周密，表里一体，此附会之术也。"这里的"术"指联章的方法。这种文辞技巧意义上的"术"，刘勰有时也以"法"或"数"代称。如《附会》里的"会词切理，如引辔以挥鞭"，"是以驷牡异力，而六辔如琴，并驾齐驱，而一毂统辐，驭文之法，有似于此。去留随心，修短在手，齐其步骤，总辔而已"，以及《通变》里的"夫设文之体有常，变文之数无方，何以明其然耶？凡诗赋书记，名理相因，此有常之体也。文辞气力，通变则久，此无方之数也。"

因此，刘勰所说的"法"既指具体写作中的一些规则、技法，

---

① 刘勰在《书记》篇给"方"这种体裁下的定义是："方者，隅也。医药攻病，各有所主，专精一隅，故药术称方。"

也指作文时作者所应该遵循的一些基本原则。从《文心雕龙》的体例安排和相关论述来看,他所说的这种“法”集中体现在以句法为核心的字法和章法上。《熔裁》云:“引而申之,则两句敷为一章;约以贯之,则一章删成两句。”在字、句子、篇章三者之中,刘勰认为句子起着组词造句、连缀篇章的桥梁作用。基于“夫人之立言,因字而生句,积句而成章,积章而成篇”以及“句司数字,待相接以为用”(《章句》)的认识,他在《章句》篇断言:“置言有位”、“位言曰句”、“句者,局也。局言者,联字以分疆”。因此,以句法为核心的作文之法,是《文心雕龙》里的基本话题。且不说专论《声律》、《练字》、《丽辞》和《章句》,就是《夸饰》、《比兴》、《事类》、《隐秀》、《熔裁》和《附会》等篇章所关涉的无非表现手法、结构、遣词造句等问题。而在刘勰和中国古代传统上众多的有关句法的论述里,人们涉及最多的问题又是句法结构,亦即在一个按一定声音、选择语序和这些语法单位来安排的、相对独立完整的句子里,人们注重探讨任何有意义的、重复出现的那些成套的语法单位。由于古汉语言说具有“体植必两,辞动有配”(《丽辞》)的特点,所以,中国古代汉语尤其是诗文语境里比较普遍存在的一种句法结构就是对偶(亦称对仗、属对等)。在中国文学批评史上,刘勰不仅系统、全面地阐述了对偶问题,而且以丽辞成就了《文心雕龙》。本部分我们拟将结合以刘勰为代表的中国古代对偶理论,在全面系统描述分析《文心雕龙》句法结构及其特征的基础上,阐释它的功能和意义。

第二节　精切遒劲，规矩方圆：严整的句法结构

一、辞动有配的三种基本句法结构模式

《复堂词话》云："夫音有抗坠，故句有长短。"[①]从现代汉语的视角来看，《文心雕龙》中句子形式繁复，有少或一两字、多不过十字的短句，有包含几个从属从句、组织得比较复杂的长句，有一句可分为几个停顿、每一停顿意思都相对完整的散句。然而，总体来看，《文心雕龙》各篇里的基本句子是由联合平行的两个长短相等或大致相等的被刘勰称之为的"丽辞"或"联辞"、"对句"和"丽句"组成的。若按照组成丽辞的每一个小句里的字数来分类，则《文心雕龙》里主要有四字、五字、六字、七字、八字、九字、十字丽句，对偶是它们在句法结构上最突出的特征。

在中国诗学语境中，人们常常依据对偶在句子中所处的具体位置确定丽句的类型。依此观之，《文心雕龙》中的丽句主要有以下三种基本句法结构模式：

（一）当句对：指对偶出现在组成整个丽句的每一个小句的内部，所谓"一句中自成对偶，谓之当句对"[②]。古人也常称之为"就句对"[③]。譬如：

---

① 谭献：《复堂词话》，人民文学出版社1959年版，第19页。

② 洪迈：《容斋随笔》上，上海古籍出版社1987年版，第248页。

③ "又曰当句有对，如少陵'小院回廊春寂寂，浴凫飞鹭晚悠悠。'李嘉佑'孤云独鸟川光暮，万里千山海气秋'是也。前辈与文亦多此体，如王勃'龙光射牛斗之墟，徐孺下陈蕃之榻，'乃就句对也。"见严羽著，郭绍虞校释《沧浪诗话校释》，人民文学出版社1961年版，第74页。

(1)酌古御今,治繁总要。(《奏启》)

(2)或惭凫企鹤,沥辞镌思。(《养气》)

(3)辞约而旨丰,事近而喻远。(《宗经》)

(4)列子有移山跨海之谈,淮南有倾天折地之说。(《诸子》)

(5)若夫绝笔断章,譬乘舟之振楫;会词切理,如引辔以挥鞭。(《附会》)

这里,组成每一个丽句的每一个小句内部都有对偶。它或者出现在每一个小句的开头,如例(1)里"酌古"对"御今"、"治繁"对"总要";或者出现在每一个小句的中间,如例(4)里"移山"对"跨海"、"倾天"对"折地";或者出现在每一个小句的结尾,如例(5)里"绝笔"对"断章"、"乘舟"对"振楫"。每一个小句内相互对仗的两个语词之间可以是零距离,如例(2)里"惭凫"对"企鹤","沥辞"对"镌思";也可以添加一些虚字,如例(3)"辞约"对"旨丰"、"事近"对"喻远"里的"而"字。一般来说,每个丽句里有四个相对的语词(即前后各两个),古人因此把例(1)、(2)、(3)、(4)类的丽句称为"四柱对"[①]。而例(5)则是一个拥有八个语词,也即四个对偶的丽句,即"绝笔"对"断章"、"乘舟"对"振楫"、"会词"对"切理"、"引辔"对"挥鞭"。

(二)单句对:指在组成丽句的两个小句里,处于相同位置的

① 昌春荣《葚原诗说》中有此称说法。他认为"凡本句中自相对偶者"为"四柱对"。见郭绍虞编选《清诗话续编》下,上海古籍出版社 1983 年版,第 1575 页。

语词两两对仗。换言之,两个小句子两两对偶,谓之单句对。就字数而言,《文心雕龙》里的单句对最丰盈,从二字到十字都有,其中最常见的有以下五种形态:

(1)表徵盛衰,殷鉴兴废。(《史传》)
(2)静居以叹凤,临衢而泣麟。(《史传》)
(3)按辔文雅之场,环络藻绘之府。(《序志》)
(4)吕氏鉴远而体周,淮南泛采而文丽。(《诸子》)
(5)斯斟酌乎质文之间,而檃括乎雅俗之际。(《通变》)

这五例依次是四字至八字单句对,其上句皆"偶然孤发,其意未全,更资下句引之方了"①。若悬置起每个单句对里的主要虚字,则例(1)、例(2)里有两组对偶,即"表徵"对"殷鉴"、"盛衰"对"兴废";"静居"对"临衢"、"叹凤"对"泣麟"。例(3)、(4)里有三组对偶,即例(3)里的"按辔"与"环络"、"文雅"与"藻绘"、"场"与"府",以及例(4)里的"吕氏"对"淮南"、"鉴远"对"泛采"、"体周"对"文丽"。例(5)里则有四组对偶,即"斯"对"而"、"斟酌"对"檃括"、"质文"对"雅俗"、"间"对"际"。

(三)隔句对:指丽句中的小句隔句属对。就丽句中小句的数量而言,《文心雕龙》里主要有四句、六句和八句隔句对,譬如:

(1)若夫臧洪歃辞,气截云蜺;刘琨铁誓,精贯霏霜。

① 皎然:《诗式》,见何文焕辑《历代诗话》,第33页。

（《祝盟》）

（2）（故其）陈尧舜之耿介，称汤武之祗敬，典诰之体也；讥桀纣之猖披，伤羿浇之颠陨，规讽之旨也。（《辨骚》）

（3）孔光负衡据鼎，而仄媚董贤，况班马之贱职，潘岳之下位哉？王戎开国上秩，而鬻官嚣俗，况马杜之磬悬，丁路之贫薄哉？（《程器》）

这是由四个或四个以上具有相对独立、完满意义的小句结构的隔句对。例（1）是四小句的结构，其中第一小句与第三小句对偶，第二小句与第四小句对偶。例（2）是六小句的结构，其中第一小句与第四小句对偶，第二小句与第五小句对偶，第三小句与第六小句对偶。例（3）是八小句的结构，其中第一小句与第五小句对偶，第二小句与第六小句对偶，第三小句与第七小句对偶，第四小句与第八小句对偶。很显然，这三例四句、六句、八句的隔句对都可以分为上下两联，只不过每一联里小句的数目不同。四句每一联里有两小句，六句有三小句，八句有四小句。中国古代句法理论和写作实践经验里所说的隔句对一般指的就是像例（1）里所说的四句隔句对，其中第一句与第三句对，第二句与第四句对。这种属对，古人也常常称之为扇对或错对法[①]。《文心雕龙》里最

① 如《沧浪诗话·诗体》曰："有扇对，又谓之隔句对，如郑都官'昔年共照松溪影，松折碑荒僧已无；今日还思锦城事，雪消花谢梦何如'是也。盖第一句对第三句，第二句对第四句"（见严羽著，郭绍虞校释：《沧浪诗话校释》，第74页）。清人张谦宜在《茧斋诗谈卷四》里举例说："'前辈飞腾入，余波绮丽为；后贤兼旧列，历代各清规'此亦错对法"，见郭绍虞编选《清诗话续编》上，第841页。

普遍存在的就是这种两两隔句属对的四字隔句对。

以对偶为鲜明特征的上述三种丽句与普通句子显然不同。它们或句内两两相俪,或句句相衔,或宛转相承、隔行悬合。这种特殊的"联辞"(《丽辞》)广泛存在于《文心雕龙》里,其中尤其以单句对居多。后两种往往于方板中求活时或用之。可以说,正是它们结构了《文心雕龙》。换言之,丽辞是《文心雕龙》批评话语的基本句法结构。《文心雕龙》句法有定法这一点充分表明:刘勰不仅在理论上充分认识到了"法"之于文的重要性,而且在自己的创作中亦"刻形镂法"(《丽辞》)。因此,为了更好地理解《文心雕龙》丽辞的句法结构及其特点,我们将以对偶为切入点,从词性、语法结构和声音等方面对《文心雕龙》丽句作更进一步细致入微的剖毫析厘。在这一描述分析过程中,我们也可以窥见《文心雕龙》的字法和篇法。

二、事义殷合的同类对

与动词、副词、代名词和形容词(只有颜色和数目是自成种类的)相比,古人非常注重从名词词性上规范对偶的范畴。《文镜秘府论》云:对属"须一类对之:一二三四,数之类也;东西南北,方之类也;青赤玄黄,色之类也;风雪霜露,气之类也;鸟兽草木,物之类也;耳目手足,形之类也;道德仁义,行之类也;唐、虞、夏、商,世之类也;王侯公卿,位之类也。"①因此,古人所说的对仗或属对、对偶的范畴,差不多也就是名词的范畴。他们通常就语义把名词分为各种门类,然后据此或在一门类里或在一门类外进行属对。凡

① 〔日〕弘法大师撰,王利器校注:《文镜秘府论校注》,第486页。

是词性相同且属于同一种类的对偶,古人称之为同类对①或工对。《文心雕龙》丽辞中这样的对偶形式繁多,主要可细分为以下九大类②:

第一类

(甲)天文门

例句:

腴辞云构,夸丽风骇。(《杂文》)

使一代之制,共日月而长存;王霸之迹,并天地而久大。(《史传》)

理欲吹霜煦露,寒暑笔端。(《史传》)

敕戒恒诰,则笔吐星汉之华;治戎燮伐,则声有洊雷之威。(《诏策》)

(乙)时令门

例句:

春日迟迟,秋风飒飒。(《物色》)

锻岁炼年,奚能喻苦。(《隐秀》)

---

① 如唐上官仪持此说法。他举例指出:"花叶草芽"即是"同类对"。见魏庆之编,王仲闻校勘《诗人玉屑》,古典文学出版社1958年版,第165页。

② 关于对仗,中国古代名词范畴里没有明文规定,只有科举时代某一些韵书里附载着若干门类。此处分类参考了王力对对仗种类的分类法。详见其《汉语诗律学》,上海教育出版社1979年新2版。

是以献岁发春，悦豫之情畅；滔滔孟夏，郁陶之心凝。（《物色》）

第二类

（甲）地理门

例句：

至于林籁结响，调如竽瑟；泉石激韵，和若球锽。（《原道》）

敷写似赋，而不入华侈之区；敬慎如铭，而异乎规戒之域。（《颂赞》）

赵灵勒迹于番吾，秦昭刻博于华山。（《铭箴》）

山沓水匝，树杂云合。（《物色》）

（乙）宫室门

例句：

齐开庄衢之第，楚广兰台之宫。（《时序》）

肄礼璧堂，讲文虎观。（《时序》）

第三类

（甲）器物门

例句：

魏颗纪勋于景钟，孔悝表勤于卫鼎。（《铭箴》）
伊挚不能言鼎，轮扁不能语斤。（《神思》）
是楚人鬻矛誉楯，两难得而俱售也。（《定势》）
譬绳墨之审分，斧斤之斫削矣。（《熔裁》）

（乙）衣饰门
例句：

买臣负薪而衣锦，相如涤器而被绣。（《时序》）

第四类
（甲）文具门（包括文人用品）
例句：

必使笔端振风，简上凝霜者也。（《奏启》）
笔锐干将，墨含淳酖。（《奏启》）

（乙）文学门
例句：

若乃《河图》孕乎八卦，《洛书》韫乎九畴。（《原道》）
丽词雅义，符采相胜。（《诠赋》）
故《骚经》《九章》，朗丽以哀志。（《辨骚》）
至尧有《大唐》之歌，舜造《南风》之诗。（《明诗》）

子夏监绚素之章,子贡悟琢磨之句。(《明诗》)

联句共韵,则柏梁余制。(《明诗》)

第五类

(甲)草木花果门

例句:

故灼灼状桃花之鲜,依依尽杨柳之貌。(《物色》)

夫青生于蓝,降生于蒨。(《通变》)

至如雅咏棠华,或黄或白;骚述秋兰,绿叶紫茎。(《物色》)

古代诗人在实际属对时往往把草木与花果分作两门。刘勰在《文心雕龙》里不拘于此。他时而把草木与花果分作两门属对,如这些例子里的"棠华"对"秋兰","叶"对"茎";时而把它们并作一门属对,如此例里以"桃花"对"杨柳"。刘勰这两种属对各有千秋:分开属对精工,并作一门便萧散不为绳墨所窘。

(乙)鸟兽虫鱼门

例句:

王袁联宗以龙章,颜谢重叶以凤采。(《时序》)

龙凤以藻绘呈瑞,虎豹以炳蔚凝姿。(《原道》)

雅咏温恭,必欠伸鱼睨;奇辞切至,则拊髀雀跃。(《乐府》)

伍举刺荆王以大鸟，齐客讥薛公以海鱼。（《谐隐》）
庄姬托辞于龙尾，臧文谬书于羊裘。（《谐隐》）
惟压鲸鲵，抵落蜂虿。（《檄移》）

在这一门里，刘勰一般是把性质、大小相近的动物相互配对，如此处的"龙"对"凤"、"龙凤"对"虎豹"和"鱼"对"雀"、"大鸟"对"海鱼"。有时，他也把性质、大小相差很远的动物互对，如此处"龙"为"羊"对、"鲸鲵"为"蜂虿"对，"大小气焰之不等，其意若玩世，谓之秀杰之气，终不可没"①，古人称之为"奇对"②。

第六类

（甲）形体门

例句：

观其骨鲠所树，肌肤所附。（《辨骚》）
甘意摇骨体，艳词动魂识。（《杂文》）
然后逾垣者折肱，捷径者灭趾。（《奏启》）
目既往还，心亦吐纳。（《物色》）

（乙）人事门（一部分由动词转成）

例句：

① 魏庆之编，王仲闻校勘：《诗人玉屑》，第170页。

② 如《诗人玉屑》卷七云："东坡对句法奇特。如'见说骑鲸游汗漫，亦会扪虱话辛酸。'又曰'龙骧万斛不敢过，渔舟一叶纵掀午。'以'鲸'为'虱'对，'龙骧'为'渔舟'对，谓之'奇对'"。

岂非溺者之妄笑，胥靡之狂歌欤？（《谐隐》）

或明理以立体，或隐义以藏用。（《徵圣》）

志感丝篁，气变金石。（《乐府》）

祈祷之式，必诚以敬；祭典之楷，宜恭且哀。（《祝盟》）

第七类

（甲）人伦门

例句：

玄圣创典，素王述训。（《原道》）

爰自风姓，暨于孔氏。（《原道》）

郦君既毙于齐镬，蒯子几入乎汉鼎。（《论说》）

（乙）代名对

例句：

吟讽者衔其山川，童蒙者拾其香草。（《辨骚》）

夫子文章，可得而闻，则圣人之情，见乎文辞矣。（《徵圣》）

乐体在声，瞽师务调其器；乐心在诗，君子宜正其文。（《乐府》）

诗人丽则而约言，辞人丽淫而繁句也。（《物色》）

第八类

（甲）方位对

例句：

信所谓追清风于前古，攀辛甲于后代者也。（《铭箴》）

夫正位北辰，向明南面。（《封禅》）

自桓麟《七说》以下，左思《七讽》以上。（《杂文》）

（乙）数目对

例句：

故能情感七始，化动八风。（《乐府》）

必贯乎百氏，被之千载。（《史传》）

贾谊枚乘，两韵辄易；刘歆桓谭，百句不迁。（《章句》）

（丙）颜色对

例句：

如组织之品朱紫，画绘之着玄黄。（《诠赋》）

雅丽黼黻，淫巧朱紫。（《体性》）

正采耀乎朱蓝，间色屏于红紫。（《情采》）

第九类

（甲）人名对

例句:

> 平子恐其迷学,奏令禁绝;仲豫惜其杂真,未许煨燔。(《正纬》)
>
> 亦不复乞灵于长卿,假宠于子渊矣。(《辨骚》)
>
> 太冲安仁,策勋于鸿规;士衡子安,底绩于流制。(《诠赋》)

(乙)地名对

例句:

> 伟长从宦于青土,公干徇质于海隅。(《时序》)
>
> 故稷下扇其清风,兰陵郁其茂俗。(《时序》)
>
> 仲宣委质于汉南,孔璋归命于河北。(《时序》)
>
> 蓬敖择楚国之令典,随会讲晋国之礼法。(《才略》)

以上我们主要依据名词的属性,对《文心雕龙》中丽句的对偶作了一个粗略的分类。这些对偶皆是同类同门的字相对,其"言与上,必会于下;居于后,须应于前。使句字恰同,事义殷合,犹夫影响之相逐,辅车之相须也。"[1]然而,任何事物的分类都是相对而言的,此处也不例外。如我们把"天"和"地"分属两门,但在中国诗学语境中,它们之间的互对却被认为是最工的"的名对",又名

---

① 〔日〕弘法大师撰,王利器校注:《文镜秘府论校注》,第488页。

"正名对"[①]。其实，若在最广泛的意义上理解古人所说的同类对，那么，除了名词对属外，《文心雕龙》里还比较普遍地存在着副词和连介词两种对属。譬如：

(1)枢机方通，则物无隐貌；关键将塞，则神有遁心。(《神思》)

(2)故辞理庸俊，莫能翻其才；风趣刚柔，宁或改其气。(《体性》)

(3)天道难闻，犹或钻仰；文章可见，胡宁勿思？(《徵圣》)

(4)谈欢则字与笑并，论戚则声共泣偕。(《夸饰》)

(5)若夫宫商大和，譬诸吹籥；翻回取均，颇似调瑟。(《声律》)

从词性上来看，这五例里的前三例是副词属对，即例(1)里的"方"对"将"，例(2)里的"莫能"对"宁或"，例(3)里的"犹或"对"胡宁"；后两例则是连介词属对，即例(4)里的"与"对"共"，例(5)里的"譬诸"对"颇似"。很显然，与名词属对一样，这些属对或者副词对副词，或者连介词对连介词，对偶各从其类，工整精切。

---

① 《文镜秘府论·二十九种对》里有"的名对者，正也。凡作文章，正正相对。上句安天，下句安地；上句安山，下句安谷；上句安东，下句安西"等。唐代上官仪所说的六对里，"一曰正名对，天地日月是也；二曰同类对，花叶草芽是也。"见魏庆之编，王仲闻校勘《诗人玉屑》，第165页。

三、别事相成的邻对

如果词性相同且属于同一种类的对偶被称为同类对的话，那么，属于同一种类的相邻门类的对偶就是邻对。《文心雕龙》丽句里的邻对主要有以下十二种：

（一）天文与时令

春秋代序，阴阳惨舒。（《物色》）

滔滔孟夏，郁陶之心凝；天高气清，阴沉之志远。（《物色》）

（二）天文与地理

日月叠璧，以垂丽天之象；山川焕绮，以铺理地之形。（《原道》）

鉴悬日月，辞富山海。（《徵圣》）

（三）地理与宫室

诗必柱下之旨归，赋乃漆园之义疏。（《时序》）

至如气貌山海，体势宫殿。（《夸饰》）

（四）宫室与器物

夫箴诵于宫，铭题于器。（《铭箴》）

敷奏绛阙，献替黼扆。（《章表》）

（五）器物与衣饰

浣衣以拟心忧，席卷以方志固。（《比兴》）
视之则锦绘，听之则丝簧。（《总术》）

（六）器物与文具

知夫调钟未易，张琴实难。（《总术》）
启金匮，抽裂帛。（《史传》）

（七）衣饰与饮食

味之则甘腴，佩之则芬芳。（《总术》）

（八）文具与文学

至于经典隐暧，方册纷纶。（《练字》）

（九）草木花卉与鸟兽虫鱼

一叶且或迎意，虫声有足引心。（《物色》）
若鸟鸣似语，虫叶成字。（《正纬》）

（十）形体与人事

辞采为肌肤，宫商为声气。（《附会》）

（十一）人伦与代名

凡童少鉴浅而志盛，长艾识坚而气衰。（《养气》）

（十二）方位与数目

独秀前哲，熔钧六经。（《原道》）

由以上可以看出：较之工对，邻对略逊色一筹，但也还算近于工整的对句。除名词词性相邻门类的语词之间相互对偶外，《文心雕龙》丽句里的副词与连介词之间也常常对仗。如"若能檃括于一朝，可以无惭于千载也"（《指瑕》）里的"若能"对"可以"。

四、上下相承的宽对

从语法结构上看，《文心雕龙》丽句里还广泛存在着语法结构上相互对仗的宽对，即由主谓对主谓、动宾对动宾等结构而组成的丽句。譬如：

（一）主谓结构对主谓结构

陈思所缀，以皇子为标；陆机积篇，惟功臣最显。（《颂赞》）

附理者切类以指事，起情者依微以拟议。(《比兴》)

（二）偏正结构对偏正结构

敬通之不循廉隅，杜笃之请求无厌。(《程器》)
杜笃贾逵之曹，刘珍潘勖之辈。(《杂文》)

（三）动宾结构对动宾结构

采故实于前代，观通变于当今。(《议对》)
写天地之辉光，晓生民之耳目矣。(《原道》)

（四）复句对复句

平子恐其迷学，奏令禁绝；仲豫惜其杂真，未许煨燔。(《正纬》)
水性虚而沦漪结，木体实而花萼振。(《情采》)

一般来说，丽句句首句尾的虚词以及诸小句中共有的句子成分是不算在对偶之内的，如例（三）上下两句里的“于”和“之”、“矣”。若依此看来，以上例句整体上都是对称的，虽然有的上下句在句法结构方面有些差异，似乎是半对半不对，如例（四）里的“奏令禁绝”和“未许煨燔”、例（二）里的“不循廉隅”与“请求无厌”语法结构不同，但上下句整体上还是对称的。当然，上下联内部句法结构完全一致的丽辞在《文心雕龙》也并不少见。例如：

(1)庖牺画其始,仲尼翼其终。(《原道》)

(2)若乃综述性灵,敷写器象。(《情采》)

(3)屈平联藻于日月,宋玉交彩于风云。(《时序》)

(4)规范本体谓之熔,剪截浮词谓之裁。(《熔裁》)

例(1)“庖牺”对“仲尼”是主语对主语,“画其始”对“翼其终”是谓语对谓语,其中“始”对“终”是宾语对宾语;例(2)“综”对“敷”是状语对状语;例(3)“屈平”对“宋玉”是主语对主语,“联藻于日月”对“交彩于风云”是谓语对谓语,其中“于日月”对“于风云”是补语对补语;例(4)“规范本体”对“剪截浮词”都是动宾结构作主语。

如果把用作主语和宾语、定语和状语以及谓语的一律分别视为名词、形容词或副词以及动词的话,那么,从词语搭配的角度进一步分析,《文心雕龙》中这类宽对还做到了词性相互配对,即名词对名词(如上面例(2)里的“性灵”对“器象”),动词对动词(例(1)里的“画”对“翼”),介词对介词(例(3)里的“于”对“于”),等等。因此,从这个意义上说,《文心雕龙》丽句语法结构就是名词对名词、动词对动词、形容词对形容词、副词对副词、连介词对连介词等,它上下相承,据文便合,严整有序。

五、逸韵俱发的赋体对

若从声音上来看,刘勰还常常把重言、叠韵词、双声词和双声叠韵词相互配对,形成了描摹事物声貌、形似赋体的“赋体对”①。

---

① 《文镜秘府论·二十九种对》云:“赋体对者,或句首重字,或句首叠韵,或句腹叠韵,或句首双声,或句腹双声:如此之类,名为赋体对。似赋之形体,故名曰赋体对。”

《文心雕龙》中主要有以下四种基本类型：

（一）叠韵对：这是中国古代常见的一种对偶，即在一个对句里叠韵词与叠韵词相互配对。唐代上官仪举例说：叠韵对乃“彷徨放旷是也”、“放荡千般意，迁延一介心是也”[①]。《文心雕龙》丽句中这样的对句很多，譬如：

（1）阅乔岳以形培塿[②]，酌沧波以喻畎浍。（《知音》）

（2）理事之不明，而词旨之失调也。（《附会》）

（3）孔璋惚恫以粗疏，丁仪贪婪以乞货。（《程器》）

（4）是以贾生俊发，故文洁而体清；长卿傲诞，故理侈而辞溢。（《体性》）

在这四例里，组成每个丽句的两个小句内的叠韵词互对。例（3）、（4）更奇特，“惚恫”除了与“贪婪”相对结构出例（3）这个单句对外，还与当句里的“粗疏”相对。而例（4）整个隔句对里“理侈”与“辞溢”两个相同韵的语词互对。

（二）双声对：指在一个对句里双声词与双声词相互配对。中国传统诗学所说的“诗有六对”、“诗有八对”[③]里都有此对。《文心雕龙》里这样的对句很多，譬如：

① 魏庆之编，王仲闻校勘：《诗人玉屑》，第165页。

② 此处的“培”读作上声“*pou*”，“培塿”即小土堆。

③ 如唐代上官仪举例说：诗有六对，“四曰双声对，黄槐绿柳是也”。诗有八对，“三曰双声对，秋露香佳菊，春风馥丽兰是也”。详见魏庆之编，王仲闻校勘《诗人玉屑》，第165页。

(1)景纯绮巧,缛理有余;彦伯梗概,情韵不匮。(《诠赋》)

(2)慷慨以任气,磊落以使才。(《明诗》)

(3)申商刀锯以制理,鬼谷唇吻以策勋。(《诸子》)

双声互对可以出现在例(2)、(3)这样的单句对里,也可以出现在例(1)这样的隔句对里。

(三)联绵对:指在一个对句里,叠词互对,即重言对重言。古人对此分辨精细,也称之为"连珠对"①。《文心雕龙》里这样的对句比较常见,譬如:

(1)(故)灼灼状桃花之鲜,依依尽杨柳之貌,杲杲为出日之容,瀌瀌拟雨雪之状,喈喈逐黄鸟之声,喓喓学草虫之韵。(《物色》)

(2)郊赋既穆穆以大观,仙诗亦飘飘而凌云矣。(《才略》)

(3)落落之玉,或乱乎石;碌碌之石,时似乎玉。(《总术》)

(4)春日迟迟,秋风飒飒。(《物色》)

这里,重字或重言对可以出现在丽句的任何位置。或句首重

---

① 如《文镜秘府论·二十九种对》云:五言诗"一句之中,第二字、第三字是重字,即名为联绵对。但上句如此,下句亦然。诗曰:'看山山已峻,望水水仍清;听蝉蝉响急,思乡乡别情。'"《诗人玉屑》卷之七云:连珠对"萧萧赫赫是也"。

字（如“落落”对“碌碌”），或句腹重字（如“穆穆”对“飘飘”），或句尾重字（如“迟迟”对“飒飒”）。无论处于什么位置，它们“模山范水，字必鱼贯”（《物色》），或摹声（如“喈喈”和“喓喓”），或摹状（如“穆穆”、“飘飘”），“一言穷理”，“两字穷形，并以少总多，情貌无遗矣。”（《物色》）

（四）双声与叠韵互对：指在一个丽句里，上句或下句里的双声语词与下句或上句里的叠韵语词属对，譬如：

（1）一叶且或迎意，虫声有足引心。（《物色》）

（2）故其叙情怨，则郁伊而易感；述离居，则怆怏而难怀。（《辨骚》）

（3）宛转附物，怊怅切情。（《明诗》）

此三例精致超卓。在例（1）、例（2）里，上句若有双声词，则下句便有叠韵词，如句尾双声对句尾叠韵的“迎意”与“引心”，以及句腹双声对句腹叠韵的“郁伊”与“怆怏”。例（3）更加精工：上句四字两两叠韵，即“宛转”与“附物”；下句四字两两双声，即“怊怅”与“切情”。上下句再次组合结构出上句叠韵对下句双声的单句对。

显然，与一般丽句相比，赋体对不仅属对更加律切，而且巧言切貌，随物宛转。上句若有叠韵、双声、重字（或重言），下句亦然。叠韵可以出现在句子的任何位置，或句首叠韵（如“理事”对“词旨”），或句腹叠韵（如“惚恫”对“贪婪”），或句尾叠韵（如“培塿”对“畎浍”），或当句内叠韵（如“理侈”对“辞溢”）。双声对通常出现在句尾或句首。如句尾双声的“绮巧”对“梗概”，句首双声“慷慨”对“磊落”。刘勰以如此同声、同韵及联韵、叠语入句，雕镂极矣。

六、联字合趣的巧对

《丽辞》云：“言对为美，贵在精巧。”以上我们从位置、词性、语法和声音四方面对《文心雕龙》主要丽句里的属对所进行的分类描述是比较粗略的。其实，在以句法为核心的中国古代文法、句法理论里，人们对丽句中属对的分类非常精细繁复。如《苕溪渔隐丛话》把“眼中人是面前人”称为“的对”[①]，《文镜秘府论》有“的名”、“双拟”、“互成”等二十九种对之分。借鉴中国传统分类法，我们把《文心雕龙》中既俳偶靡曼精巧又讲究色、韵等搭配的属对统称为“巧对”[②]。其主要有以下三种形态：

（一）两种基本丽句模式的套对。譬如：

(1) 杜笃贾逵之曹，刘珍潘勖之辈。（《杂文》）

(2) 写气图貌，既随物以宛转；属采附声，亦与心而徘徊。（《物色》）

(3) 陈政则与议说合契，释经则与传注参体，辨史则与赞评齐行，铨文则与叙引共纪。（《论说》）

---

① 胡仔纂集，廖德明校点：《苕溪渔隐丛话》，人民文学出版社 1962 年版，第 365 页。

② 《诗人玉屑》有此说法，其举例云：“荆公诗‘草深留翠碧，花远没黄鹂。’人只知‘翠碧’、‘黄鹂’为精切，不知是四色也。又以‘武丘’对‘文鹄’、‘杀青’对‘生白’、‘苦吟’对‘甘饮’、‘飞琼’对‘弄玉’，世皆不及其工”。

(4)至如《雅》咏棠华,或黄或白;《骚》述秋兰,绿叶紫茎。(《物色》)

例(1)是当句对与单句对的套用。由于“杜笃”与“贾逵”、“刘珍”与“潘勖”的两两相对,我们可以认为例(1)是当句对。与此同时,我们也可以认为它是有三个相互对仗语词的单句对,即“杜笃”对“刘珍”、“贾逵”对“潘勖”、“曹”对“辈”。同理,例(2)是隔句对与当句对的套用。整个丽句是一个隔句对,四句次第相承,而首尾紧相照应。其间的“写气”与“图貌”、“属采”与“附声”又当句自对。例(3)的套用精巧完美:一方面第一小句与第三小句、第二小句与第四小句,两两相对组成一个隔句对;另一方面第一小句与第二小句、第三小句与第四小句又分别结构出了两个相对独立完整的单句对。而例(4)更是颜色互对、色彩鲜亮的当句对与隔句对的套对。其中“或黄或白”与“绿叶紫茎”既分别是两种颜色两两互对的当句对,又是四种颜色隔行悬合的隔句对:巧妙、自然。

(二)字字相俪。在这种丽句里,上下小句里的每一个字都相互对仗。譬如:

(1)若夫绝笔断章,譬乘舟之振楫;会词切理,如引辔以挥鞭。(《附会》)

(2)后进追取而非晚,前修文用而未先。(《宗经》)

(3)必结言于四字之句,盘桓乎数韵之辞。(《颂赞》)

(4)故述远则诬矫如彼,记近则回邪如此。(《史传》)

(5)标心于万古之上,而送怀于千载之下。(《诸子》)

(6)六虱五蠹,弃孝废仁。(《诸子》)

以上就是古人所说的一字扣一字、"字字相俪"(《丽辞》)的"的名对"①。无论是就词性、语法还是声音而言,这六例的对仗都非常精妙!它们之中或反义相对,如"后进"对"前修"、"非晚"对"未先"、"远"对"近"、"上"对"下";或同门同类对偶,如"万古"对"千载"、"四字"对"数韵"、"心"对"怀"、"句"对"辞";或词性相同的语词属对,如"述"对"记"、"标"对"送"以及"于"对"乎"和"彼"对"此"。整个丽句亦如此。像例(1)里的"绝"对"断"、"笔"对"章"、"乘"对"振"、"舟"对"楫"、"引"对"挥"、"辔"对"鞭"、"譬"对"如"字字工整,"绝笔"与"断章"、"会词"与"切理"当句自对,"绝笔断章"与"会词切理"、"譬乘舟之振楫"与"如引辔以挥鞭"又成联相对。例(6)"尤精严,造语用字,间不容发"②。其数目对数目("六"对"五"),虫对虫("虱"对"蠹")、同义对同义("弃"对"废"、"仁"对"孝")。

(三)偶词胸臆,随物宛转。在这样的丽辞里,用以属对的往往是一些比喻性的语词。譬如:

(1)(观其)骨鲠所树,肌肤所附。(《辨骚》)

(2)雅咏温恭,必欠伸鱼睨,奇辞切至,则拊髀雀跃。

---

① 如上官仪举例说:"诗有八对,一曰的名对,送酒东南去,迎琴西北来是也。"详见魏庆之编,王仲闻校勘《诗人玉屑》,第165页。

② 叶梦得:《石林诗话》,见何文焕辑《历代诗话》上册,第406页。

（《乐府》）

(3)（则）顾盼可以驱辞力，欬唾可以穷文致。（《辨骚》）

这三例属对含情，表义含蓄活泼。内容是文章内在的支撑，故曰“骨鲠”；辞采是文章表面，故曰“肌肤”；单一乏味，故云“鱼睨”（鱼目不瞑）；以手拍股，兴奋之状，故云“雀跃”。至于“顾盼”、“欬唾”更是传神备至。这种包含着生动形象比喻的属对，古人也称之为“的对”①。

总之，无论是单句对、当句对、隔句对三种丽句模式之间的套对，还是“的名对”与“的对”，它们都正正相对，严整精切：或上句安“远”，下句安“近”，上句安“万古”，下句安“千载”；或上句“骨鲠”，下句“肌肤”，上句“鱼睨”，下句“雀跃”；或前“酌古”后“御今”，前“黄”后“白”——“左提右挈，精味兼载。”（《丽辞》）

第三节　玉润双流，如彼珩珮：圆润均衡的能指层面

刘勰对偶的句法非常精严。丽辞既是《文心雕龙》批评话语的基本句法结构，也是它在能指层面上最突出的特征之一。当句对、单句对、隔句对、同类对、邻对、宽对、赋体对和巧对之间尽管存在着或多或少的差异，但是，属对精切是它们共同的特点。刘勰要么把同一门类或相邻门类的事物互相对仗，要么把语法结构

① 如《诗人玉屑》曰：“唐许浑题孙处士居云：‘高歌怀地肺，远赋忆天台。’极为的对。真诰曰：‘金陵者，洞墟之膏腴，勾曲之地肺。’注云：其地肥，故曰膏腴。水至则深，故曰地肺。”

或词性相同、相近的词类相互成对。同类对、邻对和宽对是《文心雕龙》丽辞里最常见的属对。它们或者上下句的词性基本相同、相近,或者整体对称、句法结构一致,具有属对工丽、圆润均衡、精切富丽的特点。

一、对偶相停,上下匀称

一般来说,"对仗的范畴越小,就越工整。"[①]句法上的对仗固然工整,然而句由字生,"万趣会文,不离辞情。"(《熔裁》)造句之法,其工在字。《词源》云:"句法中有字面,盖词中一个生硬字用不得,须是深加锻炼。字字敲打得响,歌诵妥溜,方为本色语。"[②]《文心雕龙》严整的丽辞也与刘勰精于练字,准确地说锻炼字面分不开。

在《文心雕龙》专篇《练字》里,谈到择字,刘勰最关心的是字的外在形象带给人们的视觉效果。他明确指出:"瘠字累句,则纤疏而行劣;肥字积文,则黯黕而篇暗"。因此,"善酌字者"一要使用常用字,避免字体奇怪的诡异字和半字同文的联边字;二要"参伍单复",一句里最好不要有两字相犯的重出字和字形肥瘠的单复字;三要把握好字、句、篇三者之间的关系,做到"富于万篇,贫于一字,一字非少,相避为难也。"否则,"两字诡异"则"大疵美篇"。从《文心雕龙》言语事实来看,刘勰乃善于择字的工辞之人。譬如:

---

① 王力:《汉语诗律学》,第153页。

② 张炎著,夏承焘注:《词源注》,人民文学出版社1963年版,第15页。

(1)(若夫)陆贾《典语》,贾谊《新书》,扬雄《法言》,刘向《说苑》,王符《潜夫》,崔寔《政论》,仲长《昌言》,杜夷《幽求》。(《诸子》)

(2)孟轲膺儒以罄[①]折,庄周述道以翱翔;墨翟执俭确之教,尹文课名实之符;野老治国于地利,邹子养政于天文;申商刀锯以制理,鬼谷唇吻以策勋;尸佼兼总于杂术,青史曲缀以街谈。(《诸子》)

这两例"对偶相停,上下匀称"[②]。每例里的偶句不仅字数相等、句法结构和词性一致,而且字里行间间距匀等、字繁简适宜、粗细搭配稳惬。例(1)是八个四字句之间的连对,其中人名对人名,书名对书名,前后相随,句句相衔,铿锵有力;例(2)工于字面,五个整齐排沓道出的单句对若尺量计算,磊落如珠。刘勰仅以不同的虚字(它们依次是"以"、"之"、"于"、"以"、"于")把前后语句划分为五个鲜明的单句对。

除以上字数相等的单个句子或单句对之间的组合运用外,《文心雕龙》里还存在着更为精妙的当句对、隔句对连用的情况,譬如:

(1)(则)黄唐淳而质,虞夏质而辨,商周丽而雅,楚汉侈而艳,魏晋浅而绮,宋初讹而新。(《通变》)

---

① "罄"通"磬"。"磬"乃古代一种石制的敲击乐器。"磬折",像磬的形状一样弯着腰,形容十分恭敬。

② 杨载:《诗法家数》,见何文焕辑《历代诗话》下,第730页。

(2)是以贾生俊发,故文洁而体清;长卿傲诞,故理侈而辞溢;子云沈寂,故志隐而味深;子政简易,故趣昭而事博;孟坚雅懿,故裁密而思靡;平子淹通,故虑周而藻密;仲宣躁锐,故颖出而才果;公干气褊,故言壮而情骇;嗣宗俶傥,故响逸而调远;叔夜俊侠,故兴高而采烈;安仁轻敏,故锋发而韵流;士衡矜重,故情繁而辞隐。(《体性》)

一句内有一、两处对仗的六个当句对相承结构了例(1),其中"黄"对"唐"、"淳"对"质";"虞"对"夏"、"质"对"辨";"商"对"周"、"丽"对"雅";"楚"对"汉"、"侈"对"艳";"魏"对"晋"、"浅"对"绮";"讹"对"新",字字精工,顿挫起伏,连断有序。例(2)尤为精切:两小句结构的十二个句子一气排比下来,形成六个铢两不差的隔句对,它们句法结构、词性均一致,或前或后,隔句始应,前后文意宛转相承,所谓"句法之妙,不见字法"[1]也。

二、炳烁联华,镜静含态

《文心雕龙》五十篇基本上都是由类似以上四例平行的两句话两两相对,直到篇末构成。这样的句法结构形式给我们以鲜明的静态节奏感。因为当我们浏览一个丽句时,每隔相等的距离,我们就会发现同样的句法结构、同样的词性。这种对称使我们的视觉感到舒适省力,带给我们以审美的愉悦。我们在读下面相对长一点的话语时能更强烈地感到这一点:

---

[1] 关于字法、句法和章法三者之间的关系,中国古代有一句著名的说法,即"章法之妙,不见句法,句法之妙,不见字法。"沈德潜《说诗晬语》卷上就曾引用此说。

(1)相如窃妻而受金,扬雄嗜酒而少算,/敬通之不循廉隅,杜笃之请求无厌,/班固谄窦以作威,马融党梁而黩货,/文举傲诞以速诛,正平狂憨以致戳,/仲宣轻脆以躁竞,孔璋惚恫以粗疏,/丁仪贪婪以乞货,路粹餔啜而无耻,/潘岳诡祷于愍怀,陆机倾仄于贾郭,/傅玄刚隘而詈台,孙楚狠愎而讼府。(《程器》)

(2)魏武以相王之尊,雅爱诗章;文帝以副君之重,妙善辞赋;陈思以公子之豪,下笔琳琅:/并体貌英逸,故俊才云蒸。/仲宣委质于汉南,孔璋归命于河北,伟长从宦于青土,公干徇质于海隅,/德琏综其斐然之思,元瑜展其翩翩之乐。/文蔚、休伯之俦,于叔、德祖之侣,/傲雅觞豆之前,雍容衽席之上,/洒笔以成酣歌,和墨以藉谈笑。(《时序》)

《熔裁》云:“辞如川流,溢则泛滥。权衡损益,斟酌浓淡,芟繁剪秽,弛于负担。”以上两例读之如层波叠浪扑面而来,却又不会给人以支离其词,无所收应的烦碎感。它们均语接意亦接,句句相生,血脉贯续,词语高简。例(1)由八个句句相衔的单句对构成,“相如”与“扬雄”、“窃妻”与“嗜酒”、“受金”与“少算”等一一相对;例(2)共有二十个小句,句句是骈句。“魏武”、“文帝”、“陈思”、“雅爱”、“妙善”、“下笔”六句连环互对,“仲宣”、“孔璋”、“伟长”、“公干”四句相对,“体貌”与“俊才”、“德琏”与“元瑜”、“文蔚”与“于叔”、“傲雅”与“雍容”、“洒笔”与“和墨”十句两两相对。总之,在这两段话语里,词与字、句子与句子之间的组合排列取得了平衡、和谐的形式关系。我们的视觉很容易辨认出它们,并把它们视作同类句式。正是句子成分之间和句子与句子之间的对称或是它们作为整体在位置上的对称,才使我们选择觉得是对称的成分作为句子之间的界限,并能够确定它们的数量,从而把各个部分联合起来,视作一个相对统一的话语。显然,话语统一基于它的成分的节奏对应。而统一的话语有三个显著特征:一是整而不乱,简而不烦,具有秩序和平衡对称感;二是加强了语势,增强了节奏感和旋律美;三是给人以宁静美。

这里所说的"平衡对称并不只是重复一种抽象地一致的形式,而是结合到同样性质的另一种形式,这另一种形式单就它本身来看也还是一致的,但是和原来的形式比较起来却不一致。由于这种结合,就必然有了一种新的,得到更多定性的,更复杂的一致性和统一性。"①譬如:

(1)典雅者,熔式经诰,方轨儒门者也;远奥者,馥采典文,经理元宗者也;精约者,核字省句,剖析毫厘者也;显附者,辞直义畅,切理厌心者也;繁缛者,博喻酿采,炜烨枝派者也;壮丽者,高论宏裁,卓烁异采者也;新奇者,摈古竞今,危侧趣诡者也;轻靡者,浮文弱植,缥缈附俗者也。故雅与奇反,奥与显殊,繁与约舛,壮与轻乖。(《体性》)

(2)或喻于声,或方于貌,或拟于心,或譬于事。宋玉《高唐》云:纤条悲鸣,声似竽籁,此比声之类也;枚乘《菟园》云:

① 〔德〕黑格尔著,朱光潜译:《美学》,商务印书馆1979年版,第174页。

焱焱纷纷，若尘埃之间白云，此则比貌之类也；贾生《鹏赋》云：祸之与福，何异纠缠，此以物比理者也；王褒《洞箫》云：优柔温润，如慈父之畜子也，此以声比心者也；马融《长笛》云：繁缛络绎，范蔡之说也，此以响比辩者也；张衡《南都》云：起郑舞，茧曳绪，此以容比物者也。(《比兴》)

与上两例相比，这两例里的丽句在大小、长短、地位之类定性方面存在着差异。同一语段里有隔句对和单句对，前者数量众多（即四或三个隔句对的连对），后者数量相对较少（即两个单句对的连对）。单句对可以位于隔句对的前面，亦可位于其后。隔句对里有的是每三小句一联，有的是每四小句一联，其中组成每一联的四个小句的字数又存在着差异，有五四四六、五四七七、五四四七，更有五四五七、五三三七。然而，刘勰把这些差异或彼此不一致的定性都以一致的方式结合起来：完全由丽句结构的这两例给我们的整体感觉是“气局严整，属对工切”[①]。而且无须寻找，我们很快就会发现两例中句子的排列都很有规律：它们或四句联对，或六、八句联对。例(1)整体由两组骈句构成。第一组八个三四六格式的大句子不仅两两隔句属对，而且整体遥相呼应，隔行悬合。第二组四个四字句既结构出了连对，又个个当句自对。例(2)更独特。它看似纷乱，实则齐整。四个有着两个相同字（“或”、“于”）的四字句，前后联璧其章，排沓道出。其后则是由四个小句结构的六个大句子之间的隔行连对。这种差异中存在

① 沈德潜：《说诗晬语》，见王夫之等编《清诗话》，第541页。

着一致性的众多句子就能产生平衡对称。它们为读者创造了一种平和充实的等待:由于相同的成分和结构有规律地间歇出现,对称把我们的视野划分为若干确定的单位。我们在读完上一句时,总有一种期待,而我们的这种期待又总能得到满足。这种满足感源于丽辞句式的内在稳固性:它不会刺激我们的视觉感官。

总之,由于刘勰句法甚严,尤精于练字、工于对偶,使得丽辞的存在本身对《文心雕龙》批评话语至关重要。作为言语符号,它们在能指层面上最醒目的视觉优势就是严整的对称美。“炳烁联华,镜静含态,玉润双流,如彼珩珮”(《丽辞》)是其特征。

第四节　联璧其章,理形于言:理圆事密的表意功能

然而,对渴望以论文载心、“名逾金石之坚”(《序志》)的刘勰来说,对偶句法结构运用的最终目的是为了更好地“咀嚼文义”、“弥纶群言”(《序志》),而不仅仅只是为了增强丽辞能指层面的优势。

《文心雕龙》里没有“对偶”一词,刘勰使用最多的术语是“丽辞”。“丽辞”一词,准确地传达出了刘勰的思想。《说文》云:“丽,旅行也。鹿之性,见食急必旅行,从鹿丽。”范文澜注曰:“古文作‘丽’,象两两相比之形。此云‘丽辞’,犹言骈俪之辞。”以“丽”修饰“辞”(而不是“句”)说明刘勰“丽辞”一词的指称对象绝不仅仅只是对偶这种修辞手法(因为刘勰有时在指说某个特定的句子时常常用“丽句”或“对句”),而是一种汉语尤其是早期古

汉语基本的表达方式，诚如《丽辞》所云："夫心生文辞，运裁百虑，高下相须，自然成对。唐虞之世，辞未极文，而皋陶赞云：罪疑惟轻，功疑惟重。益陈谟云：满招损，谦受益。岂营丽辞，率然对尔。"即便是作者偶章联辞，也要"自然成对"，否则"契机者入巧，浮假者无功"。从中国文学史来看，由早期的率然而对发展到魏晋南北朝时期的刻意为工，偶俪声响成为文人精雕细琢的对象。[①]这一切固然使文人注意到了文学自身的审美特性。但是，刻意为句，往往会肉多于骨。更何况拘以四声，又限以字句，"文气安得不卑弱乎？"[②]在《序志》篇，刘勰明确声称自己"搦笔和墨，乃始论文"的一个直接动因就是对当时文坛创作上"俪采百字之偶，争价一句之奇，情必极貌以写物，辞必穷力而追新"（《明诗》）的靡丽文风，以及"辞人爱奇，言贵浮诡，饰羽尚画，文绣鞶帨，离本弥甚，将遂讹滥"（《序志》）的现状深恶痛绝。因此，尽管他论文的言语依然是骈言骊语，但是，他"造怀指事，不求纤密之巧，驱辞逐貌，唯取昭晰之能"（《明诗》），最大限度地发挥了丽辞自身的言说优势。如果说精严工丽、整齐对称是《文心雕龙》丽辞能指层面的优势的话，那么，理圆事备、析理弥密则是其所指层面的最大功能。下面，我们将结合刘勰的丽辞理论，在描述分析《文心雕龙》里最主要的丽辞类型及其特点、功能的基础上，阐释这一问题。

一、事不孤立，异中求同

刘勰认为辞、意不孤行是汉语表意的一个显著特点。《丽辞》

---

① 章太炎认为："魏晋南朝，纯乎尚文，故骈俪盛行。"见其《国学讲演录》，华东师范大学出版社 1995 年版，第 250 页。

② 《蔡宽夫诗话》，见胡仔纂集，廖德明校点《苕溪渔隐丛话》前集，第 2 页。

云："造化赋形，支体必双，神理为用，事不孤立"。"若辞失其朋，则羁旅而无支。"(《章句》)因此，从对偶句法结构出发，刘勰把丽辞分为正对与反对、言对与事对四种。前两个依据的是丽辞表达意义的反正，后两个则是丽辞是否使用典故。《丽辞》云："言对者，双比空辞者也；事对者，并举人验者也；反对者，理殊趣合者也；正对者，事异义同者也。"这里，言对与事对相对，前者指不用典故，后者指用典故。刘勰举例说："长卿《上林赋》云：'修容乎礼园，翱翔乎书圃'，此言对之类也。宋玉《神女赋》云：'毛嫱鄣袂，不足程式；西施掩面，比之无色。'此事对之类也。"反对与正对相对，前者指反义词或意义不相同的词相对，后者指同义词或意义相近的词相对。刘勰举例说："仲宣《登楼》云：'钟仪幽而楚奏，庄舄显而越吟。'此反对之类也。孟阳《七哀》云：'汉祖想枌榆，光武思白水。'此正对之类也。"刘勰这种分类是相对的。在《丽辞》篇解释正对、反对时，他每每"事"与"义"对举，并创有"偶意"一词。他所说的"事不孤立"同时意味着"意义"不"孤立"。所以，他明确把正对定义为"事异义同者也"。其实，若仅就表义而言：正对与反对、言对与事对这四者之间并没有严格的畛域。事对、反对和正对密切联系：事对是用事实、事例构成的丽句，而事理相反、旨趣相合的就是反对，事例不同、意义相合的则是正对。譬如：

(1)是以汉饮博士，而雉集乎堂；晋策秀才，而麏兴于前。(《议对》)

(2)安仁轻敏，故锋发而韵流；士衡矜重，故情繁而辞隐。

(《体性》)

《丽辞》云:丽句用事贵在允当,“若两事相配,而优劣不均,是骥在左骖,驽为右服也。若夫事或孤立,莫与相偶,是夔之一足,趻踔而行也。”此两例隔句对“交叉中文气通利,文义分晰”[①]。“博士”对“秀才”、“雉”对“麏”、“安仁”对“士衡”是名词对名词,“汉”对“晋”、“集乎堂”对“兴于前”等亦是相同或相近概念相对。而“轻敏”与“矜重”、“锋发而韵流”与“情繁而辞隐”则是相反意义的互对。我们可以说例(1)是正对,也可以说它是以“汉饮博士,而雉集乎堂”与“晋策秀才,而麏兴于前”对仗的事对。同样,我们可以说例(2)是反对,也可以说它是以“安仁轻敏,故锋发而韵流”对“士衡矜重,故情繁而辞隐”的事对。因此,刘勰划分丽辞的根本尺度是其所蕴涵的事义性质。

与此相一致,他用以评判丽辞优劣的尺度亦是事义。由于骈俪本身的性质,在造句过程中,且不说对而求切的正对,就是反对、言对和事对也无一不是作者努力在字数、词性和语法上求同。如上述刘勰所举“汉祖想枌榆,光武思白水”里的“想”与“思”即是同义词。这种“事异义同”(《丽辞》)的正对非不工也,然“上下句多出一意”[②],终使内容和形式因意义重复而显得贫乏、单调。而反对则是用不同的道理来达到同一意趣:表面相反,实际相成。如刘勰所举“钟仪幽而楚奏,庄舄显而越吟”里的“幽”与“显”,这

---

① 张谦宜:《茧斋诗谈卷四》,见郭绍虞编选《清诗话续编》上,第 841 页。

② 《蔡宽夫诗话》,见胡仔纂集,廖德明校点《苕溪渔隐丛话》前集,第 5 页。

两个相反字的运用,不仅丰富了语义,使“理殊趣合”,而且使两句的形式整齐中有错综变化。因此,刘勰断言“反对为优,正对为劣。”(《丽辞》)从《文心雕龙》来看,反对是刘勰最常用的丽辞,这突出体现在以下三个方面:

第一,反义并陈,异体而属。汉语里常用的一些反义词,诸如大小、左右、古今、反正、兴废、盛衰、表里、简易、单复、前后、深浅、多少、内外、难易、瘠肥、博约、上下、问答、显隐、损益、浓淡、首尾、同异、长短、疏密、言意、文质、奇正、优劣、经纬、空实、新旧、有无、刚柔、显奥、缓急、离合、东西、南北、主客、泾渭、邪正、华实、劳逸、虚实、通塞、俯仰、高卑、天地、有限与无涯等等,在《文心雕龙》里往往属对,如《附会》里的“约则义孤,博则辞叛”以及“首尾周密,表里一体”,其中“约”与“博”单句互对,“首”与“尾”、“表”与“里”联言当句自对。除大量使用固定反义词外,刘勰还把许多相反的概念和意义并陈,从而结构出了大量句法活泼、意义新颖的反对。譬如:

(1)沈则响发而断,飞则声飏不还。(《声律》)

(2)启行之辞,逆萌中篇之意;绝笔之言,追媵前句之旨。(《章句》)

(3)辞入炜烨,春藻不能程其艳;言在萎绝,寒谷未足成其凋。(《夸饰》)

(4)正采耀乎朱蓝,间色屏于红紫。(《情采》)

(5)寂然凝虑,思接千载;悄焉动容,视通万里。《神思》

这五例皆是反对。“正采”与“间色”反义相对，“启行之辞”与“绝笔之言”、“寂然凝虑”与“悄焉动容”亦隔行反义相映。一个丽辞里，可以有一组、二组甚至三组反义词或概念属对，它们或者是单个的语词，如“沈”与“飞”、“艳”与“凋”；或者是词组，如“炜烨”与“萎绝”、“春藻”与“寒谷”；或者是依据一定语法结构组成的短语，如“响发而断”与“声飏不还”。与一般反义词相比，这些比喻性反义描述语词的表意更加生动形象。

第二，三种基本反对模式的广泛使用。《文心雕龙》反对句式多样，形态繁复，最基本的有以下三种：

（一）当句反对：指由反对结构的当句对。譬如：

(1)西鹣东鲽，南茅北黍。（《封禅》）

(2)（必使）繁约得正，华实相胜。（《章表》）

(3)形生势成，始末相承。（《定势》）

（二）单句反对：指由反对结构的单句对。譬如：

(1)使意古而不晦于深，文今而不坠于浅。（《封禅》）

(2)故善附者异旨如肝胆，拙会者同音如胡越。（《附会》）

(3)谈欢则字与笑并，论戚则声共泣偕。（《夸饰》）

（三）隔句反对：指由反对结构的隔句对。譬如：

(1)故外听之易，弦以手定；内听之难，声与心纷。(《声律》)

(2)神道难摹，精言不能追其极；形器易写，壮辞可得喻其真。(《夸饰》)

(3)奇正虽反，必兼解以俱通；刚柔虽殊，必随时而适用。(《定势》)

以上诸例里，彼此形成对仗的反义词位置很灵活，它们可以出现在丽辞的开头(如“奇正”与“刚柔”)，也可以出现在中间(如“异”与“同”)或结尾(如“深”与“浅”)。同一个丽辞里，一般有一处反义词属对，但也有两处的(如“欢”与“戚”、“笑”与“泣”)。至如当句对则可以完全是“西”与“东”、“南”与“北”隔字对的结构，也可以是“繁”与“约”、“华”与“实”联言对的结构，更可以是“生”与“成”隔字对，和“始”与“末”联言对的结构。句式、位置、形态的多样化，也体现在同一组反义词在同一种反对模式里的灵活运用上，譬如：

(1)驱前古于当今之下，腾休明于列圣之上。(《封禅》)

(2)既上窥乎表，亦下睨乎书。(《书记》)

(3)夫形而上者谓之道，形而下者谓之器。(《夸饰》)

这里，刘勰避免了形式上的单调，借助于把同一组反义词“上”、“下”放置在对句的最后、开头和中间，结构出了三个各具特色的单句反对。

第三，三种基本反对模式的套用与连用。《文心雕龙》存在着大量反对套用、连用的丽辞。譬如：

(1)属笔易巧，选和至难；缀文难精，而作韵甚易。(《声律》)

(2)后世所同晓者，虽难斯易；时所共废，虽易斯难。(《练字》)

此两例反对精巧工丽。它们虽然整体上都是同一组反义词"难"与"易"结构的隔句反对，但组成隔句对的出句（即前两小句）和对句（后两小句）的内部又各自或者单句反对，或者当句反对。如例(1)是单句反对与隔句反对的套用，其中出句、对句里的"易"与"难"、"难"与"易"分别属对形成两个相对独立的单句反对。这两个单句对又结构出一个完整的隔句反对，即第一句里的"易"与第三句里的"难"、第二句里的"难"与第四句里的"易"隔句反对。同理，例(2)是当句反对与隔句反对的套用，其中出句里的"难"与"易"、对句里的"易"与"难"当句自对，第二句里的"难"与"易"、第四句里的"易"与"难"再次隔句反对。

与反对套用相同，反对连用的情形在《文心雕龙》里也很普遍。譬如：

(1)(夫)裁文匠笔，篇有大小，离章合句，调有缓急。(《章句》)

(2)(故)雅与奇反，奥与显殊，繁与约舛，壮与轻乖。

(《体性》)

(3)(凡)诗赋书记,名理相因,此有常之体也;文辞气力,通变则久,此无方之数也。名理有常,体必资于故实;通变无方,数必酌于新声。(《通变》)

例(1)、(2)都是两个当句反对的连用。例(1)里两个当句对分别是反义词"文"与"笔"[①]、"离"与"合"隔字属对,对句则是"大小"、"缓急"联言并对。例(2)则非常整齐,它其实是"雅"与"奇"、"奥"与"显"、"繁"与"约"、"壮"与"轻"四组反义词隔字相对的连用。至如例(3)则是含有"有"、"无"反义词的两个隔句反对的连用。

总之,从语义结构上来看,事义是刘勰区分和评判对偶的一个根本准绳。他反义并陈,异体而属,言上必对下,居后必应前。事义相反、形态万千的反对是《文心雕龙》里普遍存在的一种丽辞。

二、字坚难移,事昭理辨

刘勰认为:"理资配主,辞忌失朋"(《章句》),"引义比事,必得其偶"(《章表》)。因为"凡意,或有首尾,或有主宾,或有对待。混而言之则昏晦,分而言之则明朗。故四六属辞之法,必分事意为两壁,而以对偶明之也。"[②]对偶既可以从正面、反面反复论述一个问题,也可以同时从正反两方面对比论述之。相比之下,理殊趣合的反对语义更丰富、说理更透彻。这是刘勰刻意把相反的事

---

① 这里的"文"、"笔"是古人"文笔"之说里所说的"文"、"笔"。"文"即指有韵文,"笔"即指无韵文。

② 陈维崧:《四六金针》,上海古籍出版社1985年版,第2页。

或义相互配对的根本原因。譬如:

(1)文以辨洁为能,不以繁缛为巧;事以明核为美,不以深隐为奇。(《议对》)

(2)才自内发,学以外成,有学饱而才馁,有才富而学贫。学贫者迍邅于事义,才馁者劬劳于辞情。(《事类》)

这里,刘勰分别用两组(即"辨洁"与"繁缛"、"明核"与"深隐")、三组(即"内"对"外"、"饱"对"馁"、"富"对"贫")不同的反义词,鲜明地对比论证了文与事、才与学的关系问题,理圆事密,说服力强。诚如刘勰自己所言:"指类而求,万条自昭然矣。"(《丽辞》)

从《文心雕龙》言语事实来看,此种丽辞对偶句法结构,刘勰亦常施之于篇法,以便更深入地阐释事理。譬如:

(1)意翻空而易奇,言征实而难巧也。/(2)是以意授于思,言授于意,/(3)密则无际,疏则千里。/(4)或理在方寸而求之域表,或义在咫尺而思隔山河。/(5)是以秉心养术,无务苦虑;含章司契,不必劳情也。/(6)人之禀才,迟速异分,文之体制,大小殊功。/(7)相如含笔而腐毫,扬雄辍翰而惊梦,桓谭疾感于苦思,王充气竭于思虑,张衡研京以十年,左思练都以一纪:虽有巨文,亦思之缓也。/(8)淮南崇朝而赋骚,枚皋应诏而成赋,子建援牍如口诵,仲宣举笔似宿构,阮瑀据案而制书,祢衡当食而草

奏：虽有短篇，亦思之速也。（《神思》）

从语义结构上来看，这个完全由八个对句结构的语段可以依次再划分为一前一后两个语段。前一个由五个对句结构而成。其中（5）是正对，其余四个都是单句反对。它们有的一处属对（如“密”对“疏”），有的两处属对（如“方寸”对“咫尺”、“域表”对“山河”），有的四处属对（如（1）里的“意”与“言”、“空”与“实”、“易”与“难”、“奇”与“巧”）。仅在（1）、（2）、（3）、（4）这四个单句反对里就有八组反义词彼此对仗，它们从多种角度、多方面充分论证了言与意的关系，理既切至，辞亦通畅。而正对（5）则是上述论证的一个总结。至如（6）、（7）、（8）结构的后一个语段更是征事以对，事通而赡。它其实是两个反对偶句的组合。第一个（即（6））点明了此段的中心意义，第二个（也即（7）、（8）组合）则以相同、相近或相反的事例隔句反对，“分事意为两壁”：上下联分别是三个正对或事对的组合，它们反复申说，事详理举，以翔实的实例充分对比论证了文人才思有缓慢、敏捷之分的道理。与一般语段相比，此段辞不枝碎，义理圆通，穷于有数，论如析薪。

“理形于言”（《论说》），言中理准。《文心雕龙》丽辞所特有的反复排偶铺陈、正反论证，事昭而理辨的表意功能，与刘勰善于下实字、熔裁辞义密切相关。刘勰认为：“意授于思，言授于意，密则无际，疏则千里。”（《神思》）因此，“义贵圆通，辞忌枝碎；必使心与理合，弥缝莫见其隙；辞共心密，敌人不知所乘。”（《论说》）而表意的准确性和论述的严谨性则往往源于锤炼字句。《风骨》云：“怊怅述情，必始乎风。沈吟铺辞，莫先于骨，故辞之待骨，如体之树骸。情之含风,犹形之包气。”“结言端直,则文骨成焉,意气骏爽,则文风清焉。”故“练于骨者,析辞必精”,“捶字坚而难移,结响凝而不滞,此风骨之力也。”在《文心雕龙》里,刘勰常常借助于下实字调节文章中意与辞的关系[①],譬如:

(1)李斯删籀而秦篆兴,程邈造隶而古文废。(《练字》)

(2)商周以前,图箓频见,春秋之末,群经方备。(《正纬》)

(3)二班两刘,弈叶继采。(《才略》)

(4)诏策章奏,则书发其源,赋颂歌赞,则诗立其本。(《宗经》)

这里,例(1)、(2)分别是单句反对(即“兴”对“废”)、隔句反对(“以前”对“之末”),例(3)、(4)分别是当句对(或事对)、隔句对或正对。《诗人玉屑》云:“对句法,人不过以事、以意出处备具为之妙。”[②]以上四例事核理举,句法清健,有金石声。这当然源于刘勰多下稳当字,也即稳固、准确、恰当的实字。字实则响沉而句法健。例(1)字字稳当有出处;例(2)对事精切,一字一义不得减;例(3)当句对和例(4)隔句对则分别是两句叠四人、两物和四句叠

① 《风骨》篇“风骨”一词的涵义众说纷纭。作者同意黄侃的说法,认为“二者皆假于物以为喻。文之有意,所以宜达思理,纲维全篇,譬之于物,则犹风也。文之有辞,所以摅写中怀,显明条贯,譬之于物,则犹骨也。必知风即文意,骨即文辞。”详见黄侃《文心雕龙札记》,华东师范大学出版社 1996 年版,第 127 页。

② 魏庆之编,王仲闻校勘:《诗人玉屑》,第 170 页。

十种体裁的叠句。“惟其叠多，故事实而语健”[1]，叙事说理严密而无插针处。正如《熔裁》所云：“句有可削，足见其疏；字不得减，乃知其密。”

字不得减，一字一义当然意味着该丽辞非常“精要”、“精约”。这是刘勰对言辞表意提出的一个重要要求。《书记》云：“随事立体，贵乎精要，意少一字则义阙，句长一言则辞妨，并有司之实务，而浮躁之所忽也。”《体性》亦云：“精约者，核字省句，剖析毫厘者也。”因为辞的重复既是文采的“附赘”，也是意义的“骈枝”。刘勰生动形象地说：“骈拇枝指，由侈于性；附赘悬疣，实侈于形。二意两出，义之骈枝也；同辞重句，文之疣赘也。”（《熔裁》）一篇文章中“若瘠义肥辞，繁杂失统，则无骨之征也。”（《风骨》）因此，在指出词必巧丽（《诠赋》）的同时，刘勰反对“丽淫而繁句”[2]，倡导“熔裁”[3]。尽管有时出于表意的需要，《文心雕龙》里也存在着“二意两出”的丽辞，但是，刘勰竭力避免“同辞重句”，追求丽辞能指层面上的差异性。譬如：

(1) 应傅三张之徒，孙挚成公之属。（《时序》）

(2) 阳秋魏略之属，江表吴录之类。（《史传》）

(3) 流连万象之际，沈吟视听之区。（《物色》）

---

① 吴沆：《环溪诗话》卷中，学海类编本，1985年第1版，第13页。

② 他在《物色》篇举例论述说：“及长卿之徒，诡势环声，模山范水，字必鱼贯，所谓诗人丽则而约言，辞人丽淫而繁句也。”

③ 《熔裁》云：“辞或繁杂，蹊要所司，职在熔裁。”“规范本体谓之熔，剪截浮词谓之裁”，“裁则芜秽不生”。

(4)敷写似赋，而不入华侈之区；敬慎如铭，而异乎规戒之域。(《颂赞》)

(5)采如宛虹之奋鬐，光若长离之振翼。(《通变》)

(6)绝笔断章，譬乘舟之振楫；会词切理，如引辔以挥鞭。(《附会》)

这里，刘勰刻意用三组意义相同或相近而字形不同的字反复铺陈(即“徒”、“属”、“类”/“际”、“区”、“域”/“如”、“若”、“譬”)，表示同一意义，既增强了丽辞的说服力，又更新了字面、活泼了语言。《潜溪诗眼》云：“句法以一字为工，自然颖异不凡，如灵丹一粒，点铁成金也。”[①]在酌事义以取类、撮辞以举要的前提下，刘勰总是异中求同——以意义相反或字形迥异的语词属对。前者语义表达更丰富，后者则更强烈。

第五节 高下相须，自然成对：随变适会的对偶格式

中国古代文学批评中人们常说的“义法”或“法”是人们作文时所必须遵守的一些相对稳定的、固定的基本原则或规则，所谓“句语虽殊，法律则一。”[②]依“法”为文是中国古代文人所恪守的一个行为准则。但是，优秀的文学作品和文人总是不泥于“法”。

① 郭绍虞辑：《宋诗话辑佚》卷上，中华书局1980年出版，第333页。

② 杨载：《诗法家数》，见何文焕辑《历代诗话》下，第729页。

中国古代文论中因此又出现了所指内涵比较明确的一组概念——“死法”与“活法”[1]。前者就是人们所说的一般“法”;后者则指此“法”在具体人、具体创作中的创造性运用[2]。这种意义上的“死法”与“活法”相当于索绪尔所说的“横组合关系”与“纵聚合关系”[3]。中国古代文学理论中历来倡导文人在遵守基本横组合关系的前提下,在纵聚合关系上不断革新创造。元人倪士毅一方面指出:作文各体,“未有无法度而可以言文者”,另一方面告诫人们要“以心体之,自求其意于外,而得胸中之活法,乃有实功夫耳。”[4]然而,一般基本规则的“死法”容易掌握,变化不测的“活法”难于捕捉。清人叶燮以“无”、“虚名”或“变化生心之法”称呼活法,认为此“法在神明之中,巧力之外,是谓变化生心。”[5]

刘勰亦洞晓这种不可言说的“活法”。《总术》云:“夫不截盘根,无以验利器;不剖文奥,无以辨通才。才之能通,必资晓术,自

---

① 清人叶燮《原诗》云:“然法有死法,有活法。若以死法论,今誉一人之美,当问之曰:‘若固眉在眼上乎?鼻口居中乎?若固手操作而足循履乎?’夫妍媸万态,而此数者必不渝,此死法也……若曰活法,法既活而不可执矣,有焉得泥于法。”详见人民文学出版社1979年版,第20—21页。

② 宋人吕本中《夏均父集序》云:“学诗当识活法。所谓活法者,规矩备具,而能出于规矩之外,变化不测,而亦不背于规矩也。是道也,盖有定法而无定法,无定法而有定法。知是者,则可以与语活法矣。”详见《后村先生大全集》卷九十五《江西诗派引》,四部丛刊本。

③ 即syntagmatique and paradigmatique。前者指约定俗成的一套规则,后者则指在这种相对固定的规则中的灵活运用。详见〔瑞士〕索绪尔著,高名凯译:《普通语言学教程》,第175页。

④ 倪士毅:《作义要诀》,见《四库全书》1482册,上海古籍出版社2003年版,第371—376页。

⑤ 叶燮:《原诗》,第19—21页。

非圆鉴区域,大判条例,岂能控引情源,制胜文苑哉!"此处作为"文奥"的"术"不是指一般意义上的、能为多数人掌握的"术",而是指只有"通才"才能知晓、掌握的"活术"。刘勰紧接着进一步阐释道:

> 是以执术驭篇,似善弈之穷数;弃术任心,如博塞之邀遇。故博塞之文,借巧傥来,虽前驱有功,而后援难继,少既无以相接,多亦不知所删,乃多少之并惑,何妍蚩之能制乎?若夫善弈之文,则术有恒数,按部整伍,以待情会,因时顺机,动不失正。数逢其极,机入其巧,则义味腾跃而生,辞气丛杂而至。视之则锦绘,听之则丝簧,味之则甘腴,佩之则芬芳,断章之功,于斯盛矣。

此段精到地阐述了中国传统文论中所说的"死法"与"活法"以及两者之间的关系。首先,作者要"执术驭篇",若"弃术任心,如博塞之邀遇。故博塞之文,借巧傥来,虽前驱有功,而后援难继,少既无以相接,多亦不知所删,乃多少之并惑,何妍蚩之能制乎?"黄叔琳注曰:"许慎《说文》:博,局戏也。六箸十二棋也。又行棋相塞曰博塞。"[①]纪昀点评此句曰:"大旨主于意在笔先以法驭题。"[②]其次,"善弈之文"的作者又不能拘于"术"。正确的做法是知晓"术有恒数,按部整伍,以待情会,因时顺机,动不失正。"也即

① 黄叔琳辑注,纪昀点评:《文心雕龙辑注》,第375页。

② 同上书,第374页。

作者要以“情”驭“术”，而又不失“术”。这里的“动”和“正”分别有变通、规矩之意。《后汉书·班彪传》云：“行不踰方，言不失正。”因此，刘勰在《文心雕龙》里常用“心术”一词。如《情采》和《隐秀》里分别有“心术既形，英华乃赡”，以及“夫心术之动远矣，文情之变深矣”之说。依刘勰之见，人“心”的深奥寥廓以及每个人“心”的千差万别导致了“术”的微妙和无穷。修心、养心是作文的先决条件。“是以陶钧文思，贵在虚静”（《神思》），“因性以练才，文之司南。”（《体性》）

刘勰既深通作文大法，又身体力行。他遵守骈文之法，长于雕斫，以排偶雕刻为工。《文心雕龙》批评话语骈章丽句，谐声命律，轩然以琢句修辞为能事。然而，它却没有明显的斧凿痕。这当然完全有赖于刘勰的匠心变化、妙手偶得。尽管《文心雕龙》里的丽辞有许多层面的横向组合关系，但他以“心”驾驭在字句和语法上有着严格规矩的对偶句法。在遵守丽句横组合规则的前提下，他运用各种技巧，在纵聚合关系上锐意创造，使《文心雕龙》丽辞既绚丽多彩又剖事析理。这首先体现在他工于变换对偶格式上。

一、积句不恒，参差变化

《文心雕龙》里当句对的对偶格式有三种，即由一字、二字、三字相对构成的一一式、二二式和三三式。譬如：

（1）一一式：例句：

（故）雅与奇反，奥与显殊，繁与约舛，壮与轻乖。（《体性》）

（至如）雅咏棠华，或黄或白；骚述秋兰，绿叶紫茎。（《物色》）

（然则）西鹣东鲽，南茅北黍。（《封禅》）

（2）二二式：例句：

写实追虚，碑诔以立。铭德慕行，文采允集。（《诔碑》）

杜笃贾逵之曹，刘珍潘勖之辈。（《杂文》）

（3）三三式：例句：

马龙出（而）大易兴，神龟见（而）洪范耀。（《正纬》）

（故）象天地效鬼神，参物序制人纪。（《宗经》）

例（1）里的"雅"与"奇"、"奥"与"显"、"繁"与"约"、"壮"与"轻"互对，是一字构成的当句对；例（2）里"写实"与"追虚"、"铭德"与"慕行"互对，是二字构成的当句对。例（3）里的"马龙出"对"大易兴"、"神龟见"对"洪范耀"，是由三字构成的当句对。这样区分当句对里的对偶格式是比较粗略的。其实，若仔细划分，有的当句对堪称六柱对。如我们完全可以把三三式里的第二句划分为"象"对"效"、"天"对"地"、"鬼"对"神"、"参"对"制"、"物"对"人"、"序"对"纪"六对。而且，无论是就词性、句法还是语境而言，每种对偶格式的丽句都各有千秋。如仅就其所处的具体位置而言，一一式可以出现在一般单句对的上下语境中，也可以出现在两个单句对联对的语境中,更可以出现在隔句对的上下语境中;就词性而言,二二式可以由动词构成(如“写实”与“追虚”),也可以由名词构成(如“杜笃”与“贾逵”);就句法结构而言,三三式可以是主谓结构(如“马龙出”与“大易兴”),也可以是动宾结构(“象天地”与“效鬼神”),等等。

《文心雕龙》里单句对的种类最多,从四字句到九字句都有。若按照一个相对独立完满的意义整体,也即字、语词或词组、句子来看,《文心雕龙》里单句对的对偶格式也主要有以下三种:

(一)二二式:指在组成丽句的两个小句里,上下有两组语词对偶。这种情形主要出现在四字、五字丽句里。譬如:

(1)龙图献体,龟书呈貌。(《原道》)
(2)理郁者苦贫,辞溺者伤乱。(《神思》)
(3)或体目文字,或图象品物。(《谐讔》)
(4)既暄之以岁序,又煎之以日时。(《养气》)
(5)斯斟酌乎质文之间,而檃括乎雅俗之际。(《通变》)

这五例里的所有语词可以很容易地被大致划分为上下整齐相对的两组。例(1)里的“龙图”对“龟书”、“献体”对“呈貌”;例(2)里的“理郁者”对“辞溺者”、“苦贫”对“伤乱”;例(3)里的“或”对“或”、“体目文字”对“图象品物”;例(4)里的“既”对“又”、“暄之以岁序”对“煎之以日时”;例(5)里的“斯”对“而”、“斟酌乎质文之间”对“檃括乎雅俗之际”。每一组里属对语词的字数不等,它们可以是一、两个字,也可以是三、四个字,更可以是

五、七个字。当然，两个、三个字的通常是语词，四个字的是词组，五、七个字的已经是句子了。

（二）三三三式：指在组成丽句的两个小句里，上下有三组语词对偶。这种情形主要出现在六字、七字丽句里。譬如：

(1) 按辔文雅之场，环络藻绘之府。(《序志》)

(2) 目瞭则形无不分，心敏则理无不达。(《知音》)

(3) 至精而后阐其妙，至变而后通其数。(《神思》)

(4) 阅乔岳以形培塿，酌沧波以喻畎浍。(《知音》)

以上四例句上下两小句中，都有三组对偶。若依次按照丽句里每组对偶里的字数，则有二二一式（二表示每组里有两个字两两对仗，同理，一表示每组里有一个字两两相对），如例(1)里的"按辔"对"环络"、"文雅"对"藻绘"、"场"对"府"；二一四式，如例(2)里的"目瞭"对"心敏"、"则"对"则"、"形无不分"对"理无不达"；二二三式，如例(3)里的"至精"对"至变"、"而后"对"而后"、"阐其妙"对"通其数"；三一三式，如例(4)里的"阅乔岳"对"酌沧波"、"以"对"以"、"形培塿"对"喻畎浍"。一般来说，结构三三三式对偶格式的大都是单个的字（通常是虚字，如"以"对"以"）或语词，有时也有词组或句子。譬如：

(1) 凡童少鉴浅而志盛，长艾识坚而气衰。(《养气》)

(2) 志盛者思锐以胜劳，气衰者虑密以伤神。(《养气》)

若按照一个比较大的、相对独立完整的意义单位来划分，则例(1)里有三组对偶，即“童少鉴浅”对“长艾识坚”、“而”对“而”、“志盛”对“气衰”；例(2)里也有三组对偶，即“志盛者思锐”对“气衰者虑密”、“以”对“以”、“胜劳”对“伤神”。很显然，这两例里的第一组都是分别由四个字、五个字结构而成的词组或者说句子形成的对偶。

(三)四四四四式：指在组成丽句的两个小句里，上下有四组语词对偶。这种情形主要出现在六字以上的丽句里。譬如：

(1)或理在方寸而求之域表，或义在咫尺而思隔山河。(《神思》)

(2)谈欢则字与笑并，论戚则声与泣偕。(《夸饰》)

(3)及优旃之讽漆城，优孟之谏葬马。(《谐隐》)

这三例丽句里都有四组对偶。若按照每组里的字数，则有一四一四式，即例(1)里的“或”对“或”、“理在方寸”对“义在咫尺”、“而”对“而”、“求之域表”对“思隔山河”；二一三一式，即例(2)里的“谈欢”对“论戚”、“则”对“则”、“字与笑”对“声与泣”、“并”对“偕”；二一一二式，即例(3)里的“优旃”对“优孟”、“之”对“之”、“讽”对“谏”、“漆城”对“葬马”。

以上我们对单句对对偶格式的划分是相对的。其实，若以一个最小的意义为单位，我们也可以把“志盛者思锐以胜劳，气衰者虑密以伤神”的对偶格式分为三二一二式，即“志盛者”对“气衰者”、“思锐”对“虑密”、“以”对“以”和“胜劳”对“伤神”四组属对,把“至魏文因俳说以著笑书,薛综凭宴会而发嘲调”(《谐讔》)分为二一二一一一一式,即“魏文”对“薛综”、“因”对“凭”、“俳说”对“宴会”、“以”对“而”、“著”对“发”、“笑”对“嘲”和“书”对“调”七组属对。总之,不论是从小还是大的语言意义单位来审视,丰瞻都是《文心雕龙》单句对对偶格式的显著特征。

二、字数丰盈,区畛相异

隔句对丽句的对偶格式在字数上的变化更是五花八门。如果每两个小句算作一联的话,隔句对一般是每两联相对。就字数而言,每一联上下小句对偶格式主要有以下七种形式:

(一)二起式:指以两个字的属对开始的对偶格式。《文心雕龙》里主要有以下三种模式:

(1)二二式[①]:例句:

策者,简也;制者,裁也。诏者,告也。敕者,正也。(《诏策》)

(2)二三式:例句:

---

① 若以一个相对独立、完满的语义为单位,我们可以把“策者简也制者裁也”句读为“策者,简也;制者,裁也。”也可以把它句读为“策者简也;制者裁也。”前者是一个隔句对,它同时充分考虑到了说话人的语气停顿;后者则是一个判断式的单句对。同理,“陈政则与议说合契释经则与传注参体”亦如此。我们既可以把它句读为“陈政,则与议说合契;释经,则与传注参体”,也可以把它句读为“陈政则与议说合契;释经则与传注参体”。前者为一个隔句对,后者为一个单句对。在本书里,我们同时运用以上两种句读法,描述分析这两类丽辞,目的旨在对《文心雕龙》里的丽句剖毫析厘,更好地说明刘勰丽辞的细密、精切。

经显,圣训也;纬隐,神教也。(《正纬》)

(3)二六式:例句:

陈政,则与议说合契;释经,则与传注参体。辨史,则与赞评齐行,铨文,则与叙引共纪。(《论说》)

这三例上一联里的第一句与下一联里的第一句里都有两个字的属对。上一联里的第二句与下一联里的第二句里属对的字数则没有定数,例(1)里两个字(即"简也"对"裁也"),例(2)里三个字(即"圣训也"对"神教也"),例(3)里六个字(即"则与议说合契"对"则与传注参体")。例(1)、例(3)表明拥有这样对偶格式的隔句对在表意时可以两两连用。

(二)三起式:指以三个字的属对开始的对偶格式。《文心雕龙》里主要有以下四种模式:

(1)三五式:例句:

斤利者,越理而横断;辞辨者,反义而取通。(《论说》)

(2)三六式:例句:

(故其)叙情怨,则郁伊而易感;述离居,则怆怏而难怀。论山水,则循声而得貌;言节候,则披文而见时。(《辨骚》)

(3)三七式:例句:

隐也者,文外之重旨者也;秀也者,篇中之独拔者也。(《隐秀》)

(4)三四六式:例句:

典雅者,熔式经诰,方轨儒门者也;远奥者,馥采典文,经理元宗者也。(《体性》)

这四例上一联里的第一句与下一联里的第一句里都有三个字的属对。例(1)、例(2)、例(3)上一联里的第二句与下一联里的第二句里属对的字数则没有定数,例(1)里有五个字(即“越理而横断”对“反义而取通”);例(2)里有六个字(即“则郁伊而易感”对“则怆快而难怀”),例(3)里七个字(即“文外之重旨者也”对“篇中之独拔者也”)。拥有例(2)对偶格式的隔句对在表意时可以两两连用。例(4)则比较特殊。这是一个由六小句结构的隔句对。它每隔两小句属对,即“典雅者”对“远奥者”、“熔式经诰”对“馥采典文”、“方轨儒门者也”对“经理元宗者也。”

(三)四起式:指以四个字的属对开始的对偶格式。一般来说,《文心雕龙》四起式隔句对是四个小句子的结构,即上下联各有两小句,其中对偶的有两组,譬如:

(1)四四式:例句:

(至于)林籁结响,调如竽瑟;泉石激韵,和若球锽。(《原道》)

(2)四五式:例句:

(虽)精义曲隐,无伤其正言;微辞婉晦,不害其体要。(《徵圣》)

(3)四六式:例句:

日月叠璧,以垂丽天之象;山川焕绮,以铺理地之形。(《原道》)

(4)四七式:例句:

优文封策,则气含风雨之润;敕戒恒诰,则笔吐星汉之华。(《诏策》)

这四例上一联里的第一句与下一联里的第一句里都有四个字的属对。上一联里的第二句与下一联里的第二句里属对的字数则没有定数。例(1)里有四个字(即"调如竽瑟"对"和若球锽"),例(2)里有五个字(即"无伤其正言"对"不害其体要"),例(3)里有六个字(即"以垂丽天之象"对"以铺理地之形"),例(4)里有七个字(即"则气含风雨之润"对"则笔吐星汉之华")。

除以上四种模式外，《文心雕龙》里还存在着以下两种特殊的四起式隔句对：

(1)四六六式：例句：

(若)篇中乏隐，等宿儒之无学，或一扣而语穷；句间鲜秀，如巨室之少珍，若百诘而色沮。(《隐秀》)

(2)四四八式：例句：

(夫)立意之士，务欲造奇，每驰心于元默之表；工辞之人，必欲臻美，恒溺思于佳丽之乡。(《隐秀》)

这两例都是六个小句结构的隔句对，每三小句为一联，共有三组对偶。上一联里的第一句与下一联里的第一句都是四个字的属对。上一联里的第二、三句与下一联里的第二、三句里属对的字数则没有定数。例(1)是六个字，即"等宿儒之无学"对"如巨室之少珍"、"或一扣而语穷"对"若百诘而色沮"；例(2)分别是四、八个字，即"务欲造奇"对"必欲臻美"、"每驰心于元默之表"对"恒溺思于佳丽之乡"。

(四)五起式：指以五个字语词属对开始的隔句对对偶格式。《文心雕龙》里主要有以下三种模式：

(1)五四式：例句：

(是以)勒石赞勋者，入铭之域；树碑述己者，同诔之区

(焉)。(《诔碑》)

(2)五五式:例句:

插羽以示迅,不可使辞缓;漏板以宣众,不可使义隐。(《檄移》)

(3)五七式:例句:

(是以)淮南有英才,武帝使相如视草;陇右多文士,光武加意于书辞。(《诏策》)

这三例都是两句一联的结构,其中上一联里的第一句与下一联里的第一句里都有五个字的属对,而上一联里的第二句与下一联里的第二句里属对的字数则没有定数。例(1)是四个字,即"入铭之域"对"同诔之区";例(2)是五个字,即"不可使辞缓"对"不可使义隐";例(3)是七个字,即"武帝使相如视草"对"光武加意于书辞"。

(五)六起式:指以六个字语词属对开始的对偶格式。《文心雕龙》里主要有以下三种模式:

(1)六四式:例句:

《易》称辨物正言,断辞则备;《书》云辞尚体要,弗惟好异。(《徵圣》)

(2)六六式:例句:

(故)淳言以比浇辞,文质悬乎千载;率志以方竭情,劳逸差于万里。(《养气》)

(3)六七式:例句:

酌三五以熔世,而非迂缓之高谈;驭权变以拯俗,而非刻薄之伪论。(《议对》)

这三例都是四句结构的隔句对。其中每两小句为一联。上一联里的第一句与下一联里的第一句里都有六个字的属对,上一联里的第二句与下一联里的第二句里属对的字数则没有定数。例(1)是四个字,即"断辞则备"对"弗惟好异";例(2)是六个字,即"文质悬乎千载"对"劳逸差于万里";例(3)是七个字,即"而非迂缓之高谈"对"而非刻薄之伪论"。

此外,《文心雕龙》里还有以下三种特殊的六起式隔句对:

(1)六六五式:例句:

(故其)陈尧舜之耿介,称汤武之祗敬,典诰之体也;讥桀纣之猖披,伤羿浇之颠陨,规讽之旨也。(《辨骚》)

(2)六五五式:例句:

(及)刘歆之移太常,辞刚而义辨,文移之首也;陆机之移百官,言约而事显,武移之要(者)也。(《檄移》)

(3)六五六六式:例句:

孔光负衡据鼎,而仄媚董贤,况班马之贱职,潘岳之下位哉?王戎开国上秩,而鬻官嚣俗,况马杜之磬悬,丁路之贫薄哉?(《程器》)

前两例都是每三句为一联的六句隔句对。它们第一联里的第一句、第三句与第二联里的第一句、第三句字数都相同(分别为六字句和五字句),第一联里的第二句与第二联里的第二句字数不同,例(1)为六字句,即"称汤武之祇敬"对"伤羿浇之颠陨";例(2)为五字句,即"辞刚而义辨"对"言约而事显"。与其他六起式隔句对相比,例(3)尤其显得刘勰平易不费力,句法浑成。它是由八个小句组成的每四句为一联的八句隔句对。其中第一联里的第一、三、四句与第二联里的第一、三、四句都是六字句,第一联里的第二句与第二联里的第二句都是五字句。上下两联相同位置相互属对的句子在准确传达意义的基础上,还相当传神地传达出了作者的情感和语气。

(六)七起式:指以七个字语词属对开始的对偶格式。《文心雕龙》里主要有以下两种模式:

(1)七七式:例句:

(昔)还社求拯于楚师,喻智井而称麦麹;叔仪乞粮于鲁人,歌佩玉而呼庚癸。(《谐隐》)

(2)七七七式:例句:

(故)《春秋》一字以褒贬,丧服举轻以包重,此简言以达旨也;《邠诗》联章以积句,儒行缛说以繁辞,此博文以该情也;书契断决以象夬,文章昭晰以象离,此明理以立体也;四象精义以曲隐,五例微辞以婉晦,此隐义以藏用也。(《徵圣》)

例(1)是每两句为一联的四句隔句对,其中上下联里相同位置的两个七字句属对。例(2)则是每三句为一联的两个六句隔句对的连用。每个隔句对上下联里相同位置的三个七字句相互对仗。

(七)九起式:指以九个字语词属对开始的对偶格式。如"张华诗称游雁比翼翔,归鸿知接翮;刘琨诗言宣尼悲获麟,西狩泣孔丘。"(《丽辞》)此例上一联里的第一句与下一联里的第一句都是九字句,上一联里的第二句与下一联里的第二句里是五字句,上下两联相同位置的句子属对,其对偶格式为九五式。

从二起式依次到七起式、九起式,上述七种形式的隔句对尽管在小句的数目、字数的多少等方面存在着差异,但是,它们皆上下联前后悬绝,隔句始应。一个隔句对里可以有两个属对,也可以有三个甚至四个属对。其中以有两个属对的隔句对对偶格式最普遍且形态最丰富。拥有三个或四个属对的六字或八字隔句对这样多变的句式,较之由四个小句构成的一般隔句对,“骈整含蓄,殊不易匹”[①],更能表达丰富的内容。

因此,精严固然是对偶句法的一般法则,但诗句太切则易失去自然。《诗人玉屑》云:“晚唐诗句尚切对,然气韵甚卑。”[②]对偶的最高境界在切与不切之间,诚如元代王构《修辞鉴衡》曰:“对偶不切,则失之粗,太切则失之俗。”[③]为了恰如其分,中国诗学理论中非常讲究剪裁。宋代谢伋《四六谈麈》云:“四六之工,在于剪裁,何必以全句对全句为工。”[④]由于任何句子都是由字组成的,句法实质上就是字法。《师友诗传录》云:“诗须篇中练句,句中练字,此所谓句法也。”[⑤]因此,谢伋这里所说的“剪裁”就是指“练字”。恰如属对求切一样,若要在丽句句法的纵聚合关系上有所创造,作者亦须字练句锻,镂刻工巧。从《文心雕龙》丽句的实际情况来看,丰富丽句的字数是刘勰采用的主要方法之一。尽管《文心雕龙》里存在着大量对属不偏、同类同门字相对的“切对”[⑥],但若仔细分析,不难发现它们形态万千,纯然一派自然之势。这种形式上的“自然”集中体现在它字数的不尽相等上。无论是一、二、三字结构的一一式、二二式和三三式的当句对,还是

---

① 王世贞:《艺苑卮言》,见丁福保辑《历代诗话续编》中,第1054页。

② 魏庆之编,王仲闻校勘:《诗人玉屑》,第167页。

③ 见《四库全书》第1482册,上海古籍出版社2003年版,第259页。

④ 见《四库全书》第1480册,第21页。

⑤ 王夫之编:《清诗话》,第136页。

⑥ 《诗人玉屑》卷之七云:“晚唐诗句尚切对,然气韵甚卑。郑棨山居云‘童子病归去,鹿麑寒入来’。自谓铢两轻重不差。”

从四字到十字逐渐增加的、拥有二二式、三三三式和四四四四式三种基本对偶格式的单句对，抑或是字数不等、变化莫测、有着七种主要对偶格式形态的隔句对都是美的。通过变化它的字数，刘勰在丽句句法纵聚合关系不断开拓，令其属对精工而又不拘窘卑凡，从而给丽句以多样性。

第六节　尽用虚字，句语自活：俯仰纡徐的句式

好句要须好字、炼句不如炼字是中国古代诗人作文反复强调的重点。中国传统诗法里因此有“作诗在于炼字”、“日锻月炼”[①]之语。就《文心雕龙》而言，通过锤炼字和字的使用，使丽句在表现形式上丰富多彩、负载内容上广阔深厚，这方面最突出的莫过于刘勰对虚字[②]的成功运用。《文心雕龙》丽辞中虚词之广博及其运用之灵活在一般骈文中实属罕见。

一、不加雕削，曲写毫芥

《文心雕龙》丽辞里存在着大量各种各样的虚字。譬如：

(1)(夫)耳目鼻口，生(之)役(也)；心虑言辞，神(之)用(也)。(《养气》)

(2)始(之)(以)曹沫，终(之)(以)毛遂。(《祝盟》)

---

① 魏庆之编，王仲闻勘：《诗人玉屑》，第172、175页。

② 古汉语里究竟哪些词类是实词，哪些是虚词，各家还没有一致的看法。本书采用比较广义的虚词概念，认为名词、动词是实词；介词、连词、语气词、助词、代词、副词是虚词。

(3)(或)义华(而)声悴,(或)理拙(而)文泽。(《总术》)

(4)情(必)极貌(以)写物,辞(必)穷力(而)追新。(《明诗》)

(5)隐心(而)结文(则)事惬,观文(而)属心(则)体奢。(《哀吊》)

(6)魏颗纪勋(于)景钟,孔悝表勤(于)卫鼎。(《铭箴》)

以上四至八字丽句里均有虚字。它们可以出现在当句对、单句对里,亦可以出现在隔句对里。用于属对的虚字可以相同(如例(1)里的“之”对“之”),也可以不相同(如例(4)里的“以”对“而”)。同一个虚字(如“而”)可以出现在六字句里(如例(3)),也可以出现在八字句里(如例(5))。每一个丽句里虚字的位置亦灵活多变。它们有的位于整个丽句之前(如例(3)里的“或”对“或”),有的位于整个丽句里第一小句之前(如例(1)里“夫”)。一个丽句里的几个虚字,既可以两两联言相对位于丽句的中间(如例(2)里“之”和“以”),也可以隔实词两两相对位于整个对句的中间(如例(5)里“而”和“则”),更可以有的位于整个丽句之前、有的位于中间、有的位于结尾,如例(1)里的“夫”、“之”、“也”。至如每个丽句里虚字的数目也不定。常见的有两两属对的两个或四个虚字,如例(6)里的“于”对“于”,例(2)里的“之”对“之”、“以”对“以”。

对句里虚字数量的多少决定着它们的对偶格式。如例(6)与例(4)都是七字单句对丽句，前者只有第五个字是虚字，其对偶格式为四二式(即"魏颗纪勋"对"孔悝表勤"，"景钟"对"卫鼎")；后者第二、第五个字都是虚字，其对偶格式为一二二式(即"情"对"辞"、"极貌"对"穷力"、"写物"对"追新")。同理，丽句里虚字所处的具体位置也决定着整个丽句的对偶格式。譬如：

(1)龙凤以藻绘呈瑞，虎豹以炳蔚凝姿。(《原道》)

(2)木铎启而千里应，席珍流而万世响。(《原道》)

(3)《邠诗》联章以积句，《儒行》缛说以繁辞。(《徵圣》)

同为七字单句对，例(1)第三字为虚字，例(2)第四字为虚字，例(3)第五字为虚字。位置不同，整个句子对偶格式亦不同。例(1)为二四式(即"龙凤"对"虎豹"，"藻绘呈瑞"对"炳蔚凝姿")，例(2)为三三式(即"木铎启"对"席珍流"，"千里应"对"万世响")，例(3)为四二式(即"《邠诗》联章"对"《儒行》缛说"，"积句"对"繁辞")。

一般来说，丽句注重实词，讲究实词的堆砌和修饰。然而，以上众多例句表明刘勰对偶妙在虚实相间。他不仅能在各种属对之中尽用虚字，而且能用之得其所，故其丽辞"句语自活，必不质实。"[①]例如，虽然都是四字隔句对，但与"臧洪歃辞，气截云蜺；刘琨铁誓，精贯霏霜"(《祝盟》)这个纯实词结构相比，"夫耳目鼻口，生之役也；心虑言辞，神之用也"(《养气》)，可谓"不加雕削，

① 张炎著，夏承焘注：《词源注》，第15页。

而曲写毫芥。”(《物色》)

二、瘦劲典雅,语意连贯

刘勰常巧妙地利用虚词结构出兼采散文之气的各种丽句。如“至如雅咏棠华,或黄或白;骚述秋兰,绿叶紫茎”(《物色》)和“率志委和,则理融而情畅;钻砺过分,则神疲而气衰”(《养气》)中的虚词“或”和“而”就结构了当句对。除一般陈述丽句外,《文心雕龙》中的虚字还主要结构出了以下三种句式:

(一)判断句

(1)三言兴于虞时,《元首之诗》是也;四言广于夏年,《洛汭之歌》是也。(《章句》)

(2)斯盖别诗之原始,命赋之厥初也。(《诠赋》)

(二)感叹句

(1)至于班傅之《北征》《西巡》,变为序引,岂不褒过而谬体哉!马融之《广成》《上林》,雅而似赋,何弄文而失质乎!(《颂赞》)

(2)岂能控引情源,制胜文苑哉!(《总术》)

(三)疑问句

(1)岂非溺者之妄笑,胥靡之狂歌欤?(《谐讔》)

(2)天道难闻,犹或钻仰;文章可见,胡宁勿思?(《徵圣》)

这里，由于虚字的附加，原本属于一般陈述的丽句变成了判断丽句、疑问丽句和感叹丽句。例（一）第一个隔句对第二、第四小句末尾所缀的“是也”、第二个单句对里的“斯盖……也”，都是典型的表示判断句的语气虚词。例（二）里的例（1）是一个复杂的六小句结构隔句对，由于第三小句、第六小句开头末尾所附加的“岂不……哉”和“何……乎”，整个隔句对变成了感叹丽句。同样，例（二）中例（2）里的单句对“控引情源，制胜文苑”因前后所附加的“岂能……哉”变成了典型的感叹句。至如例（三）里的“岂非……欤”和“犹……胡”的添加，则使一般单句对和隔句对具有了疑问性质。元代杨载《诗法家数》云：琢对“要宁粗毋弱，宁拙毋巧，宁朴毋华。”[①]以上三种特殊句式的丽句俯仰纡徐各有其态。它们或在首，或在腰，或在尾，严整的对仗里每涵“斯盖……也”、“至于……岂不……哉”之类出于胸臆、亲切自然的语气词，大大增强了句力。尤其是以语气词收尾，更使句式皱涩，无肥艳之弊。这样的句子不是严格依照对偶句法结构组合而成的“死句”，而是“活句”[②]。它们瘦劲典雅，语意连贯，犹如行云流水，浑然无对仗之迹，完全摒弃了骈辞俪句的雍容富艳之气。

丽句的最高境界是自然天成，而非对而求切。《文心雕龙》里大量天然入妙、未易追摹且表现力极强的丽辞完全有赖于虚字斡旋其中。仅就丽句里表示判断语气的虚字或虚词来看，除前面提

① 何文焕辑：《历代诗话》下，第728页。

② 宋人严羽《沧浪诗话·诗法》里有“须参活句，勿参死句”之说。

到的“斯盖……也”和“……是也”外,《文心雕龙》里常见的还有以下十种:

(1)者……也 例句:

夫尔雅者孔徒之所纂,而诗书之襟带也;仓颉者李斯之所辑,而鸟籀之遗体也。(《练字》)

(2)乃……也 例句:

乃圣贤之鸿谟,经籍之通矩也。(《事类》)

(3)斯……也 例句:

斯固情趣之指归,文笔之同致也。(《章句》)

(4)是……也 例句:

是缀金翠于足胫,靓粉黛于胸臆也。(《事类》)

(5)此……也(者也) 例句:

书契断决以象夬,文章昭晰以象离,此明理以立体也;四象精义以曲隐,五例微辞以婉晦,此隐义以藏用也。(《徵圣》)

(6)盖……者也 例句:

盖写物以附意,扬言以切事者也。(《比兴》)

(7)可谓……者也 例句:

可谓太山遍雨,河润千里者也。(《宗经》)

(8)非……乃……耳 例句:

非文理之数尽,乃通变之术疏耳。(《通变》)

(9)则……矣,亦……矣 例句:

崔寔奏记于公府,则崇让之德音矣;黄香奏笺于江夏,亦肃恭之遗式矣。(《书记》)

(10)则……也,即……也 例句:

然则敷奏以言,则章表之义也;明试以功,即授爵之典也。(《章表》)

这里,表示判断的语气词与其他虚字搭配共同组合结构出了各种形态的判断丽句。判断语气词可以出现在丽句的任何位置。

它们可以同时位于当句对、单句对的首尾[如例(6)与例(7)],也可以同时两两属对位于隔句对的开头或中间、结尾[如例(1)与例(5)]。在具体语境中,上述十种格式不是固定不变的,它们往往相互组合出许多新的形态,如例(3)、例(2)里开头两个虚字联合,便结构出“斯乃……也”格式(如《练字》:“斯乃言语之体貌,而文章之宅宇也”),例(8)里的“非”替换例(6)里的“盖”可结构出“非……者也”格式(如《声律》:“器写人声,声非学器者也”),等等。由于丽句自身两两相对、并排排列的结构特征,人们通常把它用作描述、铺陈的最佳手法。然而,工整的对句里用上“盖……者也”之类表示判断的语气词,则化板滞为跳脱。不仅如此,由于这些判断句式表达的都是肯定的语气,刘勰借助于虚词把判断句式引入丽句,使得丽句在论证说理方面也有了尽情驰骋的广阔天地。

三、虚实相参,理融情畅

大量虚词在各种类型丽句里的频繁出现,强化了丽句的表现功能。如“隐心而结文则事惬,观文而属心则体奢”(《哀吊》)是个单句对,它里面的两个小句以逻辑和语法论都是表达了两层意义的复合句,本应该分别再一分为二,拆为两个小句。但由于上下两小句都分别用“而”联结了两个谓语表示原因,用“则”作连词表示结果,就使得文字简略,辞质言约,在形式上便紧缩为一句。而在“义既极乎性情,辞亦匠于文理”(《宗经》)这个单句对里,刘勰以“既……亦”这一并列结构,在意义上串起了上下两个小句,使其义脉连贯,其意自见。同样,“或简言以达旨,或博文以该情,或明理以立体,或隐义以藏用”(《徵圣》),也是用虚字有增益而愈佳者。它每一小句都用“或”字，上下意义相关、文气连贯，此所谓“文有数句用一类字，所以壮文势，广文义也。”[①]至如“祈幽灵以取鉴，指九天以为正，感激以立诚，切至以敷辞”（《祝盟》）和“情必极貌以写物，辞必穷力而追新”（《明诗》）里的“以”和“而”，从意义上说则是可用可不用的，但是用了之后，语气似乎迟缓了一些，语意却变得加强而沉重了。

丽句里适当添加虚字既能使之动宕、文气通畅，又能令其传声传情。譬如：

(1)岂不以风通而赋同，比显而兴隐哉！（《比兴》）

(2)岂非自然之恒资，才气之大略哉！（《体性》）

(3)且夫鸮音之丑，岂有泮林而变好？荼味之苦，宁以周原而成饴？（《夸饰》）

(4)若能檃括于一朝，可以无惭于千载也！（《指瑕》）

这四个一声一韵中无不具备“表情感之音”[②]的丽句整体上都具有咏叹作用。它们或以“岂不以……哉”，或以“岂非……哉”，或以“且夫……岂有”、“……宁以”，或以“若能……可以……也”类虚词或虚词组合托之传声，作者神态毕出——其声如闻，其情自见，读之更觉跃然纸上。如果把其中的虚词及其组合换成实词，则平板而不能如此流利生动矣。这样句法栩栩欲活的丽句有

① 陈骙：《文则》，人民文学出版社1960年版，第30页。

② 黄侃《声韵略说》云：“凡语言或文字中之感叹词，此皆表情感之音”，“此即一切声韵自然之质也”。见《黄侃论学杂著》，上海古籍出版社1980年版，第95页。

时也组合运用。如“若乃龌龊于偏解，矜激乎一致，此庭间之回骤，岂万里之逸步哉！”(《通变》)虚实相参、字句变化，读者若不仔细查看，岂能发现它是两个对仗工整的单句对的连用！不论是结构此语段的两个丽句的内部，还是它们之间都存在着虚词。

在丽句占主导地位的《文心雕龙》每个篇章里，丽句与丽句之间的虚词通常都起着连接各个丽句的纽带作用。譬如：

(1)若能辟礼门以悬规，标义路以植矩，然后逾垣者折肱，捷径者灭趾。(《奏启》)

(2)故能骋无穷之路，饮不竭之源。然绠短者衔渴，足疲者辍涂，非文理之数尽，乃通变之术疏耳。(《通变》)

(3)若夫器分有限，智用无涯，或惭凫企鹤，沥辞镌思；于是精气内销，有似尾闾之波；神志外伤，同乎牛山之木。怛惕之盛疾，亦可推矣。至如仲任置砚以综述，叔通怀笔以专业，既暄之以岁序，又煎之以日时，是以曹公惧为文之伤命，陆云叹用思之困神，非虚谈也。(《养气》)

以上三例皆用虚字以添迤逦之概。例(1)“若能……然后”、例(2)“故能……然……非……乃……耳”均一前一后，相互照应，实现了丽句内部、丽句之间的过渡。其转折高妙，文气异于凡庸。而例(3)是一个语言片段，它主要由六个丽句组成，表达了六层意义。这六个句子又由于“若夫”、“或”、“于是”、“至如”、“既……又”、“是以”六个虚词的运用而结构严密、逻辑谨严，表达了一个完整复杂的思想。可以说，这段话就是靠这六个虚词而变得

“外文绮交，内义脉注”（《章句》），“意中无斧凿痕”[1]。此外，虚词的使用，也使得整个语段简单明了。像“于是”一词统摄了“精气内销，有似尾闾之波”和“神志外伤，同乎牛山之木”这两层意义，就化繁为简，使人更容易理解整个丽句的结构。当然，由于虚字的脉络作用，刘勰才能尽其铺排之能论述事理。如在例（3）里他面面俱到，以四个作家为例反复申论养气之于创作的重要性，在例（1）、例（2）里他则作个别方面的说明，先讲一面、再讲一面。而在“斯乃宗庙之正歌，非宴飨之常咏也”（《颂赞》）里，“斯乃……，非……也”的附加使对句“宗庙之正歌，宴飨之常咏”同时传达出了肯定和否定两层意义。

总之，《文心雕龙》五十篇文气通畅。刘勰总是在丽句这种整齐划一形式的基础上，以运用实词见长而以虚词作为丽句与丽句之间和通篇的脉络：虚词和实词相济，交相为用。“其开合呼唤，悠扬委曲”[2]，“圆如连珠，浑如合璧。连珠互映，自然走盘；合璧双关，一色无痕。”[3]这样的丽句或语段、篇章在准确传达出作者思想的同时，摇曳多姿而连贯统一。正如刘勰在《章句》篇论述虚字的作用时所指出的：“据事似闲，在用实切。巧者回运，弥缝文体，将令数句之外，得一字之助矣。”

---

① 宋人何汶在《漫斋语录》里云：“有意中无斧凿痕，有句中无斧凿痕，有字中无斧凿痕，须要体认得。”见何汶著，常振国、降云点校《竹庄诗话》，中华书局1984年版，第1页。

② 李东阳：《麓堂诗话》，见丁福保编《历代诗话续编》下，第1376页。

③ 贺贻孙：《诗筏》，见郭绍虞选编《清诗话续编》上，第144页。

第七节 句字或殊，偶意一也：奇特的意对和连对

除在纵聚合关系上开拓外，刘勰作《文心雕龙》不泥于对属的另一个重要方面还体现在他崇尚表义的对偶行文原则上。在指出文人要“崇盛丽辞”、“刻形镂法”的同时，刘勰在《丽辞》篇强调“不劳经营”，一切要以作者所要表达的事、理、义为主。他说：“事不孤立”，“事对所先，务在允当”，“必使理圆事密，联璧其章”。语义结构是他结构对偶句法时的重心。如果小句与小句之间在内容及其意义上对仗，“虽句字或殊，而偶意一也。”（《丽辞》）黄侃认为此句“明对偶之文，但取配俪，不必比其句度，使语律齐同也。”[①]从《文心雕龙》言语事实来看，两两相随、高下相须固然是大多数句子的排列组合方式，但其中还存在着以下两种情形：

(1) 五色杂而成黼黻，五音比而成韶夏，五情发而为辞章，神理之数也。（《情采》）

(2) 若爱典而恶华，则兼通之理偏，似夏人争弓矢，执一不可以独射也；若雅郑而共篇，则总一之势离，是楚人鬻矛誉楯，两难得而俱售也。（《定势》）

句法结构基本一致、字数对等是对偶的一个前提条件。然而，在具有相对完整意义的例(1)这个四小句结构里（可视作一个

① 黄侃：《文心雕龙札记》，第205页。

大的语句），参与前后对仗的只有前三个小句，最后一句虽无对，却是上面意义的总结。例（2）第一联里第一、二句与第二联里第一、二句字数相同对仗精切，第一联里第三、四句与第二联里第三、四句字数则不等。尽管如此，这两例与一般句子显然有别。我们可以从例（1）里摘出"五色杂而成黼黻"与"五音比而成韶夏"、"五音比而成韶夏"与"五情发而为辞章"两个的名对。前一个里"五色""五音"是其对，"杂""比"是其对，"黼黻""韶夏"是其对；后一个里"五音""五情"是其对，"比""发"是其对，"韶夏""辞章"是其对。因此，若就一个相对独立完整的表义整体而言，我们完全有理由把例（1）视作"五色杂而成黼黻，五音比而成韶夏，五情发而为辞章"前后相衔的连对①，其中三个小句正正相对，即"五色"、"五音"与"五情"，"杂"、"比"与"发"，"而成"、"而成"与"而为"，"黼黻"、"韶夏"与"辞章"互对。而例（2）则是拥有四个属对、每四句为一联的一个完整的隔句对，准确地说是事对或意对②。其中字数上有差异的第三句与第七句、第四句与第八句在内容及其表意上是配俪的，即"似夏人争弓矢"对"是楚人鬻矛誉楯"、"执一不可以独射也"对"两难得而俱售也"。

《文心雕龙》里这种对意不对句的意对和连对不少。例如，意对的表现形态主要有以下三种：

---

① 为行文方便起见，此处借用中国诗学语境中对一个对偶句的称呼，把《文心雕龙》里三个连着互对的小句称为"连对"。

② 魏文帝《诗格》、空海《文镜秘府论·论对属》和清人张谦宜《茧斋诗谈·卷四》里都把不同门、同类，但事意相因、文理无爽的单句对或隔句对称为意对。

(1)虬龙以喻君子,云霓以譬谗邪,比兴之义也;每一顾而掩涕,叹君门之九重,忠怨之辞也。

(2)至于托云龙说迂怪,丰隆求宓妃鸩鸟媒娀女,诡异之辞也;康回倾地夷羿弹日,木夫九首土伯三目,谲怪之谈也。

(3)依彭咸之遗则,从子胥以自适,狷狭之志也;士女杂坐乱而不分,指以为乐娱酒不废,沉湎日夜举以为欢,荒淫之意也。(以上三例均出自《辨骚》)

这里,字数均等的"虬龙以喻君子"与"每一顾而掩涕"、"云霓以譬谗邪"与"叹君门之九重"非是属对,字数不等的"托云龙说迂怪"与"康回倾地夷羿弹日"、"丰隆求宓妃鸩鸟媒娀女"与"木夫九首土伯三目"更非对仗,"依彭咸之遗则"与"士女杂坐乱而不分"、"从子胥以自适"与"指以为乐娱酒不废,沉湎日夜举以为欢"罕得相酬,然事意相因,文理无爽,故曰意对耳。不论是上下联句子的字数相等还是不等,抑或是多出一句,这三种形态的意对往往同时出现在某一个特定的上下文里,如以上三例就是我们从《辨骚》篇一个比较大的语段里依次摘出来的,而《才略》、《比兴》篇里也存在着几乎完全由意对结构的语段,譬如:

(1)宋玉《高唐》云:纤条悲鸣,声似竽籁,此比声之类也;枚乘《菟园》云:焱焱纷纷,若尘埃之间白云,此则比貌之类也;(2)贾生《鵩赋》云:祸之与福,何异纠纆,此以物比理者也;王褒《洞箫》云:优柔温润,如慈父之畜子也,此以声比心者也;(3)马融《长笛》云:繁缛络绎,范蔡之说也,此以响比

辩者也；张衡《南都》云：起郑舞茧曳绪，此以容比物者也。（《比兴》）

这是三个隔句意对结构的语段。从语义结构上，我们可以把每一个隔句对视作相互对称的三部分结构，即第一句与第五句、第二、三句与第六、七句、第四句与第八句。其中每个隔句对里的第一句与第五句、第四句与第八句正正相对，即人名对人名（如“宋玉”对“枚乘”）、作品对作品（如“鹏赋”对“洞箫”）、动词对动词（如“云”对“云”）、虚词对虚词（如“也”对“也”）、名词对名词（如“声”对“貌”），第二、三句与第六、七句尽管字数不等或多出一句，但它们整体上都是引语对引语。其实，这三个事不孤立的隔句对都是刘勰所说的“两事相配”、“并举人验者也”（《丽辞》）的事对。

至如连对的表现形态则更奇特。一般来说，《文心雕龙》一定语篇里的句子往往成双成对出现。它们或者是前后相连的两个或两个以上的单句对，或者是一个或两个以上隔行悬合的隔句对。然而，虽奇且丽的连对却常常以单数三的面貌出现。譬如：

（1）（夫）化偃一国谓之风，风正四方谓之雅，容告神明谓之颂。（《颂赞》）

（2）（至于）夫惟盖故者，发端之首唱；之而于以者，（乃）札句之旧体；乎哉矣也，（亦）送末之常科。（《章句》）

（3）故鉴照洞明，而贵古贱今者，二主是也；才实鸿懿，而崇己抑人者，班曹是也；学不逮文，而信伪迷真者，楼护是也。

(《知音》)

这是《文心雕龙》里三种基本形态的连对。在一定上下文里，它们分别是由每一句、每二小句、每三小句为一个相对完整的表意单位联结而成的。我们无法人为地把每一例里的三个表意单位分开(如把例(1)里的“(夫)化偃一国谓之风，风正四方谓之雅”或“风正四方谓之雅，容告神明谓之颂”摘出来，分别视为两个标准的单句对)，而必须将它们视为一个相对独立存在的表意整体。这一点是它们自身显示给我们的。如例(1)一一解释了“风”、“雅”、“颂”之义，如果去掉其中的任何一个，表意便不完整。因此，与一般单句对、隔句对相比，这三例在数量上多出的一联绝非同辞重句、意之疣赘，而是一个完整表意单位里不可分割的一部分。事实上，例(1)三句前后联璧其章，例(2)、例(3)或两句一联或三句一联，率然对尔。“化偃一国谓之风”、“风正四方谓之雅”和“容告神明谓之颂”，“而贵古贱今者”、“而崇已抑人者”和“而信伪迷真者”，“二主是也”、“班曹是也”和“楼护是也”，字数相等，义不孤立；“夫惟盖故者”、“之而于以者”和“乎哉矣也”，“发端之首唱”、“(乃)札句之旧体”和“(亦)送末之常科”，“(故)鉴照洞明”、“才实鸿懿”和“学不逮文”，则宛转相承，隔行始应。

我们之所以会把三个句子视作对语[①]，准确地说是连对，是因为这种特殊的现象在《文心雕龙》里比较常见。譬如：

---

① 古人也把偶句称作“对语”。如皎然《诗式》里有“其对语一句便显，不假下句”之说。

(1)夫人之立言，因字而生句，积句而成章，积章而成篇。篇之彪炳，章无疵也；章之明靡，句无玷也；句之清英，字不妄也。(《章句》)

(2)故立文之道其理有三：一曰形文，五色是也；二曰声文，五音是也；三曰情文，五性是也。五色杂而成黼黻，五音比而成韶夏，五情发而为辞章，神理之数也。(《情采》)

这是《文心雕龙》里两个比较小的语言片段。它们都是以数字三为醒目标记的语言单位。从句法和语义结构上，例(1)可以很容易地被划分为"因字而生句，积句而成章，积章而成篇"三句一个单位的单句连对，和"篇之彪炳，章无疵也；章之明靡，句无玷也；句之清英，字不妄也"每两小句为一联的三联隔句连对结构。它们或者三句互对；或者从首至末，对属间来，即"篇之彪炳"和"章之明靡"对于"句之清英"、"章无疵也"和"句无玷也"对于"字不妄也"。例(2)亦是一个隔句连对和单句连对的结构，其间"一曰形文"和"二曰声文"对于"三曰情文"、"五色是也"和"五音是也"对于"五性是也"、"五色"和"五音"对于"五情"、"杂"和"比"对于"发"、"而成"和"而成"对于"而为"、"黼黻"和"韶夏"对于"辞章"，鱼贯而出。

由以上描述分析可以看出：意对更侧重从语义结构上区分丽句，连对则更注重组成丽句的小句数量。这样的划分是相对而言的。如我们可以把上面提到的《比兴》篇里一个三个意对隔句结构的语段视作连对结构，也即"宋玉《高唐》云"与"枚乘《菟园》

云"、"贾生《鹏赋》云"与"王褒《洞箫》云"、"马融《长笛》云"与"张衡《南都》云"间隔数句对，引语"纤条悲鸣，声似竽籁"与"猋猋纷纷，若尘埃之间白云"、"祸之与福，何异纠缧"与"优柔温润，如慈父之畜子也"、"繁缛络绎，范蔡之说也"与"起郑舞茧曳绪"隔两句悬合，以及"此比声之类也"与"此则比貌之类也"、"此以物比理者也"与"此以声比心者也"、"此以响比辩者也"与"此以容比物者也"对属间来。然而，任何分类都源于我们更深入认识事物的需要。意对和连对的区分进一步使我们懂得刘勰"体植必两，辞动有配"(《丽辞》)是有条件的。言不凿空、以意为主、自然成对是他的追求。《章句》云："章总一义，须意穷而成体。"与普通丽句相比，不拘于字、句的意对和连对更加灵动自然，无斤斧痕迹。它们如果交替在文章里使用，当然能打破使用同一字数、同一对偶格式的丽句所带来的单调，令丽句整严而又宽舒。

第八节　心术既形，英华乃赡：华实并隆的丽辞

一、迭用奇偶，节以杂佩

一句话，一个语言片段，甚至一篇文章里，工整的丽辞是和谐而令人愉快的。但是，如果在连续五十篇里，对称就会产生单调之感(纵然它的结构形式灵活多样)，而不是统一的效果。因为我们的视觉不可能一下子把五十篇一览无遗，从整体的平衡中得到快感。同时，各篇千篇一律，一一浏览过去，也会给人以枯燥无味、才情缺乏之感。用刘勰自己的话说就是"碌碌丽辞，则昏睡耳目。"(《丽辞》)然而，由于比俪偶句连类编排，前后对比，骈文是

章句排比的典型样式。因此，在具体写作过程中，人们要做到既扩大段落，加强文理气势，又不失于堆砌呆滞之病是很难的。变化句式、虚字斡旋固然是刘勰处理这一难题的方法。但是，对篇章而言，刘勰尤其工于奇偶适变，令“丽句与深采并流，偶意共逸韵俱发。”（《丽辞》）这里所说的偶句指包括意对、连对在内的丽辞，奇句指与丽句相对的散句，而不是就句子数量上的单双而言。一个由六个字数相等的小句组成的一句话，如果小句与小句之间在意义或结构上不对称，那也不是偶句，而是奇句。相反，一个由五个小句构成的一句话，如果小句与小句之间在意义上对称，既使是其结构字数不相等，也是偶句，准确地说是意对。因此，从内在语义结构上看，偶句与奇句完全不同。前者对称整齐，后者灵活多变。句既有异，声亦互舛，句偶声弥缓，句奇声弥促，施于文章，须参用之，方文势调矣。诚如《丽辞》所云：“迭用奇偶，节以杂佩，乃其贵耳。”就《文心雕龙》里意义相对完满的、独立存在的语言片段而言，丽辞在整齐对称中见出多样性和复杂性的一面集中体现在奇句与偶句的交错运用上。譬如：

(1)观夫后汉才林，可参西京；晋世文苑，足俪邺都。然而魏时话言，必以元封为称首；宋来美谈，亦以建安为口实。何也？岂非崇文之盛世，招才之嘉会哉？嗟夫，此古人所以贵乎时也。（《才略》）

(2)夫志在山水，琴表其情，况形之笔端，理将焉匿？故心之照理，譬目之照形，目瞭则形无不分，心敏则理无不达。然而俗监之迷者，深废浅售，此庄周所以笑《折杨》，宋玉所以

伤《白雪》也。(《知音》)

文气系乎句法。凝重多出于偶,流利多出于奇。句式的奇偶直接影响语段的气势。例(1)体虽骈必有奇以振其气,例(2)势虽散必有偶以植其骨。如果前三个偶句紧密相连,例(1)就显得呆板并有单调累赘之病。然而,刘勰巧妙地用了两个奇句,“于义之际会,时时散之”[①],而且两句字数或长或短,取其适于声气而已。一个插在两个隔句对与一个单句对之间,一个放在整段之后。这样,一方面使其中的三个偶句差落有致,另一方面使作者在阐述思想的同时也表现了情感。例(2)则是四个偶句、一个奇句和一个奇偶杂糅句的结构。[②] 两个连着的单句对位于此段的中心位置,它们的前后分别是一个奇句和一个奇偶杂糅句,奇句之前又有四字单句对“志在山水,琴表其情”,奇偶杂糅句之后又有七字单句对“此庄周所以笑《折杨》,宋玉所以伤《白雪》也”,奇偶错综,致为微妙。

二、外文绮交,内义脉注

《文心雕龙》更大一级的语篇结构里也没有一般骈体文章堆垛陈腐、生气毫无的弊病。例如,若以一个相对独立存在的意义完满的语言表述为单位,则《情采》篇正文部分共有二十四句,其奇偶句的分布情况如下:

(一)两个奇句:

---

① 〔日〕弘法大师撰,王利器校注:《文镜秘府论校注》,第486页。

② 此句可进一步分为前后两小句,前一句“然而俗监之迷者”为奇句,后一句“深废浅售”为当句自对的偶句。

(1)圣贤书辞,总称文章,非采而何!

(2)何以明其然?

(二)十四个偶句:

(1)庄周云辩雕万物,谓藻饰也;韩非云艳采辩说,谓绮丽也。

(2)夫桃李不言而成蹊,有实存也;男子树兰而不芳,无其情也。

(3)是以衣锦褧衣,恶文太章;贲象穷白,贵乎反本。

(4)是以联辞结采,将欲明经;采滥辞诡,则心理愈翳。

(5)夫铅黛所以饰容,而盼倩生于淑姿;文采所以饰言,而辩丽本于情性。

(6)研味李老,则知文质附乎性情;详览庄韩,则见华实过乎淫侈。

(7)昔诗人什篇,为情而造文;辞人赋颂,为文而造情。

(8)盖风雅之兴,志思蓄愤,而吟咏情性,以讽其上,此为情而造文也;诸子之徒,心非郁陶,苟驰夸饰,鬻声钓世,此为文而造情也。

(9)故为情者要约而写真,为文者淫丽而烦滥。

(10)夫以草木之微,依情待实;况乎文章,述志为本,言与志反,文岂足征?

(11)孝经垂典,丧言不文,故知君子常言,未尝质也;老子疾伪，故称美言不信，而五千精妙，则非弃美矣。

(12)夫水性虚而沦漪结，木体实而花萼振：文附质也；虎豹无文则鞟同犬羊，犀兕有皮而色资丹漆：质待文也。

(13)固知翠纶桂饵，反所以失鱼，言隐荣华，殆谓此也。

(14)而后之作者采滥忽真，远弃风雅，近师辞赋，故体情之制日疏，逐文之篇愈盛。

(三)八个奇偶杂糅的句子：

(1)故立文之道其理有三：一曰形文，五色是也；二曰声文，五音是也；三曰情文，五性是也。

(2)五色杂而成黼黻，五音比而成韶夏，五情发而为辞章，神理之数也。

(3)绮丽以艳说，藻饰以辩雕，文辞之变于斯极矣。

(4)若择源于泾渭之流，按辔于邪正之路，亦可以驭文采矣。

(5)若乃综述性灵，敷写器象，镂心鸟迹之中，织辞鱼网之上，其为彪炳缛采名矣。

(6)故情者文之经，辞者理之纬；经正而后纬成，理定而后辞畅：此立文之本源也。

(7)故有志深轩冕，而泛咏皋壤；心缠几务，而虚述人外：真宰弗存，翩其反矣。

(8)夫能设谟以位理，拟地以置心，心定而后结音，理正而后摛藻，使文不灭质，博不溺心，正采耀乎朱蓝，间色屏于红紫，乃可谓雕琢其章，彬彬君子矣。

由此可见：不仅奇句、偶句、奇偶杂糅句之间存在着很大的差异，就是这三种类型的句子内部，也即各个组成成分之间亦存在着程度不同的区别。十四个偶句里有一个单句对（例（9））、八个隔句对［例（1）至例（8）］、四个意对［例（10）至例（13）］和一个当句对、两个单句对连用的连对［即例（14）里的“采滥”与“忽真”、“远弃风雅”与“近师辞赋”、“体情之制日疏”与“逐文之篇愈盛”互对］。这四种类型的偶句不仅彼此之间差别大，而且各个内部对偶格式亦多种多样。八个隔句对里除例（1）与例（2）是七四式、例（3）与例（4）是四四式外，其余，也即例（5）至例（8）依次分别为六七式、四八式、四五式和非常特别的四四四四七式。四个意对里有些句法结构大体相等［如四小句对四小句、三小句对三小句的隔句意对例（11）和例（12），以及两个当句连用的意对例（13）①］，有些则大相径庭［如两小句对四小句的例（10）］。而八个奇偶糅合的句子亦自不板滞。例（1）与例（2）分别是三个前后互对的四、七字句和一个奇句的连用，例（3）与例（4）是一个单对句与奇句的结构，例（5）与例（6）是两个单句对与一个奇句的套用，例（7）与例（8）分别是一个奇句与一个隔句句、四个单句对的结构。因此，可以说，结构《情采》篇的句子各个不同。

清人刘大櫆曾说：“文贵参差，天之生物，无一无偶，而无一齐者。故虽排比之文，亦以随势曲注为佳。”②尽管《情采》篇形态万千的二十四个句子里大部分是偶句，但是，它们在连缀成章时并

① 从语义结构来看，此句每两小句可视为一句，其中“翠纶”与“桂饵”、“言隐”与“荣华”当句自对。

② 刘大櫆：《论文偶记》，人民文学出版社 1959 年版，第 10 页。

不凝重。若就语篇中实际存在的位置而言,则《情采》篇所有二十四个句子的排列次序为:奇—偶—奇偶—奇偶—奇偶—偶(意对)—偶—奇 偶—偶—奇 偶—偶—奇 偶—偶—奇—偶—偶—奇偶—奇偶—偶—奇偶—偶—奇偶—偶—奇偶。这个基本上奇偶相参、交替出现的语序使得整篇文章在逐句铺叙之中尽显苍劲遒逸之气。开头一句奇句感叹句如晴天霹雳,突如其来,既点明了全篇的主旨又自然引起了下文。后面直接铺叙事理的偶句虽然沉缓凝重,但是,用以进一步解释说明事理或总结前文的奇句不时间歇插入其中。至于何时用奇句、偶句、奇偶杂糅句和奇偶迭用句,则完全依据刘勰表达思想情感的需要而定。依所表达的思想内容,《情采》篇可分为三段。三段的结尾都非常有特色。"故情者文之经,辞者理之纬;经正而后纬成,理定而后辞畅:此立文之本源也"与"夫能设谟以位理,拟地以置心,心定而后结音,理正而后摛藻,使文不灭质,博不溺心,正采耀乎朱蓝,间色屏于红紫,乃可谓雕琢其章,彬彬君子矣"这两句话整体上偶奇迭用,分别是第一段与第三段的结尾。一个是两个单句对加一个奇句;一个是四个单句对加一个奇句。两段里的奇句和偶句的作用各不相同。前者总结上文,后者从正面阐释思想。而"故情者文之经,辞者理之纬;经正而后纬成,理定而后辞畅"与"夫能设谟以位理,拟地以置心,心定而后结音,理正而后摛藻"两组对偶句里的两个单句对之间在意义上相互补充说明,在句法结构上不仅虚词与虚词相同,而且实词与实词也有相同的。前者虽是两个单句对,但两句里均有"经"、"理"、"纬"、"辞"字,其中"经"与"经"隔句顶真;后者也是两个单句对,两句里的"理"与"理"隔句顶真,"心"与"心"

顶真相对。因此，这两组看似分别由两个单句对构成的偶句，实则句字恰同、事义殷合。其穿串事理，如珠在贯，言于上必会于下，属于后必应于前，“犹夫影响之相逐，辅车之相须也”[①]，大大加强了论证的力度。而且，由于交叉出现，尽管两组对偶句上下联里都有相同的虚词与实词，但并不给人以重复之感。

骈文行气，贵在疏密相间。清人刘开在《与王子卿太守论骈体书》一文中通过分析总结历代骈体文创作的经验，认为骈之与散，并派而争流，殊途而合辙。他说：“故骈中无散，则气壅而难疏；散中无骈，则辞孤而易瘠。两者但可相成，不能偏废。”[②]从《文心雕龙》来看，刘勰之所以巧妙地使奇句、偶句交替出现，就是令文气流而不凝。如他在《情采》篇第二段举例论证了创作中为情造文与为文造情两种创作倾向产生的根本弊端在于创作主体没有真情实感。而“故有志深轩冕，而泛咏皋壤；心缠几务，而虚述人外：真宰弗存，翩其反矣。夫桃李不言而成蹊，有实存也；男子树兰而不芳，无其情也。夫以草木之微，依情待实；况乎文章，述志为本，言与志反，文岂足征”是本段的结尾部分，它偶奇句前后贯串，一气呵成，“如截奔马，词意俱尽”[③]，从另一个

---

① 〔日〕弘法大师撰，王利器校注：《文镜秘府论校注》，第 488 页。

② 张相撰录：《古今文综》第八册，丙辰孟春中华书局锓版，第 41 页。

③ 宋人姜夔在《白石道人诗说》中曰：“一篇全在尾句，如截奔马。词意俱尽，如临水送将归是已；意尽词不尽，如抟扶摇是已；词尽意不尽，剡溪归棹是已；词意俱不尽，温伯雪子是已。所谓词意俱尽者，急流中截后语，非谓词穷理尽者也。所谓意尽词不尽者，意尽于未当尽处，则词可以不尽矣，非以长语益之者也。至如词尽意不尽者，非遗意也，辞中已仿佛可见矣。词意俱不尽者，不尽之中，固已深尽之矣。”见何文焕辑《历代诗话》下，第 682 页。

方面对前文作了进一步的说明，尤其是最后以一个意对设问句结束上文，其文字既开合变化，又自然成对，有令人不可探索之妙。设想如果把“夫以草木之微，依情待实；况乎文章，述志为本，言与志反，文岂足征”里的第二句，即“况乎文章，述志为本，言与志反，文岂足征”改为工整对称的、在句法结构形式上类似第一句（“夫以草木之微，依情待实”）的句式，那么，它的表情达意的效果怎能与原句相媲美？不惟如此，作者原本连贯的语气也会受到阻碍。

因此，整齐对称的丽句虽然在组织章法上有它的优点，但若完全用它来写议论文，则有碍作者才气的尽情驰骋。潜气内转的《情采》篇波澜壮阔、顿挫激昂、大开大阖，在通篇整齐对称的基础上，奇偶杂糅、句式长短不一、千变万化。这充分表明刘勰最大限度地突破了典雅、凝重的丽句的自身局限，使它既能论述说理又能表达微妙的思想情感。整部《文心雕龙》丽辞亦如此。通常，人们所说的属对或对偶指的是一种修辞手法。然而，多偶对俪句，属缀风云的《文心雕龙》向我们昭示出对偶之于刘勰则意义深远。我们可以说骈文不押韵、不讲平仄，但却不能说它没有骈偶。对偶不只是刘勰用以修辞的手法，因为它不是零星地点缀在批评话语中，而是批评话语本身。正是在这个意义上，我们说刘勰开创了一种新的批评话语的句法形式。这种句法形式有一定之法，有无定之法。有定者，所以为严整也，无定者，所以为纵横变化也，二者相济而不相妨。尤其是刘勰在对偶句法的纵聚合关系上以意为主，随性驰骋，丰富深化了丽辞的所指内涵，增强了它的表现功能，使丽辞华实相胜，从而一扫当时文坛上轻艳的文气。在中国文章学史上,永嘉以后,“华实并隆,以骈俪之言,而有驰骤之势,含飞动之彩,极环玮之观,其惟刘彦和”[1]也。

① 刘开:《书文心雕龙后》,见张相撰录《古今文综》第7册,第44页。

第三章 用典徵书，有神无迹

第一节 引言

中国人惯于引经据典。先秦时期，除用龟蓍占卜即“明用稽疑”[①]外，在日常生活和写作中，人们亦用圣人文籍里的言语或所记载的故事解答疑惑或验证自己行为的正确性。从《尚书》里的有关记载来看，人们在自己的言语里动辄以“圣有谟训”、“皇祖有训”、“训有之”甚至“古人有言曰”等词语为标识，引用文籍里的言语和古事。“无稽之言勿听”、“无稽之言”不足信，以及“多识前言往行”、遵循“彝训”和“旧章”是他们恪守的原则[②]。孔子最早明确论述了引用“前言往行”对人们言说的意义。《论语·八佾》载“子曰：‘夏礼，吾能言之，杞不足徵也；殷礼，吾能言之，宋不

---

① 这是《尚书·洪范》里记载的治国第七法。“明用稽疑”即为用明火进行占卜之义。它形象地描述了占卜时的情形：以阳遂映日点燃的火灼龟壳，就其出现的裂纹形状，判断自己将做之事的吉凶祸福。关于“明用稽疑”以及中国人为何惯于引经据典，作者已有专论，兹不赘述。参见拙作《明用稽疑：引用修辞现象的存在论渊源》，《修辞学习》2008年第5期。

② 引言依次出自《尚书·大禹谟》、《荀子·正名》、《易·大蓄》象辞。以《尚书》为代表的先秦典籍里都有遵循“彝训”、“旧章”之说。

足徵也。文献不足故也，足，则吾能徵之矣。'"前汉董仲舒《春秋繁露》里亦有："不法之言，无验之说，君子之所外，何以为哉"[①]之论。扬雄则明确声称："君子之言幽必有验乎明，远必有验乎近，大必有验乎小，微必有验乎著。无验而言之谓妄。"[②]

而最能验证君子之言不妄的莫过于事实。因此，汉代人们在文章中比较常用的一个语词是"事类"[③]。同一种类的事物，是"事类"一词的基本涵义。陆贾《新语·术事》云："事以类相从，声以音相应。"[④]王充《论衡·别通》亦云："人不博览者，不闻古今，不见事类，不知然否，犹目盲、耳聋、鼻痈者也。"[⑤]魏晋时期，人们在沿用汉代"事类"概念的同时，广泛使用"典故"、"典坟"、"故实"等语词表示与事类相近的概念，或代指事类[⑥]，并以"论事辨物，当取正于经典之真文，援证定疑，必有验于周孔之遗训"[⑦]圈定了"事类"的基本范围，指出："颐情志于典坟"[⑧]、"缀拾遗漏，增长

---

① 苏舆：《春秋繁露义证》，中华书局1992年版，第303页。

② 汪荣宝：《法言义疏》，中华书局1987年版，第159页。

③ "事类"最早见于《周易》。其睽卦彖辞云："天地睽而其事同也；男女睽而其志通也；万物睽而其事类也。睽之时用大矣哉。"但此语境中的"事"与"类"只是在外在表述形式上联用，它们并不是一个有着固定意义、不可分割的语词。孔颖达疏此句曰："万物殊形各自为象是万物睽也，而均于生长其事即类。"

④ 王利器：《新语校注》，中华书局1986年版，第47页。

⑤ 黄晖：《论衡校释》，中华书局1990年版，第591页。

⑥ 参见孙惠蔚《上疏请校补秘书》、高允《上天文灾异八篇表》。

⑦ 李谧：《明堂制度论》，见严可均辑《全后魏文》，商务印书馆1999年版，第325页。

⑧ 陆机：《文赋》，见萧统编，李善注《文选》，上海古籍出版社1986年版，第762页。

事类”[①]、“以事类为佐”[②]有益于作文。在这种观念的指导下，文人创作博涉经史，批评者亦以立论是否有据作为评价文章优劣的尺度[③]，提出了“宜明据典谟”、“据典正议”[④]的批评标准。逮及南北朝，“属辞比事，乃为通谈”[⑤]，“缉事比类，非对不发”[⑥]成为文学创作上的一种风尚。南北朝之后，文人属辞多出，比事不羁，诗歌创作亦如此[⑦]。明人王鏊认为“为文好用事，自邹阳始，诗好用事，自庾信始，其后流为西昆体，又为江西派，至宋末极矣。”[⑧]清人大都沿用前人“子美诗无一字无来处”[⑨]的说法，强调“诗要字字有来历。”[⑩]

---

① 江式：《求撰集古今文字表》，见严可均辑《全后魏文》，第 439 页。

② 挚虞：《文章流别论》，见严可均辑《全晋文》，商务印书馆 1999 年版，第 819 页。

③ 如葛洪一针见血地批评了王孙公子们“省文章既不晓，睹学士如草芥；口笔乏乎典据，牵引错于事类”的行为。详见杨明照《抱朴子外篇校笺》上，中华书局 1991 年版，第 148 页。

④ 房景先：《驳封祖胄韩雅哲雅神固鼓吹议》，见严可均辑《全后魏文》，第 434 页。

⑤ 钟嵘著，陈延杰注：《诗品注》，人民文学出版社 1961 年版，第 4 页。

⑥ 梁萧子显在《南齐书》文学列传里把当时文章分为三体，这是其中之一的特点。

⑦ 尽管《诗经》里有用事，但总体说来，中国古代文学创作中的用事主要集中在一般文章里。诚如钟嵘所言：“吟咏性情，何贵用事？”清人陈余山《竹林答问》亦云：“作诗自有两种，有不须用事者，有当用事者。但须事来就我，不可有襞积凑砌之痕耳……两汉诗无用事者，诗之用典起于何人？史语入诗，始于曹子建。玄语入诗，始于孙子荆。经语入诗，始于谢康乐。”

⑧ 王鏊撰：《震泽长语》卷下，中华书局 1985 年版，第 31 页。

⑨ 《秋星阁诗话》云：“昔人谓子美诗无一字无来处，由多读书也。”见王夫之等撰《清诗话》，第 915 页。

⑩ 《说诗菅蒯》语，见王夫之等撰《清诗话》，第 903 页。

因此，引用或用事是自古以来中国人作文的一个法则。诚如刘勰所说："明理引乎成辞，徵义举乎人事，乃圣贤之鸿谟，经籍之通矩也。"（《事类》）而在"徵"、"验"的意义上，人们在言说和文章中对"前言往行"（即"事类"、"典故"、"故实"等）的引用与"明用稽疑"一脉相承——它本质上是一种验证性质的占卜行为。刘勰对此高度重视。他不仅专辟《事类》篇，使用"前言往行"、"古事"、"旧辞"、"经典"、"事类"、"故事"、"经籍"七个名词以及"撮引"、"取事"、"用事"、"用旧"、"引事"五个动词，首次对事类的历史、范畴，以及用事的基本原则和方法等问题进行了全面系统的论述，而且在《文心雕龙》里披览古籍，文梓共采，用人若己。本部分从剖析刘勰事类概念入手，在深入细致描述分析他的用事之法及其原则、特点的基础上，阐释《文心雕龙》事类功能和意义，探讨刘勰互文性文学批评及其话语的特质。

第二节　文章之外，文梓共采：事类概念之区畛

刘勰继承了前人有关事类于作文的重要性和博学经籍的观点。在事类问题上，他对中国古代修辞学、文学批评的突出贡献，集中体现在他对事类概念的界说上。下面，我们将主要以《事类》篇为研究对象，在细读文本的基础上，诠释刘勰事类概念的内涵。

一、徵义举乎人事

在《事类》篇开头，刘勰给事类下的定义是："事类者，盖文章之外，据事以类义，援古以证今者也。"此处的"文章"指的是文辞，准确地说是作者的言语。杨明照注此云："按'事类'非自己出，故

曰‘外’。”[①]“据事”二句，对仗工整，互文见义，说明在作文过程中，作者在自己的言语之外，依据或征引古事，类推或证明现在的义理就是事类。《事类》篇里因此又有“事义”一词。在论述才与学的关系时，刘勰有“学贫者迍邅于事义”说，此“事义”即是“据事以类义”之义。它是作文过程中作者所必须考虑的一个重要方面的内容，是文章中的一个重要组成部分。《附会》云：“夫才量学文，宜正体制，必以情志为神明，事义为骨髓，辞采为肌肤，宫商为声气，然后品藻玄黄，摛振金玉，献可替否，以裁厥中：斯缀思之恒数也。”因此，在《事类》篇，刘勰基本上是从创作者的角度论述事类问题，指出事类包括“明理引乎成辞，徵义举乎人事”[②]两方面内容。然后，借助于对具体作家、作品的分析，刘勰进一步解释了“引乎成辞”和“举乎人事”的具体内涵。刘勰所说的“徵义举乎人事”里的“人事”指的是古事，主要包括前代历史人物及其行为。在《事类》篇，他通过例举分析文学史上著名作家作品的创作，把“徵义举乎人事”又细分为“略举人事，以徵义者”、“虽引古事，而莫取旧辞”、“取熔经旨”、“异乎经典”和“历叙于纪传”五种，兹剖析如下：

（一）略举人事，以徵义者。以《周易》里的《既济》和《明夷》两卦为例，刘勰说：“昔文王繇《易》，剖判爻位，《既济》九三，远引

---

① 杨明照：《增订文心雕龙校注》，中华书局2000年版，第476页。

② 在古代，“征”、“徵”是两个字，意义各不相同。徵的义项主要包括：（1）召，徵召；（2）证明；（3）应验；（4）追究、追问；（5）求、取。这五个义项都不写作“征”。而刘勰《文心雕龙》里通常都是在验证事理意义上使用“徵”字，因此，为了强调这一点，本书采用黄叔琳辑注，把包括《征圣》篇在内的很多“征”写作“徵”。

高宗之伐，《明夷》六五，近书箕子之贞：斯略举人事，以徵义者也。”“既济”是《周易》里的卦名，由“离下”、“坎上”两卦合成。它的“九三”爻辞是：“高宗伐鬼方，三年克之。小人勿用。”[①]“鬼方”为我国古代西北少数民族，每进犯中国。孔颖达疏曰：“高宗者，殷王武丁之号也。九三处既济之时，居文明之终，履得其位，是居衰末而能济者也。高宗伐鬼方以中兴殷道，事同此爻，故取譬焉。高宗德实文明，而势甚衰惫，不能即胜，三年乃克，故曰：‘高宗伐鬼方，三年克之’。”而“明夷”由“离下”、“坤上”两卦合成。孔颖达疏曰：“明夷，卦名，夷者，伤也。此卦日入地中，明夷之象施之于人事，暗主在上，明臣在下，不敢显其明智，亦明夷之义也。时虽至暗，不可随世倾邪，故宜艰难，坚固守其贞正之德，故明夷之世利在艰贞。”它的“六五”爻辞是：“箕子之明夷，利贞。”箕子，商纣王时期人，为人正派耿直，在暴君拒谏不听的情况下，宁肯装疯卖傻，也不愿与之同流合污，表现了高尚的气节。王弼在注此句时说：“最近于晦与难为，比险莫如兹。而在斯中犹暗不能没，明不可息，正不忧危，故利贞也。”可见，高宗伐鬼方和箕子之事分别同九三、六五爻，故《周易》取譬以徵义焉。刘勰在《宗经》篇指出：“事近而喻远”是经书的一个特点。

（二）虽引古事，莫取旧辞。屈原和宋玉作文时广泛引经据典。譬如：

> 夫何彭咸之造思兮，暨志介而不忘！（《九章·悲回风》）

---

① 阮元校刻：《十三经注疏》，第72页。以下引《周易》及其疏、注语，均出自此。

接舆髡首兮,桑扈裸行。忠不必用兮,贤不必以。伍子逢殃兮,比干菹醢。《九章·涉江》

毛嫱鄣袂,不足程式;西施掩面,比之无色。(《神女赋》)

按朱熹的注释:"彭咸"为殷贤大夫,谏其君不听,自投水而死;"接舆",楚狂也,被发佯狂,后乃自髡;"桑扈",即《庄子》所谓子桑户,赤体而行也;"伍子",吴相伍员子胥也,谏夫差令伐越,不听被杀,盛以鸱夷而浮之江;"比干",纣诸父也,谏纣,纣怒,乃杀之而剖其心。[①] 至于宋玉《神女赋》,唐李善注曰:"《慎子》曰:'毛嫱、先施,天下之姣也。衣之以皮倛,则见者皆走,易之以玄锡,则行者皆止。先施、西施一也。"[②]然而,尽管屈原和宋玉援引了彭咸、接舆、桑扈、伍子和比干以及毛嫱、西施等古事,但他们既不铺叙古事,也不用曾记载这些故事的典籍里的原文或原话,而是用高度浓缩的语言简括以往发生的事,甚至只提及人名,就把它们引入文本,直接进行评论。有时,他们也采用"托云龙,说迂怪"、"虬龙以喻君子,云霓以譬谗邪"(《辨骚》)之类的"比兴"手法言之。刘勰因此称屈原、宋玉的引用为"虽引古事,而莫取旧辞。"

(三)取熔经旨。有时,作者从其他文本中"举乎人事",主要是出于对这些文本的敬重。无论是表情达意,还是评价作品中的人物,作者都与这些文本保持一致。这是刘勰说屈原和宋玉"虽

---

① 朱熹:《楚辞集注》,上海古籍出版社 1979 年版,第 8、68、80 页。以下凡引屈、宋作品及其朱熹集注语,均出自此。

② 萧统编,李善注:《文选》二,第 888 页。

引古事，而莫取旧辞”的另一层涵义。刘勰认为“屈、宋属篇，号依诗人。”（《事类》）虽然宋玉在《九辩》里声称“窃慕诗人之遗风兮，愿托志于素餐”，但是，他和屈原很少引用《诗经》原文。《辨骚》云：《楚辞》“同于《风雅》”之处只在于“每一顾而掩涕，叹君门之九重”之类的“忠怨之辞”。这种忠怨之辞在屈、宋作品里很多。例如，《离骚》里的“长太息以掩涕兮，哀民生之多艰”、《九章·哀郢》里的“楫齐扬以容与兮，哀见君而不再得。望长楸而太息兮，涕淫淫其若霰。过夏首而西浮兮，顾龙门而不见。心婵媛而伤怀兮，眇不知其所跖”，以及《九辩》里的“岂不郁陶而思君兮，君之门以九重”与《诗经·小雅·节南山之什》一样，表达的尽是忠怨之情。屈、宋作品中对所引历史人物的评价亦采用经书中已有的观点。仅就《离骚》而言，屈原“上陈尧、舜、禹、汤、文王之法，下言羿、浇、桀、纣之失以讽”[①]，引古人的地方很多。譬如：

彼尧、舜之耿介兮，既遵道而得路；何桀、纣之猖披兮，夫惟捷径以窘步。

汤、禹俨而祇敬兮，周论道而莫差。举贤才而授能兮，循绳墨而不颇。

羿淫游以佚畋兮，又好射夫封狐。固乱流其鲜终兮，浞又贪夫厥家。浇身被服强圉兮，纵欲而不忍。日康娱而自忘兮，厥首用夫颠陨。

---

① 班固：《离骚赞序》，见严可均辑《全后汉文》上，商务印书馆 1999 年版，第 250 页。

可见，屈原对尧、舜、桀、纣、汤、禹、羿、浇这些历史人物的上述看法与《尚书》完全一致。如《尚书·尧典》云："昔在帝尧，聪明文思，光宅天下……允恭克让，光被四表，格于上下。""帝舜曰重华，协于帝。浚哲文明，温恭允塞。"《尚书·大禹谟》舜称赞禹曰："降水儆予，成允成功，惟汝贤。克勤于邦，克俭于家，不自满假，惟汝贤。汝惟不矜，天下莫与汝争能。汝惟不伐，天下莫与汝争功。"《尚书·仲虺之诰》仲虺称赞汤曰："惟王不迩声色，不殖货利。德懋懋官，功懋懋赏。用人惟己，改过不吝，克宽克仁，彰信兆民。"因此，在《辨骚》篇中，刘勰进一步明确论述说：屈原"陈尧舜之耿介，称汤武[①]之祗敬，典诰之体也。"至于《离骚》中"讥桀纣之猖披，伤羿浇之颠陨，"则是"规讽之旨也"，其亦"同于《风》《雅》者也"。总之，作者在"徵义举乎人事"时依经立义的做法，刘勰称之为"取熔经旨。"（《辨骚》）后人则把这种侧重用意的用事称为"偷意"[②]。

（四）异乎经典者。在《辨骚》篇论述屈、宋作品"举乎人事"、"取熔经旨"的同时，刘勰笔锋一转又举例指出：他们作品中的"托云龙，说迂怪，丰隆求宓妃，鸩鸟媒娀女"和"康回倾地，夷羿弹日，木夫九首，土伯三目"则"异乎经典者也。"为说明问题起见，我们把屈、宋作品中此类言语摘录如下：

---

① "汤武"，唐写本作"禹汤"，是也。

② 如唐释皎然在《诗式》里认为"偷意诗例"即"如沈佺期《酬苏味道诗》：'小池残暑退，高树早凉归'，取柳恽《从武帝登景阳楼诗》：'太液沧波起，长杨高树秋'"。见何文焕辑《历代诗话》，第34页。

(1)吾令丰隆乘云兮，求宓妃之所在。(《离骚》)

(2)望瑶台之偃蹇兮，见有娀之佚女。吾令鸩为媒兮，鸩告余以不好。雄鸠之鸣逝兮，余犹恶其佻巧。(《离骚》)

(3)康回凭怒，地何故以东南倾？(《天问》)

(4)羿焉彃日？乌焉解羽？(《天问》)

(5)一夫九首，拔木九千些。(《招魂》)

(6)土伯九约，其角觺觺些。(《招魂》)

按朱熹的注释："丰隆，雷师。宓妃，伏羲氏之女，溺洛水而死，遂为河神。""又有丈夫，一身九头，从朝至暮，拔大木九千枚也。"土伯，后土之侯伯也。其身九屈，有角触害人也。"有娀"，国名也。佚，美也。谓帝喾之妃，契母简狄也。鸩，运日也，羽有毒，可杀人。其性谗贼，不肯为媒，而反间我也。雄鸠，鹘鸠也，其性轻佻，巧利多语，言而无要，实复不可信用也。而"康回"，旧说共工名也。《列子》曰："共工氏与颛顼争为帝，怒而触不周之山，折天柱，绝地维，故天倾西北，日月星辰就焉；地不满东南，百川水潦归焉。"至如例(4)里的"彃"，射也。《淮南子》曰："尧时十日并出，草木焦枯，尧命羿仰射十日，中其九日，日中九乌皆死，堕其羽翼，故留其一日也。"由此可见，非"经义所载"(《辨骚》)的神话传说中的人物和事情也是屈、宋"徵义举乎人事"的一部分内容。事实上，这部分古事在他们作品中占据着重要地位。因此，刘勰所说的事类也包括作家在其作品中所引用的神话传说。在《正纬》篇，他更明确地论述了这一观点。他举例指出：纬书虽然有"谲诡”之处,但其中所记载的大量神话传说却有益于文。“若乃羲农轩皞之源,山渎钟律之要,白鱼赤乌之符,黄金紫玉之瑞,事丰奇伟,辞富膏腴,无益经典而有助文章。是以后来辞人,采摭英华。”

(五)历叙于纪传。与屈原和宋玉相反,刘勰认为汉人刘歆往往综合采纳史书中的记载,铺叙古事。《事类》云:“刘歆《遂初赋》,历叙于纪传,渐渐综采矣。”刘歆少通诗书,能属文,成帝召为黄门侍郎、中垒校尉、侍中奉车都尉、光禄大夫。“是时朝政已多失矣,歆以论议见排摈,志意不得,之官,经历故晋之域,感今思古,遂作斯赋,以叹征事,而寄己意。”[①]这里所说的“斯赋”即指《遂初赋》。这几乎是一篇无一字无来历的赋,例如:

> 剧强秦之暴虐兮,吊赵括于长平。好周文之嘉德兮,躬尊贤而下士。骛驷马而观风兮,庆辛甲于长子。哀衰周之失权兮,数辱而莫扶。执孙蒯于屯留兮,救王师于途吾。过下虒而叹息兮,悲平公之作台。背宗周而不恤兮,苟偷乐而惰怠。枝叶落而不省兮,公族阒其无人……怜后君之寄寓兮,唁靖公于铜鞮。越侯田而长驱兮,释叔向之飞患。悦善人之有救兮,劳祁奚于太原。何叔子之好直兮,为群邪之所恶。赖祁子之一言兮,几不免乎徂落。

显然,刘歆寓意皆纪传中事。他文中所用的古事或提到的人

① 严可均辑:《全汉文》,商务印书馆1990年版,第408页。以下所引《遂初赋》语,亦出自此。

物及其行为,都援引自历代史书,尤其是《春秋左传》和《史记》。例如,“剧强秦之暴虐兮,吊赵括于长平”句源自《史记·赵世家》中“廉颇将军军长平。七月,廉颇免而赵括代将。秦人围赵括,赵括以军降,卒四十余万皆坑之。王悔不听赵豹之计,故有长平之祸焉”这段记载。而“哀衰周之失权兮,数辱而莫扶。执孙蒯于屯留兮,救王师于途吾”则依据并糅合了《春秋左传》里的记载。襄公十七、十八年里有“夏,卫石买、孙蒯伐曹,取重丘。曹人愬于晋”和“夏,晋人执卫行人石买于长子,执孙蒯于屯留,为曹故也”之论,成公元年里亦有“晋侯使瑕嘉平戎于王,单襄公如晋拜成,刘康公徼戎,将遂伐之。叔服曰:‘背盟而欺大国,此必败。背盟,不祥;欺大国,不义;神、人弗助,将何以胜?’不听,遂伐茅戎,三月癸未,败绩于徐吾氏”之说。

总之,刘勰以文学史上一些重要作家的创作为例,圈定了“徵义举乎人事”类“事类”的具体内涵。“略举人事,以徵义者”和“虽引古事,而莫取旧辞”是就作者引用事类的方式而言的,“取熔经旨”、“异乎经典”和“历叙于纪传”则是针对作者所用事类的性质来说的。

二、明理引乎成辞

在中国修辞学、文学批评史上,刘勰首次明确指出:“事类”不仅指古事,还包括“引乎成辞”(《事类》),即作者在自己的文本中引用前代人的言语,使之成为自己话语中的一个有机组成部分。就作者引用成辞的方式而言,刘勰在《文心雕龙》里谈到了五种,即全引、暗引、抄袭、撮引和拼凑。

(一)全引。《事类》云:“至若《胤征》羲和,陈《政典》之训;

《盘庚》诰民，叙迟任之言：此全引成辞以明理者也。”《尚书·胤征》云：“羲和尸厥官罔闻知，昏迷于天象，以干先王之诛，政典曰：‘先时者杀无赦，不及时者杀无赦。’今予以尔有众，奉将天罚。”《尚书·盘庚上》曰：“迟任有言曰：‘人惟求旧，器非求旧，惟新。’古我先王暨乃祖乃父胥及逸勤，予敢动用非罚？”很明显，《尚书》里的这两段引文表明，作者在引用前人的言语时，明确告诉读者他所引文的出处及其作者①。刘勰把这种引用称之为“全引成辞以明理者也。”

（二）暗引。这种引用，只指明所引文的出处和大概意思，没有引原文。刘勰在《事类》篇里例举说明扬雄就曾这样“引乎成辞”。从扬雄《尚书箴》里的“《春秋》讥漏言，《易》称不密则失臣，兑吉其和，巽吝其频，《书》称其明，申申厥邻”②这句话，我们也能看到这一点。还有一种暗引，作者明确告诉读者他是在引用别人的言辞，但他却既不注明出处也不用原文，只阐明所引文的大致意义。刘勰认为班固就常这样“捃摭经史”（《事类》）。从班固《答宾戏》里的“且吾闻之：一阴一阳，天地之方；乃文乃质，王道之纲”这句话，我们也发现了这一点。按唐代李善注：此两句里的前一句出自《周易》，其曰：“一阴一阳之谓道。”后一句出自《春秋元命包》，其曰：“一质一文，据天地之道，天质而地文。”③

---

① 至于此两处《尚书》是否忠实地或者说一字不差地引《政典》和迟任言语，我们已不能确证。孔颖达疏《政典》云：“先王为政之典曰：‘主历之官为历之法节气，先天时者杀无赦，不及时者杀无赦’”。孔颖达此处多出一“天”字。

② 严可均辑：《全汉文》，第549页。

③ 萧统编：《文选》，第2021页。

（三）抄袭。从作者角度来看，这类事类与“全引成辞”一样基本上都是原封不动地照抄原文。不过，抄袭不注明所抄文的出处和作者。从严可均《全汉文》收录的扬雄三十三篇箴文来看，扬雄视《诗经》、《尚书》语如己语，拿来便用，不露一点引用的痕迹。如《尚书箴》里的“出入王命，王之喉舌”和《光禄勋箴》里的“载号载呶”都出自《诗经·大雅·烝民》。《豫州箴》里的“施于孙子”出自《诗经·大雅·皇矣》。与其说这是引用，不如说是抄袭。刘勰认为扬雄“颇酌于《诗》《书》”。（《事类》）

（四）撮引。关于使用前人的言辞，刘勰在《事类》篇明确指出：“相如《上林》，撮引李斯之书，此万分之一会也。”其实，司马相如《上林赋》里很少用事类。而李斯《谏逐客书》为《上林赋》所引用的地方也只有两处：第一处是“建翠凤之旗，树灵龟之鼓”，此即《上林赋》所谓“建翠华之旗，树灵龟之鼓”；第二处是“所以饰后宫、充下陈、娱心意、说耳目者”[①]，此即《上林赋》所谓“所以娱耳目乐心意者”[②]。可见，第一处司马相如基本上是全引李斯成辞，只改动了一字；第二处他对原文字面改动较大，主要是用其原意。而且，他的引用类似抄袭，即文章的上下文没有任何地方透露或暗示出他是在引用别人的言辞。刘勰称其为“撮引”，甚为形象生动。唐代释皎然把这样的引用称为“偷语”[③]。

---

① 李斯：《谏逐客书》，见姚鼐纂集《古文辞类纂》，上海古籍出版社1998年版，第136页。

② 司马相如：《上林赋》，见姚鼐纂集《古文辞类纂》，第709页。

③ 唐代释皎然在《诗式》里举“偷语诗例”说：“如陈后主入隋侍宴应诏诗：‘日月光天德’，取傅长虞赠何劭王济诗‘日月光太清’。上三字同，下二字义同。”见何文焕辑《历代诗话》上，第31页。

(五)拼凑。刘勰在《事类》篇提到的“捃摭经史,华实布濩,因书立功”的人两汉时期有四个,即班固、崔骃、张衡和蔡邕。他们博采经籍,引文繁复。班固自称“观迹于旧墟,闻之乎故老”①,其文稽之上古,考之汉室。他《东都赋》里的“灵台诗”②,按李善注,句句引成辞杂合而成。如最后一句“屡惟丰年,于皇乐胥。”李善注云:“《毛诗》曰:‘绥万国,屡丰年。’又曰:‘于皇时周。’又曰:‘君子乐胥。’”而张衡通赡,学识明通,其文宏富雅正。观其引经据典,多为博采众长。即便是一句话里,他的引文也往往不单一。譬如:

(1)襞积以酷烈兮,允尘邈而难亏。

(2)独守此仄陋兮,敢怠遑而舍勤。

按李善对张衡《思玄赋》中这两句的注释:例(1)出自司马相如《子虚赋》里的“襞积褰绉”和《上林赋》里的“酷烈淑郁”,以及《楚辞》里的“芳菲菲兮难亏”。例(2)出自《楚辞》里的“幽独处乎山中”,和《尚书》里的“帝曰:‘明明扬仄陋’”,以及《毛诗》里的“不敢怠遑”、《左氏传》里的“人生在勤”③。短短十二个字结构的句子里,有六个取自前人的不同作品。例(1)来自不同的三篇作品,例(2)来自不同的四篇作品。因此,严格来说,这两句均是由

① 班固:《两都赋》,见萧统编《文选》,第23页。

② 其云:“乃经灵台,灵台既崇。帝勤时登,爰考休徵。三光宣精,五行布序。习习祥风,祁祁甘雨。百谷蓁蓁,庶草蕃庑。屡惟丰年,于皇乐胥。”见萧统编《文选》,第41页。

③ 萧统编:《文选》,第652页。

前人作品里的言辞拼凑而来的。

就所引成辞本身的性质而言,刘勰在《文心雕龙》里还谈到了一种非常特殊的引用语——谚语。这是一种不加修饰的、人们口耳相传的一种语义浅显的言辞。刘勰在《书记》篇举例论述道:"谚者,直语也。""廛路浅言,有实无华。邹穆公云:'囊满储中,'皆其类也"。"夫文辞鄙俚,莫过于谚","丧言亦不及文,故吊亦称谚。"显然,在刘勰看来,这种谚语的最大特点是通俗质朴。其实,刘勰之前,人们亦称"谚"为"鄙谚"。如《韩非子·说林下》曰:"以管仲之圣,而待鲍叔之助,此鄙谚所谓'虏自卖裘而不售,士自誉辩而不信'者也。"[①]这种人们口头的谚语,刘勰认为作者亦能作为成辞引入自己的文章之中。他在《书记》篇里举例论证说:"陈琳谏辞,称'掩目捕雀';潘岳《哀辞》,称'掌珠''伉俪':并引俗说而为文辞者也。"圣贤诗书亦采以为谈,如《尚书·太誓》里的"古人有言,牝鸡无晨"和《诗经·大雅》中的"人亦有言,惟忧用老","并上古遗谚,《诗》《书》可引者也",岂可忽哉。

三、理圆义备,事越百代

刘勰多识前载,博极群书,所论事类理圆义备,事越百代。他明确了传统上"事类"概念的内涵,首次明确指出事类是言辞之外,作者以多种方式方法引入的、可验证的、异质性的东西。它主要有"徵义举乎人事"和"明理引乎成辞"两方面内容。前者既包括历史上真实存在过的人物和事件,也包括各种神话传说;后者则既包括前人文本中的语词,亦包括俗语。其实,除这两方面内

① 《诸子集成》,第五册,中华书局1954年版,第142页。

容外，刘勰所说的事类还指述一种比较全面复杂的引用——拟作。若按原文语序把贾谊《鹏鸟赋》与《鹖冠子》相比较[①]，我们不难发现：前者是后者的拟作或仿作。贾谊《鹏鸟赋》不仅大量全引《鹖冠子》里的言辞，而且在语义、所引古事上也与它保持着完全一致。然而，刘勰在《事类》篇举例说明历代文人用事类时，明确指出："唯贾谊《鹏鸟赋》始用鹖冠之说。"依他之见，贾谊《鹏鸟赋》对《鹖冠子》的寻章摘句、摹拟形似，也是一种用事。因此，刘

① 贾谊《鹏鸟赋》云：万物变化兮，固无休息。斡流而迁兮，或推而还。形气转续兮，变化而嬗。沕穆无穷兮，胡可胜言。祸兮福所倚，福兮祸所伏。忧喜聚门兮，吉凶同域。彼吴强大兮，夫差以败。越棲会稽兮，句践霸世。斯游遂成兮，卒被五刑。传说胥靡兮，乃相武丁。夫祸之与福兮，何异纠纆。命不可说兮，孰知其极。水激则旱兮，矢激则远。万物回薄兮。振荡相转。云蒸雨降兮，纠错相纷。大钧播物兮，坱圠无垠。天不可预虑兮，道不可预谋。迟速有命兮，焉识其时。且夫天地为炉兮，造化为工。阴阳为炭兮，万物为铜。合散消息兮，安有常则。千变万化兮，未始有极。忽然为人兮，何足控抟。化为异物兮，又何足患。小智自私兮，贱彼贵我。达人大观兮，物无不可。贪夫殉财兮，烈士殉名。夸者死权兮，品庶每生。怵迫之徒兮，或趋东西。大人不曲兮，意变齐同。愚士系俗兮，窘若囚拘。至人遗物兮，独与道俱。众人惑惑兮，好恶积亿。真人恬漠兮，独与道息。释智遗形兮，超然自丧。寥廓忽荒兮，与道翱翔。乘流则逝兮，得坻则止。纵躯委命兮，不私与己。其生兮若浮，其死兮若休。澹乎若深泉之静，泛乎若不系之舟。不以生故自宝兮，养空而浮。德人无累，知命不忧。细故蒂芥，何足以疑。

在对贾谊《鹏鸟赋》逐句注时，李善所引《鹖冠子》语如下：固无休息。……斡流迁徙，固无休息。……变化无穷，何可胜言。……祸乎福之所倚，福乎祸之所伏。……忧喜聚门，吉凶同域。……失反为得，成反为败。吴大兵强，夫差以困，越棲会稽，句践霸世。……祸与福如纠纆也。……终则有始，孰知其极。……水激则悍，矢激则远，精神回薄，振荡相转。……天不可预谋，道不可预虑。……迟速止息，必中参伍。……同合消散，孰识其时。……彼时之至，安可复还，安可控抟也。……小智立趣，好恶自惧。……达人大观，乃见其符。……夸者死权，自贵矜容殉名。……圣人捐物。……至人不遗，动与道俱。……众人惑惑，迫于嗜欲。……与道翱翔。……乘流以逝。……纵躯委命，与时往来。……泛泛乎若不系之舟。……细故袃葪，奚足以疑。见萧统编《文选》，第605—608页。

勰所说的事类概念内涵丰富、范围辽阔。它本质上指称的是作者文本中以各种方式出现的其他文本的表述。这里所说的“其他文本”指用言语书写下来的书面形式(包括神话传说、谚语等历史文化成分),而“表述”(只要有“所出”)则可以是一个语词、一个历史人名,一段话、一段故事,也可以是原话、原话的拼凑,更可以是整个原文本的拟作。

刘勰对事类的这种圈定,“皓如江海,郁若昆邓。”(《事类》)他之后,中国古代修辞学、文学批评史上再没有人如此全面系统地界说过事类问题。人们谈论最多的是如何用事或使事。至如他们所说的“事类”、“用事”里的“事”的范围则与刘勰无二。如唐释皎然《诗式》里称“比兴”为“用事”并不是一种全新的说法,它其实就是刘勰以屈原、宋玉为例所说的“虽引古事,而莫取旧辞。”宋人吴淑的《事类赋注》是一部事类百科全书。作者多方钩稽,摘录了唐以前各种典籍里浩瀚的资料,这些资料的内容无非古事和成辞两方面。明清时期,人们继续在这个范围内旁征博引。如在谈及如何使事用典时,《竹林答问》和《筱园诗话》都明确指出作者要只“取义”,避免直接引用“旧辞”、“故实”。总而言之,尽管存在着称呼上的差异,但是,南北朝之后,人们基本上是在刘勰所厘定的范围内用典徵书。

第三节　捃摭经史,华实布濩:八种基本用事之法

如果说刘勰对事类范畴的明确和厘定,丰富、补充并完善了中国传统的事类理论的话,那么,《文心雕龙》随手事类,滚

滚而来，则表明刘勰“捃摭经史，华实布濩，因书立功”（《事类》），实乃后人之范式。下面，我们将结合刘勰及中国古代事类理论，从描述分析刘勰使用成辞和古事的八种基本方法，即明用、暗用、撮引、正用、借用、对用、扳用和倒用入手，阐释他用事的特点及其功能意义，以期有助于我们更深入地理解《文心雕龙》批评话语。

一、明用、暗用和撮引

通过例举大量事实，刘勰在《议对》篇里认为“议”这种体裁主要是就事实发表议论。他引《尚书·周官》里的话说：“议事以制，政乃弗迷。”因此，“事实允当，可谓达议体矣。”此处“事实”一词有着明确的具体指称对象——事类。我们从刘勰紧接着的论述可以清楚地认识到这一点。他说：“夫动先拟议，明用稽疑，所以敬慎群务，弛张治术。故其大体所资，必枢纽经典，采故实于前代，观通变于当今。”若“舞笔弄文，支离构辞，穿凿会巧，空骋其华，固为事实所摈。”这里的“明用稽疑”与《尚书·洪范》里所说的第七条大法的寓意有着一脉相承的渊源：它的大意是明确使用“经典”中的“事实”或“故实”。所以，联系刘勰“全引成辞”、“撮引”等说法，就引用者语言的表述方式而言，我们借用刘勰此处使用的“明用”一词，把刘勰《文心雕龙》里使用成辞和古事的方法分为以下三种，即明用、暗用和撮引。

（一）明用与暗用

凡刘勰在文中明确标记出其所引成辞出处的是明用。反之，没有明确标记，不显其名迹的是暗用。无论是使用的形式还是方式，这两种用法在《文心雕龙》里都纷繁复杂。《文心雕龙》中明用最常见的形式是刘勰提及作者或所引用文本的名称，并以“曰”、“云”、“称”、“以为”、“所谓”等语词作为明确标识，指明下面文字就是事类。[①] 譬如：

（1）陆机《园葵》诗云：“庇足同一智，生理合异端。”（《事类》）

（2）《曲礼》曰：“史载笔。”（《史传》）

此两例出处与事类借助于“曰”、“云”紧密联结在一起。这是《文心雕龙》里最普遍的一种明用形式。与此不同的还有出处与事类之间插入作者言语的明用形式，譬如：

《典引》所叙，雅有懿乎，历鉴前作，能执厥中，其致义会文，斐然馀巧；故称“《封禅》丽而不典，《剧秦》典而不实”。岂非追观易为明，循势易为力欤！（《封禅》）

这里，刘勰提到《典引》先评论后引其文，出处与事类联结不紧，但从上下文语境，我们可以非常清楚地知道它们之间的联系。

《文心雕龙》里还有一种比较特殊的明用形式。譬如：

（1）扬子比雕玉以作器，谓《五经》之含文也。（《宗经》）

（2）刘向云明不歌而颂，班固称古诗之流也。（《诠赋》）

---

① 尽管有的我们已经无法考证出其出处。

此两例同样明确点明了所引事类的出处。只是引文表述的形式特别而已——刘勰用自己言语陈述引文作者及其言语的意义。扬雄《法言·寡见》云："或曰良玉不雕，美言不文，何谓也？曰：玉不雕，璠玙不作器；言不文，典谟不作经。"刘勰在例(1)里以复述的口吻所引的就是这段话。同样，《汉书·艺文志》里的"不歌而诵谓之赋"[①]和班固《两都赋序》里的"赋者，古诗之流也"乃例(2)所用事类出处。

至于暗用形式，《文心雕龙》里最常见的就是文中没有任何迹象表露出刘勰是在引用成辞。譬如：

> 是以在心为志，发言为诗，舒文载实，其在兹乎！诗者，持也，持人情性；三百之蔽，义归无邪，持之为训，有符焉尔。(《明诗》)

这段话分别出自《诗大序》"诗者，志之所之也。在心为志，发言为诗"、《礼记·孔子闲居》"志之所至，诗亦至焉"和《诗纬·含神雾》"诗者，持也"以及《论语·为政》"子曰：'诗三百，一言以蔽之，曰思无邪'"，可谓句句用事。然而，它们却没有一点痕迹，俨然刘勰自己言辞。

除这种类似抄袭的暗用外，《文心雕龙》里还有两种略显露迹

---

① "颂"即"诵"。杨明照《增订文心雕龙校注》云："'不歌而颂'本见汉志诗赋略，而云刘向者，因汉志出于七略，而七略又本诸别录故也。"见杨明照：《增订文心雕龙校注》上册，第101页。

象的暗用。譬如：

(1)夫兵以定乱，莫敢自专，天子亲戎，则称恭行天罚；诸侯御师，则云肃将王诛。(《檄移》)

(2)夫古来知音，多贱同而思古，所谓日进前而不御，遥闻声而相思也。(《知音》)

(3)而晋末篇章，依希其旨，始有赏际奇至之言，终有抚叩酬即之语，每单举一字，指以为情。(《指瑕》)

《尚书·甘誓》和伪《尚书·泰誓上》分别载有启出征前说的"今予惟恭行天之罚"和周武王伐殷前说的"肃将天威"。《鬼谷子·内揵》篇有"君臣上下之事，有远而亲，近而疏，就之不用，去之反求，日进前而不御，遥闻声而相思"之说。例(1)、(2)虽以"称"、"云"和"所谓"表明下面文辞是引文，但并没有告知我们引文的作者或它的具体出处。例(3)虽点明"晋末篇章"，但由于范围太大，我们至今不知道"赏际奇至"和"抚叩酬即"的准确出处。[1]

与明用相比，刘勰在行文中更多地使用的是暗用。在整部《文心雕龙》里，他只在五十九处采用了明用成辞的用事手法。五

① 历代注疏家都引晋末篇章说明之，然均是取那些与此两句话意义相同的表述注之。黄侃先生指出："'赏际奇至''抚叩酬即'二语，今不知所出。"见其《文心雕龙札记》，第255页。

十篇文本有十篇里没有明引成辞。[①] 而且除了《诏策》四处、《书记》和《指瑕》三处以及《宗经》、《辨骚》、《史传》、《檄移》、《封禅》、《章表》、《议对》、《丽辞》、《风骨》、《事类》、《通变》和《练字》各两处外,其余二十四篇里都只有一处明用事类。

(二)撮引

明用和暗用是刘勰援引成辞的两种基本方法。至于古事,他采用的主要手法是"撮引"。这是刘勰在《事类》篇分析司马相如《上林赋》用事特点时所使用的一个术语。司马相如用事既基本全引成辞亦主要用其意义。这里,考虑到刘勰反复强调的"取事贵约"、"故事得其要"(《事类》)的用事原则以及他在《事类》篇举例界定事类概念时的有关论述,在"撮其旨意"[②]或者说撮要的意义上,我们采用刘勰"撮引"这一术语,用以说明刘勰引用古事的一个基本方法。譬如:

(1)齐桓征楚,诘苞茅之阙;晋厉伐秦,责箕郜之焚。(《檄移》)

(2)至于张老成室,致美于歌哭之祷;蒯聩临战,获佑于筋骨之请;虽造次颠沛,必于祝矣。(《祝盟》)

此两例"布置物类,撮题近意。"(《书记》)据《春秋左传·僖公四年》记载:齐侯伐楚,"楚子使与师言曰:'君处北海,寡人处南

① 即《颂赞》、《诸子》、《体性》、《声律》、《章句》、《隐秀》、《时序》、《物色》、《序志》和《熔裁》。

② 此乃《汉书·艺文志》中语。《司马迁传》亦有"撮名法之要"之说。

海，唯是风马牛不相及也。不虞君之涉吾地也，何故？'管仲对曰：'昔召康公命我先君大公曰：'五侯九伯，女实征之，以夹辅周室。'赐我先君履，东至于海，西至于河，南至于穆陵，北至于无棣。尔贡苞茅不入，王祭不共，无以缩酒，寡人是徵。昭王南征而不复，寡人是问。'"[①]《春秋左传·成公十三年》亦载：夏四月戊午，晋侯使吕相绝秦，曰："……及君之嗣也，我君景公引领西望曰：'庶抚我乎！'君亦不惠称盟，利吾有狄难，入我河县，焚我箕、郜，芟夷我农功，虔刘我边垂，我是以有辅氏之聚。"刘勰在例(1)里摘取这两件古事之要，并以凝练的语言将其浓缩为一个隔句对。例(2)亦如此。《礼记·檀弓》云："晋献文子成室，晋大夫发焉。张老曰：'美哉轮焉，美哉奂焉，歌于斯，哭于斯，聚国族于斯。'文子曰：'武也得歌于斯，哭于斯，聚国族于斯，是全要领以从先大夫于九京也。'北面再拜稽首。君子谓之善颂善祷。"《春秋左传·哀公二年》云：晋郑之战，"望见郑师众，大子(蒯聩)惧，自投于车下……卫大子祷曰：'曾孙蒯聩，敢昭告皇祖文王、烈祖康叔、文祖襄公，郑胜乱从，晋午在难，不能治乱，使鞅讨之。'蒯聩不敢自佚，备持矛焉。敢告：无绝筋，无折骨，无面伤，以集大事，无作三祖羞。大命不敢请，佩玉不敢爱。"这两件古事情节完整，刘勰核其要，在例(2)"虽引古事，而莫取旧辞"，以一个高度概括的四七式隔句对撮引之。

二、正用与借用

中国古代还有一种比较常见的事类分类法，即依据事类的意

---

① 阮元校刻：《十三经注疏》，第1792—1793页。以下所引《春秋左传》语，如不详注，均出自《十三经注疏》本。

义与引用者所要表达的意义之间的关系，把用事分为正用、反用和借用三种。这其实是一种针对所引古事而言的分类法。对此，古人亦有直用和反用[①]或者正用、侧用、虚用和实用[②]之分。元代陈绎曾在《文说》中把作者所引原文里的古事称之为“故事”，把作者所要陈述的内容称之为“题事”，认为“故事与题事正用者”乃“正用”，“故事与题事反用者”为“反用”，而“故事与题事绝不类，以一端相近而借用之者”为“借用”。[③] 依此观之，这三者之中，刘勰使用最多的是正用。譬如：

(1)若夫绝笔断章，譬乘舟之振楫；会词切理，如引辔以挥鞭。克终底绩，寄深写远。若首唱荣华，而媵句憔悴，则遗势郁湮，余风不畅。此《周易》所谓“臀无肤，其行次且”也。惟首尾相援，则附会之体，固亦无以加于此矣。(《附会》)

(2)观孔光之奏董贤，则实其奸回；路粹之奏孔融，则诬其衅恶；名儒之与险士，固殊心焉。若夫傅咸劲直，而按辞坚

---

① 如《艺苑雌黄》云：“文人用故事，有直用其事者，有反其意而用之者。李义山诗：‘可怜半夜虚前席，不问苍生问鬼神。’虽说贾谊，然反其意而用之矣。林和靖诗：‘茂陵他日求遗稿，犹喜曾无封禅书。’虽说相如，亦反其意而用之矣。”详见魏庆之编，王仲闻校勘：《诗人玉屑》，第147页。

② 如方南堂《辍锻录》曰：“古人于事之不能已于言者，则托之歌诗；于歌诗不能达吾意者，则喻以古事。于是用事遂有正用、侧用、虚用、实用之妙。如子美《荆南兵马使太常卿赵公大食刀歌》云：‘万岁持之护天子，得君乱丝为君理。’此侧用法也。刘禹锡《葡萄歌》云：‘为君持一斗，往取凉州牧。’此虚用法也。李颀《送刘十》云：‘闻道谢安掩口笑，知君不免为苍生。’此实用也。李端《寻太白道士》云：‘出游居鹤上，避祸入羊中。’此正用也。”见郭绍虞编选《清诗话续编》下，第1943页。

③ 《四库全书》1482册，第247页。

深；刘隗切正，而劾文阔略：各其志也。（《奏启》）

以上两例里的用事均是正用。例（1）刘勰以划船打桨为喻说明文章结尾要有力，且“首尾相援”。如果文章只是开头精彩，而结尾无力，他引用《易经·夬卦》中的话说就好像屁股上无肉走不动路一样。这里，成辞与刘勰所要表达意义完全相符。例（2）刘勰分别直接以两个事类证明自己“名儒之与险士，固殊心焉”、“各其志也”的观点。为申述自己的观点而直接稽古以明之，这种正面用事的方法直用其事，是刘勰用事的基本方法。至于反其意而用之，也即引文与原文意义相反，这种反用现象在《文心雕龙》里很少见。[①]

除正用外，《文心雕龙》里还有借用。譬如：

然才冠鸿笔，多疏尺牍，譬九方堙之识骏足，而不知毛色牝牡也。言既身文，信亦邦瑞，翰林之士，思理实焉。（《书记》）

此例借宾以定主。据《淮南子·道应训》载：“（秦穆公使九

---

① 这与刘勰提出的允当、确切的用事原则分不开。后代人们为了推陈出新常常大量反用。如《寒厅诗话》云：“韩昌黎诗句句有来历，而能务去陈言者，全在于反用。如《醉赠张秘书》诗，本用嵇绍鹤立鸡群语，偏云：‘张籍学古淡，轩鹤避鸡群。’《县斋有怀》诗，本用向平婚嫁毕事，偏云：‘如今便可尔，何用毕婚嫁？’《送文畅》诗，本用老杜‘每愁夜中自足蝎’句，偏云：‘照壁喜见蝎。’《荐士》诗，本用《汉书》‘强弩之末不能入鲁缟’语，偏云：‘强箭射鲁缟。’《岳庙》诗，本用谢灵运‘猿鸣诚知曙’句，偏云：‘猿鸣钟动不知曙。’此等不可枚举。学诗者解得此秘，则臭腐化为神奇矣。”见王夫之等撰《清诗话》，第86页。

方堙求马，）三月而反报曰：‘已得马矣，在于沙丘。’穆公曰：何马也？对曰：‘牡而黄。’使人往取之，牝而骊。穆公不悦，召伯乐而问之曰：‘败矣！子之所使求者，毛物牝牡弗能知，又何马之能知？’伯乐喟然太息曰：‘……若堙之所观者，天机也，得其精而忘其粗。’”很明显，刘勰此处引用这个古事，借用的是它的比喻义。

三、对用、扳用与倒用

就引用者所谈话题与事类范围之间的关系而言，《文心雕龙》用事之法可分为两种。第一种是事类在引用者所谈话题之内，陈绎曾称之为“对用”，即“经题用经事，子题用子事，史题用史事，汉题用汉事，三国题用三国事，韩柳题用韩柳事，佛志题用佛志事，此正法也”；第二种是事类在引用者所谈话题之外。这种情形从时间上又可分为所用事类在话题之前、后的“扳用”和“倒用”两种。[①]

（一）对用

刘勰把《文心雕龙》分为五十篇，篇篇拟有篇题。每篇的篇题都昭明了此篇的题旨。而每篇的内容亦围绕此题旨展开。在每篇中，尽管刘勰常“弥纶群言”（《论说》），但他最终的目的都是为了“研精一理者也。”（《论说》）因此，作为每篇中内容的重要组成部分，刘勰用以“明理”、“徵义”的事类也有一个特点，即在篇题之内。换言之，刘勰用事的一个基本方法就是对用。譬如：

（1）《易》曰：“鼓天下之动者存乎辞。”辞之所以能鼓天下者，乃道之文也。（《原道》）

① “扳用”、“倒用”之说见陈绎曾《文说》，《四库全书》1482 册，第 247 页。

褒美子产，则云："言以足志，文以足言；"泛论君子，则云："情欲信，辞欲巧"：此修身贵文之征也。（《徵圣》）

《易》称："辨物正言，断辞则备；"《书》云："辞尚体要，弗惟好异。"（《徵圣》）

颜阖以为："仲尼饰羽而画，徒事华辞。"虽欲訾圣，弗可得已。然则圣文之雅丽，固衔华而佩实者也。（《徵圣》）

故子夏叹《书》："昭昭若日月之明，离离如星辰之行。"言昭灼也。（《宗经》）

（2）虞夏文章，则有皋陶六德，夔序八音，益则有赞，五子作歌，辞义温雅，万代之仪表也。商周之世，则仲虺垂诰，伊尹敷训，吉甫之徒，并述诗颂。义固为经，文亦师矣。及乎春秋大夫，则修辞骋会，磊落如琅玕之圃，焜耀似缛锦之肆。薳敖择楚国之令典，随会讲晋国之礼法，赵衰以文胜从飨，国侨以修辞扞郑，子太叔美秀而文，公孙挥善于辞令，皆文名之标者也。战代任武，而文士不绝。诸子以道术取资，屈宋以《楚辞》发采。乐毅报书辨以义，范雎上疏密而至，苏秦历说壮而中，李斯自奏丽而动。（《才略》）

（3）故其陈尧舜之耿介，称汤武之祗敬：典诰之体也；讥桀纣之猖披，伤羿浇之颠陨：规讽之旨也。虬龙以喻君子，云霓以譬谗邪：比兴之义也；每一顾而掩涕，叹君门之九重：忠怨之辞也。观兹四事，同于风雅者也。至于托云龙，说迂怪，丰隆求宓妃，鸩鸟媒娀女：诡异之辞也；康回倾地，夷羿弹日，木夫九首，土伯三目：谲怪之谈也；依彭咸之遗则，从子胥以自适：狷狭之志也；士女杂坐，乱而不分，指以为乐，娱酒不

废,沉湎日夜,举以为欢:荒淫之意也。摘此四事,异乎经典者也。(《辨骚》)

以上三例里的事类皆在刘勰所要论述的话题范围之内。《原道》、《徵圣》、《宗经》是《文心雕龙》里典型的"经题"。例(1)所列举的就是刘勰在其中所明用的事类。它们都是有关孔子和《五经》的。刘勰显然是以"经事"证明"经题"。《诸子》和《史传》篇亦分别是"子题用子事,史题用史事。"刘勰认为文学是不断发展变化的,"质文沿时"(《时序》),每个时代有每个时代的文学。因此,他在《文心雕龙》中阐述一切问题时几乎都依时代而论。[①] 与之相适应,他亦以每个时代的事类验证每个时代的文学。例(2)充分向我们展示了这一点。此例以"皋陶六德"、"夔序八音"、"益则有赞"叙述"虞夏文章";以"仲虺垂诰"、"伊尹敷训"和"吉甫之徒"议论"商周之世";以"薳敖择楚国之令典"、"随会讲晋国之礼法"、"赵衰以文胜从飨"、"国侨以修辞扞郑"、"子太叔美秀而文"和"公孙挥善于辞令"描述春秋时期的文学创作;以"屈宋以《楚辞》发采"、"乐毅报书辨以义"、"范雎上疏密而至"、"苏秦历说壮而中"和"李斯自奏丽而动"评论战国时代的文学,可谓虞夏题用虞夏事、商周题用商周事、春秋题用春秋事、战国题用战国事。至如例(3)刘勰披览《楚辞》,备究屈原:所有评论都稽作品、作家以考证之,完全符合篇题《辨骚》所昭示的楚辞题用楚辞事。诚如《辨骚》所云:"将核其论,必徵言焉","不有屈原,岂见《离骚》"?

---

① 这是本书第四章所要论述的问题。

（二）扳用与倒用

相比较而言，这两种用法在《文心雕龙》里所占比例不大。它们往往夹杂在对用里。譬如：

(1)然繁辞虽积，而本体易总，述道言治，枝条《五经》。其纯粹者入矩，踳驳者出规。《礼记·月令》，取乎吕氏之纪；三年问丧，写乎《荀子》之书：此纯粹之类也……是以世疾诸混同虚诞。按《归藏》之经，大明迂怪，乃称羿弊十日，嫦娥奔月。殷汤如兹，况诸子乎？（《诸子》）

(2)昔者夫子闵王道之缺，伤斯文之坠，静居以叹凤，临衢而泣麟；于是就太师以正《雅》《颂》，因鲁史以修《春秋》。举得失以表黜陟，征存亡以标劝戒；褒见一字，贵逾轩冕；贬在片言，诛深斧钺。然睿旨存亡幽隐，经文婉约；丘明同时，实得微言，乃原始要终，创为传体。传者，转也，转受经旨，以授于后，实圣文之羽翮，记籍之冠冕也。（《史传》）

这两例均是从基本上采用对用的篇章里摘出来的扳用，即"子史百家题用经事，三国题用周汉事，此扳前证后，亦正法也。"[①]例(1)里的《吕氏春秋》、《荀子》之作皆子书，《礼记·月令》、《礼记·三年问》和《归藏》（殷《易》[②]）皆为经书。刘勰举经书以证自

① 陈绎曾：《文说》，见《四库全书》1482 册，第 247 页。

② 黄叔琳注云：原文里的"殷汤""疑作《易》"，"《归藏》""《帝王世纪》殷人因黄帝《易》曰《归藏》。皇甫谧曰：'《归藏》《易》以纯坤为首，坤为地，万物莫不归而藏于其中，故曰《归藏》'"。见其《文心雕龙辑注》，第 174、181 页。

己对子书所持的观点。此乃子题用经事[①]也。例(2)铺叙孔子为何、如何修订《春秋》,说明左丘明是怎样创作了传体及其特点,此乃史题用经事。至于倒用也基本上是夹杂在对用里。譬如:

(1)故文能宗经,体有六义:一则情深而不诡,二则风清而不杂,三则事信而不诞,四则义直而不回,五则体约而不芜,六则文丽而不淫。扬子比雕玉以作器,谓《五经》之含文也。

(2)昔汉武爱《骚》,而淮南作传,以为"《国风》好色而不淫,《小雅》怨诽而不乱,若《离骚》者,可谓兼之。蝉蜕秽浊之中,浮游尘埃之外,皭然涅而不缁,虽与日月争光可也。"班固以为:露才扬己,忿怼沉江;羿、浇、二姚,与左氏不合,昆仑悬圃,非经义所载。然其文辞丽雅,为词赋之宗,虽非明哲,可谓妙才。王逸以为:诗人提耳,屈原婉顺。《离骚》之文,依经立义:驷虬乘翳,则时乘六龙;昆仑流沙,则《禹贡》敷土。名儒辞赋,莫不拟其仪表,所谓金相玉质,百世无匹者也。及汉宣嗟叹,以为皆合经术;扬雄讽味,亦言体同《诗·雅》。四家举以方经,而孟坚谓不合传,褒贬任声,抑扬过实,可谓鉴而弗精,玩而未核者也。

这两例分别摘自以对用为主要用事之法的《宗经》和《辨骚》

① 按刘勰《文心雕龙》中说法:经、史、子、集四者,若从产生的时间前后顺序来看,《五经》在最前,是群言之祖。见《文心雕龙》《原道》、《徵圣》和《宗经》篇。

篇。例(1)里的最后部分暗用、明用扬雄《法言》里的言语。《法言·吾子》里有“诗人之赋丽以则，辞人之赋丽以淫”之句，而《法言·寡见》里则有“玉不雕，玙璠不作器，言不文，《典》《谟》不作经”之语。很显然，刘勰用扬雄话说明《五经》亦讲究文采、雕琢，只是不过分而已，这种“经题用子史”①的用事之法乃为倒用。例(2)里刘勰援引并点评了汉代淮南王刘安、班固、王逸、扬雄对《离骚》的批评，此亦是先秦题用汉事的倒用。

第四节　木美定于斧斤，事美制于刀笔

事类载于经籍，“经籍深富，辞理遐亘。”(《事类》)作者若想取事准确，把“异质”的事类恰当地融入自己的文本中而又无拘滞牵合之病，需要精熟多种用事之法，更需要一双慧眼。《事类》云：“夫山木为良匠所度，经书为文士所择，木美而定于斧斤，事美而制于刀笔，研思之士，无惭匠石矣。”作为骈文著作，《文心雕龙》用事的一大特点就是博丽。刘勰动辄用事，但《文心雕龙》并不给人“饾饤典故，徵事填书”②之感。其奥妙就在于刘勰好使事又善使事。下面，我们将从四个方面论述之。

一、引义比事必得其偶

就一次性所引用事类的数量而言，刘勰很少单引。《丽辞》云：“造化赋形，支体必双，神理为用，事不孤立。”这既是说丽辞也

---

① 陈绎曾：《文说》，见《四库全书》1482 册，第 247 页。

② 朱庭珍：《筱园诗话》，见郭绍虞编选《清诗话续编》，第 2354 页。

是说用事。我们知道事义是刘勰划分言对、事对、正对和反对的根本标准。因此,由于采用丽辞这种特殊的语言表达方式,加之刘勰“引义比事,必得其偶”(《章表》)的用事思想,双引尤其是四个以上的连引构成了《文心雕龙》使事在语言表达层面上最显著的一个特点。譬如:

(1)至如仲任置砚以综述,叔通怀笔以专业,既暄之以岁序,又煎之以日时,是以曹公惧为文之伤命,陆云叹用思之困神,非虚谈也。(《养气》)

(2)昔谢艾、王济,西河文士。张俊以为艾繁而不可删,济略而不可益,若二子者,可谓练熔裁而晓繁略矣。至如士衡才优,而缀辞尤繁;士龙思劣,而雅好清省。及云之论机,亟恨其多,而称清新相接,不以为病;盖崇友于耳。(《熔裁》)

这里,刘勰持之有故,事不孤立,故言之有理。例(1)两两用事:“仲任”与“叔通”为一组;“曹公”与“陆云”一组。前一组是古事,后一组是成辞。两组互证,有理有据。例(2)援引了六个事类,它们鲜明地被划分为每三个一组。每组都是首先采用撮引的方式,提及名字,便引入两个晋代作家,然后再采用明用手法引用同时代人对他们的评价。如此表义用事非对不发,会不会给人以填砌汇书之感?我们来剖析一个较长的语段:

故铭者,名也,观器必也正名,审用贵乎盛德。(1)盖臧武仲之论铭也,曰:“天子令德,诸侯计功,大夫称伐。”(2)夏铸九牧之金鼎,(3)周勒肃慎之楛矢,令德之事也;(4)吕望铭功于昆吾,(5)仲山镂绩于庸器,计功之义也;(6)魏颗纪勋于景钟,(7)孔悝表勤于卫鼎,称伐之类也。(8)若乃飞廉有石椁之锡,(9)灵公有蒿里之谥,铭发幽石,吁可怪矣。(10)赵灵勒迹于番吾,(11)秦昭刻博于华山,夸诞示后,吁可笑也。详观众例,铭义见矣。(《铭箴》)

除开头结尾两句话外,此段句句用事。开头刘勰引用臧武仲言辞对铭这种体裁"释名以章义。"然后,他引用十个古事对其进行正反两方面的论证。前六个古事两两相配(其实是三个正对)从正面论证说明了铭有"令德"、"计功"和"称伐"三义;后四个古事两两相配(其实是两个正对)从反面正本清源说明了铭之三义。因此,此段十一个句句相衔的事类内容或殊,而偶意一也。成辞、古事也好,夏禹、秦始皇时期的事也罢,它们都分别从不同角度全面论证了铭之义。而且,同一类的古事,刘勰只举两个。因此,乍看起来此段繁征博引,然而,由于刘勰按义酌事,"徵事以对"(《书记》),所以并不给人以用事庞杂繁富之感。

二、取义必与题旨相浃洽

由于对偶表达方式的制约,古人用事通常都是成双成对,尤其是在诗歌里。如此使事用典经常"徒取字面鲜妍好看,但修饰外面而已"①,甚至会把两个风马牛不相及的事类放在一起

① 朱庭珍:《筱园诗话》,见郭绍虞编选《清诗话续编》下,第 2381 页。

“以词累意，其病百出。”①刘勰读书多而心思细，则斟酌分寸，决无此累。他大多采用对用和正用法，取事类之义与其所要表现的“题旨相浃洽，则文生于情，非强为比附，味同嚼蜡也。”②二十篇专论体裁的篇章就是最典型的证明。刘勰在这些篇章里，一方面皆论什么用什么事类（如诗题用有关诗的故实，乐府题用有关乐府的典故等），另一方面用事往往拘泥于时代，即论哪个时代，采用哪个时代的事类（如汉代颂用有关汉代颂的，两晋颂用有关两晋颂的）。如在《铭箴》篇，他首引“帝轩刻舆几以弼违”、“大禹勒筍簴而招谏”、“成汤盘盂，著日新之规”、“武王户席，题必戒之训”、“周公慎言于金人”、“仲尼革容于欹器”验证“先圣鉴戒，其来久矣”；然后又博征“夏铸九牧之金鼎”、“周勒肃慎之楛矢”、“吕望铭功于昆吾”、“仲山镂绩于庸器”、“魏颗纪勋于景钟”、“孔悝表勤于卫鼎”、“飞廉有石椁之锡”、“灵公有蒿里之谥”、“赵灵勒迹于番吾”、“秦昭刻博于华山”进一步展开说明“详观众例，铭义见矣”；最后以“至于始皇勒岳，政暴而文泽，亦有疏通之美焉。若班固《燕然》之勒，张昶《华阴》之碣，序亦盛矣。蔡邕铭思，独冠古今。桥公之钺，吐纳典谟；朱穆之

① 如清人朱庭珍在《筱园诗话》举例论述说：“吴梅村诗云：‘苏小宅边桃叶渡，昭君村畔木兰舟。’王阮亭诗云：‘景阳宫外文君井，明圣湖边道韫家。’二联同一病痛。夫‘桃叶渡’不在‘苏小宅边’，而‘昭君村’亦无‘木兰舟’故实；‘文君井’、‘道韫家’与‘景阳宫’、‘明圣湖’天各一方，风马牛不相及也，上下全无交涉。本各自一事，今乃强以两典扭合，凑成一句，毫不相生，徒取字面鲜妍好看，但修饰外面而已，实无意义融贯于中，前后竟判然两截。如此涂泽支离，真用典苦事矣。梅村、阮亭两大诗家，犹犯此病，皆心不细之失。”同上。

② 朱庭珍：《筱园诗话》，见郭绍虞编选《清诗话续编》下，第2381页。

鼎,全成碑文,溺所长也。至如敬通杂器,准矱戒铭,而事非其物,繁略违中。崔骃品物,赞多戒少,李尤积篇,义俭辞碎。蓍龟神物,而居博弈之中;衡斛嘉量,而在臼杵之末。曾名品之未暇,何事理之能闲哉! 魏文《九宝》,器利辞钝。唯张载《剑阁》,其才清采。迅足骎骎,后发前至,勒铭岷汉,得其宜矣"结尾。在这一论述过程中,刘勰横征事实,语意贯串,井井有条地陈述了铭这种体裁的起源、发展和演变的过程。这种按题依时类聚相关事类的用事有两大优点:一是依体裁发展就事敷衍,易于转换;二是能网络众多历史故实,又并非支离破碎、杂乱无章,如穷人补衣,但贴上一块而已,而是各个事类之间相互指涉,如一花一石安然放置。

三、使事不为事使

按题依时类聚事类,此种用事虽精切、安稳,但作文若皆取其与题合者类之,则势必会削弱作者的自主性,且有编事非用事之病。刘勰在用事时往往能出己意,借事以相发明,从而打破时空界限,令事自他使而不为事所使。譬如:

> 故善附者异旨如肝胆,拙会者同音如胡越。改章难于造篇,易字艰于代句,此已然之验也。昔张汤拟奏而再却,虞松草表而屡谴,并理事之不明,而词旨之失调也。及倪宽更草,钟会易字,而汉武叹奇,晋景称善者,乃理得而事明,心敏而辞当也。以此而观,则知附会巧拙,相去远哉!(《附会》)

《汉书·倪宽传》:“(倪宽)善属文……张汤为廷尉,廷尉府尽用文史法律之吏,而宽以儒生在其间,见谓不习事,不署曹,除为从史,之北地视畜数年。还至府,上畜簿,会廷尉时有疑奏,已再见却矣。掾吏莫知所为。宽为言其意,掾吏因使宽为奏。奏成,读之皆服。以白廷尉汤,汤大惊,召宽与语,乃奇其材,以为掾。上宽所作奏,即时得可。异日汤见上,问曰:‘前奏非俗吏所及,谁为之者?’汤言倪宽。上曰:‘吾固闻之久矣。’汤由是乡学,以宽为奏谳掾”。明人梅庆生注“虞松草表而屡谴”句云:“《世语》曰:司马师命中书令虞松作表,再呈辄不可意,命松更定,经时,松思不能改。心存之,形于颜色。钟会察其有忧,问松。松以实答。会取视,为定五字,松悦服,以呈师。师曰:‘不当尔耶’。”[①]《竹林答问》云:真正的使事“须事来就我,不可有襞积凑砌之痕耳。”[②]但前提是作者必须对故事有着深刻的洞察,才能做到使事允当。前人典籍中只记录了这两个故事,未有评论。一般人很容易从中得出倪宽善拟奏,钟会善于修改文章这两个结论。刘勰则更进一步认为倪宽、钟会之所以善奏、善改,就在于他们“理得而事明,心敏而辞当也”。而别人“理事之不明,而词旨之失调也。”由于有此意义融贯于中,此例中各语句之间上下相贯,天各一方的事类也文义相合、词意显豁。刘勰举此两事,“盖以证善附善会之义。”[③]而且,刘勰在此用事的方式也很独特:他把汉、晋两

① 《文心雕龙资料丛书》下,学苑出版社 2004 年版,第 1647 页。

② 郭绍虞编选:《清诗话续编》,第 2226 页。

③ 范文澜:《文心雕龙注》,人民文学出版社 1958 年版,第 654 页。

个时代相似的事类配在一起，赋予它们以深切的立意，并把两个完整的故事用简短而浅显的言辞道出，意多而句不累。此段开头的“故善附者异旨如肝胆，拙会者同音如胡越”也是暗用《庄子·德充符》“自其异者视之，肝胆楚越也”和《荀子·劝学》“于越、夷貉之子，生而同声，长而异俗，教使之然也”，然圆转流丽不为事所使。总之，刘勰此例体气充盈，立论有据。他用事不是完全照抄古人语，或简单地摘寻古人一、二个奇字，缀葺成文，而是以心制之，求得其要，使事而不为事使，则其用事虽多亦无妨。

四、使事如不使也

刘勰用事的最高境界是“笔势玲珑，兴象活泼，用典徵书，悉具天工，有神无迹，如镜花水月矣。”[①]这突出表现在他最基本的用事法是暗用这一点上。整个《文心雕龙》里，刘勰明确标示出出处的用事只有五十九处。通常，他能令事在语中，而人不知，似不使事而使事。譬如：

(1)义既极乎性情，辞亦匠于文理，故能开学养正，昭明有融。(《宗经》)

(2)夫作者曰圣，述者曰明。陶铸性情，功在上哲。夫子文章，可得而闻，则圣人之情，见乎文辞矣。(《徵圣》)

(3)故有志深轩冕，而泛咏皋壤。心缠几务，而虚述人外。真宰弗存，翩其反矣。夫桃李不言而成蹊，有实存也；男

① 朱庭珍语，见郭绍虞编选《清诗话续编》下，第2381页。

子树兰而不芳，无其情也。夫以草木之微，依情待实；况乎文章，述志为本。言与志反，文岂足征？（《情采》）

此三例刘勰“剪裁融化，使旧者翻新，平者出奇，板重化为空灵，陈闷裁为巧妙”[①]，从心所欲也。在例（1）里，他把《易·蒙》象辞里的“蒙以养正，圣功也”，和《诗经·大雅·既醉》里的“昭明有融”融化于自己文中，如系风捕影，岂有迹耶！至如例（2）平淡似大白话的直言，实则句句用事[②]，只是读者浑然不觉而已。此乃禅家所谓撮盐水中，饮水乃知咸味，甚是高妙。例（3）更是诗笔灵动，纵横出没，左右逢源。其间，刘勰虽然暗用《庄子》、《诗经》以及谚语等众多事类[③]，然读者徒见凌轹造化之工，而不见“《庄子》云”、“谚曰”之类的语词，所有事类俱从比、兴中流出，活泼自然不使人觉，若胸臆语也。

---

① 朱庭珍语，见郭绍虞编选《清诗话续编》下，第2381页。

② 若以每两小句为一个相对完满的意义单位，则例②由四大句构成。其中第一、三、四句分别源自《礼记·乐记》“作者之谓圣，述者之谓明”，《论语·公冶长》：“子贡曰：‘夫子之文章，可得而闻也”，和《周易·系辞下》：“圣人之情，见乎文辞。”第二句糅和并借用了《庄子·逍遥游》：“是其尘垢粃糠，将犹陶铸尧舜者也”，和《论语·阳货》：“子曰：‘唯上知与下愚不移”，以及《荀子·性恶》篇里“圣人化性而起伪”的思想和语词。

③ 《庄子·缮性》云：“古之所谓得志者，非轩冕之谓也。”《庄子·知北遊》曰：“山林欤，皋壤欤，使我欣欣然而乐欤！”嵇康《与山巨源绝交书》云：“机务缠其心，世故繁其虑。”《庄子·齐物论》云：“必有真宰，而特不得其朕。”《诗经·小雅·角弓》曰：“骍骍角弓，翩其反矣。”《汉书·李广传赞》云：“李将军死之日，天下知与不知，皆为流涕。……谚曰：桃李不言，下自成蹊。”《淮南子·缪称训》：“男子树兰，美而不芳。继子得食，肥而不泽。情不与相往来也。”

第五节　变虽不常,而稽之有则也

一、事信而不诞

尽管刘勰用事之法多样,且得其三昧。然而,他认为"变虽不常,而稽之有则也。"(《书记》)这个原则(或规则)就是要忠实原典。如《事类》云:

> 引事乖谬,虽千载而为瑕。陈思,群才之英也。《报孔璋书》云:"葛天氏之乐,千人唱,万人和。听者因以蔑《韶》《夏》矣。"此引事之实谬也。按葛天之歌,唱和三人而已。相如《上林》云:"奏陶唐之舞,听葛天之歌,千人唱,万人和。"唱和千万人,乃相如接人[①],然而滥侈葛天,推三成万者,信赋妄书,致斯谬也。陆机《园葵》诗云:"庇足同一智,生理合异端。"夫葵能卫足,事讥鲍庄;葛藟庇根,辞自乐豫;若譬葛为葵,则引事为谬;若谓庇胜卫,则改事失真,斯又不精之患。夫以子建明练,士衡沈密,而不免于谬。曹仁之谬高唐,又曷足以嘲哉!

《吕氏春秋·古乐》篇载:"昔葛天氏之乐,三人操牛尾,投足

① 黄叔琳注云:"接人""疑当作'推之'二字"。见其《文心雕龙辑注》,第320页。

以歌八阕。"[①]《春秋左传·成公十七年》载："秋七月壬寅，（齐灵公）刖鲍牵而逐高无咎……仲尼曰：'鲍庄子之知不如葵，葵犹能卫其足。'"杜预注曰："葵倾叶向日以蔽其根，言鲍牵居乱不能危行言孙。"[②]《春秋左传·文公七年》载："昭公将去群公子。乐豫曰：'不可。公族，公室之枝叶也，若去之，则本根无所庇荫矣。葛藟犹能庇其本根，故君子以为比，况国君乎。'"杜预注曰："葛之能藟蔓繁滋者，以本枝荫庥之多。"因此，刘勰之所以认为陈思、相如和陆机"引事乖谬"或"改事失真"，是因为他们的说法与上述典籍里的记载有误，或者说是他们滥用或窜改了典故。可见，刘勰反对引事时对原典词语和意义都加以夸大的做法[③]，主张作者引事必须忠实于原文，做到"事信而不诞。"刘勰之后，引事真实成为人们作文时遵循的一个法则。《作义要诀》里就有"引事宁可真而少，不可多而杂，最要识此意"[④]之说。

综观《文心雕龙》，刘勰用事或用原文或用原义，绝少乖谬。从引用者对事类所采取的态度来看，刘勰主要采用下面两种基本方式把事类引入文本：

第一，用"古人全语"[⑤]。这里所说的"全语"指相对完整且独立存在的原句子或语词、字。《文心雕龙》里所引成辞与原文完全

---

① 高诱注，毕沅校，余翔标点：《吕氏春秋》，上海古籍出版社 1996 年版，第 82 页。

② 阮元校刻：《十三经注疏》，中华书局 1980 年版，第 1921 页。以下凡引《春秋左传》及杜预注语，如不详注，均出自此。

③ 即引用与夸张手法相结合的"夸用"。

④ 见《四库全书》1482 册，第 376 页。

⑤ 杨万里：《诚斋诗话》，见丁福保辑《历代诗话续编》上，第 151 页。

保持一致的有以下四种情形：(1)引文在原文里就是一句完整的话；(2)引文是从原文较长的一句完整的话里掐头去尾取出的一个相对完整的句子；(3)引文是从原文里采摭出来的只字片言；(4)引文是从原文几个句子里摘出并拼凑起来的。譬如：

1)故魏文称：[a]“文以气为主，气之清浊有体，不可力强而致。”故其论孔融，则云[b]“体气高妙”；论徐干，则云：[c]“时有齐气”；论刘桢，则云：[d]“有逸气”。(《风骨》)

2)《书》称：[a]“敕天之命。”并本经典以立名目。远诏近命，习秦制也。《记》称[b]“丝纶”，所以应接群后。(《诏策》)

3)古之嘲隐，振危释惫。虽有丝麻，无弃菅蒯。会义适时，颇益讽诫。空戏滑稽，德音大坏。(《谐讔》)

曹丕《典论·论文》云：“文以气为主，气之清浊有体，不可力强而致。”“王粲长于辞赋，徐干时有齐气，然粲之匹也。”“孔融体气高妙，有过人者，然不能持论，理不胜词，以至乎杂以嘲戏，及其所善，扬班俦也。”又曹丕《与吴质书》论刘桢曰：“公干有逸气，但未遒耳。”很显然，例1)里的[b]、[c]和[d]引文分别是从曹丕《典论·论文》和《与吴质书》里摘取出来的只言片语，而[a]则是其中完整的一句话。如果说刘勰对[b]、[c]、[d]的引用方法是撮引的话，那么，他对[a]的引用就是全引成辞。例2)里的[a]出自《尚书·益稷》，其云：“帝庸作歌。曰：‘敕天之命，惟时惟几。’”[b]出自《礼记·缁衣》，其云：“王言如丝，其出如纶；王言如纶，其出如綍。”前者是撮引，也即刘勰从原文一句完整的话里取出的一个相对完整的小句，后者则是“摘用”[①]，也即他摘取原文中不同位置的两个字拼凑而成。至如几乎全引《春秋左传·成公九年》“《诗》曰：‘虽有丝麻，无弃菅蒯’”[②]的例3）则表明：即使暗用成辞，刘勰也时常会这样做。总之，无论是否显露痕迹，刘勰都把前言往行融入自己的文本。尽管《文心雕龙》里所引成辞的句子长短、字数多少有别，但它们都是原文里相对完整的原句、原词或原字。

第二，改变原文。这主要体现在刘勰对原文的省略、添加、替换和“撮其要”[③]上。譬如：

（1）扬雄曰：“言心声也；书心画也。声画形，君子小人见矣。”（《书记》）

（2）《易》称：“辨物正言，断辞则备。”（《徵圣》）

这两例里的成辞刘勰在引用时分别省略了原文句子里的一、两个字。例（1）原文为扬雄《法言·问神》里的“传千里之忞忞

---

① 如杨万里《诚斋诗话》云：“初学诗者，须学古人好语，或两字，或三字。如山谷《猩猩毛笔》：‘平生几两屐，身后五车书。’‘平生’二字出《论语》，‘身后’二字，晋张翰云：‘使我有身后名。’‘几两屐’阮孚语，‘五车书’庄子言惠施。此两句乃四处合来。又‘春风春雨花经眼，江北江南水拍天。’春风春雨，江北江南，诗家常用。杜云：‘且看欲尽花经眼。’退之云：‘海气昏昏水拍天。’此四字合三字，入口便成诗句，不至生硬。要诵诗之多，择字之精，始乎摘用。”见丁福保辑《历代诗话续编》上，第141页。

② 杜预注此句云：“逸诗也。”

③ 《诔碑》曰：“扬雄之诔元后，文实烦秽，沙麓撮其要，而挚疑成篇，安有累德述尊，而阔略四句乎？”

者，莫如书。故言，心声也；书，心画也。声画形，君子小人见矣。”刘勰在引用时去掉了“言”前的“故”字；例(2)原文为《周易·系辞》里的“夫易辨物正言，断辞则备矣”。刘勰在用它时去掉了其中的“夫”、“易”、“矣”三字。

与省略相反的就是刘勰在引用成辞时，给原文里添加字数。《国语·周语上》载：祭公谋父谏穆王不可西征，若“让不贡，告不王，于是乎有刑罚之辟，有攻伐之兵，有征讨之备，有威让之令，有文告之辞。”刘勰在“至周穆西征，祭公谋父称：‘古有威让之令，令有文告之辞’，即檄之本源也”(《檄移》)里，引用其中的“有威让之令，有文告之辞”时，添加了两字，即“古”和“令”。

替换是刘勰改动原文的另一种方式。他常用与原文意义相近的语词替换原文语词，把原文引入自己文本。也即用其意义“而不用其字之形者。”[①]如“《书》云：‘辞尚体要，弗惟好异’。”(《徵圣》)此引文原文是《尚书·毕命》篇里的“政贵有恒，辞尚体要，不惟好异”这句话，刘勰以同义词“弗”替换了原文里的“不”字。

省略、添加和替换的形式虽然不同，但是，它们都是“截断古人语，而补以一字”[②]或去掉一、两字或替换一字，亦即不易其意，只易其字之形。与它们相比，“撮其要”这种引用成辞的方式对原文的改变更大。通常，刘勰更注重所引成辞的意义。有时，他甚至基本抛开原文里的原话，只是撮其要。譬如：

---

① 杨万里：《诚斋诗话》，见丁福保辑《历代诗话续编》上，第152页。

② 同上。

(1)若夫追述远代,代远多伪。公羊高云:“传闻异辞”,荀况称“录远略近”,盖文疑则阙,贵信史也。(《史传》)

(2)《礼》称:“明君之诏。”(《诏策》)

《荀子·非相》云:“五帝之外无传人,非无贤人也,久故也;五帝之中无传政,非无善政也,久故也;禹、汤有传政而不若周之察也,非无善政也,久故也。传者久则论略,近则论详。略则举大,详则举小。”由此处所录《荀子·非相》和《史传》原文的上下语境来看,刘勰明用的只是荀子这段话的核心意义而已①。例(2)范文澜引陈汉章语注云:“明君之诏,明君当是明神之误,《周礼·司盟》‘北面诏明神’是也。”②结合此句在《诏策》里的上下文,我们知道刘勰引此句,只是想说明“诏”这种体裁是根据经典来确立名称的,所以,他会完全忽略掉原文中“北面”两字。

二、理得而义要

被引成辞里的一处被刘勰省略、增加或替换的现象并不常见,《文心雕龙》里普遍存在的是被引成辞中有两处或多处被刘勰同时以一种或两种方式改动的情况。譬如:

(1)故子夏叹《书》:“昭昭若日月之明,离离如星辰之

① 对“录远略近”四字,《文心雕龙》注家颇多疑义。本文采用詹锳《文心雕龙义证》中引《文心雕龙校注商兑》中观点,认为“录远略近”四字里“略”字后省略了介词“于”,有比之意,谓作史记录远代之事,宜比近代的简略。

② 范文澜:《文心雕龙注》上,第364页。

行。”言昭灼也。(《宗经》)

(2)昔邵公称:“公卿献诗,师箴瞽赋。”传云:“登高能赋,可为大夫。”《诗序》则同义,传说则异体,总其归途,实相枝干。(《诠赋》)

例(1)有三处被改动。原文为《尚书大传·略说》“昭昭如日月之代明,离离若星辰之错行”之句,刘勰改原文里的“如”为“若”、“若”为“如”,同时去掉了“代”、“错”二字。例(2)既拼凑又替换。据《国语·周语上》载:召公称“故天子听政,使公卿至于列士献诗,瞽献曲,史献书,师箴,瞍赋,蒙诵。”刘勰从这段话里摘取了“公卿”、“献诗”、“师箴”和“瞍赋”,并以“瞽”替换了“瞍赋”里的“瞍”。[①] 尽管多处变动,但字形变而其意基本不变。可见,刘勰所说的“事信而不诞”并不意味着作者要原封不动地引用典籍里的原话或复述故实。

在《事类》篇,通过例举刘劭《赵都赋》里所用古事,刘勰进一步说明“理得而义要”是用事而免于谬的关键。他说:“刘劭《赵都赋》云:‘公子之客,叱劲楚令歃盟;管库隶臣,呵强秦使鼓缶。’用事如斯,可谓理得而义要矣。”《史记·平原君列传》载:“平原君与楚合从,言其利害,日出而言之,日中不决……毛遂按剑历阶而上,谓平原君曰:‘从之利害,两言而决耳。今日出而言从,日中不决,何也?’楚王谓平原君曰:‘客何为者也?’平原君曰:‘是胜之舍人也。’楚王叱曰:‘胡不下!吾乃与而君言,汝何为者也?’毛

① 邵、召古字通。明王惟俭《文心雕龙训故》作“召”。唐写本无“卿”字,“赋”上有“瞽”字,御览引有“卿”字、“瞽”字。此处以后者为准。

遂按剑而前曰：‘王之所以叱遂者，以楚国之众也，今十步之内，王不得恃楚国之众也……合从者为楚，非为赵也。吾君在前，叱者何也？’……谓楚王之左右曰：‘取鸡狗马之血来！’毛遂奉铜槃而跪进之楚王曰：‘王当歃血而定从，次者吾君，次者遂。’遂定从于殿上。”①又《史记·蔺相如列传》载：“秦王使使者告赵王，欲与王为好会于西河外渑池……赵王遂行。相如从……遂与秦王会渑池。秦王饮酒酣，曰：‘寡人窃闻赵王好音，请奏瑟。’赵王鼓瑟。秦御史前书曰：‘某年月日，秦王与赵王会饮，令赵王鼓瑟。’蔺相如前曰：‘赵王窃闻秦王善为秦声，请奏盆缻秦王，以相娱乐。’秦王怒，不许。于是相如前进缻，因跪请秦王，秦王不肯击缻。相如曰：‘五步之内，相如请得以颈血溅大王矣！’左右欲刃相如，相如张目叱之，左右皆靡。于是秦王不怿，为一击缻。相如顾召赵御史书曰：‘某年月日，秦王为赵王击缻。’”②由《史记》记载的古事和刘劭《赵都赋》对其的运用以及刘勰对刘劭的评价可以看出：准确把握故事的要义，是取事、用事的关键。刘勰进一步打比方说：“故事得其要，虽小成绩，譬寸辖制轮，尺枢运关也。或微言美事，置于闲散，是缀金翠于足胫，靓粉黛于胸臆也。”因此，从《文心雕龙》中我们更多看到的不是刘勰用“古人全语”而是他改变原文的用事。

其实，取原文里的一个最基本意义引而用之，是他惯用的手段。如在《章表》篇谈到章表的写作要做到“繁约得正，华实相胜”时，他指出：“子贡云‘心以制之，言以结之，’盖一辞意也。”③

① 《史记》，中华书局1959年版，第2367—2368页。

② 同上书，第2442页。

③ 黄叔琳注曰：“一”作“以”。见其《文心雕龙辑注》，第228页。

此事类出自《左传・哀公十二年》,其云:“公会吴于橐台。吴子使太宰嚭请寻盟。公不欲,使子贡对曰:‘盟,所以用信也。故心以制之,玉帛以奉之,言以结之,明神以要之。’”子贡此处“心以制之”的意思是说盟以信用为本,双方要诚信,做到言到、心到,而刘勰却只是在辞要为心使这一意义上征引此事类。有时,刘勰甚至会借用事类的隐喻意义。例如,在《议对》篇论述对策这种体裁时,刘勰以具体作家作品为例指出:汉代以对策、射策举贤良,涌现出长于这两种体裁的晁错、董仲舒、公孙弘、杜钦和鲁丕五家。“魏晋已来,稍务文丽,以文纪实,所失已多。及其来选,又称疾不会,虽欲求文,弗可得也。是以汉饮博士而雉集乎堂;晋策秀才而麏兴于前;无他怪也,选失之异耳。”据《汉书・五行志》记载:“鸿嘉二年三月,博士行大射礼,有飞雉集于庭,历阶登堂而雊,后雉又集于太常、宗正、丞相、御史大夫、大司马车骑将军之府,又集未央宫承明殿屋上。时大司马车骑将军王音、待诏宠等上言:‘天地之气,以类相应,谴告人君,甚微而著。雉者听察,先闻雷声,故《月令》以纪气。经载高宗雊雉之异,以明转祸为福之验。今雉以博士行礼之日大众聚会,飞集于庭,历阶登堂,万众睢睢,惊怪连日。径历三公之府,太常宗正典宗庙骨肉之官,然后入宫。其宿留告晓人,其备深切,虽人道相戒,何以过是?”[①]又《晋书・五行志》记载:“成帝咸和六年正月丁巳,会州郡秀孝于乐贤堂。有麏见于前,获之。孙盛以为吉祥。夫秀孝,天下之彦士;乐贤堂,所以乐养贤也。自丧乱之后,风教陵夷,秀孝策试,乏四科之实。麏

---

① 《汉书》,中华书局1964年版,第1417页。

兴于前,或斯故乎?”①可见,对历史上这两个古事,刘勰不仅只以高度概括的语言略举(即“汉饮博士而雉集乎堂”和“晋策秀才而麏兴于前”),而且取譬以徵义焉,也即以吉兆“雉集乎堂”、“麏兴于前”喻指说明自汉以来的策试是选举贤良的重要方法。

第六节　徵验甚明,引书助文

无论是原封不动还是改变事类,无论是用其原义还是基本义、隐喻义,准确把握事类要义的刘勰引事都不乖谬,“改事”亦不“失真”。从《文心雕龙》言语事实来看,他之所以这样采摭前言往行完全是为了“引书以助文。”(《才略》)下面,我们将从两个方面论述之。

一、据事类义,援古证今

刘勰完全从功能角度给事类下了定义。《事类》云:“事类者,盖文章之外,据事以类义,援古以证今者也。”此处“类义”有两层基本涵义:(1)类比。以《周易》里的《既济》和《明夷》两卦为例,刘勰在《比兴》篇明确指出:“比之为义,取类不常。”其中之一便是“譬于事。”而“事”纷繁复杂,“附理者”(《比兴》)必须“酌事以取类”(《熔裁》)、“切类以指事”(《比兴》)。因此,“据事以类义”指的是作者用相同或相近的事类来比喻说明义理。《章表》里有“引义比事”之说。有时,刘勰甚至直接明确以事类喻指事理,如“然恳恻者辞为心使,浮侈者情为文使。繁约得正,华实相胜,唇

① 《晋书》,中华书局1964年版,第850—851页。

吻不滞,则中律矣。子贡云'心以制之,言以结之',盖一辞意也。荀卿认为'观人美辞,丽于黼黻文章,亦可以喻于斯乎'。"(《章表》)(2)类推。刘勰主要是在用相同或相近的事类类推说明义理这层意义上用事。譬如:

1)若夫宫商大和,譬诸吹籥;翻回取均,颇似调瑟。瑟资移柱,故有时而乖贰;籥含定管,故无往而不壹。陈思潘岳,吹籥之调也;陆机左思,瑟柱之和也。概举而推,可以类见。(《声律》)

2)盖士之登庸,以成务为用。鲁之敬姜,妇人之聪明耳,然推其机综,以方治国,安有丈夫学文,而不达于政事哉?(《程器》)

关于陈思、潘岳、陆机、左思,刘勰在例1)里结构了一个用以说明他们作品中声律差异的反对事对,"概举而推,可以类见"即含有以此类推之义。例2)以鲁之敬姜古事类推说明聪明的妇人尚且能就织机阐发治国的道理,"安有丈夫学文,而不达于政事哉?"

至于"援古以证今"里的"证今",其基本意义是"证明"。事实上,驱前古于当今之下,是刘勰用事的一个主要功能。譬如:

1)夫古来知音,多贱同而思古,所谓"日进前而不御,遥闻声而相思"也。

2)然而俗监之迷者,深废浅售,此庄周所以笑《折杨》,宋玉所以伤《白雪》也。

《知音》里的这两句话语意连贯。刘勰均"言终引证"[①]，"所谓"和"此"字，承前启后，出于自然，而说服力强。除"证明"外，"援古以证今"里的"证"字还含有"验证[②]"之义。这是中国人使用事类最原初的目的。刘勰在《议对》篇里阐述议这种体裁的特点时明确把"明用稽疑"与用事联系在一起。他说："夫动先拟议，明用稽疑，所以敬慎群务，弛张治术。故其大体所资，必枢纽经典，采故实于前代，观通变于当今。"因此，事理和言论必须经得起事类的"徵"与"验"是刘勰的一个基本思想。他非常欣赏曹丕《典论·论文》里"文以气为主，气之清浊有体，不可力强而致。譬诸音乐，曲度虽均，节奏同检，至于引气不齐，巧拙有素，虽在父兄，不能以移子弟"这段话。在《风骨》篇里，他不仅明引这句话，而且直接采用曹丕的观点评价作家、作品。依他之见，此段话之所以言之有理，是因为"魏文比篇章于音乐，盖有徵矣。"（《总术》）

在《文心雕龙》里，刘勰频繁使用"徵"、"验"之类语词论文说理。如在"若瘠义肥辞，繁杂失统，则无骨之徵也；思不环周，索莫乏气，则无风之验也"（《风骨》）里，他把"徵"与"验"两字对举论述了"风"与"骨"的关系；在"观晁氏之对，证验古今，辞裁以辨，事通而赡，超升高

---

① 陈骙：《文则》，人民文学出版社1960年版，第15页。

② 此意义上的"证"通"徵"，具有"证据"、"验"等义。如《晋书·范宁传》云："宁据经传奏上，皆有典证。"《荀子·性恶》里有"是性伪之所生，其不同之徵也。"杨倞注："徵，验。"刘歆《移让太常博士书》云："今上所考视，其为古文旧书，皆有徵验。"

第，信有徵矣”（《议对》）里，他则以是否“有徵”作为评价晁错文章优劣的一个标准。其实，刘勰绝少空泛议论说理，“徵事以对”（《书记》）、持之有故是他言说的一个显著特点。譬如：

1）夫青生于蓝，绛生于蒨，虽逾本色，不能复化。桓君山云“予见新进丽文，美而无采；及见刘扬言辞，常辄有得。”此其验也。（《通变》）

2）夫神道阐幽，天命微显，马龙出而大《易》兴，神龟见而《洪范》耀。故《系辞》称“河出图，洛出书，圣人则之，”斯之谓也。（《正纬》）

这两例言之有物。刘勰均是先立论，后以事类检验自己的说法，“徵验甚明。”（《檄移》）例1）在描述“青生于蓝，绛生于蒨，虽逾本色，不能复化”这一客观现象的基础上，又引成辞验证之，进一步强化了陈述的力量。例2）更独特。它事类互验，即以《系辞》里的成辞证实传说中的两个古事——“马龙出而大《易》兴”、“神龟见而《洪范》耀”，从而有力地阐明了“夫神道阐幽，天命微显”的道理。有时，刘勰甚至会以直陈其事的方式说理，譬如：

先王圣化，布在方册，夫子风采，溢于格言。是以远称唐世，则焕乎为盛；近褒周代，则郁哉可从：此政化贵文之徵也。郑伯入陈，以文辞为功；宋置折俎，以多文举礼；此事迹贵文之徵也。褒美子产，则云“言以足志，文以足言”；泛论君子，

> 则云“情欲信，辞欲巧”：此修身贵文之徵也。(《徵圣》)

此例“将核其论，必徵言焉”(《辨骚》)，以三个隔句意对陈述了孔子言语和“郑伯入陈”、“宋置折俎”两古事，从而证实了“先王圣化，布在方册，夫子风采，溢于格言”的观点，可谓“验理则理无不验”(《夸饰》)也。

二、博见穷理，酌古御今

《奏启》云：“强志足以成务，博见足以穷理，酌古御今，治繁总要。”而使文章“博见”的途径就是多使事[①]。因此，“穷理”是刘勰“据事以类义，援古以证今”的最终目的，也是他用事的最大功能。方南堂《辍锻录》云：唐人用事“最善于脱胎，变化无迹，读者惟觉其妙，莫测其源。”[②]刘勰并不如此。虽然暗用是他惯用的手法，《文心雕龙》中的很多事类他没有明确标出出处，但他并不隐藏使事本身。很多时候，读者一望便知他在用事。这与刘勰用事主要是为了说理的目的密切相关。他认为“事昭而理辨”(《檄移》)、“事核理举”(《封禅》)。事理相依相存，相互阐发是《文心雕龙》里普遍存在的现象。譬如：

> (1)齐桓征楚，诘苞茅之阙；晋厉伐秦，责箕郜之焚。管仲吕相，奉辞先路，详其意义，即今之檄文。(《檄移》)

---

① 刘勰在《事类》篇明确指出：曹操认为张子的文章拙劣，是因为他“学问肤浅，所见不博，专拾掇崔杜小文，所作不可悉难，难便不知所出，斯则寡闻之病也。”关于此，作者在本章第八节第二个问题里有专论，兹不赘述。

② 郭绍虞编选：《清诗话续编》下，第1939页。

(2)昔屈平有言："文质疏内，众不知余之异采。"见异唯知音耳。扬雄自称："心好沈博绝丽之文。"其不事浮浅，亦可知矣。(《知音》)

这里，刘勰或显或隐直接以事类说明事理。例(1)里虽然没有"某某云"之类明确的标志，但它的用事是显而易见的。一个"其"字把所引三件古事与作者论点紧密联结成一个相对完整的统一整体。在例(2)里，刘勰则是通过断析事类的意义，陈述自己的观点。对他来说，为了更好地阐明事理，这样的事类必须要让读者知晓，因为它们不是可有可无的添加物，而是批评内容本身——即对屈平、扬雄言辞的评论。因此，严格来说，作为批评文章，《文心雕龙》中的很多事类本身就是作为论点、话题或者批评的对象而存在的。譬如：

(1)管仲有言："无翼而飞者声也；无根而固者情也。"然则声不假翼，其飞甚易；情不待根，其固匪难。以之垂文，可不慎欤？(《指瑕》)

(2)今之常言，有"文"有"笔"，以为无韵者"笔"也，有韵者"文"也。夫文以足言，理兼《诗》、《书》，别目两名，自近代耳。颜延年以为"笔之为体，言之文也；经典则言而非笔，传记则笔而非言。"请夺彼矛，还攻其楯矣。何者？《易》之《文言》，岂非言文？若笔不言文，不得云经典非笔矣。将以立论，未见其论立也。予以为：发口为言，属笔曰翰，常道曰经，

述经曰传。经传之体，出言入笔，笔为言使，可强可弱。分经[①]以典奥为不刊，非以言笔为优劣也。(《总术》)

这两例里的事类即是刘勰文学批评对象本身。刘勰在例(1)里藉明用并引申阐释管仲的言语说明自己的观点。这种文学批评话语本身就是以使事的形式出现的。例(2)是一段驳论。开头暗用的当时文笔之说是此段的话题，明用的颜延年言论是驳斥的具体对象，撮引的"《易》之《文言》"和"《六经》"则是论据。

因此，孤立地看，我们可以说《文心雕龙》里存在着丰富多彩的事类。然而，若将其放入特定文本语境中，则它们都是一个个相对完满的文学批评或文学思想的一部分。譬如：

(1)凡说之枢要，必使时利而义贞，进有契于成务，退无阻于荣身。自非谲敌，则唯忠与信。披肝胆以献主，飞文敏以济辞，此说之本也。而陆氏直称说"炜晔以谲诳"，何哉？(《论说》)

(2)昔郑弘之守南阳，条教为后所述，乃事绪明也；孔融之守北海，文教丽而罕于理，乃治体乖也。若诸葛孔明之详约，庾稚恭之明断，并理得而辞中，教之善也。(《诏策》)

这里，刘勰论必徵典，其所用事就是他的批评内容。例(1)明用的陆氏成辞即是刘勰所要反驳的论点。例(2)里的"郑弘之守

---

① 黄侃认为"分"当作"六"。见其《文心雕龙札记》，华东师范大学出版社1996年版，第275页。

南阳”、“孔融之守北海”、“诸葛孔明之详约”及“庾稚恭之明断”是刘勰所明用的事类，亦是他对作家、作品的评论。因此，尽管任何事类一旦写入《文心雕龙》，便构成了它挥之不去的题材，成为刘勰文论思想的有机组成部分，但是，就《文心雕龙》言语事实的内在表义结构而言，有些事类与刘勰的思想和陈述水乳交融。与其说它们是“文章之外”（《事类》）的事类，毋宁说它们就是刘勰的文论思想本身。譬如：

> （1）古人云：“形在江海之上，心存魏阙之下”，神思之谓也。（《神思》）
>
> （2）且夫鸮音之丑，岂有泮林而变好？荼味之苦，宁以周原而成饴？并意深褒赞，故义成矫饰。大圣所录，以垂宪章。孟轲所云：“说诗者不以文害辞，不以辞害意”也。（《夸饰》）

这两例里的事类并不是起比类、证明或检验论点正确性的作用。刘勰驱之以笔力，驭之以才情，行之以气韵，俾自在流出，用古语若已出。前者是《神思》篇的首句，刘勰直接援引成辞给“神思”下定义；后者所明用的孟轲言辞即是此段的结语。

因此，刘勰既与中国古代或“借用其语，而离却本意者”[①]不

---

① 王士禛云：“《世说》有‘看煞卫玠’之语。东坡自海外归昆陵，病暑，着小冠披半臂坐船中，夹岸万人随观之，先生顾坐客曰：莫看煞轼否！盖用《世说》语为谑也。……宗柟案：诗家隶事，有借用其语，而离却本意者。”见其《带经堂诗话》，人民文学出版社1963年版，第481页。

同,也与“误用事实处[①]”者大相径庭,他很少以戏仿或误用的方式使用事类。文义相左,与事不符的情况在《文心雕龙》里绝少出现也从反面说明了这一点。事实上,刘勰之所以大量使事,是出于对事类的敬重乃至崇拜。无论是据事类义和援古证今,还是验古明今和博见穷理,事类在《文心雕龙》文本中的基本功能是肯定,也即起肯定语言表面和内在含义的功能,并因此收到了增加文本厚度的效果。它们以“类义”和“证今”的面目出现,亦作为论文的对象、作者的思想观点而大量存在。如果说前者是刘勰论文的论据、材料的话,那么,后者就是他文学批评的内容本身,两者之于《文心雕龙》批评话语都是至关重要和须臾不可或缺的。

第七节　积万事万理,撷精华神解:一个真正的互文本

从语言作为事类存在的现实基础出发,刘勰所界说的事类和他在《文心雕龙》里所使用的事类,本质上是一种陈述文本[②]。《文心雕龙》实质上是刘勰遵循一系列原则、运用多种手法,或原

---

① 《说诗晬语》云:“弦高本犒秦师,谢康乐云:‘弦高犒晋师。’《庄子》:‘柳生左肘。’柳,疡类也。王右丞《老将行》云:‘今日垂杨生左肘。’是以疡为树矣。又‘卫青不败由天幸’句,误用霍去病事。而高常侍《送浑将军出塞》亦云:‘卫青未肯学孙吴。’同时误用,未知何故”,见王夫之等撰《清诗话》,第556页。

② 此处吸收融合了法国热拉尔·热奈特在《广义文本之导论》里提出的“广义文本”理论。他认为:广义文本性即每个具体文本所隶属的全部一般类型或超验类型——如言语类型、陈述方式、文学体裁等。见热奈特著,史忠义译《热奈特论文集》,百花文艺出版社2001年版。

封不动引用，或提炼整合，或改动表述等，将自己文章之外众多形形色色的其他文本巧妙地纳入自己文本的一个名副其实的互文本——一个通过互文性[①]而实现的言语系统。下面，我们将通过分析《文心雕龙》文本与其他事类文本之间的关系，阐释《文心雕龙》互文本的特质。这一探讨过程将关涉《文心雕龙》文本的一系列问题，诸如文本的边界与生产、意义的生成、阅读与阐释等等。

一、文本之间的两种基本关系

由于事类基本上存在于典籍之中，存在于言语之中，因此，事类本质上是作为一种历史文本而出现的。从阅读出发，《文心雕龙》文本的言语或直白或隐晦地承载着其他人的话语，亦即《文心雕龙》文本里共存着多种文本、多种声音，诸如政治、社会、历史和文学的，以及经书、史书和神话传说中的等等。这些文本与《文心雕龙》文本之间形成了多层次的联系，归纳起来主要有共存和派生两种基本关系。

共存主要指事类文本在《文心雕龙》中切实出现，其特点是刘勰在不改动原文（上下语境中的原句、原语词和原字）的前提下，通过明用、抄袭等用事手法，直接将事类罗列于《文心雕龙》文本中，譬如：

---

① 互文本（intertext）概念广泛运用于一个文本对其他文本的引用（draw on），包括变移单词或短语中字母位置而构成另一个单词或短语（anagram）、暗指（allusion）、改写（adaptation）、拼凑（pastiche）、戏仿（parody）、模仿（imitation）和各种各样的翻译（translation），而产生在同一个文本内部的文本之间的互动关系就是互文性（intertextuality）。参见 *Chris Baldick Oxford concise dictionary of Literary terms*（Foreign Language Education Press 2000，p. 112）和法国蒂费纳·萨莫瓦约《互文性研究》（天津人民出版社 2003 年版，第 1 页）。

(1)[a]昔伊耆始蜡,以祭八神。其辞云:"土反其宅,水归其壑,昆虫无作,草木归其泽。"则上皇祝文,爰在兹矣![b]舜之《祠田》云:"荷此长耜,耕彼南亩,四海俱有。"[c]利民之志,颇形于言矣。(《祝盟》)

(2)若夫八体屡迁,功以学成,才力居中,肇自血气;气以实志,志以定言,吐纳英华,莫非情性。(《体性》)

例(1)[a]、[b]、[c]三个文本共存,即伊耆祭八神及其辞、舜之祠田辞和刘勰本人的言语(或文本)。其中伊耆祭八神与其辞可谓事类文本套事类文本。而某某"云"之称明确表明了各文本之间的界限。例(2)则把《左传》昭公九年里"气以实志,志以定言"直接粘贴在自己的文本里,抹掉了两个文本之间的差异。虽然引用方式有明用、暗用之别,但例(1)、例(2)均是用"古人全语。"

派生指《文心雕龙》文本是从事类文本中派生出来的,但事类文本并不是原封不动地出现。换言之,事类文本经过刘勰不同程度地改动后(主要通过省略、增加、替换和"撮其要"等)糅入《文心雕龙》文本中。譬如:

(1)夫桃李不言而成蹊,有实存也;男子树兰而不芳,无其情也。夫以草木之微,依情待实;况乎文章,述志为本。言与志反,文岂足征?(《情采》)

(2)孟轲所云:"说诗者不以文害辞,不以辞害意"也。(《夸饰》)

例（1）开头貌似刘勰言语的隔句对所表述的是此段的核心意义。然而深入考究，不难发现这个隔句对明显派生自以下两个文本，即《汉书·李广传赞》里的“李将军死之日，天下知与不知，皆为流涕……谚曰：‘桃李不言，下自成蹊’”，和《淮南子·缪称训》中的“男子树兰，美而不芳，继得食，肥而不泽。情不与相往来也。”刘勰以暗用的手法既基本上沿袭其原句、原语词，又用其意义，通过省略或添加个别语词把原文里的两小句合为一句，从而拼凑出了这个反对隔句对。而其后刘勰本人的言语，则直接由此隔句反对所蕴涵的比喻意义生发出来，或者说只是对它的一个阐释。如此，三个文本（即《汉书·李广传赞》、《淮南子·缪称训》和《文心雕龙》）无论是从言语的表层层面（也即能指）还是深层表义层面（也即所指）都水乳交融般地浑然一体。例（2）刘勰虽然以“孟轲所云”直接点明了下面言语的出处，但他还是对其进行了加工改造。《孟子·万章上》里有“故说诗者，不以文害辞，不以辞害志”之说，刘勰省略了其中的“故”字，并以“意”替换了“志”。

就共存与派生两种基本关系而言，《文心雕龙》文本中比较普遍存在的是派生关系，它以各种形式存在于《文心雕龙》五十篇中。这表明在“事信而不诞”的前提条件下，刘勰更崇尚“改事”而不“失真”的用事。在这种用事过程中，刘勰的主观能动性得到了充分的发挥，他不是被动地用事，而是在与事类对话的过程中，既尊重、倾听和采纳事类，又影响甚至改变事类。下面，我们拟以《文心雕龙》首篇《原道》文本为个案，通过对此文本与其中事类文本之间对话关系的分析，进一步阐明《文心雕龙》互文性的特点。

二、文下之文与文本意义的生成

《原道》篇文本与很多事类文本之间有着共存关系。从篇题“原道”两字[①]到《河图》、《洛书》的神话传说，伏羲氏画八卦、造书契以代结绳之政和孔子作《十翼》，以及《诗经·召南·采薇》里的“谁其尸之，有齐季女”等等。然而，派生才是《原道》文本与其他事类文本之间的一种基本关系。熟知《易》文本的人很容易发现《原道》实质上是《易》的拟作。两者在思路、主要观点、表述内容及其方式上存在着惊人的相似。《原道》篇的中心是论述文学起源的，其思路和主要观点如下：

(1)有天地，然后有万物；

(2)万物相杂为文，文有天文、地理(文)、人文三种存在形态；

(3)龙图献体，龟书呈貌，圣人象之、效之以成人文；

(4)人文最源始的存在形态是《易》，《易》乃道之文。

我们在《易》里能找到与之完全一致的下列说法：

(1)《易·序卦》：“有天地，然后有万物，有万物，然后有男女。”

(2)《易·系辞下》：“物相杂，故曰文。”《易·系辞上》：“在天

---

① 此两字借用了《淮南子》“原道”篇的篇题。黄侃和范文澜在注《文心雕龙·原道》篇题篇时皆引《淮南子·原道》题篇，并采用高诱“原，本也。本道根真，包裹天地，以历万物，故曰原道，用以题篇”对它的注解，认为此为刘勰所本。黄侃认为刘勰《原道》篇所谓道者，指的是自然之道，与后世言“文以载道”者截然不同。范文澜指出：“按彦和于篇中屡言‘心生而言立，言立而文明，自然之道也；’‘夫岂外饰，盖自然耳；’‘故知道沿圣以垂文，圣因文以明道。’综此以观，所谓道者即自然之道，亦即《宗经》篇所谓恒久之至道。”详见黄侃《文心雕龙札记》和范文澜《文心雕龙注》。

成象，在地成形。”“参伍以变，错综其数，通其变，遂成天地之文；极其数，遂定天下之象。”“仰以观于天文，俯以察于地理。”《易·贲》彖辞：“故小利有攸往，天文也；文明以止，人文也。观乎天文以察时变，观乎人文以化成天下。”

(3)《易·系辞上》：“探赜索隐，钩深致远，以定天下之吉凶，成天下之亹亹者，莫大乎蓍龟。是故，天生神物，圣人则之。天地变化，圣人效之。天垂象，见吉凶，圣人象之。河出图，洛出书，圣人则之。”

(4)《易·系辞上》：“《易》与天地准，故能弥纶天地之道。”“鼓天下之动者存乎辞。”

至如表述内容及其方式，两者相同之处亦很多。事实上，不论是结构安排、语序，还是《原道》篇里的所有陈述，我们都能在《易》里找到原始出处。例如，《易》文本里有关文起源于道，与天地并生是道之文的说法，和圣人法道创《易》、《易》乃道之文、文之源头的言语，以及有关中国早期文学历史的论述，都参与了刘勰《原道》陈述的形成。或者说，刘勰创作《原道》的过程实质上是一个使用《易》文本的过程——《易》文本里的内容就是《原道》文本里的内容。《原道》文本里充斥着《易》的思想、声音和语词。刘勰的陈述几乎无时不处于上述《易》陈述的网中。如果说思维过程中认知模式的相合存在着偶然性、巧合性的话，那么，上述语旨及其表述上的相同或相近，则迫使我们得出《原道》是从《易》中直接派生出来的互文本这一结论。而且，尽管《原道》里还共存有多种事类文本，但是，《易》是其中一个最基本的文下之文，也即隐文本。

《易》与《原道》的互文绝不是一个简单的摘抄、剪贴或仿效的编辑过程，而是说从《原道》文本之网中抽出的语义成分总是超越此文本而指向《易》。这一前文本把现在的话语置于与它们不可分割地联系着的更大的社会历史文本之中。因此，《原道》与《易》的这种互文本性本质上是由语词引发的该文本与存在于此文本中的其他文本之间的一种对话关系。刘勰的表述与《易》的表述之间进行着对话，也即刘勰在《原道》中对文学起源现象的探讨和早期作家、作品的批评几乎都是由《易》话语的踪迹来标识的。而他所要表达的文学思想也受到了《易》话语或隐或显的潜在影响。《原道》文本与《易》文本之间的这种互文本性具体是从言语符号的能指所指两个层面体现出来的。就能指层面而言，《原道》对《易》并非逐字逐句、直白地使用。除"《易》曰：'鼓天下之动者存乎辞'"这一明用毫不遮掩两篇不同文本之间的差别外，或者说，除这句话在《原道》文本言语结构中显得非常独立外，严格说来，其余各处，刘勰均借助于各种形态的暗用，把《易》里的一些思想和片断性文字重组在《原道》里。换言之，刘勰不是从《易》表面掇拾而得，而是积万事万理，撷其精华，旨征于言象之外，从其里面涵养而得，因此，收到了两文本融为一体的效果。就所指层面而言，刘勰的声音与《易》的声音是如此地和谐一致：他借《易》进行思考，亦步亦趋地用《易》的思想观点来阐述何为"文"、文学的起源以及早期中国文学的历史等问题。正是能指与所指的自由粘帖，《原道》与《易》之间失去了界限：言辞、思想都处于互文性之中。

在这个互文性网中，没有孤立的个别，一切都处于相互依赖、相互联系之中，也即《原道》与《易》文本相互指涉、相互衔接，两文本间存在着相互支撑、相互影响的互文性效果:《原道》的意义不是由刘勰一个人规定的,它是在与《易》文本交互参照,交互指涉的过程中产生的。换言之,刘勰在写作过程中有意识地对《易》文本进行了析取:无论是在基本思想观点、逻辑次序和思路上,还是词汇、语法形式等方面,《原道》文本都广泛吸收了《易》文本。《原道》与《易》文本之间的这种互文性一方面给读者阅读提出了一个新的要求:必须把握《原道》与《易》之间某种表层和深层的关联性,也即依据《易》这个《原道》文下之文的前文本(或者说潜文本、隐文本)才能更深入地理解《原道》篇;另一方面这种互文性也是读者的阅读指南。在它的指引下,《原道》文本中一些似乎不可理解的话语因此也会变得易于理解,如对《原道》开头"文之为德也大矣,与天地并生者何哉"这一问句的解读,学界说法不一,主要观点有三:

(1)有些学者把"文之为德"缩减为"文德"来理解,如范文澜在注"文之为德也大矣"句时说:"《易·小蓄·象》'君子以懿文德。'彦和称文德本此。"①刘永济释《原道》亦云:"首标文德侔天地之义,是文之原夫道也。"②

(2)有些学者以"功效"、"功用"训此处的"德"字,如杨明照、吴林伯都主要以《论语·雍也》"中庸之为德也"和《礼记·中庸》"鬼神之为德也"(朱熹注曰:"程子曰:'鬼神,天地之功用。'张子曰:'为德,犹言性情功效。'")为佐证,认为这里的"文之为德"

① 范文澜:《文心雕龙注》,第6页。

② 刘永济:《文心雕龙校释》,中华书局1962年版,第1页。

者，犹言文之功用或功效也。[①]

（3）有些学者，如詹锳同样引《论语·雍也》和《礼记·中庸》的话，但认为它们句法略同，而"德"字取义有别。"德"即宋儒"体用"之谓，"文之为德"即文之与用，就是文之功能、意义。[②]

以上三种观点的分歧集中体现在"德"字的意义上。《原道》与《易》的互文本关系，决定了我们应在两者的互文对话关系中理解此字。《易》里"德"主要有两种涵义：一为德行，如《乾·文言》里有"君德"、"君子以成德为行"和"君子进德修业"之说；二为具体事物由道所得的特殊规律和特质，也即事物的根本属性。例如，《小蓄·大象》曰："君子有懿文德"，和《易·系辞上》亦云："是故圣人以通天下之志，以定天下之业，以断天下之疑。是故蓍之德圆而神，卦之德方以知，六爻之义易以贡。"相比较而言，《易》里"德"字比较普遍的用法是第二种。因为《易》与圣人和道同一是《易》最基本的思想。《易·系辞上》云："夫《易》广矣大矣！以言乎远则不御，以言乎迩则静而正，以言乎天地之间则备矣。夫乾，其静也专，其动也直，是以大生焉。夫坤，其静也翕，其动也辟，是以广生焉。广大配天地，变通配四时，阴阳之义配日月，《易》简之善配至德。"此处"至德"之"德"即德配天地之义。同样，《易》、圣人和道三位一体也是《原道》的基本思想。[③] 我们在

---

① 杨明照：《增订文心雕龙校注》上册，第5页；吴林伯：《文心雕龙义疏》，武汉大学出版社2002年版，第13页。

② 詹锳：《文心雕龙义证》，上海古籍出版社1989年版，第2页。

③ 刘勰在《序志》明确说明自己的写作"本乎道，师乎圣，体乎经"。在《文心雕龙》前五篇"文之枢纽"里，他分篇详尽阐述了这一思想。作者对此已有专论，兹不赘述。见拙著《跨越话语的门槛：在〈文心雕龙〉与〈诗学〉之间》，学苑出版社2002年版。

《易》里可以找到《原道》里人文本原于道、圣人和《易》的思想及类似的表述。而联系《易·系辞下》开篇"圣人之情见乎辞,天地之大德曰生"这句话(孔颖达疏此曰:"自此已下欲明圣人同天地之德,广生万物之意也,言天地之盛德在乎常生,故言曰生若不常生,则德之不大,以其常生万物故云大德也"[①]),我们对刘勰《原道》开篇的设问就会有新的理解:"天地之大德曰生",而人与天地并生,"为五行之秀,实天地之心,心生而言立,言立而文明,自然之道也。"(《原道》)因此,"人文之元,肇自太极,幽赞神明,《易》象惟先。庖牺画其始,仲尼翼其终。而《乾》、《坤》两位,独制《文言》。言之文也,天地之心哉!若乃《河图》孕乎八卦,《洛书》韫乎《九畴》,玉版金镂之实,丹文绿牒之华,谁其尸之?亦神理而已。"(《原道》)用《易·系辞上》里的话说就是:由圣人创造的"《易》与天地准,故能弥纶天地之道。"而"天地之道,恒久而不已也……日月得天而能久照,四时变化而能久成,圣人久于其道而天下化成。观其所恒,而天地万物之情可见矣!"(《易·贲》)因此,由"天地之大德曰生"我们可以类推出:人文,准确地说《易》之大德曰生。[②] 而《原道》开篇刘勰的自问自答:"文之为德也大矣,与天地并生者何哉?"不是说文的功效或功能意义与天地并生,而是说文的产生,与天地一样恒久。

总之,互文见义。《易》作为《原道》的文下之文(或前文本、

① 阮元校刻:《十三经注疏》,第86页。

② 《易·系辞上》云:"一阴一阳之谓道,继之者善也,成之者性也。仁者见之谓之仁,知者见之谓之知,百姓日用而不知,故君子之道鲜矣!显诸仁,藏诸用,鼓万物而不与圣人同忧,盛德大业至矣哉!富有之谓大业,日新之谓盛德。生生之谓易。"

潜文本、隐文本),无疑为《原道》的解读提供了参照。同时,《原道》的出现也丰富了我们对《易》的理解。清人林纾把这种以互文性解读文本的方法称之为"神解",并指出:它使我们懂得了"作文乃无死句。"[①]刘勰对《易》兼收并蓄——既借用其言辞、人物又借用其思想内容创作了《原道》。

由于用事的普遍性[②],这种写作模式贯穿在《文心雕龙》其他四十九篇中。与《原道》一样,它们都分别以各种各样的方式与其他文本形成共存或派生的互文关系。只是由于引用手法的多样化,这个"其他文本"在不同篇章可能会以成辞、古事、人名、文章名、地名的形式,也可能会以标题、拟作的形式出现在《文心雕龙》言语事实中,而且数量和性质亦因篇章的不同而有所差异。可以说,《文心雕龙》中的每一篇文本都建立在这样一个前提上,即不论表达的是什么、怎么说的,它几乎都在自觉或不自觉地使用其他文本中的思想和言语,尤其是《五经》。正是在这个意义上,我们说《文心雕龙》是一个真正的互文本,一个对众多其他文本引用的结果。当然,这并不是说《文心雕龙》不是原创,只是许多其他文本的混合,或者说,作者刘勰不是直接面对和批评各种文学现象,只是在回收和重组前文本的材料,而是说刘勰引用、拼凑和仿作前文本。

---

① 林纾原话是这样说的:"《文心雕龙·徵圣》第二有曰:'正言所以立辩,体要所以成辞。'是言一本于《易》,一本于《书》,推而言之,则知此者,作文乃无死句,论文亦得神解。"参见其《春觉斋论文》,人民文学出版社 1959 年版,第 46 页。清人陈廷焯《白雨斋词话》里也有"神解"之说。

② 《文心雕龙》中用事的普遍性就是互文的普遍性。

我们已经知道刘勰很少一字不落地用事——被引用、吸收和转化的前文本，大多都不是原封不动的、直接的，它们总是被改变、被移位和被浓缩，总是为适应刘勰的价值标准而被编辑过。因此，刘勰的互文性具有明确的主体意识——改变吸收和重组现存的前文本。《文心雕龙》的写作本质上是在与其他文本的相互交流对话中实现的。

三、涵蕴古今的事类文本

作为"论文"[①]专著，《文心雕龙》言语事实里所承载的一切内容理应都是刘勰的批评客体，事类亦不例外。无论是刘勰在比类、证明或检验自己论点的正确性时所使用的事类，还是他直接作为论点、论据和批评对象的事类，都是《文心雕龙》言语事实的有机组成部分，是刘勰文学批评内容本身。因此，若从互文性视域看《文心雕龙》，事类文本化意味着它与事类之间的关系，就是它与其他文本之间的关系。准确地说，就是它与其所批评的文本之间的关系，用热拉尔·热奈特的话说就是元文本性[②]。下面，我们拟将按照《文心雕龙》文本中事类的性质，特别是这些事类文本中所涉及到的内容，把《文心雕龙》文本中的事类文本划分为广义的文学文本和外文学文本两大类，并据此探讨《文心雕龙》批评文本的特质。

（一）最核心的文学文本

---

① 刘勰在《序志》篇里明确声称自己是把《文心雕龙》作为"论文"来写作。

② 他在《隐迹稿本》里声称："我把文本超验性的第三种类型称做'元文本性'，人们常把元文本性叫做'评论'关系，联结一部文本与它所谈论的另一部文本，而不一定引用该文（借助该文），最大程度时甚至不必提及该文的名称。"详见〔法〕热拉尔·热奈特著，史忠义译《热奈特论文集》，第73页。

《文心雕龙》事类文本里涉及最多的是文学文本。它主要包括作家作品(包括传说中的)、文类、文学思潮、文学理论思想和文学批评文本四部分内容,兹分叙如下:

1. 作家、作品(包括传说中的)

这类事类文本最丰赡。为简明起见,我们把刘勰直接明确提到的按时代顺序表呈如下:

(1)先秦时期

鬻熊《鬻子》	尹文《尹文子》	芮良夫《桑柔》	孙武《孙子兵法》	老子《老子》
尹吉甫的文章	禹《洪范》	孔鲋《孔丛子》	公羊高《春秋传》	韩非子《韩非子》
孔子编订《六经》、《文言》	涓子《琴心》	范雎的辨说、《上秦昭王书》	姜太公《六韬》	慎到《慎子》
《论语》、《尔雅》	孟子《孟子》	仲虺的垂示诰文	《鬼谷子》三卷	鹖冠子《鹖冠子》
列御寇《列子》	邹衍《邹子》	左丘明《世本》、《春秋左传》	尉缭《尉缭子》	庄子《庄子》
孔甲《破斧之歌》	王绾的奏	青史氏《青史子》57 篇	《野老》17 篇	伊尹《伊训》
郑庄公《大隧诗》	士蒍《狐裘诗》	李斯的奏、《苍颉篇》、《谏逐客书》、《治书》、《治骊山陵上书》	尸佼《尸子》20 篇	公孙龙《公孙龙子》
申不害《申子》	周公的诗、《金人铭》	周武王《户铭》、《席四端铭》、《大誓》	吕不韦《吕氏春秋》	周文王的繇辞、《丹书》
优施《暇豫歌》	文子《文子》	管仲《管子》、《晏子春秋》、议、令	商鞅《商君》29 篇	儿歌《沧浪》
王孙子《巧心》	荀子《荀子》	墨子《墨子》、《随巢子》	乐毅《报燕惠王书》	唐勒

邹穆公的谚	蒯聩的请	薳敖、赵衰、子太叔、公孙挥的辞	优旃、优孟、淳于髡的谐	张老的祷
史赵的吊	苏秦的议、吊	还无社、申叔仪、伍举、庄姬、臧文仲的隐	周成王、康王的封禅	鲁僖公、商鞅、甘龙的议
辛甲《百官箴》	秦昭王的盟、刻文	魏颗、孔悝、飞廉、卫灵公、秦始皇的刻文	商汤王的祝辞、《盘铭》	周穆王的碑、戒
《伊尹》	魏绛、楚庄王的箴	绕朝、子家、巫臣、子产、子叔敬叔的书	张仪的说、《檄告楚相》	曹沫、毛遂的盟
宋玉《楚辞》、赋、谐	仲山甫、吕望的铭	祭公谋父、吕相、刘献公、晋厉公的说	齐桓公的辞、封禅、《葵丘盟》	赵武灵王的议、刻文
《风后》	《力牧》	鲁庄公、鲁哀公、柳下惠妻的诔	屈原《楚辞》	商君河亶甲的歌
师旷的乐	季札	景差	子夏	子贡

(2) 两汉时期

史岑《和熹邓后颂》	桓麟《七说》	张衡的上疏、《怨篇》、《仙诗缓歌》、《二京赋》、《应间》、《七辨》、《讥世》、《西京赋》(2)①、《南都赋》、《羽猎赋》	张汤的奏书
严尤《三将军论》	严安	潘勖《符节箴》、《策魏公九锡文》	马援的戒
贾捐之的议对	严忌的诗	王褒《洞箫赋》(2)、《髯奴券文》	石建的奏文
贾逵《神雀颂》、杂文	王延寿	马融的书表、《广成颂》(2)、《上林颂》、《长笛》	王吉的上疏

① (2)代表被刘勰直接提到或评论了二次，下同。《仙诗缓歌》，按黄叔琳注乃“张衡同声歌：素女为我师，仪态盈万方，众夫所希见，天老教轩皇。”见其《文心雕龙辑注》，第69页。

韦孟的四言诗	陈平	王逸《论语》、《尔雅》、《楚辞章句》	匡衡的上疏
胡广《吊夷齐文》、箴	乐松	司马相如《上林赋》(6)、《哀秦二世赋》、《难蜀父老》、《封禅文》、《凡将篇》、《子虚赋》	张升的哀文
仲长统《昌言》	终军	司马迁的赋、《史记》(3)、《报任安书》	黄香笺记
张释之的辩说	尹敏	汉高祖《大风歌》、《鸿鹄歌》、《手敕太子》	枚皋的赋、俳
主父偃	孔光的奏	冯衍的辩说、《杂器铭》、《显志赋》、《自序》	宋弘《集灵》
孔安国《古文尚书》	杨赐	东方朔《难公孙弘书》、《答客难》、《骂鬼书》、《戒子》、俳、隐语	陈蕃的上疏
毛苌《诗经传》	曹褒	陆贾的辩说、《新语》、《孟春赋》、《楚汉春秋》	赵壹的辞赋
郑玄《礼经注》、《诗谱》	郑弘的教	贾谊的疏奏、《鹏鸟赋》、《新书》、《吊屈原文》、《过秦论》、议	陈遵的书
郦食其的辩说	伏生	祢衡的书、辞赋、《吊张衡文》	张敏的议对
秦延君注《尧典》	朱买臣	邹阳的辩说、《狱中上梁王书》	郭躬的议对
枚乘《七发》、《菟园》	应劭的议对	班固《两都赋》、《安丰戴侯颂》、《窦将军北征颂》、《祀蒙山文》、《汉书》、《涿邪山祝文》、《封燕然山铭》、《答宾戏》、《典引》、《艺文志》(2)、《东都赋》、《汉书·艺文志》里的18篇隐书	李尤的辞赋、铭文
王符《潜夫论》	李延年	班彪的奏章、《王命论》、《悼离骚》	晁错的上疏、便宜、对策
刘苍(东平王)的文章	杜钦的辩说、对策	傅毅《孤竹》、《西征颂》、《显宗颂》、《明帝诔》、《北海王诔》、《七激》	杨秉的上疏

乐府诗《饮马长城窟》	司马谈	汉光武帝的诏、敕戒、封禅	班婕妤的五言诗
臧洪的盟	荀悦	刘辅（沛献王）《五经通论》	韩安国的议
刘宏（汉灵帝）《皇羲篇》、赋	桓谭《新论》	扬雄《甘泉赋》（2）、《赵充国颂》、《百官箴》、《解嘲》、《法言》、《连珠》、《反离骚》、《元后诔》、《剧秦美新》、《答刘歆书》、《校猎》、《羽猎赋》、《训纂篇》、《太玄》	公孙弘的对策
刘修	吾丘寿王的驳论	刘彻（汉武帝）的诏、策、封、《伤霍子侯诗》、《柏梁诗》	班昭《女戒》
杨恽《报孙会宗书》	董贤	刘歆的辩说、《七略》、《移太常博士书》、《遂初赋》	倪宽的奏书
刘陶的诔文	李陵的五言诗	刘向《新序》、《战国策》、《说苑》、《七略》	崔骃的铭、箴、《七依》、《达旨》
伏胜《尚书大传》	刘珍的杂文	刘安《离骚赋》、《淮南子》、《万毕术》	苏慎的哀文
隗嚣《移檄告郡国》	严助	刘询（汉宣帝）的赋、诏书	董仲舒的赋、对策
王充《论衡》、《养气》	王延寿	崔缓的诔文、哀文、《七厉》、《李公诔》、《南阳文学颂》、箴、书	谷永的上疏
崔寔《客讥》、《政论》、奏记	张敞对《仓颉》的正读和奏书	蔡邕的上疏、《释诲》、《黄钺铭》、《朱穆鼎铭》《太尉杨赐碑》、《陈寔碑》、《郭泰碑》《汝南周勰碑》、《太傅胡广碑》、《吊屈原文》、《京兆樊惠渠颂》	杜笃《吴汉诔》、杂文
朱普的解《尚书》	苏顺的诔文	张昶《西岳华山堂阙碑铭》	楼护的辩说
路温舒的奏、牒	蒯通的辩说	《古诗十九首》	张纯的封禅
汉明帝的诏	汉和帝的诏	左雄的章表、奏议	汉章帝的论
鲁丕的对策	汉安帝的诏	班伯的说言	

（3）三国时期

鱼豢《魏略》	丁仪的论、《广成颂》	应贞《临丹赋》	谢承《后汉书》
丁廙的文采	钟会《移蜀将吏士民檄》	王粲《吊夷齐文》、《登楼赋》、《七释》、《去伐论》	甄毅的疏
夏侯玄《本无论》	曹丕的诗、《典论·论文》、《剑铭》、笑书、隐语、文章	曹植的诗赋、章表、隐语、《魏德论》、《皇太子生颂》、《与杨德祖书》(2)、《报孔璋书》、《魏文帝诔》、《客问》、《七启》、《辨道论》、《武帝诔》、《明帝颂》(2)、《诰咎文》(2)	王朗的疏、《杂箴》
程晓的疏	诸葛亮《出师表》、教	曹仁(太祖从弟)	刘桢的五言诗、笺记
韦诞的议论	傅嘏《才性论》	孔融《卫尉张俭碑铭》、《孝廉》、《荐祢衡表》①、教、书	高堂隆的疏
韦昭的史论	刘放的诏书、策书	阮瑀的书记、《吊伯夷齐文》、章表	杨修
曹操的诗文	路粹之奏孔融	王弼注《易经》、《易略例》	缪袭的词
黄观的疏	李康《运命论》	徐干的辞赋、议论、《行女哀辞》	薛综的嘲调
僧肇《肇论》	刘劭《赵都赋》	卫觊《为汉帝禅位魏王诏》	阮籍的诗
郑默的史论	应璩《百一诗》(3)、书	嵇康(竹林贤士)的诗、《声无哀乐论》、《养生论》、《与山巨源绝交书》	陈琳的章表、《为袁绍檄豫州》
刘廙的上书	应玚《文质论》	何晏《景福殿赋》、《老子道德经论》	明帝曹叡"制诗度曲"
繁钦	邯郸淳的论、《受命述》	潘勖《符节箴》、《册魏公九锡文》	

① 刘勰把孔融、潘勖都视作魏人，《书记》有"魏之元瑜，号称翩翩；文举属章，半简必录"之说；《诏策》有"建安之末，文理代兴，潘勖九锡，典雅逸群"之论。

（4）两晋时期

刘琨《重赠卢谌诗》、《劝进表》	王衍	刘隗弹劾的奏文	何曾的议论
赵至《与嵇茂齐书》	王戎	卢谌的文章	曹摅的长诗
温峤的笔记、《侍臣箴》	秦秀的议	傅咸的驳论、疏奏、议	潘尼《乘舆》、箴
张载的文章、《七哀诗》、《剑阁铭》	阮咸	王济《国子箴》	殷仲文的文章
张华《鹪鹩赋》、《杂诗》、章表	刘伶	华峤《后汉书》	谢沈《后汉书》
王韶之《晋安帝阳秋》	山涛	羊祜《让开府表》	邓粲《晋纪》
张骏《请讨石虎李期表》	虞松的章表	向秀《思旧赋》	成公绥的辞赋
郭璞《客傲》、《游仙诗》、《南郊赋》	谢艾	吕忱《字林》	傅玄的文章
左思《三都赋》、《咏史诗》、《七讽》(2)	张亢的诗	宋岱《周易论》	荀勖的校雠
潘岳的诔文、《为诸妇祭庾新妇文》、《金鹿哀辞》、《泽兰哀辞》、《丑妇》、《萤火赋》、《西征赋》	司马芝的议	袁山松《后汉书》	王赞《杂诗》
孙盛的文章、《晋阳秋》、《魏氏阳秋》	贾充	束晰《饼赋》	桓温《檄胡文》
张莹《后汉南记》	陶渊明	陈寿《三国志》	郭象《庄子注》
孙绰《温峤碑》、《丞相王导碑》、《太宰郗鉴碑》、《太尉庾亮碑》、《桓彝碑》	张协的文章、诗	陆云的文章	虞溥《江表传》
陆机《汉高祖功臣颂》、《吊魏武帝文》、《辩亡论》、《晋纪》、《文赋》、《移百官文》、议、奏记、《园葵》	谢混的诗	魏降的讽谏	薛莹《后汉记》
皇甫谧《帝王世纪》	裴頠	张翰《杂诗》	薛综的谬注
司马彪《续汉书》	庾翼的教	刘颂的奏	庾敳《客咨》
袁宏的文章；袁宏及张璠两家有关后汉的编年史	夏侯湛	干宝《晋纪》	孙楚的文章

庾亮的表、奏、《让中书监表》	挚虞的论	刁协	张勃《吴录》
晋明帝的诰策、辞赋	李充《翰林论》	晋武帝的戒敕文	杜夷《幽求子》

由上述列表可以看出：刘勰直接明确引用先秦、两汉、三国、两晋时期文人、作品的数量分别为175（112/63）、[①]259（121/138）、98（48/51）、139（76/63）。很显然，他在《文心雕龙》里比较明确提及并评论最多的是两汉时期的作家、作品，其中尤以班固、蔡邕、扬雄、司马相如、张衡和傅毅为最。与此相反，除在"王袁联宗以龙章，颜谢重叶以凤采，何范张沈之徒，亦不可胜也"（《时序》）。这段话里，刘勰以高度浓缩的语言提及王、袁、颜、谢四大家族文人，以及何逊、范云、张邵和沈约外，他绝少提及南北朝时期的文人、作品。这说明作为批评者，刘勰不具体论述或一一点评与他同时代和距离他比较近的时代的作家、作品。当然，此表虽一目了然，但不全面。这主要表现在以下两个方面：

第一，它只列出了先秦至两晋时期的作家、作品。其实，对传说中的三皇、五帝时期，刘勰的评论亦很多。首先，他评述了传说中的氏族首领及帝王、臣子们的歌辞、文章，诸如上帝《广乐》（《乐府》）、葛天氏《玄鸟》（《明诗》）、黄帝《云门》（《明诗》）、尧《大唐》（《明诗》）和舜《南风》（《时序》），以及黄帝《祝邪文》（《祝盟》）、咸墨《九韶》（《颂赞》）和《卿云》之歌（《时序》），等等。其次，刘勰还评论了传说中的一些重要典籍，诸如《丹书》

① 其中的112是文人的数量，63是作品的数量。

(《封禅》)、《三坟》(《原道》)、《河图》(《原道》)和《绿图》(《正纬》)，以及《五典》、《八索》、《九丘》(《宗经》)等。最后，黄帝、唐尧、虞舜时期的一些民间歌谣，刘勰也提到了，诸如《在昔》(《通变》)、《元首诗》、《弹歌》和《断竹》(《章句》)等。

第二，先秦时期，刘勰还集中评论了《诗经》、《易》、《尚书》、《礼记》、《春秋》、《乐经》、屈原、宋玉和《楚辞》。至如《政典》(《事类》)、《洪范》和《夏箴》(《铭箴》)、《五子之歌》(《通变》)、《洛汭歌》(《章句》)、《商箴》、《归藏》(《诸子》)、《盘铭》、《虞箴》(《铭箴》)、《仙真人诗》(《明诗》)、《原田歌》和《裘鞸歌》(《颂赞》)，以及《乐纬》之类的纬书，刘勰也都明确提到了。

2. 文类

《文心雕龙》文学类事类文本里非常重要的一个组成部分是文类。按刘勰自己规划的体例[①]：《文心雕龙》里有二十篇是专论文类的，其间，刘勰主要评述了四十二种文类，即论、说、辞、序、诏、策、章、奏、赋、颂、歌、赞、铭、诔、箴、祝、纪、传、檄、盟、诗、乐府、风、雅、碑、哀、吊、杂文、谐讔、注、评、议、叙、史、诸子[②]、移、封

① 《序志》云："盖文心之作也，本乎道，师乎圣，体乎经，酌乎纬，变乎骚，文之枢纽，亦云极矣。若乃论文叙笔，则囿别区分，原始以表末，释名以章义，选文以定篇，敷理以举统，上篇以上，纲领明矣。至于割情析采，笼圈条贯，摛神性，图风势，苞会通，阅声字，崇替于时序，褒贬于才略，怊怅于知音，耿介于程器，长怀序志，以驭群篇，下篇以下，毛目显矣。位理定名，彰乎大易之数，其为文用，四十九篇而已。"

② 严格来说，"诸子"本不是文类概念。在中国文学批评史上，很少有人以此为文类。但刘勰在《文心雕龙》里却明确把它与诗、赋等其他文类并提。

禅、表、启、对策、书[①]和书记。对每一种文类，刘勰都“原始以表末，释名以章义，选文以定篇，敷理以举统”，“囿别区分。”(《序志》)在论述过程中，刘勰还依据不同的标准对其中很多文类作了二次分类。例如，根据具体用途，他把书记归类并再次细分为二十四种，《书记》云：“是以总领黎庶，则有谱、籍、簿、录；医历星筮，则有方、术、占、试；申宪述兵，则有律、令、法、制；朝市征信，则有符、契、券、疏；百官询事，则有关、刺、解、谍；万民达志，则有状、列、辞、谚”；依据应用的领域，他把移分为文移和武移两大类；依据密级程度，他把奏又再次区分为封事和便宜两种。有时，刘勰甚至会依据两个不同的标准区分同一种文类。例如，他一方面从写作内容上把赋分为京殿、苑猎、述行和序志四类；一方面又从选材和语言表达方式上把它区分为大赋和小赋。同样，他分别依据字数和表达方式把诗划分为二言、三言、四言、五言、六言、杂言六种，和拆字诗(离合诗)、回文诗、联句诗三种。因此，若把刘勰再次区分出来的亚类也计算在内，则《文心雕龙》所述文类不可胜数。其实，文类是刘勰文论的出发点，他以此割情析采，弥纶群言。[②]

3. 文学思潮

刘勰事类文本里所涉及的第三类文学文本是各个历史时期，

① 《文心雕龙》单列“书记”篇，但在具体行文里，刘勰是把“书”(刘勰直接称为“书体”，包括个人书信和部分公文)与“书记”作为两种文类(其实就是各种“笔札”)分开论述的。

② 《梁书》和《南史》本传都用“论古今文体”来总括《文心雕龙》。作者对此也已有专论，兹不赘述。参见拙作《跨越话语的门槛：在〈文心雕龙〉与〈诗学〉之间》。

随着社会变革发展而在文学史上形成的一些创作风尚、文学思潮等。《文心雕龙》中这类事类文本为数不少。如刘勰这样论述正始及其后晋代和南北朝时期的文坛创作情况:

> 乃正始明道,诗杂仙心,何晏之徒,率多浮浅,唯嵇志清峻,阮旨遥深,故能标焉。若乃应璩百一,独立不惧,辞谲义贞,亦魏之遗直也。晋世群才,稍入轻绮,张潘左陆,比肩诗衢,采缛于正始,力柔于建安,或析文以为妙,或流靡以自妍,此其大略也。江左篇制,溺乎玄风,嗤笑徇务之志,崇盛亡机之谈。袁孙已下,虽各有雕采,而辞趣一揆,莫与争雄;所以景纯《仙篇》,挺拔而为俊矣。宋初文咏,体有因革,庄老告退,而山水方滋;俪采百字之偶,争价一句之奇,情必极貌以写物,辞必穷力而追新:此近世之所竞也。(《明诗》)

这里,刘勰对不同历史时期的代表作家、作品及其创作上的主要倾向都论述得很清楚。至如文、笔之争,晋来文苑多恐以言招祸、论文不敢仿效曹丕质直其辞的文风,以及南北朝时期人们为了追求声谐偶骊而一味"忌同"[①]的创作风尚等,刘勰在《才略》、《总术》等篇章里都有论述。

4. 文学理论思想、文学批评文本

南北朝及之前的一些重要文学批评者及其思想、文论论著,刘勰

① 《练字》云:"近世忌同",即忌讳在上下文里使用相同的字,刘勰称之为"重出"。

几乎都谈到了。只不过有的他援引得多一些，有的少一些而已。现将刘勰直接明确引入（明用）《文心雕龙》中的这类事类文本表呈如下：

人（或文本）	文学思想、言论或批评
孔子《论语》	泛论君子："情欲信，辞欲巧"（《徵圣》）；对《诗经》的评价：三百之蔽，义归无邪（《明诗》）；对子产的评价："言以足志，文以足言"（《徵圣》）；对人才难得的评论：才难，不其然乎？（《知音》）
刘向	评赋曰："不歌而颂"（《诠赋》）；对诗与歌的区分（《乐府》）；《七略》里"谣咏必录"的思想。（《章表》）
刘桢	关于文章体势的观点："文之体指实强弱，使其辞已尽而势有余，天下一人耳，不可得也"①（《定势》）；论孔融的创作："孔氏卓卓，信含异气，笔墨之性，殆不可胜"（《风骨》）。
老子《老子》	称"美言不信"。（《情采》）
《庄子》	《天道》、《齐物论》里对文辞的论述："辩雕万物"、"言隐荣华"（《情采》）；《天地》里对《折杨》俗曲的评价（《知音》）；《让王》里对形、神的论述："形在江海之上，心存魏阙之下。"（《神思》）
扬雄	对"七"的评价："先骋郑卫之声，曲终而奏雅"（《杂文》）；对书的议论："言，心声也；书，心画也。声画形，君子小人见矣"（《书记》）；评司马相如："文丽用寡者长卿"（《才略》）；论赏析："心好沉博绝丽之文"（《知音》）；对屈原《离骚》的评价（《辨骚》）；"扬子比雕玉以作器，谓《五经》之含文"（《宗经》）；扬子"追悔于雕虫，贻诮于雾縠"（《诠赋》）；论言语："所谓诗人丽则而约言，辞人丽淫而繁句也"。（《物色》）
《易经》	对策的议论："后以施命诰四方"、"君子以制度数"（《诏策》）；对议的评论："君子以制度数，议德行"（《议对》）；论述使事重要性："君子以多识前言往行"（《事类》）；论述文章结尾的重要性："臀无肤，其行次且"（《附会》）；论言语："辨物正言，断辞则备"（《徵圣》）；对道之文的论述："鼓天下之动者存乎辞"。（《原道》）

① 《定势》曰："刘桢云：'文之体指实强弱，使其辞已尽而势有余，天下一人耳，不可得也。'"许多校注家认为"文之体指实强弱"句有误，此处作者采用杨明照先生的说法。见《订增文心雕龙校注》上册，中华书局2000年版，第413页。

续表

人(或文本)	文学思想、言论或批评
张衡	对《史记》、《汉书》、纬书里错误的指摘。(《史传》)、(《正纬》)
《尚书》	对敕的议论:"敕天之命"(《诏策》);论文辞:"辞尚体要,弗惟好异"(《徵圣》)、(《风骨》);论文辞的重要性(《序志》);界定乐府:"声依永,律和声"(《乐府》);界定诗:"诗言志,歌永言"(《明诗》);对议的评论:"议事以制,政乃弗迷"(《议对》);议论士人(《程器》)。
《诗经》	对策、命的议论:"畏此简书"、"有命在天"(《诏策》);论吊:"神之吊矣"(《哀吊》);论章:"为章于天"(《章表》);对议的议论:"周爰谘谋"(《议对》);议论文采:"衣锦褧衣"(《情采》);评乐府诗:"好乐无荒"、"伊其相谑"。(《乐府》)
班固《离骚序》、《汉书·艺文志》	论赋:"古诗之流也"(《诠赋》);《典引》评扬雄文章(《封禅》);《汉书·艺文志》关于民间歌谣的议论(《章表》);评论傅毅的写作(《知音》);认为屈原:"露才扬己,忿对沉江。羿浇二姚,与左氏不合,昆仑悬圃,非经义所载。然其文辞丽雅,为词赋之宗,虽非明哲,可谓妙才"。(《辨骚》)
挚虞《文章流别论》	《文章流别论》对文章的评论(《序志》);对颂、赞的评论(《颂赞》);质疑扬雄的《元后诔》。(《诔碑》)
桓谭《新论》	评司马相如《哀秦二世赋》(《哀吊》);泛论文意(《序志》);论文辞:"文家各有所慕,或好浮华而不知实核,或美众多而不见要约"(《定势》);论文:"予见新进丽文,美而无采;及见刘扬言辞,常辄有得"。(《通变》)
曹操	论作文会缩短生命(《养气》);论赋体用韵(《声律》);称"作敕戒,当指事而语,勿得依违"(《诏策》);称"为表不必三让,又勿得浮华"(《章表》);"称张子之文为拙"。(《事类》)
曹植《与杨德祖书》	评扬雄、司马相如作品:"扬马之作,趣幽旨深,读者非师传不能析其辞,非博学不能综其理"(《练字》);评论文才以及对陈琳、刘修和丁廙文采的评价(《知音》);关于文章体势的观点:"世之作者,或好烦文博采,深沉其旨者;或好离言辨白,分毫析厘者;所习不同,所务各异"(《定势》);称"李延年闲于增损古辞,多者则宜减之"。(《乐府》)
韩非	论文采:"艳采辩说"(《情采》);论关:"孙亶回,圣相也,而关于州部"。(《书记》)

续表

人（或文本）	文学思想、言论或批评
舜	论书："书用识哉"（《书记》）；议祝："荷此长耜，耕彼南亩，四海俱有"。（《祝盟》）
颜延年	有关"笔"、"言"的论述。（《总术》）
颜阖	评孔子的言辞："仲尼饰羽而画，徒事华辞"。（《徵圣》）
闵马父	称《诗经·商颂·那》篇的结尾为"乱"。（《诠赋》）
王逸《楚辞章句叙》、《离骚经》	评屈原："诗人提耳，屈原婉顺，《离骚》之文，依经立义。驷虬乘翳，则时乘六龙，昆仑流沙，则《禹贡》敷土，名儒辞赋，莫不拟其仪表，所谓金相玉质，百世无匹者也。"（《辨骚》）
刘辅（沛献王）	"集纬以通经"。（《正纬》）
桓谭、尹敏、荀悦	指斥纬书的谬误。（《正纬》）
臧武仲	论铭："天子令德，诸侯记功，大夫称伐"。（《铭箴》）
杨赐、蔡邕	对乐松之徒的评论。（《时序》）

由此可见：南北朝之前，中国一些主要的文学批评者、文学思想、文学理论、文学批评文本，刘勰不仅都涉及到了，而且还广泛征引，用以批评作家、作品或阐述自己的思想。

（二）史料深广的外文学文本

《文心雕龙》批评话语里的事类文本还关涉大量非文学本文，或称外文学文本。从内容性质上，我们可以把它们分为以下三大类：

1. 社会历史文本

历史事实虽不是文本，但文字记载的历史却具有文本性。实际上，我们是通过史书来了解历史事实的。因此，历史作为认识世界的方式，作为连续不断的话语形式本质上是被解读的。刘勰从《左传》、《史记》等史书中搜罗了大量史料，并把这些故实运用到《文心雕龙》批评话语中。南北朝时期及之前一些重大的历史事件，刘勰几乎都提到了，诸如秦并七王、秦始皇焚书、商鞅变法等等。尤其是那些历史上曾对文学创作产生过直接影响的史实，刘勰常常在很多篇章对其展开多方面的评述。譬如：

逮及七国力政，俊乂蜂起。孟轲膺儒以磬折，庄周述道以翱翔；墨翟执俭确之教，尹文课名实之符；野老治国于地利，邹子养政于天文；申商刀锯以制理，鬼谷唇吻以策勋；尸佼兼总于杂术，青史曲缀以街谈。承流而枝附者，不可胜算，并飞辩以驰术，餍禄而余荣矣。（《诸子》）

暨战国争雄，辨士云踊；纵横参谋，长短角势；转丸骋其巧辞，飞钳伏其精术；一人之辨，重于九鼎之宝；三寸之舌，强于百万之师；六印磊落以佩，五都隐赈而封。（《论说》）

春秋以后，角战英雄，《六经》泥蟠，百家飙骇。方是时也，韩魏力政，燕赵任权，五蠹六虱，严于秦令，唯齐楚两国，颇有文学。齐开庄衢之第，楚广兰台之宫，孟轲宾馆，荀卿宰邑；故稷下扇其清风，兰陵郁其茂俗，邹子以谈天飞誉，驺奭以雕龙驰响，屈平联藻于日月，宋玉交彩于风云。观其艳说，则笼罩雅颂，故知暐烨之奇意，出乎纵横之诡俗也。（《时序》）

战代任武，而文士不绝。诸子以道术取资，屈宋以《楚辞》发采。乐毅报书辨以义，范雎上疏密而至，苏秦历说壮而

中,李斯自奏丽而动。若在文世,则扬班俦矣。荀况学宗,而象物名赋,文质相称,固巨儒之情也。(《才略》)

刘勰总是为我们展开一幅动态的文学创作的历史画卷:战国时期的时代风云,当时历史舞台上重要人物的所作所为尽收眼底。然而,相比较而言,《文心雕龙》批评话语里出现最多的则是一些具体而细微的历史事实。上到某一历史时期国家制度的设置,如“秦始立奏……秦之御史,职主文法;汉置中丞,总司按劾”(《奏启》)和帝王们的行为、爱好,如“康王河图,陈于东序”和“沛献集纬以通经”(《正纬》),或者大臣们的所作所为,如“魏代名臣,文理迭兴,若高堂天文,黄观教学,王朗节省,甄毅考课,亦尽节而知治矣……刘颂殷勤于时务,温峤恳恻于费役;”(《奏启》)下到黎民百姓的行为,如鲁国妇人敬姜推论机织之事,以比治国之道;郤縠由于爱好《诗》《书》,而被选拔为元帅①,等等。甚至一些逸闻故事也频频出现在《文心雕龙》批评话语中,如“飞廉有石椁之锡,灵公有蒿里之谥……赵灵勒迹于番吾,秦昭刻博于华山”(《铭箴》)等等。

至于各个历史时期与人们的精神状态和思想文化风貌相关的历史事实,《文心雕龙》批评话语里更是不胜枚举。如魏初,名家、法家、道家思想迅速传播。刘勰对此论述道:“魏之初霸,术兼名法;傅嘏王粲,校练名理。迄至正始,务欲守文;何晏之

① 《程器》云:“鲁之敬姜,妇人之聪明耳,然推其机综,以方治国……郤縠敦书,故举为元帅。”

徒,始盛玄论。于是聃周当路,与尼父争途矣。”(《论说》)当然,作为精神文化生活的重要方面,《文心雕龙》事类文本里描述最多的是各个历史时期人们的宗教信仰。中国早期先民有着浓厚的宗教信仰,《祝盟》云:周代祭礼之风盛行,人们“寅虔于神祇,严恭于宗庙”,普遍相信鬼神,祭拜天地、日神、战神等一切神灵,包括自己的祖先。春秋以后,这种虔诚的祈祷更是深入人心,“春秋已下,黩祀谄祭,祝币史辞,靡神不至。至于张老贺室,致美于歌哭之祷[①];蒯聩临战,获佑于筋骨之请:虽造次颠沛,必于祝矣。”汉初,宗教信仰的范围扩大了:举凡一切民间迷信、方术,帝王们都深信不疑。《祝盟》云:汉代帝王身边常有专门祭祀天地的官员,每当天子遇灾祸,祝官们就举行祭天仪式,通过神秘的祝词将这些灾难转嫁到其他大臣或老百姓身上,所谓“秘祝移过”也。

语言文字在人类精神文化生活中起着至关重要的作用。刘勰认为:“言语者,文章神明枢机”(《声律》),而文字“斯乃言语之体貌,而文章之宅宇也。”(《练字》)因此,作为一种外文学文本,《文心雕龙》里有不少这方面的历史事实。如《练字》云:“先王声教,书必同文,輶轩之使,纪言殊俗,所以一字体,总异音。《周礼》保氏,掌教六书。秦灭旧章,以吏为师”。“汉初草律,明著厥法,太史学童,教试六体;又吏民上书,字谬辄劾,是以马字缺画,而石建惧死”。“及魏代缀藻,则字有常

① 原文为“至于张老成室,致善于歌哭之祷”,此处依杨明照校注:“成”与“善”当据唐写本改作“贺”与“美”。见《增订文心雕龙校注》上册,第131页。

检,追观汉作,翻成阻奥”。“自晋来用字,率从简易”。“今一字诡异,则群句震惊,三人弗识,则将成字妖矣。”这里,通过引用大量历史故实,刘勰为我们勾勒出了南北朝之前中国用字的历史。

2. 音乐文本

中国古代文学与音乐有着不解之缘。《文心雕龙》事类文本里涉及音乐的部分不少。如《明诗》、《声律》和《知音》里对音乐起源、声、乐及其发声方法和音乐欣赏的论述。而《乐府》篇的主旨则是论述音乐的。刘勰在此篇以音乐为切入点论述了乐府诗歌。在论述过程中,他对中国南北音乐的起源、魏晋之前各个时代音乐的发展、音乐的制作原则以及哀乐与军乐、雅乐与郑声的区别等问题都作了描述分析。下面,我们以此篇为核心,把《文心雕龙》批评话语里明确提到的外文学文本——音乐(包括乐官、乐器、作品等与音乐有关的人和事物)列表如下:

八音:即钟镈、磬、埙、鼓鼗、琴瑟、柷敔、笙、管八种古乐器发出的声音:金、石、土、革、丝、木、匏、竹	葛天氏八种歌曲:《载民》、《玄鸟》《遂草木》、《奋五谷》、《谨天常》、《达帝功》、《依地德》、《总万物之极》
上帝《广乐》	杜夔(魏乐师)创作雅乐
孔甲(夏王)《破斧歌》,东音以发	歌童、伶人
五声:宫、商、角、徵、羽	岐伯(黄帝时臣)作鼓吹乐
汉代的铙歌和挽歌	张华(晋代通晓音乐人)创作的新歌
《乐经》	叔孙通(汉初乐官)通古乐
韦昭对汉代乐曲的改编	制氏(汉初乐官)规定歌舞的仪式
周代的古乐《平调》	陆机所作未入乐的乐府诗

古雅乐《白雪》	荀勖（晋初乐官）改制了古乐器钟盘
司马相如用《离骚》体制创作歌辞	禹《夏》乐
阮咸对荀勖所改定的音乐的讥讽	南郭先生（春秋齐宣王时吹竽者）
有娀氏《燕燕歌》，始为北声	帝喾《五英》
李延年善于“曼声协律”	咸墨（帝喾时代乐官）作颂配乐曲《九韶》歌唱
朱买臣用《离骚》体制创作歌辞	《桂华》汉武帝时歌
汉乐府《艳歌行》《艳歌何尝行》	《郑风》、《晋风》
刘邦（汉高祖）《武德舞》、唱《大风歌》	殷整（商君河亶甲）歌，西音以兴
刘恒（汉文帝）《四时舞》	德音、雅歌、雅声、乐歌、乐辞、乐心、正音、正声、正响、歌、韶响、杂曲、曼声、乖调、溺音、郑声、郑曲、淫乐、淫辞
刘彻（汉武帝）尊重礼乐、唱《李夫人歌》	涂山氏《候人歌》，始为南音
刘奭（汉元帝）“稍广淫乐”	黄帝《咸池》、《云门》
刘骜（汉成帝）“稍广淫乐”	曹叡（魏烈祖）对歌辞曲调的改作
刘询（汉宣帝）效法《诗经·鹿鸣》古乐	曹操对歌辞曲调的改作
刘德（汉河间献王）向武帝献雅乐	曹丕对歌辞曲调的改作
刘向对诗与歌的区分	曹植所作未入乐的乐府诗
汲黯对《天马歌》的讥讽	《清调》雅乐
尧《大章》①	季札（春秋吴王寿梦的少子公子札）通晓音乐
师旷（春秋晋平公之乐师也）	傅玄（晋通晓音乐人）创定雅歌

① “《大章》”一作“《大唐》”，《明诗》云：“至尧有《大唐》之歌。”按《庄子·天下》篇云：“黄帝有《咸池》，尧有《大章》。”因此，此处作者采用唐写本：“唐”作“章”。见全国高校古籍整理委员会、中国文心雕龙学会编辑：《〈文心雕龙〉资料丛书》上，学苑出版社2004年版，第36页。

《赤雁》汉武帝时歌	舜《韶》、《南风》
《折杨》古俗曲	《瑟调》(雅乐)
季札(春秋吴王寿梦的少子公子札)通晓音乐	缪袭(三国魏人)改编汉代乐曲
瞽师、乐盲	籥、篁、竽、钟、琴、磬、瑟、瑟柱
夔(舜时乐官)	黄钟、木铎

仅从这个简单的表格,我们就可以依时勾勒并重组出南北朝之前中国音乐演变的历史:它的源头、重要的音乐家、音乐理论、音乐作品、乐器,等等。

3. 神话及历史文化传说

在中国文化中被奉为神圣而在历史中得不到证实的一个大传说是有关史前君主的。"一般提到的'三皇五帝'被用作指称早期诸王的一个象征性的表达。"①这些早期诸王及其臣子们的许多言行,刘勰都直接明确提到了。其中,他引用得最多的人物是五帝及其臣子们。例如,黄帝时的歧伯、风后、力牧和苍颉,尧时四方诸侯之长四岳,舜时任用的八位贤人伯奋、仲堪、叔献、季仲、伯虎、仲熊、叔豹和季狸,以及尧时恶人驩兜,等等。

至如伏羲、神农、少暤、葛天氏、共工、嫦娥、羿、云神丰隆、神女宓妃、地神土伯、简狄和殷之祖先契等中国历史上著名的神话人物,以及"《河图》孕乎八卦,《洛书》韫乎《九畴》,玉版金镂之实,丹文绿牒之华"(《原道》)之类的神话传说也广为刘勰征引。

① 〔英〕崔瑞德、鲁惟一编,杨品泉等译:《剑桥中国秦汉史》,中国社会科学出版社1992年版,第706页。

中国历史上有关文字产生的传说刘勰记述得最为详尽。譬如：

> 自鸟迹代绳，文字始炳。炎皞遗事，纪在《三坟》，而年世渺邈，声采靡追。（《原道》）
>
> 夫文象列而结绳移，鸟迹明而书契作，斯乃言语之体貌，而文章之宅宇也。苍颉造之，鬼哭粟飞；黄帝用之，官治民察。先王声教，书必同文，輶轩之使，纪言殊俗，所以一字体，总异音。（《练字》）

刘勰在此转载了南北朝之前中国有关文字产生的主要传说，诸如结绳记事、书契、苍颉造字等。

以上是《文心雕龙》事类文本里涉及的主要外文学文本。尽管此类文本涉及的大多是一些具体事件，不便我们一一列出。但是，历史事件总是由人与人之间的关系构成的。其实，"人类社会本身就是人和人之间关系的一个体系，人不仅仅是个体而且也是一种社会动物，因为他如果和其余的人彼此之间没有关系，他就完全无法生存。而一个社会，我们可以说，社会是人和人之间关系的产物。"[①]因此，人是历史事实的主体，也是事类的主体。熟知并了解刘勰在《文心雕龙》里提到的人物，必将有助于我们更全面地掌握他所提到并论述的事类文本。事实上，在行文中，刘勰经常直接以"人事"或"古事"代称"事类"[②]。综观《文心雕龙》，除

---

① 〔英〕汤因比著，曹未风译：《历史研究》上，上海人民出版社1959年版，第267页。

② 如《事类》里有"徵义举乎人事"、"虽引古事，而莫取旧辞"之说。

以上我们在文学文本中已经提到并列出的人物外，历史上还有许多人物出现在《文心雕龙》批评话语中。例如，仅先秦时期的人物就还有以下110个，兹按姓氏笔画列出：

子顺；子反；子思；孟仲子；魏惠王；皋；九方堙；士会；夏桀；商纣；齐威王；公子成；公孙亶回；公孙有山；周平王；公子牟；申叔展；乐豫；高唐；东野稷；田巴；孙叔敖；繇驹；晋文公；伍子胥；黄伯；夏育；乌获；迟任；伊陟；庖丁；华元；宋襄公；楚成王；西施；毛嫱；宋邵公；滕成公；商王太甲；楚顷王；齐灵公；巫咸；吴起；余子；蔺相如；邹奭；邹忌；赵惠文王；范宣子；柳下惠；肃慎氏；昆吾；轮扁；邯郸；钟仪；赵盾；赵武；庄舄；平原君赵胜；胤；南郭处士；羿；浇；重耳；郄斛；殷高宗；晏婴；夏棘；益；原壤；楚襄王；秦宣太后；随会；烛之武；盛姬；猗顿；盘庚；周昭王；程邈；傅说；敬姜；彭咸；惠施；田婴；鲍庄子；蒯通；周厉王；臧武仲；臧纥；周幽王；箕子；郤縠；赵襄；夏革；羲；和；戴晋人；启；穰侯；赵庄王；太康；奄息；仲行；鍼虎；鲁定公；秦穆公；晋悼公；秦二世；荆轲；刍荛（代名词）。

这些人物几乎来自当时社会各个阶层：有夏、商、周、秦四代的帝王，有秦昭王母亲宣太后及其弟弟穰侯，有周穆王妃子盛姬，有当时的贵公子重耳，有齐威王的儿子田婴，有殷高宗的丞相傅说，有孔子的弟子子夏和子贡、朋友原壤、孙子子思及其学生孟仲子，有王臣、卿士、大夫，有贤者、元帅、将领，有史官，有辩士、学士，有初造隶书的程邈、捕捉猛虎的黄伯、夏育和乌获，有善御的东野稷和识马的九方堙，有制箭的肃慎氏、冶炼铸鼎的昆吾、制作车轮的轮扁以及打柴草的人，有富人猗顿、美女西施、毛嫱和普通妇女敬姜，有滥竽充数的南郭处士、解牛的庖丁和学步的邯郸，更有被作为活人陪葬的春秋秦国大夫子车氏的三子奄息、仲行和鍼虎!

四、以经为中心的复调批评话语

且不说别的,仅如此众多的人物同时出现在文本中,就使得《文心雕龙》涵蕴古今,气势磅礴。刘勰熔炼淘汰于浩瀚的历史文本中,或择其义理,或评其人事,取精多而用物宏,脱口而出,自成一超级互文本。上述事类文本的扫描虽然停留在语言层面,却无时不指向语言所承载的社会历史文化。对《文心雕龙》所作的这一互文性解读,几乎激活了它之前中国古代历史上所有与《文心雕龙》有关的文学、文学批评以及其他多种历史文本。这些文本与《文心雕龙》批评文本处于共时状态,它们实际上就是《文心雕龙》批评文本的主要内容:《文心雕龙》是通过对它们引用、吸收转化而来的一个五彩斑斓、变动不居的轴画。这幅轴画是在与众多文本的各种关系中生成的。这种互文性关系使《文心雕龙》文本向多种非文学文本领域延伸,具有了跨越文本范畴的多元性:它有意地采用多种手法使用各种前文本,否定自身作为元文本的在场,使其意义变得不确定且复杂多样。换言之,借助于引用这种自我指涉,《文心雕龙》文本的解读被推延,并由此获得了开放性和阐释的多样性。

然而,这并不意味着阐释的无限性。事实上,《文心雕龙》各篇、各语段、各句话里特定的互文关系基本规定并决定了任何阐释只能在此基础上进行。它不但为《文心雕龙》提供了一个新的阐释空间,还使其他文本在此得到了再阐释。子贡关于言意统一的说法“心以制之,言以结之”(《章表》)在《文心雕龙》文本中被复述的同时,被重新解读、改写,它既是在《文心雕龙》文本之内言说，又是在刘勰批评之内言说。在这种相互指涉的阐释过程中，我们加深了对刘勰文学批评话语的理解：这是一种有多种话语参与其中的、具有多重性质的复调文学批评话语。它打破或解构了文学与非文学、文学批评与文学史、文学理论与社会历史文化之间的界限，这集中体现在以下四个方面：

（一）弥纶群言

从前面有关文学文本的列表，我们发现刘勰所说的"文"与我们今天的"文"的涵义不同，也与中国传统上对"文"、"笔"的界说不同。[①] 这是一种非常广义的文学。它既包括以诗、赋、奏、章为代表的中国传统中所说的"文"与"笔"，也包括子书、历史书和校雠、注释、伪书，以及占、方、术、簿、谱等一切用书面文字固定下来的文本，更包括以口头形式传播的民间口头文学。难怪刘勰声称自己是"弥纶群言。"（《序志》）

（二）文学史、文学批评史

刘勰文学批评具有浓厚的史的意识。《文心雕龙》既可视作一部文学批评史，也可视作一部文学史。就现存文本而言，在刘勰之前无人为中国文学写史，亦无人为中国文学批评写史。虽然有人涉猎此话题，但是，不仅其所述是片断、零碎的，远远谈不上系统，而且，我们从他们的陈述中不能获得一个整体文学史或文学批评史的概念和线索。《文心雕龙》则不然。前面表中统计显示出刘勰本人的博览群书，以及从浩瀚的、杂乱的历代典籍中钩

---

① 作者对此已有专论，兹不赘述。参见拙作《跨越话语的门槛：在〈文心雕龙〉与〈诗学〉之间》。

稽辑录史料的能力:刘勰的陈述是以对大量的作家、作品和各种文学现象的观察、整理、考察、评析为基础的。可以说,南北朝之前有关中国文学史料、中国文学批评史料大量的辑录、考校、分析研究工作已由刘勰基本完成。尽管刘勰并不是完全按照史书的体例来写作:同一时代的作家、作品以及文学现象,他有时会在不同篇章、不同语境中提及,但是,阅读《文心雕龙》,我们会很容易在自己的脑海里把它们整理编排在一起,并梳理出一条相当清晰的中国历代文学史的脉络。而且,从前面例表可以看得很清楚:这不是一部简史。仅就先秦时期而言,它几乎网罗了当时所有著作者、文章和民间文学以及一百一十个社会上各行各业的人物。

同样,刘勰对他之前的所有文学批评文本都非常熟悉。如果说他和以前文学批评决然不同的话,那么,首先是因为他综合了以前的文学批评,重新吸纳了所有业已存在的主要批评话语。而且,在《文心雕龙》里,他为我们描述并勾勒了一条相当清晰的中国文学批评史的线条。前面的表格表明:先秦、两汉时期的《诗》说、汉初人们对屈原及其《离骚》的批评、魏晋时期的文气说、南北朝时期的文笔之分、声律说等等,这些文学批评史上重要的现象是刘勰批评的焦点。南北朝之前中国文学批评史上一些重要的批评家和文本亦是刘勰批评的重点。诸如孔子、《六经》、荀子、《毛诗序》、扬雄、司马迁、班固、张衡、曹丕《典论·论文》、曹植《与杨德祖书》、挚虞《文章流别论》、李充《翰林论》、应玚《文质论》和陆机《文赋》等等。这些能作为一个时代文学批评标志的批评者和文本在《文心雕龙》里都被刘勰反复征引。其中,扬雄、曹丕、曹植、桓谭和班固的话语在《文心雕龙》文本里出现得最多。

（三）社会—历史文化批评

无论是从文学文本还是外文学文本中，我们都能得出一个同样的结论：《文心雕龙》批评文本并非仅仅是在“论文”。刘勰的文学批评关涉一个深广的社会—历史文化内涵。南北朝之前每一个时期基本的社会风貌都呈现在《文心雕龙》批评话语里。刘勰采摭甚广、征引博繁，其话语涉及近八百人（其中作家近四百人），六百多种各种各样的文本。从文学文本到外文学文本，从作家文学到民间文学，从文学思潮到社会文化风俗，从历史事件到神话传说，从著名作家到无名小卒，从帝王所作所为到平民百姓的喜怒哀乐……可以毫不夸张地说自开天辟地至南北朝时期的齐梁间，天下逸闻古事几乎靡不毕集《文心雕龙》——我们不敢相信先秦时期秦穆公派九方堙求马这件事[①]竟也会记载在《文心雕龙》里?!

《文心雕龙》批评话语因此而成为一种社会—历史文化批评话语。其意义即产生于它与这些繁杂的事类文本之间的相互关系，也即互文关系之中。这种互文性使刘勰穿行在不同类型的话语和不同类型的文本之间，并随时把它们粘贴在一起：各种历史事类文本抹掉了文学与历史之间的界限，民间文学事类文本填平了文字与非文字文本间的鸿沟，音乐与文字事类文本分别消除了文学与音乐两种艺术形式和文学与文字学两种学科之间的差异。这一切使《文心雕龙》文本自身包含多种声音，具有多元的异质性，从而进入到更为广阔的互文本领域中：它不是自足封闭的，而是敞开的——它向整个社会—历史文化开放：既是文学批评、文

① 《书记》云：“然才冠鸿笔，多疏尺牍，譬九方堙之识骏足，而不知毛色牝牡也。”

学理论文本，亦是哲学文本、历史文本和文学文本……其批评话语是与文学话语、社会历史话语、民俗话语等交汇在一起相互指涉所形成的一套多声部的复调话语。

（四）原型文学批评

然而，刘勰这种社会—历史文化批评不是漫无边际的，而是围绕着一个中心，即经和帝王展开的。在所有外文学文本中，《文心雕龙》言语事实里涉及最多的是经书和帝王们。事实上，除属于文学文本的作家①外，《文心雕龙》里出现最多的人物是历代帝王们。兹按朝代列出：

1. 五帝：黄帝、颛顼、帝喾、尧、舜

2. 夏：禹、启、太康、孔甲、皋、桀

3. 商：汤、太甲、河亶甲、盘庚、纣

4. 西周：武王、成王、康王、昭王、穆王、厉王、幽王

5. 东周：周平王、齐桓公、鲁庄公、鲁定公、鲁哀公、鲁僖公、郑庄公、楚庄王、楚襄王、楚顷襄王、晋悼公、秦穆公、赵武灵王、宋襄公、魏惠王、晋厉公、晋文公、邹穆公、齐威王

6. 秦：秦始皇、秦二世

7. 西汉：高帝、惠帝、文帝、景帝、武帝、昭帝、宣帝、元帝、成帝、哀帝、平帝

8. 东汉：光武帝、明帝、章帝、和帝、安帝、顺帝、桓帝、灵帝、献帝

---

① 刘勰《文心雕龙》里的“文”主要指称一切书面文本。因此，他所说的作家范围很广，既包括司马相如、曹植之类文人，也包括司马迁、商鞅、李斯之类史学家、政治家等。

9. 西晋：宣帝司马懿、景帝司马师、文帝司马昭、武帝司马炎、怀帝司马炽、愍帝司马邺

10. 东晋：元帝司马睿、明帝司马绍、成帝司马衍、康帝司马岳、穆帝司马聃、哀帝司马丕、简文帝司马昱、孝武帝司马曜、安帝司马德宗、恭帝司马德文

11. 南北朝：宋武帝刘裕、宋文帝刘义隆、宋孝武帝刘骏、宋明帝刘彧、齐高帝萧道成、齐武帝萧赜、齐明帝萧鸾

可见，刘勰在《文心雕龙》批评话语里几乎征引了历史上当政过的所有帝王们——帝王文本与《文心雕龙》文本之间普遍存在着一种互文性。基于“歌谣文理与世推移，风动于上，而波震于下者”（《时序》）的认识，刘勰对文学史上很多文学现象的陈述都援引帝王文本。例如，他基本上以帝王为线索在《时序》篇描述了历代文学的演变。[①]

至于书面文本，刘勰在《文心雕龙》里反复引用最多的是《五经》。仅就明用而言，《文心雕龙》引《尚书》十四次、《诗经》十二次、《易》九次、《礼》六次、《春秋》五次。其中，有些文本里的某些话语还被反复引用，如《易》之《节卦》里的“君子以制数度”就同时出现在《议对》和《诏策》里。

《文心雕龙》言语事实里帝王和经书文本的大量反复出现印证了刘勰在《序志》所申明的“徵圣”、“宗经”的写作宗旨——其批评预设了经书的权威性。虽然《文心雕龙》言必稽古，历鉴前作，是各种事类文本的汇萃之地。但是，刘勰每以经籍为游心之

① 这是第四部分的内容，兹不赘述。

场,释典为栖照之囿,“立义选定”、“依经以树则”(《史传》),其《文心雕龙》实乃徵圣验经之作——他在《文心雕龙》中几乎对所有作家的批评和文本的阐释都以经为固定不变的终极价值标准。[①] 他断言:“若徵圣立言,则文其庶矣!”(《徵圣》)

值得强调的是:《文心雕龙》与各种异质性事类文本之间的关系是通过引用获得的,或者说,各种异质性事类文本存在于《文心雕龙》文本之内,而不是存在于其外。上述以经为原型的社会—历史文化式的文学批评是就刘勰的批评对象、批评内容,而不是他的文学批评方法而言的。它存在于《文心雕龙》言语事实中,并因此显现出来。这种显现是互文的。《文心雕龙》构筑在深广的属事用典之中,其中有些至今都无从考据其出处。[②]《文心雕龙》文本与其他前文本(文学文本和外文学文本),甚至与中国历史文化传统及其话语之间的这种互文关系揭示了《文心雕龙》批评话语的特性:与其说它与广袤的事类文本之间是一部著作与各种特定前文本之间的关系,不如说是一部著作在一种文化的话语空间之中的参与、一个文本与其文章之外各种话语之间的关系——刘勰主要是在各种文学话语、文学话语与非文学话语之间的对话关系中组建着自己的批评话语,互文性是《文心雕龙》文本的存在方式。

---

① 关于这一问题,作者已有专论,兹不赘述。参见拙作《跨越话语的门槛:在〈文心雕龙〉与〈诗学〉之间》。

② 即使刘勰的一些明用,我们亦无法追根寻源。如《诏策》里的“魏武称作敕戒,当指事而语,勿得依违,晓治要矣”和《乐府》里的“故陈思称李延年闲于增损古辞,多者则宜减之”,范文澜《文心雕龙注》中认为魏武语和陈思语无考。

第八节　虽轩翥出辙，而终入笼内：互文批评

如果说作为文学批评文本，阅读《文心雕龙》还必须以众多一般社会—历史文化文本为参照的话，那么，还有一种我们不得不参照的文本，即《文心雕龙》是一种骈文文本。这种独特的表述形式也成就了《文心雕龙》的互文性。清代袁枚在论散文和骈文的区别时指出："然散行可蹈空，而骈文必征典。骈文废则悦学者少，为文者多，文乃日敝。"[①]刘勰也认为征典的骈文更有利于说理。然而，刘勰为何注重征典本身即是问题。尽管这与六朝时期盛行骈文的文风分不开，但归根结底还是刘勰个人选择的结果。所以，《文心雕龙》互文本不只是文本之间的一种自由对话，亦是《文心雕龙》文本与作者之间的一种对话。下面，我们将把《文心雕龙》文本与刘勰文学观等个人因素结合起来，探讨他的互文批评。

一、道沿圣以垂文，圣因文而明道

文学从何而来？"通过什么它是其所是并且如其所是"[②]这一文学本原问题是刘勰文学批评的首要问题，也是《文心雕龙》前五篇"文之枢纽"的主旨。按《原道》篇的语序，我们将从以下四个

---

① 袁枚：《胡稚威骈体文序》，见《小仓山房文集》卷十一，四部备要本，第414页上。

② 海德格尔语，见孙周兴选编《海德格尔选集》上册，上海三联书店1996年版，第237页。

方面剖析刘勰的文学本原思想。[①]

（一）人文之元，肇自太极

《原道》一开始是这样论述文学（人文）本原问题的：

> 文之为德也大矣，与天地并生者何哉？夫玄黄色杂，方圆体分，日月叠璧，以垂丽天之象；山川焕绮，以铺理地之形：此盖道之文也。仰观吐曜，俯察含章，高卑定位，故两仪既生矣。惟人参之，性灵所钟，是谓三才。为五行之秀，实天地之心，心生而言立，言立而文明，自然之道也。傍及万品，动植皆文：龙凤以藻绘呈瑞，虎豹以炳蔚凝姿；云霞雕色，有逾画工之妙；草木贲华，无待锦匠之奇。夫岂外饰，盖自然耳。至于林籁结响，调如竽瑟；泉石激韵，和若球锽：故形立则章成矣，声发则文生矣。夫以无识之物，郁然有彩，有心之器，其无文欤？人文之元，肇自太极。

刘勰此处所使用的“文”显然有两个明确的指称对象：（1）“道之文”：指自然界所呈现的一些具体现象以及自然存在物的一些外在的自然属性，如花纹、声音等；（2）“人文”：基于“夫以无识之物，郁然有采，有心之器，其无文欤”的认识，与自然之文相类比，刘勰认为人也有“文”。依他之见，正如“林籁结响，调如竽瑟；泉石激韵，和若球锽：故形立则章成矣，声发则文生矣”一样，人

① 作者从比较诗学的视域对此作过研究，参见拙作《跨越话语的门槛：在〈文心雕龙〉与〈诗学〉之间》。

“心生而言立，言立而文明，自然之道也。”这里的“心生”与“言立”、“言立”与“文明”之间不是一前一后关系，而是并列关系。“心生”即“言立”，“言立”即“文明”，这才是“自然之道也。”故刘勰紧接着宣称：“人文之元，肇自太极。”此“太极”对刘勰来说并不是一个抽象的混沌的概念，而是一个具体的物象——人与生俱来的有声的言语。它是与天地并生的人的一种自然属性，是与“玄黄色杂，方圆体分，日月叠璧，以垂丽天之象；山川焕绮，以铺理地之形”一样的“道之文”。

（二）文学的本源是经书

刘勰把有声的言语作为人文的源始。正如自然界可听、可视的“道之文”一样，他所说的这种言语也不是一种抽象的存在，而是一种具体可感的、现实的切实存在。因此，这种言语意指的对象不是只有声音而无固定形状的口语，而是有着一定的客观物质外形的书面言语。明白了这一点，我们就不难理解为什么在说完“人文之元，肇自太极”这句话后，刘勰紧接着说：“幽赞神明，《易》象惟先。”《易》就是言语，只不过是以文字的形式承载在一个具体的物质里罢了。刘勰把人文存在的直接的和全部的现实性归之于具像化的言语，也即书面文本。书面文本同言语在生存论上是同样的源始，它是人文生存论存在论最原始的渊源。人文的可理解性作为书本，作为言语道出自身。刘勰把这样的“群言之祖”（《宗经》）称为“经”。《宗经》云：“三极彝训，其书言‘经’”，“故论说辞序，则《易》统其首；诏策章奏，则《书》发其源；赋颂歌赞，则《诗》立其本；铭诔箴祝，则

《礼》总其端；纪传铭[①]檄，则《春秋》为根：并穷高以树表，极远以启疆，所以百家腾跃，终入环内者也。”因此，刘勰对文学本源的追问实质上是追问文学作品的本源，追问文学作品的本质之源。“文学”或“人文”这个词对刘勰意味着只能在文本的现实性的基础上存在。

（三）经书是圣人法像活动的结果

人文的生存论存在论基础是书本。然而，作为人文本源的《五经》又是从哪里来的呢？刘勰认为与天地之间一切自然而然产生的“文”不同，《五经》是人为的。其作者是以孔子为代表的圣人。《徵圣》云：“夫作者曰圣，述者曰明。陶铸性情，功在上哲。”《原道》亦云：“自鸟迹代绳，文字始炳，炎皞遗事，纪在《三坟》，而年世渺邈，声采靡追。唐虞文章，则焕乎始盛。元首载歌，既发吟咏之志；益稷陈谟，亦垂敷奏之风。夏后氏兴，业峻鸿绩，九序惟歌，勋德弥缛。逮及商周，文胜其质，《雅》、《颂》所被，英华日新。文王患忧，繇辞炳曜，符采复隐，精义坚深。重以公旦多材，振其徽烈，剬诗缉颂，斧藻群言。至夫子继圣，独秀前哲，熔钧《六经》。”圣人之所以能创制出与天地并列的人文，固然与他们“妙极生知，睿哲惟宰。精理为文，秀气成采。鉴悬日月，辞富山海”（《徵圣》）的自身能力分不开，但更重要的是因为他们具有一种特殊的法像自然界“道之文”的能力。《原道》云：

> 人文之元，肇自太极，幽赞神明，《易》象惟先。庖牺画其

---

① “铭”与上“铭”重，当从唐写本作“盟”。

> 始，仲尼翼其终。而《乾》、《坤》两位，独制《文言》。言之文也，天地之心哉！若乃《河图》孕乎八卦，《洛书》韫乎《九畴》，玉版金镂之实，丹文绿牒之华，谁其尸之？亦神理而已……爰自风姓，暨于孔氏，玄圣创典，素王述训，莫不原道心以敷章，研神理而设教，取象乎《河》、《洛》，问数乎蓍龟，观天文以极变，察人文以成化；然后能经纬区宇，弥纶彝宪，发挥事业，彪炳辞义。故知道沿圣以垂文，圣因文而明道，旁通而无滞，日用而不匮。

《说文》里“象”与“像”互训，指称一种“长鼻牙，南越大兽，三季一乳，象耳牙四足之形”的具体动物。像：“象也，从人从象。”由上下文语境来看：上文里“取象乎《河》、《洛》”和“《易》象惟先”里的“象”的指称对象也是具体物象。前一个指的是传说中黄河里龙献图和洛水里龟呈貌；后一个指的是卦象。孔颖达疏《乾卦》云：“悬卦物象，以示于人，故谓之卦。”换言之，前一个“象”即“龙图献体，龟书呈貌”（《原道》），意指自然界自然而然的“道之文”；后一个“象”则意指圣人创作的人文。而一个“取”字点明了“道之文”与“人文”两者之间的关系：“人文”直接取自“道之文”。《易·系辞下》云：“是故《易》者，象也；象也者，像也。”孔颖达疏云：“谓卦为万物象者，法像万物，犹若乾卦之象法像于天也。”因此，刘勰说圣人“取象乎《河》、《洛》”，就是说圣人不是凭空，而是法像自然界龙图、龟书之类的“道之文”而创制了人文——《易》与《书》。在《正纬》篇，刘勰更明确指出了这一点。他说：“夫神道阐幽，天命微显，马龙出而大《易》兴，神龟见而《洪范》耀，故

《系辞》称‘河出图，洛出书，圣人则之’，斯之谓也。”《原道》亦有“故知道沿圣以垂文”之说。

（四）《五经》的特质

刘勰认为圣人法像“道之文”的活动成就了人文，成就了《五经》。《五经》的本质特征主要体现在以下三个方面：

第一，质料—形式结构的统一体。既然是一种客观存在物，《五经》必然具有一定的质料—形式结构。作为一种制作的产品，它有着具体的形状。人们通常称之为“书”。它因各个时代制作原料和工艺的不同而有着自己特殊的材质，如竹、帛、纸等。与此同时，它也有一定的长度、厚度等。这些特性是我们识别书的标记。而这些标记意味着书本身具有的东西，它们就是书的属性。当然，最重要的一点是：书是由具有自身构形特性的语言文字组成的，它存在于一定的语言文字中。

第二，“义既极乎性情，辞亦匠于文理。”有目的地运用各种材质，圣人创造了真正包含着一定陈述内容和形式的文本。刘勰这样评论《五经》：

> 义既极乎性情，辞亦匠于文理，故能开学养正，昭明有融……夫《易》惟谈天，入神致用。故《系》称旨远辞文，言中事隐。韦编三绝，固哲人之骊渊也。《书》实记言，而训诂茫昧，通乎《尔雅》，则文意晓然。故子夏叹《书》：“昭昭若日月之明，离离如星辰之行”，言昭灼也。《诗》主言志，诂训同《书》，摛风裁兴，藻辞谲喻，温柔在诵，故最附深衷矣。《礼》

以立体，据事剬范，章条纤曲，执而后显，采掇生[①]言，莫非宝也。《春秋》辨理，一字见义，五石六鹢，以详略成文；雉门两观，以先后显旨；其婉章志晦，谅以邃矣。《尚书》则览文如诡，而寻理即畅；《春秋》则观辞立晓，而访义方隐。此圣文之殊致，表里之异体者也。（《宗经》）

从陈述内容及其形式出发，刘勰比较全面地描述分析了《五经》各自的特征。圣人的“据事”、“辨理”和“言志”是陈述内容的主要因素，而其形式则主要意指作品中言辞的运用和体制结构的安排。《五经》就是“义”与“辞”的统一体。它们各自拥有自己独特的陈述内容及形式，并由此建立了一个属于自己的相对独立的文本世界。

第三，作为可理解之物的《五经》。文本世界使作为材质的语言文字突现在文本世界的敞开领域中：语言文字能够承载永恒，并因而才成其为语言文字。借用海德格尔的话来说：“由于语言首度命名存在者，这种命名才把存在者带向词语而显现出来。这一命名指派存在者，使之源于其存在而达于其存在。这样一种道说乃澄明之筹划，它宣告出存在者作为什么东西进入敞开领域。”[②]《五经》就是这种筹划着的道说。它是在一种宽广意义上，同时也是在与语言和文字的紧密的本质统一性中被理解的。

但《五经》不是一个纯然物。特定的陈述内容及其形式规定

---

① 黄叔琳注云：“生”疑作“片”。

② 孙周兴选编：《海德格尔选集》上，第 294 页。

了《五经》的存在，也成为它直接可理解的状态。因为其间圣人本人已经参与进来了，也即他参与了《五经》进入其存在的方式。故“夫子文章，可得而闻，则圣人之情，见乎文辞矣。先王圣化，布在方册，夫子风采，溢于格言。是以远称唐世，则焕乎为盛；近褒周代，则郁哉可从：此政化贵文之征也。郑伯入陈，以文辞为功；宋置折俎，以多文举礼：此事迹贵文之征也。褒美子产，则云‘言以足志，文以足言’；泛论君子，则云‘情欲信，辞欲巧’：此修身贵文之征也。”（《徵圣》）所有这一切得以出现、得以可徵，都是由于作为文本的《五经》把自身置回到语言文字的命名力量之中。同样，刘勰之所以在《徵圣》篇认为圣人“文成规矩，思合符契。或简言以达旨，或博文以该情，或明理以立体，或隐义以藏用”，是因为文本自身在言说——“《春秋》一字以褒贬，丧服举轻以包重，此简言以达旨也。《邠诗》联章以积句，《儒行》缛说以繁辞，此博文以该情也。书契决断以象《夬》，文章昭晰以象《离》，此明理以立体也。四象精义以曲隐，五例微辞以婉晦，此隐义以藏用也。”因此，《五经》在语言文字中发生，因为语言文字保存着《五经》的本质，《五经》因而才是一个可理解的、现实的存在。

总之，“使某物是什么以及如何是的那个东西，我们称之为某件东西的本质。某件东西的本源乃是这东西的本质之源。”[①]刘勰对文学本源问题的探讨就是对文学本质问题的探讨。他的探索过程以及所得出的结论，反映了他对文学本质所持有的以下四个观点：

① 孙周兴选编：《海德格尔选集》上，第237页。

1. 文学是凝聚在书面文本里的一种具体可见的现实。文学生存论存在论的基础是书面文本。

2. 文学是一种法像(摹仿)具体物象行为的结果。圣人的法像活动使文学成为文本,成为一种现实。

3. 人文(文学)的产生不是一种自然而然的现象,也不是人的虚构。自然界具体的物象“道之文”孕育了它。

4. 文本中陈述内容及形式的统一是文学之为文学的根本属性。

刘勰对文学本原问题的这种批评是一种互文批评:圣人法像天地之文本——“道之文”创制了文学文本。文学本源于书面文本,本源于摹仿。摹仿是文学的本质。正是它也唯有它才使文学成为一种可理解的现实存在。

二、群言奥区,才思神皋

文学的本源就是文学作品的本源,同时也就是创作者的本源。刘勰在历史的长河中追问文学的起源,认为中国早期历史上以孔子为代表的一些圣人法像自然物象而创作的书面文本《五经》是文学最源初的原始形态。但问题是:圣人之后的文学是什么样子的呢?它们又是怎样被创作出来的呢?这是刘勰文学批评的另一焦点。基于“不截盘根,无以验利器;不剖文奥,无以辨通才”(《总术》)以及“夫心术之动远矣,文情之变深矣,源奥而派生,根盛而颖峻”(《隐秀》)的认识,刘勰认为圣人之后的文学也不是凭空产生的,它同样需要一个可法像的“道之文”,也即现实存在的具体物象。这就是可以流传后世的固定书面文本《五经》。刘勰在《原道》篇明确指出:圣人取象“道之文”创制《五经》时,“必金声而玉振;雕琢情性,组织辞令,木铎启而千里应,席珍流而万世响,写天地之辉光,晓生民之耳目矣。”而“辞之所以能鼓天下者,乃道之文也。”《五经》是“道之文”意味着它是一种普遍永恒的存在。刘勰在《宗经》篇感慨道:“经也者,恒久之至道,不刊之鸿教也。故象天地,效鬼神,参物序,制人纪,洞性灵之奥区,极文章之骨髓者也。”这样的书面文本规定了文学之为文学的基本属性和特征,是陈述内容与形式的完美统一,用刘勰的话说就是“义”与“辞”或“实”与“华”、“情”与“采”的完美统一。因此,刘勰所说的“本源”,不是就时间上的先后,而是就文学之为文学本身而言的。《五经》是文学的本源、文学作品的本源,不是说它是中国历史上最早出现的书面文本,而是说它是中国文学至高无上的经典。它是文学作品的本源,也是创作者的本源。

在《宗经》篇,刘勰更明确指出了这一点。他说:《五经》“性灵熔匠,文章奥府。渊哉铄乎,群言之祖”,其“至根柢槃深,枝叶峻茂,辞约而旨丰,事近而喻远。是以往者虽旧,馀味日新。后进追取而非晚,前修文用而未先,可谓太山遍雨,河润千里者也。”此处的“辞约而旨丰,事近而喻远”明确点出了《五经》是陈述内容及形式完美统一的典范。刘勰认为:“若禀经以制式,酌雅以富言,是仰山而铸铜,煮海而为盐也。故文能宗经,体有六义:一则情深而不诡,二则风清而不杂,三则事信而不诞,四则义直而不回,五则体约而不芜,六则文丽而不淫。扬子比雕玉以作器,谓《五经》之含文也。”由此可见:刘勰倡导宗经就是倡导文人创作要法像《五经》,或者说取象于《五经》,也即创作者要从陈述内容及形式两方面全面摹仿《五经》。他在《宗经》篇进一步举例论述道:孔子曾以德行、忠诚、信义和文辞教人,主张四者互相配合。后世人“励德树声,莫不师圣”,但“建言修辞,鲜克宗经。是以楚艳汉侈,流弊不还,正末归本,不其懿欤!”显然,刘勰认为后世人作文应该全面“师圣”,而“师圣”即是“宗经”。因为《五经》是圣人法像天地“道之文”而创作的。所以,法像《五经》就是法像圣人。《徵圣》云:“圣文之雅丽,固衔华而佩实者也。天道难闻,犹或钻仰;文章可见,胡宁勿思?若徵圣立言,则文其庶矣。”故“论文必徵于圣,窥圣必宗于经。”

刘勰把文学创作的本源归于《五经》,提倡宗经、徵圣,实际上就是把书面文本作为文学创作的源泉。《神思》被公认为刘勰《文心雕龙》中创作论的首篇。在这篇里,刘勰认为创作者“陶钧文思”的一个重要途径就是“积学以储宝”。但何为“学”呢?刘勰在《事类》篇论述作文过程中才与学的关系时指出:

> 文章由学,能在天资。才自内发,学以外成,有学饱而才馁,有才富而学贫。学贫者迍邅于事义,才馁者劬劳于辞情,此内外之殊分也。是以属意立文,心与笔谋,才为盟主,学为辅佐,主佐合德,文采必霸,才学褊狭,虽美少功。夫以子云之才,而自奏不学,及观书石室,乃成鸿采。表里相资,古今一也。

可见,作家的“才”与“学”制约着文章。“学”之于作文不仅是不可缺少的,而且是成就一流作家的必备条件。这里,刘勰继承了荀子学“始乎诵经”,“不闻先王之遗言,不知学问之大也”①

---

① 此处“经”,唐代杨倞注曰:“经为《诗》、《书》”。见杨倞注《荀子》,上海古籍出版社1996年版,第4页。

的观点。他所说的“学”不是说作家要了解生活、体验生活,从而积累丰富的生活经验,而是指作家要向书本学习,效法书本。刘勰紧接着明确举例论述道:“夫经典沉深,载籍浩瀚,实群言之奥区,而才思之神皋也。扬班以下,莫不取资,任力耕耨,纵意渔猎,操刀能割,必列膏腴,是以将赡才力,务在博见,狐腋非一皮能温,鸡蹠必数千而饱矣。是以综学在博,取事贵约。校练务精,捃理须核。众美辐辏,表里发挥。”综合刘勰在《文心雕龙》其他篇章里的论述,我们知道他所说的“经典”特指《五经》。《序志》云:“文章之用,实经典枝条;五礼资之以成,六典因之致用,君臣所以炳焕,军国所以昭明,详其本源,莫非经典。”这里“文章”一词既包括文、笔类单篇文章,亦包括史书、子书。刘勰认为:史书“按实而书”、“实录无隐”,“实圣文之羽翮。”(《史传》)子书亦如此,其“枝条《五经》”、“咸叙经典”、“圣贤并世,而经子异流矣。”(《诸子》)

经典及源于经典、枝条经典的书面文本,是“群言之奥区”,具有验证一切事类的功效。在《事类》篇,刘勰以扬雄、班固为例指出:人们要从经典而不是普通文人作品中取事,因为一般文章经不起人们的追究。他说:“故魏武称张子之文为拙,然学问肤浅,所见不博,专拾掇崔杜小文,所作不可悉难,难便不知所出,斯则寡闻之病也。”可见,刘勰所说的文学创作上的“学问”、“博”,不是我们一般所说的积累、丰富知识,或者借鉴传统文学创作之意(这种思想强调前代文学对后代文学创作的影响),而是指通过引用、拼凑、仿作等手法,直接或间接地使用经典文本中思想、句子、词语、片断等。换言之,他强调前人文本必须在作者文本中切实出现，也即重视互文关系的可辨认性和可论证性——作者所作可以悉难，难便能知所出才算博学。显然，对创作者而言，经典文本是他文学创作的直接原材料。他的创作来源于前人文本。

这种原材料的多少决定着创作者的才思。《神思》云："若夫骏发之士，心总要术，敏在虑前，应机立断；覃思之人，情饶歧路，鉴在疑后，研虑方定。机敏故造次而成功，虑疑故愈久而致绩。难易虽殊，并资博练。若学浅而空迟，才疏而徒速，以斯成器，未之前闻。是以临篇缀虑，必有二患：理郁者苦贫，辞溺者伤乱，然则博见为馈贫之粮，贯一为拯乱之药，博而能一，亦有助乎心力矣。"显然，经典是"才思之神皋。"创作者的"学"与"博"制约着他才思的快、慢。刘勰在《体性》篇指出："学有深浅"，作者作品中"事义浅深，未闻乖其学。"即使与经书相违背的纬书，刘勰也认为其中部分内容亦"有助文章。"《正纬》云："若乃羲农轩皞之源，山渎钟律之要，白鱼赤乌之符，黄金紫玉之瑞，事丰奇伟，辞富膏腴，无益经典而有助文章。是以后来辞人，采摭英华。"

三、万趣会文，不离辞情

经典为文章奥府，创作者的根本任务就是吸收和转化经典。他们的手段就是摹仿。摹仿是文学创作的前提和基础。文学作品中的一切皆由摹仿经典而来。

从创作出发，刘勰认为作文无非关乎"辞"与"情"两方面内容，所谓"万趣会文，不离辞情。"(《熔裁》)"故情者文之经，辞者理之纬；经正而后纬成，理定而后辞畅：此立文之本源也。"(《情采》)因此，创作者创作的一个前提条件就是琢磨、钻研圣贤书辞。《情采》云："圣贤书辞，总称文章，非采而何？""研味《孝》、《老》，则知文质附乎性情;详览《庄》、《韩》,则见华实过乎淫侈。若择源于泾渭之流,按辔于邪正之路,亦可以驭文采矣。"显然,刘勰认为创作者首先要有辨别力,振叶以寻根,找出"情"、"辞"统一的文章,然后才效法它们。在《情采》篇,刘勰又结合文学史从反面论述了这一问题。他说:

> 昔诗人什篇,为情而造文;辞人赋颂,为文而造情。何以明其然? 盖风雅之兴,志思蓄愤,而吟咏情性,以讽其上,此为情而造文也;诸子之徒,心非郁陶,苟驰夸饰,鬻声钓世,此为文而造情也。故为情者要约而写真,为文者淫丽而烦滥。而后之作者,采滥忽真,远弃《风》、《雅》,近师辞赋,故体情之制日疏,逐文之篇愈盛。

这里,刘勰一方面指出作者要"为情而造文",《诗经》是这方面的典范之作;另一方面倡导后世作者为文要远师《风》、《雅》,做到"为情"、"要约而写真。"他认为"夫能设模以位理,拟地以置心,心定而后结音,理正而后摛藻,使文不灭质,博不溺心,正采耀乎朱蓝,间色屏于红紫,乃可谓雕琢其章,彬彬君子矣。"(《情采》)

"辞"(或"采")与"情"是文章之为文章的根本属性,也是创作者"立文之本源"。如果说它们都可以通过仿效《诗经》之类的经典文本获得的话,那就意味着文章中的一切都可以摹仿。在《文心雕龙》里,刘勰主要从以下六个方面论述了作者对经籍的摹仿:

(一)语言表达方式。这是最常见的一种摹仿对象。刘勰认为后人在词语的选用、修辞手段等方面往往刻意摹仿前人的作品。如他在《辨骚》篇指出：屈、宋“自铸伟辞”、语“夸诞”，其“《骚经》、《九章》，朗丽以哀志；《九歌》、《九辩》，绮靡以伤情；《远游》、《天问》，瑰诡而惠巧；《招魂》、《招隐》，耀艳而深华。《卜居》标放言之致，《渔父》寄独往之才。故能气往轹古，辞来切今，惊采绝艳，难与并能矣。”后代在这方面追随、摹拟屈、宋的人很多，司马相如就是其中的杰出代表。在《才略》里，刘勰更明确地指出：“相如好书，师范屈、宋，洞入夸艳，致名辞宗。”从现存司马相如的作品来看，他很少直接引用屈、宋作品里的言辞，而主要是在修辞和语言表现上仿作他们。他常多角度地使用多重铺叙手法反复摹写或夸饰同一事物、景物、感情，其作品语言华丽壮美。刘勰认为“相如《上林》，繁类以成艳。”（《诠赋》）《汉书·叙传》亦称司马相如：“文艳寡用，子虚乌有，寓言淫丽，多识博物，有可观采，蔚为辞宗，赋颂之首。”

（二）风格。刘勰在《体性》篇论述了典雅、远奥、精约、显附、繁缛、壮丽、新奇和轻靡八种风格。他说：“典雅者，熔式经诰，方轨儒门者也；远奥者，馥采典文，经理元宗者也；精约者，核字省句，剖析毫厘者也；显附者，辞直义畅，切理厌心者也；繁缛者，博喻酿采，炜烨枝派者也；壮丽者，高论宏裁，卓烁异采者也；新奇者，摈古竞今，危侧趣诡者也；轻靡者，浮文弱植，缥缈附俗者也。故雅与奇反，奥与显殊，繁与约舛，壮与轻乖，文辞根叶，苑囿其中矣。”这些风格作者都可通过摹仿获得。刘勰在《定势》篇进一步打比方论述道：“夫情致异区，文变殊术，莫不因情立体，即体成势也。势者，乘利而为制也。如机发矢直，涧曲湍回，自然之趣也。

圆者规体，其势也自转；方者矩形，其势也自安：文章体势，如斯而已。是以模经为式者，自入典雅之懿；效《骚》命篇者，必归艳逸之华。”刘勰认为司马相如就是“效《骚》命篇者”，他“沿波而得奇。”（《辨骚》）若把司马相如《长门赋》与屈原《湘夫人》对比一下，则不难发现它们在风格上几乎完全一致。无论是在所描写的事情、人物动作和心理以及所表现的情感上，还是在叙述口吻、表达方式等方面，司马相如《长门赋》都摹仿屈原《湘夫人》。后人把这种摹仿称之为“偷势”[①]。在此情况下，司马相如并没有引用屈原《湘夫人》文本，但风格却受到屈原《湘夫人》的限定。

正因为风格可以通过摹仿习得，因此，刘勰认为初学者选择什么摹仿对象以及摹仿本身就显得特别重要。《体性》云：“夫才有天资，学慎始习，斫梓染丝，功在初化，器成采定，难可翻移。故童子雕琢，必先雅制，沿根讨叶，思转自圆。八体虽殊，会通合数，得其环中，则辐辏相成。故宜摹体以定习，因性以练才，文之司南，用此道也。”这里两个“习”字，“学慎始习”里的“习”即含有摹仿之义，“故宜摹体以定习”里的“习”即“习惯”之义。依刘勰之见，人开始学习写作时，最重要的是要谨慎选择摹仿对象，长期不断摹仿：“沿根讨叶，思转自圆。八体虽殊，会通合数，得其环中，则辐辏相成”（《体性》），形成自己的风格。联系《尚书·太甲上》里的“习与性成”之说，这里的“故宜摹体以定习，因性以练才”亦含有习惯成自然之意。可见，刘勰认为摹仿是创作的基础，借助

① 皎然《诗式》“偷势诗例”云：“如王昌龄独游诗：‘手携双鲤鱼，目送千里雁。悟彼飞有适，嗟此罹忧患。’取嵇康送秀才入军诗：‘目送归鸿，手挥五弦。俯仰自得，游心泰玄。’”

于摹仿活动,创作者拥有了一个相对稳定的写作模子。“器成采定,难可翻移”(《体性》),它影响并规范着创作者的风格。

（三）文类。人们在写作时,必须采取与所要表达的内容相适应的语言形式和体制结构等,这就形成了不同种类的文学作品,亦即特征鲜明的各种文类。而后人在写作时,也总是有意无意地在这方面摹仿前人。因为他们必须符合特定文类的要求。如在论述骚体时,刘勰指出这种文类的特点是既“取熔经意,亦自铸伟辞。”因此,采用这种文类的人应该“能凭轼以倚《雅》、《颂》,悬辔以驭楚篇,酌奇而不失其真,玩华而不坠其实,则顾盼可以驱辞力,欬唾可以穷文致,亦不复乞灵于长卿,假宠于子渊矣。”(《辨骚》)而且,正因为一代又一代人能在摹仿前人创作的基础上不断再创造,才有了文学的历史。《铭箴》云:“箴者,所以攻疾防患,喻针石也。斯文之兴,盛于三代,夏商二箴,余句颇存。及周之辛甲,《百官箴》一篇,体义备焉。迄至春秋,微而未绝。故魏绛讽君于后羿,楚子训民于在勤,战代已来,弃德务功,铭辞代兴,箴文委绝。至扬雄稽古,始范《虞箴》,作卿尹州牧二十五篇。及崔胡补缀,总称百官。指事配位,鞶鉴可征,信所谓追清风于前古,攀辛甲于后代者也。”可见,在箴这一古老文类的发展过程中,扬雄起着重要作用。而他创作箴的唯一途径是“稽古”、“范《虞箴》”。《后汉书·胡广传》亦有“初扬雄依《虞箴》作十二州、二十五官箴,其九箴亡阙,后涿郡崔骃及子瑗及临邑侯刘騊駼增补十六篇,广复继作四篇,凡四十八篇。文甚典美,乃悉撰次首目,为之解释,名曰《百官箴》”的记载。

（四）表现手法。这是指作者表情达意、塑造人物时所运用的具体手段和方法，也即文学作品的制作之法。在不同的作者、不同的文学作品中，表现手法是多种多样、丰富多彩的。从文学史上看，《诗经》最早为后代文学创作创立了系统完备的表现手法——赋、比、兴。无论后人表现什么，采用什么文类，其表现手法都离不开这三种。只不过每个作者的侧重点不同而已。即便《楚辞》这样的奇文，刘勰认为亦如此。《辨骚》云："虬龙以喻君子，云霓以譬谗邪，比兴之义也。"如《楚辞·离骚》里的"飘风屯其相离兮，帅云霓而来御"，以及《楚辞·九章·涉江》里的"驾青虬兮白骖白螭，吾与重华游兮瑶之圃"，皆"同于《风》、《雅》者也。"（《辨骚》）因此，刘勰断言：屈原"依《诗》制《骚》，讽兼比、兴。"（《比兴》）后人也持此观点。如《说诗晬语》曰："离骚者，诗之苗裔也……楚辞托陈引喻，点染幽芬于烦乱瞀忧之中，令人得其悃款悱恻之旨。"[①]《师友诗传录》亦曰："幽忧愤悱，寓之比兴，谓之骚。"[②]

（五）取式。这是一种在文章的体例和称呼上摹仿前人的做法。刘勰在《史传》里认为司马迁的《史记》"取式《吕览》，通号曰纪，纪纲之号，亦宏称也。故《本纪》以述皇王，《列传》以总侯伯，八《书》以铺政体，十《表》以谱年爵，虽殊古式，而得事序焉。"这里的"《吕览》"即秦吕不韦《吕氏春秋》。此书全书分春、夏、秋、冬四纪。"纪"字的一个涵义是指纪年的单位，若干年循环一次为一纪。古代以十二年为一纪。《尚书·毕命》曰："既历三纪。"然而，《吕氏春秋》以"纪"作为全书每一卷的称号，以时间上的延续（春、夏、秋、

① 沈德潜：《说诗晬语》，人民文学出版社1979年版，第196页。

② 王夫之：《清诗话》，第131页。

冬)编排全书体例,这就赋予“纪”以“整理”和“统领”的意义。唐代刘知几在《史通·本纪》里说:“《吕氏春秋》,肇立纪号。盖纪者网纪庶品,网罗万物,考篇目之大者,其莫过于此乎。”刘知几此说与刘勰相同。依刘勰之见,司马迁“取式《吕览》”,其《史记》之“记”与《吕氏春秋》以“纪”为全书体例之“纪”意义相同,具有“纲纪”之义。司马迁《史记·五帝本纪》索隐云:“纪者,记也。本其事而记之,故曰本纪。又纪,理也,丝缕有纪。而帝王书称纪者,言为后代纲纪也。”①刘勰也是在此意义上明确指出:“《礼记·月令》,取乎吕氏之纪。”(《诸子》)后人也持此看法,如孔颖达在疏《礼记·月令》时说:“月令者,以其记十二月政之所行也,本吕氏春秋十二月纪之首章也,以礼家好事抄合之,后人因题名曰礼记,言周公所作。”②

(六)风骨。“风骨”是《文心雕龙》里一个非常重要的概念。它指文学作品中“情与气偕,辞共体并”(《风骨》)所呈现出的一种感染力量。刘勰认为它也靠摹仿获得。《风骨》云:“《诗》总六义,《风》冠其首,斯乃化感之本源,志气之符契也。”后世文人创作只有师法经典才能“确乎正式,使文明以健,则风清骨峻,篇体光华。”刘勰在此篇进一步打比方论述道:“夫翚翟备色,而翾翥百步,肌丰而力沉也;鹰隼乏采,而翰飞戾天,骨劲而气猛也。文章才力,有似于此。若风骨乏采,则鸷集翰林;采乏风骨,则雉窜文囿;唯藻耀而高翔,固文笔之鸣凤也。若夫熔铸经典之范,翔集子史之术,洞晓情变,曲昭文体,然后能孚甲新意,雕画奇辞。昭体,

---

① 司马迁:《史记》第1册,中华书局1959年版,第1页。

② 阮元校刻:《十三经注疏》上,第1352页。

故意新而不乱，晓变，故辞奇而不黩。若骨采未圆，风辞未练，而跨略旧规，驰骛新作，虽获巧意，危败亦多，岂空结奇字，纰缪而成经矣。”在刘勰看来，作者若要使自己的文章骨采圆润，避免“风骨乏采”或“采乏风骨”的弊病，就要规摹经典。倘若“跨略旧规，驰骛新作，虽获巧意，危败亦多，岂空结奇字，纰缪而成经矣。”在《风骨》篇，他又以具体作家的创作为例，正面论述了这一问题。他说：“昔潘勖锡魏，思摹经典，群才韬笔，乃其骨髓峻也。”

总而言之，文学创作活动本质上是一种摹仿经籍的行为，这种摹仿指的是一个文本对其他文本的直接吸收和转化，这种吸收和转化是全面的，它关涉文学“辞”与“情”的方方面面。这样的摹仿不是单纯的借鉴，而是真正意义上的使用。创作者与前文本之间存在着错综复杂的互文关系。它表现为一种自觉的在文本中以某种方式具体化了的与前文本的关联：与某种特定文类、风格、格式、语言表达方式等形成互文关系。这种互文不是全部照搬，而是采用创造性摹仿手段吸收、改变传统前文本。这就是刘勰互文性的文学创作观。

四、按经验文，依经立义

无论何时，无论采取什么方法，“文学批评”一词都含有“评判”、“褒贬”之义。与此同时，它也意味着标准和尺度。而且“所有的批评都是用阐释者本人谙熟的概念去说明所阐释作品的。”① 刘勰也不例外。《五经》既是文学的最高本体，也是他评判其他文

① 〔法〕茨维坦·托多洛夫著，王东亮等译：《批评的批评》，三联书店 2002 年版，第 163 页。

学作品的一个最高价值尺度。他在《正纬》篇指出：

> 《六经》彪炳，而纬候稠叠；《孝》、《论》昭晰，而《钩》、《谶》葳蕤。按经验纬，其伪有四：盖纬之成经，其犹织综，丝麻不杂，布帛乃成。今经正纬奇，倍擿千里，其伪一矣。经显，圣训也；纬隐，神教也。圣训宜广，神教宜约，而今纬多于经，神理更繁，其伪二矣。有命自天，乃称符谶，而八十一篇皆托于孔子，则是尧造《绿图》，昌制《丹书》，其伪三矣。商周以前，图箓频见，春秋之末，群经方备，先纬后经，体乖织综，其伪四矣。伪既倍摘，则义异自明，经足训矣，纬何豫焉？

刘勰在此居高临下，以经书为尺度，"按经验纬"，对纬书进行批评。同样，他以是否熔铸经旨评价屈原及其《离骚》。在《辨骚》篇里，刘勰"同于《风》、《雅》"和"异乎经典"两个结论的得出，以及"取熔《经》旨，亦自铸伟辞"的论断，都是以经书评判《离骚》。这种以前代文本作为度量标准的文学批评，实际上是把摹仿作为批评的一个价值标准。刘勰在《杂文》篇举例明确指出：作家怀有"慕颦之心"，一切文学作品皆由摹仿而来。"自《七发》以下，作者继踵，观枚氏首唱，信独拔而伟丽矣。及傅毅《七激》，会清要之工；崔骃《七依》，入博雅之巧；张衡《七辨》，结采绵靡；崔瑗《七厉》，植义纯正；陈思《七启》，取美于宏壮；仲宣《七释》，致辨于事理。自桓麟《七说》以下，左思《七讽》以上，枝附影从，十有余家。"

实际上，"摹"、"袭"、"效"等语词是刘勰惯用的批评作家、作品的术语。如《乐府》云:“自雅声浸微,溺音腾沸,秦燔《乐经》,汉初绍复,制氏纪其铿锵,叔孙定其容与,于是《武德》兴乎高祖,《四时》广于孝文,虽摹《韶》、《夏》,而颇袭秦旧,中和之响,阒其不还……朱马以骚体制歌……至宣帝雅颂,诗效《鹿鸣》。”刘勰甚至认为摹仿经典是某种文类的特质。如他说“议”这种文类“其大体所资,必枢纽经典,采故实于前代,观通变于当今。”(《议对》)而“枢纽经典”的作品,即使存在着不足,也能为后人所师。《才略》云:“商周之世,则仲虺垂诰,伊尹敷训,吉甫之徒,并述《诗》、《颂》,义固为经,文亦师矣。”有时,即使作者摹仿得不到位,刘勰认为亦无妨。《论说》云:“陆机《辨亡》,效《过秦》而不及,然亦美矣。”因此,可以为师,是刘勰对作家最高的评语,而能“垂范后代”(《诏策》)则是他对优秀作品的最高评价。

五、名理相因,质文沿时

(一)设文之体有常,变文之数无方

刘勰批评视域辽阔。他目光所及并不只是孤立的文学现象、个体文本,还包括整个文学史。他以历史的眼光看待文本,把它们放在与其他文本的关系中去衡量,认为文学自己衍生自己,互文是文本生成的内在机制,也是整个文学自身发展演变的规律。通过对黄帝、唐、虞、夏、商、周、汉、魏、晋九代诗歌创作中“序志述时,其揆一也。暨楚之《骚》文,矩式周人;汉之赋颂,影写楚世;魏之策制,顾慕汉风;晋之辞章,瞻望魏采”,和“夸张声貌,则汉初已极,自兹厥后,循环相因,虽轩翥出辙,而终入笼内”现象的描述分析,刘勰在《通变》篇总结说:

> 夫设文之体有常，变文之数无方，何以明其然耶？凡诗赋书记，名理相因，此有常之体也；文辞气力，通变则久，此无方之数也。名理有常，体必资于故实；通变无方，数必酌于新声；故能骋无穷之路，饮不竭之源。

此处的“有常之体”指的就是文学自身发展的规律。刘勰认为在漫长的文学发展过程中，文学是一个相对稳定的存在，这些存在“变虽不常，而稽之有则也。”(《书记》)特别是“诗赋书记”之类“名理有常”，尽管它们从“黄世”到“宋初”千变万化，但是“序志述时，其揆一也。”至于夸饰之类的表现手法历史上文人更是“莫不相循”(《通变》)。文类的“名理有常”，当然源于人们在进行创作时“体必资于故实”，代代“相因”。所以，用“矩式”、“影写”、“顾慕”和“瞻望”这些语词，刘勰形象生动地说明了“楚之骚文”、“汉之赋颂”、“魏之策制”和“晋之辞章”与前代的互文关系，论证了文学史就是互文性的历史。换言之，刘勰以互文性为基础归纳出了一条文学发展的内在规律，说明文学发展的基本动力是文学内容和形式自身的自我生成、自我转换。文学作品为了自身并根据自身而存在发展。文学史上某些文类基本的陈述内容及其表现形式“循环相因，虽轩翥出辙，而终入笼内。”

在理解刘勰上述思想时，“体必资于故实”和“变虽不常，而稽之有则也”这两句话更值得我们深思。“故实”和“稽”足以告诉我们刘勰这里所说的文学发展的自律现象，与传统上所说的继承与革新这一文学内部发展规律不同——他所强调的是后代文本对前代文本的直接使用，也即文本之间的互文性。

正是文本之间的这种互文性，使文学发展具有了内在的连续性，成为一个有规律可寻的过程。在《时序》篇，刘勰认为南北朝之前的文学虽然“蔚映十代，辞采九变”，但是它们却“终古虽远，旷焉如面”——“爰自汉室，迄至成哀，虽世渐百龄，辞人九变，而大抵所归，祖述《楚辞》，灵均馀影，于是乎在。”当然，刘勰所说的“循环相因”不是按历史发展的顺序，循循相袭之意。而是指要摹仿前代优秀的文学作品，尤其是要宗经。刘勰在《通变》篇接着说：

> 黄唐淳而质，虞夏质而辨，商周丽而雅，楚汉侈而艳，魏晋浅而绮，宋初讹而新。从质及讹，弥近弥澹，何则？竞今疏古，风味气衰也。今才颖之士，刻意学文，多略汉篇，师范宋集，虽古今备阅，然近附而远疏矣。夫青生于蓝，绛生于蒨，虽逾本色，不能复化。桓君山云：“予见新进丽文，美而无采；及见刘扬言辞，常辄有得。”此其验也。故练青濯绛，必归蓝蒨；矫讹翻浅，还宗经诰。斯斟酌乎质文之间，而檃括乎雅俗之际，可与言通变矣。

这里，刘勰认为文学因时代不同而有着“淳而质”、“质而辨”、“丽而雅”、“侈而艳”、“浅而绮”和“讹而新”之分。由于人们“竞今疏古”，因此，从古代到近代文学发展的一个总的趋势是“从质及讹”。要改变这种局面，刘勰认为必须宗经，所谓“矫讹翻浅，还宗经诰。”在他看来，只有摹仿经典文学才能健康发展，才能“与言通变矣。”刘勰这一理论模式是在阐释文学发展过程中总结出来的，它表明文学创作应该摹仿最高文学本体、理想文学模式《五经》。

但这并不是说文学要在经籍里维持一种重复关系。事实上，刘勰反对一味相袭。《杂文》云："自《连珠》以下，拟者间出。杜笃、贾逵之曹，刘珍、潘勖之辈，欲穿明珠，多贯鱼目。可谓寿陵匍匐，非复邯郸之步；里丑捧心，不关西施之颦矣。"他认为单纯的摹仿不能成就优秀之作。《哀吊》云："班彪蔡邕，并敏于致语，然影附贾氏，难为并驱耳。"《论说》亦云："逮江左群谈，惟玄是务；虽有日新，而多抽前绪矣。"因此，在《文心雕龙》很多篇章，刘勰都倡导文人要在摹仿中创新。如《封禅》云：

> 兹文为用，盖一代之典章也。构位之始，宜明大体，树骨于训典之区，选言于宏富之路；使意古而不晦于深，文今而不坠于浅；义吐光芒，辞成廉锷，则为伟矣。虽复道极数殚，终然相袭，而日新其采者，必超前辙焉。

在为封禅所制定的这个写作要领里，刘勰提出了"意古"而"文今"，"日新其采者，必超前辙焉"的观点，主张人们要在互文的基础上创新。他在《杂文》篇进一步举例论述道：

> 自《对问》以后，东方朔效而广之，名为《客难》，托古慰志，疏而有辨。扬雄《解嘲》，杂以谐谑，回环自释，颇亦为工。班固《宾戏》，含懿采之华；崔骃《达旨》，吐典言之裁；张衡《应间》，密而兼雅；崔寔《客讥》，整而微质；蔡邕《释诲》，体

> 奥而文炳；景纯《客傲》，情见而采蔚：虽迭相祖述，然属篇之高者也。

可见，作者“虽迭相祖述，然属篇之高者也”，就在于他们能“效而广之”，在已往作家的基础上取其精华。正因为如此，尽管从历史出发，文学作品都是互文，但它们却不完全等同，各有千秋。刘勰因此指出：“是以规略文统，宜宏大体。先博览以精阅，总纲纪而摄契；然后拓衢路，置关键，长辔远驭，从容按节，凭情以会通，负气以适变，采如宛虹之奋鬐，光若长离之振翼，乃颖脱之文矣。若乃龌龊于偏解，矜激乎一致，此庭间之回骤，岂万里之逸步哉！”（《通变》）而在《哀吊》篇，他又以文学史上作家创作的具体事例证明道：

> 暨汉武封禅，而霍子侯暴亡，帝伤而作诗，亦哀辞之类矣。及后汉，汝阳王亡，崔瑗哀辞，始变前式。然履突鬼门，怪而不辞；驾龙乘云，仙而不哀；又卒章五言，颇似歌谣，亦仿佛乎汉武也。至于苏慎、张升，并述哀文，虽发其情华，而未极心实。建安哀辞，惟伟长差善，《行女》一篇，时有恻怛。及潘岳继作，实锺其美。观其虑善辞变，情洞悲苦，叙事如传，结言摹诗，促节四言，鲜有缓句；故能义直而文婉，体旧而趣新，《金鹿》、《泽兰》，莫之或继也。

显然，在刘勰看来：潘岳之所以能写出出类拔萃之作，主要是由于他能“凭情以会通，负气以适变”，从而做到了“体旧而趣新”、旧瓶装新酒。因此，刘勰所说的摹仿是一种创造性的摹仿。诚如《通变》所云：“变则可久，通则不乏”，只有“望今制奇，参古定法”，才能在互文的基础上有所成就。

这种创造性的摹仿就是文学自身发展的规律。后代文学总是在有意无意、或多或少地摹仿前代文学。刘勰把这种思想贯穿在对各种文类的论述上。“原始要终”(《史传》)或“原始以表末”(《序志》)既是他批评文类的基本方法，也是他的基本思路。如刘勰在《诠赋》篇采用班固说法，认为赋乃古诗之流也。虽然“赋自诗出，分歧异派”，但其发展的脉络还是很清楚的，他说：

> 及灵均唱《骚》，始广声貌。然则赋也者，受命于诗人，拓宇于《楚辞》也。于是荀况《礼》、《智》，宋玉《风》、《钓》，爰锡名号，与诗画境，六义附庸，蔚成大国。遂客主以首引，极声貌以穷文。斯盖别诗之原始，命赋之厥初也。秦世不文，颇有杂赋。汉初词人，顺流而作。陆贾扣其端，贾谊振其绪，枚马播其风，王扬骋其势，皋朔已下，品物毕图。繁积于宣时，校阅于成世，进御之赋，千有馀首，讨其源流，信兴楚而盛汉矣。

这里，刘勰指出了赋不是凭空起源的，它“受命于诗人，拓宇于《楚辞》也”，而后世作家皆代代“顺流而作”。互文关系构成了赋这种文类的历史，而赋的特征也形成于其中。如此形成的某种文类的基本特征便具有相对的稳定性，成为一种有常之体，历代文人“承流而枝附”(《诸子》)，择其善者“效而不已”(《谐讔》)。这就是文学自身发展演变的规律，一个文人创作必须因循的规

律。在《颂赞》篇,刘勰从正反两方面进一步深入论述了这一问题。他说:

> 至于秦政刻文,爰颂其德。汉之惠景,亦有述容。沿世并作,相继于时矣。若夫子云之表充国,孟坚之序戴侯,武仲之美显宗,史岑之述熹后,或拟《清庙》,或范《駉》、《那》,虽浅深不同,详略各异,其褒德显容,典章一也。至于班傅之《北征》、《西巡》,变为序引,岂不褒过而谬体哉!马融之《广成》、《上林》,雅而似赋,何弄文而失质乎!又崔瑗《文学》,蔡邕《樊渠》,并致美于序,而简约乎篇。挚虞品藻,颇为精核。至云杂以风雅,而不变旨趣,徒张虚论,有似黄白之伪说矣。及魏晋辨颂,鲜有出辙。陈思所缀,以《皇子》为标;陆机积篇,惟《功臣》最显。其褒贬杂居,固末代之讹体也。

刘勰在此称赞了那些"或拟"、"或范"、"鲜有出辙"的前人作品,批评了那些"弄文而失质"的"谬体"、"讹体"。依他之见,颂这种文类的基本规则是自足的、不变的。无论什么时代的作家,都必须师范前人并恪守它。因为摹仿是作文之法。圣贤创作亦有师承。《诸子》云:"李实孔师"。文学史上伟大作家的创作也莫不历鉴前作。如刘勰称扬雄《剧秦》"体因纪禅。观剧秦为文,影写长卿"(《封禅》),《汉书》乃"宗经矩圣之典","班固述汉,因循前业,观司马迁之辞,思实过半。"(《史传》)

(二)歌谣文理,与世推移

但是,文学文本并不只是内在的与另一文学文本相联系,文学史也不是单一的文学文本史。书面文本是文学创作的源泉，但不是唯一的源泉。文学文本的生成过程是十分复杂的。事实上，文学文本是文化的积淀，是多重话语的结晶。《文心雕龙》中的事类文本更多地与历史和现实生活相关。因此，互文关系并不是纯粹的文学文本之间的关系，它的最终领域是社会历史文化。文学文本与非文学文本之间也存在互文关系。刘勰在历史的语境中不仅捕捉到了文学文本之间的互文所形成的规律性，而且看到了文学文本与非文学文本之间广泛的交涉现象。

从前面我们对《文心雕龙》中事类文本的扫描可以看出：文学文本与整个历史文化传统以及广泛的话语语域之间存在着千丝万屡的联系。确切地说，它与作为社会文化历史语境的外文学文本互为指涉。刘勰把文学文本与非文学文本一视同仁，引入了文化整合的概念，即他同时看到了文学与社会历史以及文化因素之间的联系，强调文学同其他非文学事物之间的相关性，并在这种关联网中对文学的本质与发展、作家与作品，以及文学创作与风格诸如此类的有关文学批评、文学理论的问题进行了多方面综合描述与阐释。这样，刘勰就打破了对文学现象和理论问题封闭单一的解释，既运用文学文本与社会文化历史语境的互文性关系来解释各种文学现象，在《文心雕龙》里得出了“质文沿时”，“故知歌谣文理，与世推移，风动于上，而波震于下者”（《时序》）类结论，又把作家及其作品放在与其他社会文本的关系中去理解，强调文本之间的流动性，提出了“观其时文，雅好慷慨，良由世积乱离，风衰俗怨，并志深而笔长，故梗概而多气也”类鞭辟入里的见解，从而进一步总结出了文学发展的另一条客观规律——“文变染乎世情,兴废系乎时序,原始以要终,虽百世可知也。"(《时序》)因此,刘勰辽阔的批评视域还表现在他把文学文本放在漫无涯际的各个历史时期、各种非文学文本的语境关系网中考察,他表明深广的互文关系不局限在文学文本之间。文学发展和文学史的演进与社会历史的发展息息相关、休戚与共。

至此,从互文性的文学本源论、文学创作论、文学批评论到文学发展论,我们看到互文性问题在刘勰文学批评中具有重要性和普遍性。互文在《文心雕龙》中既是一个实际的运用,也是一个广义的理论、一个批评的方法。刘勰所说的文学是一个文本与各种前文本组成的世界。文学在书的海洋里生存、繁衍并且发展。它是物质化的书面文本,但不是物品,而只是指涉其他话语的话语,这些话语又进一步指涉其他话语,如此下去,一方面,文学处于文学语言的世界之中。这是一个相对独立的世界:文学自己评价自己。任何一个作家都是"隔代相望"、"景而效者"(《诔碑》),任何一个时代的文学作品都是互指文学作品。换言之,刘勰对任何一个作家,任何一个时代文学作品的解读都是一种互指性(inter-reading)解读。另一方面,文学同时又处于语言的世界之中。它与整个人类社会文化生活相互指涉、相互联系。因此,刘勰从历时的角度进行文学研究,让文学回归历史,认为互文性既是文学自身内在的演变规律,又是文学外部发展演变的规律,真正的互文性源自创作者凭借自己独特的个性特征对前文本所作的改变。刘勰对文学所作的这种自觉反思,赋予互文性独特的动态意义,更成就了《文心雕龙》互文本。

第四章　叙事工绝，论中之史

第一节　引言

古人作文，非常讲究有法。篇有篇法，句有句法。至于表述方式亦有规则，如骈文以骈语俪词见长，论文以阐发己意为主，它们都与叙记之体迥殊。中国古代文论有一特殊表述方式，而世人习焉不察者，历史叙述是也。这种表述方式，成熟于汉代。先秦时期独立的文学批评文本尚不存在，文学批评的对象基本上是《诗经》。此时有关《诗经》的批评话语基本上属于评论性话语，主要有判断式、论辩式和对话式三种。[①] 汉代，文学批评对象的范围扩大了，相对独立的文学批评文本不断涌现。除以《毛诗序》为代表的评论性批评话语外，此时还出现了以《史记》、《汉书》为代

---

① 如《论语·为政》里的"子曰：'《诗三百》一言以蔽之，曰：思无邪'"，《荀子·儒效》里的"圣人也者，道之管也。天下之道管是矣，百王之道一是矣，故《诗》、《书》、《礼》、《乐》之归是矣。《诗》言是其志也，《书》言是其事也，《礼》言是其行也，《乐》言是其和也，《春秋》言是其微也。故《风》之所以为不逐者，取是以节之也；《小雅》之所以为《小雅》者，取是而文之也；《大雅》之所以为《大雅》者，取是而光之也；《颂》之所以为至者，取是而通之也"，以及《论语·八佾》里的"子夏问曰：'巧笑倩兮，美目盼兮，素以为绚兮。何谓也？'子曰：'绘事后素'。曰：'礼后乎？'子曰：'起予者商也！始可与言《诗》已矣'。"

表的、用以叙述评论作家及其作品的历史性批评话语。当然，史学家是从历史的角度，把作家作为历史人物看待的，严格说来，这还算不上是真正的文学批评。若从文学批评出发，东汉王逸的《楚辞章句序》是此时历史性批评话语的代表作。这篇相对独立的批评文章以屈原及其《离骚》为批评对象，历时地陈述了孔子为代表的早期中国文学的创作情况、汉代对《离骚》的接受，以及屈原的生平事迹和《离骚》的意义。就结构安排而言，这篇文本的独特之处是前半部分，即王逸依循“昔者孔子睿圣明哲—其后周室衰微，战国并争—至于孝武帝，恢廓道训”的历史顺序述古明今，追述了孔子删定《六经》、战国百家争鸣以及汉代刘安、刘向、班固和贾逵对屈原及其作品的评价。这是一种历时性的批评话语。与其说它是在评论或论辩，毋宁说是在讲述。逮至魏晋南北朝，文学批评进入自觉时期，此时占主导地位的文学批评话语仍属于评论性话语。曹丕《典论·论文》、现存李充《翰林论》是这方面的代表作。此外，与之并存的还有以描述性为主的批评话语（如陆机《文赋》），以及以历时性的叙述为主的文学批评话语（如现存挚虞的《文章流别论》）。至于《文心雕龙》批评话语，则叙议结合，以叙为主。尽管刘勰在《序志》自称《文心雕龙》是“树德建言”、“敷赞圣旨”、推阐义理、成一家之言的“论文”，然其据事叙理，言非蹈虚，敷述昭情，善入史体，实乃文论之奇葩。本部分析句弥密，通过对《文心雕龙》历史时间结构及其序列和意义，以及多样化的时间结构方式和叙述形式特别是叙事法的剖毫析厘，阐释刘勰论文的基本话语模式，探讨《文心雕龙》历史性叙事批评话语的特质及其生成。

第二节　时间塑形，零度距离：严密的历史时间结构

叙事学里讲的“叙事”一词的最明显、最中心的一层含义“指的是承担叙述一个或一系列事件的叙述陈述，口头或书面的话语。”[①]叙事的这层含义表明了构成叙事的三个最基本条件，即叙述者、叙述内容和叙述话语。据此，如果我们把批评客体称作叙述内容或所指，把陈述、话语或叙述文本称作本义的叙事或能指，把产生该叙事的叙述行为称作叙述的话，那么，我们可以把《文心雕龙》批评话语称为叙事或叙述话语，因为它基本上不是表达或表现批评客体，而是讲述或叙述它。

一、六种标示时间的语词

“时间性是接近叙事性语言的存在结构，而叙事性则是把时间性作为其终极指涉物的语言结构。”[②]有没有时间性历来是叙事话语的核心。法国当代思想家保尔·利科甚至把叙事称为“时间塑形”[③]。因此，如何处理时间历来是叙事性表达的基本问题。一般来说，作为文学批评或理论著作，《文心雕龙》批评话语理应是

① 〔法〕热拉尔·热奈特著，王文融译：《叙事话语 新叙事话语》，中国社会科学出版社1990年版，第6页。

② 保尔·利科的这句话得到了美国海登·怀特（Hayden White，1928—　）的认同。见怀特著，陈永国译：《后现代历史叙事学》，中国社会科学出版社2003年版，第161页。

③ 他对“叙事与时间”有深入研究。详见其《虚构叙事中时间的塑形》，王文融译，三联书店2003年版。

一种评论话语，它应该是无时间性的。这种话语并非作为对文学现象、文学思想、作家和作品的叙述而表达出来，因此，不宜用识别叙事话语的标准衡量它。然而，《文心雕龙》批评话语自身有一个鲜明的特征——时序性。这是其能指层面显示给我们的。如刘勰在《时序》篇采用直线性叙述，主要追述了历代文学演变的历程，并在此基础上总结了文学发展的规律。我们之所以在此使用"叙述"[①]而不是文学批评界惯常用的"论述"或"阐述"一词，是因为刘勰的确是在向我们"叙述"——其叙事的时序已由叙事本身主要借助于以下四种表达时间点、时间段、时间关系以及时间的方向或推移的语词明确告诉了我们：

（一）联结词[②]：即表示时间概念的介词或连词。《时序》篇里这类语词很多。它们通常位于每小段的开头，以此标明了所有批评话语之间的时间关系、时间的方向和推移。如当我们刚刚读完"时序"篇题后，一个"昔"字就把我们带入了类似民间讲故事的陈述里。而稍后一点的"至"和"逮"字以及其后依次不断涌现的"爰自"、"及……迄于"、"逮"、"自……暨"、"爰自……迄至"、"自"、"及"、"自……以下"、"迄至"、"及"、"自"、"至"、"逮"、

① 在叙事学里，人们一般在两个来源意义上使用"叙述"一词。一是希腊词语"diēgesis"，该词在英文中的形式是"diegeis"。亚里士多德在《修辞学》里用它表达一种"陈述"；一是拉丁文中的词语"narrare"，意为"进行叙述"。J. 希利斯·米勒对这两个语词进行了追根溯源，并认为"叙述"行为有两个重要特征：(1)相对完整性。叙述沿着一条现成的路径，从头到尾重新追溯事件，从而讲述一个故事。(2)重复性。叙述暗含判断、阐释、复杂的时间性和重复等因素。任何讲述都是重述，是对业已完成的旅程的重复（详见《解读叙事》，申丹译，北京大学出版社 2002 年版，第 45 页）。

② 在古汉语里，介词与连词的界限不是十分清楚的。此处采用王力的观点，总称其为联结词。参见王力《汉语史稿》中册，中华书局 1950 年版，第 332 页。

“至”、“逮”、“及”、“至”、“自”、“自”“自”、“暨”字,更使我们一步步走进并沉浸在典型的叙述话语语境之中。

（二）朝代名称:历史上表示特定朝代的名称,诸如“春秋”、“汉”、“建安”、“正始”、“晋”、“宋”、“齐”等等,不时闪现在《时序》批评话语里,它们与联结词等通常紧密组合在一起,明确向我们表达出了特定的时间点或时间段,如“昔在陶唐”、“爰至有汉”、“跨周轹汉,唐虞之文”等等。

（三）帝王名称:在《时序》篇里,即使在某一个特定的时间段里,刘勰通常也不是共时态地要么评论作家、作品,要么论述文学思潮,而是以帝王或作家的名称准确标示出时间点及时间的更替。如他依据以下明确标示出的帝王名称顺序,陈述了两汉时期的文学创作:

（西汉）高祖—孝惠帝—文帝—景帝—孝武帝—昭帝—宣帝—元帝—成帝—哀帝—平帝—（东汉）光武帝—明帝—章帝—和帝—安帝—顺帝—桓帝—灵帝—献帝

如此鲜明标示出的时间长度,也即批评话语能指层面的直线性,使我们的阅读视野自从进入汉代以后,始终受话语接续性的左右:它控制着我们的阅读,我们不能重复或有选择地阅读(除非我们不想继续读下去),也不能倒着读,只能一个阶段一个阶段,甚至一句话、一句话地顺着读。

（四）实词:《时序》篇里还有不少类似篇题“时序”这样蕴涵时间意义的实词。它们有时单独出现,但更多的则是与表示时间意义的联结词和帝王、朝代名称连在一起出现,从而进一步表现了批评话语的时间长度。诸如表示此时此刻的“方是时也”里的

“方”与“时”;表示现在时态的“今圣历方兴”里的“今”与“方兴”;表示将来时态的“春秋以后”、“然中兴之后”、“自明帝以下”、“施及孝惠”、“降及灵帝”里的“以后”、“之后”、“自……以下”、“施及”、“降及”;表示某一特定时间点的“逮晋宣始基”、“建安之末”里的“逮……始”、“末”,以及表示时间推移的“跨周轹汉”、“自元暨成”里的“跨”、“轹”、“自……暨”等等。这些明确向我们昭示出时间的存在与流逝的语词有表示方向或方位的名词,也有动词。

除以上四种基本语词外,《文心雕龙》批评话语里还广泛存在着以具体作家(或文学史上惯用的对作家们的称呼)、作品(或文学史上约定俗成的对某一类作品的称呼)的名称表示时间的语词。以它们为标记,刘勰显现出了其表述在一定空间内的时间接续性。譬如:

(1)是以贾生俊发,故文洁而体清;长卿傲诞,故理侈而辞溢;子云沉寂,故志隐而味深;子政简易,故趣昭而事博;孟坚雅懿,故裁密而思靡;平子淹通,故虑周而藻密;仲宣躁锐,故颖出而才果;公干气褊,故言壮而情骇;嗣宗俶傥,故响逸而调远;叔夜俊侠,故兴高而采烈;安仁轻敏,故锋发而韵流;士衡矜重,故情繁而辞隐。(《体性》)

(2)故论说辞序,则《易》统其首;诏策章奏,则《书》发其源;赋颂歌赞,则《诗》立其本;铭诔箴祝,则《礼》总其端;纪传盟檄,则《春秋》为根:并穷高以树表,极远以启疆,所以百家腾跃,终入环内者也。(《宗经》)

对《文心雕龙》这样的文学批评著作而言，批评话语里普遍出现作家、作品名称是很自然的。然而，刘勰几乎总是按照历史时间的顺序提及或论及两个以上的作家、作品，而很少随意点评它们。尽管由于特定的批评对象，我们看不到《时序》篇里那样明显的时间标志语词，但是，稍有些文学史常识的人，若细读刘勰分别集中例举具体作家、作品证明风格与情性关系、各种体裁来源问题的这两段话，都会跟随着作家名字、作品名称在自己的脑海里立刻“翻译”并大致重新织出一根连贯的历史时间顺序。在例(1)里，除刘桢生平不详外，其余作家，刘勰完全依他们在历史上出现的时序一一点评，换言之，其批评话语依次沿着西汉—东汉—建安—正始—西晋的历史路线前进。同理，例(2)语段的论述时间次序为《易》—《书》—《诗》—《礼》—《春秋》。

有时，刘勰甚至会以作家(或文学史上用以表示文人的语词)、作品两种语词表达某一个特定的历史时间长度。譬如：

> 是以模经为式者，自入典雅之懿；效骚命篇者，必归艳逸之华……桓谭称文家各有所慕……陈思亦云世之作者，或好烦文博采……陆云自称往日论文，先辞而后情……自近代辞人，率好诡巧。(《定势》)

此段看似无时间序列，然而，“《经》”、“《骚》”、“桓谭”、“陈思”、“陆云”和“自近代辞人”又分明向我们昭示了一个清晰连贯的、有着历史时间先后顺序的叙事结构。

以上呈现于《文心雕龙》批评话语能指层面的六种表示时间的语词是一种明确传递信息的标识。它们程度不同地出现在五十篇《文心雕龙》里，凸现了刘勰批评话语独具特色的时间的无所不在性。这里所说的“时间”特指的是一定的“历史时间”。历史即意味着在不可逆转的、连续性、顺序性、直线性的一维时间中存在，意味着贯穿“过去”、“现在”与“将来”的大量历史人物、历史事件之间的联系、组合及其演变发展。然而，“自……暨”、“爰自……迄至”、“自”、“及”之类语词只能表达出历史时间的方向或推移，不能表达出特定的历史时间点。与此相反，能表达出某一特定的历史时间点或时间段的“春秋”、“顺帝”、“正始”、“桓帝”、“建安”、“安帝”、“陈思”、“陆云”之类专有名词，却不能传达出时间的方向与推移。因此，且不说单个时间语词，就是“顺帝”—“春秋”—“建安”或“正始”—“安帝”—“桓帝”的序列也不能表达历史的次序。只有而且也惟有“安帝—顺帝—桓帝”或“春秋—建安—正始”的序列，才能准确表达出一定的、有序的历史时间长度。从这个意义上说，批评客体在历史上真正存在的时间序列决定着批评话语的时间结构序列。前者是一种隐藏的潜在的历史时间结构，后者（也即主要由六种基本语词所标示的时序性）则是一种明显的外在的历史时间结构。

二、批评客体及其话语时间的重合

《文心雕龙》里任何一个相对独立存在的时间的完整结构，主要是由其中所述的批评客体填充完成的。以作家、作品为核心的任何文学批评客体都是在一定时间中发生的，批评客体是时间实质性的内容，它规定了时间的性质。常常正是借助于某一特定批评客体的发展,我们得以具体真切地感知到时间的存在与推移。因此,从叙述性讲,《文心雕龙》叙事赖以生存的是与它讲述的客体之间的关系,其话语结构必须建立在批评客体基础上。如果说借助于大量具有时间意义的语词或其排列顺序,《时序》批评话语具有了叙述性的话,那么,作为叙述内容(即被讲述的事情的批评客体)与批评话语或叙述话语(叙述文本、叙事)两者之间所存在着的一一对应的历史时序性,则使《时序》批评话语成为真正意义上的叙事话语。

若依据批评话语里明确指示出时代交替的语词,把批评客体的具体指称对象限定为各个时代的文学的话,那么,从批评客体与批评话语的关系来看,《时序》里的批评客体大致可归结为八个,它们依次为尧[①]舜、夏商、周、春秋战国、两汉、三国(魏)、两晋和南北朝时期的文学。若把它们在批评话语中出现的顺序编为A、B、C、D、E、F、G、H,把它们在历史上特定的时空中实际占据的时间位置编为1、2、3、4、5、6、7、8,我们由此会得出一个可以大致概括其接续关系的公式:A1—B2—C3—D4—E5—F6—G7—H8。[②]很显然,这完全是一个持续性的顺向规则运动。它表明在一定历史时期批评客体接续出现的时间顺序和这些批评客体在批评话语中排列的时间顺序之间存在着某种零度距离——叙述时间或

---

① 原文为“昔在陶唐”。左丘明《春秋》襄公二十四年传曰:“自虞以上为陶唐氏。”西晋杜预注云:“陶唐,尧所治地太原晋阳县也。终虞之世以为号。”故本篇“陶唐”谓尧,虞谓舜也。

② 为方便论述起见,我们此处只以尧舜、夏商之类的时代名称简称之,并借用了热奈特对伪时间与叙事对象时间或序列的表示法。

序列（也即外在历史时间结构）与批评客体或叙述对象历史时间或序列（也即内在历史时间结构）的完全重合或“等时”[①]，也即两者时间的完全一致。

如果再进一步细分下去结果亦如此。若以时代为单位，用以组成内在历史时间结构的批评客体（仅就《时序》篇提到的），也即尧舜、夏商、春秋战国、两汉、三国（魏）、两晋和南北朝七个时期都包含有不同的两个要素，即尧、舜；夏、商；春秋、战国；西汉、东汉；建安、正始；西晋、东晋；宋代、齐代。而批评话语的时序也严格遵循这些历史年代顺序，与之完全同步。这就是说它总是毫无例外地先叙前一个，然后再叙后一个。当然，若把批评客体的指称对象限定在帝王身上，我们也会得出同样的结论。如批评话语基本上以帝王名称为时间标志，叙述了两汉和南北朝时期的文学，其中后者在话语里的排列顺序为：（宋）武帝—文帝—孝武帝—明帝—（齐）高帝—武帝—文帝—明帝。可见，这些帝王们在历史上出现的真实的时间顺序与刘勰在批评话语里对他们排列的时间顺序完全一致。叙述两汉时期的话语也是这样排列的，即20个帝王在历史上真正出现的时间顺序与叙事时间顺序完全重合。其实，整个《时序》篇亦是如此。其叙述是这样衔接的（为清楚起见，我们依次写出每一句明显标示出叙述时间进程的批评话

---

① 关于叙事时间或序列与叙事对象时间或序列，叙事学里有多种说法，如保尔·利科的“讲述时间”与“被讲述时间”、西蒙·巴埃弗拉特的“叙事时间”（narration time）与“情节时间”（narrated time），以及热奈特以“伪时间”称其中的“叙事时间或序列”，等等。本书研究对象是文学批评著作，不便直接用叙事学里有关虚构文学作品时间的上述说法，故直称之。“等时”为荷兰学者米克·巴尔语。见米克·巴尔著，谭君强译：《叙述学：叙事理论导论》，中国社会科学出版社1995年版，第21页。

语，并用一个字母标明较大一段的开头，用阿拉伯数字标出批评客体的时间）：

(A1)昔在陶唐—有虞继作—(B2)至大禹敷土—成汤圣敬—逮姬文之德盛—幽厉昏而《板》《荡》怒，平王微而《黍离》哀—(C3)春秋以后—百家飙骇。方是时也—严于秦令—(D4)爰至有汉—高祖尚武—施及孝惠，迄于文景—逮孝武崇儒—越昭及宣—自元暨成—爰自汉室，迄至成哀—(E5)自哀平陵替，光武中兴—及明帝叠耀—自安和已下，迄至顺桓—然中兴之后—降及灵帝—(F6)自献帝播迁—建安之末—(G7)至明帝纂戎—于时正始余风—(H8)逮晋宣始基，景文克构—至武帝惟新—降及怀愍—然晋虽不文—(I9)元皇中兴—逮明帝秉哲—及成康促龄，穆哀短祚，简文勃兴—至孝武不嗣，安恭已矣—自中朝贵玄—(J10)自宋武爱文，文帝彬雅—孝武多才—自明帝以下—(K11)暨皇齐驭宝—太祖以圣武膺箓，高祖以睿文纂业，文帝以贰离含章，中宗以上哲兴运—(L12)今圣历方兴

各种时间语词时而单独出现，时而相互并列出现，时而一个跟一个地相继出现，时而间隔一定的时距出现，共同组合出了一个相当完整连贯的、链接十代（即唐、虞、夏、商、周、汉、魏、晋、宋、齐）的时间结构。这是贯穿《时序》篇自始至终的一个基本序列、唯一序列。这里，一个个分布密集、明确标出时间性的语句串起了整个批评话语，使之恰似一条锁链，一环套一环。在这种时间结构话语里，

话语里的时间大致限定了其所要讲述的对象的范围,并使批评话语的横组合时序与批评客体的历史时间顺序基本合而为一:批评话语或叙述顺序的时间就是批评客体或叙述对象(文学发展)顺序的时间。两者之间偶尔的不一致也丝毫不影响批评话语整体上的有时性结构。如虽然刘勰没有依作家在历史上出现的真实时序点评建安时期的作家创作,①但是,“自献帝播迁—建安之末—至明帝纂戎”这一批评话语时间序列如此鲜明、准确地限定了刘勰在此时间序列内所叙述的作家的时间位置——不论具体叙述的先后顺序如何,刘勰在期间所提到的所有作家都一定生活在自献帝开始至明帝之前。尤其是结束时间位置的限定,更使得似乎随意排列的作家顺序现象显得短暂:批评话语很快又回到了既有的叙述轨道上,变得很有规律、很有时序。因此,某种程度上说,《时序》所具有的时间性、顺序性和叙事性不是我们刻意分析出来的,而基本上是由其批评话语的外在、内在层面显现给我们的:批评客体或对象在批评话语中的排列时序和它们在一定历史时期真正存在的时序之间存在着严格的对应关系。

第三节　常中有变,正中有奇:历史序列的普遍性与复杂性

一、时间长度的确定性

批评客体及其话语时间的重合或者同一性,揭示了《文心雕

① 这个问题下面还要论述,兹不赘述。

龙》批评话语的一个突出特征——历史性。不论是外在还是内在历史性时间结构，它们都有一定的长度，是一个有头、有尾，相对独立完整的统一体。在一定语境中，它们有的历史时间长度相当长，如《时序》、《才略》和《通变》篇都从传说中的五帝时代叙述到南北朝时期；有的则比较短，如"至如《雅》咏棠华，或黄或白；《骚》述秋兰，绿叶紫茎"（《物色》）只从"《雅》"叙述到"《骚》"时代；有的上一个历史时间点到下一个历史时间点之间的时距比较大，有的则比较小。譬如：

（1）若夫屈贾之忠贞，邹枚之机觉，黄香之淳孝，徐干之沉默，岂曰文士，必其玷欤？（《程器》）

（2）《诗》总六义，《风》冠其首，斯乃化感之本源，志气之符契也。是以怊怅述情，必始乎风，沉吟铺辞，莫先于骨。故辞之待骨，如体之树骸，情之含风，犹形之包气。结言端直，则文骨成焉；意气骏爽，则文风清焉。若丰藻克赡，风骨不飞，则振采失鲜，负声无力。是以缀虑裁篇，务盈守气，刚健既实，辉光乃新，其为文用，譬征鸟之使翼也。故练于骨者析辞必精，深乎风者述情必显。捶字坚而难移，结响凝而不滞，此风骨之力也。若瘠义肥辞，繁杂失统，则无骨之征也。思不环周，索莫乏气，则无风之验也。昔潘勖锡魏，思摹经典，群才韬笔，乃其骨峻也。（《风骨》）

（3）自教以下，则又有命，《诗》云："有命在天"，明为重也。《周礼》曰："师氏诏王为轻命。"今诏重而命轻者，古今之变也。（《诏策》）

例(1)以“屈贾—邹枚—黄香—徐干”为标识，依次沿着战国—西汉—东汉—魏四个历史时期进行叙述，上下历史时间点之间的距离比较小。从时间语词标示出的“《诗》—昔潘勖”来看，例(2)里历史时间结构跨度很大，即从《诗经》时代径直跳到魏代。一般来说，在有三个以上历史时间点的结构序列里，上下时间点之间的时距往往不同。这就是说它们中有的比较短，有的比较长。如例(3)里时间语词标示出的历史时间结构序列为：《诗》—《周礼》—南北朝时期。前两个历史时间点之间的时距比较短，后两个则比较长。从“《诗》”到“《周礼》”基本是顺次的，而从《周礼》到南北朝时期则是跨越式的。尽管在长度、时距上存在着这样那样的差异，但是，这三例里都存在着类似《时序》篇里的历史性顺向时间结构。

这种历史序列里至少要有两个前后顺连的时间点。因为只有两个历史时间点之间的顺序接续才能形成一定的时间长度(如例(2)所示)。从叙述时间或批评话语时间上看，这两个时间点之间的距离也可长可短。如在例(2)里，提到《诗经》时代，刘勰并没有像例(1)那样紧接着往下叙述，而是由“《诗》总六义，《风》冠其首，斯乃化感之本源，志气之符契也”引发开去，在对比阐发了“风”、“骨”和“风骨”之义后，以“昔潘勖”引领再次转到历史性的时间序列里。这样致使批评话语行进的速度很慢(或叙述时间慢)。与之相反，在例(3)、例(1)里历史时间推移的速度很快。刘勰惜墨如金，一句话一个时代，分别快速完成了对三个(《诗》—《周礼》—南北朝时期)、四个(战国—西汉—东汉—魏)历史时期的叙述。因此,若同时考虑到叙述时间,则"是以远称唐世,则焕乎为盛;近褒周代,则郁哉可从:此政化贵文之征也"(《徵圣》)就是一个最小的历史时间序列,也即在上下语境中相对独立完整存在的、由两个时间点"远称唐世"和"近褒周代"链接的、一个有着一定历史时间长度的顺向结构。换言之,我们所说的历史时间序列意味着它是有一定时距的连续统一体,顺序性和相对完整性是它的两个鲜明特征。

二、语篇内部的离合变化

这种以两个或两个以上时间语词标示出的时间点结构的历史序列存在于《文心雕龙》每一篇。其中有一个这种历史序列的共二十篇。从叙述时间上看,它们有长有短。长的往往从头到尾贯穿整个语篇[①](如《时序》、《才略》、《明诗》、《乐府》、《诠赋》、《史传》、《物色》、《夸饰》、《辨骚》、《封禅》和《章表》),比较短的或者位于整个篇章的开头部分(如《风骨》和《总术》),或者位于中间部分(如《原道》、《定势》和《情采》),或者位于整个篇章靠后部分(如《熔裁》、《体性》、《附会》和《隐秀》)。《文心雕龙》中有两个历史序列的共十七篇。在这些篇章里,两个历史时间结构序列之间通常没有直接的联系,而只是一前一后平行地共存于同一个语篇之中。譬如:

1.(A1)昔帝喾之世—(B2)自商以下—(C3)及三闾《橘

① 就结构而言,《文心雕龙》每篇都是由正文与赞部分组成。关于这个问题后面有论述,兹不赘述。这里所说的"贯穿整个语篇",准确地说是指贯穿整个正文部分。

颂》—(D4)至于秦政刻文—(E5)汉之惠景—(F6)至于班傅之《北征》、《西巡》—(G7)及魏晋杂颂

2.(A1)昔虞舜之祀—(B2)及益赞于禹—(C3)至相如属笔—(D4)及迁《史》固《书》—(E5)而仲治《流别》—(F6)及景纯注《雅》

这是我们按照《颂赞》篇章结构的次序，摘出的两个历史序列。它们不仅历史时间长度一致(即五帝到魏晋时期)，而且叙述次序亦相同(即都遵循五帝—先秦—两汉[西汉—东汉]—魏晋的历史顺序)。然而，它们在语篇中所处的具体位置、所叙述的批评客体以及叙述时间表明它们是两个互不联系、互不干涉、相对独立完整存在的历史结构序列。位于整个语篇前半部分的例 1 以比较慢的速度集中叙述了“颂”，例 2 则完全位于例 1 之后，它以比较快的速度叙述了“赞”。《文心雕龙》里有两个这样历史序列结构的语篇还有五篇，即《铭箴》、《哀吊》、《谐讔》、《檄移》和《议对》。除界限分明地一前一后分别叙述两种不同体裁外，同一个语篇内的两个确定的历史序列还可以分头叙述各种话题。譬如：

1.(A1)夫三皇辞质—(B2)帝世始文—(C3)三代春秋—(D4)战代枝诈—(E5)汉世迄今

2.(A1)至如仲任置砚以综述—(B2)叔通怀笔以专业—(C3)是以曹公惧为文之伤命—(D4)陆云叹用思之困神

这是我们依据篇章先后次序从《养气》篇里摘出的两个历史

序列。其批评话语行进的速度都很快,几乎一句一时代。例1位于开头部分,它依时概叙了从三皇到南北朝时期文人用辞的特点,说明“古人”所以“文质”而“余裕”,“后进”所以“浇辞”而“莫遑”的原因。此段之后再隔一段便是例2。它通过依次例举汉代王充、曹褒的具体行为,以及曹操、陆云对作文会“伤命”、“困神”的惧怕,说明创作要率志委和的道理。《文心雕龙》里拥有《养气》里这样两个历史序列的篇章还有十篇,即《声律》、《通变》、《丽辞》、《书记》、《知音》、《指瑕》、《徵圣》、《比兴》、《神思》和《正纬》。与《颂赞》、《养气》篇一样,尽管两个历史序列前后并存于同一个语篇,但其所叙具体内容不同。

其实,即使是在拥有三个历史性时间结构的篇章里,各个历史序列亦是相对独立存在的。譬如:

1.(A1)至若《胤征》羲和,陈《政典》之训,(B2)《盘庚》诰民,叙迟任之言:此全引成辞以明理者也。

2.(A1)观夫屈宋属篇,号依诗人,虽引古事,而莫取旧辞。(B2)唯贾谊《鹏赋》,始用鹖冠之说,(C3)相如《上林》,撮引李斯之书,此万分之一会也。(D4)及扬雄《百官箴》,颇酌于《诗》《书》,(E5)刘歆《遂初赋》,历叙于纪传,渐渐综采矣。(F6)至于崔班张蔡,遂捃摭经史,华实布濩,因书立功,皆后人之范式也。

3.(A1)扬班以下,莫不取资,任力耕耨,纵意渔猎,操刀能割,必列膏腴,是以将赡才力,务在博见,狐腋非一皮能温,鸡蹠必数千而饱矣。是以综学在博,取事贵约,校练务精,捃理须核，众美辐辏，表里发挥。（B2）刘劭《赵都赋》……

这是我们依据篇章结构的先后次序，从《事类》篇里摘出来的三个历史性的时间序列结构。它们的批评话语都比较短小且分别论述了不同的话题。例1、例3是只有两个时间点的最小的历史序列，例2则是六个时间点之间的历史性顺时链接。这样前后排列的三个历史序列也共存于《练字》和《序志》篇。

然而，在拥有四个历史序列的篇章里，各个序列之间的关系就不这么单一了。譬如：

1.（A1）寻二言肇于黄世，《竹弹》之谣是也；（B2）三言兴于虞时，《元首之诗》是也；（C3）四言广于夏年，《洛汭之歌》是也；（D4）五言见于周代，《行露》之章是也。（E5）六言七言，杂出《诗》、《骚》；（F6）而体之篇，成于西汉。

2.（A1）贾谊枚乘，两韵辄易；（B2）刘歆桓谭，百句不迁，亦各有志也。（C3）昔魏武论赋，嫌于积韵，而善于资代。（D4）陆云亦称，四言转句，以四句为佳。

3.（A1）又诗人[①]以"兮"字入于句限，（B2）《楚辞》用之，字出句外。

4. 寻"兮"字成句，乃语助余声。（A1）舜咏《南风》，用之久矣，（B2）而魏武弗好，岂不以无益文义耶。

---

① 此处"诗人"特指《诗经》作者。

这是我们依据篇章结构的先后次序，从《章句》篇里摘出来的四个历史性的时间序列结构。它们的批评话语都比较短小。例1沿着“黄世—虞时—夏年—周代—战国—西汉”的顺序从字数上对诗歌这种体裁进行了分类；例2依时以贾谊、枚乘、刘歆、桓谭、曹操和陆云创作或论述为例，论证了“改韵从调，所以节文辞气”的道理。与前两例相比，例3、例4两个历史序列不仅在批评话语的表层层面连接得非常紧密，而且所述对象完全相同。前者说明“兮”字在《诗经》、《楚辞》里所处的不同位置，后者以舜《南风》和曹操创作为例，说明“兮”字在句子里的作用。因此，从叙述内容或所指上看，例3、例4两个历史序列之间存在着相互补充说明的关系。类似《章句》篇这样拥有四个历史序列且其中两个历史序列之间存在互补关系的语篇还有《奏启》、《程器》和《宗经》三篇。只不过这三篇里的前两个历史序列之间存在着互补关系，如《奏启》里前两个互补说明了“奏”的演化，后两个则分别说明了“启”和“表奏”。

而在《祝盟》、《诔碑》和《杂文》这三个语篇里，其中的四个历史序列里有三个彼此之间存在着互补关系。《祝盟》和《诔碑》里都是前三个互补分别叙述“祝”、“诔”的演变发展，后一个分别概述“盟”、“碑”的历史。《杂文》则是后三个互补，它们从不同角度共同叙述了历史上杂文的演变发展历史。当然，《文心雕龙》里也存在着四个历史序列平等共存的语篇。如在《诸子》里，刘勰首先主要沿着“昔风后、力牧、伊尹—至鬻熊知道，而文王咨询—及伯阳识礼，而仲尼访问—逮七国力政，俊乂蜂起—暨于暴秦烈火—逮汉成留思—迄至魏晋”的顺序概述了诸子的创作历史，然后借助于一前一后两个不同的历史序列,通过依次例举先秦至汉代一些重要的作品,从内容与形式两方面对诸子类的作品进行了全面的陈述,最后在"夫自六国以前,去圣未远,故能越世高谈,自开户牖;两汉以后,体势浸弱,虽明乎坦途,而类多依采:此远近之渐变也"这一历史时间结构里,完成了对诸子发展演变及其特点的总述,四个历史序列各有各的论述目标,基本上相对独立并存。

至于分别拥有六个、七个鲜明历史序列的《论说》和《诏策》,则更能充分证明历史时间结构在《文心雕龙》里的普遍性。譬如:

1. (A1)昔仲尼微言—(B2)是以庄周《齐物》—(C3)及班彪《王命》,严尤《三将》—(D4)魏之初霸—(E5)迄至正始—(F6)逮江左群谈。

2. (A1)至如张衡《讥世》—(B2)孔融《孝廉》—(C3)曹植《辨道》

3. (A1)若夫注释为词,解散论体,杂文虽异,总会是同。若秦延君之注《尧典》—(B2)朱普之解《尚书》

4. (A1)若毛公之训《诗》—(B2)安国之传《书》,郑君之释《礼》—(C3)王弼之解《易》

5. (A1)舜惊谗说—(B2)伊尹以论味隆殷,太公以辨钓兴周—(C3)及烛武行而纾郑—(D4)暨战国争雄—(E5)至汉定秦楚

6. 夫说贵抚会,弛张相随,不专缓颊,亦在刀笔。(A1)范雎之言事—(B2)敬通之说鲍邓

这是《论说》里的六个历史序列。就其在篇章中所处的具体位置和叙述对象、内容而言，前四个一组，后两个一组，它们平等共存、一先一后分别叙述了论、说的演变发展。前一组里又可以再次划分1与2、3与4先后两组。这两组在批评话语能所层面上联结得都非常紧密。1与2互相补充叙述了孔子至东晋时代“论”的演变，缀于其后的3与4相互补充共同叙述了“论”里的一个特殊分支——“注释”的创作情况，而1与2、3与4之间又形成互补关系——共同叙述了论及其亚类的演变发展。后一组里的两个历史序列之间亦是互补关系。它们联合叙述了作为体裁的“说”在历史上的创作情况。其中5依照舜—殷代—周代—春秋—战国—汉的历史次序总叙了“说”的演变里程，6则遵循秦—西汉的历史顺序，论述了“说”的特点。

与《论说》相比，《诏策》里的七个历史序列之间的关系比较简单。譬如：

1.（A1）昔轩辕唐虞—（B2）其在三代—（C3）降及七国—（D4）汉初定仪则

2.（A1）是以淮南有英才，武帝使相如视草—（B2）陇右多文士，光武加意于书辞

3.（A1）观文景以前—（B2）武帝崇儒—（C3）孝宣玺书—（D4）逮光武拨乱—（E5）暨明帝崇学—（F6）安和政弛—（G7）建安之末—（H8）自魏晋诰策

4.（A1）戒敕为文，实诏之切者，周穆命郊父受敕宪，此其事也—（B2）魏武称作敕戒—（C3）及晋武敕戒

5. (A1)戒者,慎也,禹称“戒之用休”—(B2)汉高祖之敕太子—(C3)东方朔之戒子—(D4)及马援已下—(E5)班姬女戒

6. (A1)教者,效也—(B2)昔郑弘之守南阳—(C3)孔融之守北海—(D4)若诸葛孔明之详约—(E5)庾稚恭之明断

7. 自教以下,则又有命。(A1)《诗》云:“有命在天”—(B2)《周礼》曰:“师氏诏王”—(C3)今诏重而命轻者

时间序列在此排列的顺序也是它们在语篇里实际所处的先后次序。尽管存在着七个比较鲜明的历史序列,但是它们之间并没有相互纠缠在一起。每个历史序列都有各自相对独立的论述对象和内容。1 概述了早期诏策在名称上的演化发展,2 以实例说明汉代在写作“诏”时的谨慎态度,3 依照西汉—东汉—建安末年—魏晋的历时次序总叙了“诏”的特点,4、5、6、7 则分别简叙了诏策的四个亚类“戒敕”、“戒”、“教”和“命”的演变发展。

总之,在历史的纵向视域里,以两个或两个以上年代顺序(通常用语词明确标示出)为批评话语的符码,批评客体序列与批评话语序列在顺序上零度距离(也即批评话语与批评客体严格等时),这种确定性的、有一定历史时间长度的结构序列或多或少地存在于《文心雕龙》每一篇,其中两个或两个以上的就有三十篇。历史序列的这种普遍性凸现了《文心雕龙》批评话语的一个显著特征——历史时间性。

三、结构之中的奇正相生

以上我们以一个相对独立完整的历史时间序列为单位,严格

依据特定语篇中篇章结构的次序,统计并描述分析了《文心雕龙》各篇里时间结构的数量及其特点。这种分析是相对粗略的。因为被我们分解出来的很多相对独立完整的历史序列的内部往往并不那么单一。下面,我们以最小的历史序列(也即由两个历史时间点连接的某个特定的历史时间段)为例说明之:

1.(A1)爰至有汉—{(a1)高祖尚武—(b2)施及孝惠,迄于文景—(c3)逮孝武崇儒—[征枚乘以蒲轮—申主父以鼎食—擢公孙之对策—叹倪宽之拟奏—买臣负薪而衣锦—相如涤器而被绣—于是史迁寿王之徒—严终枚皋之属](d4)越昭及宣—(e5)自元暨成—(f6)爰自汉室,迄至成哀—(g7)自哀平陵替—(h8)光武中兴—(i9)及明帝叠耀—(j10)自安和以下,迄至顺桓—(k11)然中兴之后—(l12)降及灵帝—(m13)自献帝播迁}(B2)建安之末。(《时序》)

2.(A1)汉室陆贾—[贾谊才颖—枚乘之《七发》,邹阳之上书—仲舒专儒,子长纯史—相如好书—王褒构采—子云属意—桓谭著论—宋弘称荐—敬通雅好辞说—二班两刘—傅毅崔骃—杜笃贾逵—李尤赋铭—马融鸿儒—王逸博识有功—延寿继志—张衡通赡,蔡邕精雅—刘向之奏议—赵壹之辞赋—孔融气盛于为笔—祢衡思锐于为文—潘勖凭经以骋才—王朗发愤以托志]'[(a1)然自卿渊已前—(b2)雄向已后](B2)魏文之才。(《才略》)

例1"爰至有汉—建安之末"这个时间段内部还存在着一个

主要以帝王名称标示出来的、贯穿始终的大的历史序列，其间在“（c3）逮孝武崇儒—（d4）越昭及宣”这个时间段内部又含有一个以作家名称标示出来的更小序列；例 2“汉室陆贾—魏文之才”之间亦包含着由作家名称标示出的一大一小两个序列，但它们不是相互套在一起，一个含一个，而是前后相继出现，一个紧随一个。尽管存在着这样的差异，但就长度而言，这两例里都各自存在着三个长、中、短（或者说大、中、小）时间序列。例 1 里中、小两个时间序列之间是包含关系，例 2 里的是平行关系，前者相套，后者相续，又再次被分别包含在另一个更大的序列里，如此便形成了例 1、例 2 里大套中、中套小、大套中小的三重同心圆、二重同心圆时间序列结构。

然而，若把“爰至有汉—建安之末”和“汉室陆贾—魏文之才”这两个序列还原到其所处的具体语境，则情况又会发生变化。就《时序》、《才略》篇而言，“爰至有汉—建安之末”和“汉室陆贾—魏文之才”只不过是我们分别从“昔在陶唐—有虞继作—至大禹敷土—成汤圣敬—逮姬文之德盛—春秋以后—爰至有汉—建安之末—逮晋宣始基—自宋武爱文—今圣历方兴”，和“九代之文—虞夏文章—商周之世—及乎春秋大夫—战代任武—汉室陆贾—魏文之才—张华短章—宋代逸才”，这两个几乎贯穿全篇的相对独立完整的大的历史时间序列结构里节选出来的最小的一个时间段而已。它们隶属于另一个更大的历史序列。因此，假如充分考虑到历史序列的动态运用，则“爰至有汉—建安之末”和“汉室陆贾—魏文之才”两个时间段都有大小四个时间序列，前者互套形成四重同心圆结构，后者两两互套两两相续形成三重同心圆时间序列结构。

这种结构套结构、结构续结构的情况并非存在于一个大的历史序列里的每个时间段。这就是说每个时间段的内部并不总都包含着其他历史序列。譬如：

1.（A1）昔在陶唐，德盛化钧，野老吐何力之谈，郊童含不识之歌。（B2）有虞继作，政阜民暇，薰风诗于元后，烂云歌于列臣。尽其美者何？乃心乐而声泰也。（C3）至大禹敷土，九序咏功，（D4）成汤圣敬，猗欤作颂。（E5）逮姬文之德盛，[《周南》勤而不怨，大王之化淳，《邠风》乐而不淫，幽厉昏而《板》、《荡》怒，平王微而《黍离》哀。故知歌谣文理，与世推移，风动于上，波震于下者也。（F6）春秋以后……（《时序》）]

2.（A1）九代之文，富矣盛矣，其辞令华采，可略而详也。（B2）虞夏文章，[则有皋陶六德，夔序八音，益则有赞，五子作歌，辞义温雅，万代之仪表也。]（C3）商周之世……（《才略》）

这分别是《时序》、《才略》两个大的历史序列最前面的话语。我们看到在时间语词标示出的历史时间序列里，例 1、例 2 里的前四个、第一个时间点内都不包含其他历史时间序列，第五个、第二个时间点内则相反。换言之，例 1 里的前三个（即"昔在陶唐—有虞继作"、"有虞继作—至大禹敷土"、"至大禹敷土—成汤圣敬"）和例 2 里的前一个（即"九代之文—虞夏文章"）都是单一的历史序列。其实，即便是在整个“昔在陶唐—有虞继作—至大禹敷土—成汤圣敬—逮姬文之德盛—春秋以后—爰至有汉—建安之末—逮晋宣始基—自宋武爱文—今圣历方兴”和“九代之文—虞夏文章—商周之世—及乎春秋大夫—战代任武—汉室陆贾—魏文之才—张华短章—宋代逸才”里，它们也是屈指可数的四个单一历史序列。

这样，在整个《时序》和《才略》历史序列里同时存在着单一历史序列和包含两个或两个以上其他历史时间结构的序列，前者我们称为基本序列，后者为复合序列。一般来说，《文心雕龙》里一个比较大或长的历史序列，是由基本序列和复合序列相互依存、相辅相成共同结构出来的。其中基本序列是最根本的、贯穿始终的，复合序列则是在它基础上再次派生出来的。譬如：

1.（A1）昔仲尼微言—（B2）是以庄周《齐物》[不韦春秋—至石渠论艺—白虎通讲]—（C3）及班彪《王命》—（D4）魏之初霸—（E5）迄至正始[详观兰石之《才性》—仲宣之《去伐》—叔夜之《辨声》—太初之《本玄》—辅嗣之两例—平叔之二论—至如李康《运命》—陆机《辨亡》—次及宋岱郭象]—（F6）逮江左群谈[至如张衡《讥世》—孔融《孝廉》—曹植《辨道》]—[若秦延君之注《尧典》—朱普之解《尚书》]—[若毛公之训《诗》—安国之传《书》—郑君之释《礼》—王弼之解《易》]

2.（A1）舜惊谗说—（B2）伊尹以论味隆殷，太公以辨钓兴周—（C3）及烛武行而纾郑—（D4）暨战国争雄—（E5）至汉定秦楚{[郦君既毙于齐镬—蒯子几入乎汉鼎—虽复陆贾

籍甚—张释傅会—杜钦文辨—楼护唇舌]—[范雎之言事—李斯之止逐客—至于邹阳之说吴梁—敬通之说鲍邓]}

以一个比较大的相对完整的历史序列为单位，我们可以把《论说》里的六个历史序列归结为例1、例2两个。例1是一个外部相续（整个序列之后缀有三个小的历史序列）、内部相套（其中一、三、四个时间段是单一序列，二、五是各包含一个的复合序列）的复杂历史时间结构序列；例2是最后一个时间点内内含两个序列的独特相套序列。虽然只存在于其中的某一特定时间段或时间点内的内含序列，和仅附加在其外的相续序列的存在，都无损直线型基本历史时间结构序列的完整性，但是，却改变了它们的单一性。如果说整体历史序列，也即"（A1）昔仲尼微言—（B2）是以庄周《齐物》—（C3）及班彪《王命》—（D4）魏之初霸—（E5）迄至正始—（F6）逮江左群谈"，和"（A1）舜惊谗说—（B2）伊尹以论味隆殷—（C3）及烛武行而纾郑—（D4）暨战国争雄—（E5）至汉定秦楚"，是例1、例2里的基本序列（或主时间结构）的话，那么，由于内部或外部所附加的其他历史序列（或次时间结构），它们都变成了复合序列。这种有主有次的时间结构互套相续序列，"离合变化，奇正相生，如孙、吴用兵，扁、仓用药，神妙不测，几于化工"[①]，非但没有从根本上削弱基本历史序列或时间结构的统一性和整一性，反而更丰富了它。

---

① 章学诚：《论课蒙学文法》，见《章氏遗书》，文物出版社1985年版，第686页。

第四节　编年缀事,弥纶一代:历史序列结构形式的意义

某个帝王、朝代、作家和作品被刘勰按一定方式组合到历史性的时间序列结构中,由此,让我们感觉到,孤立的因素获得了依赖性和完整性,从而被赋予了一定的意义。因此,这种序列结构形式本身就有意义。下面,我们将主要从《文心雕龙》基本话语模式和产生它的行为之间的关系,以及叙述者刘勰对批评客体的选择和态度三方面论述之。

一、叙事如传,原始要终

历史序列结构形式规定了历史性叙事是刘勰论文的基本话语模式。在那些拥有一个贯穿始终的历史性的时间结构序列里,文学被界定为在一定的时间内、以一定的秩序出现的一个变化、发展过程——它并不回避叙述接头或衔接问题。譬如:

1.(A1)黄歌《断竹》—(B2)唐歌《在昔》,则广于黄世—(C3)虞歌《卿云》,则文于唐时—(D4)夏歌《雕墙》,缛于虞代—(E5)商周篇什,丽于夏年—(F6)暨楚之《骚》文,矩式周人—(G7)汉之赋颂,影写楚世—(H8)魏之策制,顾慕汉风—(I9)晋之辞章,瞻望魏采—(J10)魏晋浅而绮,宋初讹而新—(K11)今才颖之士刻意学文,多略汉篇,师范宋集,虽古今备阅,然近附而远疏矣。

2.(A1)虞夏文章—(B2)商周之世—(C3)及乎春秋大

> 夫—(D4)战代任武—(E5)汉室陆贾,首发奇采—(F6)桓谭著论,富号猗顿(G7)—魏文之才,洋洋清绮(H8)张华短章,奕奕清畅—(I9)景纯艳逸,足冠中兴—(J10)宋代逸才……

这是分别纵贯《通变》和《才略》全篇的单一历史序列。它们都像是一部编年文学史——各种时间语词、语句都明确地指示出了批评话语是以年代顺序排列的。这里,众多批评客体之间维持着一种接续关系,时间线索犹如一条红线,将各个部分连为一体,自始至终穿过整个篇章,构成其结构主干,表达了一种无所不在的统一性质的主题。这是整个篇章的特征。这种批评话语结构具有显著的历史整一性和不可颠覆的连贯性。如例 1 里每个朝代名称都出现了两次①:批评话语似乎不是直线型的,它几乎总是在提及一个朝代名称时,紧接着又提及已经提过的前一个朝代的名称。然而,此篇基本上以表示朝代名称的语词为标记,叙述了十一个时期的文学创作发展。它在总体上沿着既定的时间结构(与批评客体真实的历史时间同步)前进的路上,不断有规律地频频回述、照应前面,使得本来已有的历史性时间链条,一环一环扣得更死(如下图所示):我们很难破坏这种历史叙述性批评话语顺序的严密性或者逻辑性!

黄—唐—黄—虞—唐—夏—虞—商周—夏—楚—周—汉—楚—魏—汉—晋—魏—魏晋—宋—今—宋—今

---

① “黄”、“唐”、“虞”、“夏”、“周”、“楚”、“魏”出现了三次,因为在(I9)和(J10)这个时间段内还套有一个时间段,即“黄唐—虞夏”—“商周”—“楚汉”,而“汉”则出现了四次。

这种被抽象简化出来的叙述性批评话语线条类似米勒所说的“巴尔扎克之蛇”[①]。它将持续不断的环扣连接为一体：有头、有尾、有中腰。它象征一个有既定方向的序列，一个溯源性的、有目的、有根据的序列。在这种历史时间结构里，文学被视作一个连续性的过程，一个随着时间不断向前的线性连续体。

这种历史时间结构使得《文心雕龙》很多篇章颇似传体。刘勰基本上依历史事实先后的顺序论文。这种论文方式不脱离历史时间而存在，它与历史时间的关系是双重的，即批评话语在时间中展开，时间在批评话语中推移。刘勰总是试图从历史时间的长河中寻找文学的发展轨迹，通过历史时间把握文学的多样性。除《时序》、《才略》和《通变》篇外，上述类似编年史的历史性叙事批评话语还主要存在于二十篇专论文类的篇章里，譬如：

1.（A1）昔有虞始戒于国—（B2）夏后初誓于军—（C3）殷誓军门之外—（D4）周将交刃而誓之……即檄之本源也—（E5）及春秋……即今之檄文—（F6）暨乎战国，始称为檄—（G7）观隗嚣之檄亡新……得檄之体矣—（H8）陈琳之檄豫州—（I9）钟会檄蜀—（J10）桓公檄胡。（《檄移》）

2.（A1）昔舜虞之祀，乐正重赞，盖唱发之辞也—（B2）及益赞于禹，伊陟赞于巫咸，并飏言以明事，嗟叹以助辞也。—（C3）故汉置鸿胪，以唱拜为赞，即古之遗语也。—（D4）至相如属笔，始赞荆轲。—（E5）及迁《史》固《书》，托赞褒贬，约

① 〔美〕J. 希利斯·米勒著，申丹译：《解读叙事》，第76页。

文以总录，颂体以论辞—(F6)及景纯注《雅》，动植必赞，义兼美恶，亦犹颂之变耳。(《颂赞》)

这两个实例能使我们对刘勰有关文类的批评话语窥见一斑。类似习惯于遵循年代顺序的民间故事，批评者刘勰完全以讲故事人的叙述声音在说话。他采用过去时对檄和赞从舜虞演变到东晋的过程所进行的追叙具有很强的史实性。这充分证明了刘勰所说的"原始以表末"的"论文叙笔"原则(《序志》)，其实就是"谓《明诗》篇以下至《书记》篇每篇叙述之次第"[①]也。因此，从这个意义上说，一定的批评话语模式往往是由批评客体本身的性质决定的。这是我们在《时序》、《才略》、《通变》和二十篇文类批评话语中，能发现批评话语时间与批评客体时间重合的历史性时间结构的一个重要原因。

如果说以历史性叙事话语叙述有关文学史类的话题比较容易的话，那么，以此阐释一些纯理论问题应该是很难的。恰恰在这一点上，刘勰显示了他超凡的史才：上述历史性叙述模式也同样贯穿在他对一些严格说来不属于文学史范畴的问题的探讨中。例如，在最能体现刘勰文学本体论思想的《原道》篇里，刘勰所使用的话语基本上也是历史性的叙述话语。其道、圣、经三位一体的文学起源思想，是具体融化在"(A1)人文之元，肇自太极，幽赞神明，《易》象为先—(B2)自鸟迹代绳，文字始炳—(C3)炎皞遗事，纪在《三坟》。而年世渺邈，声采靡追—(D4)唐虞文章，则焕

① 黄侃：《文心雕龙札记》，第281页。

乎始盛—(E5)夏后氏兴,业峻鸿绩—(F6)逮至商周,文胜其质—(G7)爰自风姓,暨于孔氏,玄圣创典,素王述训,莫不原道心以敷章”这样历史性的叙事时间结构中的。而刘勰关于审美观照的核心思想,即“写气图貌,既随物以宛转;属采附声,亦与心而徘徊”(《物色》)也主要是通过“(A1)是以诗人[①]感物,联类不穷—(B2)及《离骚》代兴,触类而长—(C3)及长卿之徒,诡势瑰声—(D4)自近代以来,文贵形似”(《物色》)的历史时间结构传达出来的。甚至在《正纬》篇辨别说明“六经彪炳而纬候稠叠”的过程中,刘勰也时不时地采用历史性叙事话语。如他依循“(A1)尧造《绿图》,昌制《丹书》—(B2)商周以前,图箓频见—(C3)春秋之末,群经方备—(D4)昔康王《河图》,陈于东序—(E5)至于光武之世,笃信斯术”这样时间接续的结构顺序,指出了纬书的“伪三”、“伪四”。至如对比喻、对偶、夸张、用事等中国传统修辞手法的论述与阐发,刘勰基本上也是采用历史性的叙事话语。譬如:

1.(A1)故自天地以降,豫入声貌,文辞所被,夸饰恒存—(B2)虽《诗》《书》雅言,风格训世,事必宜广,文亦过焉—(C3)自宋玉景差,夸饰始盛—(D4)相如凭风,诡滥愈甚—(E5)及扬雄《甘泉》,酌其余波—(F6)张衡《羽猎》,困玄冥于朔野—(G7)于是后进之才,奖气挟声,轩翥而欲奋飞,腾掷而羞跼步。(《夸饰》)

---

① 依刘勰在时间结构中叙述的模式和此句话上下文语境,此处“诗人”应专指《诗经》作者。这些作者都是周朝人,所以《文心雕龙·比兴》篇又称“诗人”为“周人”。

2.(A1)《诗》文弘奥,包韫六义,毛公述传,独标兴体—(B2)楚襄信谗,而三闾忠烈,依《诗》制《骚》,讽兼比兴—(C3)炎汉虽盛,而辞人夸毗,《诗》刺道丧,故兴义销亡。—(D4)至于扬班之伦,曹刘以下,图状山川,影写云物,莫不纤综比义—(E5)又安仁《萤赋》……(《比兴》)

这里,借助于明显的能表示时间推移状态的语词,刘勰把夸饰、比兴也作为历史故事,沿着开头、发展、兴盛、结尾这样完整的叙述模式进行论证。例 1 以实词以及作品和作家名称鲜明地标记出了其历时性的叙述顺序(即自天地以降/《诗》《书》/宋玉景差/相如/扬雄/张衡/后进之才);例 2 则以朝代、作品和作家名称为标记,使历史叙事结构具有清晰的时序性(即《诗》/三闾/炎汉/扬班/曹刘/安仁)。

总之,普遍存在的一系列前后相继的时间点链接起来的历史序列,一定程度上大大加强了刘勰批评话语的历史性、连续性和一致性,规定了历史性叙事是《文心雕龙》批评话语的基本模式。

二、博采万家,疏条布叶

历史性叙事话语的普遍性在一定程度上规定并制约着叙述者刘勰对批评客体的选择和态度。譬如:

昔葛天乐辞云:《玄鸟》在曲;黄帝《云门》,理不空弦。至尧有《大唐》之歌,舜造《南风》之诗,观其二文,辞达而已。及大禹成功,九序惟歌;太康败德,五子咸怨:顺美匡恶,其来久矣。自商暨周,《雅》、《颂》圆备,四始彪炳,六义环深。子夏监绚素之章，子贡悟琢磨之句，故商赐二子，可与言诗。自王泽殄竭，风人辍采，春秋观志，讽诵旧章，酬酢以为宾荣，吐纳而成身文。逮楚国讽怨，则《离骚》为刺。秦皇灭典，亦造《仙诗》。汉初四言，韦孟首唱，匡谏之义，继轨周人。孝武爱文，《柏梁》列韵；严马之徒，属辞无方。至成帝品录，三百馀篇，朝章国采，亦云周备。而辞人遗翰，莫见五言，所以李陵、班婕妤见疑于后代也。按《召南·行露》，始肇半章；孺子《沧浪》，亦有全曲；《暇豫》优歌，远见春秋；《邪径》童谣，近在成世：阅时取证，则五言久矣。又古诗佳丽，或称枚叔，其《孤竹》一篇，则傅毅之词。比采而推，两汉之作乎？观其结体散文，直而不野，婉转附物，怊怅切情，实五言之冠冕也。至于张衡《怨篇》，清典可味；《仙诗缓歌》，雅有新声。暨建安之初，五言腾踊，文帝陈思，纵辔以骋节；王徐应刘，望路而争驱；并怜风月，狎池苑，述恩荣，叙酣宴，慷慨以任气，磊落以使才；造怀指事，不求纤密之巧，驱辞逐貌，唯取昭晰之能：此其所同也。乃正始明道，诗杂仙心；何晏之徒，率多浮浅。唯嵇志清峻，阮旨遥深，故能标焉。若乃应璩《百一》，独立不惧，辞谲义贞，亦魏之遗直也。晋世群才，稍入轻绮。张潘左陆，比肩诗衢，采缛于正始，力柔于建安。或析文以为妙，或流靡以自妍，此其大略也。江左篇制，溺乎玄风，嗤笑徇务之志，崇盛亡机之谈，袁孙已下，虽各有雕采，而辞趣一揆，莫与争雄，所以景纯《仙篇》，挺拔而为俊矣。宋初文咏，体有因革。庄老告退，而山水方滋；俪采百字之偶，争价一句之奇，情必极貌以写物，辞必穷力而追新，此近世之所竞也。

这是《明诗》篇相对独立存在的最大的语段。其批评话语能指层面的各种语词明确为我们勾勒出了一个贯穿始终的历史时间结构序列，即“昔葛天/黄帝/至尧/舜/及大禹/太康/自商暨周/春秋/逮楚国讽怨，则《离骚》为刺/秦皇/汉初（孝武—至成帝—枚叔—傅毅—张衡）/暨建安之初/及正始/晋世（张潘左陆—袁孙已下）/宋初/近世。”[①]这个历史时间结构内的批评客体都是刘勰的叙述对象。他“叙事如传”（《哀吊》），细叙了从传说中的葛天氏到南北朝时期的梁代中国诗歌演变的历史。七百多年间，刘勰明确批评了四十七个历史人物（其中绝大多数是作家）[②]、二十一篇作品[③]，提到了大禹治水、太康败德、孔子教人、春秋赋诗和秦始皇焚书坑儒这些历史事件，描述了正始以后崇尚玄言的社会风尚和历史上一些重要的文学思潮，如东晋玄言诗、宋初山水诗的兴起与创作、南北朝时期形式主义创作之风等等。刘勰之所以能够搜

---

① 为保持原貌，引号内均使用原文语词。作者重新勾勒出此线索是为了更清晰地突现刘勰叙事的时序性。因此，为简化起见，凡是刘勰同时以几种语词（如作家和时代名称）标出叙事时序性的，择其一用之；凡是同一时代，刘勰提及很多作家、作品的，也只择其一用之。

② 即葛天氏、黄帝、尧、舜、大禹、太康、太康五个弟弟、子夏、子贡、秦始皇、韦孟、汉武帝、严忌、司马相如、成帝、李陵、班婕妤、枚乘、傅毅、张衡、魏文帝、陈思王、王粲、徐干、应玚、刘桢、何晏、嵇康、阮籍、应璩、张载、张协、张亢、潘岳、潘尼、左思、陆机、陆云、袁宏、孙绰、郭璞、老子和庄子，除极少用来标记时间的流逝外，这些人物主要是刘勰文学批评的对象——作家。

③ 即《玄鸟》、《云门》、《大唐》、《南风》、九序惟歌、五子歌、《诗经》里的雅、颂部分、《论语·八佾》、《论语·学而》、《离骚》、《仙真人诗》、《诗经·召南·行露》、《沧浪歌》、《暇豫歌》、《邪径谣》、《冉冉孤生竹》、《怨篇》、《仙诗》、《缓歌》、《百一诗》和《游仙诗》。

集历代大量作家、作品、文学创作动态以及历史事实于此，有赖于他所采取的历史性的叙事时间结构。其实，正是历史性时间结构允许他在相当长的时间内以历史顺序叙述无限多的批评客体。如由于对诗的起源、演变的叙事，刘勰才不得不遵循历史时间顺序，“原始要终，疏条布叶。”(《附会》)因为在这种严密的历史性的时间结构里，即便是某一时代诗歌创作不发达，刘勰也无论如何不可能绕过或跨过它，如他以“秦皇灭典，亦造仙诗”完成了对秦代文学的论述。尽管只有一句话，但他也必须要有所交代。这就是历时结构本身的威力！它促使刘勰叙述性的批评话语要有一定的延续性。与此同时，它也为其叙事在共时性上的进一步展开，或更详尽的论述提供了广阔的驰骋天地。如在前进的过程中，刘勰不时停下来，也即停止笼统的概述而代之以共时态的铺开陈述，在总的诗歌历史中，又集中套叙了五言诗的起源与演变，讲述了五帝、周、汉、三国和晋代的诗歌创作情况等等。这一切都使得批评话语包涵的叙述信息量大，具有历史本真的丰富性。

当然，刘勰历时的叙述和共时的陈述并不是孤立进行的。在特定的篇章或语段里，他常常以历时的叙述为主，共时的陈述为辅，两者相辅相成共同完成整个叙述过程。如刘勰在《明诗》篇里一直行走在历时的叙述大道上，只是暂时停下来一会而已。而且，即便是辅助陈述某一特定历史时期，他也从不违背历时的叙述顺序。如依循批评话语能指层面明确的标记，我们发现刘勰分别是按黄帝—尧—舜、春秋—战国、西汉—东汉、建安—正始和西晋—东晋的顺序展开叙述了五帝、周、汉、三国和晋时期的诗歌创作情况。这种历时中有共时、共时中有历时的叙述结构模式，犹如一条纲——在使刘勰的叙事纵横驰骋的同时能博采万家,“驱万途于同归,贞百虑于一致,使众理虽繁,而无倒置之乖,群言虽多,而无棼丝之乱,扶阳而出条,顺阴而藏迹,首尾周密,表里一体。”(《附会》)

三、据事直录,事必徵实

历史性的时间结构也要求叙述者必须忠实叙述客体。历史性的叙事通常都被叙述者当作已知事实来讲述,其生命力在于确定性和事实性。[①] 刘勰叙事亦如此。就《文心雕龙》批评话语和产生它的行为之间的关系来看,直接忠实地叙述是刘勰结构批评客体的一个基本原则,譬如:

1. 若夫陆贾《典语》,贾谊《新书》,扬雄《法言》,刘向《说苑》,王符《潜夫》,崔寔《政论》,仲长《昌言》,杜夷《幽求》,咸叙经典,或明政术,虽标论名,归乎诸子。(《诸子》)

2. 张仪檄楚,书以尺二,明白之文,或称露布,播诸视听也。(《檄移》)

3. 及大禹成功,九序惟歌。太康败德,五子咸怨。(《明诗》)

这里,无论是对文学文本还是外文学文本,刘勰都是直接陈述,即直接明确地提及或评价,而不是暗示给我们或需要我们通

① 如戴卫·赫尔曼(David Herman)持此观点,见其《新叙事学》,马海良译,北京大学出版社2002年版,第90页。

过考证才能确定。严格说来，《文心雕龙》中包含有事类文本的、具有代表性的语式基本上都是直陈式。而且，在叙述过程中，刘勰非常忠实于事类文本。譬如：

> 1. 夏铸九牧之金鼎，2. 周勒肃慎之楛矢，令德之事也；3. 吕望铭功于昆吾，4. 仲山镂绩于庸器，计功之义也；5. 魏颗纪勋于景钟，6. 孔悝表勤于卫鼎，称伐之类也。（《铭箴》）

这是三个隔句连对的事对。刘勰以平实直白的语言叙述的六个社会历史文本都是有准确出处的历史事实。《春秋左传·宣公三年传》里的“楚子伐陆浑之戎，遂至于雒，观兵于周疆。定王使王孙满劳楚子。楚子问鼎之大小、轻重焉。对曰：在德不在鼎。昔夏之方有德也，远方图物，贡金九牧，铸鼎象物，百物而为之备，使民知神、奸。故民入川泽、山林，不逢不若。魑魅魍魉，莫能逢之。用能协于上下，以承天休”，和《国语·鲁语下》里的“昔武王克商，通道于九夷百蛮，使各以其方贿来贡……于是肃慎氏贡楛矢石砮，其长尺有咫。先王欲昭其令德之致远也，以示后人，使永监焉。故铭其栝曰：肃慎氏之贡矢”，以及蔡邕《铭论》里的“吕尚作周太师而封于齐，其功铭于昆吾之冶，”“仲山甫有补衮阙，式百辟之功……所诸侯言时计功者也”[①]分别为第一、二、三、四个事类

① 严可均辑：《全后汉文》，商务印书馆1999年版，第751页。昆吾，人名，善于冶炼，《周礼·春官》亦有“掌藏乐器、庸器”之语，注曰：“庸器，伐国所获之器，若崇鼎、贯鼎及以其兵物所铸铭也。”

文本所本。而《国语·晋语七》里的“昔克潞之役,秦来图败晋功,魏颗以其身却退秦师于辅氏,亲止杜回。其勋铭于景钟”,和《礼记·祭统》里的“故卫孔悝之《鼎铭》曰:六月丁亥,公假于大庙。公曰:叔舅乃祖庄叔,左右成公。成公乃命庄叔,随难于汉阳,即宫于宗周,奔走无射,启右献公,献公乃命成叔,纂乃祖服。乃考文叔,兴旧耆欲,作率庆士,躬恤卫国,其勤公家,夙夜不解。民咸曰:休哉!公曰:叔舅,予女铭,若纂乃考服。悝拜稽首曰:对扬以辟之,勤大命,施于烝彝鼎。此卫孔悝之鼎铭也”①则分别为第五、六个事类文本所本。

这种以历史性的记叙结构事类文本的原则,也突出表现在刘勰对作家、作品的评价上。中国人历来看重人的德行。晋代葛洪云:“德行者,本也;文章者,末也。”“且文章之与德行,犹十尺之与一丈。”②刘勰亦持此观点,他在《程器》篇里把文人与武将加以对比,着重例举论证了汉、魏、晋三代文人的德行。他说:

> 略观文士之疵:相如窃妻而受金,扬雄嗜酒而少算,敬通之不循廉隅,杜笃之请求无厌,班固谄窦以作威,马融党梁而黩货,文举傲诞以速诛,正平狂憨以致戮,仲宣轻脆以躁竞,孔璋惚恫以粗疏,丁仪贪婪以乞货,路粹餔啜而无耻,潘岳诡诪于愍怀,陆机倾仄于贾、郭,傅玄刚隘而詈台,孙楚狠愎而讼府。

---

① 阮元校刻:《十三经注疏》,第1607页。《玉海》卷二〇四《辞学指南》“铭”类云:“古之为铭,有称述先人之德善劳烈者,卫孔悝《鼎铭》是也。”

② 杨明照:《抱朴子外篇校笺》下,中华书局1991年版,第445—446页。

据《史记·司马相如传》载：卓王孙有女文君新寡，好音，故相如以琴心挑之。文君窃从户窥，心悦而好之，恐不得当也，夜亡奔相如。相如乃与驰归成都。其后，人有上书言相如使蜀时受金，失官。《汉书·扬雄传》称"扬雄嗜酒。"葛洪《抱朴子》亦云："扬云通人，才高思远，英赡之富，禀之自天，岂藉外物，以助著述？及其数饮，由于偶好；亦或有疾，以宣药势耳。"[①]东汉冯衍，字敬通。《汉书·冯衍传》云：人多短衍文过其实，遂废于家。衍与妇弟书，数妇之恶。《后汉书·文苑传》里有杜笃"博学不修小节，不为乡人所礼。居美阳，与美阳令游，数从请托不谐，颇相恨。令怒，收笃送京师"的记载。《后汉书·窦宪传》称和帝即位，太后临朝，擅权，宪内主机密，出宣王命。窦氏兄弟均在亲要之地。后宪伐匈奴，班固作《封燕然山铭》颂其功，谄之，以作威福。《后汉书·马融传》称融为梁冀草奏弹劾李固，又作《大将军西第颂》，为正直所羞。[②] 桓帝时，融为河南郡太守，有司奏融在郡贪浊免官。[③] 由此可见，刘勰从不篡改历史史料。他对司马相如、扬雄、冯衍、杜笃、班固和马融的评价都是有根有据的。至于此段所例举的"文举"（即孔融）、"正平"（祢衡）、"仲宣"（王粲）、"孔璋"（陈琳）、"丁仪"、"路粹"、"潘岳"、"陆机"、"傅玄"和"孙楚"的品行，我们在《后汉书》、《三国志·魏

---

① 杨明照：《抱朴子外篇校笺》，第599页。《论语·乡党》里有"惟酒无量，不及乱"的警示。《诗经·大雅·荡》载有商纣沉湎于酒而亡国之事，《春秋左传·宣公十五年》载："狄有五罪，耆酒，二也。"

② 此即刘勰所说的"党梁"也，也即依附外戚梁冀，作他的朋党。故在本传里范晔论马融云："羞曲士之节，惜不赀之躯，终以奢乐恣性，党附成讥。"

③ 此即刘勰所说的"黩货"也，也即贪财货也。

志》和《晋书》中亦都能看到相关的记载。

总之，面对事类文本，也即批评客体，刘勰遵循实录无隐之旨，缀事不失实。这种近似完全记录写实的互文手法，与中国传统史书写作基本上一致。这当然与刘勰所选择的历史性叙事结构分不开：它规定了叙事者必须编年缀事，按实而书，文非泛论。

第五节　叙事状情，蓄意为工：多样化的时间结构方式和叙述形式

一、时间倒错与无时间性

《文心雕龙》批评话语在叙述时间性上的一个组成特点是有时性，准确地说是时间重合，也即批评话语的横组合顺序与批评客体自身历史存在的时序的协调一致性。但在个别篇章，从不同的批评客体出发，我们也能发现两者之间的不协调形式，即时间倒错或无时间性，譬如：

> 自献帝播迁，文学蓬转，建安之末，区宇方辑。魏武以相王之尊，雅爱诗章；文帝以副君之重，妙善辞赋；陈思以公子之豪，下笔琳琅：并体貌英逸，故俊才云蒸。仲宣委质于汉南，孔璋归命于河北，伟长从宦于青土，公干徇质于海隅，德琏综其斐然之思，元瑜展其翩翩之乐，文蔚休伯之俦，于叔德祖之侣，傲雅觞豆之前，雍容衽席之上，洒笔以成酣歌，和墨以藉谈笑。观其时文，雅好慷慨，良由世积乱离，风衰俗怨，

并志深而笔长，故梗概而多气也。至明帝纂戎，制诗度曲，征篇章之士，置崇文之观，何刘群才，迭相照耀。少主相仍，唯高贵英雅，顾盼合章，动言成论。于时正始余风，篇体轻澹，而嵇阮应缪，并驰文路矣。

《时序》是《文心雕龙》里一个典型的、以历时性叙事结构的篇章。这里所选的段落亦如此。它以“建安”、“正始”两语词为标记，依历史秩序描述了三国时期的文学创作状况。但是，假如把批评客体限定在作家身上，那么，我们就会发现刘勰在列举批评作家时带有很大的随意性。为表述问题方便起见，我们分正始和建安两个时期，把刘勰在此提到的作家摘出来，并排列出他们在原文中所出现的先后顺序：

1. 嵇康—阮籍—应璩—缪袭

2. 曹操—曹丕—曹植—王粲—陈琳—徐干—刘桢—应玚—阮瑀—路粹—繁钦—邯郸淳—杨修

这里，由于有些批评客体时间的不确定性（如我们至今尚不能确定陈琳、刘桢、应玚等作家的准确出生时间），我们无法准确推算它们与批评话语时间的关系。仅就目前已经确定的而言，例1批评话语序列与批评客体即作家们在历史上真正出现的先后时序完全倒错。若按他们历史存在的时序，此例批评话语里的作家理应按缪袭—应璩—阮籍—嵇康的顺序排列。例2则几乎是无时性结构。作为叙述对象，某些作家批评话语在排列上完全不依从他们历史存在的时序性，如曹丕竟然排在阮瑀、杨修和王粲之前。可见，无时性偶尔也夹杂在刘勰整体上有时性的历史叙述话语结构中。

二、以动词为核心的描述性叙事

《文心雕龙》多种时间结构方式同时也表明了刘勰多样化的叙述形式。《时序》所呈现出来的作为作家的批评客体时序与批评话语时序之间的上述复杂关系，并不必然使我们得出下列结论，即在讲述某一时期的文学创作时，刘勰对作家及其作品的评述是无序的。一般来说，笔墨的多少往往折射了批评家对所批评对象的关注程度。如上述例2分别用两句话评三曹及其创作，用一句话分别评述王粲、陈琳、徐干、刘桢、应玚和阮瑀的创作，用两句话分别评论路粹和繁钦以及邯郸淳和杨修四人。显然，这些作家在刘勰心目中占据着不同的位置。可以说，刘勰是依此一时期作家在文学创作上所占有的地位排序的，或者说是按这些作家在他心目中的地位排序的。这种序列我们也可以再变换个角度理解。若把以叙述时间性作为审视叙事话语的视点暂时悬隔起来：一切叙事本质上都是承担叙述一个或多个事件的语言生产。因此，动词常常是叙事的载体。中国古代人们往往在这一层面上使用“叙事”概念。如宋代强幼安《唐子西文录》云：“东坡诗，叙事言简而意尽。忠州有潭，潭有潜蛟，人未之信也。虎饮水其上，蛟尾而食之，俄而浮骨水上，人方知之。东坡以十字道尽云：‘潜鳞有饥蛟，掉尾取渴虎。’言‘渴’则知虎以饮水而召灾，言‘饥’则蛟食其肉矣。”①虽然东坡以“饥”、“渴”两字道出了虎饮水、蛟

① 何文焕辑：《历代诗话》上，第444页。

食虎的原因,但是,强幼安之所以以这两句为例说明东坡叙事之妙显然是由于其中的"有"和"取"字。正是这两字构筑了整个蛟食虎事件。上述例2也属于这样的叙事话语。在这种话语里,凡是涉及作家的句式几乎都是以动词为谓语叙述作家行为变化的叙述句。如"仲宣委质于汉南,孔璋归命于河北,伟长从宦于青土,公干徇质于海隅"对我们来说就是最短的叙述形式。这样的话语显然不只是向我们传达出了刘勰对某某作家的抽象评价,它同时向我们描述了某某作家在某地具体做了什么,也即表达了特定时期的时间段、时间点。汉语"描述"是一个同时包括叙事与描写的语词。诚如法国托多罗夫所说:"描写和叙事都以时间性为前提;不过,这是两种性质不同的时间性。起初的描写确实处于时间中,但这是连续时间;而叙事特有的变化将时间分割成断续的单位;纯连续时间不同于叙述事件的时间。仅描写不足以产生叙事,但叙事并不排斥描写。"①如果说处于时间中的"德琏综其斐然之思,元瑜展其翩翩之乐,文蔚休伯之俦,于叔德祖之侣,傲雅觞豆之前,雍容衽席之上,洒笔以成酣歌,和墨以藉谈笑"(《时序》)给我们描述出了作家的情貌的话,那么,将四季划分为四个断续的时间单位的"是以献岁发春,悦豫之情畅;滔滔孟夏,郁陶之心凝;天高气清,阴沉之志远;霰雪无垠,矜肃之虑深"(《物色》)则在描述的同时刻画出了时间的流逝。

① 〔法〕托多罗夫著,蒋子华等译:《巴赫金、对话理论及其他》,第41页。

南宋陈骙认为:“文之作也,以载事为难;事之载也,以蓄意为工。”[①]“蓄意”就是指叙事能同时传达出更多的意义,甚至同时能传达出被叙者的情感。《文心雕龙》里以动词为核心的此类描述性叙事俯拾即是。譬如:

1. 寂然凝虑,思接千载;悄焉动容,视通万里。吟咏之间,吐纳珠玉之声;眉睫之前,卷舒风云之色……神居胸臆,而志气统其关键;物沿耳目,而辞令管其枢机。

2. 夫神思方运,万涂竞萌,规矩虚位,刻镂无形;登山则情满于山,观海则意溢于海,我才之多少,将与风云而并驱矣。方其搦翰,气倍辞前;暨乎篇成,半折心始。

3. 相如含笔而腐毫,扬雄辍翰而惊梦,桓谭疾感于苦思,王充气竭于思虑;张衡研京以十年,左思练都以一纪:虽有巨文,亦思之缓也。淮南崇朝而赋《骚》,枚皋应诏而成赋,子建援牍如口诵,仲宣举笔似宿构,阮瑀据案而制书,祢衡当食而草奏:虽有短篇,亦思之速也。

这是从《神思》里摘出来的三段话。它们叙事状情,生动描述了作家创作时的神态和动作。例 1、例 2 细腻地刻画了沉浸在想象之中的作者神貌,而“神思方运,万涂竞萌……方其搦翰,气倍

① 他进一步举例说:“观《左氏传》载晋败于邲之事,但云:‘中军下军争舟,舟中之指可掬。’则攀舟乱刀断指之意自畜其中。又载楚师寒拊勉之事,但云:‘三军之士皆如挟纩。’则军情愉悦之意自蓄其中。《公羊传》载秦败殽之事,但云:‘匹马只轮无反者。’则要击之意自畜其中。”见陈骙《文则》,第 7 页。

辞前；暨乎篇成，半折心始”这些话语没有历史年代顺序，却有着清晰的时间先后序列。在这些描述性话语的序列中包含着一种运动和过渡，违背了逻辑一致性的标准。可以说，批评客体“神思”不是被刘勰论证出来的，而是被他叙述出来的。例3是《文心雕龙》里比较典型的论证性语段。在这个大的反对隔句对结构里，刘勰没有用抽象的语词，而使用“含笔”、“辍翰”、“惊梦”、“援牍”、“举笔”、“据案”类具体动词，和“疾感于苦思”、“气竭于思虑”、“崇朝而赋《骚》”、“应诏而成赋”、“当食而草奏”类陈述性短语，以及“十年”、“一纪”类表示时间段的名词，向我们展示了历史上十二位作家创作时的情景。因此，与其说刘勰在此对比论证了“人之禀才，迟速异分，文之制体，大小殊功”（《神思》）的道理，不如说他向我们呈现了创作过程中人的才思存在着迟缓、敏捷之别的历史事实。

由此可知，我们所说的批评客体和叙事之间所存在的时间倒错或无时间现象只是就叙述时间性而言的，因为拥有鲜明的历史性的叙事时间结构是《文心雕龙》批评文本的显著特征。若抛开此，从多样化叙述形式来看，《文心雕龙》里一些看似无时间性的话语也具有某种程度上的叙述性。如在《文心雕龙》里，《风骨》篇可以说是最无时间性的评论话语，但其开头的“《诗》总六义，《风》冠其首，斯乃化感之本源，志气之符契也。是以怊怅述情，必始乎风；沈吟铺辞，莫先于骨”与刘勰一贯遵循的“原始”、“探源”的历史性叙述话语方式完全一致。其实，就《文心雕龙》中某个特定的篇章而言，时间结构方式和叙述形式的多样性都不能从根本上影响其历史性的时间结构。时间倒错、无时间性通常都只是偶尔穿插在一个比较大的历史性的叙事结构中，而动词、描述性语言的叙事状情，只使得《文心雕龙》历史性叙事话语更加丰富多彩。从刘勰多种叙事之法，我们可以更清楚地看到这一点。

第六节　神妙不测，几于化工：十五种基本叙事之法

“叙事”里的“叙”乃“记述”之意。《国语·晋语》云：“纪言以叙之。”[①]“叙事”就是记述事件。把一件事情记录下来，应该比写一首七律更容易。可在中国传统作文大法里，叙事被认为是最难的。清人李绂指出：“文章惟叙事最难，非具史法者，不能穷其奥窔。”[②]章学诚认为其原因就在于“序论辞命之文，其数易尽；叙事之文，其变无穷。故今古文人，其才不尽于诸体，而尽于叙事也。”[③]综观《文心雕龙》，刘勰之才展露于叙事也。下面，我们拟从《文心雕龙》言语事实出发，采用中国古代文论里惯用的分类法对刘勰的叙事法进行分类，以期对他的历史性叙事艺术有一个更深入的了解。

---

① “纪”本义为丝的头绪。《墨子·尚同上》云：“譬若丝缕之有纪，网罟之有纲。”此意义上的“纪”同“记”，有“记载”、“记述”之义。

② 王水照编选：《历代文话》第四册，复旦大学出版社2007年版，第4004页。以下凡引清人李绂或《秋山论文》语，如不详注，均出自此。

③ 章学诚：《章氏遗书》，第686页。

一、顺叙与逆叙，插叙与补叙

时间的一维性决定了叙事者结构时间的两种基本方式，即顺着时间或逆着时间。于是，也就有了两种基本的叙事法——顺叙和逆叙（也称倒叙）。前者指按事情发展的历史方向结构叙事，也即叙述对象时序与叙事时序的同一；后者则恰恰相反。由前面的论述可知，顺叙是刘勰最基本的叙事法。正是凭借着它，零碎的话语被一条鲜明的、接续性的时间线索串起来，形成了一个相对完整的、首尾一体的统一结构，这是《文心雕龙》历史性叙事批评话语的典型结构模式。除此之外，刘勰还采用了逆叙法。譬如：

(C3)今之常言，有文有笔，以为无韵者笔也，有韵者文也。—(B2)昔陆氏文赋，号为曲尽，然泛论纤悉—(A1)魏文帝比篇章于音乐，盖有征矣。

这是从一开头就贯穿《总术》篇的一个明显的时间结构。它首先叙述的是当时文坛上的文笔之争，然后是对发生在现阶段之前的一些事情的事后叙述。如此，被讲述的现在与重温的过去先后交错出现，给叙事带来了时间的厚度。这与刘勰惯常采用的顺叙，即像《时序》那样从“昔在陶唐”叙到“今圣历方兴”完全不同。这种叙事里所描述的许多事情通常在刘勰写作时仍然处于进行过程当中。当代西方学者因此称此种叙事法为“同步叙述”或者“现在时叙述”[①]。罗伯—格里耶坚持认为：与回顾性叙事相比，第

① 〔美〕戴卫·赫尔曼主编，马海良译：《新叙事学》，第97页。

一人称现在时叙述是一种更为真实或逼真的叙事方式。[1] 尽管刘勰很少通篇采用这种叙事法，但在陈述很多问题时，他经常使用“近来”、“今”等语词，把我们的注意力从过去的历史拉回到他此时此刻所处的时代，让我们更直接地领会到他批评话语的可信性。

插叙是刘勰经常使用的另一种叙事法。“夫文体贵洁，原不应牵涉他事；然一事有一事之源头，不能不溯远因。过简则鲜晰，过烦则病膇，过疾则苦突；须在有意无意间用插笔请出，旋又归入正传。此刘彦和所谓‘理枝循干’者也。”[2]在《文心雕龙》里，刘勰每每于顺时溯流别中，以一个“昔”字领起，添进一段长短不等的插叙。如在《章表》篇，他以“尧—舜—太甲—周监二代—降及七国—秦初—前汉—后汉—魏—晋”的历时顺序依次叙述了“章表”这种体裁的演变历程，叙至后汉时他说：

> 及后汉察举，必试章奏。左雄奏议，台阁为式；胡广章奏，天下第一：并当时之杰笔也。观伯始谒陵之章，足见其典文之美焉。昔晋文受册，三辞从命，是以汉末让表，以三为断。曹公称“为表不必三让”，又“勿得浮华”。所以魏初表章，指事造实，求其靡丽，则未足美矣。

可见，进入汉代，刘勰一如既往地以作家为例评价了当时的

---

① 〔美〕戴卫·赫尔曼主编，马海良译：《新叙事学》，第108页。
② 林纾：《春觉斋论文》，第122页。

章表创作。但为了解释“汉末让表，以三为断”，他不得不提及“晋文受册，三辞从命。”然此事与其正在论述的事相隔甚远，只得用一“昔”字补入“晋文”前迹，则救“汉末让表，以三为断”始非无因。[①] 而后又以曹操对此的评论作为插入后汉与魏初之间这段话的收尾，则又承上启下，使整个插入语段极自然地融入了整个顺叙之中——“所以魏初表章，指事造实，求其靡丽，则未足美矣”可谓水到渠成。刘勰之长不惟此也。《文心雕龙》曲尽插叙之妙。刘勰或一篇而数事，或从中变，或自旁入，能于百忙中紧紧穿插，又紧紧衔应，使读者惊其敏捷，而又不见针线之迹。细读起来，《文心雕龙》中主要有以下四种插叙[②]：

（一）暗叙：“暗叙者，事未至而逆揭于前。”[③]如在《史传》篇，刘勰编年追事，叙述了自“开辟草昧”至晋代史传这种体裁演变的历史。但在叙述完后汉时期史传的创作后，他并没有立即转入魏代，而是用评价后汉创作的一句话为引子，引出并点评了晋代袁山松、张莹、薛莹、谢沈、谢承[④]、司马彪和华峤的创作。他说：

---

① 但本书作者并不因此认为此插入为补叙。因为作为一个相对完整的语段，它后面还有“曹公称‘为表不必三让’，又‘勿得浮华’”这句话。

② 从分类空间上来看，中国传统叙事法的分类是在一个层面上进行的。这种分类没有一个统一的、概括性高的标准。依作者之见，中国传统上所说的暗叙、特叙、分叙与类叙本质上都是插叙，因为它们都是穿插在一个相对完整的叙事之中的。

③ 李绂：《秋山论文》，见王水照编选《历代文话》第四册，第 4004 页。

④ 范文澜注曰：“《后汉书》一百三十卷，无帝纪，吴武陵太守谢承撰……晋祠部郎谢沈《后汉书》八十五卷。彦和所指未知何人。”见《文心雕龙注》，第 298 页。考虑到刘勰此处主要是论述有关《后汉书》类史书的，且只有一“谢”字，故本书作者将二人都列出。

> 至于后汉纪传，发源《东观》。袁张所制，偏驳不伦；薛谢之作，疏谬少信。若司马彪之详实，华峤之准当，则其冠也。及魏代三雄，记传互出。《阳秋》、《魏略》之属，《江表》、《吴录》之类。或激抗难征，或疏阔寡要。唯陈寿《三志》，文质辨洽，荀张比之于迁固，非妄誉也。至于晋代之书，繁乎著作。陆机肇始而未备，王韶续末而不终。（《史传》）

此段看似非叙事语。然“及魏代三雄……至于晋代之书……”分明又明确点出了刘勰叙述的时序性，衬托出了插叙的巧妙自然。若不熟悉历史或缺乏考证，仅仅依照惯例（刘勰以年代名称为标记，把《史传》的叙事顺序标示得很清楚）阅读此段，读者很难发现在整个叙事里“至于后汉纪传，发源《东观》。袁张所制，偏驳不伦；薛谢之作，疏谬少信。若司马彪之详实，华峤之准当，则其冠也”是插入的一个暗叙。

（二）特叙：有时，刘勰在一个相对完整的叙述里会停下来，就某个问题进一步展开叙述，从而构成一个特别的插叙——特叙。《秋山论文》云：“特叙者，意有所重，特表而出之。”譬如：

> （A1）自风雅寝声，莫或抽绪—（B2）奇文郁起，其《离骚》哉—[（a1）[①]昔汉武爱《骚》，而淮南作传，以为《国风》好色而

① 为了与整个叙事时间序列相区别，我们以相应的小写字母代表插入整个叙事的插叙，并用“[ ]”把它括起来。以下同。

不淫……班固以为露才扬己，忿怼沉江……王逸以为诗人提耳，屈原婉顺……—(b2)及汉宣嗟叹，以为皆合经术。扬雄讽味，亦言体同诗雅。]—(C3)自《九怀》以下，遽蹑其迹，而屈宋逸步，莫之能追……是以枚、贾追风以入丽，马、扬沿波而得奇。(《辨骚》)

此段有两个鲜明的时间结构线索。第一个是基本贯穿《辨骚》全篇的主结构，即由“自”、“《离骚》”以及“自”和西汉王褒作品“《九怀》”标示的《诗经》时代、战国时代、西汉以后；第二个是插入在(B2)和(C3)两个时间点之间的副时间结构，即由“昔汉武”和“及汉宣”标记的汉代四家对《楚辞》及其作者的评论。两个结构一个套一个：刘勰在叙述骚体的演变过程中突然停下来，着意展开铺叙了汉代四家对屈原及其作品的评价。

(三)分叙与类叙：“分叙者，本合也，而故析其理。”[①]如《封禅》篇依“黄帝—大舜—成康—齐桓—秦皇—两汉—陈思《魏德》”的时序叙述了封禅演变的历史。对两汉时期封禅的创作，刘勰是这样叙述的：

铺观两汉隆盛，(A1)孝武禅号于肃然，—(B2)光武巡封于梁父，诵德铭勋，乃鸿笔耳。观相如《封禅》，蔚为唱首。尔其表权舆，序皇王，炳元符，镜鸿业；驱前古于当今之下，腾休明于列圣之上，歌之以祯瑞，赞之以介邱，绝笔兹文，固维新

① 清人李绂语，见王水照编选《历代文话》第四册，第 4004 页。

之作也。[(a1)及光武勒碑,则文自张纯。首胤典谟,末同祝辞,引钩谶,叙离乱,计武功,述文德;事核理举,华不足而实有馀矣!凡此二家,并岱宗实迹也。]

显然,他是依照"孝武—光武—光武"的顺序叙述的。按刘勰在两汉前后整个顺叙的法则,"光武"本是一个时间段,刘勰却两次以"光武"点明其叙述的时间性(尤其是后一个之前还加一"及"字明确标出时间的推移),把它分为两个时间段叙述。这当然是为了说理的需要:此段刘勰主要是要说明司马相如的《封禅文》和张纯的封禅文"凡此二家,并岱宗实迹也。"与之相反,"类叙者,本分也,而巧相联属。"(《秋山论文》)譬如:

(A1)寻诗人拟喻,虽断章取义,然章句在篇—[(a1)寻二言肇于黄世,《竹弹》之谣是也—(b2)三言兴于虞时,《元首之诗》是也—(c3)四言广于夏年,《洛汭之歌》是也—(d4)五言见于周代,《行露》之章是也—(e5)六言、七言,杂出《诗》、《骚》—(f6)而体之篇成于两汉。情数运周,随时代用矣。](B2)若乃改韵从调,所以节文辞气。贾谊、枚乘,两韵辄易—(C3)刘歆、桓谭,百句不迁—(D4)昔魏武论赋,嫌于积韵—(E5)陆云亦称四言转句,以四句为佳。[(a1)又诗人以兮字入于句限—(b2)《楚辞》用之,字出句外—(c3)而魏武弗好,岂不以无益文义耶]

这是《章句》全篇的时间结构简图。它是由三个相对独立的时间结构组合而成的三重时间结构：一个主结构，两个副结构（即括在[　]里的）。主结构即《诗经》—贾谊、枚乘—刘歆、桓谭—魏武—陆云，它叙述了历代作家章句使用情况。第一个副结构即二言—三言—四言—五言—六言、七言—而体之篇成于两汉，它依时并就字数多少，对诗歌这种体裁作了分类；第二个副结构，即《诗经》—楚辞—魏武，则历时地叙述了三代诗歌创作中虚字"兮"字的使用情况。就所述具体对象而言，这是三条不同的线索，然而，刘勰借助于整体上对诗歌的叙述把它们巧妙、自然地联缀在一起。这种"穿插非嵌堳之谓，亦非挖补之谓。不得间隙，不能嵌而附之；不觅窍窦，亦非挖而补之。"①

尽管在叙述方式上存在着这样那样的区别，但是，暗叙、特叙、分叙与类叙都是穿插在一个相对独立完整存在的大的历史序列之中的。与之相比，补叙则是补缀于其后。正如清人李绂所说："叙中所缺，重缀于后，为补叙。"这里所说的"缀于后"，指缀于整个叙事之后。如在《诔碑》篇，沿着"夏商以前—周（自鲁庄战乘丘，始及于士；逮尼父之卒，哀公作诔……至柳妻之诔惠子）—暨乎汉世，承流而作（扬雄—杜笃—傅毅—孝山、崔瑗—潘岳—崔骃—刘陶）—陈思叨名，而体实繁缓"的历史顺序，刘勰为我们叙述了一个相对完整的诔的演变历程。但紧接其后，刘勰又补充追叙道："若夫殷臣诔汤，追褒玄鸟之祚；周史歌文，上阐后稷之烈；诔述祖宗，盖诗人之则也。至于序述哀情，则触类而长。傅毅之诔北海云'白日幽光，氛雾杳冥。始序致感，遂为后式，景而

① 林纾：《春觉斋论文》，第123页。

效者，弥取于工矣。”这同样是按照“殷朝—周朝—后汉（傅毅）”这一鲜明历史顺序叙述的语段。与在总的历史时间结构中，主要从格式、体制和表达方式上叙述诔文的演变不同，它以具体实例从其所表达的内容上，对诔的演变作了进一步的补充说明。

二、正叙与借叙，直叙与婉叙

就叙述者与叙述对象之间的关系而言，有正叙与借叙之分。一篇之内，凡是叙述者面对叙述对象，直接正面铺叙之，叙事得文质详略之中为正叙。《文心雕龙》篇篇有名，篇名乃一篇之主旨。开门见山、原始以表末是刘勰叙理的基本思路。与之相适应，刘勰在《文心雕龙》各篇章的叙事里，采用的方法主要是正叙。而“不用正面，旁迳出之，为借叙。”（《秋山论文》）譬如：

(A1)三代政暇，文翰颇疏。—(B2)春秋聘繁，书介弥盛。绕朝赠士会以策，子家与赵宣以书，巫臣之遗子反，子产之谏范宣，详观四书，辞若对面。又子叔敬叔进吊书于滕君，固知行人挈辞，多被翰墨矣。—(C3)及七国献书，诡丽辐辏；—(D4)汉来笔札，辞气纷纭。观史迁之《报任安》，东方之《难公孙》，杨恽之《酬会宗》，子云之《答刘歆》，志气盘桓，各含殊采；并杼轴乎尺素，抑扬乎寸心。—(E5)逮后汉书记，则崔瑗尤善。—(F6)魏之元瑜，号称翩翩；文举属章，半简必录；休琏好事，留意词翰，抑其次也。嵇康《绝交》，实志高而文伟矣；—(G7)赵至叙离，乃少年之激切也。[(d4)至如陈遵占辞，百封各意；祢衡代书，亲疏得宜：斯又尺牍之偏才也。]（《书记》）

《书记》篇里有两个比较大的历史时间序列结构，它们一前一后位于整个篇章的最前面，前者主要以大量实例历时叙述并说明了书乃“心声之献酬”（《书记》）也；后者则主要举例叙述了历史上书名称的演变。这里所列出的是前一个。由此我们看到刘勰（即沿着三代—春秋—七国—前汉—后汉—魏—晋的历史序列）叙事已毕，忽添出按历史叙事，本应在汉代叙述的“至如陈遵占辞，百封各意；祢衡代书，亲疏得宜：斯又尺牍之偏才也”一段，此借叙也。它的历史序列为陈遵—祢衡，刘勰借此点评了汉代历史上两个比较独特的作家。紧随其后的就是整个语篇中另外一个比较大的历史序列（也即战国以前—秦汉立仪—迄至后汉—公干、子桓—陆机）。

直叙与婉叙是两种相对而言的叙事法。叙事者依事直叙，不施曲折的叙事是直叙；相反，叙事者设辞深婉，事寓于情理之中的叙事为婉叙。譬如：

1.（A1）昔轩辕唐虞，同称为“命”。命之为义，制性之本也。其在三代，事兼诰誓。誓以训戎，诰以敷政，命喻自天，故授官锡允。《易》之《姤》象：“后以施命诰四方。”诰命动民，若天下之有风矣。—（B2）降及七国，并称曰命。命者，使也。秦并天下，改命曰制。—（C3）汉初定仪则，则命有四品：一曰策书，二曰制书，三曰诏书，四曰戒敕。（《诏策》）

2. 若夫立文之道，惟字与义。字以训正，义以理宣。而晋末篇章，依希其旨，始有“赏际奇至”之言，终有“抚叩酬酢"之语，每单举一字，指以为情。夫赏训锡赉，岂关心解；抚训执握，何预情理。《雅》、《颂》未闻，汉魏莫用，悬领似如可辩，课文了不成义，斯实情讹之所变，文浇之致弊。而宋来才英，未之或改，旧染成俗，非一朝也。近代辞人，率多猜忌，至乃比语求蚩，反音取瑕，虽不屑于古，而有择于今焉。又制同他文，理宜删革，若掠人美辞，以为己力，宝玉大弓，终非其有。全写则揭箧，傍采则探囊，然世远者太轻，时同者为尤矣。(《指瑕》)

在例1里，"昔"、"降及"、"汉初"等语词明确标出了一条时间线索，刘勰以过去时直接简单明了地叙述了诏策的由来。而乍读例2，我们不会立刻感到刘勰是在叙述。"立文之道，惟字与义"是此段的中心语句，它概括了刘勰所要论述的话题。但他的话语里却存在着由"《雅》、《颂》"、"汉魏"、"晋末"、"宋"、"近代"五个语词标示出的时序。这些语词结构出了两个历史序列，即"晋末—宋—近代"和"《雅》、《颂》—汉魏"，前者贯穿该段始终，后者被包含在第一个时间段(晋末—宋)内。正是在这样一大一小相套的复合序列里，刘勰采用逆叙法寓理于叙，叙在理中：论述道理的过程即是叙述的过程。

三、铺叙与略叙、意叙

铺叙和略叙既是就叙事者所述事情的程度而言，也是就叙事者结构叙述的方式而言。凡叙事详尽，极意铺陈的叙述为铺叙。铺叙要丰赡，最怕文字直致无委曲。因此，它的叙述结构比较复杂，往往由几条线索组成。如刘勰在《杂文》篇历时地叙述了杂文的来源及其演变历程。这个叙述是详尽的：全篇由历时性的四条线索结构而成。第一条是"宋玉始造对问—及枚乘首制《七发》—扬雄肇为《连珠》"；第二条是"自《对问》以后—东方朔《客难》—扬雄《解嘲》—班固《宾戏》—崔骃《达旨》—张衡《应间》—崔寔《客讥》—蔡邕《释诲》—景纯《客傲》—陈思《客问》—庾敳《客咨》"；第三条是"自《七发》以下—枚氏首唱—及傅毅《七激》—崔骃《七依》—张衡《七辨》—崔瑗《七厉》—陈思《七启》—仲宣《七释》—自桓麟《七说》以下—左思《七讽》以上"；第四条是"自《连珠》以下—杜笃、贾逵之曹—刘珍、潘勖之辈—士衡运思"。这四条线索之间存在着总分关系。第一条先总叙，说明宋玉《对问》、枚乘《七发》和扬雄的《连珠》，"凡此三者，文章之枝派，暇豫之末造也。"然后，在此基础上，刘勰采用发散性铺叙，先后依次分别以"自《对问》以后"、"自《七发》以下"和"自《连珠》以下"三句话，各自又引发出了三条线索，承上启下，进一步铺展叙述了杂文复杂的演变过程，说明后世文人"枝附影从"，"拟者间出"。他们或"效而广之"，或"继踵"。因而，以《对问》、《七发》和《连珠》为源始，杂文又分别衍化出了三条不同的支派。由此可见，对中国历史上纷繁复杂的杂文，尤其是"汉来杂文，名号多品，或典诰誓问，或览略篇章，或曲操弄引，或吟讽谣咏"（《杂文》）这种现象，刘勰"总括其名，并归杂文之区，甄别其义，各入讨论之域。类聚有贯"（《杂文》），既叙事条分缕析，又细致绵密。

但他并没有用这种极尽"曲述"（《杂文》）的铺叙论述所有的体裁。对有些体裁，他的叙述比较简略，往往蜻蜓点水式地点到为止。如他这样叙述"移"的演变："相如之《难蜀老》，文晓而喻博，有移檄之骨焉。及刘歆之《移太常》，辞刚而义辨，文移之首也；陆机之《移百官》，言约而事显，武移之要者也。”（《檄移》）此叙述语简事略，但备见首尾，古人称之为“略叙”[1]也。

《文心雕龙》中还有一种特殊的叙事法——意叙。它指叙事者略睹事迹，度其必然，以意叙之。譬如：

> 昔张汤拟奏而再却，虞松草表而屡谴，并理事之不明，而辞旨之失调也。及倪宽更草，钟会易字，而汉武叹奇，晋景称善者，乃理得而事明，心敏而辞当也。（《附会》）

此段时间线索重叠相加，相互缠结。从标志时间推移的联结语词来看，它的叙述似乎依循着“昔”—“及”路线。但联系上下文义和语境，把“张汤”、“虞松”、“倪宽”、“钟会”、“汉武”和“晋景”这些人名考虑进去，我们发现此段实际上叙述了两个时代的两件相似事情。一是西汉臣子张汤草拟的奏书，被武帝两次退回，而经倪宽修改后，被武帝称好；二是西晋臣子虞松为景王司马师起草的表章，屡遭司马师指责，经钟会改定五个字后，被晋景王称好。依刘勰《文心雕龙》叙事的一般法则，他理应在西汉—西晋的历史时间结构框架里，先叙完前者，再叙后者。然而，此处他一反常规，突破历史性时间和空间的局限性，把两件事糅在一起作为一个整体，再次组合出了三种新的时间结构，即：A. 昔张汤拟

① 林纾《春觉斋论文》载《汉文正典》言叙事之法十一种，即正叙、总叙、间叙、引叙、补叙、略叙、别叙、直叙、婉叙、意叙、平叙。

奏而再却—虞松草表而屡谴；B. 及倪宽更草—钟会易字；C. 而汉武叹奇—晋景称善者。显然，刘勰是从语义出发，以相似性结构了不同时代的两件事。这种结构也是以时间性组合在一起的，因为它不是破坏了或者说取消了叙述客体原有的时序性，恰恰相反，A、B、C 三种时间结构反复呈现的只是一种时间结构，即西汉—西晋。这不仅使单一的时间结构波澜变化，而且使叙述话语更简洁。

四、先断后叙与先叙后断，假议论以叙与夹议论以叙

南宋陈骙所说的"先事而断以起事也"和"后事而断以尽事也"[①]，这两种叙事法广泛存在于《文心雕龙》中。例如，在叙述并解释两汉不存在"启"之说之前，刘勰先说"启者，开也。高宗云'启乃心，沃朕心'，取其义也"，然后再接着叙述"孝景讳启，故两汉无称。至魏国笺记，始云启闻。奏事之末，或云'谨启'。自晋来盛启，用兼表奏"（《奏启》）；在叙述战国时期文坛创作的盛况时，他先说"战代任武，而文士不绝"（《才略》），若此类皆"先断以起事也"。至如在《奏启》篇，对秦之前"奏"类文学追本溯源后，刘勰便说"陈政事，献典仪，上急变，劾愆谬，总谓之奏。奏者，进也。言敷于下，情进于上也"；在《程器》篇，历数历代文士之疵后，他说"诸有此类，并文士之瑕累。文既有之，武亦宜然"，若此类皆"后断以尽事也"。这两种皆就作者叙述的具体方式而言的叙事

① 他说："载事之文，有先事而断以起事也，有后事而断以尽事也。"见《文则》，第 18—19 页。

法，被后人概括为“先断后叙”和“先叙后断”[1]。在一个相对完整的叙述里，它们的添加运用只使得叙述有了起伏，并不会扰乱或分解整体历史性叙事线条的连贯性。

《文心雕龙》里也广泛存在着清代章学诚所说的“假议论以叙者、夹议论以叙者”[2]两种叙事法。譬如：

1. 至如仲任置砚以综述，叔通怀笔以专业，既暄之以岁序，又煎之以日时，是以曹公惧为文之伤命，陆云叹用思之困神，非虚谈也。（《养气》）

2. 及魏代缀藻，则字有常检，追观汉作，翻成阻奥。故陈思称：“扬马之作，趣幽旨深，读者非师传不能析其辞，非博学不能综其理。”岂直才悬，抑亦字隐。自晋来用字，率从简易，时并习易，人谁取难？今一字诡异，则群句震惊，三人弗识，则将成字妖矣。（《练字》）

例 1 论述语也，然“仲任—叔通—曹公—陆云”又分明明确标记出了论述语的时序性。此“假议论以叙者也。”例 2“及魏代缀藻—自晋来用字—今一字诡异”叙述语也，然其间“故陈思称‘扬马之作，趣幽旨深，读者非师传不能析其辞，非博学不能综其理。’岂直才悬，抑亦字隐”则议论也，此“夹议论以叙者也。”

至此，通过把《文心雕龙》里的部分语段抽出来进行分析，我

---

① 如章学诚《论课蒙学文法》里所说的 18 种叙事法即有“先叙后断、先断后叙”。见《章氏遗书》，第 686 页。

② 同上书，第 686 页。

们已经考察了刘勰十五种主要叙事法。这种描述分析是相对静止、孤立的。其实，在具体运用过程中，这十五种叙事法之间的界限不是不可逾越的，而是相互交织在一起的。如《知音》篇开始部分有一个比较大的相对完整的顺叙语段（即“昔《储说》始出，《子虚》初成—至于班固、傅毅—及陈思论才”），而在开始叙述之前，刘勰先发制人说：“知音其难哉！音实难知，知实难逢，逢其知音，千载其一乎！夫古来知音，多贱同而思古。所谓‘日进前而不御，遥闻声而相思’也”，此先断而后叙也。至如其后又缀的“至如君卿唇舌，而谬欲论文，乃称‘史迁著书，谘东方朔’，于是桓谭之徒，相顾嗤笑。彼实博徒，轻言负诮，况乎文士，可妄谈哉”，乃补叙兼借叙也。当然，这里所说的先断而后叙、补叙和借叙都是相对于“昔《储说》始出，《子虚》初成—至于班固、傅毅—及陈思论才”这个比较大的顺叙语段而言的。若仅就叙述时间而言，它们自身也是顺叙（也即都按照历史时间序列叙述）。因此，归根结底，顺叙是刘勰叙述的最基本方法。换言之，他批评话语叙事有常，历时性叙述是《文心雕龙》大部分篇章中的基本序列。然而，这种序列并不单一。刘勰通常得心应手地运用多种叙事法、多种时间结构方式和多样化的叙述形式，将其组合成可以呈现出多种形式的复合序列——常中有变，正中有奇是其结构特征。

第七节　敷述昭情，叙理成论：作为修辞的叙事

尽管历史性叙事是刘勰论文的基本话语模式，而且他对待事类文本的态度也基本上是写实的，但是，无论是对刘勰还是对读

者来说,《文心雕龙》远远不止是一个个历史事实或历史故事！对刘勰而言,纵然整个时代历史向他敞开,他也不可能穷尽所有历史事实,而必须有所选择,最重要的是他不可能从其叙述话语里隐退,他必须论文;对读者而言,最重要的是《文心雕龙》里所体现的文学思想观点以及刘勰如何论文,而不只是他所叙的历史事实。因此,如果说刘勰有叙事法的话,那么,假议论以叙和夹议论以叙应该是最根本的两种。事实上,《文心雕龙》各篇脉络清晰,原始要终,然其前后相应,或隐或显,或断或叙,变化百出,不主一道,各视析理之所及。下面,我们将在分析阐述叙述者与作者、事类文本以及读者之间修辞关系的基础上,进一步探讨《文心雕龙》历史性叙事批评话语的特质。

一、三种评论话语与不同叙述层

叙述话语与评论话语的聚合是《文心雕龙》批评话语的一个特征。与一般叙事类文学作品不同,《文心雕龙》批评话语的叙述者与作者或叙述主体与写作主体是同一的。刘勰直接承担了所有的讲述与转述。换言之,讲述孔子和魏晋时代文学以及转述曹丕《典论·论文》里言语的不是别人,而是刘勰本人。同样,在他的书面话语《序志》、《总术》和《神思》里的“小子”、“予”和“我”字,具体指称的对象不是别人,是他自己。正如借助于表示时间概念的语词,《文心雕龙》批评话语明确告诉我们它所具有的叙事性一样,采用类似的手法,它也告诉我们《文心雕龙》里有三种比较典型的评论话语。这就是每篇里的“释名以章义”、“敷理以举统”(《序志》)和赞部分。譬如:

1. 列者，陈也。陈列事情，昭然可见也。（《书记》）

2. 原夫登高之旨，盖睹物兴情；情以物兴，故义必明雅；物以情观，故词必巧丽。丽词雅义，符采相胜，如组织之品朱、紫，画绘之著玄、黄，文虽新而有质，色虽糅而有本，此立赋之大体也。（《诠赋》）

3. 妙极生知，睿哲惟宰。精理为文，秀气成采。鉴悬日月，辞富山海。百龄影徂，千载心在。（《徵圣》）

这是三段典型的评论话语。例 1 以下定义的方式开宗明义界定了“列”这种体裁，例 2 则比较全面地概述了赋的特征，例 3 赞美了圣人的盛德及其文章的纯美。这三种话语里既没有时间性语词，也没有历史序列，有的只是逻辑判断、类比推理论述和议论、总结性的评判。它们在每一篇里的具体位置比较固定。例 1 类的“释名以章义”通常位于叙述话语之前（如刘勰对箴的论述），有时位于中间（如刘勰对诔的论述）；例 2 类的“敷理以举统”则通常位于叙述话语之后（如刘勰对吊的论述）；例 3 类的赞部分则毫无例外地附缀在《文心雕龙》每一篇正文部分之后。

这三种评论话语（尤其是赞部分）的广泛存在，使我们在读《文心雕龙》时，绝不会只对其中所记叙的那些历史事实感兴趣，我们最想知道、最想了解的是刘勰为什么要叙述它们以及叙事话语和评论话语如何共存于《文心雕龙》。

《文心雕龙》里的每一篇都由正文和赞一前一后两部分构成。前者大多基本上属于叙事性话语，后者则是评论性话语。而且每篇的结尾都以“赞曰”开始明确转移话题。这完全是中国传统史书写作的格式。[①] 前一部分按编年史叙事,后一部分是叙述者发表的议论。从结构的布局上看,它们似乎是两个截然不同的部分。在一般由时间结构的正文部分,刘勰通常以叙事者的身份叙述事类文本。在赞部分,他则摇身一变成为一个评论者。如《时序》正文部分的叙事线条以“昔在陶唐”开头,中间依次经过虞、夏、殷、周、春秋、战国、西汉、东汉、建安、正始、西晋、东晋、宋到齐末,即叙述者从远古开始一直叙述到自己所处的时代[②]。这一部分是完整而具有一定时间跨度的叙事话语。所谓“完整”,“指事之有头,有身,有尾。所谓‘头’,指事之不必然上承他事,但自然引起他事发生者;所谓‘尾’,恰与此相反,指事之按照必然律或常规自然的上承某事者,但无他事继其后;所谓‘身’,指事之承前启后者。”[③]亚里士多德认为“结构完美的布局不能随便起讫,而必须遵照”这种方式。显然,从叙事的统一性上来看,《时序》正文部分的结构完全符合亚里士多德所说的这种标准,其完美的整一性令附着在其后的赞部分显得多余,因为它似乎脱离了前面正文部分编年史式的历史性时间结构。那么,向来主张“叙事也该而要”(《诔碑》)的刘勰为什么要说这些“赘语”呢?它与前面的叙述话语到底有什么关系?

---

① 如《史记》“太史公曰”、《汉书》和《后汉书》“赞”以及《三国志》“评”。

② 准确地说是作者所处的时代,刘勰明确说:“今圣历方兴,文思光被”(《时序》)。关于《文心雕龙》的著作年代,学界说法不一,此处采用清代刘毓松的观点,认为其成书于齐末。参见刘毓松《书〈文心雕龙〉后》。

③ 〔古希腊〕亚里士多德著,罗念生译:《诗学》,人民文学出版社 1962 年版,第 25 页。下面引亚里士多德语,亦出自此。

在《颂赞》篇,刘勰论证了作为体裁的赞的四个特点:(1)进一步辅助说明前面的事理。刘勰明确界定说:"赞者,明也助也。"(2)采用评论话语。以司马迁、班固为例,通过对挚虞观点的驳斥,刘勰认为赞使用的是评论性言语,是"论"、"评",而非"述"。其"约文以总录,颂体以论辞;又纪传后评,亦同其名,而仲治《流别》,谬称为述,失之远矣。"(3)主要功能是赞美事物。刘勰认为从渊源上说赞是颂体的一个支派。《颂赞》称它"发源虽远,而致用盖寡,大抵所归,其颂家之细条乎","本其为义,事生奖叹。"(4)篇幅短小的四言体韵文。刘勰说赞"约举以尽情,昭灼以送文","所以古来篇体,促而不广,必结言于四字之句,盘桓乎数韵之辞。"(《颂赞》)《文心雕龙》里四言八句的赞基本上都拥有以上四个特点。正如在史书中一样,它们"皆就其前之所记,贯串首尾,加以论断"或"将一篇之旨融会贯通以明之者"[1],是整个篇章中不可缺少的一个组成部分。因此,正文部分历史性叙事话语与赞部分评论话语之间不是水火不兼容的,而是相互依存、相互说明的——要准确理解"送文"的内涵与意义,我们必须回溯到其前面的正文部分。诚如刘勰所说:"章句在篇[2],如茧之抽绪,原始要终,体必鳞次。启行之辞,逆萌中篇之意;绝笔之言,追媵前句之旨。"(《章句》)而且《文心雕龙》里的叙事与史书里的叙事完全不同。尽管它也以编年史为顺序叙述事类文本,但是,我们一刻也不可能忽略叙述者刘勰存在于他讲述的事类文本中这一事实:即

---

① 陈引驰编校:《刘师培中古文学论集》,第 153 页。

② 此处"章"是比"篇"小的语言单位。《章句》云:"章者,明也;句者,局也。局言者,联字以分疆,明情者,总义以包体,区畛相异,而衢路交通矣。夫人之立言,因字而生句,积句而成章,积章而成篇。"

使是在基本上以时间结构的整个正文里，叙事话语与评论话语，亦即叙事者与评论者几乎都共时存在。例如，在《诔碑》篇，刘勰对诔的所有论述基本上都属于一种历史性叙事话语。他以历史时间结构了所有事类文本，讲述了诔的产生和发展变化过程。然而，刘勰关于诔的话语明显分为三部分：一是属于“释名以章义”的“诔者，累也；累其德行，旌之不朽也”；二是属于有时间线索的叙事部分，即从“夏商已前，其详靡闻”到“景而效者，弥取于工矣”；三是属于“敷理以举统”的“详夫诔之为制，盖选言录行，传体而颂文，荣始而哀终。论其人也，暧乎若可觌；道其哀也，凄焉如可伤，此其旨也”部分。因此，就整体而言，此段评论话语与叙述话语接替出现。由于对应不同部分的话语行为主体是同一个人，即前一部分的叙述者和后一部分的评论者同为一人——刘勰既是《文心雕龙》的叙述者，又是作者。因此，不同话语之间与其说有距离，倒不如说有一条由叙述本身标示的界限——有不同的层次，即“叙事讲述的任何事件都处于一个故事层，下面紧接着产生该叙事的叙述行为所处的故事层。”[①]假如我们把历史性叙事话语称为故事内层，把评论话语称为故事外层（刘勰作为《文心雕龙》的作者处于其所述事类文本历史事实之外，面向真正的读者），那么，《文心雕龙》中历史性叙事话语与评论话语之间的区别实际上是不同叙述层之间的差异。

二、五种基本模式与内部叙述层

从叙述层上来看，《文心雕龙》各篇批评话语的布局大体上有以下五种基本模式：

---

① 〔法〕热拉尔·热奈特著，王文融译：《叙事话语 新叙事话语》，第158页。

1. 评论话语[①]—总叙述话语[②]—补述[③]—评论话语[④]—评论话语（赞）

2. 评论话语—叙述话语—补述—评论话语（赞）

3. 评论话语—叙述话语—评论话语—评论话语（赞）

4. 叙述话语—评论话语—评论话语（赞）

5. 评论话语—叙述话语——评论话语（赞）

尽管悬搁起每一种最后相同的赞部分评论话语，这五种基本模式里评论、叙述话语层都是交替出现的，但是，我们已经知道在《文心雕龙》大部分篇章里，最主要、最核心的（所占篇幅最长）是叙述话语（或者说故事层），正是它结构了各篇章正文部分的主体。那么，或前或后插入其中的评论话语亦即故事外层在整篇中的总体功能又是什么呢？

我们说《文心雕龙》批评话语本质上是一种历史性叙事话语，并不意味着它与一般叙事类文学作品一样着重叙事或讲故事，而

---

① 如《明诗》开头即云："夫舜云：'诗言志，歌永言。'圣谟所析，义已明矣。是以在心为志，发言为诗，舒文载实，其在兹乎！诗者，持也，持人情性；三百之蔽，义归无邪。持之为训，有符焉尔。人禀七情，应物斯感，感物吟志，莫非自然。"

② 指贯穿一篇之内有着相对完整的历史性时间结构的部分。如上面所举《诔碑》里的"夏商已前，其详靡闻"一直到"潘岳构意，专师孝山，巧于序悲，易入新切，所以隔代相望，能征厥声者也"部分。

③ 相对而言，指一篇之内介于贯穿整体的有时间线索的叙述话语和无时间性的评论话语之间的一种话语，它紧跟在叙述话语之后。如上面所举《诔碑》里的"至如崔骃诔赵，刘陶诔黄，并得宪章，工在简要"一直到"景而效者，弥取于工矣"部分，这部分亦基本上有着明显的时间结构。

④ 指位于结尾赞部分之前的评论性话语，一般是"敷理以举统"部分。如上面所举《诔碑》里的"详夫诔之为制，盖选言录行，传体而颂文，荣始而哀终。论其人也，暧乎若可觌；道其哀也，凄焉如可伤，此其旨也。"

是说它与一般评论话语不同：它不是在论文，而是在讲述文，也即以叙事的方式评论作家作品、说明事理、传达文学思想，用刘勰自己的话说就是"理形于言，叙理成论。"(《论说》)这种强调叙述事类文本只是论文所采取的一种特殊的论证方式，其最终目的是为了更好地"叙理"的说法，其实就是把叙事看作"目的在于影响判断"的修辞——"一种能在任何一个问题上找出可能的说服方式的功能"①，而绝不是单纯的技巧问题。不论是"释名以章义"、"敷理以举统"，还是赞部分，这些评论话语，亦即一般处于篇章正文部分(故事层)之外的边缘性只言片语(故事层外)，都以这种或那种方式起到悬隔作用。它们打破了文本忠实记叙所带给读者的历史性逼真感——作者用自己的声音评论或确定所有事类文本在当时历史时期的演变和地位。因此，这种悬隔作用只是就话语行为主体所扮演的不同角色(叙述者或评论者)而言，它们并不破坏叙述话语的整一性。相反，从某种程度上说加强了它。如在五种基本模式里，我们最常见的是前三种。刘勰对所有体裁的论述都依此思路进行：下定义("释名以章义")——叙述其演变发展(主要包括"原始以要终"和"选文以定篇"两部分内容)——归纳出体制特征("敷理以举统")——"送文"(赞部分)。"释名以章义"通常位于一篇开头，有时夹在叙述部分，而"敷理以举统"一定位于叙述话语的后面。这样的安排，既避免了评论话语或者说评论者介入叙事话语时带给读者的生硬感和拼凑感，提高了评

① 亚里士多德著，罗念生译：《修辞学》，上海世纪出版集团2006年版，第75、23页。

论话语本身的艺术性及其与篇章整体的有机统一性,同时,由于中间叙事部分的存在,评论话语又不给人以言之无物的空洞感。它的最大功能在于突显评论者:评论话语分别悬隔在叙述话语的一前一后,评论者采用的形式又是对事类文本作直截了当的权威性界定和总结,显示了在整篇文本中评论者的存在所享有的至高无上的权威性——他比叙述者懂得更多。在开头,他确定了话题并规定了整个话语的主旨(五种基本模式里有四种都是以评论话语开头);在叙述话语之后(也即赞部分),他将叙述话语里潜在的思想进一步揭示出来,以彰显之。因此,尽管他的话语在数量上相对较少,但在整个语篇中的地位十分重要。可以说,正是由于这类话语的存在,《文心雕龙》各篇成为众所公认的论文:提出观点(开头部分以"释名以章义"为代表的评论话语)、论证观点(正文部分的叙述话语)、得出结论(正文部分以"敷理以举统"为代表的评论话语和赞部分)——各篇观点鲜明、论据具体确凿、结论水到渠成且掷地有声。如此,评论话语的添加,并不给人碎乱或有裂缝之感,反而深化了叙述话语,令其"能外文绮交,内义脉注,跗萼相衔,首尾一体。"(《章句》)而正文部分的叙述话语则是理解和评价刘勰评论话语恰当与否的关键。这种论证方式就是亚里士多德所说的"修辞式推论"①。它是一种以或然的事为证据来证明,以求产生说服力的三段论。

以上我们依据叙述层所分析出的五种布局模式,是就《文心雕

① 亚里士多德说:修辞式推论是一种以求产生说服力的三段论。构成修辞式推论的题材是或然的事和证据。只要事实是真实可靠的,这个证据便是驳不倒的。见亚里士多德著,罗念生译:《修辞学》,第24—25页。

龙》各篇文本的整体而言的。事实上,即使是在叙述话语和评论话语内部,也存在着话语层次,也即叙述话语里有评论话语,评论话语里有叙述话语。尤其是前者在《文心雕龙》里显得更突出——几乎每篇文本中占主体部分的叙述话语里都或多或少掺杂着评论话语。如《才略》篇正文部分以历史性的时间结构整个话语,叙述了各个时代的作家及作品。若以时代而论,它依次具体涉及了八个,即虞夏—商周—春秋—战国—汉代—三国—两晋—宋代;若以其所含信息量大小(评论作家的数目)排列,则应为汉(三十个)、两晋(二十四个)、三国(十七个)、战国(七个)、春秋(六个)、商周和虞夏(三个)、宋代(未具体提及作家)。可见,信息量最大的是涉及三十位作家的汉代,最小的是没有具体提及作家的宋代。当然,对整个《才略》篇批评话语而言,其信息量不应仅仅指事类文本的数量,还应包括叙述者针对某些或某个特定事类文本所说的所有话语的多少。因此,从叙事时间上讲,它的大小与特定的时间限定即叙述速度成反比:信息量越大,其速度越慢,反之亦然。在具体话语里,叙述速度可用句子的多少来测量:句子越少,速度越快。刘勰叙述上述八个时代所有话语,若按句子多少可依次排列为:汉代(九十九个)—两晋(六十九个)—三国(四十四个)—战国(十四个)—春秋(十一个)—虞夏商周(七个)—宋代(四个)。这和以所含信息量大小的排列顺序完全一样。它是否表明叙述者所提及的事类文本的数量与其讲述事类文本的话语的多少成正比?以历史时代顺序而论的确如此。然而,如果就具体每一个时代内部而言,情况并非总是如此。尽管刘勰基本上按照历史性的时间顺序评论了两汉时期30位作家的文学创作情况,但是他讲述具体作家时所使用的话语的数量大相径庭。如他可以用“潘勖凭经以骋才，故绝群于锡命”两句话，和“子云属意，辞人最深，观其涯度幽远，搜选诡丽，而竭才以钻思，故能理赡而辞坚矣”六句话评一个作家；可以用“傅毅崔骃光采比肩”一句话和“孔融气盛于为笔，祢衡思锐于为文，有偏美焉”三句话评两个作家等等。而且，他并非都用叙述语讲述作家。通常，话语数量越多，其中夹杂的评论话语就越多，常常是叙述语在前，评论语在后（如在“张衡通赡，蔡邕精雅，文史彬彬，隔世相望，是则竹柏异心而同贞，金玉殊质而皆宝也”里，前两句为叙述语，后四句为评论语）。不唯如此，刘勰且叙且断，或先断后叙，或先叙后断，或假议论以叙之，或夹议论以叙之——评论话语几乎无处不在地充塞于此段整体历史性叙事话语的每一部分。有时，它们甚至交织在一起，致使叙事者与评论者不断交替出现，有时两者甚至叠加在一起。如在“相如好书，师范屈宋，洞入夸艳，致名辞宗。然覆取精意，理不胜辞，故扬子以为‘文丽用寡者长卿’，诚哉是言也。王褒构采，以密巧为致，附声测貌，泠然可观。子云属意，辞人最深”里，刘勰明用扬雄语评论相如创作，这一典型的评论语与其后历史序列里的“子云”（即扬雄字）相重叠。同理，在“桓谭著论，富号猗顿，宋弘称荐，爰比相如。而《集灵》诸赋，偏浅无才，故知长于讽论，不及丽文也”里，刘勰援引后汉宋弘语评论后汉桓谭的创作。

因此，总体来看，上述特定历史序列中叙述与评论话语交替出现，而在具体讲述过程中，叙述话语里又常常夹杂着评论话语，评论话语里又往往穿插着叙述话语，这种批评话语模式既贯穿《才略》正文部分，也即刘勰对虞夏商周、春秋战国、三国两晋和宋代所有作家的评论中，也广泛应用于《文心雕龙》其他四十九篇。

三、叙述者与评论者双重的全知视点

由于叙述话语与评论话语的相互渗透，《文心雕龙》里存在着很多类似下列的语段：

> 琳瑀以符檄擅声，徐干以赋论标美，刘桢情高以会采，应玚学优以得文，路粹杨修颇怀笔记之工，丁仪邯郸亦含论述之美，有足算焉。刘劭《赵都》能攀于前修；何晏《景福》克光于后进；休琏风情则《百一》标其志；吉甫文理则《临丹》成其采；嵇康师心以遣论，阮籍使气以命诗，殊声而合响，异翮而同飞。（《才略》）

这里有一个鲜明的由历史时间语词（即作家名称）明确标示出的历史序列，其间除"有足算焉"、"殊声而合响，异翮而同飞"两句比较典型的评论话语外，严格说来都是叙述话语。然而，假如悬隔起这个历史序列，我们又完全可以称此段为评论性话语。实际上，当刘勰以叙述者和评论者双重身份在快速推移的历史时间里点评作家时，其话语亦是双重的。

一般来说，在叙述某一历史时期内的作家及其作品时，叙述信息量的大小显然关涉评论者刘勰（或评论话语）的介入程度：叙事信息量丰富，速度慢的，评论者刘勰在叙事中频繁出现。譬如：

> 魏文之才，洋洋清绮，旧谈抑之，谓去植千里，然子建思捷而才俊，诗丽而表逸，子桓虑详而力缓，故不竞于先鸣；而乐府清越，《典论》辩要，迭用短长，亦无懵焉。但俗情抑扬，雷同一响，遂令

文帝以位尊减才，思王以势窘益价，未为笃论也。

这是《才略》篇整体历史序列里的十七句话。刘勰在以叙述与评论话语交替出现的方式把曹丕与曹植并置在一起对比讲述的过程中，不时加入自己的解释、说明和评价——他既是叙事材料的组织者，又是分析评论家。这里，叙述者与评论者或叙述与评论话语不仅合而为一，而且与严格遵循历史时间顺序的叙述话语相比，不受时间限制的评论话语具有高度的自主性。

与此同时，由于两个话语的发话人是同一人（即刘勰），他们在思想上相合，因此，可以自由地从一种话语移向另一种话语，从一个时间移向另一个时间。如在《才略》篇，刘勰既可以直接评论作家，也可以通过转述他人的言语对其进行评论（如援引扬雄语评相如）。他可以一个一个地评（如评马融、王逸），也可以两个一组（如他把傅毅与崔骃、杜笃与贾逵放在一起）比较着评，甚至四个一组评（如"二班两刘"之说）。他的评论话语一般出现在叙述话语之后，但有时也会突然出现在其之前，如"及乎春秋大夫，则修辞聘会，磊落如琅玕之圃，焜耀似缛锦之肆"和"战代任武，而文士不绝"分别先断后叙——首先对春秋和战国时代作家及其创作情况进行总评。刘勰有时且叙且评，后面又有总评（如讲述汉代作家的话语），有时却只有评论话语，如他以"宋代逸才，辞翰鳞萃，世近易明，无劳甄序"一句话完成了他对南北朝时期宋代文学创作的评论。因此，在《文心雕龙》中，作者刘勰并没有隐退。他以叙述者兼评论者的身份频繁介入叙事，可以既叙事又随时随地发表评论，可以从一个时空跨越到另一个时空。这种全知视点导致了叙述者的双重、叙述者和评论者的层层镶嵌。而叙述话语中评论话语大量强有力的渗入，不断干扰和影响着读者对叙事中事类文本的认识和判断。譬如：

> 张华短章，奕奕清畅，其《鹪鹩》寓意，即韩非之《说难》也。左思奇才，业深覃思，尽锐于《三都》，拔萃于《咏史》，无遗力矣。潘岳敏给，辞自和畅，钟美于《西征》，贾余于哀诔，非自外也。（《才略》）

与仅以一句叙述某个作家的"琳瑀以符檄擅声，徐干以赋论标美……"之类话语相比，此段评论话语占绝大多数。刘勰不再只是笼统提及作家擅长的体裁种类，而是用四句或五句话，通过点评其具体作品说明西晋作家张华、左思和潘岳的创作特色。这种叙事策略在使得单一历史叙事线索丰满的同时，负载了更多的信息量，从而更好地传达出了叙述者刘勰的文学批评观点和思想。

因此，准确地说，刘勰是一个无所不在、无所不知的"评论型全知"①的叙事人。他时时闯入《文心雕龙》叙事之中对所叙述的人、事评头论足。由于他添加的评论与解释，《文心雕龙》叙事就

---

① 这里借用的是以色列学者西蒙·巴埃弗拉特（Shimon Bar - Efrat）的说法。他在《圣经的叙事艺术》第一章叙事人部分提出并分析了"全知型叙事人"的特点，指出这种人"根本没什么能够瞒得了他"，他无所不在，无所不知。在此基础上，西蒙·巴埃弗拉特又区分出评论型全知和中立型全知两种叙事人。详见李锋译《圣经的叙事艺术》，华东师范大学出版社 2006 年版。

不仅仅只是一个个历史事实的堆积和汇编，而是刘勰思想观点的载体——其间嵌入的各种评论话语都让我们看到一个有独立思想见解、有个性的批评家式的叙述者：除了承担狭义的叙述，即叙述批评客体的职能外，他还承担了说服读者的功能——不断地对所述事作权威性的解释、评论和价值判断。这种解释、判断和评论不是游离在《文心雕龙》之外，而是刘勰历史性叙事批评话语的构成材料。它们往往突出叙事重点，有助于读者抓住叙事中的要领，更好地理解叙事、接受刘勰的思想观点。从《才略》正文部分，我们发现刘勰大大发展了这种解释和评论性的话语形式。他不仅享用发表思想的特权，而且拥有抒发情感的自由。"贾谊才颖，陵轶飞兔，议惬而赋清，岂虚至哉！""景纯艳逸，足冠中兴，《郊赋》既穆穆以大观，《仙诗》亦飘飘而凌云矣"，这些形象生动的评论话语，是叙述者刘勰个人情绪的表现。从这个意义上说，刘勰的陈述行为就不是简单的视点问题，这个行为承担者既是一个无所不知的全知的叙述者，又是一个权威性的思想家和诗人——通过解释、判断和评论，刘勰控制着整个历史性叙事话语。正是他把无时间性（评论性）赋予了在表层结构上（也即言语的能指层面上）具有时间性（叙事性）的批评话语，使《文心雕龙》叙事时而呈现出非时序化的一面。

这样，中国人传统上行文的两种不同方式——议论和叙事，在刘勰这里得到了会通——《文心雕龙》理不直指，即事以明理。刘勰对多种叙事法的运用不是仅仅给我们讲述一个有关文学的故事，也不是撰写文学史，而是为了"弥纶群言"、"擘肌分理"（《序志》），为了更好地批评各种文学现象，阐明他的文学思想。

因此,刘勰的叙事从根本上说是一种叙事修辞[1],一种诚如亚里士多德所说的有一定速度和长度的、连续的讲述方式,亦即修辞术。这是一种特殊的说理方式,也即一种强有力的言之成理,合乎逻辑的论证方式。刘勰叙事的目的即是为了获得这种修辞力量。

第八节　敷赞圣旨,炳曜垂文:隐含作者的想象制作

既然刘勰的叙事是一种修辞的叙事,那么,以历史性时间结构模式为特征的《文心雕龙》叙事性批评话语就绝不仅仅只是一种再现,在更深层次上它也是一种表现。

读者的感官能感知到的那些标记性的语词以及接续性的排列方式,都暗示历史性时间结构模式是《文心雕龙》叙事性批评话语的一种形式(能指),而它所叙述的内容(所指)的特定指称对象范围就是刘勰的文学思想、文学批评。这种形式可分为内外两个层次:外在层次上指事物的形状(如标记式的时间性语词);内在层次上指某种结构、关系或是通过互相依存的因素形成的整体(历时性的排列方式)。因此,当我们说《文心雕龙》历史性时间结构模式是一种形式时,就不仅指它那最表面的形式,即那些明确指明历时性时间的语词,更指它包含着某种抽象涵义的形式,亦即指组成一个相对完整的整体的各个部分之间的

---

① 即"Narrative rhetoric"或"The rhetoric of narrative"。见〔美〕阿波特著《剑桥叙事学导论》(*The Cambridge Introduction to Narrativ*),北京大学出版社2007年版。

相互关系模式。这种抽象的形式或逻辑形式与“表现”这一概念是紧密地联系在一起的。它的内容就是它的形式。刘勰的才能、文学思想、文学理论甚至他对作家、作品的批评都直接融合在此形式之中。它表现的是叙述者刘勰对文学的理解。准确地说,它是将刘勰本人的个性、思想、文学批评呈现出来供读者领会的,是由思想转化成的可见的形式。下面,我们拟从叙述者刘勰对《文心雕龙》批评话语场的转义预设行为以及他对《文心雕龙》历史性叙事话语模式的制作入手,通过对刘勰叙事深层结构的辨识,分析阐释这一问题。这一研究同时有助于我们对刘勰历史性叙事批评话语生成问题和作为修辞的《文心雕龙》叙事的进一步理解。

一、历史想象的深层结构:从梦到现实的转义预设行为

超越生命,追求永恒是刘勰创作《文心雕龙》的内在根本原因。在《序志》篇谈到自己为什么写作《文心雕龙》时,刘勰首先从他对人的认识谈起,指出:“人肖貌天地,禀性五才,拟耳目于日月,方声气乎风雷,其超出万物,亦已灵矣。”然而,“宇宙绵邈,黎献纷杂,”“岁月飘忽,性灵不居,”人“形同草木之脆”——“生也有涯,无涯惟智。”“是以君子处世,树德建言。”显然,在刘勰看来,“建言”或者说“立言”(《诸子》)是有限生命的人与无限宇宙齐一的重要途径。从《原道》篇“仰观吐曜,俯察含章,高卑定位,故两仪既生矣。惟人参之,性灵所钟,是谓三才;为五行之秀,实天地之心。心生而言立,言立而文明,自然之道也”这个有时间先后顺序的表述里(先有天地,然后有人、有言,再有文),我们也能领会到人的“立言”同人的存在在生存论上同样源始——人的生存论、

存在论基础是“言”[1]。它是人的生命存在，以揭示世界和人本身的方式存在着——人“言之文也，天地之心哉。”（《原道》）因此，刘勰声称自己《文心雕龙》的写作“腾声飞实，制作而已，”不是为了“好辩，”（《序志》）而是为了“炳曜垂文，腾其姓氏，悬诸日月焉。”（《诸子》）

此意义上的“立言”（或“建言”）实际上通常在言语中说出自己。刘勰在《序志》篇最后自言自语道：“文果载心，余心有寄。”他在《文心雕龙》里到底“载”的什么“心”呢？《序志》云：

> 予生七龄，乃梦彩云若锦，则攀而采之。齿在逾立，则尝夜梦执丹漆之礼器，随仲尼而南行。旦而寤，乃怡然而喜，大哉圣人之难见哉，乃小子之垂梦欤！自生人以来，未有如夫子者也。敷赞圣旨，莫若注经，而马郑诸儒，弘之已精，就有深解，未足立家。唯文章之用，实经典枝条，五礼资之以成，六典因之致用，君臣所以炳焕，军国所以昭明，详其本源，莫非经典。

精神分析创始人弗洛伊德指出：梦的主要特征之一是借幻觉

---

[1] 古汉语语境中的“言”与“语”是两个概念。《说文》曰：“直言曰言”，“论难曰语”。《文心雕龙》里没有“语言”一词，只有“言”、“言语”、“辞”、“辞令”等。《文心雕龙》中“言”一词所指内涵丰富，主要有三种意义：(1)泛指“语言”（有时与“语”联言），如“心既托声于言，言亦寄形于字”（《练字》）；(2)指文本中的言语。如“而晋末篇章，依希其旨，始有赏际奇至之言，终无抚叩酬即之语”（《指瑕》）；(3)指说话、话语。这是《文心雕龙》“言”一词的基本含义。如他在《总术》篇明确指出：“予以为：发口为‘言’，属笔曰‘翰’”，“今之常言，有‘文’有‘笔’。”

经验的方式，使思想有一个表示的机会，以表示个人愿望的满足。“梦因愿望而起，梦的内容即在于表示这个愿望。”[①]刘勰在《序志》里向我们叙述的自己幼年及成年时期所做的这两个梦，透露出他个人潜意识里一个强烈的愿望——“敷赞圣旨”。而他作为话语行为者所说的方式又首先是从周围世界说起。紧接着上段话，刘勰感叹道：自己所处的时代“去圣久远，文体解散，辞人爱奇，言贵浮诡，饰羽尚画，文绣鞶帨，离本弥甚，将遂讹滥。盖《周书》论辞，贵乎体要；尼父陈训，恶乎异端；辞训之异，宜体于要。于是搦笔和墨，乃始论文。”可见，在他预设批评话语时，当前化具有一种占优势的组建作用。这种批评话语就其本身而言就是时间性的。而这种时间性就是刘勰自身存在的时间性、历史性。因此，《文心雕龙》话语之需要，也是因为刘勰认为在其之前的“论文者”，均“不述先哲之诰，无益后生之虑。”（《序志》）他一一议论道：

> 详观近代之论文者多矣：至于魏文述典，陈思序书，应玚《文论》，陆机《文赋》，仲洽《流别》，宏范《翰林》，各照隅隙，鲜观衢路；或臧否当世之才，或铨品前修之文，或泛举雅俗之旨，或撮提篇章之意。魏典密而不周，陈书辩而无当，应论华而疏略，陆赋巧而碎乱，《流别》精而少巧，《翰林》浅而寡要；又君山、公干之徒，吉甫、士龙之辈，泛议文意，往往间出，并

---

① 〔奥〕弗洛伊德著，高觉敷译：《精神分析引论》，商务印书馆 1984 年版，第 95 页。

未能振叶以寻根,观澜而索源。(《序志》)

所以,为了能"振叶以寻根,观澜而索源",刘勰必须首先在《序志》篇预设一个可能的认识客体①,也即批评话语场。于是,我们得以知道他论文时所遵循的"本乎道、师乎圣、体乎经、酌乎纬、变乎骚"的根本原则,和"论文叙笔"、"割情析采笼圈条贯,摛神性图风势,苞会通阅声字,崇替于时序,褒贬于才略,怊怅于知音,耿介于程器"的基本内容,以及"弥纶群言"的目标等等。与此同时,刘勰还确立了"原始以表末,释名以章义,选文以定篇,敷理以举统"之类使他足以描写分析诸批评客体的言说方式。这种既构创了分析客体,又事先确定了将用来解释它的方法的具体预设行为显然是符合逻辑的。

然而,当充分考虑到《序志》篇里的所有言语,也即把这种具体预设行为放置在刘勰预设《文心雕龙》批评话语场的整个行为过程中时,我们发现《文心雕龙》的写作动机是一个在儿童和成年时期真梦启示下的"昼梦"②——"标心于万古之上,而送怀于千载之下。"(《诸子》)"昼梦"也是满足愿望,只不过它采取的方式

---

① 至今我们无从考证刘勰是在何时写作《序志》篇的:是在写《文心雕龙》所有篇章之前,还是在其完成之后?此处所要强调的是:如果我们把话语所固有的实际时间性悬搁起来,从认知的逻辑秩序上来说,刘勰在组建《文心雕龙》批评话语之前,一定存在着前认知和前批判。

② 弗洛伊德说:"昼梦是幻想的产物,是很普通的现象,在健康的或病人的身上都可看到。作昼梦的人自己也容易加以研究。这些幻想没有梦的共同特性",它"既和睡眠不发生关系","又缺乏经验或幻觉,只是一些想象而已"。但"昼梦确实是满足愿望,满足野心或情欲,然而采取的方式为思想或想象。虽很生动,但绝不同于幻觉的经验。"见其《精神分析引论》,高觉敷译,第70、96页。

是思想或想象罢了。这种方式从本质上说是一种转义①行为,也即从幼时的梦到"敷赞圣旨"的写作动因与构想本身就是一个从虚幻到现实的过渡或转向,是逻辑所不能主宰的,但是,它却构成了一种供我们的想象力直接把握的新概念。如果把刘勰对《文心雕龙》批评话语场的预设行为作为一个完整的过程来审视,我们不难发现他是以时间性为其视野的。无论是想超越有限的生命,匡正当今、"望今制奇"(《总术》),还是"原始以表末"(《序志》)、"居古识今"(《史传》)、"参古定法"(《总术》),都传达出了一个强烈的思想——存在即为时间中的存在:透彻了未来,才想紧紧抓住今天,而为了更好地珍惜今天,又不得不了解过去。② 刘勰深刻领悟自身存在的时间状态,并渴望藉著述实现其存在的意义。因此,他写作《文心雕龙》的基础亦即依据是生存论上的意义即时间性。

这种时间性,不仅使刘勰澄清了自身存在的意义,更重要的是赋予了他一个审视文学的独特方位——以时间为其视域理解文学的存在。《文心雕龙》整个批评话语就是以"夫文之为德也大矣,与天地并生者何哉"(《原道》)这样一个有关文学是从哪里来的追问开始的。③《文心雕龙》里的前五篇刘勰称之为"文之枢纽。"(《序志》)在这些篇章里,刘勰分别从正反两个方面详细阐

---

① "转义"(tropic)一词派生自 tropikos,tropos 在古希腊文中是"转动"之义,在古希腊通用语(Koiné)中是"方法"或"方式"之义。它通过 tropus 进入现代印欧语系。在古拉丁语中,tropus 是"隐喻"或"比喻"之义,所有这些意思后来都沉积在早期英语"trope"(转义)一词中。

② 因为从语态上说它们分别属于将来时态、现在时态和过去时态。

③ 作者对此已有专论,兹不赘述。参见拙著《跨越话语的门槛:在〈文心雕龙〉与〈诗学〉之间》。

述了他关于文学起源的思想。《原道》、《徵圣》和《宗经》三篇从正面论述了文源于道以及道、圣、经三位一体的思想;《正纬》和《辨骚》两篇则从反面澄清流以一源。正如清人纪昀对此的点评:“自汉以来论文者罕能及此,彦和以此发端,所见在六朝文士之上。文以载道,明其当然,文原于道,明其本然,识其本乃不逐其末,首揭文体之尊,所以截断众流。”[①]刘勰考镜源流,最终把历史观念融入文学思想,把对文学起源的追问落实到对具体体裁起源的探寻上。《宗经》云:“故论、说、辞、序,则《易》统其首;诏、策、章、奏,则《书》发其源;赋、颂、歌、赞,则《诗》立其本;铭、诔、箴、祝,则《礼》总其端;纪、传、盟、檄,则《春秋》为根,并穷高以树表,极远以启疆,所以百家腾跃,终入环内者也。”即使在具体叙述每一种体裁时,刘勰也总是毫无例外地要寻求本源,譬如:

> 1. 于是荀况《礼》《智》,宋玉《风》《钓》,爰锡名号,与诗画境,六义附庸,蔚成大国。遂客主以首引,极声貌以穷文,斯盖别诗之原始,命赋之厥初也。(《诠赋》)
>
> 2. 汉文中年,始举贤良,晁错对策,蔚为举首。(《议对》)
>
> 3. 战国以前,君臣同书,秦汉立仪,始有表、奏。(《书记》)

这里,刘勰分别把赋、对策和表、奏的本源归之于作家(晁错)和特定具体时代(秦汉)以及具体作家及其作品(荀况《礼》《智》、

① 黄叔琳著,纪昀点评:《文心雕龙辑注》,第23—24页。

宋玉《风》《钓》)。

体裁有历史,文学各种表现手法亦有历史。基于“夫心术之动远矣,文情之变深矣。源奥而派生,根盛而颖峻”(《隐秀》)的认识,刘勰对声律、章句、丽辞、比兴、夸饰、事类和练字都“原始以要终”、“讨其源流。”(《史传》)其实,把历史融入文学批评史已经成为刘勰的一种阐释模式。“原根讨叶”(《体性》)、“原始以表末”是他论文的基本切入点。《时序》云:“质文沿时”,“时运变移,质文代变”,“故知歌谣文理,与世推移”,“文变染乎世情,兴废系乎时序。”即使“情数运周”,亦“随时代用矣。”(《章句》)在《文心雕龙》中,刘勰对所有问题的探讨几乎都沿循着追溯渊流、描述演变这样一个思路进行。而“起源是一个历史序列中的最初瞬间”,它“总在其自身之中包含着将会出现的东西的标记”,“一个叙事片断的本源可能带有它横组合关系的痕迹——带有它所属的话语的过去和未来部分的痕迹。[①] 至于演变问题本身就是时间推移的话题,属于文学历史的内容。因为“历史性就意指这样一种此在的演历的存在建构。”[②]这样,刘勰实际上就把他的论文带进了文学历史追问与文学历史研究的存在方式中。历史事实不是给予他的,而是由他本人建构起来的。正是在此意义上,历史性叙事话语就成了刘勰论文的首选模式[③]和表现形式,或者说

---

① 〔美〕马克·柯里(Mark Currie)著,宁一中译:《后现代叙事理论》,北京大学出版社2003年版,第90、92页。

② 〔德〕海德格尔著,陈嘉映等译:《存在与时间》,三联书店1987年版,第24页。

③ 海登·怀特说:尽管我们对某一事物历史的再现不一定非得采用叙事话语形式,也可以视不同对象采用描写的、分析的,甚至是抒情的。但历史话语传统上已经将叙事描绘成再现、甚或解释的首选模式。见其《后现代历史叙事学》,陈永国等译,第345页。

是一种“有意味的形式。”[①]这种形式是刘勰的情感、思想在《文心雕龙》中的投影。对读者而言,《文心雕龙》所表现出来的刘勰的文学思想和观念是直接融合在形式之中的,它不是象征出来的,而是直接呈现出来的。形式与思想在结构上的这种一致性使得这种历史性叙事话语结构模式与其所表现的意义似乎就是同一种东西——它与刘勰的生存意识及其文学思想所具有的时间性是同构的。

这是一种特别的认知模式,而不仅仅只是一种话语形式。在《文心雕龙》中,叙述者与评论者是聚合的。评论者与叙述者一样直接在历史叙事话语中抛头露面。这一点是由“释名以章义”、“敷理以举统”以及赞部分明确显示给读者的,是读者很容易就可以从《文心雕龙》叙事话语的表层结构里把握得到的。尽管刘勰运用多种叙事法,使评论者的介入比较巧妙,评论话语与叙事话语相融。但这一切仍属于叙事本身的技巧问题。除此之外,我们还能从刘勰历史性叙事批评话语里感到“隐含作者”[②]的存在。他

---

① 克莱夫·贝尔认为在“每件艺术作品中,激起我们审美情感的是以一种独特的方式组合起来的线条和色彩,以及某些形式及其相互关系。这些线条和色彩之间的相互关系与组合,这些给人以审美感受的形式,我称之为‘有意味的形式。’”见《美学与艺术评论》第一辑,复旦大学出版社 1984 年版,第 406 页。贝尔的这一说法已经形成一种美学理论。这种形式,不是为了再现。它本身既是形式又是内容,具有相对独立的存在价值。

② 布斯(Wayne. C. Booth,1912—　)指出:“作为朋友和指导的隐含作者”,小说中作者永远都是存在的。只是他介入文本的方式有显隐之分(见其《小说修辞学》,华明等译,北京大学出版社 1987 年版,第 294—296 页)。詹姆斯·费伦明确把布斯“隐含的作者”定义为:叙述文本之所以“以历时顺序排列这些词,并能嵌入作者的价值,是由于一些选择造成的,而进行这些选择的那个意识就是隐含的作者,修辞阅读的一个重要活动就是构建隐含作者的意义(见其《作为修辞的叙事》,陈永国等译,北京大学出版社 2002 年版,第 171 页)。本书作者借用此术语,并在具体语境中作了新的发挥。

不仅是知道一切的全知叙述和评论者，而且是《文心雕龙》历史性时间结构的建构者。《文心雕龙》叙事之所以以历时的顺序排列，并能嵌入刘勰的价值判断，是由一些想象性制作①造成的，而进行这些想象性制作的那个意识就是“隐含作者。”之所以以“隐含”来形容他，是因为在《文心雕龙》世界中，他的存在非常隐蔽，某种程度上是位于《文心雕龙》历史性叙事批评话语之上的。下面，我们仍从编码入手，通过分析刘勰对文学历史事实的筛选、前理解、情节编制等等，探讨《文心雕龙》历史叙事批评话语深层结构的构建问题，从而构筑“隐含作者”的意义。

二、选文以定篇，释名以章义：数据筛选与名理先见

“经典叙事理论界定的那种标准的、规范的或原型的叙事是围绕着故事世界里已经发生和完成的事情展开的，亦即围绕着从总体的叙述位置看已经过去的状态、行动和事件而展开。”②然而，“开辟草昧，岁纪绵邈。”（《史传》）过去了的永远成为过去——一个不可再现的历史存在。因而文学历史上存在过的所有事实都只是刘勰历史叙事中的原始素材，都是有待于他的选择和编排的数据。刘勰既深通此理亦“博练于稽古也。”（《史传》）在他的“论文叙笔”里，“选文以定篇”（《序志》）是一项重要工作。可以说，《文心雕龙》中陈述或提到的所有事类文本都是刘勰精心挑选的。如在陈述很多问题时，每当叙述到汉代刘勰便展开铺叙。汉代便成为南北朝之前刘勰论述得最详尽的时

① 罗兰·巴特认为历史话语本质上是一种意识形态的制作，或更准确地说是想象制作。见海登·怀特著，陈永国等译《后现代历史叙事学》，第345页。

② 〔美〕戴卫·赫尔曼（David Herman）著，马海良译：《新叙事学》，第90页。

代。他一共直接明确批评并提到了一百二十一个汉代文人。但这只是历史上汉代文人中的一小部分。据清代严可均辑《全汉文》(共六十三卷,三百三十四人)和《全后汉文》(共一百六十卷,四百六十九人)统计,两汉时期文人共计八百零三人。《全汉文》辑司马相如作品十五篇,刘勰只点评了六篇。显然,刘勰不是在编写或展示那种以恒定速度不断推进的历史时间的连续性。他知道自己要写谁,忽略谁。他筛选文学历史事实的过程本身受制于他写作的目的。如在叙述完春秋战国时期赋体创作之后,刘勰记叙道:

> 秦世不文,颇有杂赋。汉初词人,顺流而作。陆贾扣其端,贾谊振其绪,枚马同其风,王扬骋其势,皋朔已下,品物毕图……枚乘《菟园》,举要以会新;相如《上林》,繁类以成艳;贾谊《鹏鸟》,致辨于情理;子渊《洞箫》,穷变于声貌;孟坚《两都》,明绚以雅赡;张衡《二京》,迅发以宏富;子云《甘泉》,构深玮之风;延寿《灵光》,含飞动之势:凡此十家,并辞赋之英杰也。及仲宣靡密,发篇必遒……(《诠赋》)

在中国文学史上,汉代赋体创作达到鼎盛时期,作赋之人多矣,然刘勰在此只提到了陆贾、贾谊、枚乘、司马相如、王褒、扬雄、枚皋、东方朔、班固、张衡、王延寿十一人,并且反复提及贾谊、司马相如等人。这些作家很明显是经过刘勰过滤之后,以特定秩序排列的、被赋予不同重心的历史事实。刘勰知道哪些人要一带而过,哪些人要详细叙述,而这些又都与他所要表现的思想观念紧密相关。所以,刘勰笔下的作家严格说来已经不是他们在历史上原来的样子了,而是刘勰塑造出来的。他们成了刘勰叙事中的一个因素,具备了叙事的功能,在刘勰对赋体历史性的叙事结构中起着承上启下的作用。因此,刘勰在上述段落里只是构筑了关于汉代赋体作家创作的一种说法,而不是描述了其历史真实状况。刘勰的这种做法不是试图发现文学的历史、通过描述恢复其原貌,而是在排除、选择、强调、提炼和归类文学的历史,目的是给它一个阐释。

刘勰在历史场的数据里挑选作家及其作品,也即选择批评客体。这一选择不是任意性的,而是一个有目的的自觉活动:刘勰之所以在《章句》认为"寻二言肇于黄世,《竹弹》之谣是也;三言兴于虞时,《元首》之诗是也;四言广于夏年,《洛汭》之歌是也;五言见于周代,《行露》之章是也。六言七言,杂出《诗》、《骚》;而体之篇,成于西汉",是因为在他把历史场里的数据用来再现和解释某一体裁时,他一定有关于文学的先见或者说先把握,即关于文学"情数运周,随时代用矣"(《章句》)的一般认识。换言之,为了探寻历史上各个时代文学的特质,刘勰必须首先预设一个可能的认识客体——文学场,也即把文学作为精神观照的客体建构出来。这一文学场的构成不仅仅是刘勰可能用作观照客体的一个领域,它还构成了许多刘勰用以识别寓于这一领域里的其他客体的概念。正始时期的诗在某种意义上说与其他时代不同。《明诗》云:"及正始明道,诗杂仙心;何晏之徒,率多浮浅。"但刘勰仍明确把它归入被称作"诗"的文学类别。以屈原《离骚》为代表的骚体与诗体和赋体在某种意义上亦不同，但刘勰基于“诗者，持也，持人情性”（《明诗》）和“赋者，铺也，铺采摛文，体物写志”（《诠赋》）的一般认识，认为“及灵均唱《骚》，始广声貌。然赋也者，受命于诗人，而拓宇于《楚辞》也。”（《诠赋》）显然，刘勰知道诗是某种比何晏诗歌更大的一个东西。而在叙述先秦时期赋的创作动态之前，刘勰也一定超越历史的范围去预设过这样一个问题，即从总体上看赋是什么。由于有了对某种体裁的先把握以及一种体裁与另一种体裁关系的认识，刘勰很容易发现非赋的体裁里的赋体因素。如他在《哀吊》陈述吊体时说：“及相如之吊二世，全为赋体”，“夫吊虽古义，而华辞未造；华过韵缓，则化而为赋。”

在《文心雕龙》里，刘勰对文学的这种先见突出表现在他对文学的一般认识上。其实，当刘勰以某种先见识别并描述文学历史场中各客体之间的相互关系时，我们看到刘勰对文学的认识是建立在某种传统基础上的。他在《通变》明确指出：“夫设文之体有常，变文之数无方，何以明其然耶？凡诗赋书记，名理相因，此有常之体也；文辞气力，通变则久，此无方之数也。名理有常，体必资于故实；通变无方，数必酌于新声；故能骋无穷之路，饮不竭之源。”也就是说各种体裁所固有的一些“规矩法律”①是相对永恒

---

① 黄侃云：“文有可变革者，有不可变革者。可变革者，遣辞捶字，宅句安章，随手之变，人各不同。不可变革者，规矩法律是也，虽历千载，而粲然如新，由之则成文，不由之而师心自用。”（见其《文心雕龙札记》，第131页）吴林伯释此段话云：“曹魏张揖《广雅》：‘名，成也。’本书《知音》曰‘成篇’之‘成’，言旧也。东汉班固《汉书·武帝纪》西晋晋灼《集注》：‘理，法也。’‘名理’，旧法，及以上文‘体’之一成不变，世代相传，故又谓之‘旧规’（《风骨》）或‘旧式’（《定势》）。”（见其《文心雕龙义疏》，第340页）

不变的。刘勰把这种对体裁的一般认识贯穿于对各种体裁历史的叙述中。在二十篇专论体裁的篇章里，他通常都以"释名以章义"作为追述某种体裁历史的起点。譬如：

> 箴者，所以攻疾防患，喻针石也。斯文之兴，盛于三代。夏商二箴，馀句颇存。周之辛甲，《百官箴》一篇，体义备焉。迄至春秋，微而未绝。故魏绛讽君于后羿，楚子训民于在勤。战代已来，弃德务功，铭辞代兴，箴文委绝。至扬雄稽古，始范《虞箴》，作《卿尹》、《州牧》二十五篇。及崔胡补缀，总称《百官》。指事配位，鞶鉴可征，信所谓追清风于前古，攀辛甲于后代者也。至于潘勖《符节》，要而失浅；温峤《傅臣》，博而患繁；王济《国子》，引广事杂；潘尼《乘舆》，义正体芜：凡斯继作，鲜有克衷。至于王朗《杂箴》，乃置巾履，得其戒慎，而失其所施；观其约文举要，宪章《戒铭》，而水火井灶，繁辞不已，志有偏也。夫箴诵于官，铭题于器，名目虽异，而警戒实同。箴全御过，故文资确切；铭兼褒赞，故体贵弘润。其取事也必核以辨，其摛文也必简而深，此其大要也。（《铭箴》）

这里，我们看到一种强有力的先把握或事先存在的范式促使叙事的线索一步步展开。以箴本质属性是"攻疾防患，喻针石"，刘勰批评历代作家及其作品，辨别箴体与铭体。如"《百官箴》一篇，体义备焉"、"潘尼《乘舆》，义正体芜"以及箴、铭"名目虽异，而警戒实同"这些结论的得出透露出一个显而易见的事实：一旦刘勰把一首箴当作整个箴中的一个单位来分析它与其他箴之间的关系、评价它并确定它在历史上的位置时，他是以箴的名理恒久不变为理由的。可见，“释名以章义”之所以成为开头，是因为它构成了此段叙事生成的源泉或支配力，为叙事的发展奠定了基础。在《文心雕龙》里，凡是符合某种体裁名理的作品，刘勰都称之为“正体”，反之，则称为“谬体”或“讹体”。如基于“容告神明谓之颂”和“颂主告神，义必纯美”的先入之见，他这样叙述颂体的演变历史：

……《时迈》一篇，周公所制，哲人之颂，规式存焉。夫民各有心，勿壅惟口。晋舆之称原田，鲁民之刺裘鞸，直言不咏，短辞以讽，丘明子高，并谍为颂，斯则野颂之变体，浸被乎人事矣，及三闾《橘颂》，情采芬芳，比类寓意，又覃及细物矣。至于秦政刻文，爰颂其德。汉之惠景，亦有述容。沿世并作，相继于时矣。若夫子云之表充国，孟坚之序戴侯，武仲之美显宗，史岑之述熹后，或拟《清庙》，或范《駉》、《那》，虽浅深不同，详略各异，其褒德显容，典章一也。至于班傅之《北征》、《西巡》，变为序引，岂不褒过而谬体哉……及魏晋杂颂，鲜有出辙。陈思所缀，以《皇子》为标；陆机积篇，惟《功臣》最显。其褒贬杂居，固末代之讹体也。（《颂赞》）

承认屈原《橘颂》与《时迈》一篇之间存在着某种相同的传统因素，刘勰因此获得了对不同时代的文学作品的系统理解。换言之，抓住颂具有“义必纯美”这一相对稳定的特质，刘勰得以把历史上各个不同时期具有与此相同特征的作品放在一起共时考察、权衡，并以此把握颂这种体裁。

三、振叶以寻根，观澜而索源：情节结构的编排

拥有了对文学的一般认识，刘勰并没有直接论证文学，而是求助于文学史。在《文心雕龙》里，二十篇体裁史被置于创作论、批评论和鉴赏论之前。刘勰认为"原始以要终，虽百世可知也"（《时序》），批评应该"振叶以寻根，观澜而索源"（《序志》），而"不能仅限于纯属偶然地记录一部部作品的问世。它特有的功能是识别把这一连串事件变成有意义之遗产的一种发展的风格，一个变动中的次序。"[①]因此，作为文学历史进程的一个先验观察者，如何重新建构文学的历史是摆在他面前的首要任务。从《文心雕龙》言语事实来看，刘勰并非撰写了文学的编年史。在论述每一个文学问题时，他都依据自己的先见，对众多包括文学在内的历史事实采取了想象制作，也即把历史编排为某种特定的情节结构[②]，并以此阐释文学。然而，任何叙述本质上都是对业已完成的

---

① 〔法〕保尔·利科著，王文融译：《虚构叙事中时间的塑形》，第15页。

② Muthos（情节）是一个古老的希腊语词。在荷马史诗里，它一般表示"叙说"、"谈论"、"话语"等意思。在亚里士多德《诗学》里，Muthos有两个所指内涵：一是"故事"、"传说"。如在第8章里，亚里士多德认为赫拉克勒斯的故事不是一个整一的行动，诗人可以和应该有所创新，但不宜改动家喻户晓的故事；一是"情节"。这是《诗学》里Muthos的主要涵义。亚里士多德认为情节是理性和规则的产物，它的组合必符合必然或可然的原则。情节是"事件的组合"（sustasis pragmatōn），应有一定的长度（但又不能太长），它的"解"应是情节本身发展的必然结果。情节不仅是对行动的摹仿，而且应该摹仿一个完整的行动。在《诗学》里，Muthos有时几乎是"行动"（Praxis）和"悲剧"（Tragōidia）两语词的同义词。正是有了情节，悲剧才可实现它的目的（Telos）或功效（ergon）。可以说，没有情节就没有悲剧。本书所说"情节结构"、"情节编制"里的"情节"一词即采用亚里士多德《诗学》里"情节"一词的意义。

旅程的重复，都是沿着一条现成的路径从头到尾重新追溯事件，从而讲出一个故事。[①] 这相当于我们对事件的回忆。因此，当我们准备叙述时，如果说确定一个开头和结尾是比较容易的话，那么，要将处于开头和结尾之间的一系列叙事成分组成一个连贯的整体则是很困难的，因为难于确立一个原则来准确判断什么是与叙事不相关的成分。在《文心雕龙》历史性叙事批评话语中，刘勰主要遵循时序性、程序化和相似性三大原则，以及神话—原型模式，为我们编制了一个个合乎情理的、连贯的叙述情节结构。

（一）时序性。要从浩瀚无垠的历史中梳理出一个清晰的事物发展脉络很难。刘勰在《史传》篇深有体会地说："岁远则同异难密，事积则起讫易疏，斯固总会之为难也。""至于寻繁领杂之术，务信弃奇之要，明白头讫之序，品酌事例之条，晓其大纲，则众理可贯。"《文心雕龙》言语事实表明：刘勰总是对历史场中的作家、作品及各种文学现象进行整合。通过发现、识别、归类和揭示，把筛选出来的孤立事件编成了特定时间单位的一个接续的历史发展过程中的各个阶段。正是由于刘勰的编序，杂乱无章、四处分布的各种异质碎片被虚构组合成精彩连贯的叙事，拥有了一个可以辨认开头、中间和结尾的，令人信服的情节结构，而通过"自贾谊浮湘，发愤吊屈，体同而事核，辞清而理哀，盖首出之作也"（《哀吊》）和"周衰屡盟，以及要契，始之以曹沫，终之以毛遂"（《祝盟》）之类具有"开始"、"结束"涵义的叙述，文学编年史中的事件就具有了意义，这就是刘勰把文学变成文学、体裁、修辞手法

---

① 美国当代文学理论家 J. 希利斯·米勒持此观点，详见其《解读叙事》，申丹译，第 45 页。

等起源和演变的历史的过程,这种编制显然不是原封不动复制历史真实的运作,某种程度上说是一个编制故事的过程,即把历史真实事件构想成某类故事的过程。我们之所以用“故事”来称刘勰的编排,是因为通过他所建构的历史叙事过程,我们不仅知道了“开始于何时?”“如何发生?”“后来又发生了什么?”“为什么以这种而非那种方式发生?”“结局是怎样的?”这些关乎历史事件之间的关联的、构成一个可追溯的故事的必要的组成因素,而且把握到了一根连贯的历史时间线条:刘勰往往借助于语词接语词、时代接时代和线性前进的方式组成一个或大或小的历史序列或叙事结构。这种历时性的情节编制普遍存在于《文心雕龙》语篇之中,与其说它是一种形式,不如说是一种套式。

(二)程序化。历史次序只是把孤立、分散的文学历史事实连接起来的一根线索。它所串起来的是流水账似的历史事件。因此,只遵循历史时间或一定次序是不足以编排情节结构的。无论如何,情节编排是对一个统一和完整的行动的模仿。而一个统一和完整的行动得有头有尾,有中间部分,而且头、中间、尾三部分之间要有内在的逻辑联系。因此,情节编排的重心应该是事件。为建构一个相对完整的持续的历史发展过程,刘勰必须把编年史建构成能够提供故事成分的一组事件。而事件的核心是行动中的人。对文学历史而言,作家及其作品是叙事者的聚焦点。一切叙事应围绕并为叙述他们而展开。在《文心雕龙》中,刘勰把作家及其作品的历史变成情节的这种改造,是依据某些预先确定的程序进行的。这就是刘勰自己在《序志》所声称的“释名以章义”、“原始以表末”和“敷理以举统。”这是一个注重一个序列的事件的次序和时间结构的、单一的、程序化的情节组合方式。它通常存在着鲜明的开头、发展和结尾。[①] 对刘勰来说,“连贯和完整意味着一切。也就是说,必须在这个圆圈内重新追踪每一种可能存在的关系,在其表面画出每一个图案。”[②]在二十篇叙述体裁的篇章里,刘勰基本上排除其他各种关系的干扰,总是以释名、溯源流为起始,中间展开叙述体裁演化的过程,结尾以“敷理以举统”为标志,编织叙事线条,使篇章结构整体具有内在的连贯性。例如,在《议对》篇里,刘勰不是只按年代罗列文学历史事件。他首先引经据典对“议”“释名以章义”,然后据此网络并编排了与“议”相关的故事:《管子·桓公问》里记载的黄帝轩辕氏在明台议论政事一事被刘勰作为解说“议”的一个初始事件;“迄至有汉……晋代能议,则傅咸为宗……”作为过渡性事件示意读者不要放弃对后面“及陆机断议”事件的期待,直到有明显标记的“此纲领之大要也”的出现,整个有关议的叙述才彻底结束。这种常见的结尾[③]暗

① 有的也存在着高潮。如刘勰在《诠赋》陈述赋体发展时,特别展开铺叙了汉赋创作,指出赋“兴楚而盛汉矣。”所以,如果说在赋的叙事历程中“释名以章义”是开头,“原始以表末”是中间发展演变阶段,“敷理以举统”是结尾的话,那么,期间刘勰有关汉赋的铺叙就属于赋体情节结构的高潮部分。

② 〔美〕J. 希利斯·米勒著,申丹译:《解读叙事》,第89页。

③ 自亚里士多德《诗学》以来,很多批评家采用打了结或解开了结的线来描述叙事线条。米勒对此持有异议,在专论“线条的末尾”篇章里,通过辨析有关结尾的很多说法,他认为:“真正具有结束功能的结尾必须同时具有两种面目:一方面,它看起来是一个齐整的结,将所有的线条都收拢在一起,所有的人物都得到了交代;同时,它看起来又是解结,将缠结在一起的叙事线条梳理整齐,使它们清晰可辨,根根闪亮,一切神秘难解之事均真相大白”(见其《解读叙事》,申丹译,第51页)。本书作者也正是在这一意义上认为在二十篇体裁史里,“敷理以举统”是结尾。在一条叙述体裁历史的线条里,它通常位于最后,是有关某种体裁的高度概括性的大要,是历史形成的必然结果。而某种体裁的大要一旦形成又能解释历史上众多文学作品,文学现象。据此,叙述者可以通过识别、归类,为文学作品梳理出发展线索。

示了某种体裁的特性是历史地逐渐形成的。这是一种程序化的情节结构——刘勰的叙述通常表现为从一个时代依次到另一个时代的运动。而每一个运动都是叙事的一个环节,它们依次相循,且往往互成因果:“释名以章义”通常是刘勰叙事生成的条件,“原始以表末”的演变结果是某种体裁体制结构特征的形成。显然,当一系列特定的事件、作家及其作品依这一程序被编入批评话语后,它便是一个有思想和目的渗透其间的过程。它为读者提供了一个故事——有关作家、作品的编年史被创造成一个相对完整的历史过程。

除专论体裁外,这一结构也重复出现在构成《文心雕龙》很多篇章的组织框架之中。批评客体常常决定了刘勰批评话语的选择。在论述一些文学基本理论问题时,尽管他主要采用评论话语,但他结构篇章的基本方式不外乎先“释名以章义”,然后对此具体展开铺叙,最后总结出一些大义(有的篇章这部分由“赞”部分组成,如《章句》)。如在《宗经》篇,刘勰先“释名以章义”说明“经”是最高本体,然后一一论述《五经》的特点及其功能,最后总结说:“故文能宗经,体有六义。”这种程序化的结构方式与其说是一种论述模式,毋宁说是一种力量——它充当《宗经》的规则和逻各斯,为它划出清晰可辨的疆界,给它一个开头、中间和结尾。

(三)相似性。以编年方式编排情节结构决定了刘勰在建构故事过程中所必须采用的叙事策略之一就是非常重视来源和影响的研究。基于追根溯源和程序化的名理上的类似,刘勰在编制情节结构时不仅不能撇开影响的相类似的情况,而且必须基于程序系统的、使某类作家或作品互相发生关系的方面。这种情节编制借助于把某些作家、作品连接在一起的那些程序,以此作为一种标准。它的最终目的不是简单孤立地解说某一个作家、作品,或者某一个文学现象,而是从整体上阐释文学是什么。因此,刘勰在依文学程序编制情节结构时所遵循的另一个原则就是寻找相似性:所有的文学作品都是相似的。它们程度不同地都是对前代和同时代作品的摹仿。刘勰因此称作家为“拟者”(《杂文》)。他在《通变》里明确声称:“楚之骚文,矩式周人;汉之赋颂,影写楚世;魏之策制,顾慕汉风;晋之辞章,瞻望魏采。”为增强说服力,他在此篇还从枚乘、司马相如、马融、扬雄和张衡五人的作品中摘出具体诗句[①],证明此“五家如一。诸如此类,莫不相循。”正是由于作家之间的这种互相摹仿,文学的某些程序(如体裁)得以形成。譬如:

> 宋玉含才,颇亦负俗,始造《对问》,以申其志,放怀寥廓,气实使之……自《对问》以后,东方朔效而广之,名为《客难》,托古慰志,疏而有辨。扬雄《解嘲》,杂以谐谑,回环自释,颇亦为工。班固《宾戏》,含懿采之华;崔骃《达旨》,吐典言之裁;张衡《应间》,密而兼雅;崔寔《客讥》,整而微质;蔡邕《释诲》,体奥而文炳;景纯《客傲》,情见而采蔚:虽迭相祖述,然属篇之高者也。至于陈思《客问》,辞高而理疏;庾敳

---

① 即“枚乘《七发》云:‘通望兮东海,虹洞兮苍天。’相如《上林》云:‘视之无端,察之无涯,日出东沼,胜西陂。’马融《广成》云:‘天地虹洞,固无端涯,大明出东,胜西陂。’扬雄《校猎》云:‘出入日月,天与地沓。’张衡《西京》云:‘日月于是乎出入,象扶桑于濛汜。’”

> 《客咨》，意荣而文悴。斯类甚众，无所取裁矣。原兹文之设，乃发愤以表志。身挫凭乎道胜，时屯寄于情泰，莫不渊岳其心，麟凤其采，此立本之大要也。（《杂文》）

此段刘勰并不满足于呈现文学历史事实，而是梳理了文学演变的进程以及促进该进程的思想脉络。他告诉我们摹仿造成了历史上大量类似作品的复现：宋玉《对问》为其源头，后代作品尽管各有独特之处，但作家们“迭相祖述”，于是其作品就与宋玉的作品似曾相识——“发愤以表志。身挫凭乎道胜，时屯寄于情泰，莫不渊岳其心，麟凤其采”是他们共同的特点。结尾就这样把开头连接起来，构成了一个连续体。在这个叙事结构里，作家们之间存在着一种因果重复关系，每个作家只不过是这一因果链上的一个环节而已：自宋玉《对问》以后，他们“循环相因，虽轩翥出辙，而终入笼内。”（《通变》）诚如海登·怀特引经据典所说：这种联结是通过人类特有的一种能力完成的，即海德格尔所说的“重复”。在这种被构想为“重复”的“历史性”中，我们掌握了“检索我们最基本的潜在能力”的可能性，这些“能力”是“我们以个人命运和集体归宿的形式从过去继承过来的。”①因此，如果说依据历史的顺序，刘勰把历史场中的文学按年代编排成了一个相对完整的故事的话，如果说凭着对文学的一般程序化的先见，刘勰把各个不同时代的作家、作品组合成了一个共时性的存在的话，那么，按相似性原则，刘勰则把文学的历史编制成了一个有一定内

① 〔美〕海登·怀特著，陈永国等译：《后现代历史叙事学》，第161页。

在发展规律的、不断前进的历程。

（四）神话—原型模式。按照历时次序，依循程序化和相似性原则，刘勰把浩瀚的历史长河中的作家、作品以及各种文学现象编制成一个相对完整的、有规律的、历时连续的情节结构。其间刘勰出色地运用了神话—原型[①]模式。在《文心雕龙》前五篇，刘勰明确论证了道、圣、经三位一体的人文本原理论。[②]《五经》犹如一棵参天大树的根[③]，使人文具有原型意义，使刘勰批评话语成为原型叙述：文源自《五经》，"枝条《五经》"[④]，受《五经》这一至高无上本体的支配。人们的言说亦要"按经验伪"(《正纬》)，"依经立义。"(《辨骚》)在谈到史学家如何编撰历史时，刘勰指出：其"立义选言，宜依经以树则，劝戒与夺，必附圣以居宗，然后诠评昭整，苛滥不作矣。"《史传》在这样一种明确认识的影响下，刘勰在陈述很多问题时，都将其批评话语编排成一个圆形结构——叙事

---

① 这里使用的"神话"和"原型"概念借用诺思洛普·弗莱的说法。他认为神话(Mythos)是"一种叙述体，其中某些人物是超人，他们所作所为'只能出现在故事中'，因此这是一种程式化或风格化的叙述体，它无法被视为真实的或'现实主义'的而被完全接受。"原型(Archetype)是"在文学中极为经常地复现的一种象征，通常是一种意象，足以被看成是人们的整体文学经验的一个因素"(见其《批评的剖析》，陈慧等译，百花文艺出版社 1998 年版，第 473、469 页)。本书作者把弗莱的这两个概念合在一起使用，借以解说刘勰历史性叙事批评话语中反复出现的一种叙述结构模式。

② 作者对此已有专论，参见拙著《跨越话语的门槛：在〈文心雕龙〉与〈诗学〉之间》。

③ 刘勰在《宗经》里也这样赞美《五经》："至根柢槃深，枝叶峻茂，辞约而旨丰，事近而喻远。是以往者虽旧，馀味日新。后进追取而非晚，前修久用而未先，可谓太山遍雨，河润千里者也。"

④ 《史传》语。刘勰在《序志》亦认为"为文章之用，实经典枝条"，"详其本源，莫非经典"。

再现中的各种现象充满有关“循环”和“归宿”的神话意味。如就《文心雕龙》整体的文学批评而言，刘勰其实是把对文学的陈述编制成了一个循环往复的情节结构——《五经》乃“群言之祖”、“恒久之至道，不刊之鸿教”，“并穷高以树表，极远以启疆，所以百家腾跃，终入环内者也。”（《宗经》）这显然是一个有关《五经》之神的故事①。它统摄着文学，后代文学无论如何变化，都逃不出它的掌心。至于具体问题，刘勰也用同样的模式进行叙述。如在《明诗》里，他首先指出诗歌源于《诗经》，“汉初四言，匡谏之义，继轨周人”，然后依次叙述了三国至南北朝时期的诗歌创作，最后又说《诗经》“民生而志，咏歌所含。兴发皇世，风流《二南》。神理共契，政序相参。英华弥缛，万代永耽。”这样的情节编排在于形成一个从终点回到起点的圆形结构、一个有关《诗经》的神话故事。刘勰之所以把诗歌的历史编制为人们不断摹仿学习《诗经》的历史，是因为他认为《诗经》“英华弥缛，万代永耽”，只有通过持续不断地重复摹仿才能将《诗经》的神话永远保留下来。

在《文心雕龙》里，这种神话模式具有很大的普遍性。刘勰把对文学中很多问题的叙述都编制成圆形的循环模式。如在《时序》依次历叙各代文学演变的情况后，刘勰得出这样的结论：“蔚映十代，辞采九变。枢中所动，环流无倦。质文沿时，崇替在选。终古虽远，旷焉如面。”显然，他把整个文学的发展视作一个不断循环往复的环形过程。与体裁相比，文学创作问题似乎无明显的规律可寻，然而，刘勰对此有一个基本观念，即“若择源于泾渭之流，按辔于邪正之路，亦可以驭文

---

① “神话”（mythos），按其最简单的英文意义，指关于神的故事。

采矣。"(《情采》)因此,在《文心雕龙》有关创作问题的陈述话语中,《五经》同样是刘勰陈述话语中支配作家、作品诸事类文本的最高上帝。如《夸饰》里就有"然饰穷其要,则心声锋起;夸过其理,则名实两乖。若能酌《诗》、《书》之旷旨,翦扬马之甚泰,使夸而有节,饰而不诬,亦可谓之懿也"之说。

因此,尽管《文心雕龙》很多篇章里没有《五经》一词,但是,它们无不受制于这个不在场的中心引力的牵引与统辖。很多情况下,刘勰本源的情结是通过崇古等其他方式表现出来的。如在《情采》、《物色》等篇章里,《五经》是刘勰历史地对比叙事过程中反复出现的一个意象。刘勰总是认为今不如古,倡导回归古代。这种尊古思想几乎弥漫在《文心雕龙》的所有篇章里。如在《养气》里,刘勰认为古人比后进者善于养气;[①]在《指瑕》里,他指出晋末以来文章在运用文字和确定题旨上存在着不足,其理由竟是"雅颂未闻,汉魏莫用。"崇古思想的极端就是卑今。从《文心雕龙》批评话语中我们能时时感到刘勰对自己时代文学创作的强烈不满,同时看到他为改变这种现状所做的努力:一方面他"本乎道、师乎圣,体乎经,"(《序志》)提倡复古法经[②]。通过古今文学创作历史的对比,澄清源与流的关系,往往是他结构很多篇章的

---

① 《养气》云:"古人所以余裕,后进所以莫遑也。"

② 刘勰在《文心雕龙》里所崇尚的"古",实质上指的就是圣人及其经典。因此,他倡导复古就是倡导师法圣人及其经典《五经》。如《序志》有"去圣久远,文体解散,辞人爱奇,言贵浮诡,饰羽尚画,文绣鞶帨,离本弥甚,将遂讹滥"之说。《通变》有"矫讹翻浅,还宗经诰"之论。

原动力,诸如《物色》、《定势》、《通变》等;[①]另一方面就是自己扮演救世主的角色拯救文学。在编排每一篇叙事时,虽然刘勰都把自己作为重要人物编进《文心雕龙》历史性的叙事结构中,但他决不是某种体裁历史的承受者或行为者,而是一个无处不在的控制者。在每种体裁的历史里,他都是一种无影无踪但却无处不在的、潜在的无穷力量——首先作为某种体裁的先知"释名以章义",然后作为能透视过去、现在和未来三个世界的神追往事、思来者。体裁之于他俨然是某种得到历史证实的话语系统,它像一种制度那样存在着,而他就是这种制度的确立者。因此,在最后,我们通常会看到他是一个对某种体裁作出全面"敷理以举统"的终极裁判者。而在有关文学创作问题的陈述里,他则是一个万能的立法者——动辄制定出一个范式、纲领或大要,诸如《神思》里的"驭文之首术,谋篇之大端"、《体性》里的"文之司南"、《情采》里的"立文之道"和"立文之本源"、《熔裁》里的"三准"、《附会》里的"命篇之经略"、《宗经》里的"六义"以及《知音》篇的"六观"等等。

总之,《文心雕龙》批评话语结构模式以隐蔽的方式包涵了一种阐释:刘勰以《五经》为文学作品的最高范本,用它描述、权衡一切文学作品。这样,对刘勰来说,《五经》就成了某种神话,某种类似于亚里士多德所说的"muthos"[②]——故事或情节的东西,也就是运动的形式因。刘勰把它称为"极文章之骨髓者也。"(《宗经》)在构成文学作

---

① 如在《物色》篇,刘勰分别以诗人(指《诗经》作者)和近代辞人感物吟志作为篇章结构一前一后两大核心部分,对比阐述了文学创作中审美感受问题。

② 在亚里士多德《诗学》里,"muthos"主要指作品的"情节"。它不仅是对行动的摹仿,而且应该摹仿一个完整的行动。

品的统一整体的过程中它主宰和统治着所有其他的因素。借助于它的不断重现,刘勰把孤立的文学现象相互联结起来,体现了约定俗成的文学传统的力量,从而取得了提纲挈领,“振本而末从,知一而万毕矣”(《章句》)的效果。与此同时,他自己也以万能立法者的神话人物形象栖居在他所陈述的世界里。

因此,话语能指层面所标明的显而易见的历史叙事性,只构成了《文心雕龙》批评话语的表层结构。而叙事的基础是发现所述事件之间的关联,并能将它们组合成一个有主题的故事。从这一点出发,我们理解了《文心雕龙》历史性叙事批评话语的深层结构:它是作为创造者和上帝的隐含作者刘勰建构多种情节结构,使文学历史事实成为可理解的现象的过程。由对文学的一般认识以及遵循一系列规则,刘勰把文学史上林林总总的各种作家、作品以及文学现象建构成一种情节结构模式,一个意义整体,并在这一结构模式中对文学进行批评和分类。潜隐在《文心雕龙》历史性叙事批评话语中的刘勰这一行为显然不只关涉一个写作技巧的问题,而是体现了一定价值取向的创造性的实践活动。《文心雕龙》历史性批评话语中不仅包括事实性陈述,还包括诗意的想象因素(如对历史场里事类文本的选择、提炼和加工编排等)。通过这些因素,刘勰把历史事实的罗列转换为故事——能够提供有相当长度的、相对完整的情节的一般故事模式。这一转换本身就有意义:它赋予文学以历史过程,并赋予了这一过程以可辨认的形式。这一形式呈现了文学历史的连贯性,揭示了文学演变中的规律性,解释了文学历史上各种事类文本的意义。它是表达了刘勰文学批评思想的话语形式。在《文心雕龙》中,刘勰通常将历史上众多文学现象编制为具有喜剧意味的叙述结构[①]——连贯性、稳定性、摹仿性(重复性)和归纳出大要的圆满结尾。拥有这种情节结构的篇章具有整体上的和可以整体化的意义。与其说它给读者提供了一种真实全面的历史性陈述,不如说阐释。当然,这种与阐释密切联系在一起的叙事也就不是一般意义上的叙事,而是作为修辞的叙事。

余论:历史诗学

生存论意义上的时间性是刘勰组建历史性叙事批评话语的内在依据。《文心雕龙》历史性叙事模式的编制过程及其批评话语中叙事者与评论者的重合,充分表明刘勰既是一个叙事者,又是一位富有创见的文学批评家、文学理论家。在中国古代文学理论批评史上,他以历史性叙事为基本话语模式,创立了一种完整而独特的文学理论——历史诗学[②]。

《文心雕龙》反映了刘勰的历史关怀。他秉笔荷担,以史为任,"腾褒裁贬","负海内之责"(《史传》),把文学与人类社会历史文化的进程联系在一起,以广阔的历史视野为我们描述了历史上各个时期社会生活的风貌,肯定文学是人类历史地变化着的社

---

① 诺思洛普·弗莱把这种结构称为"春天的叙述结构",参见其《批评的剖析》,第192页。

② 早在1870年,亚历山大·尼古拉耶维奇·维谢洛夫斯基就明确提出了"历史诗学"的理论和方法。见其《历史诗学》,刘宁译,百花文艺出版社2003年版。

会生活的反映。[①] 从历史事实出发，一方面，他着重考虑各个历史时期以作家、作品为核心的复杂文学现象之间的连续性、相似性、重复性，从大量历史事实的比较分析中归纳总结出各种体裁在体制结构上的特点、文学创作的规律、文学发展的规律等等；另一方面，他在广泛比较分析历史上各种文学现象和过程的基础上，对文学的起源与发展、各种文学体裁的形成和演变、修辞手法、文学创作、文学欣赏和文学批评等一系列文学理论基本问题都进行了追根溯源，进而从文学的历史演变中抽象出文学创作的规则和规律以及评价各类文学作品的系列标准，并藉此深入研究了中国文学史上一些重要作家、作品以及文学现象，提出了一系列重要概念、命题和思想，可谓"贯乎百氏，被之千载，表征盛衰，殷鉴兴废，使一代之制，共日月而长存，王霸之迹，并天地而久大。"（《史传》）

因此，当刘勰以历史性叙事批评话语讲述《文心雕龙》时，他实际上就把文学史的研究和文学理论的研究联系起来了。尽管他所引证的作家、作品以及其他史料遍及南北朝及其之前中国历史上各个时期的诸多领域，但他的主要目的不是仅仅撰写文学史，而是在描述文学及其历史的演变过程中，也即在文学的历史中阐明文学的本质。这不是理论诗学，而是历史诗学。刘勰的文学思想以及他对文学的批评和研究是以历史和历史叙事的特定模式和概念为基础的。他看到了文学理论和文学批评著作中不

---

① 参见第三部分的研究内容及其所得出的一些结论。此部分对刘勰历史性叙事批评话语模式的研究有助于我们更深入地理解刘勰社会—历史文化批评的特质。

可避免的历史性质。这不仅把文学理论看作一个历时过程，一个历史现象，而且还把文学批评看作一种具有相同叙事性的话语模式。叙事既是一种有效地再现文学历史的模式，也是为文学历史事件提供解释的模式。《文心雕龙》历史性叙事批评话语模式和历史诗学理论，不仅印证了中国文、史不分家，文学即历史，历史即文学的传统观念，而且消解了历史与文学理论的二元对立，让我们在中国传统文学批评与历史之间寻找到了亲和性和相同点。文学范畴是历史范畴，这是刘勰的贡献。

第五章　义直文婉，人化文论

第一节　引言

语言是意义的系统，意义通过形式表现出来。这个意义的系统是在言语的使用当中逐渐形成的。文本就是言语使用的结果，它以表达意义为旨归。批评文本也不例外，因此，刘勰通过什么方式而产生了意义，也是我们在研究批评话语时不能不关注的重要问题。而在使用语言表达意义时，人们往往不可避免地要涉及语言的字面(Literal)用法和比喻用法(figurative)[①]。前者指语言表义是直接的"直言"；后者则是间接的比喻性的。先秦时期即有"直言"、"譬"[②]之说。清代吕佩芬明确把文章立言之法归为"正言"和"喻言"两大类。他指出："正言之者，因事陈理，积经成文，

① 当代西方语言和语言哲学界有关 speaking Literally 与 speaking metaphorically 的论述浩如烟海，如 John R. Searle 曾把 Literal utterance 和 metaphorical utterance，以及 ironical utterance 和 indirect speech 放在一起论述，详见其 *Expression and Meaning*：*Studies in the Theory of Speech Acts*，外语教学与研究出版社，剑桥大学出版社 2001 年版，第 76—116 页。

② 如刘向《说苑·善说》载：梁王谓惠子曰："原先生言事则直言耳，无譬也。"惠子曰："夫说者，固以其所知谕其所不知而使人知之，今王曰：'无譬'，则不可矣。"

读者可以循其文而通其意”,“诏、诰、书、疏、策、论、序、说之类皆正言之也”;“假喻言之者辞藻丰富,寄托遥深,所言在此,意实在彼。人或卒然读之,几莫能得其指归。”[①]

中国人使用喻言的历史非常悠久,可以说有了语言就有喻言。在早期的口头语和书面语中存在着大量的喻言。如“时日曷丧? 予及汝皆亡”[②]及“有木焉,其叶如槐,黄华而不实,其名曰蒙木,服之不惑。”[③]前一个是夏桀时代的口语,人们以“日”为借喻指代夏桀,咒骂他,后一个是明喻,用以解说事理。先秦两汉时期话语的地位很高,诚如刘向所云:“夫辞者,乃所以尊君、重身、安国、全性者也。”[④]特别是战国时期,辩士云踊,三寸之舌,强于百万之师。人们很早就认识到辞不可不修,说不可不善。喻言就是一种“谈说之术。”荀子指出:“夫谈说之术,齐庄以立之,端诚以处之,坚强以持之,譬称以谕之,分别以明之,欢欣愤满以送之;宝之;珍之;贵之;神之。”[⑤]中国古代的诗歌创作尤其如此。《礼记·学记》云:“不学博依,不能安诗。”“博依,广譬喻也。”[⑥]诗六义里有“比”、“兴”。“比,见今之失,不敢斥言,取比类以言今之失;兴,见今之美,嫌于媚谀,取善事以喻劝之。”[⑦]由于“比”、“兴”都

① 吕珮芬:《经言明喻编》总序,北京北江旧庐,八角琉璃井十号,民国二十七年十月版。

② 《尚书·商书·汤誓》,《十三经注疏》本。

③ 袁珂:《山海经校注》,上海古籍出版社1980年版,第144页。

④ 刘向撰,向宗鲁校正:《说苑校正》,中华书局1987年版,第257页。

⑤ 同上书,第266页。

⑥ 《十三经注疏》,中华书局1980年版,第1522页。

⑦ 孔颖达语,见《十三经注疏》,第271页。

含有“比喻”之义，所以，中国诗学话语中不仅有“比兴”、“兴比”[①]之说，而且有“比兴言”、“质言”[②]之称。历代诗人都把“比”、“兴”或“比兴”奉为作诗的金科玉律。元代杨载明确指出：“夫诗之为法也，有其说焉。赋、比、兴者，皆诗制作之法也……此诗学之正源，法度之准则。”[③]在这种作诗法的指导下，中国古代诗歌继承《诗经》比兴传统，其语言基本上是比喻性的喻言。

这种喻言与我们现在所说的作为修辞格的“比喻”的含义有所不同。我们所说的比喻就是打比方，即用一事物与另一事物相比。[④] 然而，除含有将同类或相似事物拿来打比方这层“比喻”意义外，中国古代诗歌话语中所说的“比”更含有“附理”、“比附志”、“比物”等义，亦即含有用事物寄托，表达诗人心意之义。刘勰在《比兴》篇明确指出：“故比者，附也”，“附理者切类以指事”，“附理，故比例以生。”因此，“写物以附意，飏言以切事”是“比”的最大特点。据此，他把“比”分为两大类：一是“比”义，即以具体事物来比抽象的义理和情感。“故金锡以喻明德，珪璋以譬秀民，

---

① 如明李东阳《麓堂诗话》亦曰：“诗有三义，赋止居一，而比兴居其二。所谓比与兴者，皆托物寓情而为之者也。”见丁福保辑《历代诗话续编》，第1374页。清代黄子云《野鸿诗的》曰：“《三百篇》下迄汉、魏、晋，言情之作居多，虽有鸟兽草木，藉以兴比，非仅描摹物象而已。”见王夫之等撰《清诗话》，第853页。

② 如清人陈祚明曰：“诗所以贵比兴者，质言之不足，比兴言之则宛转详尽。”见《采菽堂古诗选》卷五，乾隆刻本。

③ 何文焕辑：《历代诗话》，第726—727页。

④ 古代人们也持此观点。如《荀子·弱国》云：“人之所好者何也？曰：礼义、辞让、忠信是也。今君人者，辟称比方则欲自并乎汤、武，若其所以统之则无以异于桀、纣，而求有汤、武之功名可乎”？此处的“辟”，按唐代杨倞注应读为“譬”。《荀子·正名》曰：“譬称以喻之，分别以明之”，“凡同类同情者，其天官之意也同，故比方之疑似而通。是所以共其约名以相期也。”

螟蛉以类教诲，蜩螗以写号呼，浣衣以拟心忧，席卷以方志固，凡斯切象，皆'比'义也"；一是"比"类，即以具体的事物来比具体的形貌。"至如'麻衣如雪'，'两骖如舞'，若斯之类，皆'比'类者也"。古人更多的是在刘勰所说的"比"义的层面谈论"比"。如《汉书·贾谊传》云："圣人有金城者，比物此志也。"[①]《文镜秘府论》亦云："比附志者，谓论体写状，寄物方形，意托斯间，流言彼处。"至如"兴"，则更多地含有"尽意"、"喻志"之义。如汉代王符声称："诗赋者，所以颂善丑之德，泄哀乐之情也，故温雅以广文，兴喻以尽意"[②]也。钟嵘《诗品序》亦云："兴也，因物喻志。"[③]而在"附理"、"尽意"、"喻志"层面上，中国古代诗学话语更突出强调"比"、"兴"要有"讽喻"之义。刘勰在《比兴》篇说："兴者，起也"，"起情者依微以拟议。起情，故兴体以立。""比则蓄愤以斥言，兴则环譬以寄讽。盖随时之义不一，故诗人之志有二也。"章学诚亦云："盖比兴之旨，讽喻之义，固行人之所肄也。纵横者流，推而衍之，是以能委折而入情，微婉而善讽也。"[④]

正是在"附理"、"喻志"和"讽喻"意义上，中国诗学话语里的"比"、"兴"概念具有了深广的内涵。而在"不微不婉，径情直发，不可为诗。一览而尽，言外无余，不可为诗"[⑤]的作诗原则指导下，中国比兴话语里的创作主体往往是一个地道的"隐含作者"。他

---

① 王先谦补注曰："物，类也。志，意也。言臣如效死取义，则为国家不拔之基，圣人有'金城'之语，正比类此意也。"

② 王符著，汪继培笺，彭铎校正：《潜夫论笺校正》，中华书局 1985 年版，第 19 页。

③ 钟嵘著，陈延杰注：《诗品注》，第 3 页。

④ 章学诚：《文史通义·诗教上》，中华书局 1994 年版，第 61 页。

⑤ 田同之：《西圃诗说》，见郭绍虞选编《清诗话续编》上，第 752 页。

以更为隐蔽、更为复杂的方式介入话语之中——“美人、佳人，初无定称。《简兮》以西周盛王为美人，《离骚》以君为美人，汉武以贤士为佳人，光武称陆闳为佳人；而苏蕙称窦滔云：‘非我佳人，莫之能解。’又妇人以男子为佳人矣。”[①]如此创作出来的诗歌亦往往言在此而意在彼——它们的意义通常超越了语言表义的表层结构。正如《贞一斋诗话》所云：“诗缘情而生，而不欲直致其情，其蕴含只在言中，其妙会更在言外。”[②]因此，假如我们仅仅从语言表层的比喻物和被比喻物的关系出发，则不能理解它们。

实际上，中国人在诗歌话语里惯用“比”、“兴”出于一个重要原因，即一方面人们倡导诗要“言志”、“言情”，另一方面又认为此“志”、“情”不能在诗文中直接说破，特别是“情”不可太露，亦即“指说事情，必假喻以达其旨”[③]，或者“假象尽辞，敷陈其志。”[④]比、兴在诗歌话语创作中的意义正在于此。“盖正言直述，则易于穷尽，而难于感发。惟有所寓托，形容摹写，反复讽咏，以俟人之自得，言有尽而意无穷，则神爽飞动，手舞足蹈而不自觉，此诗所以贵情思而轻事实也。”[⑤]而且，诗人的感情愈丰富、愈深厚，其在诗歌话语中的表露就愈是委婉。明人李梦阳甚至认为：大凡诗歌话语中比兴少而直率多的，往往出于情寡。[⑥] 因此，就这一点来说，在诗的六义里，“比”、“兴”是最重要的，它们是诗歌话

---

① 沈德潜：《说诗晬语》，见王夫之等撰《清诗话》，第557—558页。

② 王夫之等撰：《清诗话》，第921页。

③ 傅玄：《连珠序》，见严可均辑《全晋文》上册，第474页。

④ 挚虞：《文章流别论》，见严可均辑《全晋文》中册，第819页。

⑤ 李东阳：《麓堂诗话》，见丁福保辑《历代诗话续编》下，第1375页。

⑥ 李梦阳《诗集自序》云：“王子曰：诗有六义，比兴要焉。夫文人学子，比兴寡而直率多，何也？出于情寡而工于词多也。”见《空同集》卷五十，明嘉靖刊本。

语的本质所在,其根本特质是“隐”。《西圃诗说》云:“声情并至之谓诗,而情至者每直道不出,故旁引曲喻,反复流连,而隐隐言外,令人寻味而得。此风人之旨,所以妙极千古也。”[①]可见,不能直言,也不愿直言,但又必须言说。在这种情况下,喻言(“以喻其志”、“旁引曲喻”)便成为诗人言说的唯一方式。

中国传统诗歌中这种不直言的表述方式突出表现在它一般都要以“物”为媒介上。吴乔《围炉诗话》云:“感物而动则为兴,托物而陈则为比。”[②]在《诗经》里,“兴”除具有“比”的含义外,兼有发端的意义,即“先言他物,以引起所咏之词也。”[③]所以,与“比”相比,“兴”在具体表义时更加婉约曲折,蕴意深刻。刘勰在《比兴》篇中说:“兴之托喻,婉而成章,称名也小,取类也大。”因此,他断言:“比显而兴隐”,这是“毛公述传,独标兴体”的原因。其实,这也是刘勰及后代许多诗人更推崇“兴”的原因。清人李重华《贞一斋诗说》云:“兴之为义,是诗家大半得力处。无端说一件鸟兽草木,不明指天时而天时恍在其中;不显言地境而地境宛在其中;且不实说人事而人事已隐约流露其中。故有兴而诗之神理全具也。”[④]从中国古代诗歌创作和批评的实践来看,诗贵寄意,文外之旨、言外之意是诗人们追求的共同目标。这是导致中国古代很多诗歌有着很大阐释空间的一个根本原因。

根源于含蓄表达的需要,诗人使用比兴话语。因此,这种喻言话语的语义结构中明显包含两种成分:托物、寄情。我们可以

---

① 郭绍虞编选:《清诗话续编》上,第750页。

② 同上书,第479页。

③ 朱熹:《诗集传》,中华书局1958年版,第1页。

④ 王夫之等撰:《清诗话》,第930页。

称前者为客体部分，后者为主体部分。客体部分一般指客观的“物”（事物、物象），也指人，故事[①]等，主体部分指诗人的“情”或“志”（主观情志、所要陈述的事情和表达的思想等）。为方便论述起见，我们把主体部分称之为被比喻物，用于指代比喻词意指的被比喻物，把客体部分称之为比喻物，在具体语境中它可以是一个字、词、短语或者句子。比兴语（或喻言）的意义就出自客体和主体间的相互作用之中。尽管在有的比兴话语中，这两部分并不一定同时出现，像“飘风屯其相离兮，帅云霓而来御”（《离骚》）句里只有客体部分，然而我们根据上下语境，可以知道此处的“飘风”指无常之风，以喻邪恶之众。“屯其相离”，言不与己和合也。“云霓”，即恶气，以喻佞人。因此，《离骚》里的这句话表面看是描写客观事物，其实是为了表现主体部分。而且，在比兴话语中，主体部分是中心，诗人所以托物、藉物，都是为了“寄情”、“言志”。诚如南宋陈骙所说：“《易》之有象，以尽其意，《诗》之有比，以达其情”，“文之作也，可无喻乎？”[②]所以，以主体部分和客体部分分别指称比兴句里的被比喻部分和比喻部分，在所指范围上更加宽泛，也更能准确、全面地体现中国传统上的比兴观。[③]

从中国古代实用文和文学创作的历史来看，集中体现中国传

① 中国古代用典就是一种特殊的隐喻。此问题下面有论述。

② 陈骙：《文则》，第12页。本书以下凡引陈骙或《文则》语，均出自此书。

③ 理查兹（I. A. Richards）在探讨隐喻的运作机制时，创造了“喻的”（tenor）、“喻矢”（vehicle）和“基础”（ground）三个术语。“喻的”指隐喻的对象（被比喻物），“喻矢”指比喻的媒介；“基础”指“喻的”与“喻矢”的共同属性。例如：在“我的爱人是一朵绯红的玫瑰”里，“我的爱”是“喻的”，“玫瑰”是“喻矢”，芬香、甜蜜、热烈是它们的共同属性。理查兹对隐喻成分的这种剖析法广为人们所接受。然而，若以此直接分析中国诗歌语境中的喻言则过于简单化。

统比兴观的喻言主要运用于以诗歌为代表的文学性的文本中。然而，刘勰著博喻之富，得百氏之华采，以喻言成就了《文心雕龙》这部文学理论或文学批评著作。本部分我们拟首先以形式分析为主，通过对《文心雕龙》句子、语篇的描述和分析，阐明刘勰喻言表义方式及其特点，说明《文心雕龙》诸篇章是如何表达意义的；其次以功能分析为主，探讨刘勰喻言表义方式的功能及其意义；最后从话语主体入手，分析阐释《文心雕龙》喻言式语义结构的深层结构。

第二节 辞之托喻，比类纷繁：十种形态的喻言

人类思想情感的复杂性和丰富性决定了其喻言的多样性。在中国喻言的具体运用语境中，主体部分与客体部分通常以多种方式组合成千变万化的形式。最早对这些形式进行系统分类的是南宋的陈骙，他在《文则》里把喻言或比兴语分为直喻、隐喻、类喻、诘喻、对喻、博喻、简喻、详喻、引喻和借喻十大类。依此观之，《文心雕龙》里的喻言亦异彩纷呈。

一、直喻与隐喻

直，即笔直，不弯曲之义。古人所说的“直喻”就是直截了当、鲜明的比喻。陈骙以《孟子》“犹缘木而后求鱼也”、《书》“若朽索之驭六马”、《论语》“譬如北辰”和《庄子》“凄然似秋”句为例，说明“或言犹，或言如，或言似，灼然可见”之类的喻言是直喻。在这种比喻语里，作者的思想感情与客观事物两部分之间的比喻关系借助于明显的比喻词显得非常明了，它表明主客体两部分之间是一种相类关系。譬如：

1. 其为文用，譬征鸟之使翼也。（《风骨》）

2. 诰命动民，若天下之有风矣。（《诏策》）

3. 及乎春秋大夫，则修辞聘会，磊落如琅玕之圃，焜耀似缛锦之肆。（《才略》）

4. 屈平联藻于日月，宋玉交彩于风云。（《时序》）

由于“譬”、“若”、“如”、“似”、“于”这些语词的存在，这些例句成为鲜明的比喻句。尽管比喻词不同，但它们基本上属于“比”的范畴，其间，某种事理、意义或人物被一个含有“象”之义的字表述为另外一种物象或事理，如此揭示了两者所分享的相似的共同的特性，这也就是人们通常所说的比喻。中国现代修辞学里称之为明喻[①]。这样直接明确的比喻在《文心雕龙》里俯拾即是。它可以像例 1、例 2 那样单独使用，也可以以相同或不同的比喻词连用，如例 4 里的“于”和例 3 里的“如”、“似”。连用的明喻可以像例 3、例 4 那样以单句对的形式出现，也可以以隔句对的形式出现，譬如：

1. 若夫宫商大和，譬诸吹籥；翻回取均，颇似调瑟。（《声律》）

① 陈望道认为它“是分明用另外事物来比拟文中事物的譬喻。正文与譬喻两个成分不但分明并揭，而且分明有别；在这两个成分之间，常有‘好像’‘如同’‘仿佛’‘一样’或‘犹’‘若’‘如’‘似’之类的譬喻语词绾合它们”。见陈望道《修辞学发凡》，上海开明书店印行，1950 年 4 月新 1 版，第 120 页。

2. 于是精气内销，有似尾闾之波；神志外伤，同乎牛山之木。（《养气》）

这里，“譬诸”对“颇似”、“有似”对“同乎”结构了两个精巧的喻言式的隔句对。出句与对句里两个比喻两两相对，非常鲜明地对照说明了事理。

与直接鲜明的直喻相反，没有明显比喻词的隐喻通常“可与言而不言。”（《荀子·劝学》）“隐”与“显”或“彰”相对。刘勰在《谐讔》篇说：“隐也。遁辞以隐意，谲譬以指事也。”陈骙举例指出：“其文虽晦，义则可寻”的比喻语是隐喻，其中有的加上比喻词可化为直喻，如《礼记》里的“诸侯不下渔色”、《公羊传》里的“其诸为其双双而俱至者与”；有的比喻语里的主体与客体部分直接认同，如《国语》中的“没平公军无秕政”；有的比喻语里没有任何比喻词，如《国语》里的“虽蝎谮焉避之”；有的比喻语里有表示判断之义的语词，如《左氏传》里的“是豢吴也夫”。这样多种形态的隐喻在《文心雕龙》里广泛存在。就主客体两部分和比喻词来看，《文心雕龙》中隐喻的结构方式主要有以下三种：

（一）主体部分＋比喻词＋客体部分。例句：

1. 治戎燮伐，则声有洊雷之威；眚灾肆赦，则文有春露之滋。（《诏策》）

2. 陈思潘岳，吹籥之调也；陆机左思，瑟柱之和也。（《声律》）

3. 全写则揭箧，傍采则探囊，然世远者太轻，时同者为尤

矣。(《指瑕》)

这三例从结构方式上看与直喻很相近。隐喻语里的主客体两部分均同时出现,且主体部分在前,客体部分在后。主体部分一般为作者所要说明的事理、人物,客体部分通常是具体感性的物象,两者之间有比喻词连接。所不同的是这三例里的比喻词不再含有“象”之义,而含有“有”、“也”类的“是”之义。整个比喻语的结构是一个判断句的句型,它把主体部分直接说成客体部分,比喻关系由“有”、“也”、“则”、“者”之类的语词明确标示在判断句结构之中。这种结构所表示的主客体的关系比直喻进一步了,它不再是类似,而是一种相合关系。两个比喻词连用能更好地突现出这一点:

1. 圣文之雅丽,固衔华而佩实者也。(《徵圣》)

2. 可谓太山遍雨,河润千里者也。(《宗经》)

3. 或微言美事,置于闲散,是缀金翠于足胫,靓粉黛于胸臆也。(《事类》)

与单用“者”、“也”相比,两个虚字搭配联用的“固……也”、“可谓……者也”、“是……也”格式的隐喻句肯定判断的语气更强烈了。换言之,在这种隐喻里,主客体之间的相似性是被作为想象中的认同,而不是直接作为比较的描述。除表示判断的“者”、“也”类典型语词外,刘勰在此类隐喻句里还使用了其他一些表示判断意义的语词,譬如:

1. 惟人参之，性灵所钟，是谓三才；为五行之秀，实天地之心。(《原道》)

2. 然则志足而言文，情信而辞巧，乃含章之玉牒，秉文之金科矣。(《徵圣》)

3.（傅玄）并桢干之实才，非群华之韡萼也。(《才略》)

例1、例2借助于“为……实”、“乃……矣”格式，分别把其前面主体部分的“惟人参之”和“志足而言文，情信而辞巧”等同为后面的“五行之秀”，“天地之心”和“含章之玉牒，秉文之金科”。例3则以否定判断格式“非……也”，否定“(傅玄)并桢干之实才”是“群华之韡萼”。

（二）主体部分＋客体部分。例句：

1. 捃理须核，众美辐辏。(《事类》)

2. 宋代逸才，辞翰鳞萃。(《才略》)

3. 雕琢情性，组织辞令，木铎起而千里应，席珍流而万世响，写天地之辉光，晓生民之耳目矣。(《原道》)

此三例中隐喻语里的主客体两部分也是同时出现，且主体部分在前，客体部分在后，充当客体部分的也是具体感性的物象或行为。但表现隐喻的语言形式是简单的并置，即主客体之间并没有类似谓语的字、词连接。然而，通过上下语境，读者很容易推知它们之间是一种相似关系。如例1句的前后分别是“是以综学在博，取事贵约，校练务精”与“表里发挥。”老子《道德经》云：“三十辐,共一毂。”毂,车轮轴心,中空,辐,围绕毂的直木。辏,同凑,聚也。故《汉书·叔孙通传》曰:“辐辏。”言如车轮之辐木汇聚于毂也。由此看来,这句隐喻的意义是说作者如果多取“约”、“核”之事理,是“众美”也。汇聚为文,若辐之集合于毂,则文之表里,相互发挥,而无不宜。同理,例2以“鳞”比喻宋代优秀文学作品的众多,例3以“木铎”、“席珍”、“写天地之辉光,晓生民之耳目”喻指孔子删定《六经》的功绩。

(三)客体部分。例句:

1. 是以朴斫成而丹雘施,垣墉立而雕杇附。(《程器》)

2. 是则竹柏异心而同贞,金玉殊质而皆宝也。(《才略》)

3. 夫青生于蓝,绛生于蒨,虽逾本色,不能复化。(《通变》)

这三例隐喻里只有客体部分,全然不出现主体部分,也不出现比喻词,而只描述客体部分。但读者同样能联系上下语境,推测出其隐喻的主体部分,而且会发现这类隐喻所表示的主客体之间的关系比前两类更加密切——客体部分直接指代主体部分。如例1是插在“《周书》论士,方之梓材,盖贵器用而兼文采也”,和“而近代辞人,务华弃实,故魏文以为古今文人,类不护细行。韦诞所评,又历诋群才;后人雷同,混之一贯,吁可悲矣”中间的一个隐喻句,其中“朴斫”指雕削原材料。“雘”,泛指美好的色彩。“垣墉”,即墙,“杇”,即涂器,此处为动词,涂也。《论语·公冶长》云:"粪土之墙,不可杇也。"很明显,此隐喻以工人雕削木材把器具制造成功,还要上丹色,以及修筑好的墙,也得涂颜料美化外形,喻作者德行的修养也应该如此。同理,若联系紧紧位于其前的"张衡通赡,蔡邕精雅,文史彬彬,隔世相望",则例 2 实际上喻指张衡、蔡邕都兼善文章。例 3 表面看只是在谈论青、蓝,实则是喻指要纠正楚、汉、魏、晋、宋诸代的流弊,必须以经典为根本的道理。在这三个隐喻里,客体部分与主体部分无论是在表现形式,还是意义上都是重叠的。[①]

二、引喻与诘喻,对喻与类喻

(一)引喻与诘喻

事类在中国古代诗学话语中历来被认为是一种特殊的喻言。刘勰旗帜鲜明地指出:"事类者,盖文章之外,据事以类义,援古以证今者也。"(《事类》)此处的"援"即引也,"类"即比也。"据事以类义,援古以证今"两句互文见义,表明事类就是征引古代的言辞和事例来比喻、证实今天的情理。这也就是萧子显所说的"缉事比类"[②]和唐释皎然说的"呼比为用事,

---

① 西方人常把此类隐喻称为换称或换喻。如艾柯认为人类借助于"类似"把许多不相干的事物组合在一起。他把"以星象图指天文学或天文学家,以熊喻性情暴躁之人,狮喻傲慢,西塞罗喻能言善辩"称为"换喻与换称"。见艾柯等著《诠释与过度诠释》,三联书店 1997 年版,第 54 页。

② 萧子显《南齐书》指出:"今之文章作者……辑事比类,非对不发。博物可嘉,职成拘制。或全借古语,用申今情,崎岖牵引,直为偶说,唯睹事例,顿失精采。"见《二十五史》,第 2005 页。

呼用事为比"[1]之意。方南堂《辍锻录》亦云:"古人于事之不能已于言者,则托之歌诗;于歌诗不能达吾意者,则喻以古事。"[2]征书用典的骈文尤其以事类为喻,诚如《贞一斋诗说》所云:"不隶事无以供骈偶之资,揆诸六义中,归于比焉,斯得矣"。"比,不但物理,凡引一古人,用一故事,俱是比。"[3]这种取古事以托喻,也即"援取前言,以证其事"的喻言古人称之为"引喻"[4]。它们广泛存在于《文心雕龙》中。譬如:

> 然才冠鸿笔,多疏尺牍,譬九方堙之识骏足,而不知毛色牝牡也。(《书记》)

此句看似直喻,但客体部分的承担者不是具体感性的物象,亦不是人的具体行为,而是一件古事。九方堙是春秋秦穆公时识马之人。西汉刘安《淮南子·道应训》称秦穆公派九方堙去寻找马,他三个月后回来说在沙丘寻得"牡而黄"的马,穆公派人去取,发现马其实"牝而骊"。骊,即黑色。借助于一个"譬"字,刘勰鲜

---

① 皎然《诗式》云:"诗人皆以徵古为用事,不必尽然也。今且于六义之中,略论比兴。取象曰比,取义曰兴。义即象下之意。凡禽鱼、草木、人物、名数,万象之中义类同者,尽入比兴,《关雎》即其义也。如陶公以'孤云'比'贫士';鲍照以'直'比'朱丝',以'清'比'玉壶'。时久呼比为用事,呼用事为比。"详见何文焕辑《历代诗话》上,第30页。

② 郭绍虞编选:《清诗话续编》,第1943页。

③ 王夫之等撰:《清诗话》,第922、930页。

④ 如南宋陈骙以《左传》里的"谚所谓'庇焉而纵寻斧焉'者也"和《礼记》里的"蛾子时术之,其此之谓乎"为例认为"援取前言,以证其事"是引喻。见其《文则》,第13—14页。

明地以此事为比喻物，说明“才冠鸿笔”里亦存在着忽略书记这种体裁的人。如果仅仅从是否有比喻词这一点来说，此类引喻的确与直喻无二。然而，《文心雕龙》里大部分引喻是以隐喻的形式出现的。譬如：

> 至于思表纤旨，文外曲致，言所不追，笔固知止；至精而后阐其妙，至变而后通其数，伊挚不能言鼎，轮扁不能语斤，其微矣乎！（《神思》）

此喻言里的“伊挚不能言鼎，轮扁不能语斤，其微矣乎”为客体部分，前面均为主体部分。“伊挚”，即伊尹，是商汤的臣子。据《吕氏春秋·本味》篇记载：汤得伊尹，明日设朝而见之，说汤以至味。汤曰：“可对而为乎？”对曰：“鼎中之变，精妙微纤，口弗能言，志不能喻，若射御之微，阴阳之化，四时之数。”[①]而“轮”，车轮也，扁，匠人名也。据《庄子·天道》篇记载：当“桓公读书于堂上，轮扁斲轮于堂下”时，轮扁竟斗胆问桓公所读书之事，桓公愤然说：“寡人读书，轮人安得议乎！有说则可，无说则死。”轮扁曰：“臣也以臣之事观之。斫轮，徐则甘而不固，疾则苦而不入。不徐不疾，得之于手而应于心，口不能言，有数存焉于其间。”没有任何比喻词，刘勰直接以这两件古事喻指主体部分。

有的引喻里作为客体部分的承担者不是古事，而是一些成

---

① 高诱注，毕沅校，余翔标点：《吕氏春秋》，上海古籍出版社 1996 年版，第 211 页。

辞。譬如：

1. 若首唱荣华，而媵句憔悴，则遗势郁湮，余风不畅，此《周易》所谓“臀无肤，其行次且”也。（《附会》）

2. 是以陶钧文思，贵在虚静，疏瀹五藏，澡雪精神。（《神思》）

这两例皆是引成辞比类义理。例1直接引用《周易》里的比喻语充当客体部分，其余为主体部分。主客体之间以比喻词“此”连接，表示一种认同关系，说明倘若文章中起句茂盛，终句枯瘦，文章的体势就不免滞塞、不通畅。这恰如《周易》所说：人的臀部没有肌肉，走路就会趑趄不进。如果说例1是明引成辞的话，那么，例2就是暗引。《庄子》“天道”和“知北游”里分别有“虚则静，水静则明，烛须眉”和“疏瀹而心，澡雪而精神”之说，《荀子·解蔽》里亦有“人何以知道？曰：心。心何以知？曰：虚壹而静”之论，刘勰在此杂糅了他们的观点，并对他们的说法稍加变动，引而用之。

除引喻外，诘喻是《文心雕龙》里另一种特殊的喻言。无论是从形式还是内容上看，它都是“虽为喻文，似成诘难”（《文则》）的一种比喻语。譬如：

1. 浮轻有似于蝴蝶，永蛰颇疑于昆虫，施之尊极，岂其当乎？（《指瑕》）

2. 若夫珪璋挺其惠心，英华秀其清气，物色相召，人谁获

安？（《物色》）

例1句之前的话语是："陈思之文，群才之俊也，而《武帝诔》云：'尊灵永蛰'。《明帝颂》云：'圣体浮轻'"。刘勰认为陈思在此用词不恰当，像"永蛰"、"浮轻"之类的词是不能用来形容帝王这样尊贵的人的。因此，他以喻言的方式责问道："浮轻有似于蝴蝶，永蛰颇疑于昆虫，施之尊极，岂其当乎？"例2是《物色》里的句子。刘勰在这篇的开头用抒情的笔法描写了四时不同的景物对世间生灵的感召，他说："盖阳气萌而玄驹步，阴律凝而丹鸟羞。微虫犹或入感，四时之动物深矣。"而人"珪璋挺其惠心，英华秀其清气"，其超出万物亦已灵矣。故刘勰有"物色相召，人谁获安"之问。

（二）对喻与类喻

在以对偶句法结构为核心的《文心雕龙》里，普遍存在着两种丽辞或丽句喻言——对喻和类喻。陈骙最早以例举的方式对对喻作了明确的界定。他指出：《庄子》的"鱼相忘乎江湖，人相忘乎道术"和《荀子》的"流丸止于臾，流言止于智者"，这类"先比后证，上下相符"的喻言就是对喻。这种比喻语一般由工整的丽句构成。一个丽句里的前一个小句往往是客体部分，后面是主体部分。主客体两部分构成对比或比较说明事理。这种对喻在《文心雕龙》里很普遍。譬如：

1. 夫不截盘根，无以验利器；不剖文奥，无以辨通才。（《总术》）

2. 姜桂同地，辛在本性；文章由学，能在天资。（《事类》）

3. 若爱典而恶华，则兼通之理偏，似夏人争弓矢，执一不可以独射也；若雅郑而共篇，则总一之势离，是楚人鬻矛誉楯，两难得而俱售也。（《定势》）

这三例里的出句与对句之间皆互相说明，相互对照。就意义而言，例1、2是正对，即同一丽句里出句与对句所表示的意义是相同的。例3则是反对，即同一丽句里出句与对句所表示的意义是相反的。例1里的“截”，即切断。“盘根”即交错的根柢。刘勰把出句里的刀斧不切断交错的根柢，就不能验证它的锋利与对句里的作者不分析文章的奥妙，就不能鉴别他有通达的才力两相对比，说明“文术”在写作上的重要性。与例1相比，例2在表义上更加隐晦。古代以姜、桂为调味佳品，而二物皆辛。刘勰认为它们味根于本性，与产地无关。例2出句以此作为对比，说明文章的决定因素在“天资”。例3以两个典故互为对喻，说明事理。

《文心雕龙》里另一种比较典型的丽句比喻语就是类喻。与对喻相比，它的上下联之间不仅在形式上对称，而且在语义上也相近，所谓“取其一类，以次喻之”[①]也。譬如：

1.（若夫）臧洪歃辞，气截云蜺；刘琨铁誓，精贯霏霜。（《祝盟》）

① 陈骙：《文则》，第13页。

2. 全写则揭箧，傍采则探囊。（《指瑕》）

例1里的“歃”，意指盟者以牲血涂口以示信。据《后汉书·臧洪传》记载：臧洪在联兵攻打董卓时曾登坛歃血而盟，辞气高强，听者无不感动。《晋书·刘琨传》称刘琨与鲜卑族联合讨羯族时，刘琨歃血为盟，精诚贯通，凛凛不可侵犯。刘勰把这两件事比较，说明人的信义必须从内心发出，盟誓才有益处。在这个比喻性的隔句对里，上下两联不仅主体部分对主体部分（“臧洪歃辞”对“刘琨铁誓”）、客体部分对客体部分（“气截云蜺”对“精贯霏霜”），而且表达的内容近似。“臧洪歃辞”与“刘琨铁誓”属于一类事情，“气截云蜺”与“精贯霏霜”亦一类也。《庄子·胠箧》曰：“将为胠箧探囊发匮之盗。”“然而巨盗至，则负匮揭箧担囊而趋。”例2单句对里的“揭箧”、“探囊”本于此。“揭”即担负，“箧”即箱。《尔雅》云：“探，取也。”刘勰引此语喻指文人作品若全部剽窃他人，就如同强盗连箱子一起背走，若部分剽窃，则如同贼从囊袋里偷取东西一样。在这个比喻语里，客体部分（“箧”、“囊”）是同一类事物。

三、博喻与借喻，简喻与详喻

（一）博喻与借喻

从客体部分来看，《文心雕龙》里存在着用属于不同类的两个以上的客体说明主体的一个方面或众多方面的博喻，和只出现客体部分，作者用它代替主体部分的借喻。譬如：

1. 经籍深富，辞理遐亘。浩如江海，郁若昆邓。文梓共

采，琼珠交赠。（《事类》）

2. 原笺记之为式，既上窥乎表，亦下睨乎书，使敬而不慑，简而无傲，清美以惠其才，彪蔚以文其响，盖笺记之分也。（《书记》）

3. 所以百家腾跃，终入环内者也。（《宗经》）

4. 是以后来辞人，采摭英华。（《正纬》）

例1、例2里的客体部分"取以为喻，不一而足"（《文则》）。例1从意义上可划分为两个部分：前面两小句是主体部分，其余都是客体部分。在客体部分，刘勰分别用江、海之浩、邓林和昆山里优质的梓木以及珠和玉这些比喻物来喻指主体部分的各个方面，从而揭示了主体部分所说事理（"经籍深富，辞理遐亘"）的多方面的内涵。例2整体上是一个比拟。通过多方面拟人化的比喻，刘勰认为笺记不仅能"窥"、"睨"，而且能在感情上"不慑"、"无傲"。

与前两例博喻相比，例3、例4里不仅只有一个客体部分，而且只出现客体部分。刘勰用它代替主体部分，这就是"借本题说他事，如咏妇人者必借花以喻；咏花者，必借妇人为比"[①]之类的借喻。这样的比兴语更加隐晦。如在例3句之前，刘勰论述了各种体裁都分别源于《易》、《书》、《诗》、《礼》和《春秋》，指出经书是一切文章的源头。例3句实际上是对刘勰上述思想的总结，其中

① 元代范德机《木天禁语》中论"借喻"语，见何文焕辑《历代诗话》下，第748页。

的“环”,本义为“圈套”,此处是借喻,代替了句中的主体部分《五经》。同理,例 4 里的“英华”也是借喻,它代替了被比喻物“文采”。

(二)简喻与详喻

若就比喻语字数的多少和句子的长短而言,《文心雕龙》中有简喻和详喻两种喻言形态。前者字数最少、句子最短,后者则完全相反。譬如:

1. 方者,隅也。(《书记》)
2. 辞者,舌端之文。(《书记》)

这两例都是“其文虽略,其意甚明”(《文则》)的简喻。句中主客体之间的关系是直接的认同。“隅”,物角也。每种医药主治百病之一,且医生开的每个药方亦因人而异,如物之一角。因此,例 1 说“方者,隅也。”例 2 直接把口头语言称为“舌端之文”。这样短小的喻言在具体语境中有时联言使用。如在“牒者,叶也。短简编牒,如叶在枝”(《书记》)里,前一个是隐喻,后一个是直喻,但两个比喻在语义上一脉相承。刘勰把短小的简牒这种体裁比作树枝上的叶子。

与简喻相对,详喻则“须假多辞,然后义显”(《文则》)。这种比喻语一般较长,有的甚至是由两个以上的比喻连缀而成。后面的比喻通常是在前面比喻基础上进一步的引申,两者在意义上有联系,共同说明某种事理。譬如:

1. 是以驷牡异力，而六辔如琴，并驾齐驱，而一毂统辐；驭文之法，有似于此。去、留随心，修、短在手，齐其步骤，总辔而已。(《附会》)

2. 故自然会妙，譬卉木之耀英华；润色取美，譬缯帛之染朱绿。朱绿染缯，深而繁鲜；英华曜树，浅而炜烨；秀句所以照文苑，盖以此也。(《隐秀》)

例 1 是一个较长的喻言。从语义上可分为两部分：前四小句属于客体部分，只包含一个行为，也即客体部分只有一个比喻物。其余都是主体部分。而主体部分又糅有客体部分的内容。刘勰说拉挽车的四匹马的力量大小不同，可是驾驭它们的人操纵着六条缰绳，正如车轮的一毂统治着三十辐，就能使它们并驾齐驱，步调协调得如同琴音一样。作者行文亦如此。作品的主题就像缰绳，辞、义像马。作者如果紧扣主题，附会辞、义，知道什么时候当取，什么时候当去，便如同驾驭挽车的人手中掌握着长短不齐的缰绳一样，要使马的步调整齐，唯一要做的是操纵好缰绳。在这里，刘勰把作者比作驾驭挽车的人，反复说明文章里言辞和意义必因主题而后成的道理。例 2 由两个互相顶真的隔句对（前一个隔句对末尾两字“朱绿”与后一个隔句对开头两字相同）环环相扣组成，而且两个隔句对在所表达的语义上也是连贯的，后一个是对前一个更进一步的说明。它们共同结构了详喻的客体部分，用以阐明主体部分的道理——“秀句所以照文苑，盖以此也。”

以事类结构详喻是征书用典的《文心雕龙》的一大特色。如“昔秦女嫁晋，从文衣之媵，晋人贵媵而贱女；楚珠鬻郑，为熏桂之椟，郑人买椟而还珠。若文浮于理，末胜其本，则秦女楚珠，复在于兹矣”（《议对》）由两个事类构成。前一个属于整个详喻的客体部分。就语义而言，后一个里的客体部分“秦女楚珠”与前一个相同，所不同的只是：后一个是对前一个的高度概括和浓缩，换言之，前一个是对后一个的展开说明。它们一详一略，令人信服地说明议的辞理要相称。

以上我们采用中国传统分类法，对《文心雕龙》喻言作了分类描述。这种分类缺乏一个统一的分类标准——或就喻言的语气而言（如诘喻），或就其言辞的繁简而言（如简喻），或就其客体部分的数量而言（如博喻）等等。因此，各种喻言形态之间的界限并不是泾渭分明的。“及乎春秋大夫，则修辞聘会，磊落如琅玕之圃，焜耀似缛锦之肆”（《才略》）是直喻亦是博喻，“然才冠鸿笔，多疏尺牍，譬九方堙之识骏足，而不知毛色牝牡也”（《书记》）是直喻亦是引喻。即便如此，我们从中国古代这种既相对又简略的分类中也能窥见到《文心雕龙》喻言丰富多彩的一面。

第三节　设情有宅，置言有位：语句间主要关系及其结构方式

由剖析最基本的词汇—语法单位——小句入手，我们已经总结出了刘勰的取喻之法，说明《文心雕龙》的主要表义方式是具有多种形态的喻言。然而，诚如刘勰所言：“夫设情有宅，置言有位；宅情曰章，位言曰句。”（《章句》）且不说单个、孤立的句子是构不成文本的，对它的理解也离不开文本中语言使用的具体上下语

境，更何况喻言的本质在于言在此而意在彼。因此，我们必须把对刘勰《文心雕龙》喻言的使用和理解作为更大一级的语言单位——语篇内部的语法—语义关系来研究。如果说以上我们从句子出发，对《文心雕龙》喻言作了静态的描述分析的话，那么，下面，我们将从语篇出发，主要通过描述和分析篇章中各个语句之间的主要关系及其结构方式，对《文心雕龙》喻言进行动态的考察，在此基础上，分析阐释《文心雕龙》语句之间结构的特点。

一、顺序与并列、对比与转折关系：章总一义，意穷而成体

从系统功能语法角度来看，“夫人之立言，因字而生句，积句而成章，积章而成篇。”（《章句》）语段[①]是指文本中大于语句（以表达一个相对完整的意义为准）的一个相对独立的语言片段。它的功能包含于组成语段的话语的结构之中。小句是它的基本单位，一个个相对独立的小句通过一定的组合关系结成了一个相对完整的语段，成就了它的意义。而两个或两个以上相对独立的语段又通过多种关系结构出了另一个更大的语言单位——语篇。从表义出发，就某一特定语境中、相对独立完整的语段的语义结构（而不是汉语里句子的长短、多少）而言，我们可以把组成它的众多小句子划分为两个或两个以上比较大的语义单位，也即大语句或语句，并依此确定它们之间的关系，分析整个语段的意义。《文心雕龙》里存在着一些几乎完全由地位相同的大语句结构的语段。各个语句之间主要存在着下列三种关系：

---

① 为方便论述起见，本书以下把结构《文心雕龙》五十篇的每一篇称为语篇，而把从每篇里摘出的某些段落称为语段。

（一）顺序关系：在有着鲜明时序性的历史性叙事话语里，组成语段的各个语句所表达的内容之间是一种顺序关系。例如：

1. 自鸟迹代绳，文字始炳，炎皞遗事，纪在《三坟》，而年世渺邈，声采靡追。2. 唐虞文章，则焕乎始盛，元首载歌，既发吟咏之志；益稷陈谟，亦垂敷奏之风。3. 夏后氏兴，业峻鸿绩，九序惟歌，勋德弥缛。4. 逮及商周，文胜其质，《雅》、《颂》所被，英华日新。文王患忧，繇辞炳曜，符采复隐，精义坚深；重以公旦多材，振其徽烈，剬诗缉颂，斧藻群言。5. 至夫子继圣，独秀前哲，熔钧《六经》，必金声而玉振。雕琢情性，组织辞令，木铎起而千里应，席珍流而万世响，写天地之辉光，晓生民之耳目矣。（《原道》）

此段在语义上由五个比较大的语句组成，它们按照事件发展的历史顺序依次论述了“鸟迹代绳、文字始炳”、“唐虞”、“夏后”、“商周”、“至夫子继圣”时期的文学创作。

（二）并列关系：指组成语段的各个语句所表达的内容之间是一种并列关系。在具体表述上，语句之间一般没有连接词，只是简单的并置。有时，刘勰也用“至于”、至如”等词连接。例如：

1. 昔《储说》始出，《子虚》初成，秦皇汉武，恨不同时，既同时矣，则韩囚而马轻，岂不明鉴同时之贱哉！2. 至于班固傅毅，文在伯仲，而固嗤毅云：“下笔不能自休。”（《知音》）

此例是两个比较大的语句结构。尽管两句陈述的事发生的时间不同(例 1 为先秦时期,例 2 为两汉时期),但是,它们都是有关历史上文人贵古贱今的事。

(三)对比关系:某些语言片段里的语句所陈述的内容在一个或几个不同的方面形成对比。例如:

1. 夫三皇辞质,心绝于道华;帝世始文,言贵于敷奏;三代春秋,虽沿世弥缛,并适分胸臆,非牵课才外也。2. 战代枝诈,攻奇饰说;汉世迄今,辞务日新,争光鬻采,虑亦竭矣。(《养气》)

例 1 通过对三皇(伏羲、神农、黄帝)、帝世(少昊、颛顼、高辛、尧、舜五帝时代)、三代(夏、商、周)时期文学创作情况的分析,认为其文辞虽有所不同,但总的来说还是很淳朴。作者修辞达意都能适合自己的天赋,因而不致损伤神气。例 2 则通过对战国、"汉世迄今"文学创作上一味追逐文辞新奇现象的分析,认为作者竭虑劳情地"辞务日新,争光鬻采",不仅使文辞诡巧,而且损伤神气。

尽管存在着顺序、并列和对比关系,但是,各个语句在整个语段中的地位是平等的。它们或者一前一后描述不同历史时期的文学创作;或者一先一后分析不同历史时期文人贵古贱今的现象;或者从两个不同历史时期评论文人遣词造句的两种态度。由于总体上都是历史顺序关系(如并列和对比关系里的两大语句分别按先秦、两汉和战代之前、之后顺序排列),语句之间没有主次,只有前后或先后、正反之别，因此，上述语段整体上都具有“章总一义”、“意穷而成体”（《章句》）的特点。

此外，《文心雕龙》里也存在着由两个地位平等的语句结构的、总体上没有历史顺序的语段。例如：

1. 义既极乎性情，辞亦匠于文理，故能开学养正，昭明有融。2. 然而道心惟微，圣谟卓绝，墙宇重峻，而吐纳自深，譬万钧之洪钟，无铮铮之细响矣。（《宗经》）

例1句论述了圣人道义及其辞采的巨大作用，例2句则话题一转，叹息道义沦丧、作者道心不存不能宗经。两个所陈述的内容之间存在着不一致性的语句，在语义结构上存在着转折关系。

二、证明与阐述、例举与对照关系：振本而末从，知一而万毕矣

然而，《文心雕龙》里比较普遍存在的语段则是两个或两个以上地位不平等的语句结构。譬如：

1. 自《七发》以下，作者继踵。2. 观枚氏首唱，信独拔而伟丽矣。3. 及傅毅《七激》，会清要之工；崔骃《七依》，入博雅之巧；张衡《七辨》，结采绵靡；崔瑗《七厉》，植义纯正；陈思《七启》，取美于宏壮；仲宣《七释》，致辨于事理。4. 自桓麟《七说》以下，左思《七讽》以上，枝附影从，十有余家。5. 或文丽而义暌，或理粹而辞驳。6. 观其大抵所归，莫不高谈宫馆，壮语畋猎，穷瑰奇之服馔，极蛊媚之声色；甘意摇骨体，艳词动魂识，虽始之以淫侈，而终之以居正，然讽一劝百，势

不自反:子云所谓先骋郑卫之声,曲终而奏雅者也。7. 唯《七厉》叙贤,归以儒道,虽文非拔群,而意实卓尔矣。(《杂文》)

以一个比较大的相对独立完整的意义为单位,我们把此段划分为七个语句。其中例 1 具有高度概括性,它明确提出此段的论点,即自枚乘《七发》以后,步其后尘的作家前后相承,后面六个语句分别从不同方面论证它。其中 3 句从数量上例举说明了追随作家之多,其"枝附影从,十有余家";例 4 至例 7 句则依次从内容与形式两方面,对这些作家、作品进行了对比分析,指出其"大抵所归"与枚乘《七发》没有大的差别,只有崔瑗的《七厉》在意义上超拔。可见,例 1 让我们明白了该语段的主旨,其他语句则大大提高了我们对例 1 的理解程度。如果我们把例 1 这样的语句称为中心语句的话,那么,其他六个语句就是边缘语句。二者之间是证明关系。

有时,在结构语言片段的各个语句之间,中心语句提出一般性话题,边缘语句则从各个方面论述它,或对其中的某一点进行阐述。它们之间是一般与特殊、整体与部分、抽象与具体的区别。例如:

1. 春秋以后,角战英雄,六经泥蟠,百家飙骇。方是时也,韩魏力政,燕赵任权,五蠹六虱,严于秦令。唯齐、楚两国,颇有文学:齐开庄衢之第,楚广兰台之宫,孟轲宾馆,荀卿宰邑。故稷下扇其清风,兰陵郁其茂俗,邹子以谈天飞誉,驺奭以雕龙驰响,屈平联藻于日月,宋玉交彩于风云。观其艳

说，则笼罩雅颂。故知炜烨之奇意，出乎纵横之诡俗也。（《时序》）

2. 是以执术驭篇，似善弈之穷数，弃术任心，如博塞之邀遇。故博塞之文，借巧傥来，虽前驱有功，而后援难继；少既无以相接，多亦不知所删，乃多少之并惑，何妍蚩之能制乎？若夫善弈之文，则术有恒数，按部整伍，以待情会，因时顺机，动不失正。（《总术》）

这两例中心语句与边缘语句之间形成的是阐述关系。例1语段论述的话题是战国文学。第一句“春秋以后，角战英雄，六经泥蟠，百家飙骇”是中心语句，以下都是边缘语句，它们多方面展开论述了中心语句提出的思想。例2比较特殊。开头的“是以执术驭篇，似善弈之穷数；弃术任心，如博塞之邀遇”是一个中心语句。它开宗明义提出论点，后面都是分别对中心语句里的“善弈”与“博塞”作进一步深入解释的边缘语句。

通常，在阐述某些事理时，刘勰都引用大量的事例，尤其是关于作家、作品的事例。例如：

1. 或简言以达旨，或博文以该情，或明理以立体，或隐义以藏用。2. 故《春秋》一字以褒贬，丧服举轻以包重，此简言以达旨也。3.《邠诗》联章以积句，儒行缛说以繁辞，此博文以该情也。4. 书契断决以象夬，文章昭晰以象离，此明理以立体也。5. 四象精义以曲隐，五例微辞以婉晦，此隐义以藏用也。（《徵圣》）

此语段里的第一句是提出论点的中心语句，其余则是一一通过举例对此加以说明的边缘语句，两者之间形成的是例举关系。

不论是在证明、阐述，还是在例举关系里，中心语句与边缘语句所论述的问题都是一致的。然而，有时，它们提出的情况是相对的，所述内容也完全不同。例如：

> 1.《周书》论士，方之梓材，盖贵器用而兼文采也，是以朴斫成而丹臒施，垣墉立而雕杇附。2. 而近代辞人，务华弃实，故魏文以为古今文人，类不护细行，韦诞所评，又历诋群才；后人雷同，混之一贯，吁可悲矣。(《程器》)

结构该语段的两个语句之间是对照关系。例 1 句引成辞说明作者应文质兼备，例 2 句说明近代辞人只注重外表的修饰而忽略了内在德行的修养。两者互文见义：读者对例 1 的理解以及两句内容的不一致性的对照，增强了读者对例 2 句中内容的肯定。尽管都涉及到比较，但语句之间的这种关系与对比关系不同。对比关系里各语句之间地位平等且同时存在着顺序关系。而在此对照关系里，语句之间有主次之分：我们能明显地感到作者此段论述的重心是放在例 2 句上，例 1 句只不过是用来更好地说明例 2 句的。因此，准确地说，例 1 是边缘语句，例 2 是中心语句。

《章句》云："振本而末从，知一而万毕矣。"在拥有证明与阐述、例举与对照关系的语段内部，总有一个语句不仅传达出了语段的中心思想，而且具有很强的统摄力和凝聚力，能与其他语句形成一系列的联系。

三、因果与背景、条件与评估关系：句司数字，待相接以为用

我们之所以能找到在语段核心的意义方面起着更为重要主导作用的中心语句，是由于大量边缘语句的存在。我们对中心语句乃至整个语段的理解都离不开它。事实上，很多时候，中心语句和整个语段的意义往往是借助于边缘语句实现的。例如：

> 1. 若爱典而恶华，则兼通之理偏，似夏人争弓矢，执一不可以独射也；若雅郑而共篇，则总一之势离，是楚人鬻矛誉楯，两难得而俱售也。2. 是以括囊杂体，功在铨别，宫商朱紫，随势各配。（《定势》）

此段由两个语句组成。例 1 是两个引喻，它用“夏人争弓矢”和“楚人鬻矛誉楯”两个典故说明“若爱典而恶华，则兼通之理偏”和“若雅郑而共篇，则总一之势离”的道理。例 2 以“宫商朱紫，随势各配”比喻文学创作要对各种体裁进行鉴别。虽然此段开头部分没有类似“因为”这样的语词，但读者很容易把例 1 里的内容看作是例 2 的原因。尤其是“是以”一词既把例 1、例 2 联结成为一个意义相对完满的统一整体，又昭明了两者之间所形成的因果关系。所以，直接明确标明其与前面语句（也即例 1）关系的例 2 是中心语句，例 1 则是边缘语句。但这并不意味着例 1 可有可无，恰恰相反，正是例 1 里的内容导致了例 2 里的结论。换言之，如果缺少边缘语句的内容，读者可能难以理解中心语句的结论。

有时，借助于连接词，语段明确标明了边缘语句与中心语句之间所形成的是条件关系。边缘语句提出某种假设的、将来的或未实现的情况，中心语句则说明在这些条件下可能出现的结果。例如：

> 1. 若能凭轼以倚雅颂，悬辔以驭楚篇，酌奇而不失其真，玩华而不坠其实；2. 则顾盼可以驱辞力，欬唾可以穷文致，亦不复乞灵于长卿，假宠于子渊矣。（《辨骚》）

“若……则”在语义结构上串起了两个语句，前一句是边缘语句，后一个是中心语句。边缘语句与中心语句在语义上相互依赖，即要实现中心语句中的内容，必须依赖边缘语句中情况的实现。

有些语段里的边缘语句与中心语句之间联系得不十分紧密，但它所提供的信息或者内容有助于读者更好地理解中心语句。例如：

> 1. 逮孝武崇儒，润色鸿业，礼乐争辉，辞藻竞骛：柏梁展朝燕之诗，金堤制恤民之咏，征枚乘以蒲轮，申主父以鼎食，擢公孙之对策，叹倪宽之拟奏，买臣负薪而衣锦，相如涤器而被绣。2. 于是史迁寿王之徒，严终枚皋之属，应对固无方，篇章亦不匮，遗风馀采，莫与比盛。（《时序》）

汉武帝崇尚儒术，并以之润饰帝王事业。尤其是他爱好文学,网罗文人,以辞赋取士。此处提及的“枚乘”、“司马相如”等都是当时的文人。正是在这样的历史背景下,我们才不难理解“史迁寿王之徒,严终枚皋之属,应对固无方,篇章亦不匮,遗风馀采,莫与比盛。”因此,读完例1这个边缘语句,我们能充分理解例2这个中心语句的内容。边缘语句提高了我们对中心语句中的某些成分的理解,它与中心语句之间构成背景关系。语句之间的这种背景关系与因果、条件关系不同,尽管其中的边缘语句在帮助读者理解中心语句方面都起着重要作用,但在因果、条件关系里,边缘语句中的内容能引起中心语句中的施事者去实施某种行为,而背景关系里的边缘语句则没有这一功能。

边缘语句在语段里的辅助功能还体现在它对中心语句内容或思想所作的肯定评价上。例如:

> 1. 夫自六国以前,去圣未远,故能越世高谈,自开户牖;两汉以后,体势漫弱,虽明乎坦途,而类多依采,此远近之渐变也。2. 嗟夫!身与时舛,志共道申,标心于万古之上,而送怀于千载之下,金石靡矣,声其销乎!(《诸子》)

这里,例1是分别概述了战国及其前和两汉及其后诸子散文创作的中心语句,例2则是把中心语句的内容跟作者对中心语句肯定的程度联系起来,并从正面对中心语句所说的内容(即诸子百家及其创作)作了肯定性评价的边缘语句,二者之间形成的是评估关系。

总之,因果与背景、条件与评估关系的存在表明:就某个特定语段的意义而言，所有语句之于语段都是不可或缺的。诚如刘勰所言："句司数字，待相接以为用。"（《章句》）语句之间所形成的以下总结与归纳关系更好地说明了这一点。

四、总结与归纳关系及语句结构的特点

以上，我们主要依据语句在传达整个语段意义过程中的地位，把它们划分为中心语句和边缘语句，也即主要语句和次要语句。这种划分当然是相对的。实际上，若同时考虑到结构某一特定语段语句的数量及其在语段上下文中的位置，我们能更好地透析语句之间深层的语义关系。例如：

1. 然逐末之俦，蔑弃其本，虽读千赋，愈惑体要；2. 遂使繁华损枝，膏腴害骨，无贵风轨，莫益劝戒：3. 此扬子所以追悔于雕虫，贻诮于雾縠者也。（《诠赋》）

这里，例1、例2直接正面论证说明作家追逐文辞华丽的舍本逐末行为，不仅有害文章，而且不利于教化。例3是一个引喻，它以一"此"字援引成辞总结前文。显然，数量较多且所叙述的内容涉及话题的众多方面的前两句是中心语句，数量较少且只是以比较简短的语言重述中心语句内容的例3是边缘语句。两者之间形成的是总结关系。

有时，在某些特定语段里，边缘语句的数量是多于中心语句的。例如：

1. 自中朝贵玄，江左称盛，因谈馀气，流成文体。2. 是以世极迍邅，而辞意夷泰；诗必柱下之旨归，赋乃漆园之义

疏。3. 故知文变染乎世情，兴废系乎时序，原始以要终，虽百世可知也。(《时序》)

相比较而言，此段里的例1、例2陈述的都是个别事实或现象，例3则从这些特殊的、单一的事物或现象的性质、特点和关系中概括出了一般原理。因此，数量多且陈述具体事实的前两例是边缘语句，而数量少却具有高度概括性的例3是中心语句。由于例3的内容是从前两个边缘语句里归纳出来的。因此，边缘语句与中心语句之间形成的是归纳关系。它与前面所说的总结、阐述关系不同。在总结关系里，中心语句在数量上多于边缘语句，而且就内容而言，边缘语句基本上是中心语句的翻版。在归纳关系和阐述关系里，虽然边缘语句的数量都超过了中心语句，但是在阐述关系里，中心语句位于整个语段的最前面，它一般提出论点。相反，在归纳关系里，中心语句位于整个语段的最后面，它能对边缘语句的内容作出更高的概括：由不深刻的个别到更为深刻的一般，由范围不太大的类到范围更为广大的类。

至此，我们已经知道《文心雕龙》批评话语里中心语句和边缘语句之间因不同语段、不同上下文形成了众多复杂的关系，它们往往是语句之间的深层语义关系，需经过剖裂玄微方能看出。就句式而言，以上诸种语句之间的结构方式有一个最显著的特点，即喻言或比兴句在其中的核心地位。如我们在分析总结、因果、条件、评估、对照五种关系时所举的例子都是由喻言式的中心语句组成的语段，我们在分析证明和阐述关系时所例举的都是中心语句统领的语段，其中的中心语句都是以比兴句的形式出现的。比兴句是刘勰结构语段的重要方式。

因为在语句与语句之间以某种特定关系结构的语段中,中心语句在这种关系中占居中心的地位,边缘语句居于外围的地位。这意味着一个语段可以没有边缘语句,但它决不会没有中心语句。我们在分析地位平等的句子之间所形成的顺序、对比、并列和转折四种关系时所例举的语段表明:所有的语句都是中心语句,中心语句本身就能组成一个意义连贯的语言片段。而不是中心语句统帅或构成的语段,也并不意味着它与比兴或喻言无关。如我们在分析归纳关系时所例举的语段,即"自中朝贵玄,江左称盛,因谈馀气,流成文体。是以世极迍邅,而辞意夷泰;诗必柱下之旨归,赋乃漆园之义疏。故知文变染乎世情,兴废系乎时序,原始以要终,虽百世可知也"(《时序》),尽管其中的中心语句并不是严格意义上的比兴句,但由于其中的第二句是引喻,上下句亦因此而来("是以"一词把它们结合得十分紧密),因此,从整体上看此段仍是与比兴相关的语段。因为任何一个相对独立的语言片段都具有整体性和连续性。整体性是指其内部的各个组成部分都是必不可少的,连续性是指其外部各个组成部分之间是延续的、连贯的。

事实上,若就整个《文心雕龙》而言,我们单独拿出来的每一个相对独立的语言片段都是更大一个语言片段的一部分,都与更大的一个语言片段相联系。因此,有些语言片段虽然看似与喻言无关,但若把它们延伸,放在更大一级的语言片段里,它们就是另一种形态了。例如,我们在分析例举关系时所举的语段,即"或简言以达旨,或博文以该情,或明理以立体,或隐义以藏用。故《春秋》一字以褒贬,丧服举轻以包重,此简言以达旨也。《邠诗》联章以积句,儒行缛说以繁辞,此博文以该情也。书契断决以象夬,文章昭晰以象离,此明理以立体也。四象精义以曲隐,五例微辞以婉晦,此隐义以藏用也”（《徵圣》）基本上是一个无比兴句的语段，但当我们把它放回原文，发现这个语段的开头是这样一句话：“夫鉴周日月，妙极机神；文成规矩，思合符契。”这是一个由隔句对构成的比兴句。《孟子·离娄》曰：“不以规矩，不能成方圆。”规，正圆之器。矩，正方之器。刘勰此处以“规矩”喻创作基本原则，以“日月”喻圣人对事物的洞察力。可见，在更大一级的单位里，上述例子仍然是一个由喻言式的中心语句统领的语言片段。[①] 因此，从这个意义上说，尽管以上我们在分析《文心雕龙》语段结构模式时所选取的一个个语言片段带有很大的随意性和任意性，但如果考虑到它们都具有延续性，都是更大的语言片段的一部分，那么，选择哪个片段，怎么选就显得不是那么重要了。下面，我们将通过对《文心雕龙》中更大语言片段的描述分析，进一步深入探讨《文心雕龙》篇章结构模式的特点。

第四节　前后呼应，相生相续：篇章结构模式的特点

相对整个《文心雕龙》来说，上述语句与语句之间的十四种基本关系显得少而有限。然而，它们在《文心雕龙》里的出现率和重复率很高。事实上，正是它们把各个语言片段组织起来，从而形成了更大的语篇、著作。就《文心雕龙》五十篇来看，各篇都是由功能明显的正

---

① 此语段里句子与句子之间存在着两种关系：一是由“夫鉴周日月，妙极机神；文成规矩，思合符契”与“或简言以达旨，或博文以该情，或明理以立体，或隐义以藏用”构成的阐述关系；二是由“或简言以达旨，或博文以该情，或明理以立体，或隐义以藏用”与“故《春秋》一字以褒贬，丧服举轻以包重，此简言以达旨也。《邠诗》联章以积句，儒行缛说以繁辞，此博文以该情也。书契断决以象夬，文章昭晰以象离，此明理以立体也。四象精义以曲隐，五例微辞以婉晦，此隐义以藏用也”构成的例举关系。

文和赞两个部分(或两个一大一小的语段)组成。如果说正文部分是每个篇章里的主要语段的话,那么,赞部分就是次要语段。无论是两个语段的内部,还是它们彼此之间,都是借助于语句之间的基本关系,通过内部联系和外部联系连缀在一起的。

一、血脉贯续,缠绵不断

(一)内部联系

内部联系(coherence)[①]指某一特定语段内部语句之间的各种关系,也即语句之间所形成的深层语义关系。《文心雕龙》里的内部联系主要有上述十四种。它们主要体现在句子与句子之间的关系上,反映了一种在语段中不是很明显地表现出来的关系。一个有内部联系的语段具有一种整体性和统一性。语段中的每个句子或每个语词内在地互相作用,构成了一个语段的整体意义。附缀在《文心雕龙》各篇正文部分后面的赞部分都是通过内部联系结构而成的。例如:

赞曰:三驱弛刚,九伐先话。鞶鉴吉凶,蓍龟成败。惟压鲸鲵,抵落蜂虿。移宝易俗,草偃风迈。(《檄移》)

---

① 有关语篇内部联系的说法纷纭。威德道森(Widdowson)认为它是行为之间一种隐藏的关系;哈桑(Hasan)认为它是一种整体性的属性,文本内部的联系是相对的,不是一种绝对的属性;迈克尔·霍维(Michael Hoey)认为内部联系只是读者依据读者的判断标准对文本的评估,它是主观的,其标准随着读者的变化而变化。本书基本上采用博格兰德(Beaugrande)和德雷斯勒(Dressler)的观点,把它看作文本内部的一种语义结构上的联系。参见 Michael Hoey, *Patterns of Lexis in Text*,上海外语教育出版社2000年6月版,第11页。

这个相对独立存在的语段充满了引喻。其中"刚"，当作网，形近而误。《周易·比·九五》曰："王用三驱，失前禽。"弛网，谓留网一面，言宽仁也。"九伐"是制裁诸侯违犯王命行为的九种方法。《周礼·夏官·大司马》称大司马"以九伐之法正邦国。""鞶"是带，"鉴"是镜，《左传·庄公二十一年》载："王以后鞶鉴予之。"杜预注："后，王后也。鞶带而以鉴为饰也。"孔颖达疏："鞶是带也，鉴是镜也。""蓍龟"是用以占卜的东西，"蓍"为蓍草，"龟"为龟甲。"鲸鲵"，大鱼名，喻不义之人。《左传·宣公十二年》载："古者明王伐不敬，取其鲸鲵而封之，以为大戮，于是乎有京观。"杜预注："鲸鲵，大鱼名，以喻不义之人，吞食小国。""虿"，蝎类毒虫。"草偃"句应颠倒为"风迈草偃"，其本于《论语·颜渊》，孔子曰："君子之德风，小人之德草，草上之风，必偃。""偃"，仆也。显然，这是一个完全由喻言组成的语段，而且四句都是中心语句。其中前三句为一个语义层次（三个语句之间是并列关系），后一句为一个语义层次，它们论述的内容不同，两者之间的关系是对比。通过这种对比，读者认识到檄与移这两种体裁在社会作用上的相同和不同之处。因此，这是一个通过语句与语句之间内在的相互关系结构成的一个较大的隐喻语段。尽管《文心雕龙》各篇中赞的陈述内容大相径庭，但是，从语义结构来看，它们的确基本上都是刘勰所说的"送文"，也即从不同方面进一步强化或辅助说明正文部分的内容。[①] 因此，若把正文部分视作中心语段的话，则赞部分就是边缘语段，两者之间通过一定的内部联系

① 此问题前面已有论述，兹不赘述。

连缀成了篇章。如《檄移》正文部分全面陈述了檄、移的历史演变及其特征，而此喻言式的赞部分则以含蓄凝炼的语言又一次对檄、移的某一个方面（即功能）作了总结性的概括。借助于这种内在的总结关系，正文部分与赞部分成为一个不可分割的整体——《檄移》。

（二）句意相生

至如《文心雕龙》里的各个篇章，也主要通过语句之间的内部关系联结而成。如《风骨》篇（或一个大的语段）就是由三十个语句连缀而成的。与所有篇章一样，它结构上明显分为正文和赞两部分。正文是中心语段，赞是边缘语段，两者之间是总结关系。正文中心语段从语义上又可分为三个次语段：第一至第十一个语句为一个次语段、第十二至第十七个语句为一个次语段、第十八至第二十六个语句为一个次语段。三个次语段当中，第一个为次中心语段，其余两个为次边缘语段，两者之间的关系是阐述关系，即第一个次中心语段提出风骨的一般特征（即风与情、气，骨与辞采密切相关，风骨应是这两者的统一），以下两个次边缘语段分别对气、情、辞采以及作者如何使作品具有风骨等问题作了具体详尽的论述。当然，无论是次中心语段还是次边缘语段，它们内部各语句之间又通过各种关系连接在一起。例如：

1. 诗总六义，《风》冠其首，斯乃化感之本源，志气之符契也。2. 是以怊怅述情，必始乎风，沉吟铺辞，莫先于骨。3. 故辞之待骨，如体之树骸；情之含风，犹形之包气。4. 结言端直，则文骨成焉；意气骏爽，则文风清焉。5. 若丰藻克赡，风骨不飞，则振采失鲜，负声无力。6. 是以缀虑裁篇，务盈守气，刚健既实，辉光乃新，其为文用，譬征鸟之使翼也。7. 故练于骨者，析辞必精；深乎风者，述情必显。8. 捶字坚而难移，结响凝而不滞，此风骨之力也。9. 若瘠义肥辞，繁杂失统，则无骨之征也；思不环周，索莫乏气，则无风之验也。10. 昔潘勖锡魏，思摹经典，群才韬笔，乃其骨髓峻也；相如赋仙，气号凌云，蔚为辞宗，乃其风力遒也。11. 能鉴斯要，可以定文，兹术或违，无务繁采。

这个次中心语段（第 1 至 11 句）可再次划分为三个小语段。第一个小语段（即第 1 至第 5 句）都是由中心语句组成，从语义上可把第 1 到第 4 句视作一个大的语句，它与第 5 之间形成对比关系；第二个小语段（即第 6 至第 9 句）也是都由中心语句构成，从语义上可把第 6 到第 8 句视作一个大的语句，它与第 9 句同样构成对比关系；在第三个小语段里（即第 10 至第 11 句），第 10 句是中心语句，第 11 句是边缘语句，两者是证明关系。而这三个小语段之间又分别通过因果（第一个与第二个之间）和证明关系（第二个与第三个）衔接在一起，构成一个连续整体。它从正反两方面反复说明了风骨之于文学作品的重要性。

与这个次中心语段紧密相联系的是第一个次边缘语段，即：

12. 故魏文称文以气为主，气之清浊有体，不可力强而致。13. 故其论孔融，则云体气高妙；论徐干，则云时有齐气；论刘桢，则云有逸气。14. 公干亦云：孔氏卓卓，信含异气，笔墨之性，殆不可胜。15. 并重气之旨也。16. 夫翚翟备色，而翾翥百步，肌丰而力沉也，鹰隼乏采，而翰飞戾天，骨劲而气猛也；文章才力，有似于此。17. 若风骨乏采，则鸷集翰林，采乏风骨，则雉窜文囿，唯藻耀而高翔，固文笔之鸣凤也。

这个语段也可以再次分为两个小语段。在第一个小语段里（即第12到15句），第12到14句为中心语句，第15句是边缘语句，两者之间是总结关系；第二个小的语段（即第16至第17句）均由中心语句构成，第16句与第17句是对比关系。而两个小语段之间又是并列关系，即前者论述文气的重要性，后者论述风骨与文采须兼备的道理。与这个（即第一个次边缘语段）语段相联系的是第二个次边缘语段，即：

18. 若夫熔铸经典之范，翔集子史之术，洞晓情变，曲昭文体，然后能孚甲新意，雕画奇辞。19. 昭体，故意新而不乱；晓变，故辞奇而不黩。20. 若骨采未圆，风辞未练，而跨略旧规，驰骛新作，虽获巧意，危败亦多，岂空结奇字，纰缪而成经矣？21.《周书》云：辞尚体要，弗惟好异。22. 盖防文滥也。23. 然文术多门，各适所好，明者弗授，学者弗师。24. 于是习华随侈，流遁忘反。25. 若能确乎正式，使文明以健，则风清骨峻，篇体光华。26. 能研诸虑，何远之有哉！

这个语段可以再次划分为前后两个小语段。前一个（即第18至第20句）都是中心语句，其中，我们可以把第18至19句视作一个大的语句，它与第20句构成对比关系；后一个（即第21至第26句）里的第21至25句为中心语句，第26句为边缘语句，两者之间是总结关系。而两个小语段之间又通过阐述关系连接在一起。这个次边缘语段之后就是完全借助于内部联系，也即因果、总结和条件关系连接在一起的赞部分，即"27 赞曰：情与气偕，辞共体并。28 文明以健，珪璋乃骋。29 蔚彼风力，严此骨鲠。30 才锋峻立，符采克炳。"

若以每一句话为单位，我们还可以把《风骨》篇语段与语段、语句与语句之间的上述语义关系分析得更细致一些。如我们刚才把第一个次语段（即次中心语段）里的"1 诗总六义，《风》冠其首，斯乃化感之本源，志气之符契也。2 是以怊怅述情，必始乎风，沉吟铺辞，莫先于骨。3 故辞之待骨，如体之树骸；情之含风，犹形之包气。4 结言端直，则文骨成焉；意气骏爽，则文风清焉"视作一个大语句，它与"若丰藻克赡，风骨不飞，则振采失鲜，负声无力"之间以对比的方式结构在一起。事实上，第1与第2句、第2句与第3句之间存在着因果关系，第3句与第4句之间存在着并列关系。可以说，凡有句子存在的地方就存在着句子与句子之间的关系，就存在着作者结构篇章的方式。当然，这也包括《风骨》正文部分之前的标题"风骨"。它显然是统摄着整个《风骨》篇的中心语句，其余所有内容都是边缘语句，两者之间所形成的阐述关系令《风骨》篇既剖肌析理，又于横纵出没中蕴藉微远之致。

因此，语句之间存在的某种关系也反映了语段结构的各个部分之间的特征。某个特定语段语句之间的关系也就是作者用以结构语段的方式。刘勰"于一句之中，首尾自相呼应，一篇之中，前后句相呼应,相生相续以成章。”[①]即使《风骨》这样比较大的篇章,也是语句与语句之间各种关系的结构。可以说,正是语句与语句之间各种潜在的关系的存在以及语句与语言片段的相互作用,构成了《风骨》篇的整体意义。

二、语接意接,无字不活

主要包含上述十四种基本关系的语段或语篇内部联系,是我们从上下文语义中分析出来的,它们体现了文本中语段与语段之间、语句与语句之间内在的一种逻辑关系。除此之外,文本中各语句之间还通过一些明显的、有语法结构标记的语词联系在一起。如果我们把语句、语段之间语义结构关系称为内部联系的话,那么,由文本中语词、语法所结构的关系就是外部联系。与内部联系相比,外部联系(cohesion)[②]不是我们通过分析得到的,而是文本自身显示给我们的,是我们可以看得见的、有形的客观存在。事实上,当我们对一个具有语段性的成分的解释需要依靠语段中的另一个成分时,外部联系就出现了。它主要涉及语段中语词之间的互指、语法上的替换/省略和词汇上的联系。[③] 在《文心

① 庞垲:《诗义固说》,见郭绍虞选编《清诗话续编》上,第729页。

② 学界有关篇章的外部联系众说纷纭。英国学者迈克尔·霍维认为外部联系“也许可以粗略地定义为语篇中一个语句里的某个语词或语法特征能与它前后的语句相联系的一种方式”。博格兰德和德莱斯特认为外部联系关涉文本表面成分之间的联系,它是我们可以听到或看到的一个语句内的实实在在的语词之间的相互联系。威德道森认为外部联系最好被定义为两个陈述之间表面的、外在的、明显的语言学标记上的相互联系(详见 Michael Hoey,*Patterns of Lexis in Text*,第3、11页)。

③ 哈利迪和哈桑(Halliday and Hasan)曾把文本中的外部联系分为连词(conjunction)、互指(reference)、替换和省略(substitution and ellipsis)以及词汇(lexical)上的五种联系。参见 Michael Hoey,*Patterns of Lexis in Text*,第5页。

雕龙》里，除各篇中的赞基本上完全由内部联系结构而成外，绝大多数篇章里的语句与语句之间既通过内部联系又通过外部联系连接成篇章，上述《风骨》篇就是如此。此篇只有五个语句不是比兴句[①]，即“11 能鉴斯要，可以定文，兹术或违，无务繁采”，“15 并重气之旨也”，“19 昭体，故意新而不乱，晓变，故辞奇而不黩”，“22 盖防文滥也”和“26 能研诸虑，何远之有哉。”然而，它们却借助于外部联系，与上下比兴语句产生关系，甚至连成一体，从而在它们被当作整体看待时，也俨然是比兴语句了。

借助于互指，第 11、第 26 句与前面的比兴语句连为一体。互指（reference）指的是篇章中某个成分和另一个成分之间的关系是一种指代的关系，它包括人称代词、指示词等，这是一种语义上的联系。第 11 句“能鉴斯要，可以定文，兹术或违，无务繁采”里的指示代词“斯”和“兹”指的是同一个东西，即前面第 10 句“昔潘勖锡魏，思摹经典，群才韬笔，乃其骨髓峻也；相如赋仙，气号凌云，蔚为辞宗，乃其风力遒也”的内容。第 26 句“能研诸虑，何远之有哉”里的“诸”指代上文“23 然文术多门，各适所好，明者弗授，学者弗师。24 于是习华随侈，流遁忘反。25 若能确乎正式，使文明以健，则风清骨峻，篇体光华”三个语句所说内容。总之，第 11、第 26 句分别借助于“斯”、“兹”和“诸”这样明确的指示词，通过互指关系，与其上文的比喻语段联结成为一个统一的整体。

替换/省略是语句之间语法上的联系。从语法上看，替换/省

① 此处所说的喻言的范围比较广，它包括一些死亡隐喻，如“文术多门”和“愈惑体要”。

略与互指的不同之处在于用词不同。为了避免重复同样的词(或词组、小句、大句甚至语言片段),作者会用某个其他的词来替换,或者就采取省略的办法。如第 15 句"并重气之旨也"里的"并"字前省略了指示代词"这些",以指代"12 故魏文称文以气为主,气之清浊有体,不可力强而致。13 故其论孔融,则云体气高妙;论徐干,则云时有齐气;论刘桢,则云有逸气。14 公干亦云:孔氏卓卓,信含异气,笔墨之性,殆不可胜"三句所说内容。同理,第 22 句"盖防文滥也"之前是第 21 句"《周书》云:'辞尚体要,弗惟好异'",但它却在本该出现指示代词"这"的位置出现了发语词"盖"。刘勰之所以会出现这种省略/替换,是因为刘勰预设读者能知晓此意。而读者也很容易发现他的这种省略/替换。于是,就有了一种被瑞恰兹称为的"语境的节略形式"[①],当发生"节略"时,"并"、"盖"这两个单词表示了语境中没有出现的那些部分,正是从这些没有出现的部分它们获得了表示的功能。

词汇在语句之间的外部联系中占据重要地位。词汇联系指语句通过明显的词汇上的复现(亦即某些词语在前后语句中重复出现,或以等义词、近义词、概括词等形式重复出现)使前后连贯,从而形成一个相对独立的、并与其他语段产生联系的语言片段。如第 19 句"昭体,故意新而不乱,晓变,故辞奇而不黩",其前句是"18 若夫熔铸经典之范,翔集子史之术,洞晓情变,曲昭文体,然后能孚甲新意,雕画奇辞。"显然,第 19 句里的"昭体"和"晓变"分

---

① I. A. 瑞恰兹著,章祖德译:《论述的目的和语境的种类》,《新批评文集》,中国社会科学出版社 1988 年版,第 296 页。

别是前句中的“曲昭文体”和“洞晓情变”的省略，而“意新”和“辞奇”分别是前句“新意”和“奇辞”的颠倒。这样，借助于词汇上的同义联系（synonymy），第 19 句与第 18 句便成为了一个整体。

其实，任何外部联系最终都是通过词汇来实现的。这些词汇的意义功能就是充当一种替换物，它使我们看到词汇的内在含义，其功能则是借助于更为复杂的方式，也即通过它们所处的上下文语境体现出来的——正是某个特定的词前后的其他词确定了该词的意义。而这种语境很容易扩展到整个语篇。于是，由互指、替换、省略和词汇所体现的外部联系，我们更清晰地看到《风骨》篇“无字不活，无句不稳，句意相生，缠绵不断，而章法次第，井然有章。”①

三、喻言深富，群言之首

尽管内部联系与外部联系被分开讨论，但是，我们不难发现在一个较大的语段里，这两种联系常常是并存的。换言之，一个个连续的语句借助于内部和外部联系结构了《文心雕龙》里的每一个篇章。只不过内部联系和外部联系在不同篇章中所占的比重不同而已。如《风骨》里的第 11、26 句借助于“斯”、“兹”和“诸”这样明确的指示词，通过互指关系，各自成为其上文比喻语段的一部分。如果从内部联系看，它们是边缘语句与前面中心语句所形成的重述关系，即它们的内容与中心语句的内容大多是类似的。而且，无论是从内部联系还是外部联系来看，《文心雕龙》篇章结构都有一个基本特点，即比兴句（或喻言）在各种结构关系中的核心地位，如我们前面所例举的《檄移》篇

① 庞垲：《诗义固说》下，见郭绍虞选编《清诗话续编》上，第 742 页。

里的赞都是喻言,《风骨》全篇则由"风骨"这个比兴语统辖着。其实,以喻言为中心语句结构其他边缘语句,是《文心雕龙》篇章结构的一个普遍模式。譬如:

《原道》	(人)为五行之秀,实天地之心。	有心之器,其无文欤?	人文之元,肇自太极……言之文也,天地之心哉!	故知道沿圣以垂文,圣因文而明道,旁通而无滞,日用而不匮。
《徵圣》	陶铸性情,功在上哲。	乃含章之玉牒,秉文之金科矣。	夫鉴周日月,妙极机神;文成规矩,思合符契。	然则圣文之雅丽,固衔华而佩实者也。
《宗经》	经也者,恒久之至道,不刊之鸿教也。	至根柢槃深,枝叶峻茂,辞约而旨丰,事近而喻远。	并穷高以树表,极远以启疆,所以百家腾跃,终入环内者也。	若禀经以制式,酌雅以富言,是仰山而铸铜,煮海而为盐也。
《正纬》	夫神道阐幽,天命微显,马龙出而大《易》兴,神龟见而《洪范》耀。	夫六经彪炳,而纬候稠叠;《孝》、《论》昭晰,而钩谶葳蕤。	世历二汉,朱紫腾沸,芟夷谲诡,糅其雕蔚。	若乃羲农轩皞之源,山渎钟律之要,白鱼赤乌之符,黄金紫玉之瑞,事丰奇伟,辞富膏腴,无益经典而有助文章。
《辨骚》	(离骚)固已轩翥诗人之后,奋飞辞家之前,岂去圣之未远,而楚人之多才乎。	观其骨鲠所树,肌肤所附,虽取熔经意,亦自铸伟辞。	自《九怀》以下,遽蹑其迹;而屈宋逸步,莫之能追。	若能凭轼以倚雅颂,悬辔以驭楚篇,酌奇而不失其真,玩华而不坠其实,则顾盼可以驱辞力,欬唾可以穷文致。

以上是《文心雕龙》前五篇里的主要中心语句。它们都以喻言的形式,不仅和其他语句联合结构了每一个相对独立完整的篇章,而且集中反映了整个篇章的意义。《文心雕龙》其他篇章亦如此。喻言在《文心雕龙》整个篇章结构和意义中都占据核心地位

这一现象表明：从语义结构上说，某个特定篇章里的喻言式的中心语句往往统摄着其他语句、语段和语义。换言之，其他语句、语义都是对其中喻言式中心语句的进一步展开阐发。而某一篇章中喻言式中心语句又集中蕴涵了整个篇章的思想。因此，《文心雕龙》“意得象先，纵笔所到，遂擅古今之奇；所谓章法之妙，不见句法，句法之妙，不见字法者也。”①这其中的道理在于刘勰深通有机整体结构的力量。一个有机的整体有赖于各部分之间的联系。不论是通过内部联系还是外部联系，联系对于思想的表述是必不可少的。假如没有联系，我们就不能表达任何连贯的思想，而只能说出一个个孤立的、互不相关的单词或概念。因此，句子的生命力和句子之间的有机性是联系赋予的。古人作文之法最密，《筱园诗话》云：“有章法，有句法，有字法。而字法在句法中，句法在章法中，一章之法，又在连章之中，特浑含不露耳。”②因此，理解一个语篇，就是要找出联结句子之间各种不同的关系或语词的各种联系。它是语篇文本结构的基础，更是刘勰结构语篇的根本方式。关于《文心雕龙》整体的体例、篇章数目、内容和方法，以及各篇的具体内容，刘勰在《序志》里说：

> 盖《文心》之作也，本乎道，师乎圣，体乎经，酌乎纬，变乎骚：文之枢纽，亦云极矣。若乃论文叙笔，则囿别区分；原始以表末，释名以章义，选文以定篇，敷理以举统：上篇以上，纲

① 《说诗晬语》，见王夫之等撰《清诗话》，第540页。

② 《筱园诗话》，见郭绍虞选编《清诗话续编》，第2353页。

> 领明矣。至于割情析采，笼圈条贯：摛神性，图风势，苞会通，阅声字，崇替于《时序》，褒贬于《才略》，怊怅于《知音》，耿介于《程器》，长怀《序志》，以驭群篇：下篇以下，毛目显矣。位理定名，彰乎大易之数，其为文用，四十九篇而已。

据此，由喻言在整个篇章中占据核心地位这种现象我们可以推知：由于任何相对独立的篇章中所有的部分都是为作者的某个写作目的服务的，即都具有整体性和连续性，其内部的各个组成部分都是必不可少的、都是某个更大的篇章的一部分。而篇章都是由一个个相互联系的小句构成的。因此，即使某个语言片段里不包含比兴句，即使其中有些篇章无喻言，我们仍可以依据小句服从语段、语段服从篇章整体的原则，通过语境把它们与更大的语言片段联系起来，最终会发现它们同样是喻言。因为《文心雕龙》整个文本的题目就是一个复杂的隐喻——“文心雕龙”。这是最大最核心的中心语句，其余五十个篇章都是边缘语句，它们之间是阐述关系。因此，如果把整个《文心雕龙》视作一个浑然一体的篇章的话，那么，这个以“文心雕龙”为中心语句的篇章章法很密：“合观之，连章若一章；分观之，各章又自成章。其先后次第，自有一定不紊之条理。”[①]正是在这个意义上，我们说《文心雕龙》是一种喻言式的批评话语。

---

① 《筱园诗话》，见郭绍虞选编《清诗话续编》，第2353页。

第五节　比兴活句，剖裂玄微：喻言式语义结构的功能

以上，我们以形式分析为主，对刘勰采用什么方式表义及其结构模式和特点作了探讨，说明《文心雕龙》诸篇章是如何表达意义的。下面，我们拟以功能分析为主，进一步探讨刘勰喻言式语义结构的特点及其功能。

一、写物附意，飏言切事

（一）喻切以至，使人知之

一般来说，含蓄蕴藉是喻言表达的一个重要效果，也是人们评价诗歌的一个重要准绳。《围炉诗话》云："唐诗有意，而托比兴以杂出之，其词婉而微，如人而衣冠。宋诗亦有意，惟赋而少比兴，其词径以直，如人而赤体。明之瞎盛唐诗，字面焕然，无意无法，直是木偶被文绣耳。"[①]然而，诗人"词婉而微"不是不欲让读者知其情志，恰恰相反，是为了更强烈地打动读者、感染读者。宋人魏泰《临汉隐居诗话》云："诗者述事以寄情，事贵详，情贵隐，及乎感会于心，则情见于词，此所以入人深也。如将盛气直述，更无余味，则感人也浅，乌能使其不知手舞足蹈；又况厚人伦，美教化，动天地，感鬼神乎？"[②]同理，人们在一般文章中运用喻言的主要目的不是为了隐藏感情或思想不让人知，而是为了"喻深以浅"、"喻

① 郭绍虞选编：《清诗话续编》，第472页。

② 何文焕辑：《历代诗话》上，第322页。

难以易”[①]，更好地使人知之。《墨子》曰：“辟也者，举物而以明之也。”[②]汉代王符亦云：“夫譬喻也者，生于直告之不明，故假物之然否以彰之。”[③]从现存先秦时期的史书记载来看，此时人们使用喻言主要是为了更好地说理。如应侯谓昭王曰：“百人舆瓢而趋，不如一人持而走疾。百人诚舆瓢，瓢必裂。今秦国，华阳用之，穰侯用之，太后用之，王亦用之。不称瓢为器，则已；已称瓢为器，国必裂矣。”[④]显然，应侯之所以使用比喻语主要不是为了使言语生动形象，而是为了用较浅显的比方以理服人。这点在著书立说的诸子著作里表现得很明显。如《荀子·劝学》里的“学不可以已。青，取之于蓝而青于蓝；冰，水为之而寒于水。木直中绳，輮以为轮，其曲中规；虽有槁暴不复挺者，輮使之然也。故木受绳则直，金就砺则利，君子博学而日参省乎己，则知明而行无过矣”就是一段阐明事理的喻言。其实，欲究天地之理、窥道开塞，人们认为必须使用喻言。《淮南子·要略》声称：“言天地四时而不引譬援类，则不知精微”，“言君事而不为称喻，则不知动静之宜”，“已知大略而不知譬喻，则无以推明事。”由于人们基于“知精微”、“推明事”的目的使用喻言，所以，在这种喻言里，比喻物常常是一种常见的、具体的已知事物，用以比附一种不常见的未知事物。刘向在《说苑》卷第十一里记载了梁王和惠施的一段对话，梁王要求说

---

① 王充说：“何以为辩？喻深以浅。何以为智，喻难以易。”详见王充著，黄晖校释《论衡校释》，中华书局1990年版，第1194页。

② 毕沅校注：《墨子》，上海古籍出版社1995年版，第169页。

③ 王符著，汪继培笺，彭铎校正：《潜夫论笺校正》，第326页。

④ 刘向集录：《战国策》，上海古籍出版社1985年版，第197页。

话善于使用比喻语的惠施在与他对话时不要使用比喻语，但惠施巧妙地通过对梁王所不知的“弹”的解释，证明了人应“以其所知谕其所不知，而使人知之”[①]的道理。

先秦两汉时期的这种比喻观对后代影响深远。除以诗歌为代表的文学作品外，人们在一般文章中使用喻言的主要目的就是为了更好的认知。刘勰亦如此。他在《比兴》篇里提到的比喻物都是实际生活中常见的一些已知事物，如鹄、鹜之类动物，螟蛉、蜩螗之类爬虫和风、雪类自然物象，金、锡类金属以及浣衣、席卷类具体行为动作，被比喻物则是一些不常见的未知事物或抽象事理，如明德、秀民、教诲、号呼、心忧等等。从《文心雕龙》中有关喻言的论述来看，刘勰非常强调比喻物与被比喻物之间的相似性，也即客体与主体部分的相合。《比兴》云：“物虽胡越，合则肝胆”[②]，“比类虽繁，以切至为贵，若刻鹄类鹜，则无所取焉。”而“喻切以至”（《书记》）的目的不是为了使表义含糊朦胧，不为读者所把握，而是为了让他们更准确、更明白地领会和理解文章中的思想。如“夫骥足虽骏，纆牵忌长，以万分一累，且废千里。况文体多术，共相弥纶，一物携贰，莫不解体。所以列在一篇，备总情变，譬三十之辐，共成一毂，虽未足观，亦鄙夫之见也。”（《总术》）此段前后设喻，文虽浅近，义实深远。在很多语境中，《文心雕龙》中的喻言实际上是论述说理的形象化表述。例如：

---

① 刘向撰，向宗鲁校证：《说苑校证》，第272页。

② 《淮南子·俶真》云：“是故自其异者视之，肝胆胡越。”高诱注曰“肝胆，喻近；胡越，喻远。”刘勰此处语意本此。

1. 夫铅黛所以饰容,而盼倩生于淑姿;文采所以饰言,而辩丽本于情性。(《情采》)

2. 夫以草木之微,依情待实,况乎文章,述志为本,言与志反,文岂足征?(《情采》)

例1是一个隔句对构成的对喻,它“喻巧而理至。”(《论说》)前两小句为客体部分,后两小句为主体部分。客体部分并不像一般比喻那样说明主体的形态、特征等,而是证明主体所说的道理,它形象生动地对比说明辞采只是用来修饰语言的,它的鲜明、华丽要以作者的性情为根本。这个对喻的巧妙就在于用已知事理去喻未知事理,从而变未知为已知,给读者以深刻印象。前苏联语言学家P.A.布达哥夫认为:概念越抽象越一般,词的可感知的形式对于概念的表达就越有重大的意义。[①] 例2就是如此,它直接以依情待实的草木,喻指说明作文也要有真情。

从《文心雕龙》批评话语来看,刘勰努力变抽象的概念为可感知的物象或行为。有时,他不是用客体部分证明主体部分,而是用它比附主体部分,从而给后者以具体生动的进一步解释。例如:

何谓附会?谓总文理,统首尾,定与夺,合涯际,弥纶一篇,使杂而不越者也。若筑室之须基构,裁衣之待缝缉矣。

① P.A.布达哥夫:《符号——意义——事物(现象)》,见《国外语言学》,1981年第1期。

（《附会》）

这个由三个语句结构的语段其实表达的是相对完整的一个意义。前两句看似都是正言，但第三句开头的一个“若”字把它与前两句紧密联成了一个整体。刘勰在前两句自问自答给“附会”下了一个明确的定义，第三句又辅以一个明喻予以解释。因此，这是一个喻言式的语段。前七小句为主体部分，刘勰先设问，后作答，然而“事难显陈，理难言罄”①，于是刘勰又托物连类以形容之：后面两句客体部分使读者很快就明白了什么是“附会”，因为它所涉及的两种事理都是借助于具体感性的行为“筑室”、“裁衣”来显现的。

（二）委曲周详，旨实闳深

“义直而文婉”（《哀吊》）是《文心雕龙》喻言式批评话语语义结构所指与能指层面上的显著特征。刘勰总是借助于喻言更好地陈述事理，论辩是非。他所说的“附理者切类以指事”（《比兴》）意义上的“比”本质上是一种类比推理式喻言。如“凡切韵之动，势若转圜；讹音之作，甚于枘方。免乎枘方，则无大过矣。练才洞鉴，剖字钻响，识疏阔略，随音所遇，若长风之过籁，南郭之吹竽耳。古之佩玉，左宫右徵，以节其步，声不失序。音以律文，其可忘哉”（《声律》），比事属词，必征其类：前面每说一事理便以一喻喻之，后面又以一喻类推出“音以律文，其可忘哉。”其述事说理，委曲周详，言尽意尽。这种以“写物以附意，飏言以切事”

---

① 沈德潜：《说诗晬语》，人民文学出版社1979年版，第186页。

(《比兴》)为其主要特征的类比推理式喻言在《文心雕龙》中普遍存在。仅从客体部分来看,它就有以下七种主要形式:

1. 重述式:指客体部分反复说明一个事理。譬如:

(1)或有晦塞为深,虽奥非隐,雕削取巧,虽美非秀矣。故自然会妙,譬卉木之耀英华;润色取美,譬缯帛之染朱绿。朱绿染缯,深而繁鲜;英华曜树,浅而炜烨:秀句所以照文苑,盖以此也。

(2)夫隐之为体,义主文外,秘响傍通,伏采潜发。譬爻象之变互体,川渎之韫珠玉也。故互体变爻,而化成四象;珠玉潜水,而澜表方圆。

这两例均是选自《隐秀》篇的喻言,它们既是一个语言片段,又是一个详喻。在语义上,它们都由两部分构成:前四小句皆为主体部分,后面均是客体部分。客体部分在两句中所占的比例较大。例(1)客体部分又可分为三个比较大的相互联系相互依赖的语句,其中前面是两个隔句对,它们借助于相同或相近词汇(或比喻物)的重复(即"卉木之耀英华"与"英华曜树"、"缯帛之染朱绿"与"朱绿染缯")结为一体,最后一句又借助于指示代词"此"重述前语句的内容。三句在结构上紧密相连,在语义上相互叠加,共同类比阐述主体部分所说的创作原理,即"隐"、"秀"皆当"自然会妙"。例(2)与例(1)相仿,其客体部分由一个单句对、一个隔句对构成。两个丽句无论是在结构上("爻象之变互体"与"互体变爻","川渎之韫珠玉"与"珠玉潜水")还是语义上都相互重叠、相互说明。

2. 对比式：指客体部分相互对比说明事理。譬如：

> (1) 夫水性虚而沦漪结，木体实而花萼振：文附质也；虎豹无文则鞟同犬羊，犀兕有皮而色资丹漆：质待文也。（《情采》）
>
> (2) 原笺记之为式，既上窥乎表，亦下睨乎书，使敬而不慑，简而无傲，清美以惠其才，彪蔚以文其响，盖笺记之分也。（《书记》）

此两例"辞约而旨丰，事近而喻远。"（《宗经》）刘勰通过相同或相反比喻物之间的对比说明事理。例(1)是一个隔句对或对喻结构的语段。出句与对句的前面都是比较长的客体部分，其间的四个比喻物两两对照说明各自的主体部分（即"文附质也"、"质待文也"）。例(2)客体部分有两两相对的三组比喻物，即"既上窥乎表，亦下睨乎书"、"敬而不慑，简而无傲"和"清美以惠其才，彪蔚以文其响"，这三个单句对共同论证了该喻言式语段的主体部分，即"原笺记之为式"或"盖笺记之分也"。

3. 例证式：指客体部分内部存在着说明和被举例说明的关系，后面的比喻物往往是对前面比喻物的举例证明。譬如：

> (1) 夫麟凤与麏雉悬绝，珠玉与砾石超殊，白日垂其照，青眸写其形。然鲁臣以麟为麏，楚人以雉为凤，魏氏以夜光为怪石，宋客以燕砾为宝珠。形器易征，谬乃若是；文情难

鉴，谁曰易分？（《知音》）

(2)是以世人为文，竞于诋诃，吹毛取瑕，次骨为戾，复似善骂，多失折衷。若能辟礼门以悬规，标义路以植矩，然后逾垣者折肱，捷径者灭趾，何必躁言丑句，诟病为切哉。（《奏启》）

就语义结构而言，例(1)由三个四小句结构的大语句构成。前两个是客体部分，后一个是主体部分。客体部分包含八个比兴句，其中前四个为一般隐喻，后四个是引喻。刘勰对此杂征博取，信手拈来。然百喻不离其证。在整个语段里，所有比喻物都作为类比推理的前提，用以证明结论（亦即主体部分）的正确性。而作为总的论证前提的客体部分从语义上又可分为两大部分：前一句（即“麟凤与麏雉悬绝，珠玉与砾石超殊，白日垂其照，青眸写其形”）提出论点，后一句（即“鲁臣以麟为麏，楚人以雉为凤，魏氏以夜光为怪石，宋客以燕砾为宝珠”）作为论据证明论点。例(2)从语义上可分为两个比较大的喻言。后面喻言里的客体部分（即“辟礼门以悬规，标义路以植矩，然后逾垣者折肱，捷径者灭趾”）是对前面喻言里客体部分（即“吹毛取瑕，次骨为戾，复似善骂，多失折衷”）所提出的问题的进一步解说。

4. 并列式：指客体部分各个在语义结构上平等的比喻物共同从不同方面说明主体部分。譬如：

(1)夫王言崇秘，大观在上，所以百辟其刑，万邦作孚。故授官选贤，则义炳重离之辉；优文封策，则气含风雨之润；

敕戒恒诰，则笔吐星汉之华；治戎燮伐，则声有洊雷之威；眚灾肆赦，则文有春露之滋；明罚敕法，则辞有秋霜之烈：此诏策之大略也。（《诏策》）

（2）自连珠以下，拟者间出。杜笃贾逵之曹，刘珍潘勖之辈，欲穿明珠，多贯鱼目。可谓寿陵匍匐，非复邯郸之步，里丑捧心，不关西施之颦矣。（《杂文》）

此两例"假象取耦，以相譬喻；断短为节，以应小具：所以曲说攻论，应感而不匮者也。"[①]刘勰并列使用"重离之辉"、"风雨之润"、"星汉之华"、"洊雷之威"、"春露之滋"和"秋霜之烈"六个具体物象，分别论述了不同题材诏策在义理、文辞、意气、下笔、声势和词语方面的特点。以"杜笃贾逵之曹，刘珍潘勖之辈，欲穿明珠，多贯鱼目"和"寿陵匍匐，非复邯郸之步，里丑捧心，不关西施之颦矣"两组四个寓意相近的引喻为论据，刘勰充分证明了主体部分所提出的论点，即"自连珠以下，拟者间出。"

5. 递进式：指客体部分里的几个比喻物层递排列，后面的比前面的在程度上高。譬如：

（1）唯英才特达，则炳曜垂文，腾其姓氏，悬诸日月焉。（《诸子》）

（2）原夫载籍之作也，必贯乎百氏，被之千载，表征盛衰，殷鉴兴废，使一代之制，共日月而长存，王霸之迹，并天地而

① 《淮南子·卷二十一·要略》，中华书局 1954 年第 1 版，第 371 页。

久大。(《史传》)

在例(1)这个比兴句里,前一小句是主体部分,后面三个小句是客体部分。客体部分里的三个比喻物(“炳曜垂文”、“腾其姓氏”、“悬诸日月”),一个比一个更进一步说明了主体部分。同理,结构例②客体部分的“贯乎百氏,被之千载,表征盛衰,殷鉴兴废,使一代之制,共日月而长存,王霸之迹,并天地而久大”步步深入地论证了“载籍之作”。

6. 包含式:指主体部分内含在客体部分之中。譬如:

(1) 昔秦女嫁晋,从文衣之媵,晋人贵媵而贱女;楚珠鬻郑,为熏桂之椟,郑人买椟而还珠。若文浮于理,末胜其本,则秦女楚珠,复在于兹矣。(《议对》)

(2) 夫骥足虽骏,纆牵忌长,以万分一累,且废千里。况文体多术,共相弥纶,一物携贰,莫不解体,所以列在一篇,备总情变;譬三十之辐,共成一毂,虽未足观,亦鄙夫之见也。(《总术》)

从外在语词、语法联系和内在语义联系来看,这两个都是主体部分包含在客体部分之内的、非常独特的喻言语段。结构它们的言语基本上都是用来说明作为比喻物的客体部分的。而用以陈述被比喻物主体部分的言语很少,且零星地夹杂在整体述说客体部分的言语里。尽管如此,读者还是明白刘勰之所以铺陈述说“秦女楚珠”和“骥足虽骏,纆牵忌长”的目的,就是为了论证“若文浮于理,末胜其本"和"况文体多术,共相弥纶,一物携贰,莫不解体,所以列在一篇,备总情变"的作文之道。

7. 证明式:指客体部分之间存在着相互印证的关系。譬如:

(1)夫青生于蓝,绛生于蒨,虽踰本色,不能复化。桓君山云:"予见新进丽文,美而无采;及见刘扬言辞,常辄有得。"此其验也。(《通变》)

(2)夫经典沉深,载籍浩瀚,实群言之奥区,而才思之神皋也。扬班以下,莫不取资,任力耕耨,纵意渔猎,操刀能割,必列膏腴。(《事类》)

例(1)这个完全由客体部分结构的喻言语段,从语义结构上可以划分为前后两部分(也即一个隐喻、一个引喻)。前一部分提出论点,后一部分其实是对它的验证。例(2)里的前两小句为主体部分,后面都是客体部分。客体部分内部又可以进一步区分出"实群言之奥区,而才思之神皋也"和"扬班以下,莫不取资,任力耕耨,纵意渔猎,操刀能割,必裂膏腴"前后两部分,前一部分总说提出观点,后一部分则用具体事例来证明。

总之,客体部分的反复咏叹、多角度申说,增强了主体部分所言事理的可信性。这是重述式、对比式、例证式、并列式、递进式、包含式和证明式共同的特点。详喻是这七种类比推理喻言形式里最常见的一种形态。它的广泛存在赋予《文心雕龙》强烈的论辩色彩。不论是"品列成文"、"论文叙笔",还是"割情析采"、"擘肌分理"[①]，刘勰都喻言以切事，以浅喻深，以已知喻不知，以易喻难。因此，如果说《文心雕龙》是一种喻言式的批评话语的话，那么，类比推理就是它最基本的一种形式，认知就是它最大的功能。

二、取类不常，义味腾跃

鲁道夫·阿恩海姆曾说："艺术是世界上最为具体的事物。"[②]的确如此，视听艺术以具体生动、鲜明可感的形象诉诸我们的感官，让我们通过感觉到的经验去理解事物。语言艺术亦如此。它不仅能借助于语音的动态节律引发我们的美感，而且还可以创造出更重要的形式感或能指优势。《文心雕龙》喻言式批评话语就是一种有象话语，一种能使读者在想象中感知的话语，一种能给读者以美感享受的话语。由于喻言的本质在于立象尽辞，因此无"象"即无喻言。它"产生于人们对于感性的具体性的追求。这样的具体性一般来说对于诗的语言是不可或缺的。"[③]《文心雕龙》喻言里的"象"都是经验世界中的具体物象。它们可以是人、雀、麟等动物，可以是花、萱、蒯等植物，可以是日、月、山、川等自然现象，也可以是石、丝、麻等具体事物。譬如：

> 若夫善弈之文，则术有恒数，按部整伍，以待情会，因时顺机，动不失正。数逢其极，机入其巧，则义味腾跃而生，辞

① 黄叔琳撰：《文心雕龙辑注》，第436—437页。

② 〔美〕鲁道夫·阿恩海姆著，滕守尧、朱疆源译：《艺术与视知觉》，中国社会科学出版社，1984年版，第8页。

③ 〔美〕鲁道夫·阿恩海姆著，郭小平等译：《艺术心理学新论》，商务印书馆1994年版，第210页。

气丛杂而至。视之则锦绘，听之则丝簧，味之则甘腴，佩之则芬芳。断章之功，于斯盛矣。（《总术》）

刘勰明确指出："夫'比'之为义，取类不常：或喻于声，或方于貌，或拟于心，或譬于事。"这里，他用五花八门的比喻物论证了文学创作中"文术"的必要性和重要性。他先把作者比作善于下围棋者和治军者，说明文章所以不平凡，就在于作者掌握了驭文之术，然后依次借鸟儿飞腾跳跃、丛草杂出、锦绣、琴、瑟，以及肉的肥美和草的清香来喻指作品的意味、辞气、文采和韵律的美妙，说明作者掌握了"文术"后可能产生的功效。这就使喻言里的主体部分在读者面前展示出多种多样的形象特征，便于读者依据自己的经验从中接受某个自己感受最亲切的比喻物，更好地领会主体部分所表达的思想。在这诗一般的语段里，刘勰反复设喻，变化莫测的比喻物使人应接不暇，给读者以辽阔的想象空间。它既能引发读者想象中的视觉形象、听觉形象，又能引发他们想象中的联觉（即味觉和嗅觉），从而使读者获得强烈的印象和美感享受。这样的言语显然不仅仅是在表述意义，它那些诉诸读者多种感官的物象都旨在唤醒读者潜在的想象力，让他们在感知、体悟中理解事理。

《围炉诗话》云："诗之失比兴，非细故也。比兴是虚句活句，赋是实句。有比兴则实句变为活句，无比兴则实句变成死句。"①《文心雕龙》多比兴活句，这主要体现在刘勰对动词的大量运用

① 郭绍虞选编：《清诗话续编》上，第481—482页。

上，譬如：

> 若夫艳歌婉娈，怨志诀绝，淫辞在曲，正响焉生？然俗听飞驰，职竞新异。雅咏温恭，必欠伸鱼睨；奇辞切至，则拊髀雀跃：诗声俱郑，自此阶矣。（《乐府》）

这里，借用“欠”、“伸”、“睨”、“拊”、“跃”之类表示活动的语词，刘勰使物象活现在读者眼前，给他们如睹其物、如闻其声的知觉上的快感。人打呵欠、鱼的斜视、人用手拍股和鸟雀的跳跃分别喻指人们对雅正歌咏的敌视和新异文辞的欢欣。许多时候，这种比喻鲜活的、呼之欲出的具体性构成了刘勰批评话语特有的质地。如当他说“篇章户牖，左右相瞰。辞如川流，溢则泛滥。权衡损益，斟酌浓淡。芟繁剪秽，弛于负担”《熔裁》的时候，我们不仅真切地感受到了无生命物象（“户牖”、“川流”）的生命活力，而且对于篇章安排要对称和辞采要适宜的理解获得了一种知觉上感性的认识。

较之静态，动态的物象更能加强和丰富我们想象中的形象，也更能给我们以美感。在《文心雕龙》的喻言世界里，以动词为核心的描述式喻言占相当大的比例。刘勰经常把抽象事理喻之以动态中的事物，譬如：

> (1) 逮及七国力政，俊乂蜂起。（《诸子》）
> (2) 孝武多才，英采云构。（《时序》）
> (3) 然章句在篇，如茧之抽绪，原始要终，体必鳞次。

(《章句》)

(4)左碍而寻右，末滞而讨前，则声转于吻，玲玲如振玉；辞靡于耳，累累如贯珠矣。(《声律》)

"蜂起"、"云构"、"茧之抽绪"、"体必鳞次"、"玲玲"和"累累"这些语词，与其说它们让人思考，不如说让人感觉。它们唤起了我们想象中的心象。我们通过视觉、听觉器官和依照视觉、听觉器官，仿佛看到了章句像蚕茧抽出丝头和鱼鳞似的有条不紊，以及才学卓越的人蜂拥而出的情景；听到了振动中的玉石所发出的清脆的玲玲之声。因此，《文心雕龙》喻言的语词中凝聚着美感的意味，它是一种既有知觉能知觉到的实象，也有想象能想象到的心象的美的言语。

然而，美感或形式的效果是构造性想象之物，"在这之前先有色彩的效果，这种效果是纯粹感性的，在本质上并不比其他任何感觉的效果强些。但是因为它比其他感觉效果更多涉及事物的知觉，所以它更容易成为美的一个因素。"①因此，当我们不时地在《文心雕龙》中看到诸如"丽词雅义，符采相胜，如组织之品朱、紫，画绘之著玄、黄，文虽新而有质，色虽糅而有本"(《诠赋》)，以及"世历二汉，朱、紫腾沸"(《正纬》)之类的比兴句时，我们并不感到奇怪。至如"眚灾肆赦，则文有春露之滋；明罚敕法，则辞有秋霜之烈"(《诏策》)类既拥有鲜活物象(即"春露之滋"、"秋霜之

---

① 〔美〕乔治·桑塔耶纳著，缪灵珠译：《美感》，中国社会科学出版社 1982 年版，第 50 页。

烈”)，又视觉形式上对称相俪、排比整齐的对喻在《文心雕龙》中更是普遍存在。[1]

总之，由于喻言式语义结构自身的特点，《文心雕龙》喻言式批评话语在追求所指明晰性的同时兼有能指的美感特征。

第六节　神用象通，情变所孕：内在语言形式

语言是思维的产物。它通过作家的思维—感知方式这种内在的特质而获得一定的色彩和个性。这种思维—感知方式从我们开始掌握语言时，就以独特的方式影响我们。因此，为了更好地理解《文心雕龙》喻言式的批评话语，我们需要把语言、语法和词汇结构看作话语的外在特性或表层结构。如同灵魂寓于肉体中一样存在于语言之中并产生作用，而把说话者刘勰的思维—感知方式看作话语的内在特质或深层结构，从而进一步深入探究作为“内在语言形式”[2]的说话者的精神活动。这也就是语言哲学意义上所说的话语，它包括隐匿在这种话语背后的思维方式、概念形成、语境以及由此而带来的材料使用和结论的弹性等一系列问题。

一、隐喻思维

在刘勰喻言式批评话语中，无论极为生动的物象之间有多么大的差异，同样一种思维起着作用，这就是恩斯特·卡西尔所谓的隐喻思维(metaphorical thinking)。从语源学上来看，英语语境

---

① 第二部分对此已有专论，兹不赘述。

② 〔德〕威廉·冯·洪堡特著，姚小平译：《论人类语言结构的差异及其对人类精神发展的影响》，商务印书馆1999年版，第102—103页。

中的"隐喻"一词来自希腊语，此词又源于 meta（超越）和 pherein（携带）。所以"隐喻"这个单词里深深嵌入着"转移"（transfer）这个概念，即希腊语里的"transport"①。人们把隐喻当作一种运输工具，即能把一个它通常定居在那里的概念转移到另一个不容易发现它的地方。此基本义，后来又被引申为用打比喻的方法传达意义，即包括"有意识地以彼思想内容的名称指代此思想内容，只要彼思想内容在某个方面相似于此思想内容，或多少与之类似。在这种情况下，隐喻即是真正的'移译'或'翻译'，它介于其间的那两个概念是固定的互不依赖的意义，在作为给定的始端和终端的这两个意义之间发生了概念过程，导致了从一端向另一端的转化，从而使一端得以在语义上替代另一端。"②而导致两个不同的概念替代过程的发生原因是作者的隐喻思维，即发现万事万物的相似性和临近性，把存在的、有形的事物视作比喻物去喻指那不存在的无形的东西，或者把已知的事物视作比喻物去喻指那未知的事物。从发生学上说，人类最初使用最普遍的一种比喻物就是人类自身的身体。诚如古希腊哲人普罗泰戈拉所说："人是万物的尺度，是存在的事物存在的尺度，也是不存在的事物不存在的尺度。"③《易·系辞下》亦云："古者包牺氏之王天下也。仰则观象于天，俯则观法于地，观鸟兽之文与地之宜。近取诸身，远取诸

---

① Joanna Thornborrow Shan Wareing，*Patterns in Language: Stylistics for Students of Language and Literature*，外语教学与研究出版社、劳特利奇出版社 2000 年版，第 96 页。

② 〔德〕恩斯特·卡西尔著，于晓等译：《语言与神话》，三联书店 1988 年版，第 105 页。

③ 希腊普罗泰戈拉语，见《古希腊罗马哲学》，商务印书馆 1961 年版，第 138 页。

物,于是始作八卦,以通神明之德,以类万物之情。”①

在人类“近取诸身,远取诸物”这一隐喻性的认识活动中,想象起着重要作用,是它导致了隐喻式的观念联想。因此,隐喻思维实质上是一种想象思维,它对现实不是被动的接受,而是积极地将自己加诸于人类世界,并创造性地改变和影响它。在《文心雕龙》喻言式批评话语的背后,我们明显地能感到一种力量在起作用,这就是刘勰神话式的想象,“它把个人人格投射在外部事物上,赋予自然生命和灵魂”②,从而创造了另一种现实。这突出体现在《文心雕龙》言语结构中人和文学的对应上。刘勰经常以“肝胆”、“呼吸”、“肌”类的借喻,和“憔悴”、“肥”、“瘦”类的隐喻,也即用通常形容有生命物体的语词去喻指无生命的事理,使其显得具有感觉,成为具有生命实质的真事真物,或者用拟人化的语句描述事理,如《论说》里的“披肝胆以献主,飞文敏以济辞”、“说尔飞钳,呼吸沮劝”,《附会》里的“滕句憔悴”,以及《序志》里的“擘肌分理,唯务折衷”等等。而在表达抽象或深奥的事理时,刘勰最常用的比喻物是人、人体各个部分的器官以及人的感觉和情性,尤其是组成人生命的三要素:形、气、神。《淮南子·原道》云:“夫形者,生之舍也;气者,生之充也;神者,生之制也。一失位,则三者伤矣。”《庄子·知北游》和东汉桓谭《新论》里亦有“人之生,气之聚也”和“神者,心之宝也”之说。刘勰在《文心雕龙》里则直接以“形”、“气”、“神”论文。例如,在“夫才量学文,宜正体制,必以

---

① 《十三经注疏》,第 87 页。

② 〔美〕韦勒克、沃伦著,刘象愚等译:《文学理论》,三联书店 1984 年版,第 225 页。

情志为神明，事义为骨髓，辞采为肌肤，宫商为声气，然后品藻玄黄，摛振金玉，献可替否，以裁厥中：斯缀思之恒数也"（《附会》），和文章"繁略殊形，隐显异术"（《徵圣》）里，"语言中的单词是对对象的命名——语句就是这些名称的组合——在语言的这一图画中，我们找到了下面这种观念的根源：每个词都有一个意义。这一意义与该词相关联。词所代表的乃是对象。"[①]"神明"、"骨髓"、"肌肤"、"声气"、"形"依次对应的是文学作品里的"情志"、"事义"、"辞采"、"宫商"、外在形式。凭着这种对等原则，在直接的感官知觉中或从逻辑分类的观点看来是完全不同的两个实体——人和文学，在语言结构中却被刘勰视作是相似之物。他关于其中任何一个实体的陈述几乎都可以转移到另一个实体上，都可以运用于另一实体。

神、志、心、气这些语词所代表的既是人的根本，亦是文的根本。它们统摄着人的形体，也决定着文学的形式。刘勰明确声称"辞为肌肤，志实骨髓"，假如作者"述志为本，言与志反，文岂足征？"[②]因此，他告诫作者文学创作时要"神居胸臆，而志气统其关键"，"关键将塞，则神有遁心。是以陶钧文思，贵在虚静，疏瀹五藏，澡雪精神。"（《神思》）至于创作上的独创性，刘勰认为更是由作家内在的精神气质所决定的。《体性》云："若夫八体屡迁，功以学成，才力居中，肇自血气；气以实志，志以定言，吐纳英华，莫非情性。是以贾生俊发，故文洁而体清；长卿傲诞，故理侈而辞溢；

① 〔奥〕维特根斯坦著，李步楼译：《哲学研究》，商务印书馆 1996 年版，第 3 页。

② 前面一句出自《文心雕龙·神思》，后面一句出自《文心雕龙·情采》。

子云沈寂,故志隐而味深;子政简易,故趣昭而事博;孟坚雅懿,故裁密而思靡;平子淹通,故虑周而藻密;仲宣躁锐,故颖出而才果;公干气褊,故言壮而情骇;嗣宗俶傥,故响逸而调远;叔夜俊侠,故兴高而采烈;安仁轻敏,故锋发而韵流;士衡矜重,故情繁而辞隐。触类以推,表里必符,岂非自然之恒资,才气之大略哉!"所以,正如人务必保持体内的血气才有生命,精神与思维机能才能正常发挥一样,为文也需养气。刘勰因而辟有专篇《养气》,其中他详细论证了创作主体生命之气与文学创作之间的对应关系。他指出:"夫耳目鼻口,生之役也;心虑言辞,神之用也。率志委和,则理融而情畅,钻砺过分,则神疲而气衰:此性情之数也。""凡童少鉴浅而志盛,长艾识坚而气衰,志盛者思锐以胜劳,气衰者虑密以伤神,斯实中人之常资,岁时之大较也。"所以,刘勰提出:"玄神宜宝,素气资养。"进行文学创作的人,"务在节宣,清和其心,调畅其气,烦而即舍,勿使壅滞,意得则舒怀以命笔,理伏则投笔以卷怀,"否则,"若销铄精胆,蹙迫和气,秉牍以驱龄,洒翰以伐性,岂圣贤之素心,会文之直理哉。"

人内在的神、气固然重要,但都离不开形体的依托。人的形体于人不是可有可无的,在某种意义上,它代表着人之为人。刘勰对此有深刻的认识。《情采》云:"虎豹无文,则鞟同犬羊;犀兕有皮,而色资丹漆。质待文也。"《说文》云:"鞟,去毛皮也。"《尔雅》云:"犀似牛,兕似豕。"依刘勰之见,犀、兕有皮,也须有"文"。动物的毛有显示皮的差别的功效,若把虎、豹的毛("文")去掉,那它们的皮就与犬、羊没什么两样。同理,人之无形,则与其他动物无二。因此,诚如人是神、气、情志与外在形体的统一体一样,文学作品也是情、理与辞的完美结合。

《情采》云："故情者文之经，辞者理之纬；经正而后纬成，理定而后辞畅，此立文之本源也。"

总之，刘勰以人论文并不只是一种形象化的说法，而是一种实质上的等同。他是把文章看成我们自己同类的活人。在这种"人化文评"[①]里，文学与人无分彼此，它自身就有气骨神脉等种种生命机能和构造。

二、语言结构中人与文学的等同

生存论、存在论意义上的隐喻仅仅属于语言使用的范围，它是"通过对语词和语句的富于想象力的运用而造就出的某种东西，隐喻完全依赖于这些语词的通常意义，从而完全依赖于由这些语词所组成的语句的通常意义。"[②]刘勰人化文论显现的形式也是一定的生命化的语词。他采用近取诸身的隐喻为文学命名，把文学符号化，并创造性地建构了自己文学理论的大厦。而用以结构这个大厦的就是大量生命化语词。譬如：

（一）与"心"字搭配的语词主要有以下十个：

1. 心术 例句：

心术既形，英华乃赡。（《情采》）

2. 心实 例句：

---

① 钱钟书：《中国固有的文学批评的一个特点》，见周振甫等编著《谈艺录》，上海教育出版社 1992 年版，第 401 页。

② D. 戴维森：《隐喻的含意》，见〔美〕A. P. 马蒂尼奇编，牟博等译《语言哲学》，商务印书馆 1998 年版，第 843 页。

虽发其情华，而未极心实。(《哀吊》)

3. 文心 例句：

夫文心者，言为文之用心也。(《序志》)

4. 心力 例句：

博而能一，亦有助乎心力矣。(《神思》)

5. 心声 例句：

然饰穷其要，则心声锋起。(《夸饰》

6. 遁心 例句：

关键将塞，则神有遁心。(《神思》)

7. 乐心 例句：

乐心在诗，君子宜正其文。(《乐府》)

8. 道心 例句：

道心惟微,神理设教。(《原道》)

9. 心解 例句:

夫赏训锡赉,岂关心解?(《指瑕》)

10. 寸心 例句:

并杼轴尺素,抑扬乎寸心。(《书记》)

(二)与"气"字搭配的语词主要有以下十个:

1. 辞气 例句:

法家辞气,体乏弘润。(《封禅》)

2. 志气 例句:

斯乃化感之本源,志气之符契也。(《风骨》)

3. 意气 例句:

意气骏爽,则文风清焉。(《风骨》)

4. 血气 例句：

才力居中，肇自血气。（《体性》）

5. 气力 例句：

文辞气力，通变则久。（《通变》）

6. 才气 例句：

岂非自然之恒资，才气之大略哉。（《体性》）

7. 养气 例句：

昔王充著述，制养气之篇。（《养气》）

8. 素气 例句：

元神宜宝，素气资养。（《养气》）

9. 韵气 例句

韵气一定，故余声易遣。（《声律》）

10. 声气 例句：

辞采为肌肤，宫商为声气。（《附会》）

此外，《文心雕龙》里与“骨”、“神”、“形”字搭配的生命化语词也不少。与“骨”搭配的主要有“文骨”（如《议对》云：“而谀辞弗剪，颇累文骨”）、“风骨”（如（《风骨》云：“风骨不飞，则振采失鲜”）和“骨采”（如《章表》云：“表以致禁，骨采宜耀”）。与“神”搭配的主要有“神思”（如《神思》云：“古人云：‘形在江海之上，心存魏阙之下’，神思之谓也”）和“神理”（如《原道》云：“莫不原道心以敷章，研神理而设教”）。与“形”搭配的主要有“形文”（如《情采》云：“一曰形文，五色是也”）和“形似”（如《物色》云：“自近代以来，文贵形似”）。

以上隐喻语词里有的属于死亡隐喻（dead metaphors，如“心术”、“形似”），这些隐喻词被吸收到日常语言中变得自然化了，大多数人在使用它们时，已不再意识到它们是隐喻。换言之，我们现在再也感觉不到这些词语中所包含的具体类比了。但绝大多数属于“活隐喻”（living metaphor）[①]，具有创生力和人格力。在这样的隐喻里，我们仍能感到具体因素和抽象因素并存，体会到

---

① 这意味着喻言是有生命力的，是对语义的不断更新活动。我们既要在语词、句子层面，更要在话语层面理解喻言。法国哲学家保罗·利科（Paul Ricoeur，1913—2005）因此有“生命的隐喻”、“活的隐喻”的说法。他认为：隐喻是活的，不仅表现在它给被构造的语言赋予活力，而且还表现在它将想象力的动力置于概念层次的更多思想中的想象力的动力。详见其《活的隐喻》，汪家堂译，上海译文出版社 2004 年版，第 410—421 页。

语词所包含的丰富复杂的意蕴，远远不只它本身所有的那种通过类比来表达的简单含义。如“风骨”、“辞气”，我们无法把它们分成“风”与“骨”，“辞”与“气”。“风骨”、“辞气”是一体的，它们都是隐喻的表述。“辞气”并不意味着刘勰说辞就是气，而是隐喻地意指着某种不确定的意义范围，诸如辞是“生命”、辞是“活着”、辞是“气脉”等。因此，隐喻提供了一个洞见：两个有着特定指称对象的语词之间的组合，实际上形成的是一个无法还原的新语词、一个有多重意义的复合体。刘勰通过字面意义达到了表述意义，从而丰富了概念的涵义。

这种喻言式语义结构并不只存在于人化文评和生命化的名词概念中，它存在于《文心雕龙》批评话语的语境中，存在于刘勰创造性地多重意义的表达中，存在于词与词的组合运用过程中所产生的新的意义上。除《风骨》、《情采》、《知音》和《熔裁》等几乎全部是喻言的篇章外，《文心雕龙》其他篇章里亦处处充满着隐喻的表述，它们使我们注意到人和文之间某种惊奇的类似性。如在《辨骚》篇里，刘勰这样评论楚辞：“观其骨鲠所树，肌肤所附，虽取熔经意，亦自铸伟辞。”这哪里是评文，分明是在论人！至于文章中字形的笔画多少，刘勰认为也与人一样有着胖瘦之别，《练字》云：“单复者，字形肥瘠者也。瘠字累句，则纤疏而行劣；肥字积文，则黯黕而篇暗。”或许有人认为我们这样的诠释有些牵强附会，因为隐喻的意指具有不确定性，人们可以任意揣摩或解释“骨鲠”、“肌肤”这些隐喻真正的意义。但是，“不论隐喻是否依赖于新的或扩展出的意义，隐喻都无疑以某种方式依赖于其中语词的原有意义，对隐喻的适当解释必须使语词的最初意义或原有意义依然在其隐喻语境中发挥积极作用。”[①]因为正是在这些鲜活而新颖的使用当中,一个个普通的语词变成了喻言。与一般理论文章不同,《文心雕龙》里写人写景的话语令人应接不暇,如《物色》云:

> 春秋代序,阴阳惨舒,物色之动,心亦摇焉。盖阳气萌而玄驹步,阴律凝而丹鸟羞,微虫犹或入感,四时之动物深矣。若夫珪璋挺其惠心,英华秀其清气,物色相召,人谁获安?是以献岁发春,悦豫之情畅;滔滔孟夏,郁陶之心凝;天高气清,阴沉之志远;霰雪无垠,矜肃之虑深。岁有其物,物有其容;情以物迁,辞以情发。一叶且或迎意,虫声有足引心,况清风与明月同夜,白日与春林共朝哉!
>
> 是以诗人感物,联类不穷。流连万象之际,沉吟视听之区。写气图貌,既随物以宛转;属采附声,亦与心而徘徊。

这是多么美妙的话语!其间没有生僻的概念、抽象的论证说理。刘勰感物,联类不穷。他向我们喻指了自然景物与人之间的互相感应,说明物色所以能引起人的心动,是因为人与万物实为同类——“类固相召,气同则合,声比则应”[②]也。而对《文心雕龙》里重要的一个概念“神思”,刘勰是这样下定义的:

---

① D. 戴维森:《隐喻的含意》,见〔美〕A. P. 马蒂尼奇编,牟博等译《语言哲学》,第848页。

② 高诱注,毕沅校:《吕氏春秋》,第192页。

古人云:“形在江海之上,心存魏阙之下”,神思之谓也……故寂然凝虑,思接千载;悄焉动容,视通万里;吟咏之间,吐纳珠玉之声;眉睫之前,卷舒风云之色。(《神思》)

此段内容非常蕴藉。刘勰没有明确告诉我们什么是“神思”,而是用喻言描述了作者“神与物游”时的情状,让我们去感悟。至如“山沓水匝,树杂云合。目既往还,心亦吐纳。春日迟迟,秋风飒飒。情往似赠,兴来如答”这样比兴云构、纷纭杂沓的诗歌,我们很难想象它竟然是总结《物色》篇正文部分内容的赞部分。

三、文学即人的概念隐喻

清代学者黄子云在《野鸿诗的》里认为:基于物与我有相通之义,诗“有引类以自喻者。”[①]然而,刘勰以人论文岂只是“引类以自喻?”无论是在概念的使用上,还是话语的表述上,《文心雕龙》最大的特点是“把文章通盘的人化或生命化。”[②]如果说一个文学理论家站在人的方位用评论人的话语评论文学,其概念是按人命名的,那么,这决不是用什么约定俗成的识别标记的语言来划分的问题,也不是一个简单的替代、移植,或一种单纯的修辞格问题,而是一种真正的直接认同或本质同一。文就是人,是潜隐在《文心雕龙》批评话语中的一个最大的隐喻。这个隐喻的原生地

---

① 王夫之等撰:《清诗话》,第853页。

② 钱钟书:《中国固有的文学批评的一个特点》,见周振甫等编著《谈艺录》,第393页。

不是言语而是思维。在思维的这一领域内，没有什么抽象的指称，每一概念、原理都直接变形为具体的形象，就连全书的书名也叫"文心雕龙"①。在这个意义上，文即人，是《文心雕龙》批评话语里的基本隐喻。从话语语篇结构上来说，"文心雕龙"是整部《文心雕龙》的中心语句，而五十篇都是边缘语句，它们从各个方面补充完善着中心语句。从文本内容的表达上来看，刘勰实际上是运用了一个树结构的隐喻②，表达了存在于文本世界诸成分中的组织关系，如右图所示：从人到文学，刘勰的文学批评往往能够给我们提供这种诗的移植的完美例证。文学是人是树干，其余各个部分均是枝杈。在这样的表达中，概念系统不仅卷入隐喻的过程，而且

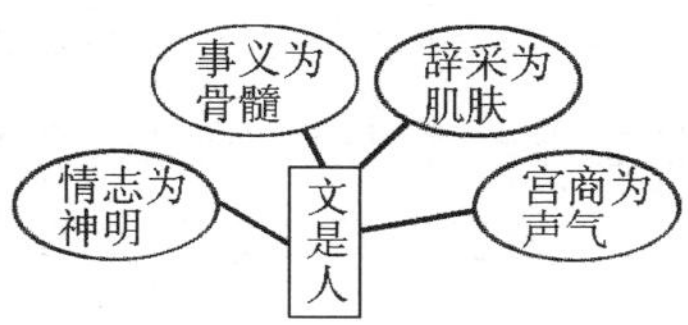

---

① "心"的本义是心脏。《说文·心部》曰："心，人心，土藏，在身之中。"古人认为"心"是思维器官。《孟子·告子》、《荀子·解蔽》里各有"心之官则思，思则得之，不思则不得也"和"心者，形之君也，而神明之主也"之论，《论语·阳货》和陆机《文赋》里亦分别有"饱食终日，无所用心"和"余每观才士之所作，窃有以得其用心"之语。刘勰"文心"即取此义。《序志》云："夫文心者，言为文之用心也。昔涓子《琴心》，王孙《巧心》，心哉美矣，故用之焉。"至于"雕龙"，刘向《别录》和晋代杨方《为虞将军荐张道顺文》里各有"驺奭修衍之文饰，若雕镂龙文，故曰雕龙"和"窃见处士吴国张道顺，天挺圭璋，明达清秀，下笔掩雕龙之文，发言吐谈天之藻，慕西道之阳生，希北巷之颜回"之说。然而，刘勰并未在"若雕镂龙文"这一明喻意义上使用"雕龙"一词。他在《序志》里明确声称："古来文章，以雕缛成体，岂取驺奭之群言雕龙也。"其实，此处"雕龙"是与"雕虫"相对的概念，后者喻指小的技巧。《史通·诸史》云："自梁室云季，雕虫道长。平头上尾，尤忌于时，对语丽辞，盛行于俗。"而"雕龙"的隐喻则含有"大"、"显赫"等义。《后汉书·崔骃传赞》云："崔为文宗，世禅雕龙"。刘勰"雕龙"即取此义。因此，"文心雕龙"是刘勰对自己论述文学理论特别是文学创作理论著作的隐喻表述。

② Gillian brown and George Yule, *Discourse Analysis*, Foreign Language Teaching and Research Press, Cambridge University Press 2000, p. 121.

思想本身就被隐喻地结构着。语言层面系统的隐喻仅仅反映了更深层次的概念结构。在这样的批评中完成的认同行为在于发现人这一形象:文学是依据人而被理解或分类的。由对人的感知和认识,刘勰既获得了对文学认知的能力,又获得了认识文学与人相互关系的能力,从而构建了文学即人这一概念隐喻。这是刘勰在对事物间基本关系认知基础上建构的认知结构,是他理解和认知更复杂概念的基本结构,也是我们理解刘勰文学批评的认知结构。通过文学是人这个基本隐喻,我们可以理解"事义为骨髓,情志为神明,辞采为肌肤,宫商为声气"这段话。因为在这个隐喻中,就内容与形式来说,文学被看作是人,更具体地说,被看作人的内在与外在有关部分。《文心雕龙》批评话语正是借助于这种人与文之间对应的网络关系而被表述出来。孤立地看,文学与人完全不一样,然一经刘勰独具慧眼揭示其间内在的恰似点,两者之间就构成了一个韵味悠远的新奇隐喻。①

当然,对"文学是人"这个隐喻的理解,要求我们考虑的不是人(比喻物)如何说明文(被比喻物),"而是当两者被放在一起并

---

① 若从中国传统文化的视域审视,"文"即人并不是刘勰的发明创造,而是中国人古老的观念。从字源上来看,最早的"文"是象人正立之形的象形字。它主要有以下两种形态:(1)甲骨文、商器簋、旂鼎。(2)乙六八二〇反、甲三九四〇、前一·一八·一、保卣。第一种里所从的与是象人心脏轮廓形的古象形"心"字。《说文》"心"字作。王筠《说文释例》云:"其字盖本作,中象心形,犹恐不足显著之也,故外兼象心包络。"甲骨文"心"字也省作,有时倒作、。商器祖乙爵作,父己爵作。第二种里所从的乂、则是一些笔画。就象形准确的表意而言,这两种"文"字指称的对象都是人,只不过第一种表示的是有心之人,第二种是纹身之人或身上有装饰物之人。朱芳圃《殷周文字释丛》云:"文即文身之文,象人正立形,胸前之ノ、乂……即刻画之文饰也。"

相互对照、相互说明时能产生什么意义。”①事实上，它是刘勰喻言式批评话语本身得以表述的先决条件。我们从《文心雕龙》中的有关论述可以更清楚地看到这一点。刘勰在《原道》里这样论述文学的起源：

> 文之为德也大矣，与天地并生者何哉？夫玄黄色杂，方圆体分；日月叠璧，以垂丽天之象；山川焕绮，以铺理地之形：此盖道之文也。仰观吐曜，俯察含章，高卑定位，故两仪既生矣。惟人参之，性灵所钟，是谓三才。为五行之秀，实天地之心。心生而言立，言立而文明，自然之道也。

从逻辑次序上看，刘勰先论述天地以及道之文的产生，然后再论述人的产生，最后论述文的产生。在他看来，人产生了，文自然而然就产生，所谓“心生而言立，言立而文明，自然之道也。”紧接着，他又以自然万物皆有文作类比，进一步论证有了人就有文的道理。他说：

> 傍及万品，动植皆文，龙凤以藻绘呈瑞，虎豹以炳蔚凝姿；云霞雕色，有逾画工之妙；草木贲华，无待锦匠之奇。夫岂外饰，盖自然耳。至于林籁结响，调如竽瑟；泉石激韵，和若球锽：故形立则章成矣，声发则文生矣。夫以无识之物，郁

---

①　威廉·K. 维姆萨特著，杨德友译：《象征与隐喻》，见赵毅衡编选《新批评文集》，第357页。

然有彩,有心之器,其无文欤?

这里,刘勰充分肯定了人在文学起源中的中坚地位。人为天地之心,天地的灵魂,天道即人道。人与天地并生,人与文并生,人与天地万物本为一体。因而,基于人与自然万物的基本相似性和统一性,刘勰以类比推理的方式推演出了他的文学起源理论。他一方面以人道理解和规范天道,另一方面又以天道解释和证明人道,以天道的存在作为人的存在的依据,把文学起源归于道、归于人。人与道是一体的。因此,究其实质,刘勰这里所说的天人关系乃是客体与主体的关系。在文学创作上,刘勰最强调的就是客体物象对主观情感的感召、主观情感对客体物象的反映以及两者之间的交流、融合。《神思》云:"神用象通,情变所孕。物以貌求,心以理应","登山则情满于山,观海则意溢于海。"主体之情与客体之物完美融合的结果就是形成意象。此"意象"不可再分为"意"与"象",它实为一体:"意"即"象","象"即"意"。人与万物在这里达到了同一。而人又是"有心之器"、万物之灵,他"肖貌天地,禀性五才,拟耳目于日月,方声气乎风雷,其超出万物,亦已灵矣。"(《序志》)刘勰这样把人这一形象抬高至神性层次,使之脱离日常的、普通的、世俗的领域的过程,显然不仅仅是向另一个范畴的"转移",而是在人这个范畴本身内的创造。因此,正是"天人合一"的视点导致了刘勰隐喻式思维—感知文学世界的方式,产生了《文心雕龙》喻言式的批评话语。

这种批评话语的语义结构抹平了诗歌语言与文学批评语言之间的界限,说明艺术思维与文学批评思维之间存在着某种本质的相通之处。刘勰总是对文学进行着隐喻性的阐释。大自然通过人等具体形象象征地呈现于人们的思想意识中，思想意识又在文学作品中发现了它的相似的对应物，文学作品又在刘勰文学批评思维的比喻行为中找到了它的对应物。我们于是看到精神现实发现自己，反映自己，解释自己，并把它的存在的形象从一个思想领域传到另一个思想领域的过程。这种精神现实即使不总是同一的，至少也总是相像的。刘勰是文学的一面镜子。他在反映文学的同时也反映了他自己的思想。他对文学的认识、批评过程实质上就是对人的再认识过程。

结　语

《文心雕龙》批评话语现在不是单纯意指地出现在我们眼前，而是现实地出现在我们眼前。它作为它本身所出现在我们眼前的是它抑扬的声韵、对偶的句法、徵典用事、历史性叙事和喻言表述方式等等。《文心雕龙》批评话语不是单纯意指地，而是现实地具有这些特征，并且，它正是作为现实地具有这些特征的对象而被我们认识。作为这样一种对象，它不是单纯地被判断，而是被知觉、被寻味。如果我们深入分析这种个别化的现象，那么，《文心雕龙》批评话语就不只是一种形式，而是形式与内容统一的整体。形式在这种内在的同一性中，因此被当作本质性的存在：它就是内容。黑格尔曾议论说："我们可以说荷马史诗《伊利亚特》的内容就是特洛伊战争，或确切点说，就是阿基里斯的忿怒；我们或许以为这就很足够了，但其实却很空疏，因为《伊利亚特》之所以成为有名的史诗，是由于它的诗的形式，而它的内容是遵照这形式塑造或陶铸出来的。"[①]同理，仅仅像南朝沈约那样说《文心雕

---

① 黑格尔著，贺麟译：《小逻辑》，商务印书馆1980年版，第279—280页。

龙》"深得文理"[①]是不够的。《文心雕龙》之所以能在中国古代文学批评史上岁久弥光,也是由于它的形式,而它的内容是依照这形式塑造出来的。"因为一当形式比形式所要表达的内容简单的时候,内容就不可能完美地表达出来。"[②]在这里,表达形式作为有严格规范的形式并非某些内容填充、分布的结果。相反地,倒是这种形式规定了某些内容的安排。不仅如此,表达形式甚至先行规定了某些内容的种类和选择:骈文必须属对、隶事。于是,我们得以看到刘勰绮丽以论说、藻饰以辩雕,《文心雕龙》协辞比事、文约事备,经史百家、传记方外之说靡所不有——其体大思精,博明万事,岂以好论而不晓文也?! 其声谐语俪,气伟采奇,岂以好文而不善辩哉?!

这种义炳而采流的文学批评就不再只是一种客观冷静的裁判,而是一种积极的参与和创造——刘勰的骈文创作与文学批评是同步的,文学文本和文学批评文本之间没有界限:"根本就不存在什么批评的语言,而只有作为个人的批评家的语言。"[③]

---

① 明人曹学佺在评《文心雕龙》时指出:沈约"赏誉雕龙谓其深得文理,大抵理非深入则不能跃然。彦和义炳而采流,故取重于休文也。"见《文心雕龙资料丛书》,学苑出版社 2004 年版,第 839 页。

② 〔美〕鲁道夫·阿思海姆著,滕守尧、朱疆源译:《艺术与视知觉》引言,第 9 页。

③ 〔美〕哈罗德·布鲁姆著,吴琼译:《批评、正典结构与预言》,中国社会科学出版社 2000 年版,第 242 页。

主要参考文献

一、中文部分

黄叔琳辑注，纪昀点评：《文心雕龙辑注》，中华书局 1957 年版。

范文澜著：《文心雕龙注》，人民文学出版社 1958 年版。

黄侃著：《文心雕龙札记》，华东师范大学出版社 1996 年版。

刘永济撰：《文心雕龙校释》，中华书局 1962 年版。

杨明照著：《增订文心雕龙校注》，中华书局 2000 年版。

《文心雕龙资料丛书》，全国高校古籍整理委员会，中国文心雕龙学会编辑，学苑出版社 2004 年版。

桂馥撰：《说文解字义证》，中华书局 1987 年版。

陈澧撰：《切韵考》，中国书店 1984 年版。

陈彭年撰：《钜宋广韵》，上海古籍出版社 1983 年版。

段玉裁著：《说文解字注》，上海古籍出版社 1981 年版。

姚鼐纂集：《古文辞类纂》，上海古籍出版社 1998 年版。

朱熹注：《四书》，上海古籍出版社 1995 年版。

郭广藩撰：《庄子集释》，中华书局 1961 年版。

杨倞注:《荀子》,上海古籍出版社 1996 年版。

毕沅校注:《墨子》,上海古籍出版社 1995 年版。

王充著,黄晖校释:《论衡校释》,中华书局 1990 年版。

苏舆撰:《春秋繁露义证》,中华书局 1992 年版。

汪荣宝撰:《法言义疏》,中华书局 1987 年版。

杨明照著:《抱朴子外篇校笺》,中华书局 1991 年版。

朱熹撰:《楚辞集注》,上海古籍出版社 1979 年版。

朱熹集注:《诗集传》,中华书局 1958 年版。

高诱注,毕沅校,余翔标点:《吕氏春秋》,上海古籍出版社 1996 年版。

刘向撰,向宗鲁校正:《说苑校正》,中华书局 1987 年版。

王符著,汪继培笺,彭铎校正:《潜夫论笺校正》,中华书局 1985 年版。

应劭撰,王利器校注:《风俗通义校注》,中华书局 1981 年版。

欧阳询撰:《艺文类聚》,上海古籍出版社 1999 年版。

〔日〕弘法大师撰,王利器校注:《文镜秘府论校注》,中国社会科学出版社 1983 年版。

洪迈著:《容斋随笔》,上海古籍出版社 1987 年版。

阮元著,邓经元校点:《揅经室集》,中华书局 1993 年版。

钟嵘著,陈延杰注:《诗品注》,人民文学出版社 1961 年版。

严羽著:《沧浪诗话》,人民文学出版社 1983 年版。

周济著:《介存斋论词杂著》,人民文学出版社 1959 年版。

薛雪著:《一瓢诗话》,人民文学出版社 1979 年版。

胡应麟撰:《诗薮》,中华书局 1962 年版。

张炎著,夏承焘注:《词源注》,人民文学出版社 1963 年版。

杨慎撰:《词品》,人民文学出版社 1960 年版。

刘熙载著:《艺概》,上海古籍出版社 1978 年版。

谭献著:《复堂词话》,人民文学出版社 1959 年版。

叶燮著:《原诗》,人民文学出版社 1979 年版。

陈骙著:《文则》,人民文学出版社 1960 年版。

何汶著,常振国、降云点校:《竹庄诗话》,中华书局 1984 年版。

刘大櫆著:《论文偶记》,人民文学出版社 1959 年版。

王鏊著:《震泽长语》,中华书局 1985 年版。

王士禛著:《带经堂诗话》,人民文学出版社 1963 年版。

林纾著:《春觉斋论文》,人民文学出版社 1959 年版。

沈德潜著:《说诗晬语》,人民文学出版社 1979 年版。

钱大昕著:《十驾斋养新录》,上海古籍出版社 1983 年版。

陈维崧著:《四六金针》,上海古籍出版社 1985 年版。

章学诚著:《章氏遗书》,文物出版社 1985 年版。

吕珮芬撰:《经言明喻编》总序,北江旧庐 1938 年版。

章学诚著:《文史通义校注》,中华书局 1994 年版。

陈引驰编校:《刘师培中古文学论集》,中国社会科学出版社 1997 年版。

黄侃著:《黄侃论学杂著》,上海古籍出版社 1980 年版。

王力著:《龙虫并雕斋文集》,中华书局 1982 年版。

钱钟书著,周振甫等编:《谈艺录》,上海教育出版社 1992 年版。

〔英〕崔瑞德、鲁惟一编,杨品泉等译:《剑桥中国秦汉史》,中国社会科学出版社 1992 年版。

丁福保辑:《历代诗话续编》,中华书局 1983 年版。

何文焕辑:《历代诗话》,中华书局 1981 年版。

郭绍虞辑:《宋诗话辑佚》,中华书局 1980 年版。

张相撰录:《古今文综》,丙辰孟春中华书局锓版。

王夫之等撰:《清诗话》,上海古籍出版社 1999 年版。

郭绍虞编选:《清诗话续编》,上海古籍出版社 1983 年版。

魏庆之编,王仲闻校勘:《诗人玉屑》,古典文学出版社 1958 年版。

胡仔纂集,廖德明校点:《苕溪渔隐丛话》,人民文学出版社 1984 年版。

《诸子集成》,中华书局 1954 年版。

李昉等编:《太平御览》,中华书局 1960 年版。

李昉等编:《文苑英华》,中华书局 1966 年版。

萧统编,李善注:《文选》,上海古籍出版社 1986 年版。

严可均辑:《全晋文》,商务印书馆 1999 年版。

严可均辑:《全汉文》,商务印书馆 1990 年版。

严可均辑:《全后汉文》,商务印书馆 1999 年版。

严可均辑:《全后魏文》,商务印书馆 1999 年版。

严可均辑:《全齐文》,商务印书馆 1999 年版。

严可均辑:《全宋文》,商务印书馆 1999 年版。

《二十五史》,上海古籍出版社、上海书店 1986 年版。

《四库全书》集部,上海古籍出版社 2003 年版。

阮元校刻:《十三经注疏》,中华书局 1980 年版。

王水照编选:《历代文话》,复旦大学出版社 2007 年版。

〔瑞士〕费尔迪南·德·索绪尔著,高名凯译:《普通语言学教程》,商务印书馆 1980 年版。

〔美〕诺姆·乔姆斯基著,黄长著等译:《句法理论的若干问题》,中国社会科学出版社 1986 年版。

〔法〕茨韦塔·托多罗夫著,蒋子华等译:《巴赫金、对话理论及其他》,百花文艺出版社 2001 年版。

〔前苏联〕巴赫金著,白春仁等译:《文本 对话与人文》,河北教育出版社 1998 年版。

〔法〕热拉尔·热奈特著,史忠义译:《热奈特论文集》,百花文艺出版社 2001 年版。

〔法〕R. 巴特著,董学文、王葵译:《符号学美学》,辽宁人民出版社 1987 年版。

〔美〕乔治·桑塔耶纳著,缪灵珠译:《美感》,中国社会科学出版社 1982 年版。

〔法〕A. J. 格雷马斯著,吴泓缈、冯学俊译:《论意义》,百花文艺出版社 2005 年版。

〔美〕海登·怀特著,陈永国等译:《后现代历史叙事学》,中国社会科学出版社 2003 年版。

〔美〕J. 希利斯·米勒著,申丹译:《解读叙事》,北京大学出版社 2002 年版。

〔美〕戴卫·赫尔曼著,马海良译:《新叙事学》,北京大学出版社 2002 年版。

〔古希腊〕亚里士多德著,罗念生译:《修辞学》,上海世纪出版集团 2006 年版。

〔古希腊〕亚里士多德著,罗念生译:《诗学》,人民文学出版社 1962 年版。

〔美〕W. C. 布斯著,华明等译:《小说修辞学》,北京大学出版社 1987 年版。

〔德〕汉斯－格奥尔格·加达默尔著,洪汉鼎译:《真理与方法》,上海译文出版社 1999 年版。

〔美〕苏珊·朗格著,滕守尧等译:《艺术问题》,中国社会科学出版社 1983 年版。

〔意大利〕艾柯等著,王宇根译:《诠释与过度诠释》,三联书店 1997 年版。

〔法〕保尔·利科著,王文融译:《虚构叙事中时间的塑形》,三联书店 2003 年版。

〔德〕黑格尔著,朱光潜译:《美学》,商务印书馆 1979 年版。

〔加拿大〕诺思洛普·弗莱著,陈慧等译:《批评的剖析》,百花文艺出版社 1998 年版。

〔美〕鲁道夫·阿恩海姆著,郭小平等译:《艺术心理学新论》,商务印书馆 1994 年版。

〔德〕恩斯特·卡西尔著,于晓等译:《语言与神话》,三联书店 1988 年版。

〔奥〕维特根斯坦著,李步楼译:《哲学研究》,商务印书馆 1996 年版。

〔美〕A. P. 马蒂尼奇编,牟博等译:《语言哲学》,商务印书馆 1998 年版。

〔德〕胡塞尔著,王炳文译:《第一哲学》,商务印书馆 2006 年版。

孙周兴选编:《海德格尔选集》,上海三联书店 1996 年版。

〔古希腊〕亚里士多德著:《亚里士多德全集》,中国人民大学出版社 1994 年版。

二、外文部分

Chris Baldick: *Oxford Concise Dictionary of Literary Term*, Foreign Language Teaching Press, 2000.

Gillian Brown and George Yule: *Discourse Analysis*, Foreign Language Teaching and Research Press and Cambridge University Press, 2000.

M. H. Abrams: *A Glossary of Literary Terms*, Foreign language teaching and research press and Thomson learning, 2004.

Michael Hoey: *Patterns of Lexis in Text*, 上海外语教育出版社 2000 年 6 月版。

Joanna Thornborrow and Shan Wareing: *Patterns in Language: Stylistics for Students of Language and Literature*, 外语教学与研究出版社、劳特利奇出版社 2000 年版。

H. Porter Abbott: *The Cambridge Introduction to Narrativ*, 北京大学出版社 2007 年版。

John R. Searle: *Expression and Meaning : Studies in the Theory of Speech Acts*, 外语教学与研究出版社、剑桥大学出版社 2001 年版。

Lynne Cameron and Graham Low: Researching and Applying Metaphor, 上海外语教育出版社 2001 年版。

后　记

我与《文心雕龙》有缘。

20 世纪 90 年代初我授业于张文勋先生门下，先生领我步入龙学殿堂，我以“刘勰创作主体论”取得文艺学—美学方向硕士学位；90 年代末我师从王钟陵先生，并以“历时与共时：刘勰与亚里士多德体裁理论比较研究”取得中国古代文学—先秦两汉魏晋南北朝方向博士学位；2002 年 8 月我被录取为中国社会科学院文学所理论室博士后研究人员，在杜书瀛、党圣元先生的指导下，我第三次以《文心雕龙》为研究对象，并于 2004 年 10 月圆满完成在站期间的科研任务，取得博士后证书。

“《文心雕龙》批评话语研究”当时受到中国社会科学院文学所学术委员会一致高度评价，被鉴定为“具有创新意义和重要学术价值的优秀博士后出站科研报告。”这对我是一个莫大的鼓励和鞭策。出站后，我谨守钱中文、毛崇杰、杜书瀛、党圣元和高建平先生的教诲，于《文心雕龙》朝夕讽诵，咀嚼英华，如切如磋，如琢如磨，偶有所得，欣然命笔，一恍近六年！出站报告里的很多东西也随着时间的推移发生了变化：题目由“《文心雕龙》批评话语研究”最终改为“言者我也——《文心雕龙》批评话语分析”；章节名称几乎都变动了，尤其是新增加了第三、四两章内容，字数亦由原来的不足十一万扩大到近三十万。虽已至此，然生有涯，无涯惟智，况书不尽言，言不尽意，圣人所难，识在瓶管，何能矩矱?!

——学问之道无他，求其放心而已矣。

庚寅二月初三日毓红

记于鹭岛厦门正心斋